Diogenes Taschenbuch 21008

de
te
be

Iwan Gontscharow

Briefe von einer Weltreise

ergänzt durch Texte aus der »Fregatte Pallas«

Herausgegeben und übersetzt von Erich Müller-Kamp

Diogenes

Die Erstausgabe dieser Sammlung
erschien 1965 in der
›Kleinen russischen Bibliothek‹
im Verlag Heinrich Ellermann, München

40/82/8/1
ISBN 3 257 21008 6

Inhalt

EINLEITUNG: Die Vorgeschichte

Iwan Alexandrowitsch Gontscharow (1812–1891) beendete 1834 die Universität in Moskau und kehrte in seine Heimatstadt Simbirsk an der Wolga zurück, um sich über sein ferneres Leben klarzuwerden. Als zeitweiliger Sekretär des Gouverneurs erhielt er einen Einblick in die Verwaltungsmaschinerie. Phlegma, Schlampigkeit und Korruption, die allgemeinen Erscheinungen, empörten den jungen Idealisten. Die Enge und Beschränktheit des provinziellen Lebens trieben ihn an den Ort, wo er sich entfalten zu können glaubte, in die Hauptstadt des Reichs.

Im Mai 1835 kam er in Petersburg an, aber sein Drang nach Aktion schien sich schnell zu legen. Er ging den bequemen Mittelweg. Noch im gleichen Monat erhielt er eine Anstellung als fremdsprachiger Korrespondent im Departement für Außenhandel beim Finanzministerium, und in diesem Amt ist er bei kärglicher Besoldung, nur ab und an für seine treuen Dienste mit einer kleinen Summe belohnt, die Stufenleiter des Beamten emporgestiegen, bis er nach fünfzehn Jahren, Ende 1851, endlich Kollegien-Assessor wurde.

Gontscharow hatte zugunsten seines Bruders auf sein väterliches Erbteil verzichtet und lebte mehr schlecht als recht von seinem Einkommen als Beamter. Der Dienst wurde ihm sauer. Er war oft mißmutig, neigte zu Schwermut und Depressionen. Aus seinen wenigen Affären mit Frauen ging er, wie er sich ausdrückte, jedesmal »unrasiert, blaß und mager« hervor. Trotz mancher tiefen Neigung kam es nie zu einer endgültigen Bindung. Gontscharow blieb Junggeselle und ließ sich in seinem kleinen Heim von Dienern versorgen, die immer wieder wechselten. Nichts deutete darauf hin, daß dieser kleine, unscheinbare und gefügige Beamte, der treue Diener eines grimmigen, reaktionären Zaren, einmal ein bedeutender Schriftsteller werden und seine drei Romane »Eine alltägliche Geschichte«, »Oblomow« und »Die Schlucht« zur Weltliteratur gehören würden.

Nur wenige wußten oder ahnten, daß in diesem äußerlich trägen und verdrossenen Junggesellen ein großer Schriftsteller reifte. Noch in einem Briefe aus dem Jahre 1874 bekannte Gontscharow über diese Zeit: »Immer hatte ich den Wunsch zu schreiben und fühlte mich dazu berufen, indessen ich mußte dienen.. immer tat ich das, was ich nicht zu tun imstande war oder tun wollte.«

Zu den wenigen Menschen, die seinen Wert kannten, ihn zum Schaffen anregten und von seiner Unsicherheit befreiten, gehörten der Maler Nikolaj Apollonowitsch Majkow und dessen Frau Jewgenija Petrowna, geborene Gussjatnikowa, die sich gelegentlich als Schriftstellerin versuchte.

Majkow entstammte einer Familie mit künstlerischen Traditionen und Begabungen. Sein Vater war Direktor der Kaiserlichen Theater und schrieb Komödien. Er selbst hatte als junger Offizier am Feldzug gegen Napoleon teilgenommen, dabei sein zeichnerisches Talent entdeckt, es nach seiner Entlassung als Major weitergepflegt und zur akademischen Vollkommenheit gebracht. 1834 war er von Moskau nach Petersburg übergesiedelt und bald zum Mittelpunkt eines Kreises von Künstlern und Schriftstellern geworden, die sich regelmäßig einmal in der Woche in dem kultivierten Heim der Majkows trafen. Zu ihnen gehörten der Dichter W. G. Benediktow, der Schriftsteller D. W. Grigorowitsch, der Kritiker S. S. Dudyschkin, I. I. Panajew, der spätere Mitherausgeber der Zeitschrift »Sowremennik« (Der Zeitgenosse), später auch F. M. Dostojewskij, N. A. Nekrassow, J. P. Polonskij, I. S. Turgenjew u. a.

»Alle drängten sich in den weder geräumigen noch luxuriösen, aber gemütlichen Räumen.. und alle zusammen bildeten mit den Gastgebern eine brüderliche Familie oder Schule, wo jeder den anderen belehrte, indem man die Gedanken tauschte, die damals die russische Gesellschaft beschäftigten«, schrieb Gontscharow später über den Kreis der Majkows.

In seinen »Literarischen Erinnerungen« schilderte sie D. W. Grigorowitsch so:

»Selten konnte man eine patriarchalischere Familie treffen. Der Vater Nikolaj Apollonowitsch gehörte zu den Menschen, von denen man sagt, sie seien nicht von dieser Welt; aber dies nur im besten Sinne. Wie heute sehe ich sein schönes Greisenantlitz mit den neben den Wangen herabhängenden langen, grauen Haaren, die auf der Stirn mit einem Band zusammengehalten waren, um ihn nicht bei der Arbeit zu stören. Er verbrachte seinen Tag im Atelier vor der Staffelei mit dem Pinsel in der Hand. Seine Malweise zeichnete sich durch Tonigkeit und Farbigkeit aus und erinnerte an die alten venezianischen Meister. Für sein bestes Werk kann man die Deckengemälde im Hause der Fürstin Jussupowa halten.

Geist und künstlerische Neigungen von Jewgenija Petrowna, der Mutter der Familie, trugen viel dazu bei, ihren Kindern Gefühl für das Schöne und Liebe zur literarischen Betätigung zu vermitteln.

Einmal in der Woche konnte man abends in dem kleinen, aber geschmackvoll eingerichteten Salon der Majkows die damaligen Koryphäen der Literatur treffen; viele erschienen mit Manuskripten und lasen ihre Werke vor. Der Abend endete mit einem Imbiß und interessanten, geistig bewegten Gesprächen.«

In diese Familie wurde Gontscharow schon bald nach seiner Ankunft in Petersburg eingeführt, sei es durch Vermittlung seiner Freundin aus der Moskauer Universitätszeit Junija (Juninjka) Dimitrijewna Gussjatnikowa (später verheiratete Jefremowa), einer Nichte von Frau Majkow, sei es durch seinen Vorgesetzten Wladimir Andrejewitsch Solonitzyn aus dem Departement für Außenhandel, der mit der Familie Majkow eng befreundet war und seinen jungen, sprachenkundigen Beamten Gontscharow als Hauslehrer empfahl.

Majkows vier Söhne, die damals im Knaben- und Kindesalter waren, sollten später in der russischen Literatur und Publizistik eine wichtige Rolle spielen: Apollon als Dichter, Valerian als Kritiker, Wladimir als Jugendschriftsteller und Leonid (in den Briefen »Burjka«) als Literarhistoriker und Vize-Präsident der Akademie der Wissenschaften.

Gontscharow unterrichtete Apollon und Valerian in russischer Literaturgeschichte, Rhetorik und in der lateinischen Sprache. Er gehörte bald zum engeren Kreis der Familie und wurde dort so heimisch, daß er wie ein Angehöriger betrachtet wurde. Man gab ihm den Spitznamen »Prince de Lenj« (das russische Wort »lenj« bedeutet Trägheit, Faulheit). Die Familie Majkow ersetzte ihm das eigene Heim.

Wichtiger wurde für Gontscharows Entwicklung die geistig-künstlerische Atmosphäre im Hause Majkow. Der Vater im Atelier, die Mutter am Schreibtisch als Verfasserin von Erzählungen, die heranwachsenden Knaben frühzeitig zur literarischen Tätigkeit gedrängt: in diesem Milieu bildete sich der Schriftsteller Gontscharow. Er beteiligte sich mit Gedichten (die er später selbst parodierte, indem er sie als Erzeugnisse des jungen Adujew in der »Alltäglichen Geschichte« ironisierte) und Erzählungen an der hektografierten Hauszeitschrift »Schneeglöckchen« und dem Almanach »Mondstrahlen«, und im Kreise der

Majkows las er seine ersten größeren Novellen und den Anfang des Romans »Eine alltägliche Geschichte« vor. Als Valerian Majkow, der später den literarkritischen Teil der Zeitschrift »Otjetschestwennyje sapiski« (Vaterländische Annalen) redigierte, 1847 in Peterhof ertrank, schrieb Gontscharow den Nekrolog, und durch Apollon Majkow, der 1852 Beamter für besondere Verwendung im Ministerium für Volksaufklärung war, wurde Gontscharow die Teilnahme an der Reise mit der Fregatte »Pallas« ermöglicht.

Damals, 1852, war Gontscharow bereits ein weithin bekannter Schriftsteller. 1847 war in der von Bjelinskij inspirierten, von Nekrassow und Panajew nach radikalen, liberalen Grundsätzen redigierten Zeitschrift »Der Zeitgenosse« Gontscharows Roman »Eine alltägliche Geschichte« erschienen.

Das Manuskript hatte Gontscharow 1845 an seinen Freund Michail Alexandrowitsch Jasykow gegeben. Jasykow war leitender Angestellter der Staatlichen Glasmanufaktur in Petersburg, aber zugleich literarisch sehr interessiert. Er gehörte zum Freundeskreis von Bjelinskij und gründete gemeinsam mit dessen Freund N. N. Tjutschew eine Art Kommissionsbuchhandlung, die sich die Belieferung der Provinz mit Literatur zum Ziel setzte.

Jasykow fand Gontscharows Roman langweilig. Er ließ das Manuskript bei sich liegen. Gontscharow, der ohnehin kein Zutrauen zu sich selbst hatte, verlangte es nicht zurück. Erst nach einem Jahr gab es Jasykow an Nekrassow weiter. Dieser veranlaßte, daß Gontscharow seinen Roman im Kreise Bjelinskijs vorlas. Bjelinskij, der maßgebende literarische Kritiker seiner Zeit, dessen Forderung nach einem gesellschaftlichen Engagement der Literatur bis in die Gegenwart fortwirkt, war von Gontscharows Roman begeistert und empfahl ihn zur Veröffentlichung im »Zeitgenossen«. Sein Erscheinen »machte furore«. Gontscharow war seitdem eine fest umrissene Persönlichkeit der russischen Literatur und galt als eine ihrer Hoffnungen.

Es störte ihn nicht, daß er zwischen zwei feindlichen Lagern stand. Während im Haus der Majkows Kunst und Literatur nur nach formal-ästhetischen Grundsätzen gewertet wurden, betonten Bjelinskij und sein Kreis die soziale Funktion von Kunst und Literatur und erklärten sie zu Hebelkräften des gesellschaftlichen Fortschritts. Im Felde der gegensätzlichen Meinungen, die sich bis auf Weltanschauung und Politik erstreckten, blieb Gontscharow der Mann der Mitte und des vernünftigen Ausgleichs. Er fühlte sich ebenso bei Majkows wie bei Jasykows zu Hause.

Gontscharows im März 1849 erschienene »Episode aus einem unvollendeten Roman« »Oblomows Traum« bestätigte den literarischen Kreisen, daß man nicht zuviel von ihm erwartet hatte. Das Teilstück erregte Aufsehen. Man sah dem Roman gespannt entgegen.

Gontscharow benutzte einen Urlaub, um in seine Heimatstadt Simbirsk zu fahren und seine Angehörigen wiederzusehen. Gleichzeitig wollte er dort in der tiefen, rückständigen und verschlafenen Provinz die gesellschaftliche Atmosphäre wiedererleben, die einen Typ wie den zu keiner Aktion fähigen, indolenten Oblomow bedingte. Im September 1849 schrieb Gontscharow von Simbirsk an A. A. Krajewskij, den Herausgeber der »Vaterländischen Annalen«: »Die Sache geht mir im Kopf herum, gewinnt aber nur langsam und schwer Gestalt.. Als ich das Geschriebene aufmerksam durchlas, sah ich, daß alles äußerst platt ist, daß ich den Gegenstand nicht richtig in den Griff bekommen habe, daß man das eine ändern, das andere streichen muß, daß, mit einem Wort, die Arbeit fast nichts taugt.«

Statt »Oblomow« zu beenden, war Gontscharow während dieses Aufenthalts von der Wolgalandschaft, den Menschen und den sich offenbarenden Gegensätzen zwischen dem alten, träge verharrenden Rußland und den Strömungen und Anschauungen einer neuen Epoche so beeindruckt, daß sich in ihm der Plan zu einem neuen Roman bildete, der dort in Simbirsk und an der Wolga spielen sollte. Es handelt sich um den Roman, der zuerst den Titel »Der Künstler« erhielt und dessen Plan er während der Fahrt mit der Fregatte »Pallas« seinem Freund Ljchowskij als Vermächtnis hinterließ. Der Roman erschien erst 1869, zehn Jahre nach »Oblomow«, mit dem Titel »Die Schlucht«.

Langsam wie immer und im Zweifel an seinem Können arbeitete Gontscharow nach seiner Rückkehr weiter an seinen beiden Romanprojekten, kam jedoch zu keinem Ergebnis. Der 1851 erfolgende Tod seiner von ihm sehr geliebten Mutter bedrückte ihn. Eine Liebe zu Awgusta Andrejewna Kolsakowa, einer Verwandten der Jasykows, schien erwidert zu werden, fand aber keine Erfüllung. Schwermut, Depressionen, Verzagtheit machten ihn zum Sonderling. In seinen Briefen tauchte immer häufiger das Wort »toská« auf, eine vieldeutige Vokabel, die Trauer, Heimweh, Sehnsucht und Herzweh in sich schließt. Mit vierzig Jahren machte Gontscharow den Eindruck, als habe er mit dem Leben abgeschlossen und erwarte nichts mehr von ihm.

Man kann sich vorstellen, wie verblüfft das literarische Petersburg war, als sich die Kunde verbreitete, daß Gontscharow an einer Reise um die Erde teilnehmen wolle.

Der Anlaß war in der Tat sonderbar und zudem zufälliger Art.

Der Admiral Putjatin hatte von der Regierung den Auftrag erhalten, mit der Fregatte »Pallas«, einem in der

Ostsee stationierten Kriegsschiff, eine Erdumsegelung zu unternehmen, um die nordamerikanischen Kolonien Rußlands zu visitieren, wie es amtlich hieß. In Wirklichkeit sollte er versuchen, Handelsbeziehungen mit Japan anzuknüpfen, das sich allen fremden Mächten noch immer verschloß, und sie wenn möglich durch einen Vertrag zu sichern. Man wußte in Rußland, daß sich auch die Amerikaner um einen Handelsvertrag mit Japan bemühten. Eine gewisse Rivalität bestand, seit die Russen Alaska in Besitz genommen und es mit Hilfe der 1799 gegründeten »Russisch-amerikanischen Company« ausbeuteten. Die Sicherung des Seewegs und das Interesse an einer Verbindung mit Japan hatte schon im Jahre 1804 den russischen Kapitän (Iwan Fjodorowitsch) Adam Johann von Krusenstern mit seinen beiden Schiffen »Newa« und »Nadjeschda« nach Japan geführt. Er hatte monatelang in der Bucht von Nagasaki gelegen, mußte jedoch nach Kamtschatka weiterfahren, ohne mit den Japanern einig geworden zu sein. Nunmehr, um die Mitte des Jahrhunderts, erneuerten die Russen ihren Versuch.

Admiral Putjatin, der sich bereits als Seemann wie in Persien als erfolgreicher Diplomat bewährt hatte, bekam die Leitung der Expedition übertragen. Da er einen sprachenkundigen und schreibgewandten Sekretär benötigte, wandte er sich an seinen Freund A. S. Norow, den Staatssekretär des Ministers für Volksaufklärung. Dieser hielt seinen Beamten für besondere Verwendung, den Dichter Apollon Majkow, für den richtigen Mann. Aber Majkow sagte ab und forderte seinen Freund Gontscharow »aus Spaß« auf, sich um den Posten zu bewerben. Gontscharow tat es, »aus Widerspruch«, wie er erklärte, und ehe er es sich versah, war er zum literarischen Sekretär des Expeditionsleiters ernannt. Dies geschah am 9. September 1852.

So einfach, scherzhaft und selbstironisch, wie es Gontscharow in seinen Briefen hinstellt, darf indessen sein Entschluß kaum erklärt werden. Seine Teilnahme an der Expedition hatte ernsthafte Gründe.

Von Jugend an hatte Gontscharow seinen Blick über Rußland hinaus gerichtet. Zu seiner Lieblingslektüre hatten Reisebeschreibungen gehört. Sein Vormund, der im Hause seiner Mutter in Simbirsk wohnende verabschiedete Kapitänleutnant Nikolaj Nikolajewitsch Tregubow, dessen Gontscharow noch am Ende seines Lebens in der schönen, aufschlußreichen Erzählung »In der Heimat« dankbar gedenkt, hatte das Wissen und die Phantasie des Knaben mit seinen Erzählungen vom Leben zur See und von fernen Ländern bereichert und beflügelt. Gontscharow hatte in Moskau die Realschule besucht, stammte aus einem Kaufmannshause und war in seiner dienstlichen Stellung mit den Problemen eines weltweiten Handels vertraut, den er zudem für ein wichtiges Mittel des zivilisatorischen Fortschritts und der gegenseitigen Verständigung der Völker betrachtete.

Selbst in dem scheinbar nur für ästhetische und künstlerische Fragen aufgeschlossenen Kreis der Familie Majkow interessierte man sich für Ethnologie und Geographie. Im Jahre 1845 war die Russische Geographische Gesellschaft gegründet worden. Ihr Initiator war der Schriftsteller, Sprachwissenschaftler und Folklorist W. I. Dal. Die Gesellschaft fand das Interesse breiter Kreise der Intelligenz. Einige Mitglieder der Geographischen Gesellschaft verkehrten auch im Hause Majkow, und Gontscharow stand in freundschaftlichen Beziehungen zu ihnen.

Aber nicht nur das sachliche Interesse, sondern weit mehr seine persönliche Situation mag am Ende den entscheidenden Ausschlag zur Teilnahme an der Expedition gegeben haben. Gontscharow wünschte den lethargischen Zustand seiner dienstlichen und menschlichen Existenz zu beenden und sich aus der Unrast zu befreien, in die ihn der gärende Stoff des unvollendeten »Oblomow« versetzt hatte. Oblomow ging ihm nach und wollte seine endgültige Gestalt finden. Sie war in ihm, er war selbst ein Stück von ihr, sie quälte ihn. Vielleicht mußte er sich eine Zeitlang von ihr lösen, vielleicht bekam sie auf der Fahrt ihr eigenes Leben.

Die Vorbereitungen dauerten nur kurze Zeit. Gontscharow bekam von seiner Behörde einen Zuschuß, lieh sich von seinem Bruder zweitausend Rubel und ließ sich von Krajewskij, dem Herausgeber der »Vaterländischen Annalen«, einen Vorschuß für die Lieferung von Berichten zahlen. Kaum sechs Wochen nach Einreichung seines Gesuchs befand sich Gontscharow bereits an Bord der Fregatte »Pallas«.

Die Fregatte war ein Dreimaster, 52,7 Meter lang, 13,3 Meter breit, die Tiefe des Schiffraums betrug 4,3 Meter. Sie war mit 52 Geschützen bestückt, hatte außer Offizieren, Unteroffizieren, Fähnrichen, Handwerkern 365 Mann Besatzung und wurde von dem Kapitänleutnant I. S. Unkowskij kommandiert. Das Schiff war einmal der Stolz der Ostseeflotte gewesen, als es 1832 vom Stapel gelaufen war. Aber das war vor zwanzig Jahren gewesen. Inzwischen war die Fregatte zwar einmal gründlich überholt worden, aber praktisch taugte sie für eine Fernfahrt nicht mehr und galt als unzuverlässig. Für die Expedition war sie schlecht und überhastet ausgerüstet worden, die Besatzung war in aller Eile von verschiedenen Einheiten der Ostseeflotte abkommandiert und neu zusammengestellt worden.

Wenn Gontscharow auch nur im mindesten mit seemännischen Dingen vertraut gewesen wäre, hätte er in der unzulänglichen Vorbereitung einer so riskanten Fahrt ein weiteres Beispiel für die russische »Oblómowtschina« finden können. Aber er begab sich als unbefangener Zivilist auf die Reise. Er war noch nie zur See gefahren und betrat zum ersten Male ein Kriegsschiff. Sein Diener brachte ihn und sein Gepäck an Bord.

Am 7. Oktober 1852 stach die Fregatte »Pallas« von Kronstadt aus in See.

Zu Unrecht machen Sie mir den Vorwurf, Mütterchen Jekaterina Alexandrowna, daß ich Sie vergessen habe. Während Sie mir Ihren Brief schickten, habe ich auch Ihnen geschrieben, und ich hoffe, daß Sie mein Schreiben inzwischen erhalten haben. Unsere Briefe werden sich also unterwegs begegnet sein. Ich freue mich sehr, daß Ihnen der Aufenthalt auf dem Lande gefällt und daß Sie es freimütig bekennen. Zumeist hört man allerseits über Unglück und Ungemach klagen; sehr selten sagt jemand, daß es ihm gut geht.

Ich danke Ihnen auch dafür, daß Sie an mich denken. Nur wünschen Sie vergeblich, ich solle bei Ihnen auf dem Lande leben, weil Sie annehmen, daß meine Hypochondrie dort vergehen müsse. Annenkow hat ganz recht gehabt, als er Ellikonida Alexandrowna sagte, daß ich niemals, nirgendwo und mit nichts zufriedenzustellen sei, was man mir auch gewähre. So ist es in der Tat. Meine Hypochondrie ist, wie ich Ihnen, glaube ich, schon schrieb, nichts anderes als ein krankhafter Zustand, an dem die Nerven schuld sind. Sehen Sie sich alle nervösen Leute an: bei ihnen sind Verstand, Wille und alle Willensäußerungen von den Nerven abhängig. Daher werden diese Menschen plötzlich gelangweilt und finster oder sie fallen ganz unvermutet in Lustigkeit, Gott weiß warum. Das ist nicht nur für einen selbst, sondern auch für die anderen schwer erträglich. Darum bin ich auch bemüht, mich zu verstekken, und gehe zu niemandem außer zu Majkows und zu Ihnen.

Aber wissen Sie, auf welche Idee ich gekommen bin? Um keinen Preis werden Sie es erraten! Immer wieder die Nerven! Wohin haben sie mich gebracht! Hören Sie zu! Eins von unseren Kriegsschiffen macht für die Dauer von zwei Jahren eine Erdumsegelung. Man machte Apollon Majkow den Vorschlag, in der Eigenschaft eines Expeditions-Sekretärs an der Reise teilzunehmen. Dabei wurde unter anderem gesagt, daß ein Mann gebraucht werde, der gut Russisch schreibe und schriftstellerische Begabung habe. Er sagte ab und gab das Angebot an mich weiter. Ich machte mich stark, setzte alle Hebel in Bewegung, brachte alle Bekannten in Aufruhr und erhielt ein Empfehlungsschreiben an den Leiter der Expedition. Aber damit hatte ich kein Glück. Vor einigen Tagen reiste dieser Leiter für eine gewisse Zeit nach Moskau. Wenn er von dort zurückkommt, begibt er sich sofort auf die Reise, so daß es mir kaum gelingen wird, ihn zu sehen. Außerdem wird, wie ich hinterher erfuhr, nicht eigentlich ein Mann für Russisch gebraucht, sondern mehr für die Korrespondenz in fremden Sprachen; und das übernehme ich nicht. Im übrigen hat man mir geraten, auf jeden Fall mit dem Leiter der Expedition zusammenzutreffen und von ihm im einzelnen zu erfahren, was benötigt wird. Folglich ist die Hoffnung noch nicht ganz erloschen.

Sie werden gewiß fragen, warum ich das tue. Führe ich jedoch nicht mit, würde man wahrscheinlich fragen, warum ich dageblieben sei. Ich würde mitfahren, weil ich alles sehen und kennenlernen möchte, was ich seit meiner Jugend wie ein Märchen gelesen habe, ohne den Erzählungen völlig Glauben zu schenken. Mit dem Vorrat von allen Eindrücken einer solchen Reise werde ich vielleicht den Rest meines Lebens etwas vergnügter verbringen. Sodann würde ich wahrscheinlich ein Buch schreiben; es würde in jedem Falle unterhaltsam werden, denn ich würde nur das, was ich zu sehen bekomme, einfach und ohne literarische Prätentionen beschreiben. Schließlich dürfte die Teilnahme an der Fahrt auch für meine dienstliche Laufbahn von großem Vorteil sein.

Alle wunderten sich, daß ich mich entschließen konnte, an einer so langen und gefährlichen Fahrt teilzunehmen – ich, ein so fauler, verwöhnter Mensch! Wer mich kennt, wird sich über meine Entschlossenheit nicht wundern. Plötzliche Übergänge kennzeichnen meinen Charakter; ich bin keine zwei Wochen nacheinander derselbe. Wenn ich nach außen hin beständig und meinen Gewohnheiten und Neigungen treu zu bleiben scheine, so ist dies nur eine Folge der starren Form, in der sich mein Leben bewegt.

Zu den Eigenschaften nervöser Menschen gehören Sensibilität und Reizbarkeit und folglich auch Sprunghaftigkeit. Vielleicht würde ich mich auch dort bald langweilen oder alles würde mir wahrscheinlich zur Qual werden: Kälte, Hitze, Meer, Dickicht, wilde Tiere, wohin ich auch käme, aber dann wäre es zu spät, zu bereuen, und unwillkürlich würde ich in – der Arbeit Rettung suchen.

Was meinen Sie, Mütterchen Katerina Alexandrowna, und Sie, mein lieber, guter Freund Michajlo Alexandrowitsch, würden Sie mein Vorhaben billigen? Jewgenija Petrowna hat schon gejammert, ich würde nicht zurückkehren, ich würde im Sturm umkommen oder von den Wilden verspeist oder von einer Schlange gebissen werden.

Aber leider ist das alles vorerst nur ein Traum, eine angenehme Vision, die damit auch zu Ende ist. Gestern lief ich auf Wassilij Ostrow umher und war in Peterhof – mit einem Wort, ich fuhr fast um die Erde, dauernd auf der Suche nach dem Seemann, aber vergeblich, und der Empfehlungsbrief vom Gehilfen des Ministers ruht noch immer in meiner Tasche und hat schon allerhand Fettflecken bekommen.

Wenn ich infolge eines Wunders doch mit auf die Reise gehe, dürfte es so schnell geschehen, daß Sie mich kaum noch anträfen. Aber es scheint, daß es mir bestimmt ist, nicht mit den Wilden zu kämpfen, sondern friedlich mein Täßchen Tee im Hafen unter guten Freunden zu trinken angesichts des Newskij-Klosters, auf der Fabrik. Wenn nur diese Freunde schnell wieder da wären, wirklich, es ist sonst allzu langweilig.

Ganz und immer Ihr I. G.

Grüßen Sie Ellikonida Alexandrowna und küssen Sie die Kinder. Der alte Stschepkin hat hier gespielt, aber ich war nicht im Theater, hörte ihn jedoch, als er bei Korsch Gogols »Vestibül« vorlas; jemand möchte noch lesen.

2. BRIEF: AN M. A. JASYKOW London, 15. November 1852

Mein liebenswertester Freund Michajlo Alexandrowitsch und liebe, gute Jekaterina Alexandrowna!

Nach dreiwöchiger schwieriger, gefährlicher und langweiliger Seereise sind wir endlich in Portsmouth vor Anker gegangen. Es würde lange dauern, wenn ich Ihnen alles erzählte, was wir in dieser Zeit erlebten, und es wäre doch von allem nur ein wenig. Wir schnappten ein wenig Cholera, woran drei Matrosen starben; der vierte fiel ein wenig vom Mast ins Meer und ertrank; im Sund setzten wir uns ein wenig auf eine Sandbank, kamen jedoch ohne Beschädigung wieder flott, und wir überstanden drei Stürme, die von den Seeleuten jedoch niemals Stürme, sondern frische, kräftige Brisen genannt wurden.

Gestern wurde die Fregatte von der Reede in den Hafen geschleppt. Dort soll ein Destillierapparat für die Bereitung von Süßwasser auf ihr montiert werden. Unser Admiral ist sofort von London nach Portsmouth gekommen, hat die Fregatte und uns besichtigt, hat mir befohlen, einen Bericht abzufassen, und mir dann bei der Abfahrt gesagt, ich könne mich nach London begeben.

Was soll ich Ihnen von mir erzählen? Was, ich sage nicht unter dem Einfluß, sondern unter der Last der Eindrücke dieser Reise in mir vorgeht? Erstens, die Hypochondrie ist mir auch hierher, auf die Fregatte, gefolgt; dann die Neuheit der Lebensweise und der Personen, weiter der Mangel an Ruhe und gewissen Bequemlichkeiten, an die ich gewöhnt bin – all das hat vorerst die Reise zu einer ziemlichen Folter gemacht. Mir klingen denn auch die Worte, die, glaube ich, in Ihrem Beisein von einem meiner Kollegen gesagt wurden, immerzu in den Ohren: »Tu l'as voulu, George Dandin, tu l'as bien voulu!« Übrigens versichern mir die Seeleute, daß ich mich schließlich an alles gewöhnen werde, daß auch sie selbst im Augenblick mehr oder weniger an den Unbequemlichkeiten und sogar unter den Fährnissen leiden, mit denen eine Fahrt in den nördlichen Meeren im Herbst immer verbunden ist.

In der Tat, kaum hatten wir Kronstadt verlassen, da wehte uns ein widriger Wind samt Schnee und Regen direkt gegen die Stirn. Dann kreuzten wir zehn Tage und Nächte in der Nordsee und konnten wegen des Gegenwinds nicht in den englischen Kanal gelangen. Die Fahrt durch den Finnischen Meerbusen und durch das Kattegatt wird im übrigen auch bei nicht so später Herbstzeit für sehr gefährlich gehalten.

Gott sei Dank hat das Schlingern überhaupt keine Wirkung auf mich; es hängt, sagt man, vom Sitz des Zwerchfells ab, das heißt, je tiefer es liegt, desto besser ist es. Offenbar hat es bei mir seinen Sitz direkt im Bauch, weil mir überhaupt nicht übel wird. Ich werde nicht schwindlig und bekomme kein Kopfweh. Es gibt bei mir keine Anzeichen von Seekrankheit, und bis jetzt weiß ich gottlob nicht, was sie bedeutet. Warten wir ab, was der Ozean sagen wird. Dort schaukelt das Schiff derartig, heißt es, daß es wie ein Span hin und her geworfen wird. Ich muß aber trotzdem sagen, daß das Schwanken auch auf mich unangenehm wirkt, wenn auch anders als auf die übrigen. Es macht mich sehr nervös und gereizt, ich kann in dieser Zeit weder lesen noch schreiben und nicht einmal richtig denken. Man ist bemüht, sich abzulenken, zu vergessen, sich in den Sinn eines Satzes zu vertiefen, den man liest oder schreibt, aber es gelingt nicht: dauernd muß man sich am Tisch, am Schrank oder an der Wand festhalten, sonst fliegt man um. Jetzt hört man, wie vom Schlag einer Welle krachend etwas auf Deck von einer Ecke in die andere rollt; in der Kajüte nehmen Tür und Fenster ständig voneinander Abschied. Zu alledem kommen der ewige Lärm, das Getrampel der Matrosen, der Kommandoruf eines Offiziers, die Pfiffe des Unteroffiziers. Tag wie Nacht, immerzu muß irgendein Manöver ausgeführt werden. Bald wird ein Segel hochgezogen, bald ein anderes herabgelassen, bald das eine so gestellt, das andere so – niemals gibt es Ruhe. Die Ohren können sich vielleicht am Ende an diesen irren Lärm gewöhnen, aber der Kopf nie. Ich verstehe nicht, wie ich bei alledem Berichte schreiben soll. Das setzt mich nicht nur in Zweifel, sondern bringt mich sogar in eine gewisse Verzweiflung. In der Eigenschaft eines Voyageurs kann man mich noch irgendwie rings um die Erde schleppen, aber als aktiven Mitarbeiter wohl kaum! Ich würde mich sogar freuen, wenn mich irgendein Anlaß zurückzukehren zwänge, aber wie die Dinge liegen, ist es mir peinlich mitzufahren, ich bringe weder mir noch den anderen Nutzen und rolle nur mit hängender Zunge spazieren. Ich hatte heftiges Zahnweh; mein Rheumatismus ist, wie ich merke, chronisch geworden. Wenn es anhält, wäre es am besten, ich kehrte um, solange wir noch in England sind. Eine Seereise fällt ohnehin jemandem, der nicht von Jugend an mit dem Meer vertraut ist, schwer, für einen Kranken aber ist sie eine reine Plage.

Ein gewisser Schestakow, der sich dienstlich in London aufhält und ein Kamerad des Kapitäns ist, war bei uns auf der Fregatte zu Gast. Beide schlugen mir heute vor, nach London zu fahren – und da bin ich: in London! Ich hatte zwei Stunden mit der Eisenbahn von Portsmouth zu fahren. Neugierig betrachtete ich das neue Land, die Menschen, die Häuser, die Wälder und Felder, doch als es dämmerte, schlummerte ich ein..

Ich habe in London noch nichts gesehen. Von der Station fuhren wir (Wagen mit einem Pferd) durch sehr schöne Straßen zu Schestakows Quartier. Für mich stand ein kleines Zimmer bereit. Meine Kameraden gingen zu unserem Admiral. Sie wollten mich in einer Stunde holen, um in einem Restaurant zu Abend zu essen, denn wir hatten nur leicht gefrühstückt, als wir von Portsmouth abgefahren waren.

Sowohl im Waggon als auch auf der Station ist mir eine Menge hübscher Frauen aufgefallen. Es scheint ihr Reich zu sein. Das Haus, in dem ich untergebracht bin, wird von einem überaus hübschen Mädchen von etwa zwanzig Jahren, Miß Emma, bedient. Ich bin entsetzt, wenn ich sehe, was sie alles tut. Sie öffnete uns die Tür, schleppte unsere Reisetaschen hinein, zündete in drei Zimmern Licht an, bereitete den Tee, erschien bei jedem Klingelzeichen; im Augenblick macht sie über mir mein Zimmer zurecht und heizt. Sie räumt die Zimmer auf, weckt morgens die Herren und wird – man höre! – auch mich wecken. Als Schestakow merkte, daß der Kapitän und ich ein Auge auf sie warfen, bat er uns ernstlich, mit ihr »nichts anzufangen«, und sagte, das sei hier nicht üblich. Es kam mir sehr komisch vor. ›Na‹, dachte ich, ›Panajew hätte sich mit keinerlei Bitten zurückhalten lassen!‹

Der empfindsame Karamsin nennt die Engländerinnen »lieblich«; eine sehr richtige Bezeichnung. Auf mich wirkt dieser Liebreiz ganz eigenartig. Sowie ich eine liebreizende Engländerin erblicke, muß ich gleich an den Hauptmann Kopejkin denken. Fragt mich Miß Emma etwas, kann ich es absolut nicht sofort verstehen und lasse es mir zwei-, dreimal wiederholen. Wenn ich selbst, meine eigene und die englische Sprache auf unmögliche Weise verdrehend, irgend etwas Unverständliches radebreche, sagt sie zu mir: »Sir?« Spreche ich jedoch richtig, schweigt sie. Auf jeden Fall würde ich gern einmal meinen Diener Filipp und alle russischen Filipps hierherbringen, damit sie sähen, wie englische Bedienstete arbeiten. Bis morgen. Wir gehen zum Abendessen.

Ein prächtiger Morgen, kein englischer. Es ist warm wie bei uns im August. Wir verließen Rußland bei Frost, aber kaum hatten wir Reval hinter uns, wurde es warm, und so blieb es bis jetzt, so daß mir Klemens' Paletot aus dickem Stoff lästig wie ein Panzer ist. Ich schlief wie erschlagen, vielleicht vom Porter, den ich täglich genieße, ebenso Austern. Hundert Stück kosten insgesamt zwei Schillinge. Ich schriebe gern von der Million kleiner Unbequemlichkeiten, die mich seit dem Betreten der fremden Küste begleiten, aber ich lasse die Hoffnung nicht sinken, daß ich einmal ein Kapitel mit dem Titel »Oblomows Reise« schreiben werde. Dort werde ich mich bemühen, darzustellen, was es für einen russischen Menschen bedeutet, selbst in den Koffer zu kriechen, zu wissen, wo was liegt, sich um das Gepäck zu bekümmern und zehnmal in der Stunde in Verzweiflung zu geraten, nach Mütterchen Rußland, nach Filipp usw. zu seufzen. So geht es mir und jedem, der ein wenig an Bedienung gewöhnt ist.

Schreiben Sie mir bitte, aber schreiben Sie sofort, sonst trifft mich der Brief vielleicht nicht mehr an. Wir bleiben etwa vier Wochen hier. Adressieren Sie so: England, Portsmouth, Russian frigate »Pallas« To Mr. John Gon..

Ihnen, liebe, schöne Ellikonida Alexandrowna, küsse ich die Händchen und danke Ihnen fast mit Tränen für die vielen Zeichen der Freundschaft und Aufmerksamkeit, für das Eingemachte, die Charpiepfropfen für die Ohren und die Karaffen – all das erwies sich als außerordentlich nützlich. Ich denke so oft und mit solchem Gefühl an Sie, wie Sie es nicht glauben werden.

Auf Wiedersehen! Immer Ihr J. Gon.

Einen Gruß an alle Ihre Brüder und an Rostowskij. Meiner Freundin Aw. A. (Kolsakowa) sagen Sie, daß ich selbst nicht glaube, daß ich hier bin. Zeigen Sie diesen Brief Majkows und bitten Sie sie, mir an diese Adresse zu schreiben, ohne auf Briefe von mir zu warten. Ich habe ihnen aus Dänemark geschrieben und werde in einigen Tagen wieder schreiben.

Erzählen Sie mir möglichst viel von sich selbst. Ich möchte wissen, was Ihnen Gott geschenkt hat und ob Jekaterina Alexandrowna gesund ist. Panajews, Nekrassow, Annenkow und die übrigen Freunde lasse ich grüßen.

FADDEJEW

Als ich samt meinem Gepäck die Fregatte betrat, wußte ich nicht, wohin ich mich wenden sollte, und stand in der unbekannten Menge wie eine Vollwaise. Unschlüssig sah ich mich um und blickte auf meine hochgetürmten Gepäckstücke. Keine Minute verging, da kamen drei Offiziere auf mich zu. Ihnen folgte eine Schar Matrosen. Sie packten meine ganze Habe und beinahe auch mich selbst mit einem Ruck und trugen sie in die für mich bestimmte Kajüte. Während mir Baron Schlippenbach behilflich war, mich häuslich einzurichten, brachte der Seekadett Boltin einen jungen stämmigen, glattrasierten Matrosen zu mir.

»Dieser Matrose hier ist Ihnen als Ordonnanz zugeteilt worden«, sagte er.

Es war Faddejew.

»Habe die Ehre, zur Stelle!« sagte er in strammer Haltung und nicht mit dem Gesicht, sondern mit der Brust zu mir gekehrt. Sein Gesicht war stets ein wenig zur Seite gewandt, dem Gegenstand zugeneigt, auf den sein Blick fiel. Rotblonde Haare, helle Augen, weißes Gesicht, dünne, schmale Lippen – all das erinnerte eher an Finnland als an Kostroma, seine Heimat.

Von dieser Minute an waren wir unzertrennlich. Für mich dauerte es drei Wochen, das heißt bis zu unserer Ankunft in England, bis ich ihn endgültig kennengelernt hatte, während er für mich, denke ich, drei Tage brauchte. Seine Findigkeit und Pfiffigkeit waren nicht seine letzten wertvollen Eigenschaften, die sich bei ihm hinter der äußerlichen Ungeschliffenheit des Mannes aus Kostroma und der Subordination des Matrosen verbargen.

»Hilf meinem Diener, meine Sachen in der Kajüte unterzubringen!« lautete mein erster Befehl an ihn. Wofür mein Diener zwei Vormittage gebraucht hätte, erledigte Faddejew mit drei Handgriffen. Aber fragen Sie mich nicht, wie. Solche Behendigkeit und Fertigkeit beim Zugreifen, wie sie die Matrosen im allgemeinen besitzen und die Faddejew im besonderen zu eigen waren, trifft man sonst nur bei Katzen. In einer halben Stunde war alles an seinem Platz, unter anderem auch die Bücher; er stellte sie in einer Ecke der Kommode im Halbkreis auf und schnürte sie für den Fall des Schlingerns so fest mit Stricken zusammen, daß man ohne seine übermenschliche Kraft und Gewandtheit nicht ein einziges herausziehen konnte. Ich war deshalb bis England auf die Bücher anderer Leute angewiesen..

Am Morgen war ich kaum erwacht, als ich in der Kajüte meinen Petersburger Diener Filipp erblickte, dem es gestern abend nicht mehr gelungen war, sich an Land zu begeben und der bei den Matrosen übernachtet hatte.

»Gnädiger Herr!« sagte er mit erregter, flehender Stimme. »Fahren Sie nicht übers Meer, um Gottes willen!«

»Wohin soll ich nicht fahren?«

»Nun, wohin die Reise geht: ans Ende der Welt.«

»Wie soll ich denn fahren?«

»Die Matrosen haben gesagt, es sei auch auf dem Landweg möglich.«

»Warum nicht auf dem Meer?«

»Ach, mein Gott! Von welchen Schrecknissen haben sie mir erzählt. Sie sagen: dort von dem Balken, der quer über uns hängt..«

»Von der Rahe«, verbesserte ich.

»..sind bei einem Sturm fünfzehn Mann ins Meer geweht worden. Mit Mühe und Not hat man sie herausgezogen, doch einer ist ertrunken. Fahren Sie nicht, um Christi willen!«

Faddejew, der unser Gespräch mit angehört hatte, bemerkte, daß das Schaukeln nichts auf sich habe, aber es gebe im Meer Stellen, wo es »wirbele«, und wenn das Schiff in solchen Wirbel gerate, so drehe es sich augenblicklich um und liege kieloben.

»Was macht man da? Und wo gibt es solche Stellen?« fragte ich.

»Wo es solche Stellen gibt«, wiederholte er, »wissen die Steuerleute und laufen sie nicht an..«

Als in der Nordsee das Süßwasser knapp wurde, brachte es Faddejew fertig, die Wachsamkeit des Unteroffiziers Terentjew zu täuschen, der die Zisterne beaufsichtigte, und vor seiner Nase jeden Morgen einen Krug Wasser zum Waschen für mich fortzuschleppen.

»Geschnappt!« sagte er jedesmal freudestrahlend, wenn

er mit dem Krug rasch in die Kajüte kam. »Da, Euer Hochwohlgeboren, wasch dich schnell, damit sie dich nicht erwischen und fragen, wo du's herhast. Ich hole dir inzwischen ein Handtuch, mit dem du dir die Fresse abtrocknen kannst.« (Bei Gott, ich lüge nicht!) Diese Kostromaer Einfalt gefiel mir so, daß ich die anderen bat, Faddejew um Gottes willen nicht beizubringen, wie er sich mir gegenüber zu verhalten habe.

Drei Tage lang glückte es ihm, aber am vierten kehrte er mit leerem Krug zurück, rieb sich mit der Hand den Nacken, kratzte sich den Rücken und lachte, allerdings etwas gezwungen.

»Dieser Teufelskerl hat mir eine Abreibung verpaßt!« sagte er schließlich und strich mit der Hand über Kopf und Rücken.

»Wer? Wofür?«

»Terentjew, dieser Teufel! Hat mich erwischt, der Halunke! Ich hatte schon den Krug vollgeschöpft und war bereits auf der Stiege, da kam er angesaust, riß mir den Krug aus der Hand, goß das Wasser zurück und haute mir ins Genick; ich die Stiege hoch, er hinter mir her und zieht mir mit dem Tauende eins über den Rükken!«

Er lachte abermals..

Bei meinen Spaziergängen in Portsmouth machte ich den Versuch, Faddejew mit mir zu nehmen, damit er meine Einkäufe heimschaffe, aber ich bereute es. Er gab keinem den Weg frei und machte niemandem Platz. Stieß man ihn an, puffte er mit der Faust zurück oder er neckte die Kinder. Er brachte seine Kostromaer Eigenschaften in das fremde Land und nahm keinen Tropfen fremden Elements an. Jeden Brauch, der nicht dem seinen glich, jede Einrichtung betrachtete er gleichsam als fehlerhaft und mißbilligte, ja verachtete sie sogar.

»Halunken sind diese Assejs!« sagte er. (So nennen unsere Matrosen die Engländer, weil sie ständig den Ausdruck »J say« in ihrer Rede verwenden.)

Beim Anblick der wachestehenden schottischen Soldaten in ihrer leuchtend bunten Uniform, das heißt im Röckchen aus kariertem schottischem Stoff, aber ohne Hose und deshalb mit nackten Knien, brach er in schallendes Gelächter aus.

»Die Königin ist böse auf sie, darum gibt sie ihnen keine Hosen«, sagte er lachend und wies auf die nackten Beine der Soldaten.

Nur zugunsten eines »englisches Leder« genannten Stoffs, der beim einfachen Volk für Anzüge im Gebrauch war, machte er eine Ausnahme, und zwar deshalb, weil Hosen aus diesem Stoff nur zwei Schillinge kosteten. Er wollte für sich und für einige Kameraden, die ihn beauftragt hatten, solchen Stoff erstehen und bat mich, ihn beim Einkauf zu begleiten. Aber mein Gott! Mit welcher Verachtung behandelte er den englischen Kaufmann, obwohl dieser wie ein vollkommener Gentleman aussah! Welch Glück, daß sie einander nicht verstanden! Schon am Gesicht, an der Stimme Faddejews konnte man erraten, daß er den Kaufmann en canaille behandelte wie irgendeinen Hammelhändler in Tschuchloma.

»Du lügst, zeigst mir nicht das Richtige«, rief er und schmiß den Stoffballen hin. »Sage ihm, Euer Hochwohlgeboren, daß er mir denselben Ballen geben soll, von dem er das Zeug für Terentjew und Kusmin abgeschnitten hat.«

Der Kaufmann legte ein anderes Stück auf den Tisch.

»Nicht das, Halunke, sagt man dir!«

Und dauernd in dieser Art.

In Portsmouth kam er einmal zu mir gelaufen; er strahlte vor Vergnügen und verhielt kaum das Lachen.

»Worüber freust du dich?« fragte ich.

»Motylin .. Motylin ..«, sagte er lachend. (Motylin ist sein Freund, ein schmächtiger, pockennarbiger Matrose.)

»Was ist mit Motylin?«

»Ist von Land zurückgekommen ..«

»Na, und?«

»Rufe ihn, Euer Hochwohlgeboren, und frage ihn, was er an Land gemacht hat.«

Ich vergaß es, doch abends begegnete mir Motylin. Er hatte einen blauen Fleck unter dem Auge.

»Was ist mit dir? Woher kommt der Fleck?« fragte ich. Die Matrosen lachten. Am meisten freute sich Faddejew. Schließlich kam heraus, daß Motylin die Absicht gehabt hatte, mit einer Portsmouther Lady, einer Fischverkäuferin, »ein bißchen zu spielen«. Es war dasselbe, als wenn man mit einer Wölfin im Walde hätte spielen wollen. Sie antwortete mit einem Hagel von Faustschlägen, von denen einer in die Augen traf. Aber auch der Matrose war in seiner Art kein Lamm. Daher bedeutete für Motylin die wölfische Liebkosung nichts anderes als der Sarkasmus irgendeiner jungen Dame gegenüber der unangebrachten Liebenswürdigkeit eines Stutzers. Obwohl der blaue Fleck unter Motylins Auge bereits gelb geworden ist, amüsierte sich Faddejew noch immer über die Geschichte.

3. BRIEF: AN J. P. UND N. A. MAJKOW

Portsmouth, 2. Dezember 1852

Ich habe Ihnen, meine Freunde, noch nicht so geschrieben, wie es sich gehört. Jetzt will ich mich bemühen, es zu tun. Ich weiß nicht, ob Sie meinen kleinen Brief aus Dänemark erhalten haben; ich schrieb ihn, als wir im Sund vor

Anker lagen. Wenn ich die Wahrheit sagen soll – so saßen wir auf dem Sand fest. Damals war ich krank und völlig durcheinander, das dürfte sich auch in dem Brief widergespiegelt haben.

Ich weiß nicht, ob ich heute imstande bin, alles auf einen Punkt zu konzentrieren, so daß Sie eine wenn auch schwache Vorstellung von dem bekommen, was mit mir und um mich herum geschieht. Ich konnte selbst noch nicht den Sinn vieler Erscheinungen meines neuen Lebens erfassen. Nackte Tatsachen mitzuteilen liebe ich nicht, ich bemühe mich, den Schlüssel zu ihnen zu finden, und wenn es mir nicht gelingt, helle ich sie mit der eigenen Vorstellung auf, vielleicht einer falschen, und begebe mich dort, wo es dunkel ist, auf den Weg des Ratens.

Jetzt habe ich einstweilen weder einen Schlüssel noch errate ich etwas oder stelle es mir gar vor. Auf allem lastet noch eine Reihe mehr oder weniger schwerer Erfahrungen. Sie sind ein wenig neu und keineswegs amüsant für mich, und zwar deshalb, weil mir das Leben viele Verlockungen versagt und einer geizigen alten Mutter gleicht, die ihrem Sohn, der alles verpraßt hat, abschlägt, Geld zu geben .. So habe ich zum Beispiel noch kein Verständnis für die Poesie des Meeres und der Seeleute gewonnen, und ich begreife nicht, wo man sie dabei gefunden hat. Das Fahren mit einem Segelschiff erscheint mir als beklagenswerter Beweis für die Schwäche des menschlichen Verstands. Ich sehe nur, mit wieviel Martern die Menschheit das Ergebnis erzielt hat, bei günstigem Wind übers Meer zu fahren. Beim Setzen oder Streichen der Segel, beim Wenden des Schiffs und bei jedem etwas komplizierten Manöver erlebt man eine derartige Kraftanstrengung, daß man in einem Augenblick der ganzen Geschichte der Bemühungen innewird, die man benötigte, um die Meere befahren zu können.

Bis die Dampfschiffe aufkamen, konnte man meinetwegen darüber stolz sein und sich an dem Bewußtsein laben, es weit gebracht zu haben, so dahinzusegeln; aber nach der Erfindung der Dampfer ist der Anblick eines Segelschiffs peinlich. Es gleicht einer alten Kokotte, die sich schminkt, pudert, ein Dutzend Röcke anzieht, sich in ein Korsett zwängt, um auf den Liebhaber zu wirken. Für einen Augenblick mag es auch wirken. Sobald jedoch Jugend und Frische erscheinen, gehen alle ihre Anstrengungen zum Teufel. So furcht auch ein Segelschiff mit aufgezogenen, geschwellten Segeln, mit Takelwerk behangen, krächzend, ächzend und knarrend die Wogen; kaum aber kommt Gegenwind auf, läßt es die Flügel hängen. An ihm vorüber aber gleitet mir nichts, dir nichts ein Dampfer; der Mensch sitzt da, die Arme auf der Brust gekreuzt, und die Maschine arbeitet. So muß es auch sein!

Vergeblich suchte mir der Kapitän zu beweisen, wie schön sich die Segel im Fahrtwind bauschten oder wie sich die Fregatte seitlich aufs Wasser legte und mit 12 Knoten in der Stunde durch die Wogen glitt. »Mehr Fahrt macht auch ein Dampfer nicht!« sagte er zu mir.

»Aber dafür fährt ein Dampfer immer, während wir zwei Tage für 12 Knoten benötigten, danach zehn Tage in der Nordsee hin und her getrieben wurden und wegen widrigen Windes nicht in den Kanal gelangten!«

»Der Teufel hole diese Dampfschiffe!« rief der Kapitän. Sein ganzer Verstand, seine ganze Wissenschaft und Kunst und in ihrem Gefolge Eitelkeit, Ehrgeiz und alle anderen Leidenschaften erstrecken sich auf die Takelage. Unterdessen läßt man in alle Fregatten und Schiffe Dampfmaschinen einbauen. Man kann sich die Lage des Kapitäns und aller ihm ähnlichen Herren vorstellen. Zwanzig Jahre haben sie geopfert, um die Bezeichnung von tausenderlei Stricken zu erlernen!

Das Meer selbst macht auch keinen großen Eindruck auf mich, vielleicht weil ich bisher weder das »schweigende« noch das »azurne« Meer zu Gesicht bekommen habe. Außer Kälte, Schaukelei, Wind und Salzspritzern kenne ich nichts. Es stimmt, in der Nordsee kam man zu mir und rief mich auf Deck, ich solle mir das Meeresleuchten betrachten. Aber ich war zu faul, den Hausrock auszuziehen, ich ging nicht.

Vielleicht ist an dem allen nicht das Meer schuld, sondern das Alter, die Kälte und die Prosa des Lebens. Wenn Sie mich fragen, warum ich dann überhaupt mitgefahren bin, haben Sie völlig recht. Ich muß darauf zuallererst wie ein Schüler antworten: »Ich weiß es nicht!« Sodann würde ich nach einigem Nachdenken sagen: »Und warum hätte ich dableiben sollen?« Und gestatten Sie noch eines: Bin ich denn regelrecht abgereist? Von wo eigentlich? Nur von Petersburg? Ebensogut könnte man fragen, warum ich gestern von London und 1834 von Moskau abgefahren bin, warum ich in zwei Wochen von Portsmouth abfahren werde usw. Bin ich nicht ein ewiger Wanderer wie jeder, der keinen eigenen Winkel, keine Familie, kein Haus besitzt? Abreisen kann derjenige, der das eine wie das andere hat. Doch die übrigen wohnen auf Stationen wie ich in Petersburg und in Moskau. Sie erinnern sich, ich bekümmerte mich nie um meine Wohnung, machte mir keine Gedanken, wie ich sie mir für einen ständigen Aufenthalt häuslich einrichten könne; sie war mir immer zuwider wie das Zimmer eines Gasthofs. Ich rannte fort, um mich an fremden Öfen und Samowaren zu wärmen (im hohen Stil: am fremden Herd!), vornehmlich bei Ihnen. Darum mache ich nur eine Ausfahrt, aber ich bin nicht abgereist.

Nunmehr folgen Gefahren, Ängste, Sorgen und Aufregungen, die mir das Reisen verleiden möchten. Aber gibt es sie nicht auch zu Lande? Ich nenne Ihnen nur zwei Umstände, die Sie alle aus Erfahrung kennen und die einen hindern, frei zu atmen: der eine ist der Mangel an einer vernünftigen Tätigkeit und das Bewußtsein unnütz modernder Kräfte und Fähigkeiten; der andere ist der dauernde Drang, eine Menge feinerer Bedürfnisse zu befriedigen, die fehlenden Mittel und daher die ewigen Seufzer. Dazu kommen Millionen anderer, wenn auch kleiner, so doch spitzer Nadeln, von denen zu reden sich nicht lohnt. Überfliegen Sie die Ereignisse Ihrer letzten zwei, drei Wochen, und Sie werden dasselbe finden: das Leben verschont keinen.

Hier erlebt man keine starken moralischen Erschütterungen, tiefe Leidenschaften, lebendige und verschiedenartige Sympathien und Haßgefühle; diese Federn sind hier nicht in Bewegung, sie rosten. Statt dessen gibt es andere Triebkräfte, die den Organismus ebenfalls nicht schlummern lassen: es sind physische Stürme, Entbehrungen, Gefahren, zuweilen Abscheu und sogar Verzweiflung. Folgt der Tod, doch wo folgt er nicht? Hier geht das Sterben nur schneller und also leichter als anderswo.

Sie sehen demnach, es ist ganz gleich, ob ich Grund zur Abreise hatte oder keinen Grund dazubleiben. Hier wäre lediglich die Frage am Platz, warum diese Reihe neuer Erfahrungen einem Menschen auferlegt wird, der müde und matt ist, der sich selbst überlebt hat, wie Ljchowskij sehr richtig sagt; der sie nicht völlig nützen kann, der ihren Wert nicht zu schätzen weiß und sie sogar ganz einfach nicht erträgt. Und eben dazu finde ich den Schlüssel nicht. Ich weiß nicht, was weiter sein wird, später wird es sich wahrscheinlich finden.

Nach dem oben Gesagten bin ich von allen meinen Reisegefährten offenbar der einzige, der ruhig, mit gleichmäßig schlagendem Herzen und trockenen Augen die Ausreise angetreten hat. Nennen Sie mich nicht undankbar, weil ich bei der Erwähnung der Petersburger »Station« nichts von der Freundschaft sagte, die ich dort gefunden habe und die allein genügt hätte, um mich für immer festzuhalten. Sie, Jewgenija Petrowna, fügen zu dem Wort Freundschaft natürlich das Wort Liebe. Sie, Juninjka, werden darauf sofort an meiner Stelle die Antwort erteilen: »Was erhielt ich für meine neunzehn Jahre währende Leidenschaft als Belohnung von Ihnen? Drei einzige Küsse am Kai beim Abschied – wenig; kein Grund, im Vaterland zu bleiben!«*

»Und die andere da?« werden Sie verschmitzt fragen. »Die, welche weinte?«

»Haben Sie bemerkt, was sie für böse Augen hatte? Diese Schlange, die Krokodilstränen weint, wie Karl Moor sagt, und kaum um etwas anderes gefleht haben dürfte als um meinen Untergang. Das ist eine sehr komische Liebe!«

Wie übrigens alle meine Liebschaften. Wenn aus einer Liebe kein Funke auf mich übersprang, kein Witz und Lachen da waren, so zog ich mich immer zurück; einfach an der Liebe allein war mir wenig gelegen, ich langweilte mich; daher habe ich auch nicht geheiratet. Aber genug von der Liebe. Entsinnen Sie sich, wie ich mich stets über sie geäußert habe. Das sage ich auch jetzt: Neues wird nicht geschehen. Über die Freundschaft muß ich deutlicher sprechen, zumal vor Ihnen. Sie können von mir klare und ausführliche Rechenschaft verlangen, wie ich siebzehn Jahre lang das Kapital, das Sie mir überlassen haben, verwertet habe, ob ich es für immer in der Erde vergrub, wo es sinnlos verkommt, oder ob ich es anwachsen ließ? Habe ich es genützt und wie?

* Wieviel Male haben Sie Ihren ständigen Ritter betrogen, und Sie betrügen ihn auch jetzt, ich weiß es.

Die Freundschaft, so stark sie auch sei, hätte mich nicht zurückhalten können; ist sie wahr und rein, wird und darf sie einen von der Reise nicht abhalten. Nur Verliebten ist es gestattet, sich auseinandergerissen zu fühlen und zu weinen, weil bei ihnen Blut und Nerven die Hauptsache sind, was Sie, Jewgenija Petrowna, auch dagegen sagen mögen. Wenn jedoch in der Musik der Nerven eine Dissonanz zu hören ist, dann wird bekanntlich der Blutkreislauf gestört, dann ist der Körper, je nach der Ursache der Erregung, krank oder er fühlt sich sehr wohl. Die Freundschaft hingegen ist ein stilles Gefühl; es nistet weder in den Nerven noch im Blut, sondern im Kopf, im Bewußtsein. Dort herrscht es, von dort strömt es als angenehmes, beseligendes Gefühl in den Organismus. Sie können sich leidenschaftlich in einen Schurken und ich in eine Schurkin verlieben, sich quälen, daran leiden und dennoch lieben; aber Sie werden unbedingt einem Menschen ihre Freundschaft entziehen, sobald er sich als Taugenichts erweist, und Sie werden nicht einmal Bedauern dabei empfinden.

Freundschaft pflegt man ein uneigennütziges Gefühl zu nennen. Der wirkliche Begriff der Freundschaft ist jedoch in der menschlichen Gesellschaft verlorengegangen; er ist zum Gemeinplatz, zur platten Phrase geworden. In der Tat trifft man reine, uneigennützige Freundschaft noch seltener an als uneigennützige oder wahre Liebe. Zumeist lebt eine Seite auf Kosten der anderen. Auch in der Freundschaft führt man bei uns eine Art arithmetischer Aufrechnung durch wie in einem Merkheft oder in einem Einnahmen- und Ausgabenbuch, man zählt die eigenen und die Verdienste des anderen zusammen, bringt sie ständig in Vergleich gemäß dem Kodex der Freundschaft, der veralteter ist als die ptolemäische Astronomie und Geographie oder die Rhetorik Quintilians. Immer strebt man nach einer Art Pylades-Tat. Wenn man einen anderen preist oder von ihm gepriesen werden will (mit einer Freundschaft brüstet man sich wie mit einem chinesischen Service oder mit einem Zobelpelz), dann sagt man: das ist ein erprobter Freund, numeriert ihn zuweilen als 15. bis 20., sogar als 30. Freund. Auf solche Art verleiht man dem Freund eine Auszeichnung und stellt ihm ein regelrechtes Zeugnis aus. Bleibt nur noch übrig, ihm ein Gehalt zu zahlen und eine Tafel vor das Haus zu hängen: »Hier werden Freunde in Dienst genommen.«

Von einem unerprobten Freund heißt es hingegen: der kommt nur, um zu essen und zu trinken. Wie er wirklich ist, weiß man nicht. Derartige Leute brauchen Freundschaftsbeweise, doch sie nennen die Freundschaft uneigennützig. Was ist das? Ein Fluch auf die Freundschaft, Unverständnis für ihre Rechte und Pflichten, die man nicht anerkennt. Dasselbe wie in der Liebe?

Nein, ich will nur sagen: nach meiner Meinung gibt es wahre, uneigennützige, erprobte Freundschaft nur dann, wenn ordentliche Menschen, die einander nichts schulden, es sei denn, sie seien einmal unabsichtlich einander verpflichtet, die nichts voneinander erwarten, lange Jahre hindurch, meinetwegen ein halbes Jahrhundert zusammen leben, ohne die Last von Fesseln eines Schuldners gegenüber einem Gläubiger zu schleppen, und die ihre Freundschaft genießen wie den schönen Himmel oder prächtiges Wetter, ohne jemandem etwas dafür zu bezahlen. Das Tröstliche an solcher Freundschaft ist die Überzeugung, daß keiner diesen gesegneten Zustand in Verwirrung bringen oder beseitigen wird, denn er beruht auf gegenseitiger Achtung.

Da haben Sie meine Theorie von der Freundschaft. Aber ist es wirklich nur eine Theorie? – Verfolgen Sie nur die ganzen siebzehn Jahre (und Sie, Juninjka, neunzehn) unserer Bekanntschaft, und Sie werden sagen, daß ich immer der gleiche gewesen bin, und auch in weiteren siebzehn Jahren wird es so bleiben. Ich habe nie und von niemandem Schluchzer oder Freudenausbrüche erbeten, sondern ich bitte nur um eins: bleiben Sie, wie Sie waren. Ich bin sehr glücklich über die Gewißheit, daß Sie meiner stets im Guten gedenken. Wie hätte ich da weinen und jammern sollen, als ich mich mit dieser Gewißheit verabschiedete und mit der Hoffnung auf Rückkehr. Ich konnte es um so weniger, als ich mit dem Abschied von den Freunden auch zugleich eine Menge von Beschäftigungen und Leuten hinter mir ließ, die mich aufs äußerste verdrossen, genau wie mich die immer gleichen Wände langweilten. Ich hingegen reise in neue, wunderbare, phantastische Erdteile, an deren Existenz ich auch jetzt kaum glaube, obwohl mir der Obersteuermann an den Fingern vorrechnet, wann wir in China, wann in Neu-Holland eintreffen werden, und versichert, daß er dort schon dreimal gewesen sei.

Also bedauert mich nicht und verbietet auch Jasykow zu klagen. Ihn und seine Familie vermenge ich mit dem Verstand (Sie sehen: mit dem Verstand, ich irre mich nicht; ich sagte nicht: mit dem Herzen!) mit der Ihrigen, obwohl ich weiß, daß er mich nicht so liebt wie Sie, sondern anders. Er liebt mich, weil er nicht anders kann als jeden lieben; das kommt von seiner Charakterschwäche; er wird mich sogar wie ein Weib verraten und jemand anderen an meine Stelle setzen. Aber das macht nichts. Sobald ich zurückkomme, werde ich sofort mein Plätzchen bei Jasykows und am runden Tische wiederfinden.

Wenn Sie, Jewgenija Petrowna, all das durchlesen, werden Sie sagen: »Da haben wir endlich Ihre profession de foi! Sie haben sich zu erkennen gegeben!«

Nun, ich bin sehr froh darüber. Warum auch nicht. Ich

sage ja, daß Sie mich nie verstehen werden. Warum diese ganze Tirade über die Freundschaft? Verstehen Sie nicht? Es ist einfach eine Parodie auf Karamsin und Bulgarin. Ich sehe nur, daß sie zu lang geraten ist. Nichts zu machen. Umschreiben werde ich den Brief nicht, lesen Sie ihn, wie er ist. Ich habe Ihnen versprochen zu schreiben, wie es mir in die Feder kommt, und Sie haben versprochen zu lesen – also lesen Sie!

›Deswegen ist er also weggefahren!‹ werden Sie denken. ›Er starb daheim bei lebendigem Leibe vor Müßigkeit, Langeweile, Bedrückung und Leere im Kopf und im Herzen; seine Phantasie fand keine Anregung mehr usw.!‹

All das stimmt; dort ging ich langsam und gelangweilt völlig zugrunde. Der Zustand mußte geändert werden, im Guten oder Schlechten, nichts als geändert werden. Aber trotzdem wäre ich um keinen Preis der Welt weggefahren..

Jetzt werden Sie, meine ich, sogar zornig werden. »Was ist das für eine Ungereimtheit?« werden Sie sagen. »Wäre nicht weggefahren! Aber er ist doch gefahren!«

Ja! Bekennen Sie, daß Sie mich nicht begreifen, dann werde ich sofort sagen, warum ich gefahren bin. Ich habe einfach – Spaß gemacht. Reisen in der Tat: aber nicht um irgendwelche Millionen, das ist mir nie in den Sinn gekommen. Sie selbst haben mich auf diesen Posten eines Sekretärs aufmerksam gemacht, und Sie haben dabei lachend hinzugefügt: »Das wäre was für Sie!«

Mich gelüstete, Ihnen zu zeigen, daß ich den Vorschlag annehmen würde. Hätten Sie gesagt: »Mit welcher Freude würden Sie fahren!«, hätte ich mich sofort über das Angebot lustig gemacht und wäre selbstverständlich um nichts in der Welt gefahren. Ich machte nur Jux, sage ich Ihnen. Fragen Sie Ljchowskij. Ich habe es ihm damals schon gesagt. Doch inzwischen hat mich das Schicksal in den Klauen, und da bin ich nun – das Opfer eines eigenen Scherzes.

Sie wissen selbst, wie alles kam. Als ich Sie bat, an Apollon zu schreiben, dachte ich, daß Sie es nicht tun würden, daß der Brief sich verzögern, daß Apollon zu faul sein werde zu kommen und sich verspäten werde, daß der Admiral schon jemanden gefunden habe oder daß ich bei der Begegnung mit ihm sagen würde: ich will nicht. Dem Admiral lag jedoch mein Brief vor meinem »Ich will nicht« bereits vor. Ich zum Grafen, doch der hatte das Schriftstück schon längst unterschrieben. Ich wollte im Departement Einspruch erheben, aber hier hatten sich die Freunde (och, Freunde sind mir das, Freunde!) schon um die Abkommandierung und das Geld gekümmert, so daß jede Möglichkeit einer Absage entfallen war, als ich es hätte tun müssen. Als ich abreiste, flüsterte ich dem und jenem zu, daß ich aus England zurückkehren würde, und auf dem Schiff richtete ich mich so ein, daß ich schnell Reißaus nehmen konnte. Ich hoffte stark darauf, seekrank zu werden. Ich wollte sagen, daß ich das Meer nicht vertrüge, keinen Nutzen bringen werde und basta.

Am Tage nach der Ausreise wache ich auf – es schlägt mich gegen die Wand, bald mit dem Kopf, bald mit den Füßen, bald mit einem anderen weichen Teil. Meine Bücher liegen am Boden, der Mantel, der Paletot schaukeln hin und her, im Fenster erscheint bald der Himmel, bald das Meer. ›Wird es mir nicht übel?‹ denke ich. Nein, ich habe Verlangen nach Tee, ich möchte rauchen – alles wie immer. Ich ging hinauf – Durcheinander, alles rennt hin und her. Das Meer befindet sich plötzlich über meinem Kopf, und dann verschwindet es wieder. Ich stehe, schaue, klammere mich fest an einen Strick, nichts; interessant und fertig. »He, Sie sind ein tüchtiger Bursche!« sagt man allseitig zu mir, beglückwünscht mich. »Zum ersten Male auf See, und es tut ihm nichts. Das ist mal ein Kerl!«

Und ringsum – den einen würgt es, der andere wälzt sich auf dem Deck umher. So war denn auch die Hoffnung auf die Seekrankheit futsch.

Ich dachte sogar daran, mich zu verstellen, zu sagen, es sei mir übel, mich in die Kajüte zu legen und so zu tun, als ob mir alles gleichgültig sei. Aber die Seekrankheit nimmt den Appetit, ich aber warte auf den ersten Tee, kann es gar nicht erwarten, der Kapitän hat einen vorzüglichen Koch, ich esse erschreckend viel, weil die Seeluft Appetit macht.

Ein zweiter, schlauer Plan: ich beschwerte mich über den ständigen Lärm, über das Hin- und Hergerenne und den Tumult. Ich könne nicht schlafen, nichts tun. Hier kam mir meine Hypochondrie zu Hilfe, von der man auf der Fregatte nichts wußte. Ich sagte, daß mich das Getrampel der Matrosen, das Klatschen des herabgelassenen Tauwerks, das Trommelschlagen, der Kanonendonner aufregten. Man begann mich ernstlich zu beklagen und meinte, es sei natürlich besser, umzukehren als so gequält zu werden.

Aber auch dieser Plan fiel ins Wasser. Ich ging zur Teestunde abends in die Offiziersmesse. Jemand fragte, warum man um fünf Uhr aus dem Geschütz gefeuert habe. »Ja, hat man denn geschossen?« fuhr es mir heraus. Als ich mich besann, war es schon zu spät. Alle lachten, und ich lachte mit, denn die Kanone steht fast neben meiner Kajüte, und was für eine Kanone: an die vier Ellen lang!

Einfach sagen, daß ich Angst vor der Gefahr habe? Aber das darf man nicht mal seinem Mamachen anvertrauen. Schließlich bekannte ich dem Kapitän, daß ich einfach einen schrecklichen Widerwillen gegen die Reise hätte, daß China und Brasilien, wie ich jetzt sähe, nicht allzuviel

Interesse für mich böten und daß es mir auf dem Schiff zu unruhig sei, eine Marter für mich, und die Sitten, Gewohnheiten, Bräuche, das alles sei nichts für mich.

»Nun, wenn Sie wollen, dann setze ich mich dafür ein, daß Sie zurückkehren können!« sagte er.

»O Wohltäter!«

Und in der Tat, er brachte es fertig. Er sagte dem Admiral, daß ich entsetzlich litte, mich langweilte und wenig schliefe (daß ich nicht äße, sagte er nicht, brachte es nicht über die Zunge, denn ich aß ja in seiner Gegenwart und er sah selbst, wie gut es mir schmeckte. Und schlafen? Ich schlief ja viel!).

Der Admiral hörte sich das alles voller Teilnahme an, rief mich zu sich (das war in London), sagte, er bedauere es sehr, wolle mich jedoch nicht festhalten, natürlich sei es besser, jetzt heimzukehren als weiterzufahren und sich zu quälen. »Nur schade«, fügte er hinzu, »daß Sie es nicht in Petersburg vorausgesehen haben. Jetzt kann ich keinen Ersatz für Sie finden.«

Er bekümmerte sich sogar beim Botschafter um einen Auftrag für Berlin und Warschau, damit ich auf Staatskosten zurückfahren konnte. Und ich verbrachte einige Tage in London in der Hoffnung, Sie alle bald wiederzusehen. Der Botschafter sagte, ich solle baldmöglichst nach Portsmouth fahren, mein Gepäck holen und wegen der Papiere zu ihm kommen. Ich fuhr am dritten Tage nach Portsmouth und – kehrte nicht wieder nach London zurück, sondern reise weiter um die Welt. Ein neues Rätsel: errate mich einer! Keiner wird mich begreifen, so bin ich halt. Als ich meine Koffer, Sachen, Wäsche erblickte und mir vorstellte, wie ich mit dieser Fracht mutterseelenallein durch Deutschland pilgern, ächzend und krächzend die Koffer auf- und zumachen, Wäsche herausnehmen, mich allein ankleiden und mich in jeder Stadt abschleppen, aufpassen müsse, wann der Zug ankommt, wann er abfährt usw. – da überkam mich eine entsetzliche Trägheit. Nein doch, lieber fahre ich schon auf den Spuren Vasco da Gamas, Vancouvers, Krusensterns u.a. als auf den Spuren französischer und deutscher Barbiere, Schneider und Schuster. Nahm es also auf mich und blieb.

Besagter Kapitän war mir abermals wegen der Weiterreise behilflich. Er sagte dem Admiral, daß ich nicht abgeneigt sei, an der Weiterfahrt teilzunehmen, und daß ich hoffe, mich einzugewöhnen. Der Admiral war hier und rief mich abermals zu sich, sagte, es sei für mich gewiß besser, weiter mitzufahren, daß das Rheuma in der Backe in den Tropen vergehen werde, wo man noch nie von Zahnweh gehört habe, daß ich mich an den Lärm und das Getrampel so gewöhnen würde, daß ich es gar nicht mehr bemerkte. Wenn mich, einen mit dem Meer nicht vertrauten Menschen, die Gefahren und Entbehrungen schreckten, so ließen sie sich in der Gesellschaft von fünfhundert Männern leichter ertragen. Am Schluß meinte er, daß ich es später bereuen würde, auf eine so ungewöhnliche Expedition verzichtet zu haben. Ich hielt mich an seine Worte: ich werde mitfahren.

Und nun fahre ich also, lebt wohl! Alles, was an einer Seereise überhaupt schlimm sein kann, haben wir erlebt und werden wir erleben. Wir reisten bei Kälte ab, die durch scharfe Winde abgelöst wurde. Bei Dänemark wurde es wärmer, etwa wie es bei uns im Herbst in den Häusern zu sein pflegt. Ich zog mich bei offenem Fenster aus, weil die Scheiben in Stücke fliegen, wenn das Fenster geschlossen ist und das Geschütz feuert; zweimal mußte bei mir schon eine neue Scheibe eingesetzt werden. Wenn das Schiff schaukelt, kann man sich den ganzen Tag nicht waschen, unmöglich, und als wir in der Nordsee zehn Tage lang hin und her kreuzten, ohne im geringsten voranzukommen, begann man mit dem Süßwasser zu sparen, weil die Schwimmerei noch einen Monat dauern konnte. Man gab zum Waschen Meerwasser, das in die Augen beißt und bei dem die Seife nicht schäumt. Mein Faddejew klaute für mich zwei Krüge mit Süßwasser – angeblich zum Trinken. Auf dem Kapitänstisch erschien damals des öfteren Pökelfleisch, so daß die mehr vom Schaukeln und vom Pulverdampf erblindeten Hühner und Enten und die zu Schweinen herangewachsenen Ferkel zu den feineren und seltenen Gerichten gehörten.

Jetzt sitze ich an diesem Brief, in Pelz und Decke gehüllt, und zittere am ganzen Leib vor Kälte. In der Kajüte ist es feucht; von allen Seiten zieht es; atmet man aus, stößt man geradezu einen Strahl Tabakqualm aus dem Mund; und man möchte dauernd, daß es weitergeht, weiter. Zu allem Überfluß wird man mich aus der Admiralskajüte ganz tief unten bei den Offizieren unterbringen, wo die Kajüten dunkel, stickig und klein wie Holzställe sind. Nebenan im Gemeinschaftsraum herrschen dauernd Geschrei und Lärm, andere Kajüten sind nicht vorhanden, die Fregatte ist knüppeldickevoll. Doch ich werde fahren, ich werde fahren, zutiefst gehorsam gegenüber Schicksal und Umständen, sogar mit einer seltsamen Gier, die Unbequemlichkeiten zu erproben, die gewaltigen, ernsten Schicksalsfügungen zu kosten. Es heißt, wir hätten das Unangenehmste bereits hinter uns, ich glaube es nicht. Was vor uns liegt? Wenn nicht Kälte, wird unerträgliche Hitze herrschen; gibt es den unruhigen Seegang der Nordsee nicht mehr, dann werden es ozeanische Stürme und ähnliche Annehmlichkeiten sein.

Es stimmt, sowie wir die Reise begannen, stürzte ein Mann von oben herab und fiel ins Meer. Es war nicht möglich, ihn zu retten, er schwamm der Fregatte nach und schrie von Zeit zu Zeit, dann verschwand er. Solcherart war unsere Verlobung mit dem Meer. Dann trat die Cholera in Erscheinung. Wir versenkten die Leichname von drei Matrosen, wie es auf dem Meer üblich ist. Dann liefen wir im Sund auf Grund. Es herrschten Nebel und starker Wind. Die Fahrt bis England wird für die gefährlichste gehalten. Ich schrieb Ihnen nichts darüber, damit keine übertriebenen Gerüchte aufkämen. Später wollte ich Ihnen ausführlicher schreiben, doch immerzu ließ ich mich ablenken oder die Zähne schmerzten.

Als die Offiziere erfuhren, daß ich zurückkehren wolle, waren sie – seltsam! – betrübt und setzten mir mit Bitten zu, ich solle bleiben. Ich sagte, ich hätte es dem Kapitän überlassen, die Angelegenheit nach seinem Belieben zu erledigen. Wenn er es schafft, bleibe ich und werde schweigen; wenn nicht, fahre ich ebenfalls schweigend zurück. Einige liefen zum Kapitän und baten ihn, noch einmal mit dem Admiral zu sprechen. Was habe ich für sie geleistet, was liegt ihnen an mir? Ich bin mundfaul, leide an Depressionen, schweige – doch sie! Verwunderlich!

Der Admiral sagte mir, daß meine Pflicht hauptsächlich darin bestehen werde, alles aufzuschreiben, was wir sehen und hören und erleben werden. Sie werden mich doch nicht zum Homer ihres Unternehmens machen wollen? Ach, sie werden sich täuschen. Nichts wird dabei herauskommen, weder aus mir ein Homer noch aus ihnen Argonauten. Aber was auch komme, ihre Pflicht wird es sein, das Schiff zu lenken, und ich muß schreiben. Das Ergebnis kennt nur Gott allein!

Ich stellte mir vor, wie es wäre, wenn Sie, Nikolaj Apollonowitsch, an meiner Stelle stünden. Sie würden mit jedem Dreck zufrieden sein, das Schlafen in der Hängematte erschiene Ihnen besser als in jedem Bett. Vom Pökelfleisch würden Sie sagen, daß Sie besseres auf dem Lande nie gegessen hätten. Sie würden sich selbst die Wäsche hervorholen, die Schuhe an- und ausziehen und in Ihrer Kajüte alles in Ordnung halten. Und zu tun gibt es eine Menge. Man muß alles so fest hinstellen, daß es beim Schwanken nicht vom Platz rückt: die Kommode an der Wand festnageln (bei mir ist sie nur festgebunden, Sie hätten sie für sich und für mich festgenagelt!) und die Bücher, die Leuchter, die Karaffen befestigen, und fast alle Beine der Möbelstücke würden Sie absägen. In der Nordsee erinnerte ich mich Ihrer besonders: rings um die Fregatte tauchten plötzlich Meerschweine auf, dicke, schwarze Säugetiere, und schnellten sich über die Wogen hinaus.

Unsere Fregatte ist jetzt im Dock. Irgend etwas wird repariert, man bringt noch mehr Kanonen auf Deck und montiert einen Apparat zur Zubereitung von Süßwasser. Wir werden hier wohl noch etwa drei Wochen bleiben. Ich wäre gern nach Paris gefahren, aber die beabsichtigte Rückkehr nach Rußland brachte mich aus dem Konzept. In zwei Tagen gedenke ich wieder nach London zu fahren und, wenn möglich, wenigstens für eine Woche nach Frankreich. Wir sind einstweilen im Hafen untergebracht, auf einem alten englischen Schiff; alles geht drunter und drüber.

»Da geht der Brief zu Ende«, werden Sie sagen, »und kein Wort über London, über das, was Sie gesehen und bemerkt haben!«

Auch jetzt werden Sie nichts davon vernehmen ..

»Ja, ist denn das ein Brief?«

Haben Sie wieder nicht begriffen? Das ist die Einleitung (nicht einmal das Vorwort, das liegt noch in weiter Ferne) zu

Iwan Oblomows Reise um die Erde, in 12 Bänden, mit Plänen, Skizzen, einer Karte der Küste Japans, einer Darstellung von Port Jackson, Kostümen und Bildern von den Bewohnern Ozeaniens.

Nun, ich umarme Sie, meine Freunde. Es erregt mich nur, daß ich Sie nicht eher als in drei Jahren wiedersehen werde. Ach, würden es doch nur anderthalb Jährchen! Ich wäre sogar bereit, unter dieser Bedingung über Sibirien zurückzukehren. Doch wir wissen noch nicht, wie wir fahren. Es heißt, nicht über Brasilien, sondern direkt nach Neu-Holland. An die achtzig Tage werden wir auf See sein, ohne Land zu sehen.

Sie, Nikolaj Apollonowitsch, und Sie, Jewgenija Petrowna, werden mein Gekritzel nicht lesen können, doch Sie, Apollon, Alter (ich küsse Ihre Alte), und Sie, Ljchowskij, werden gewiß beim Entziffern helfen, falls Sie Lust haben. Der »Hauptmann«, meine ich, wird einen Blick daraufwerfen und sagen: »Wofür werde ich bestraft, das lesen zu müssen?« Burjka, und du? Vermutlich wie immer mit dem Spielzeugladen beschäftigt?

Jetzt gehört es sich nach Bauernbrauch, mit den Grüßen zu beginnen. Bestellt meine Grüße an Alexander Pawlowitsch und Wladimir Grigorjewitsch und an Wassilij Petrowitsch und Ljubow Iwanowna, Anna Wassiljewna, Michail Wassiljewitsch, Julja Petrowna samt Kindern, an Dudyschkin und Filippow und Marja Fjodorowna und Michail Petrowitsch und Stepan Dmitrijewitsch, und mögen mich die entschuldigen, die ich nicht erwähnt habe, ich habe keinen vergessen und werde keinen vergessen, ich bin jetzt nur zu faul.

Was diesen und die folgenden Briefe angeht, so haben Sie, Nikolaj Apollonowitsch, versprochen, sie niemandem zu geben, sondern sie bis zu meiner Rückkehr aufzuheben, denn ich werde später selbst vieles vergessen und die Briefe vielleicht zur Erinnerung benötigen. Außerdem schreibe ich ohne Prätention, nur für Sie und die anderen nächsten Freunde. Deshalb wünsche ich auch, daß nur Sie sie lesen. Sie kennen sie alle. Wenn man fragt, sagen Sie, daß sie jemand genommen und nicht wieder gebracht hat. Jasykows werde ich selbst schreiben.

Gruß an Katerina Fjodorowna.

Nachdem ich alles durchgelesen habe, bin ich mir im Zweifel, ob ich den Brief abschicken soll; aber ihn noch mal zu schreiben, bin ich zu faul .. Also geben Sie ihn niemand zu lesen, um so mehr, weil der Brief nur für Sie allein und Junja Dmitrijewna und Ljchowskij bestimmt ist – und sonst niemanden: nur für die Meinigen! Elkan sagt, daß seine Vorhersagen falsch sind. Ich bin nicht dem Trunk verfallen, und es besteht auch keine derartige Hoffnung. Die Matrosen trinken zum Mittagessen je ein Gläschen Wodka und je ein Glas Wein und zum Abendessen wieder ein Gläschen Wodka, doch keinen Wein, das ist alles. Und einige trinken überhaupt nicht. Ich bin fast der Haupttrunkenbold.

Die Engländerinnen – etwas Wunderbares! Aber über die Frauen später einmal.

Ich schrieb schon in D-t an Korenjew, daß ich zurückkehren würde. Sagen Sie ihm, Alter, daß sich das wieder geändert hat, der Gedanke an Rückkehr hat mich erschreckt. Vor der Abreise werde ich ihm noch einmal schreiben, und dann teile ich mit, wie und wohin man mir schreiben kann. Der Admiral schrieb nach Petersburg, man möge unseren Verwandten und Bekannten erlauben, Briefe über England mit den amtlichen Depeschen aus dem Ministerium für Auswärtige Angelegenheiten (Sablotzkij weiß Bescheid) dorthin zu schicken, wo wir uns befinden werden. Man muß nur auf die Fristen achten, aber darüber werde ich schreiben.

Portsmouth, 20. Dezember 1852

Als ich vor fünf Tagen aus London zurückkehrte, händigte man mir sofort Ihre Briefe aus, meine lieben Freunde Michajlo Alexandrowitsch und Jekaterina Alexandrowna. Gewiß habe ich mich über sie mehr gefreut als Sie über meinen Brief. Ich bin hier allein – fast im vollen Sinn des Worts. Sie jedoch sind in der Familie und mit Freunden zusammen. Meinen Glückwunsch zur Ankunft der Tochter: sie wird meine künftige Freundin sein, zumindest hoffe ich, auch ihr von den afrikanischen Menschen erzählen zu können.

Sie, Jekaterina Alexandrowna, schreiben, daß Sie sich langweilen: ich glaube es nicht, Sie haben keinen Grund. Man müßte Michajlo Alexandrowitsch nur einmal für zwei Monate nach Finnland oder Moskau schicken, dann verginge Ihnen die Langeweile; die Erwartung und sodann seine Rückkehr – da hätten Sie Ihre Freude! Sie sind nur launisch, weil Sie glücklich sind – wie eine ordentliche Frau nur glücklich sein kann – mit Mann und Kindern. Daß Sie kein Geld haben, ist betrüblich, aber wenn es schon so eingerichtet ist, daß man ohne irgendeinen Splitter nicht leben soll, dann kann man nichts machen, dann muß man halt ohne Geld durchkommen.

Ich bin so sehr froh, daß Ihr Ereignis, wie Sie die Geburt der Tochter nennen, glücklich abgelaufen ist. Zwar reisen Sie nicht, und trotzdem ging es auch bei Ihnen daheim nicht ohne besondere Ereignisse ab!

Muß ich Ihnen sagen, daß ich unablässig an Sie denke? In London, hier, auf der Fahrt nach England, immer sah ich meine Petersburger Freunde im Geiste vor mir und forderte sie bei jeder Gelegenheit auf, meine Eindrücke zu teilen. Wenn Sie bei Majkows sein werden, liest man

Ihnen vielleicht die eine oder andere Einzelheit meiner Reiseerlebnisse aus dem Briefe vor, den ich noch heute an sie absenden werde. Ich habe ihm fast nichts hinzuzufügen, es sei denn, daß wir nach wie vor unter Unbequemlichkeiten leiden und noch nichts von alledem genießen, was uns in die Ferne gelockt hat. Himmel, Meer und Luft sind fast genauso wie bei uns. Der Winter hierzulande gleicht unserm Herbst. Draußen ist es erträglich, im Zimmer läßt es sich auch aushalten, weil sich in jedem Zimmer ein Kamin befindet, aber auf dem Schiff ist es kalt und feucht. Solange ich in London war, regnete es fast jeden Tag, und die Stadt, die wegen des Rauchs, Nebels und der unschönen, verräucherten Häuser schon ohnehin düster ist, wirkte noch finsterer. Mittags mußte man bei Kerzenlicht schreiben. Ich besichtigte, was ich in siebzehn, achtzehn Tagen überhaupt schaffen konnte, und nun bin ich wieder hier.

Wird es einem auf dem Schiff zu langweilig, schlendert man durch die Straßen von Portsmouth, läuft durch die ganze Stadt, kehrt zurück und befindet sich abermals im Kreise der Menschen, mit denen man drei Jahre zusammenbleiben soll. Sobald ich einige von ihnen durchschaut hatte, zog sich mir ein wenig das Herz zusammen bei dem Gedanken, ihnen täglich von Gesicht zu Gesicht zu begegnen. Andere sind erträglich und einige sogar sympathisch, aber nur ganz wenige. Übrigens gräme ich mich nicht sehr darüber, besonders wenn man sich leidenschaftslos fragt: »Bin ich denn selbst sympathisch?« Nachdem ich mir, auch möglichst leidenschaftslos, auf diese Frage geantwortet habe, strecke ich nunmehr ohne jegliche Verdrossenheit allen die Hand entgegen, den Sympathischen, den Unsympathischen und den Erträglichen. Duldsamkeit ist ein hoher Wert oder, besser gesagt, ein Komplex von Werten, die den Charakter des Menschen kennzeichnen, folglich alles. Im übrigen bemühe ich mich, so gut ich kann, mich mit allen augenblicklichen und kommenden Schwierigkeiten der Reise zu versöhnen. Sogar in Gedanken, in der Vorstellung ebne ich verschiedene Hügel und gelange zuweilen dahin, daß ich einen Schock leichter nehme. Auf diese kunstvolle Weise erarbeite ich in mir die wertvolle Fähigkeit, mich nicht zu langweilen. Um es zu erreichen, brauche ich mich nur von Zeit zu Zeit an alle Einzelheiten meines Petersburger Lebens zu erinnern und mir vorzustellen, daß ich es nach dem gleichen Programm später fortsetzen werde, und im gleichen Augenblick erwacht in mir wieder die Lust, weiter, immer weiter zu fahren. Dann steht mir klar vor Augen, daß ich bei dieser Reise alles gewinne und nur die physische Ruhe und einige kleine Bequemlichkeiten einbüße, deren Verlust im Vergleich zu dem Interesse an meinem Vorhaben verschwindend gering ist. Wenn die Phantasie ausschweift und ein wenig das Bild der Wunder enthüllt, die unser in der Zukunft harren, wenn man in sich das noch nicht ganz erloschene Bedürfnis des Schilderns spürt – dann sieht man augenblicklich ein, daß man unter allen Umständen fahren muß, und es will einem scheinen, daß es anders überhaupt nicht sein kann. Daher ist es mir ziemlich gleichgültig, daß ich nun schon den dritten Monat gleichsam in einem Hausflur lebe, in Kälte und Feuchtigkeit, in einer Koje schlafe, die ich früher vielleicht nicht einmal anzurühren mich entschlossen hätte, daß ich, solange die Fregatte noch im Dock ist, in einem Quartier wie in einem Biwak untergebracht bin – zu viert in der Kajüte eines alten englischen Schiffs! –, daß meine Sachen verstreut, Papiere und Bücher in Unordnung sind, daß ich in einem Gondelchen und bei einem Wetter über die Reede fahre, bei dem ich in Petersburg keinen Fuß auf die Straße gesetzt hätte usw. Sogar noch schlimmer: nachdem sich nunmehr der Admiral auf der Fregatte häuslich niedergelassen hat, ist es noch enger geworden, und ich muß in einer der Offizierskajüten wohnen. Ich weiß nicht, ob Sie, Michail Alexandrowitsch, sie gesehen haben, als wir zusammen auf der Fregatte waren? Sie sind bedeutend kleiner als das Eckchen, in dem Sofron mit Andrjuscha bei Ihnen wohnten, und ohne Fenster, nur mit einer runden Öffnung, kaum so groß wie ein Apfel; das Löchlein wird großspurig Illuminator genannt, läßt aber fast keine Luft und kein Licht herein. In der oberen Kajüte erbat ich mir nur einen Winkel zum Aufstellen eines Tisches für meine Tätigkeit. Stellen Sie sich zu alledem die Seltsamkeit oder Falschheit meiner Lage unter diesen Leuten vor, die hier fast alle in ihrer assiette sind, das militärische Gehabe, an das ich nicht gewöhnt bin und das ich nicht liebe, die Disziplin, dauernd Lärm und Bewegung – und Sie müssen bekennen, daß mich mein kühnes Verlangen, die afrikanischen Menschen zu besichtigen, teuer zu stehen kommt. Ihre Jenitschka sagt die Wahrheit, daß ich auf den Blocksberg gefahren bin, fast stimmt es, und es wird auch nicht an Hexen fehlen, nach den Erzählungen unseres Obersteuermanns zu urteilen, der zum vierten Male die Fahrt rund um die Erde macht. Was wir tun werden, wissen wir selbst noch nicht. Vorerst hat man mal zu unseren fünfzig Kanonen noch vier Mörser (zum Werfen von Bomben) übernommen, und im Kielraum lagern an die tausend Pud Pulver.

Der Admiral gibt mir nur selten den Auftrag, irgendwelche Schriftstücke abzufassen, aber ich habe meine amtliche Tätigkeit auch noch nicht regelrecht übernommen. Einen großen Teil der Berichte, vor allem soweit sie Schiffahrtsangelegenheiten betreffen, schreibt er selbst, gemeinsam mit Kapitän Possjet, der für besondere Aufträge zur Verfügung steht. Er erklärte mir, daß meine

Hauptobliegenheit darin bestehen werde, über alles, was wir sehen werden, Tagebuch zu führen; ich weiß nicht, wozu es dienen soll, zu einem Rechenschaftsbericht oder um zu seiner Zeit gedruckt zu werden.

Sie wissen sicher, daß ich umkehren wollte, so weh taten mir Schläfen, Wangen und Zähne. Der Admiral war einverstanden und wollte mir sogar beim Botschafter einen amtlichen Auftrag erwirken, aber dann war er sehr zufrieden, als ich blieb, um ihn durch meine Abreise nicht in große Schwierigkeiten zu bringen, weil er keinen Ersatz für mich hatte. Mein Rheuma schweigt, gottlob, vorerst, wollen wir es nicht berufen!

Für Sonnabend (heute ist Montag) ist die Ausreise festgesetzt, aber ob es klappen wird, weiß ich nicht. Unsere Fregatte »Dwina« wollte schon einen Monat zuvor abfahren, liegt jedoch wegen widrigen Winds noch immer hier auf der Reede. Apropos, die »Dwina«! Einmal speisten bei uns auf der Fregatte zwei Offiziere von der »Dwina«. Einer von ihnen hatte genauso ein rotes Gesicht und Schnurrbärtchen wie meine Freundin Awgusta Andrejewna (Kolsakowa), die gleichen Augen, wie sie einmal gehabt hat – ich erriet sofort, daß es ein Kolsakow sein mußte, setzte mich zu ihm, und wir plauderten den ganzen Abend zusammen. Dabei hechelten wir alle Kolsakows und Sie durch. Er trug mir auf, Sie zu grüßen, und ich bat um dasselbe.

Vielleicht ist dies mein letzter Brief an Sie aus England. Ich werde kaum dazu kommen, noch einmal zu schreiben. Ich muß noch an meine Vorgesetzten, Kollegen und Angehörigen schreiben, und viel Zeit bleibt nicht mehr. Ich benütze die Abwesenheit des Admirals; wenn er aus Paris zurückkommt, wohin er seine Frau gebracht hat, wird er mich gewiß mit schriftlichen Arbeiten überhäufen. Auf Wiedersehen denn, vergessen Sie mich um Gottes willen nicht, schreiben Sie mir möglichst oft über alles unter der Anschrift, die ich Korenjew mitgeteilt habe. Wenn Sie ihn sehen, sagen Sie, daß ich ihm vor der Abreise noch schreiben werde. Grüßen Sie alle unsere gemeinsamen Freunde und Annenkow; ich denke, daß er jetzt bei Ihnen ist: ich beneide ihn.

Auf Wiedersehen, auf Wiedersehen. Ich küsse Ihre Kinder. Ganz und immer Ihr Gon(tscharow)

Vergessen Sie nicht, Dostojewskij zu grüßen sowie Andrej Andrejewitsch und Alexandra Alexandrowna (Koslakow) und Wjatscheslaw Wassiljewitsch samt Familie. Aus Anlaß Ihres vergangenen Namenstages küsse ich Ihre Händchen von beiden Seiten, Jekaterina Alexandrowna. Ich stelle mir diesen Tag sehr lebhaft vor. Zuerst kamen Jasykows Kinder, dann erschienen um zwölf Uhr Panajew und Longinow und die übrigen. Nur ich fehlte. Ich hätte mich wie üblich schon am Morgen eingefunden. Longinow, Panajew, Nekrassow, Muchortow, Botkin, Nikitenko usw. – erinnern Sie alle an mich und danken Sie insbesondere dem Fürsten Odojewskij für sein gutes Gedenken und seine Geneigtheit.

Wir fahren in einer Woche.

5. BRIEF: AN J. A. UND M. A. JASYKOW

Auf der Reede von Spithead. Portsmouth,
27. Dezember 1852

Wundern Sie sich nicht, daß ich Ihnen noch einen dritten Brief schreibe, nachdem ich mich in meinem zweiten bereits für lange Zeit von Ihnen verabschiedet habe. Wir bewegen uns noch immer nicht vom Fleck. Wir sitzen buchstäblich am Meer und warten auf günstiges Wetter; und mit uns noch fast ein halbes Hundert Schiffe. Wir wollen jeden Tag in den Ozean ausfahren, doch der Wind weht von dorther, und was für einer! Zuweilen läßt er einen mit seinem Geheul die ganze Nacht nicht schlafen.

Vor den Feiertagen liefen wir aus und ankerten auf der Reede, gedachten, in einem, in zwei Tagen abzufahren, doch klappte es nicht. Einige Segelschiffe trauten sich vor kurzem hinaus, aber es erhob sich ein Sturm, und sie kehrten zerfetzt und gerupft zurück; eines lief im Kanal auf ein Riff und zersplitterte.

Jetzt sind Feiertage, da packt mich die Hypochondrie besonders stark. Ich war immer ein Gegner ausgelassener Lustigkeit. Ob sie sich mir im Bauernkittel oder im Frack darbot, ich versteckte mich stets in irgendeinen Winkel. Hier tobte sie sich in der Matrosenbluse aus. Ich ging gestern absichtlich über das Logisdeck, um zu sehen, wie der russische Mensch feiert und ausgelassen ist. Gruppen betrunkener oder sich umarmender oder sich prügelnder Matrosen. Fast auf allen Gesichtern derselbe Ausdruck: uns steht das Meer bis zum Halse, komm her, ich schlage dir die Zähne ein! Erblicken sie jedoch ein Offiziers-Epaulett und sogar mein bescheidenes Jackettchen, trachten alle, und wenn sie noch so betrunken sind, sich zumindest ein wenig zu ducken, um zu zeigen, daß sie die Vorgesetzten fürchten und achten.

Ich ging in meine Kajüte, doch auch hier drangen mir Stampfen, Gesang, das Gegröl saftiger Wörter und das Klatschen von Backpfeifen in die Ohren. Langweilig, aber man kann nicht fort. Die Briefe sind meine einzige Zerstreuung. Wenn ich mich am Morgen daranbegebe, den Freunden zu schreiben, erscheint mir der Tag erträglich. Ich weiß nicht, wie ich mich auf dem Meer verhalten werde. Fahren wir direkt nach Valparaiso, dann werden wir rund drei Monate kein Land sehen.

Am ersten Feiertag war Gottesdienst, danach fand ein gemeinsames Essen in der Offiziersmesse statt mit Musik, mit dem Admiral, dem Kapitän, den Geistlichen und den Zivilbeamten. Am Abend wurden zwischen den Geschenken, die wir in die fernen Gegenden bringen, chinesische Schattenspiele herausgesucht und vorgeführt. Auf dem Tisch Dessert und Wein. Die Kajüte hell beleuchtet, doch an Deck ließ einen der Wind nicht aufrecht stehen. Dem Vater Awwakum sind bereits zwei Kopfbedeckungen ins Meer geflogen, sein Popenhut mit breiten Krempen segelte davon und ebenso ein zweiter Hut, den er sich hier gekauft hatte. All das könnte ganz lustig sein, wenn es nicht so langweilig wäre. Aber Gott sei Dank, ich ertrage wider Erwarten diese Langeweile, diese »Hündin von Meer« (nichts für Damen) – siehe Tredjakowskij – ziemlich geduldig. Mich versöhnt der Gedanke, daß es in Petersburg auch nicht lustiger ist, wie ich Ihnen schon schrieb.

Sie, Jekaterina Alexandrowna, bedauerten in Ihrem Briefe, daß ich Not litte. Ja, ich weiß nicht, was weiter wird, doch jetzt muß ich viel leiden. Urteilen Sie selbst: kaum erwacht man morgens, bringt mir Faddejew den Tee. (Was ist mein Filipp gegen ihn? Ein Pole in der Uniform eincs russischen Knechts. Seine ganze polnische Eleganz ist in einem schmutzigen russischen Dienerrock spurlos verschwunden. Faddejew jedoch hat mit unfaßlicher Kühnheit sein Kostromaer Element unbeschädigt durch Petersburg, die Ostsee, die Nordsee gebracht und in seiner ganzen Reinheit mit unerhörtem Triumph ans englische Ufer getragen, und ich bin überzeugt, er wird mit ihm um die Erde fahren und es heil nach Kostroma zurückbringen.) Ja also, dieser selbe Faddejew bringt mir den Tee in die Kajüte, dann steigt man an Deck, ergeht sich ein wenig, begibt sich zum Kapitän, der eben Kaffee trinkt oder frühstückt. Bei ihm verzehrt man einen Happen Stilton-Käse. Aber da kommt Faddejew schon wieder gelaufen.

»Komm, Euer Hochwohlgeboren, der Admiral läßt dich rufen« (ich bin mit ihm auf du) »zum Mittagessen!«

»Was lügst du? Um elf Uhr Mittagessen?«

»Na, dann eben zum Weintrinken – nur komm, sonst kriege ich eins auf den Deckel, man wird meinen, ich habe dir nichts gesagt.«

Der Admiral bat zum Tee, weil er meinte, ich hätte ihn noch nicht bekommen. Anschließend geht man in die Offiziersmesse und nimmt Platz zum Mittagessen. Man langt zu, speist und trinkt ein Glas Porter, ein Gläschen Wein. Um drei Uhr wird man wiederum zum Kapitän oder zum Admiral zum Essen gebeten. Hat man danach kaum ein bißchen geruht, so wird um sieben Uhr in der Offiziersmesse Tee und kaltes Abendbrot gereicht. Abermals auf Deck oder auf die Straße, wie ich es nenne, spazierengehen. Eine Ordonnanz kommt und bittet, den Abend beim Kapitän zu verbringen; und so eine kleine Abendsitzung dehnt sich zuweilen bis zwei Uhr aus, und da nimmt man wieder einen Happen zu sich.

So sieht mein Leben zur See aus. Doch wieviel Vergnüglichkeiten stehen mir dafür in Zukunft bevor: Hitze, vor der man sich nirgendwo verstecken kann; Deck und obere Kajüten macht die Mittagshitze zu Backöfen, während es unten stickig ist. Bei Kap Hoorn Kälte, vor der man sich noch mit einiger Überlegung schützen kann, und Stürme, vor denen es überhaupt keinen Schutz gibt. Die ganze Zeit Pökelfleisch, manchmal Pökelfleisch mit Beilage von Hühnern und Gänsen, die vom Pulverdampf blind und vom Schaukeln alt geworden sind, und Wasser, das wie Kwaß schmeckt, und immer dieselben Gesichter, die gleichen Gespräche.

Vor drei Tagen dachte ich besonders lebhaft an Sie und

seufzte sogar nach Ihnen und Ihrem hellen, warmen Zimmer. Da ich mich auf der Fregatte langweilte, nahm ich die Schaluppe und fuhr nach Portsmouth, obwohl es dort auch nicht viel lustiger ist, ich kenne die Stadt in- und auswendig. Ich schlenderte hierhin und dorthin, kaufte nach meiner Gewohnheit die Taschen voll allerhand Kram, wunders wie billig. Ein Zigarettenetui, obwohl ich schon sechs habe, noch einige Zigarren, wenn auch in der Kiste bereits sechshundert liegen – bis Amerika reicht es –, irgendein Buch, das man ohnehin nicht lesen wird. Dort gefiel mir ein Futteral oder man meint, daß man zuwenig Schreibpapier hat. Also kaufte ich Schreibpapier, und so trieb ich mich bis zum Abend umher.

Bis zur Fregatte muß man jedoch gut seine drei, vier Werst fahren, eine Werst im Hafen, die übrigen im offenen Meer. Es wehte ein frischer, kalter Wind. Ich fuhr in einem gemieteten Boot, weil die Schaluppe der Fregatte nicht so lange am Ufer liegen darf. Solange wir durch den Hafen fuhren, schien es weder sehr kalt noch windig zu sein. Sobald wir jedoch hinter den Mauern waren, wurde das Boot auf den Wellen hin und her gerissen – und da schien es mir, daß es bei Ihnen im Zimmer, zwischen Michail Alexandrowitsch und Annenkow, gegenüber Jekaterina und Ellikonida Alexandrowna wesentlich bequemer und wärmer sei.

Aber das war alles noch gar nichts. Das Schlimmste war, daß auf der Reede mehr als ein halbes Hundert Schiffe lag in einer Entfernung von dreihundert, vierhundert und mehr Metern voneinander. Nachts jedoch touts les chats sont gris. Weder ich noch die beiden Schiffer wußten, wo die »roschien friget« (russian frigate) eigentlich zu finden sei. Wir fuhren an Dutzende von Schiffen heran und hörten dauernd: »No« oder »Nein«. Und der Wind! Und die Kälte! Man kennt nur eins: mit der einen Hand hält man den Hut fest und mit der anderen zieht man den Paletot über die Knie. ›Na‹, denke ich, ›sowie ich ankomme, trinke ich eine ganze Kanne Tee aus und lasse mir Wodka und das Abendessen kommen!‹

Wie ich jedoch endlich an Deck gelangte, fand eben die Abendandacht statt, und ich stand rund eine Stunde zitternd da und trat von einem Bein auf das andere.

Wie viele solcher Episoden – und Gott sei gedankt, wenn es bei solchen bleibt – mögen unser in Zukunft harren.

Nun, endlich hat man mir ein ständiges Quartier zugewiesen. Sie kennen es, Michail Alexandrowitsch. Es ist dieselbe Kajüte, in der wir, entsinnen Sie sich, so lange auf Leutnant Butakow warteten. Man hat sie geteilt. Den einen Raum hat man Possjet, dem Adjutanten des Admirals, gegeben und den anderen mir. Neben der Tür geben mir ein Fenster und ein kleiner Spalt oder, nach hiesiger Bezeichnung, ein Illuminator von oben her Licht. Man bot mir eine Kajüte unten an, zusammen mit den Offizieren, aber dort gibt es kein Licht, keine Luft, und es herrscht dauernder Lärm von zwanzig Offizieren, die sich dort gleich daneben im Gemeinschaftsraum zu versammeln pflegen. Wegen der Manöver mit den Segeln ist es auch oben laut, aber es heißt, man gewöhnt sich daran. Zudem geht es trotz alledem außerhalb der Kajüte vor sich, während man sich unten in der Kajüte vor dem Lärm nicht retten kann, denn sie steht in direkter Verbindung mit dem Gemeinschaftsraum.

Ich oder besser gesagt Faddejew richtete meinen Winkel ganz gemütlich ein. Ich kaufte hübschen Stoff für einen Wandbehang, Wachstuch, und die Verwaltung stellte mir ein schönes Schreibbüro und eine Kommode zur Verfügung. Man fertigte mir Wandbretter an, auf denen alle Bücher und verschiedener Kram untergebracht wurden, der zu den unvermeidlichen Utensilien jeder Behausung gehört, so klein sie auch sei. Faddejew verfügte jedoch, daß er alle Bücher (er ist mein Bibliothekar) rückwärts in die dunklen Ecken hinter dem Vorhang stellte, während er den Krimskram wie Pantoffeln, Bürsten, Wachskerzen usw. davor aufbaute.

»Warum hast du es so geordnet?«

»So kommt man leichter ran.«

»Aber auch die Bücher muß man erreichen können!«

»Jetzt fahren wir schon den dritten Monat, und es ist noch kein einziges hervorgeholt worden«, antwortete er treuherzig.

»Du hast recht«, sagte ich, »laß sie dort, wohin du sie gestellt hast.«

Ich schicke zwei Ansichten von Portsmouth, sie sind für Nikolenka, den Liebhaber von Schiffen, bestimmt. Da sehen Sie, wo wir an die fünf Wochen gelegen haben: etwa zweihundert Meter neben diesem Schiff »Victory«, das Sie auf dem großen Bild sehen. Auf dem kleineren ist die Dampffähre zu sehen, mit der man für einen Penny von einem Teil der Stadt in den anderen befördert wird. Sagen Sie meinem kleinen Freund, daß ich noch nicht bis zu den afrikanischen Menschen gelangt bin. Alle übrigen küsse ich. Wie geht es Ihrer Gesundheit, was tun Sie? Wann und wo werde ich Antwort auf alle diese Fragen erhalten? Ich selbst werde mich bemühen, sogar vom Meer aus zu schreiben. Es heißt, man kann mit entgegenkommenden Schiffen Briefe nach Europa befördern.

Wieder ein Tag vorbei. Gegen Abend wird mir immer schwer zumute. Es kommt nicht von diesem Essen und Trinken, sondern es ist eine nervöse Depression. Frühmorgens bin ich munter und zuweilen sogar heiter, aber wenn es Nacht wird, weiß ich nicht, wohin vor Hypochondrie. Beim Kapitän finde ich wenigstens eine kleine

Zuflucht. Zu ihm kommt regelmäßig mein Nachbar Possjet oder sonst jemand, zum Beispiel Rimskij-Korsakow, der Kommandant des uns begleitenden Schoners. Die Kajüte ist luxuriös ausgestattet, weil sie ehedem ein Großfürst bewohnte: helle Lampenbeleuchtung, die Fenster sind weit zu öffnen, ein Kamin, Tee, ein Fortepiano und lebhafte Gespräche – all das vertreibt das Nachdenken über sich selbst, und zuweilen vergißt man sich so sehr, daß man meint, irgendwo in der Morskaja zu sitzen. Ärgerlich ist es nur, daß es auf Kriegsschiffen gewisse langweilige Beschränkungen gibt; zum Beispiel darf man nicht auf Deck essen, es ist der Paradeplatz. Rauchen ist selbstverständlich überall verboten und nur in der Offiziersmesse und in der Kapitänskajüte erlaubt, aber wir rauchen auch in unseren eigenen Kajüten. Sonntags muß man Uniform tragen. Da ich keine besitze, gehe ich alltags in einem alten Jackettchen und einer alten Weste, und sonntags ziehe ich ein neues Jackett und eine schwarze Weste an. Den Frack bewahre ich für große Gelegenheiten.

Was soll ich Ihnen noch erzählen? Einstweilen habe ich kein Recht, etwas zu erzählen, die richtige Fahrt hat noch nicht begonnen. Was mir blühen wird, wie ich alle Arbeiten, Ängste und Entbehrungen ertragen werde, weiß ich nicht und mache mir nur meine Gedanken darüber. Im übrigen möchte ich keinen meiner nahen Bekannten an meinem Platze wissen; ich sehe, daß kaum einer zu einer solchen Unternehmung taugen würde. Noch immer begreife ich nicht, warum mich das Schicksal hierher verstoßen hat. Nach meinen Jahren, meiner Trägheit, meinem hypochondrischen und unruhigen Wesen und schließlich nach meiner geringschätzigen Anschauung vom Leben, in dem ich keinen Sinn sehe, tauge ich nirgendwohin. Manchmal schäme ich mich sogar, hier zu sein. Wieviel aktivere Leute hätte man finden können, die an dieser Reise mit größerem Nutzen für sich und andere teilgenommen hätten. Ich bin wie ein Baum. Es ist mir, als ob ich die Litejnaja überhaupt nicht verlassen hätte. Wenn es mir denn einmal bestimmt ist, irgendwo in weiter Ferne zu sterben, dann hätte es doch einfacher daheim geschehen können, zumal jetzt, wo die Cholera herrscht. Hier gibt es irgendein Geheimnis. Der Knoten ist weise geknüpft, ich kann ihn nicht lösen. Ich warte ab, was wird.

Leben Sie wohl! Auf Wiedersehen! Ich umarme Sie, mein lieber Freund Michail Alexandrowitsch, und Sie, wenn Sie gestatten, Jekaterina Alexandrowna. Ich wünsche Ihnen ein gutes neues Jahr. Vergessen Sie mich nicht, ich denke an Sie auf Schritt und Tritt. Sehe ich irgendwo etwas Bemerkenswertes, ereignet sich etwas Besonderes, sofort rufe ich Sie in Gedanken herbei, damit Sie mein Vergnügen oder Mißfallen, je nach den Umständen, teilen. Grüßen Sie alle, vergessen Sie bitte Korsch nicht. Und meine Briefe zeigen Sie niemandem, sie sind an Sie gerichtet und für Sie bestimmt, ohne besondere Absichten und nachlässig geschrieben, doch andere stellen strenge Ansprüche. Sie, Ellikonida Alexandrowna, bitte ich, mir ein bißchen freundschaftliches Gedenken zu bewahren. Ich habe im zweiten Brief ein kleines besonderes Schreiben für Sie hinzugefügt. Leben Sie wohl und für lange Zeit. Grüßen Sie Andrjuschka. Ob Wjatscheslaw Wassiljewitsch böse ist, daß ich ihm die Vollmacht geschickt habe mit der Bitte, sie nach Simbirsk weiterzusenden?

Meiner Freundin – Sie wissen, wen ich meine – meine ewige und unveränderte Ergebenheit.

Andrej Andrejewitsch, Alexandra Alexandrowna, Michail Alexandrowitsch ebenfalls meine herzlichen Grüße.

Ich trenne mich gern von diesem Weltmarkt und dem Bild voller Geschäftigkeit und Bewegtheit samt dem Kolorit von Rauch, Kohle, Dampf und Ruß. Ich fürchte, daß sich die Gestalt des zeitgenössischen Engländers noch lange vor andere Gestalten schieben und sie stören wird. Deshalb werde ich Ihnen die Gestalt mit einigen raschen Strichen schildern, um sie zu vergessen.

Unter anderem fiel mir auf, daß hier alles danach strebt, sich das Leben möglichst einfach, bequem und komfortabel einzurichten. Wieviel Gedanken, wieviel erfinderisches Genie hat man auf Maschinchen, Federchen, Tabellen und andere scharfsinnige Hilfsmittel verwandt, damit der Mensch einfach und gut lebt! Wenn es gilt, mit diesen Erfindungen, Maschinen, Federn und Tabellen das Leben des Menschen einzurichten, dann kann man als Pendant zu der Frage »Ist die Geschichte glaubwürdiger geworden, seit sich ihre Quellen vermehrten?« die Frage stellen: »Ist das Leben auf Erden bequemer geworden, seit sich die Bequemlichkeiten vermehrten?«

Der ganz moderne Engländer darf nicht von selbst aufwachen; noch ärger ist es, wenn ihn ein Diener weckt: das ist verschroben, veraltet, und zudem sind die Diener in London teuer. Nein, er wacht mit Hilfe eines Weckers auf. Nachdem er sich mittels eines Maschinchens gewaschen und die mit Dampf gereinigte Wäsche angezogen hat, setzt er sich an den Tisch, legt die Füße auf einen dafür bestimmten, mit Pelz überzogenen Kasten und bereitet sich, mit Hilfe desselben Dampfes, in drei Sekunden ein Beefsteak oder Kotelett, trinkt Tee und greift zur Zeitung. Auch die Bewältigung der »Times« oder des »Herald« ist eine Bequemlichkeit: anders würde er den ganzen Tag stumm und taub sein. Nach Beendigung des Frühstücks ersieht er an einer Tabelle, welches Datum und welcher Tag heute ist, teilt sich die Tagesarbeit ein und nimmt ein Maschinchen zur Hand, das von selbst die Berechnungen tätigt: im Kopf rechnen und sich etwas ins Gedächtnis rufen, ist unbequem. Dann verläßt er das Haus.

Ich erwähne nicht, daß sich die Tür fast von selbst vor ihm öffnet und hinter ihm schließt. Er muß in der Bank, dann in drei Städten sein, auf die Börse eilen, darf sich zur Sitzung des Parlaments nicht verspäten. Alles schafft er dank den Bequemlichkeiten.

Nunmehr sehen Sie ihn, ein poetisches Bild, im schwarzen Frack mit weißer Binde, rasiert, frisiert, wie er mit der Bequemlichkeit, das heißt mit dem Schirm unter dem Arm, aus einem Waggon, aus dem Omnibus schaut, auf Dampfern vorbeiflitzt, im Restaurant sitzt, auf der Themse fährt, durch ein Museum schlendert, im Park dahinsprengt. Dazwischen hat er Zeit gefunden, einer Rattenvertilgung zuzuschauen, irgendwelche Brücken zu besichtigen, Leisten von den Stiefeln eines Duke zu kaufen. Im Vorbeigehen hat er ein mit Dampf gar gemachtes Hühnchen verzehrt, ein Pfund Sterling für die Armen geopfert. In dem ruhigen Bewußtsein, daß er den Tag dank den bequemen Einrichtungen hinter sich gebracht und viel Bemerkenswertes gesehen hat, daß der Duke und die Hühnchen ihm gehören, daß er an der Börse eine Partie Baumwolldecken und im Parlament seine Stimme günstig verkauft hat, setzt er sich dann zum Dinner. Nicht ganz fest auf den Beinen, entledigt er sich mit einem Maschinchen der Schuhe, zieht den Wecker auf und legt sich schlafen. Die ganze Maschine entschlummert.

Die von Dampf und Steinkohlenrauch getränkte Wolke des englischen Nebels entzieht die Gestalt meinem Blick. Sie entschwindet, und ich erblicke eine andere.

Ich sehe irgendwo weit von hier in einem geräumigen

Zimmer einen auf drei Federbetten tief schlafenden Mann. Er hat mit beiden Händen die Bettdecke über den Kopf gezogen, aber die Fliegen haben trotzdem einige freie Stellen gefunden und sitzen dichtgeschart auf Hals und Wange. Der Schlafende wird durch sie nicht beunruhigt. Ein Wecker ist im Zimmer nicht vorhanden, hingegen eine Uhr aus Großvaters Zeiten; sie versucht, jede Stunde mit Gepfeif, Gekrächz und Geschluchz diesen Schlaf zu stören, aber völlig vergeblich. Der Hausherr ruht friedlich. Er wacht auch nicht auf, als ihn die von der Hausfrau geschickte Magd Paraschka zum Tee weckt: nach dreimaligem kurzem Anruf pufft sie den Schlafenden mit zwar weiblichen, aber ziemlich kräftigen Fäusten in die Rippen. Dreimal ist die Magd in ihren Bauernschuhen auf soliden, genagelten Sohlen, von denen sogar die Dielen schwanken, ins Zimmer gekommen und wieder gegangen. Heiß scheint die Sonne zuerst auf den Schädel, dann auf die Schläfen des Schlafenden – doch nichts stört seinen Schlummer. Niemand weiß, ob und wann er von selbst erwacht wäre; vielleicht wenn das Schlafen über die menschliche Kraft gegangen wäre, wenn Nerven und Muskeln hartnäckig nach Betätigung verlangt hätten. Er erwacht, weil er einen schlechten Traum gehabt hat. Jemand wollte ihn im Schlaf erdrosseln, aber plötzlich ertönte der gellende Schrei eines Hahns vor dem Fenster – und der Gutsherr erwacht, in Schweiß gebadet. Er will den Hahn, diesen lebendigen Wecker, beschimpfen, verstummt jedoch bei einem Blick auf die Großvater-Uhr. Nachdem er vollends wach geworden ist, setzt er sich auf und begreift nicht, wie er sich so verschlafen konnte. Er glaubt nicht, daß man ihn geweckt hat, daß die Sonne schon hoch am Himmel steht, daß der Verwalter schon zweimal da war, um Anordnungen zu erhalten, daß der Samowar schon dreimal übergekocht ist.

»Warum kommen Sie nicht her?« ruft ihm eine zärtliche Stimme aus dem Nebenzimmer zu.

»Ich kann den einen Stiefel nicht finden«, antwortet er und scharrt mit dem Fuß unter dem Bett, »und die Hosen sind irgendwohin verschwunden. Wo ist Jegorka?«

Man ruft nach Jegorka und erfährt, daß er zum Fischfang mit dem Netz in Gesellschaft anderer Knechte und Fischfang-Liebhaber fortgegangen ist. Während man, ohne sich zu überhasten, zu Jegorka an den Teich läuft und Wanka in den rückliegenden Höfen sucht oder Mitka aus der Tiefe des Mägdezimmers herausholt, plagt sich der Herr, auf dem Bett sitzend, mit einem Stiefel in der Hand ab und grämt sich über das Fehlen des anderen. Aber alles wird in Ordnung gebracht. Den Stiefel hat bereits am Abend zuvor die Katze Mimischka in den Winkel unterm Diwan verschleppt, und die Hosen finden sich auf einem Holzstapel, wo sie Jegorka in der Eile vergessen hat, als er den Anzug reinigte und plötzlich von seinen Kameraden zur Teilnahme am Fischfang aufgefordert wurde. Man hätte ihm tüchtig den Kopf gewaschen, aber Jegorka brachte für den Mittagstisch einen ganzen Korb Karauschen und an die zweihundert Krebse mit, hatte noch dazu für den jungen Herrn ein Pfeifchen aus Rohr angefertigt und für das junge Fräulein zwei Wasserrosen gepflückt, wozu er sich unter Lebensgefahr, bis zum Hals im Wasser watend, mitten in den Teich begeben mußte.

Nachdem man Tee getrunken hat, macht man sich ans Frühstück. Es gibt Fleischklopse mit Sahne, gebratene Pilze oder Brei, gewärmten Braten von gestern, die Kinder bekommen Grießsuppe – jeder findet etwas nach seinem Geschmack.

Jetzt wird es Zeit, sich zu betätigen. Der Herr hat es nicht nötig, durch Städte zu fahren. In die Stadt fährt er nur zum Markt, einmal im Jahr, und zu den Adelswahlen.

Das eine wie das andere liegt noch in weiter Ferne. Er greift zum Kalender und stellt fest, welcher Heilige an diesem Tage gefeiert wird, ob nicht jemand Namenstag hat, ob man nicht gratulieren muß. Vom Nachbarn werden alle Zeitungen des vergangenen Monats auf einmal geschickt, und das ganze Haus deckt sich für lange Zeit mit Neuigkeiten ein. Jetzt ist es Zeit, an die Arbeit zu gehen. Der Verwalter ist gekommen, zum dritten Mal.

»Was hast du mir zu melden, Prochor?« fragt der Gutsherr nachlässig.

Aber Prochor hat nichts zu melden. Er holt gemächlich das Maschinchen, das heißt das Rechenbrett von der Wand und reicht es dem Herrn, während er selbst, den einen Fuß nach vorn gesetzt und die Arme auf dem Rükken, etwas entfernt Aufstellung nimmt.

»Wieviel im ganzen?« fragt der Gutsherr und macht sich bereit, die Kugeln auf dem Rechenbrett in Bewegung zu setzen.

»Hafer sind in der vergangenen Woche siebzig, will sagen, fünfundsiebzig in die Stadt gebracht worden.«

»Neunundsiebzig«, berichtigt der Herr und schiebt die Summe auf dem Brett.

»Neunundsiebzig«, wiederholt der Verwalter mürrisch und denkt: ›So ein Bauerngedächtnis, und das will ein Herr sein! Der Besitzer des Nachbarguts, hört man, hat für so was kein Gedächtnis..‹

»Haben sich die Händler nach dem Getreide erkundigt?« fragt der Herr plötzlich, schiebt die Brille auf die Stirn und blickt den Verwalter an.

»Gestern war einer da.«

»Und?«

»Gibt wenig.«

»Wieviel?«

»Zwei Rubel.«

»Und zehn Kopeken?« fragt der Herr.

Der Verwalter schweigt. Der Händler hat zehn Kopeken mehr geboten, stimmt genau. Aber woher hat es der Herr erfahren? Er hat doch den Händler gar nicht zu Gesicht bekommen! Es wird bestimmt, daß der Verwalter nächste Woche in die Stadt fährt und dort den Handel abschließt.

»Warum sagst du nichts?« fragt der Gutsherr.

»Er hat versprochen, wiederzukommen«, meint der Verwalter.

»Ich weiß«, bestätigt der Herr.

›Wieso weiß er es?‹ denkt der Verwalter. ›Der Händler hat es doch gar nicht versprochen..‹

»Er kommt morgen zum Popen wegen Honig und von dort zu mir. Auch du erscheinst, wenn der Händler da ist.«

Der Verwalter macht ein immer finstereres Gesicht.

»Zu Befehl!« sagt er durch die Zähne.

Der Gutsherr entsinnt sich sogar, daß vor zwei Jahren Wassilij Wassiljewitsch das Getreide für drei Rubel, im vorigen Jahr jedoch billiger verkauft hat und Iwan Iwanytsch für dreieinviertel. Bald trifft er im Felde fremde Bauern und fragt sie aus, bald schreibt jemand aus der Stadt, und wenn nicht, dann erscheint ihm offenbar der Aufkäufer im Schlaf, und den Preis träumt er ebenfalls. Nicht umsonst schläft er so lange. Und die Kugeln klappern auf dem Brett, und Herr und Verwalter rechnen zuweilen den ganzen Vormittag, so daß der Verwalter Sehnsucht nach Weib und Kind bekommt und schweißgebadet das Arbeitszimmer verläßt, als ob er dreißig Werst zu Fuß in der Prozession gegangen sei.

»Nun, was noch?« fragt der Gutsherr. Aber in diesem Augenblick ertönt Hufschlag auf dem gepflasterten Weg. Der Herr schaut zum Fenster hinaus. »Jemand kommt gefahren«, sagt er. Auch der Verwalter blickt hinaus.

»Iwan Petrowitsch«, sagt der Verwalter. »Mit zwei Kutschen.«

»Ah!« ruft der Herr erfreut und schiebt das Rechenbrett beiseite. »Nun, pack dich! Vielleicht erübrigen wir abends noch eine Minute, dann zählen wir alles zusammen. Aber jetzt schicke Antipka und Mischka in den Sumpf und in den Wald, sie sollen an die fünf Dutzend Stück Wild für das Essen erjagen, du siehst, liebe Gäste sind gekommen.«

Das Frühstück erscheint abermals auf dem Tisch, danach gibt es Kaffee. Iwan Petrowitsch ist für drei Tage gekommen mit Frau, Kindern, Hauslehrer, Gouvernante, Kinderfrau, zwei Kutschern und zwei Dienern. Acht Pferde haben sie hergebracht, alles muß vom Gutsherrn drei Tage lang unterhalten werden. Iwan Petrowitsch ist ein entfernter Verwandter seiner Frau. Er kommt nicht fünfzig Werst weit zu ihm, nur um zu Mittag zu speisen! Nach den Umarmungen beginnt ein ausführliches Gespräch über die Schwierigkeiten und Gefahren dieser Halbtagsreise.

»Nachdem wir gestern gegessen hatten, fuhren wir mit Gottes Segen um die Zeit der Abendmesse ab, beeilten uns, noch bei Licht durch die Wolfsschlucht zu kommen, doch die restlichen fünfzehn Werst fuhren wir in der Dunkelheit. Man sah nicht die Hand vor Augen! In der Nacht kam ein Gewitter, ein schrecklich starkes, Gott bewahre uns! Haben Sie gesehen, wie gut das Sommergetreide bei Wassilij Stepanytsch steht?«

»Wie nicht, ich bin eigens hingefahren. Haben Sie gehört, ob er das Getreide schon verkauft hat? Und wie steht der Hafer bei Ihnen?«

Und es beginnt eine Unterhaltung für drei Tage.

Die Damen begeben sich in den Garten und in das Gewächshaus, während der Gutsherr und sein Gast durch die

Scheunen, über die Felder, zur Mühle, zur Weide gehen. In diesem Spaziergang finden drei englische Städte und die Börse Platz. Der Gutsbesitzer schaut in jedes Eckchen. Obwohl das Korn noch auf dem Halm steht, berechnet er, wieviel er für sich selbst im Laufe des Jahrs erübrigen wird, wieviel er seinem Sohn im Garderegiment schicken, wieviel er für die Tochter im Institut zahlen wird.

Das Mittagessen ist homerisch, das Abendessen ebenfalls. Dann schüttet man die Federbetten auf – die Schlüssel zu Kontor und Schränken vergißt man, aus den Tulaer Schlössern herauszuziehen –, die Betten reichen für alle, soviel Gäste auch kommen mögen. Eine lebende Maschine zieht dem Gutsherrn die Stiefel aus, welche die Katze Mimischka vielleicht wiederum unter den Diwan verschleppt, während Jegorka die Hosen wiederum auf dem Holzstoß vergessen wird.

Was denn? Inmitten dieser geschäftigen Trägheit und trägen Geschäftigkeit ist keine Spur eines Gedankens an die Armen, an die wohltätigen Gesellschaften zu finden, gibt es keine sorgende Hand, die ..

Vor meinen Augen ersteht eine lange Reihe armseliger Bauernhütten, halb vom Schnee verweht. Über den Pfad bewegt sich mühsam ein zerlumptes Bäuerlein vorwärts. Ein Leinwandsack hängt ihm über der Schulter, in der Hand hält er einen langen Stab, wie ihn die alten Leute führen. Er geht zu einer Hütte, klopft mit dem Stab an und ruft: »Habt Erbarmen, gebt eine kleine Gabe!« Ein von einer dürftigen Scheibe bedeckter Spalt öffnet sich, und eine nackte, von der Sonne verbrannte Hand streckt sich heraus mit einem Brotkanten. »Da, nimm um Christi willen!« sagt eine Stimme. Der Kanten fällt in den Sack, das Fenster wird zugeschlagen. Der Bettler schlägt das Kreuz und geht zur nächsten Hütte. Das gleiche Pochen, die gleichen Worte, und der Kanten fällt in den Sack. Wieviel Greise, Pilger, Bettler, Krüppel auch kommen, vor jedem tut sich das kleine Fenster auf, jeder hört: »Da, nimm um Christi willen!«, immer wieder streckt sich die gebräunte Hand heraus, und in den bereitgehaltenen Beutel fällt ein Kanten Brot.

Und der Gutsherr? Lebt demnach zu seinen Gunsten, »mästet sich den eigenen Bauch«, wie man auf jener Seite zu sagen pflegt? Erfrischt also niemals seine Seele, indem er beim Anblick eines Armen in Erregung gerät? Über seine vom Schlaf gedunsenen Wangen rinnt niemals eine Träne? Und wenn er den Gewinst aus dem noch nicht gemähten Getreide berechnet, teilt er dann nicht einige hundert Rubel ab, um sie einer Anstalt zu schicken, um einen Nachbarn zu unterstützen?

Nein. In Gedanken legt er für diesen Zweck nicht eine einzige Kopeke beiseite, aber er zieht soundso viele Scheffel Korn, Hafer, Buchweizen und dazu vom Viehbestand Kälber, Ferkel, Gänse, dazu Honig von den Bienenstöcken und Erbsen, Möhren, Pilze ab, um zu Weihnachten einen Teil dieser Menge einer entfernten Verwandten über hundert Werst weit zu schicken, wohin er schon seit zehn Jahren diese Abgabe entrichtet, und den anderen Teil bekommt jedes Jahr ein armer Beamter, der eine Waise geheiratet hat, die Tochter eines abgebrannten Nachbarn, die noch vom Vater ins Haus genommen und dort erzogen worden war. Diesem Beamten schickt man noch hundert Rubel in bar zu Ostern, soundsoviel erhalten daheim im Dorf die alten Diener, die von einer Rente leben, und ihrer gibt es viel, dazu Bauern; den einen sind die Beine beim Holzfällen erfroren, die anderen haben sich verbrannt, als sie auf der Darre das Getreide trockneten, und wieder einen anderen hat irgendein böses Gebrechen krumm gebogen, so daß er den Rücken nicht geradebiegen kann, und wieder einer wurde blind. Und wie verwundert sich der Gast, der für einen Tag unseren Gutsherrn besucht, am Vormittag allein im Gastzimmer weilt und niemand sieht als den Hausherrn und die Hausherrin. Zum Mittagessen erblickt er jedoch plötzlich eine ganze Schar alter Männer und Frauen, die aus den Hinterzimmern herbeigeschlurft kommen und ihre »üblichen Plätze« einnehmen. Sie blicken scheu, sprechen wenig, aber essen viel. Und Gott bewahre, daß man ihnen ihren »Happen« zum Vorwurf macht! Sie verhalten sich ehrerbietig zum Hausherrn wie zu den Gästen. Greift der Gutsherr nach der Tabakdose in seiner Tasche, findet sie nicht, sucht mit den Augen rundum, schon springt ein Alterchen auf, findet sie und bringt sie. Der gnädigen Frau rutscht der Schal von der Schulter; eine von den alten Frauchen legt ihn ihr wieder um und bringt bei dieser Gelegenheit gleich noch ein Bändchen an der Haube in Ordnung.

Du fragst: Wer sind diese Leute? Von der alten Frau heißt es, sie sei eine Witwe und heiße Nastassja Tichonowna; ihren Familiennamen hat sie selbst fast vergessen, und die anderen schon längst, sie braucht ihn nicht mehr. Man fügt nur hinzu, sie sei eine verarmte Adelige, ihr Mann sei ein Spieler gewesen oder habe Haus und Hof vertrunken und nichts sei übriggeblieben. Von dem alten Herrn, irgendeinem Kusma Petrowitsch, heißt es, er habe zwanzig Seelen besessen, aber die Cholera habe die meisten dahingerafft, so daß er sein Land für zweihundert Rubel verpachtet habe, die er seinem Sohn schicke, während er selbst »bei Leuten lebe«.

Und viele Jahre vergehen so, und viele hundert Rubel gibt der Gutsherr »irgendwohin«, obwohl er das Geld, wie man sieht, nicht verschleudert. Sogar die Gnädige, die nach dem Gottesdienst durch die andere Reihe der Bettler geht, verwendet dafür nicht mehr als vielleicht zehn Rubel im Jahr. Doch bei den Adelswahlen in der Stadt merkt man, wohin das Geld fließt. Sobald die Wahlen vollzogen sind, nimmt der Vorsitzende einen Bogen Papier und sagt: »Schließen wir unsere Sitzungen, verehrte Herren, mit einem möglichst großen Opfer zugunsten der Armen unseres Gouvernements sowie für Schulen und Krankenhäuser«, und schreibt zweihundert, dreihundert Rubel auf. Unser Gutsherr, der seiner Frau zwei Kleider, eine Mantille, einige Hauben sowie Wein, Zucker, Tee und Kaffee für ein ganzes Jahr gekauft hat, hat gedacht, er könne seine Brieftasche schon zumachen, in der eine Summe für außergewöhnliche Ausgaben enthalten ist, die er in dem Jahr erübrigt hat. Doch jetzt nimmt er hundert Rubel heraus. Er müßte sich schämen, wenn er vor aller Augen nur fünfundzwanzig oder auch fünfzig zeichnete. Ossip Ossipytsch und Michailo Michailytsch haben jeder hundert gegeben. ›Das ist jetzt scheint's alles‹, denkt er. Plötzlich teilt die Frau des Gouverneurs, als man abends bei ihm weilt, den Gästen irgendwelche Billetts zu. Was ist das? Eintrittskarten für einen Ball mit Verlosung und Theateraufführung zugunsten abgebrannter Familien. Die Gouverneurin hat bereits zwei Gästen den Vorwurf des Geizes gemacht, und sie haben rasch noch einige Eintrittskarten genommen.

Danach gab es keine Gelegenheit mehr zum Geldausgeben. Aber da war ein Ausländer übriggeblieben. Er war als Gymnastiklehrer hergekommen, hatte jedoch kein Glück gehabt, und unter seinen gymnastischen Übungen gab es keine, wie man aus einer fremden Stadt ohne Geld fortkommt. Er wußte nicht, was er tun sollte. Die Adligen haben zusammengelegt, um ihm zu helfen. Hundert Rubel fehlen noch. Man blickt auf unseren Gutsherrn.. Und so kommt es, daß am Ende des Jahres bei weitem nicht die Geldsumme vorhanden ist, auf die er im Geiste gerechnet hat, wenn er durch die Felder ging, als das Korn noch auf dem Halm stand.. Er hat nicht mit dem Maschinchen gerechnet!

Aber.. indessen.. was werden Sie sagen, meine Freunde, wenn Sie dieses.. diesen Brief – aus England erhalten? Wohin bin ich gefahren? Was beschreibe ich? Sie werden gewiß sagen, daß ich mich wiederhole, daß ich.. nicht weggefahren bin.. Entschuldigung! Vor meinen Augen ziehen noch immer die heimatlichen und vertrauten Häuser, Fenster, Gesichter, Gewohnheiten vorbei. Während ich das Neue, Fremde betrachte, messe ich im Geiste sofort nach den eigenen Maßstäben. Ich sagte Ihnen ja schon, daß das gesuchte Ergebnis der Reise der Vergleich zwischen dem Fremden und dem Eigenen sei. Wir wurzeln so tief in unserer Heimaterde, daß ich – wohin und für wie lange ich auch reisen mag – überallhin den Boden des heimatlichen Oblomowka an den Füßen tragen werde, und keine Ozeane können ihn abwaschen!

6. BRIEF: AN I.I. LJCHOWSKIJ

Englischer Kanal, 9. Januar 1853

Ich habe Ihnen bereits, glaube ich, gesagt, daß es mir eine große Freude ist, meinen Freunden zu schreiben. Darum schicke ich Ihnen schon wieder einen Brief, obwohl ich bereits vor fünf Tagen einen abgesandt habe. Ich schreibe während der Fahrt bei hohem Seegang. Wenn auch die Zeilen krumm werden, die Hand vom Tisch oder der Tisch von der Hand weggleitet, so halte ich meine Position dennoch mit aller Kraft. Kehrte ich jetzt heim, dann würde ich, scheint mir, in den ersten Tagen unweigerlich unter dem Einfluß meiner augenblicklichen Eindrücke stehen. Ich könnte ein frei stehendes Möbelstück nicht gleichgültig ansehen. Ich würde immer meinen, man müsse es anschrauben, die Fenster dichtmachen, vor die Bücher und sonstigen Utensilien auf den Regalen Leisten stellen und überhaupt alle nötigen Maßnahmen gegen das Schlingern treffen. Beim ersten frischen Wind würde ich, alles vergessend, erwarten, daß alle Mann zum Reffen nach oben gepfiffen werden, das heißt zum Einrollen der Segel, wie es jetzt, in diesem Augenblick, geschieht.

Das ist das Unbequeme bei der Fahrt mit einem Segelschiff: man kann weder frei auf Deck spazierengehen noch sich dort zu erholen wagen. Nur bei ganz schönem, windstillem Wetter geht man auf Deck ruhigen Schritts, oder trampeln dort nicht zweihundert, oft auch vierhundert Menschen herum? Solchen Wetters erfreut man sich nur in den Tropen, wo seit Erschaffung der Welt immer derselbe Wind weht, in der nördlichen Hemisphäre in der einen, in der südlichen in der anderen Richtung; man nennt ihn Passat. Aber bis es soweit ist, müssen wir uns noch drei Wochen oder sogar einen Monat gedulden. Jetzt hingegen werden wir schon seit drei Tagen im engli (sehen Sie, wie es schaukelt!) schen Kanal hin und her geschleudert.

Am 6. Januar, dem Dreikönigstag, lichteten wir frühmorgens die Anker. Der Wind war günstig. Gegen Abend wehte er uns jedoch entgegen. Wir lavierten und kamen fast keinen Schritt weiter. Zu tun habe ich nichts. Alle amtlichen Schriftstücke haben wir dem Konsul zur Beförderung übergeben, als wir in See stachen; bei der Gelegenheit sandte ich auch einen Brief an Korenjew und Majkow ab. Diesen Brief hier schicke ich jedoch mit dem englischen Lotsen, der uns durch den ganzen Kanal bis zum Ozean begleitet.

Zu tun, sage ich, gibt es jetzt nichts. Ich unterrichte auf Bitten des Kapitäns den kleinen, dreizehnjährigen Lasarew, den Sohn des Admirals, in der russischen Sprache, aber er ist jetzt mit sich selbst beschäftigt. Ihm ist übel oder »er läßt Leine«, wie man hier scherzend sagt. Also torkele ich zum Vater Awwakum. Der sitzt entweder beim Admiral und speist oder schläft seelenruhig. Goschkewitsch, den Beamten aus dem Ministerium des Äußeren, würgt es noch schlimmer als Lasarew. Kapitän und Offiziere sind bei dem steifen Wind wie die Besessenen bei der Arbeit, schreien, kommandieren, alle sind an Deck; mein Nachbar, der sehr freundliche und nette Possjet, schreibt hier neben mir Briefe.

Warum soll ich nicht auch schreiben? Ich weiß, Sie werden an das, was und wie ich schreibe, keine hohen Ansprüche stellen. Sehen Sie, wie überzeugt ich von Ihrer Freundschaft bin!

Die Fahrt durch den Englischen Kanal wird bei stürmischem Wetter für ziemlich ungemütlich gehalten. Das Fahrwasser ist nicht breit; ein großes Schiff hat nur wenig freien Raum. Wird es abgetrieben, ist es schwer, den Kurs zu halten. Daher nimmt man auch den Lotsen an Bord, der über die Örtlichkeit genau Bescheid weiß. Er erkennt selbst im Nebel nach der geloteten Tiefe den Standort und weist an, wohin man steuern muß. Am gefährlichsten ist es nachts. Man fürchtet die Begegnung mit Schiffen, von denen eine Menge den Kanal nach beiden Richtungen befahren, wie das Feuer. Stoßen wir mit einem Schiff zusammen, das größer als das unsrige ist, sinken wir; ist es kleiner, dann geht es ihm schlecht. In jedem Falle jedoch wird das eine wie das andere, auch wenn keines sinkt, leck. Sobald man deshalb Licht voraus sieht, erhebt sich ein Geheul, man zündet bengalisches Feuer an, und manchmal wird auch mit der Kanone geschossen, um dem entgegenkommenden Schiff Kunde von sich zu geben.

Meine Kajüte ist, wie Sie gesehen haben, oben. Ich kann mich noch immer nicht an den Lärm genau über meinem

Kopf gewöhnen, besonders wenn es stürmt und sich die Geschäftigkeit zugleich mit dem Sturm verstärkt. Dann nehme ich mein Kopfkissen und lege mich auf dem Diwan in der Offiziersmesse schlafen, wobei ich nicht wenig über die Schaukelei brumme und de très mauvaise humeur bin. Jetzt geht es schon die dritte Nacht so. Vergeblich versuche ich einzuschlafen. Kaum schlummere ich ein wenig, bekommt das Schiff von seitwärts einen Stoß, alles knarrt, schwankt, und rasch ist man wach. Man weiß, wieder zieht man an irgendwelchen Brassen oder Schoten oder Falls, an die fünfzig Mann stampfen über die Deckplanken – wie soll man da nicht in Wut kommen?

Aber gestern schämte ich mich meines Ärgers. Ich legte mich in die Offiziersmesse und begann trotz starkem Schwanken einzuschlafen. Plötzlich kam aus seiner Kajüte, nur mit dem Hemd bekleidet, der arme Goschkewitsch, der Beamte, hereingelaufen. Er warf sich stöhnend auf das runde Kanapee, dann flüchtete er auf eine Bank, danach legte er sich auf den Fußboden, aber nirgendwo fand er einen Platz für sich, erbrach Galle und wurde von Heimweh und Kopfweh gleichmaßen geplagt. Ich gab ihm Wasser zu trinken. Dann wußte ich nicht mehr, was ich tun sollte.

Auf dem Fußboden fand ich ein Stückchen Apfelsinenschale und gab es ihm zu kauen. Dachte, vielleicht hilft's. Nein, nichts half. Ich ließ ihn liegen und schlief zwar nicht süß, aber sehr ruhig. Ich hörte jedoch auch im Schlaf dauernd sein Stöhnen.

Vielen setzt die Seekrankheit zu, unter anderem auch einigen Offizieren. Es kommt vor, daß einer auf der Brücke kommandiert, sich über Bord erbricht und weiterkommandiert. Auch der Admiral mußte sich einmal übergeben. Das spielt hier keine Rolle. Den Matrosen erlaubt man es einfach nicht. Wenn einer »Leine zieht«, muß er trotzdem seine Arbeit verrichten. Gestern wurde der Tisch etwas langsam gedeckt. Der Erste Offizier erkundigte sich nach der Ursache. Man meldete ihm, der Koch sei seekrank. Er ließ ihm den strengen Befehl überbringen, nicht seekrank zu sein – und sofort wurde das Essen gereicht.

Vor drei Tagen verspürte auch ich einen Anflug von Übelkeit, aber er hatte keine Folgen und kam auch nicht von der Schaukelei, sondern aus anderen Ursachen. Ich war den ganzen Tag nicht an die frische Luft gegangen, hatte dann zu Mittag gegessen, natürlich zwei, drei Gläser Wein getrunken und war in tiefen Schlaf gesunken. Danach erging es mir genauso wie Ihnen, Michail Alexandrowitsch, und auch mir zu Hause, das heißt man erwacht und spürt eine heiße Pfanne auf dem Kopf; den Mund kann man nicht sofort öffnen, weil alles in ihm vom harten, schweren Atem klebt. Sie eilten in einem solchen Falle, erinnere ich mich, in ein Bad, weil Ihnen das am besten half, während ich Rettung im Sodawasser suchte.

Auch hier widerfuhr mir eine solche Sünde. Ich rauchte noch eine Pfeife sehr starken Tabaks, den ich in Portsmouth gekauft habe, und plötzlich fühlte ich, daß es mir schlecht wurde. Ich sprach mir jedoch sofort gut zu, es sei Dummheit. Und in der Tat, kaum ging ich an die frische Luft, als die Übelkeit wie weggeflogen war. So bin ich also von der Seekrankheit nicht betroffen worden, Appetit habe ich wie ein Kadett am Sonntag, und die Meeresluft ersetzt die Motion fast völlig.

Wenn Majkows meinen Brief erhalten und Ihnen vorgelesen haben, werden Sie schon wissen, daß wir nicht über Amerika, sondern um das Kap der Guten Hoffnung fahren, weiter durch die Sundastraße nach Manila, von dort zu den kleinen Inselgruppen unter dem 27. Breitengrad, den Bonin-Inseln. Dort werden eine russische Fregatte und ein Begleitschiff zu uns stoßen, die Befehl haben, gemeinsam mit uns zu fahren. Zugleich mit uns lief von hier ein Dampfschoner aus, der in England gekauft wurde. Er tauchte wie eine Ente in die Wogen, und dann waren wir bereits voneinander getrennt. Von den Bonin-Inseln fahren wir nach China usw. Zurück geht es, nimmt man an, über Amerika. Über all das spricht man jedoch weit weniger als wir vor unseren gemeinsamen Ausflügen nach Zarskoje Sjelo oder Oranienbaum. Wollen Sie die Entfernungen wissen? Von England bis zu den Azoren sind es 2250 Meilen (jede Meile eindreiviertel Werst), von dort bis zum Äquator 1020 Meilen, vom Äquator bis zum Kap der Guten Hoffnung 3180 Meilen; vom Kap der Guten Hoffnung bis zur Sunda-Straße 5400, aber nein, langweilig: lieber fahren als zählen.

Erkundigen Sie sich bei Alexander Petrowitsch Korenjew, wohin und wie Briefe an mich zu senden sind. Wenn Sie schreiben, bringen Sie Ihre Briefe sofort entweder zu Korenjew oder in die Asien-Abteilung des Auswärtigen Amts zum Tischvorsteher Sablotzkij oder, wenn Sie Gelegenheit haben, zu Ljubimow selbst. Dann kommen Sie vielleicht zur Ostindienpost zurecht, und ich erhalte Ihren Brief am Kap der Guten Hoffnung. In der Asien-Abteilung befördert man den Brief mit den amtlichen Depeschen, und man sagt Ihnen die Adresse. Schreiben Sie einfach an den und den auf der russischen Fregatte »Pallas«, russisch und englisch: to be forwarded on board of the russian frigate »Pallas«. Hören Sie auch in der Folgezeit nicht auf, von Zeit zu Zeit zu schreiben und sich in der Asien-Abteilung zu erkundigen, wann Post abgeht.

Nun, auf Wiedersehen. Es ist bald zwei Uhr, gleich wird gegessen, und bis dahin muß man auf dem Deck hin und her gehen oder, besser gesagt, tanzen, weil man im strengen Sinn des Worts nicht gehen kann.

Riesige grüne, fast smaragdene Wogen fluten berghoch auf uns zu, und die Fregatte kämpft sich krachend, schwer ächzend, mit Mühe durch jede solche Barriere hindurch. Keine Küste ist zu sehen. Bis zum Abend!

11. Januar. Bis zum Abend! Mit diesem »bis zum Abend« war es nichts. Jetzt erst, drei Tage nach diesem Abend, kann ich wieder zur Feder greifen. Jetzt sehe ich ein, daß der Admiral recht hatte, als er in einem meiner Berichte das Wort »bestimmt« strich, weil auf See nichts bestimmt sei. Und genauso ist es. Wir wollten bestimmt mit dem Wind in den Ozean ausfahren und passierten bereits den berühmten Leuchtturm von Eddystone, eine gewaltige, auf einem Felsen errichtete Säule. Die Brandung gischtet, wie man sagt, bis an die Laterne.

Aber was hinderte mich, Ihnen vor drei Tagen abends zu schreiben? Der Sturm. Und was für einer! Ich hatte mich nach dem Essen eben schlafen gelegt, als die erste Bö kam: es war eine heranziehende Wolke mit Regen, Hagel und Blitz. Ein schreckliches Durcheinander entstand: Rennen, Stampfen, Kommandorufe und Pfiffe. Die Wolke lief auf die Fregatte zu, erschütterte sie, brachte sie ins Schwanken und überflutete sie mit Regen. Ich hatte mich jedoch so warm in meiner Koje eingekuschelt, daß ich meine Neugier bezwang, ans Fenster zu gehen und den Vorhang zurückzuziehen. Ich hätte erst die Pantoffeln suchen, den Hausrock anziehen müssen.. Als es wieder hell wurde, tröstete ich mich mit dem Gedanken, daß ich doch zu spät gekommen wäre.

Plötzlich verfinsterte es sich abermals. Der Wind heulte wie im Walde, die Fregatte legte sich bald auf die eine, bald auf die andere Seite über, und wieder verging es. Doch nach einer Viertelstunde wurde es abermals ganz dunkel. Ich sah ein, daß wegen der Geschäftigkeit an Deck an Schlafen nicht zu denken war. Nichts zu machen, ich kleidete mich eigenhändig an und ging auf Deck. Dort befanden sich sämtliche Offiziere und die gesamte Besatzung, versteht sich außer dem Vater Awwakum, der hinsichtlich der Stürme und des Schaukelns der gleichen Meinung mit mir ist, das heißt, daß es bequemer ist, in horizontaler Lage und vornehmlich in der eigenen Kajüte zu liegen, als auf den Beinen zu stehen, wenn es schwankt. Er wird ebenfalls nicht seekrank. Der Beamte Goschkewitsch indessen teilt zwar unsere Ansicht über die horizontale Lage keineswegs, mußte jedoch unserem Beispiel wider Willen folgen. Es war ihm unmöglich, auf den Beinen zu stehen, so heftig mußte er sich übergeben.

Die Böen wurden immer stärker und hielten den ganzen Abend, die ganze Nacht an, der unruhigsten seit unserer Ausreise. Es gelang mir, irgendwie bis zur Offiziersmesse zu gelangen, und ich legte mich dort auf demselben blauen Diwan nieder, den Sie und Michail Alexandrowitsch in der oberen Kajüte gesehen haben. Entsinnen Sie sich, wir saßen sogar darauf, als wir so lange auf Butakow warteten. Die Offiziere liefen bald nach oben, bald kamen sie, um zu rauchen, doch die See ging immer höher. Die Fregatte wühlte sich mit dem Bug in die Wogen oder legte sich fast völlig über. Bei einem dieser Stöße schleuderte es mich, ehe ich mir dessen bewußt wurde, vom Diwan und warf mich von einer Wand zur anderen. Die anwesenden Offiziere Kruedener, Butakow, Lossew erschraken und dachten, der Diwan würde mich zerquetschen. Als sie jedoch sahen, daß der Diwan in Richtung der Tür rutschte und ich unmittelbar auf das Kanapee geschleudert wurde, das sich rund um den Besanmast zieht, schüttelten sie sich vor Lachen, und ich tat es ihnen nach. Sie staunten, wie behend und schnell ich einen neuen

Platz gefunden hatte und wie sanft ich gefallen war, Arme und Beine gestreckt, als ob ich es früher geübt hätte. Aber auch jeden von ihnen erwischte es: der eine stieß mit der Schulter gegen den Türpfosten, der zweite schlug sich eine Beule, weil er mit dem Kopf gegen die Decke stieß, und der dritte bekam einen Schlag von der Tür.*

AUF STÜRMISCHER SEE

»Ein steifer Wind, ein grausamer Wind!« sagte der Kapitän, sooft er in die Kajüte kam und dort zu tanzen begann. »Und Sie sitzen die ganze Zeit hier? Haben sich noch keine Seemannsbeine angeschafft?«

»Ich habe sogar die eigenen verloren«, sagte ich.

Aber er wollte nicht glauben, daß ein Mensch nicht gehen könne, solange er Beine hat.

»Stehen Sie auf und versuchen Sie es«, redete er mir gut zu.

»Ich habe es versucht, aber ohne Erfolg und sogar zum Schaden für mich und das Mobiliar. Da, bitte ..« Aber ich kam auf dem fast senkrecht geneigten Boden ins Rutschen und sauste mit einer Geschwindigkeit, die ich schon lange nicht mehr erreicht hatte, in eine Ecke. Dort stieß ich mit der Faust gegen den Spiegel und mit der anderen Hand gegen die Wand. Der Kapitän mußte lachen.

»Warum kommen Sie nicht Tee trinken?« fragte er.

»Ich mag nicht«, antwortete ich wütend.

»Na, dann lasse ich ihn hier servieren.«

»Ich mag nicht!« wiederholte ich.

Ich war sehr zornig. Am Anfang ist man das Schaukeln noch nicht gewöhnt, und es macht einem Angst. Wenn

* Das Ende des Briefs ist nicht erhalten. Die Fortsetzung findet sich in dem folgenden Abschnitt.

das Schiff von der Höhe einer Welle in die Tiefe gleitet und von dort auf die nächste Welle gehoben wird, geschieht es mit einem derartigen Schwung, daß man meint, es zerbräche sofort in tausend Stücke. Hat man sich jedoch überzeugt, daß nichts Derartiges geschieht, wird man gelangweilt und ärgerlich. Der Ärger wandelt sich in Wut, und danach gerät man in einen Zustand der Depression. Die Zeit vergeht langsam. Man mißt sie nicht nach Stunden, sondern nach den gleichmäßigen, schweren Schwüngen des Schiffs und den dumpfen Schlägen der Wogen gegen die Bordwände und das Heck. Es ist nicht das stille Gefühl der Unterwerfung, der Resignation, sondern reine Wut; sie nagt an einem, verdirbt das Blut, die Leber, den Magen, erregt die Galle. Man hat einen trockenen Mund, die Zunge brennt. Kein Appetit, kein Schlaf. Man ißt, um die Zeit totzuschlagen und den Magen zu füllen. Man schläft nicht, weil es einem nicht nach Schlafen zumute ist, und sinkt vor Müdigkeit in einen Halbschlaf. In diesem Zustand sieht man phantastische Gebilde über sich und wird von Halluzinationen heimgesucht. Menschen, die man kennt, erscheinen in Gestalt mythologischer Götter und Göttinnen. Da sehe ich Ihren Kopf und Ihre Gestalt vor mir, mein trefflicher Freund, aber Sie sind mit einer Matrosenbluse bekleidet. Da hat gleichsam eine Kanone Ihren mit Ölfarbe bekleckten Malkittel angezogen, mein lieber Künstler, und sitzt neben mir auf dem Diwan. Wacht man auf, sieht man mit halbem Blick ganz deutlich die Takelung vor sich, und daneben hängen plötzlich die seidenen Portieren eines Petersburger Restaurants, da stehen Vasen mit Blumen, und aus ihnen schaut der Unteroffizier Terentjew hervor. Dann kommen abermals elegant gekleidete Herren und Damen daher, aber statt eines Spitzentüchleins halten sie ein Tau in der Hand oder einen Kanonenwischer, und der Stutzer reibt das Deck mit Sand ab .. Und plötzlich heulen alle diese eleganten Herren und Damen auf und kreischen; ihre Gesichter verzerren sich, zerfließen – hoppla! jetzt sind sie irgendwohin in die Tiefe gestürzt .. Man öffnet die Augen und sieht: alles ist an seinem Platz, das Tau, der Kanonenwischer, Terentjew, doch – o weh! – die Vasen, die Blumen und Sie, liebe Damen, sind nicht mehr vorhanden. Zuweilen verwirrt sich alles derartig im Kopf, daß Lärm, Krachen, die Wogenberge samt dem schäumenden Gischt als Traum erscheinen und das Land, die Häuser, das ruhige Bett als Wirklichkeit, aus der man bei jedem Stoß grausam und ernüchtert erwacht.

Ich verbrachte die Nacht denn auch nicht in meiner Kajüte. Der Kapitän schlief angekleidet neben mir, sprang immer wieder auf und rannte an Deck. Faddejew erschien am Morgen mit Wäsche und rief mich in die Offiziersmesse zum Tee.

»Ich mag nicht«, war meine einzige Antwort.

»Nicht nötig! Ich bring ihn her.«

»Ich mag nicht!« bekräftigte ich, weil tags zuvor mein Versuch, Tee zu trinken, von keinerlei Erfolg gekrönt war. Ich hatte mir die Finger verbrüht, und die Tasse war herabgefallen. »Hat der Wind noch immer nicht nachgelassen?« fragte ich ihn.

»Woher denn! Bei dem Geheul. Hier ist nun mal solch zorniges Meer!« fügte er hinzu und sah mit unverzeihlicher Gelassenheit durch das Fenster zu, wie sich die Wellen hoben und senkten, Schaum und Brecher hoch aufstäubten.

Aus Langeweile versuchte ich, mich in diesen Gleichmut hineinzudenken. War es die Gewohnheit des im Sturm erprobten Matrosen, der feste Glaube an die eigene Kraft und das Material? Nein, er war jung und hatte keine Zeit gehabt, im Dienst gestählt zu werden. War es Ergebenheit in das Schicksal? Auch das schien es nicht zu sein. Ein solches Empfinden drückt sich auf dem Gesicht als Selbstbewußtsein und die von ihm erworbene Ruhe aus, aber Faddejews Gesicht blieb immer dasselbe: rund, weiß, ohne jegliche Spiegelung, ohne Ausdruck.

Es war einfach Gleichgültigkeit, im harmlosesten Sinne. Mit derselben Gleichgültigkeit betrachtet er, das heißt Faddejew – und dieser Faddejews gibt es eine Legion – eine neue, prachtvolle Küste, einen nie gesehenen Baum oder Menschen – mit einem Wort, an dieser Ruhe prallt alles ab. Das Bestreben, seine Pflicht zu erfüllen, seine Arbeit zu leisten, den Tod zu leiden, wenn es sein muß, ist durch nichts zu erschüttern.

Während ich mich so in ihn hineinversetzte, kam ich zu dem Schluß, daß diese Gleichgültigkeit mit jener Ruhe oder Sorglosigkeit verwandt sei, mit der ein anderer Faddejew irgendwo an Land an einem Seil mit einem Beil auf einen Glockenturm klettert und die Spitze repariert oder mit einem Pinsel auf einem Brettchen an der Außenwand eines vierstöckigen Hauses sitzt, in der Luft schaukelt, je nach der Drehung des Seils bald zur Straße, bald zur Hausseite gewandt. Blicken Sie ihm ins Gesicht! Spiegelt sich in ihm das Bewußtsein der Gefahr? Nein. Er bemüht sich nur bei einer Drehung, das Bein gegen die Wand zu stemmen, damit er nicht mit dem Knie dagegenschlägt. Und unten hält ein dritter Faddejew den Strick fest und kümmert sich nicht sehr um den, der oben hängt, sondern gähnt seinerseits nach allen Seiten.

Auch zur Mittagszeit kam Faddejew und forderte mich auf, zu Tisch zu kommen. Kaum hatte ich jedoch einen Schritt gemacht, kam ich ins Wanken und setzte mich eiligst wieder auf meinen Platz.

»Ich mag nicht!« rief ich wütend.

»Es hat drei Glasen geschlagen. Man ruft zu Tisch, Euer

Hochwohlgeboren«, sagte er und schaute wie üblich gegen die Wand. Aber diesmal lächelte er über irgend etwas.

»Was erscheint dir so komisch?« fragte ich. Er lachte laut heraus. »Was hast du?«

»Na, so ein Spaß..«

»Nun sprich schon!«

»Schwedow haute es mit dem Kopf auf die Planken.«

»Wo? Wie?«

»Ist aus der Hängematte gestürzt. Wir hingen zu dritt an einem Haken. Der Haken brach ab. Wir fielen allesamt runter. Mir hat's nichts ausgemacht, Paissow auch nicht. Wir fielen einfach hin und standen wieder auf, doch Schwedow ist mit dem Kopf aufgehauen – war das ein Spaß! Jetzt sitzt er da und stöhnt.«

Es war nicht das erste Mal, daß ich diesen Zug an meiner Ordonnanz bemerkte. Stürzte jemand hin, trug jemand einen Schaden davon – dann brachte es ihn zum Lachen. Da errate einer, aus welchen Elementen der russische Mensch zusammengesetzt ist! Und er tat es nicht aus Boshaftigkeit, er war überhaupt nicht böse, es war nur ein Zug an ihm, der eine genaue Analyse und eine besondere Definition erfordert. Aber diesmal sollte er sich über fremden Schmerz umsonst gefreut haben. Er hatte mir kaum von Schwedows Sturz berichtet, da erschien ein Maat in der Tür.

»Wer hat mit Schwedow an einem Haken gehangen?« fragte er.

»Wer?« antwortete Faddejew mit einer Gegenfrage.

»Paissow, ja?«

»Paissow?«

»Rascher! Wer noch?« fragte der Maat abermals.

»Noch?« machte Faddejew gedehnt.

»Geh zum Wachthabenden!« sagte der Maat. »Er fordert alle zu sich.«

Faddejew wurde sehr ernst und ging. Nach der Rückkehr war er noch ernster. Ich erriet, was vor sich gegangen war.

»Warum lachst du nicht?« fragte ich. »Offenbar hat nicht nur Schwedow was abbekommen.«

Er schwieg.

»Hat Paissow seine Tracht gekriegt?«

Er platzte wieder vor Lachen heraus.

»Er auch, er auch!« sagte er fröhlich.

›Nein, das habe ich noch nicht erlebt!‹ dachte ich, während ich auf dem Diwan hin und her geworfen wurde und sah, wie sich die Tür zum Fenster und der Spiegel zum Schrank neigten. Faddejew wollte gehen, aber mir kam der Gedanke, hier an Ort und Stelle zu speisen.

»Kannst du mir nicht etwas zu essen auf dem Teller bringen?« fragte ich. »Laß dir Braten geben oder eine kalte Platte.«

»Warum nicht, Euer Hochwohlgeboren. Wenn du möchtest, bringe ich es«, antwortete er.

Nach einer halben Stunde kam er mit zwei Tellern in den Händen. Auf dem einen befanden sich Brot, Salz, Messer, Gabel und Serviette, auf dem anderen war das Essen. Er ging sehr geschickt, stemmte sich mal auf das eine, mal auf das andere Bein und balancierte mit den Armen. Manchmal kauerte er sich plötzlich vorsichtig hin, wenn der Boden allzu steil in die Schräge ging.

»Hier hast du!« sagte er (ich war mit ihm auf »du«. »Sie« sagte er nur in stehenden Redensarten wie »Euer Hochwohlgeboren« oder »Wie Sie wünschen« usw.) Er hockte sich neben mich und hielt mir die Teller hin.

»Was hast du mir denn gebracht?« fragte ich.

»Hier ist alles drauf, was es zu essen gibt«, sagte er.

»Wieso alles?« Ich schaute hin: in der Tat, alles! Da war

Huhn auf Reis, dort lag eine heiße Pastete, dort Hammelbraten – alles auf demselben Teller, und obendrauf lag eine Waffel.

»Erbarmen, aber so kann man das doch nicht essen. Es fehlt bloß noch, daß du auch noch Suppe auf den Teller gefüllt hättest!« sagte ich.

»Es ging nicht«, antwortete er treuherzig. »Schau doch, es wäre übergelaufen.«

Ich sortierte die einzelnen Gerichte und aß einen Bissen nach dem andern, bis ich allmählich zur Waffel gelangte. »Schade, daß du die Suppe nicht mehr auf den Teller bekommen hast!« sagte ich, als ich ihm die Teller zurückgab.

»Mein Gott! Wer hat dies Reisen erdacht?« rief ich unwillkürlich und seufzte. »Da fährt man schon den vierten Monat und sieht nichts als grauen Himmel und hohe See!«

Jemand lachte.

»Ach, Sie sind es!« sagte ich und sah, daß der größte meiner Reisegefährten, K. J. Lossew, in der Kajüte stand und sich mit der Hand an der Decke festhielt.

»Wirklich«, fuhr ich fort, »wo sind das blaue Meer, der azurne Himmel, die Wärme, die seltenen Vögel und die Fische, die man in der Tiefe des Meers sehen soll?«

Während ich noch in dieser Art murrte, erschien auch der Obersteuermann, von uns »Großvater« genannt.

»Hier ist jemand, der redet dauernd vom blauen Himmel und von Wärme«, sagte Lossew.

»Wo ist es denn warm? Her mit dem blauen Himmel und der Wärme!« beharrte ich.

Aber der Obersteuermann ging mit kleinen Schritten rasch zur Karte, maß mit dem Zirkel die Grade und zog Striche mit dem Bleistift. »Hören Sie, was ich frage?« sagte ich zu ihm. »42 und 18!« sagte er halblaut. Ich wiederholte meine Klage.

»Wenn wir erst mal durch die Biscaya sind, wird es warm. Warten Sie nur, die Wärme wird Ihnen noch so lästig werden, daß Sie sich nach der Kälte sehnen. Warum sitzen Sie die ganze Zeit? Gehen wir!«

»Ich kann nicht, ich halte mich nicht auf den Füßen.«

»Kommen Sie, ich bugsiere Sie«, sagte er und führte mich zu den Schanzen. Auf ihn gestützt, ging ich »auf die Straße«. Im gleichen Augenblick wurde das Deck gleichsam unter den Füßen weggezogen und verschwand. Vor den Augen gleißte ein hoher smaragdener Berg voll blauer Wogen mit weißbeperlten Häuptern und versank sogleich außenbords. Ich wurde gegen ein Geschütz gedrückt und von dort zum Luk gezogen. Mit beiden Händen klammerte ich mich an ein Segeltau.

»Führen Sie mich zurück!« sagte ich zum Obersteuermann.

»Was haben Sie denn? Schauen Sie: prächtig!«

Bei ihm ist alles »prächtig«. Machen wir mit dem Wind zehn Knoten in der Stunde: »Herrlich, prächtig!« sagt er. Weht uns der Wind direkt gegen die Stirn und treibt uns zurück, jubelt er: »Wunderbar! Anderthalb Knoten machen wir trotzdem!« Auf ihn wirkt keinerlei Wetter. Er trägt bei Hitze wie bei Kälte den Rock bis obenhin zugeknöpft und ist immer fröhlich. Ob die See hoch geht oder ruhig ist, er steht fest auf den Beinen, die kurzen Arme auf dem Rücken oder etwas tiefer. Mit kleinen Schritten bewegt er sich vorwärts. Ihn erregt kein Sturm, keine Flaute – ihm ist alles gleich. Ob die Küste nahe oder weit entfernt ist, macht ihm nichts aus. Er ist fast überall gewesen, und wo er nicht war, dem trauert er nicht nach. Ich habe nie gehört, daß er sich über etwas oder über jemanden beklagt hätte. »Prächtig!« bekräftigt er lediglich. Wenn jedoch jemand in seiner Gegenwart das Gegenteil behauptet, schaut er nur forschend in die Runde und lächelt eigenartig. Er erinnert an die von Cooper erschaffenen Gestalten, die auf dem Meer geboren und aufgewachsen sind oder in den tiefen Wäldern Amerikas. Die sie umgebende Natur hat ihnen einen unverwischlichen Stempel aufgedrückt. Auch er ist seit seinem dreizehnten Lebensjahr zur See gefahren und hat nie länger als zwei Jahre hintereinander an Land verbracht. Ob wegen seiner Eigenart oder wegen seiner Gutmütigkeit – jedenfalls alle liebten ihn.

»Guten Tag, Großvater! Wohin eilen Sie?« sagten die jungen Offiziere.

»Halten Sie mich nicht auf, ich muß den Standort bestimmen!« antwortete er und ging, ohne aufzublicken, ›die Sonne fangen‹.

»Wo befinden wir uns im Augenblick?« fragte man abermals.

»In Gottes Welt!«

»Wissen wir aber, wo?«

»38 Grad nördlicher Breite und 12 Grad westlicher Länge.«

»Auf der Höhe von was?«

»Schauen Sie auf die Karte!«

»Sagen Sie es!«

»Lassen Sie mich in Ruhe, lassen Sie mich!« rief er und stieß die jungen Leute wie eine Schar Kinder beiseite.

»Es ist kalt, Großvater, bringen Sie mich zurück!« sagte ich.

»Wieso kalt – prächtig!« antwortete er.

Ohne auf ihn zu warten, ging ich allein zu meinem Platz zurück, mußte meine Kühnheit jedoch teuer bezahlen. Ich trat in die Kajüte, hatte jedoch noch nicht das große runde Sofa erreicht, als sich das Schiff schwer auf die Seite legte. In dem Gefühl, daß ich mich weder auf den Beinen halten noch niederkauern konnte, ließ ich mich rasch auf den kleinen Diwan fallen und glaubte gerettet zu sein. Aber auch hier gab es keine Rettung, ich mußte mich eng an die Wand pressen, um nicht hinunterzufallen. Der Diwan war angeschraubt und stürzte nicht um. Ich selbst mußte mich jedoch trotz allen Anklammerns zu meinem Leidwesen von ihm trennen. Ich wurde fortgeschleudert und prallte mit der Brust gegen einen Sessel. Obwohl er an seinem Platze blieb, weil er ebenfalls angenagelt war, brach ihm trotzdem ein Bein ab, während ich über ihn hinweggeschleudert wurde und über den Fußboden weiterschlitterte. Unterwegs stieß ich mir ein Knie wund und schlug mit der Wange gegen irgendeinen Gegenstand. Nachdem ich mich bis zu meinem Platz geschleppt hatte, blieb ich einige Minuten wie benommen auf dem Boden sitzen. Zum Glück hinterließ die Prellung keine Folgen. Eine Woche lang tat mir die Brust weh, doch dann verging es.

In diesem Augenblick betrat K. J. Lossew die Kajüte. Ich berichtete ihm mein Mißgeschick.

»Sie müssen sich so rasch wie möglich auf den Fußboden setzen«, sagte er, »sobald es Sie stark seitwärts zieht, dann kann Ihnen nichts geschehen.«

Plötzlich legte sich das Schiff auf meine Seite über.

»Sehen Sie, so muß man es machen!« belehrte er mich und ließ sich auf den Boden nieder.

»Aj, aj!« schrie er gleich darauf und griff mit den Händen rundum, um sich an etwas festzuhalten. Er rutschte von der Höhe herab gerade auf mich zu.. Ich konnte eben noch die Beine wegziehen, sonst hätte er mich mit seiner ganzen Riesengröße erdrückt.

So verging ein Tag nach dem andern, besser vierundzwanzig Stunden nach vierundzwanzig Stunden. Nur an Land zählt man nach Tagen, auf dem Meer bei hohem Seegang schläft man jedoch nicht, wann man will, sondern wenn man kann. Dort gibt es neben dem üblichen normalen Tag noch einen zweiten, künstlichen, den man auf dem Land »Nacht« nennt, und der ist erfüllt von Sorgen, Arbeit und Geschäftigkeit. Die qualvollen Zeitabschnitte von vierundzwanzig Stunden also vergingen einer nach dem anderen. Sehnsüchtig wird der Mensch umhergetrieben, sucht einen ruhigen Winkel, will sich vergessen, das Meer, das Schaukeln vergessen, lesen, sprechen – es gelingt nicht. Jedes Gelenk, jeder Nerv ist gestrafft, gereizt und von der dauernden Anspannung ermüdet. Die frühere Ruhe, die Minuten des Glücks, die schöne Fahrt, die Heimat, die Freunde – alles ist vergessen, und denkt man daran zurück, dann nur mit Neid. ›Gibt es wirklich eine Küste?‹ denkt man. ›Habe ich wirklich einmal auf dem Festland gelebt, bin festen Fußes umhergegangen, habe im Bett geschlafen, mich mit Süßwasser gewaschen, habe vier, fünf Gänge gespeist, und alles auf verschiedenen Tellern, habe gelesen, an einem Tisch geschrieben, der nicht tanzte? Gibt es wirklich Gärten, warme Lüfte, Blumen ..?‹ Und man entsinnt sich sogar der Blumen, auf die man an Land keinen Blick verschwendet hat. So ist es also, das Wanderleben voller Abenteuer, Alarme, Stürme, Erregungen, nach denen ich mich an Land so gesehnt hatte. Nun, ich hatte mir die Suppe eingebrockt, jetzt mußte ich sie auch auslöffeln! Das undankbare Gedächtnis bewahrt nicht das Gute, und es überkommt einen das elende, das Leben auf See vergiftende Gefühl – der Reue: warum ist man mitgefahren!

In diesem Gemütszustand verließ ich meine Kajüte, in der ich anderthalb »Tage« verbracht hatte, schaute mißmutig auf den Ozean, und nachdem ich bis zur Offiziersmesse gelangt war, prüfte ich die Epitheta, die ihm Byron, Puschkin, Benediktow und andere gegeben hatten: »grimmig, finster, gewaltig«, während ihn Faddejew »zornig«

genannt hatte. »Salzig, langweilig, wild und eintönig« ergänzte ich die Liste, als ich die Treppe hinabstieg. »Immer dasselbe und kein Ende abzusehen!«

Unten war alles voll Wasser und Feuchtigkeit. Man schlief, wo man grade lag. Ich legte mich auch dazu und sprang an die zehnmal in der Nacht auf, geweckt von knarrenden Geräuschen, einem plötzlichen Schrei, dem Getrampel der Matrosen, von schrillen Pfiffen. Halb im Schlaf sah ich, wie der Großvater mit fröhlichem Gesicht kam und ging.

»Es schaukelt, Großvater!« beschwerte ich mich.

»Wie sollte es nicht schlingern, wir liegen hart am Wind!« sagte er. »Prächtig!«

»Was ist dabei Prächtiges?«

»Wieso? Wir machen zehneinhalb Knoten, sind durch den Kanal, morgen werden wir auf der Höhe von Finisterre sein.«

»Gehen Sie mir mit Ihrem ›prächtig‹«.

Die nächsten Tage zogen sich ebenso einförmig hin, die See ging hoch, es war kalt, Himmel und Meer grau. Und das war doch schon der spanische Himmel! Wir befanden uns auf dem 30. Breitengrad. Wir waren so in Anspruch genommen, daß wir nicht gemerkt hatten, wie wir an Frankreich vorbeigefahren waren und nunmehr Spanien und Portugal hinter uns ließen. Weil ich nichts anderes zu tun hatte, versetzte ich mich in Gedanken an die Küsten, an denen wir entlangfuhren und die wir nicht sahen. Paris weckte das allgemeine Interesse. Wir hatten es im interessantesten Moment zurückgelassen. Napoleon III. hatte soeben den Thron bestiegen. England war das einzige Land, das ihn nicht anerkannte, mehr wußten wir nicht. Hatten sich die Parteien gefügt? Würde es ihm gelingen, die errungene Macht zu halten? Ob dort Ruhe eingetreten war? – Diese Fragen schwirrten einem bei der Erinnerung an Frankreich durch den Kopf. »In Paris sollte man sein!« sagte ich seufzend. »Dort leben, in diesem Gebrodel von Neuigkeiten, Künsten, Moden, Politik, Vernunft und Dummheit, Häßlichkeit und Schönheit, Tiefsinn und Gemeinheit – leben als Epikuräer, als spöttischer Beobachter dieses ganzen verrückten Durcheinanders!«

›Und da liegt Spanien, das blühende Andalusien‹, dachte ich traurig und blickte in die Richtung, wo nach dem Hinweis des Großvaters die spanische Küste liegen sollte. ›Sevilla, caballeros mit Gitarren und Degen, Frauen, Balkone, Zitronen, Pomeranzen. Dahin, dahin möcht' ich .. irgendwohin, nach Granada, wo der Epikuräer Byron so klug und genußreich gereist ist, der die ganze Süße des spanischen Himmels und der Luft, der Frauen und Apfelsinen bis zur Neige zu kosten verstanden hat. Dort möchte man leben, unter Oleanderbüschen und Silberpappeln liegen, die russische Faulheit mit der spanischen vereinen und erleben, was dabei herauskommt.‹

Aber die Fregatte fliegt dahin. Der Großvater kommt mit seinen Meldungen an den Kapitän kaum nach: 40., 38., 35. Grad. Auf der Höhe von Sao Vicente, Cadiz .. Leb wohl, Spanien, leb wohl, Europa! Lebt wohl, meine Freunde! Ob ich euch wiedersehe? Werden euch je diese Zeilen erreichen, die ich zwar unter südlichem, aber immer noch grauem Himmel, im warmen Flauschmantel, schreibe? Weit, scheint es, bin ich gefahren, aber meine erregte Seele fühlt noch den Norden, ich spüre den Atem seines Winters, ich sehe seine Farben in Wasser und Himmel. Ich bin ihm nahe. Ich sehe weder tiefblauen Himmel noch blaues Meer. Lärm, Kälte und Salzspritzer – das ist einstweilen meine Sphäre!

18. Januar 1853, Funchal auf der Insel Madeira

Meine lieben Freunde!

Ich schreibe Ihnen gemeinsam einen Brief, weil ich einfach keine Zeit habe, jedem einzeln zu schreiben. Den letzten Brief schrieb ich an Sie, Michail Alexandrowitsch, vor einer Woche, dazu einen langen aus Portsmouth, und nun sehen Sie, wo ich bereits bin: auf Madeira! Von England bis zu dieser Insel rechnet man 1200 Meilen (rund 2000 Werst). Wir legten sie in fünf Tagen und etwas zurück, ein seltener Fall. Aber uns trieb der Sturmwind, und wir schwammen buchstäblich mitten zwischen Hügeln, von denen jeder mindestens so groß wie der Parnaß von Pargolowo war.

Ich will nicht beschreiben, was ich bei dieser Fahrt ausgestanden habe, als sich die Fregatte bald auf die eine, bald auf die andere Seite legte, als alles auf ihr hin und her rutschte, alles quietschte, knarrte und einen, ehe man es sich versah, umwarf. Und das fünf Tage und fünf Nächte ohne Aufhören! Ich hatte grausame Angst und tat Buße, was ich übrigens vor Beginn der Reise vorausgesehen hatte. Mehr als einmal verlor ich den Mut. Wir brachten jedoch den fünften Teil des einen Ozeans hinter uns, müssen aber noch drei oder vier durchfahren. Manchmal zweifelte ich, ob ich durchhalte. Nachts wälzte ich mich angekleidet irgendwie und wohin ich gerade geriet herum. Am Tage suchte ich nach einem stillen Eckchen, fand es aber nicht. Doch staunen Sie: wenn man mir jetzt vorschlüge, zurückzufahren, würde ich kaum zustimmen.

Für die fünftägige Leidenszeit fühle ich mich völlig belohnt. Bis jetzt war es immer noch kalt, sogar als wir auf der Breite von Portugal und Spanien waren, aber kaum näherten wir uns heute Madeira, als die Sonne so heiß wie bei uns im Juli schien. Wir stürzten alle an Deck. Die wunderbare Insel wuchs wie ein kolossales Gebilde vor unseren Augen in die Höhe, und nunmehr liegt all das vor mir, was ich bisher nur auf Bildern gesehen und immer angezweifelt habe. Ich brach fast in Tränen aus, als mich eine Luft anwehte, wie sie meine Lungen nie geatmet hatten.

Natürlich drängte ich sofort an Land. Je näher die Schaluppe dem Ufer kam, desto stärker wurde der aromatische Duft der Gräser und Blumen. Der Admiral, ich, der Erste Offizier und der kleine Lasarew speisten beim Konsul zu Mittag. Er wußte nicht, wie und womit er uns bewirten sollte. Es versteht sich von selbst, daß der Madeira aller Sorten und Farben während des Essens und danach nicht die letzte Rolle spielte. Zum Dessert war der Tisch mit allen möglichen Früchten und Blumen bedeckt. Es gab Bananen, Apfelsinen und andere Früchte, die ich nie gesehen und von denen ich nie gehört hatte. Ein Bild von einzigartiger Schönheit!

Madeira zeichnet sich durch die Eigentümlichkeit aus, daß dort sowohl tropische als auch unsere nördlichen Gewächse gedeihen. Ich nahm eine Blume und sagte, daß ich einige Blättchen von ihr einem Brief an Landsleute beilegen werde. Plötzlich sprang meine Portugiesin (der Konsul ist Portugiese) in den Garten, brachte eine Menge Blumen und bat, auch von ihr einige Blättchen mitzuschicken. Ich hätte natürlich nichts dergleichen getan, sondern ich hatte es nur so dahingesagt, um ihr für die Gastfreundschaft irgendwie zu danken (sie ist jung, hübsch, blaß mit schwarzen Augen und wundervoll gebaut), aber nunmehr schicke ich Ihnen, Jewgenija Petrowna, Jekaterina Alexandrowna, Junija Dmitrijewna und Ellikonida Alexandrowna, diese Andenken an Madeira. Sie sind, glaube ich, allesamt Liebhaberinnen solchen Abfalls, aber zerzausen Sie ihn nicht!

Der Hauptteil meines Aufenthalts auf Madeira war durch einen sehr originellen Ausflug bemerkenswert. Der Konsul und meine Kameraden bestiegen Pferde. Ich gedachte ebenfalls, den Fuß auf einen Grauschimmel zu setzen, aber bei dem Gedanken, daß mir solche Touren teuer zu stehen kommen und mir die Beine wehtun, verharrte ich sinnend. Der Hausherr schlug vor, ob ich den Weg nicht in einem Tragsessel zurücklegen wolle. Das kam mir sehr gelegen, und schon erschienen zwei Portugiesen mit einer Sänfte, einer Art Kinderwagen, und los ging's, zwischen Weinbergen aufwärts. Seitlich gingen zwei Knaben, von denen einer französisch, der andere englisch plapperte. Man mußte sich in dem Gefährt lang ausstrecken. Als ich mir vorstellte, daß Sie alle um mich herumständen, starb ich fast vor Lachen, doch dann gewöhnte ich mich daran, als ob es immer so gewesen wäre.

Zu welchen Punkten sie mich trugen, wo ich verweilte, was ich sah, kann ich nicht alles beschreiben. Ich sage nur das eine: wenn ich nichts anderes sonst gesehen hätte, dann wäre auch dies genug gewesen, um sich das ganze Leben daran zu erinnern. Und die Leute hier sagen, daß jetzt bei ihnen Winter und in der Natur – staunen Sie! – alles tot sei usw. Wie muß es da erst im Sommer sein! Ich wußte schon jetzt nicht, was ich mit meinem Tuchmantel anfangen sollte. Meine Spazierfahrt dauerte fünf Stunden, ich erreichte den Gipfel des Bergs von der einen Seite und kehrte auf der anderen Seite zurück. Plötzlich begegneten mir meine Don Quijotes. Als wir einander erblickten, platzten wir vor Lachen. Erst auf der Hälfte des Wegs merkten meine Träger, daß ich ziemlich dick war. Sie machten bei drei Wirtshäusern halt und bewirteten mich mit Wein. Während ich jedoch nur die Lippen netzte, tranken sie sehr eifrig, selbstverständlich auf meine Kosten, und der Schweiß floß in Strömen von ihnen.

Welch Land, welch eine Luft, welch Himmel! Ach, meine Freunde, warum sind Sie nicht hier? Ich möchte nie wieder wegfahren. Die Bewohner sagen selbst, daß bei ihnen niemals drei Tage lang schlechtes Wetter sei.

Ich umarme Sie alle, Michail Alexandrowitsch, Katerina und Ellikonida Alexandrowna, Jewgenija Petrowna, Nikolaj Apollonowitsch und Apollon und Wladimir samt Frau (auch für sie ein Blumenblatt!) und Ljchowskij und alle, alle. Vergessen Sie nicht, Alexandra Alexandrowna und Andrej Andrejewitsch, Ihre Brüder, Wjatscheslaw W. und Rostowskijs und besonders meine Freundin zu grüßen.

IM ATLANTIK

Am 14. Februar geraten wir in jene Flaute, die wir am Äquator vergeblich befürchtet haben. Wieder laufen wir nur einen, anderthalb Knoten, zuweilen machen wir überhaupt keine Fahrt. Anfangs regen wir uns nicht auf und warten darauf, daß der Wind wenn nicht heute, so doch morgen auffrischen wird. Aber die Tage, die Nächte vergehen, die Segel hängen schlaff, die Fregatte wiegt sich fast auf der Stelle und gerät nur manchmal heftig ins Schwanken von einer Dünung, die Wind anzukündigen scheint. Aber es ist nur der schwache Ausläufer weit entfernten Seegangs, den irgendwo an einem glücklichen Ort der Wind verursacht und herangetragen hat. Am Horizont auftauchende Wolken scheinen Regen und Wetterumschlag anzukündigen. Der Regen rauscht auch wirklich in Strömen und unaufhörlich herab, aber es kommt kein Wind auf. Nach einer Stunde strahlt die Sonne wie zuvor und macht den geronnenen, unbewegten Spiegel des Ozeans bis zum Horizont zu einer flimmernden Fläche. Die Fregatte schlummert in der Windstille.

So trifft uns die Fastnachts-, die Butterwoche. Wir verleben sie ziemlich lustlos, obwohl unser Proviantmeister Pjotr Alexandrowitsch alles tut, um irgendwie an diese heitere Zeit des russischen Lebens zu erinnern. Er läßt Plinsen backen; den Kaviar ersetzt er durch Sardinen. Die mit anderen Konserven aus England mitgebrachte Sahne hat sich längst in eine dicke Masse verwandelt, doch bittet er inständig, sie als Sahne hinzunehmen.

Lieder, die an das Tataren-Joch erinnern, und wilde Ausbrüche einer Quasi-Fröhlichkeit schallen lauter denn je über den Ozean. Stille Gesänge erschienen als Ausdruck unserer von der Flaute erzeugten allgemeinen Langeweile natürlicher. Indessen ist es ausgeschlossen, daß die Butterwoche bei einem russischen Menschen nicht wenigstens ein Lächeln hervorrufen sollte, und sei es auch inmitten der Glutwogen des Atlantischen Ozeans.

Als ich in Gedanken versunken auf dem Achterdeck hin und her gehe, bemerke ich plötzlich eine ungewöhnliche Bewegung unter den Matrosen. Das ist auf dem Schiff keine Seltenheit. Zuerst meine ich, sie ziehen an irgendeiner Brasse. Aber was ist das? Ganz etwas anderes: sie tragen einander auf den Schultern rund um den Mast. Wenn die Butterwoche gekommen ist, können sie nicht anders, als sich der Rutschbahnen auf dem Eis zu erinnern, und indem sie aufeinander reiten, ersetzen sie das Vergnügen mit besserem Erfolg als Pjotr Alexandrowitsch den Kaviar durch Sardinen. Beim Anblick der jungen wie der graubärtigen Matrosen, die einander auf den Schultern tragen, muß ich über diese natürliche Volksbelustigung laut lachen; es ist eine bessere Narretei als Neptuns Flachsbart und die mit Mehl bestäubten Gesichter bei der Äquatortaufe..

Wieder fließen die Tage eintönig dahin. In dieser Stille, einsam und fern von aller Welt, in der Wärme und im strahlenden Licht nimmt die Fregatte das Aussehen eines entlegenen russischen Dorfs in der Steppe an. Morgens steht man auf, ohne irgendwohin zu hasten. Die seelischen Kräfte sind ausgeglichen, die Gesundheit ist ausgezeichnet, der Kopf frisch und der Appetit vorzüglich. Man schüttet einige Eimer Wasser direkt aus dem Ozean über sich, macht einen Spaziergang, trinkt Tee und setzt sich an die Arbeit. Die Sonne steht schon hoch, die Hitze brütet. Im Dorf geht man um diese Zeit weder auf die Felder noch auf die Tenne. Man sitzt unter dem Schutz einer Markise auf der Terrasse. Alles sucht im Schatten Zuflucht, sogar die Vögel, nur die Libellen schwirren wie wild über den Ähren.

Auch wir öffnen Fenster und Türen der Kajüten sperrangelweit und ruhen unter dem aufgespannten Sonnensegel. Ein kaum spürbarer Wind erfrischt wie ein zarter Hauch Gesicht und offene Brust. Die Matrosen haben bereits gegessen (sie essen früh, noch vor Mittag, genau wie im Dorf nach der Morgenarbeit) und sitzen in Gruppen herum oder liegen zwischen den Kanonen. Manche flicken ihre Wäsche, Uniformen, Schuhe und summen leise ein Liedchen vor sich hin. Von der Back ertönen die Schläge eines Hammers auf dem Amboß. Die Hähne krähen. In der klaren Stille und Reglosigkeit schallt ihre Stimme weithin. Dann vernimmt man unwirkliche Laute wie fernen, kaum vernehmlichen Glockenklang. Die empfindsame Einbildungskraft, genährt von Träumen und Erwartungen, erzeugt sie in der Lautlosigkeit und zaubert auf den Grund des tiefblauen Himmels ferne Gestalten ..

Kommt man an Deck, ist man eine Zeitlang wegen der unerträglichen Grelle von Himmel und Meer fast blind. Ganze Strahlenbündel springen von allen metallischen

Gegenständen auf dem Schiff. Selbst das Deck blendet und verwundet die Augen durch sein Weiß.

Bald wird gegessen. Was wird es heute zu Mittag geben? Die Gelegenheit ist günstig. Tichmenjew kommandiert die Wache. Man muß ihn fragen.

»Was gibt es heute zu essen, Pjotr Alexandrowitsch?«

Er will eben den Mund aufmachen, um mir zu antworten, da kommt der Kapitän und erteilt Befehl, das Leesegel zu setzen. Es scheint ihm etwas aufzufrischen.

»Klart die Leesegel-Falls!« kommandiert Pjotr Alexandrowitsch mit seinem Jünglingsbaß und blickt nicht auf die Leesegel-Falls, sondern auf den Kapitän. Dieser lächelt verstohlen und geht mit mir über das Deck. Dann bemerkt er etwas auf der Back und begibt sich dorthin.

»Was gibt es zum Essen?« frage ich Pjotr Alexandrowitsch, indem ich mir die Abwesenheit des Kapitäns zunutze mache.

»Erbsensuppe«, sagt Pjotr Alexandrowitsch. »Sie mögen diese Suppe?«

»Ja, nicht übel, wenn möglichst viel Suppengrün darin ist«, antworte ich.

»Wäre von Herzen froh«, fährt er mit der ihm eigenen gefühlvollen, gezierten Ausdrucksweise fort, »glauben Sie, ich wäre bereit, alles zu opfern, sogar den Schlaf, wenn ich mehr Grünzeug in die Suppe tun könnte, aber ich kann nicht, Gott sieht es, ich kann nicht. Aber ich werde es versuchen, um Ihretwillen .. He! Wache! Gehe und sage Karpow, er soll sich von Jantzew noch etwas frisches Grün geben lassen und in die Suppe tun. Sehen Sie, das tue ich für Sie!« sagt er. »Mag man mich beschimpfen, wenn das Grünzeug nicht bis zum Kap der Guten Hoffnung reicht!«

Ich drücke ihm gefühlvoll die Hand. »Und was noch?« frage ich behutsam, von seiner Güte gerührt.

»Noch? .. Huhn mit Reis ..«

»Schon wieder!« rufe ich erbittert.

»Was tun, was soll ich tun – versetzen Sie sich selbst in meine Lage. Ich habe nur noch fünf Hammel, drei Schweine, fünfzehn Enten und ganze dreißig Hühner von einhundertdreißig. Überlegen Sie! Wir werden noch Hungers sterben.«

Als er mein nachdenkliches Gesicht sieht, wird er wankend. »Morgen, komme, was kommen mag, lasse ich ein Schwein schlachten ..«

»Auf Wache wird nicht gesprochen, Sie wollen wohl wieder das Leesegel-Spriet zerbrechen!« ertönt plötzlich die strenge Stimme des zurückgekehrten Kapitäns hinter ihm.

»Das war nicht ich, es war Iwan Alexandrowitsch!« Pjotr Alexandrowitsch schiebt den Vorwurf augenblicklich auf mich ab und legt die Hand an die Mütze.

»Klart das Leesegel-Fall!« schreit er den Matrosen grimmig zu. Der Kapitän dreht wieder ab. Pjotr Alexandrowitsch entfernt sich von mir.

»Sie haben nicht zu Ende gesprochen!« bemerke ich zu ihm.

Er blickt sich ängstlich nach allen Seiten um. »Gebratene Ente!« zischt er böse über die Back hin, bemüht, mich nicht anzusehen. »Als Süßspeise ..« Die weiße Mütze des Kapitäns taucht in der Nähe der Back auf und verschwindet. »Als Süßspeise – Pfannkuchen mit Ingwergelee .. Lassen Sie mich in Ruhe, Sie bringen mich dauernd in Ungelegenheiten!« flüstert er wütend und geht so weit weg von mir, daß er beinahe über Bord stürzt. »Obst gibt es nicht als Dessert«, schließt er fast für sich selbst. »Seljonyj und der Baron haben nachts alles aufgefuttert, so daß ich am Sonntag je Mann nur eine Apfelsine und zwei Bananen zuteilen kann.«

Zuweilen kann er es nicht aushalten, auch wenn man

ihn nicht fragt. »Heute lasse ich Schinken reichen«, sagt er, »und Erbsen aus Konserven.« Und dann läßt er sich herab, die ganze Speisenfolge aufzuzählen.

Um drei Uhr, nach dem Essen, werden die Musiker auf die Back befohlen. Melodien von Verdi und Bellini schallen über den Ozean. Da man nach dem Essen zu träge ist, Musik zu hören, wird die Kapelle mehr des Übens halber und zur Festigung ihres Repertoires gerufen. In diesem Klima bedarf man unbedingt der Siesta. Im Norden kann man selbst an einem sehr heißen Tage ohne Mühe, ohne zu ermüden und von Kräften zu kommen, im Schatten sitzen. Man kann sich sogar mit etwas beschäftigen. Hier sitzt man im leichten Leinenmantel, ohne Kravatte und Weste unter dem Sonnensegel. Obwohl man sich nicht bewegt, verliert man bei der drückenden Hitze jede Kraft. So sehr man sich auch zusammenreißt, den Körper zieht es zum Diwan. Man muß den Organismus stärken, indem man schläft.

Um fünf Uhr tritt die Mannschaft zum Baden an. Man senkt ein Segel ins Wasser, das sich vollfüllt, und die Matrosen springen von Bord wie in ein Bassin hinab. Man muß jedoch gut aufpassen, denn sie sind alle bestrebt, über das Segel hinauszuspringen und im freien Ozean zu schwimmen. Es ist nicht zu befürchten, daß sie ertrinken, sie sind alle gute Schwimmer, aber man hat Angst vor Haifischen. Einmal schrie auch der Matrose vom Marssegel-Ausguck: »Ein großer Fisch kommt!« An die Badenden schlich sich heimlich ein Hai heran. Die Matrosen wurden aus dem Wasser gejagt. Dem Hai warf man zuerst die Eingeweide eines Hammels zu, die er sofort verschlang, dann harpunierte man ihn. Er schwamm unter dem Kiel hindurch und hinterließ eine blutige Spur. Neben ihm tummelten sich zwei, drei Fische, die sich stets in seiner Begleitung befinden und Lotsenfische heißen.

Pjotr Alexandrowitsch erscheint während des Badens ebenfalls. Er ist voller Aktivität, läuft wie ein Kompaniechef über alle Decks und jagt die säumigen Matrosen ins Wasser. »Los, los!« schreit er. »Warum ziehst du dich nicht aus? Und wo bleibt Witulj, wo Faddejew? Marsch, ins Wasser! Alle Köche an Deck, sie sollen baden!«

Um sechs Uhr findet sich die ganze Seefahrer-Gesellschaft nach beendigter Arbeit und Siesta auf Deck ein, um sich zu erfrischen. Weit öffnet sich die Seele den erregenden und beglückenden Eindrücken einer Wunderwelt, die man im Norden nie erlebt hat. Ihre Wunder fügen sich keinen Tabellen, Ziffern, plumpen Zugriffen von Wissenschaft und Erfahrung. Der tropische Himmel und seine Wunder entziehen sich jeder Beschreibung. Man kann das unfaßbare Gefühl, dem man sich demütig und bebend überläßt, so wenig messen wie das Gefühl der Liebe.

Wo sind Sie, wo sind Sie, Wladimir Grigorjewitsch (Benediktow)? Fliegen Sie schnell hierher und sagen Sie, wie man diese zärtliche Luft beschreibt, die einen wie eine warme Woge umspült, liebkost und einlullt, diesen Strahlenglanz des Himmels in phantastischer, unsagbarer Schönheit, diese Farben des Sonnenuntergangs? Der Ozcan in Gold oder das Gold im Ozean, die blutrote Lohe, reines, klares, durchsichtiges, ewiges, unablässiges Feuer ohne Rauch, ohne die geringste Erdenspur. Die Ruhe von Himmel und Meer ist nicht die Stille von Tod und Schlaf, sondern sie gleicht der Stille nach befriedigter Leidenschaft, in der Himmel und Meer nach der Lust der Umarmung von ihren süßen Qualen ausruhen. Die Sonne entschwindet wie der beglückteste Liebhaber und hinterläßt eine lange, versonnene Spur von Glück auf dem geliebten Antlitz.

Auf dieser goldflammenden, unüberschaubaren Fläche

liegen ganze Welten von Zauberstädten, Gebäuden und Türmen, Ungeheuern und Tieren – alles Wolken. Sehen Sie, dort stürzt eine riesenhaft aufgetürmte Festung langsam, lautlos in sich zusammen. Eine Bastion ist gefallen, die zweite bricht nach ihr in Stücke. Dort senkt sich, das eigene Fundament erdrückend, ein hoher Turm, und nun verfließt alles langsam und verwandelt sich in einen Berg, in Inseln mit Wäldern und Kuppeln. Kaum hat die Einbildungskraft dieses Bild erfaßt, zerfließt und zerfällt es bereits. An seiner Statt kommt von irgendwoher ein Schiff gezogen und hängt in der Luft. Eine riesige Karosse wird zur Gestalt einer gigantischen Frau. Die Schultern sind noch heil, doch die Hüften fallen schon herab, und es entsteht der Kopf eines Dromedars. Eine Formation Soldaten drängt dagegen und verschlingt es.

Das staunende Auge möchte die Hände sehen, die diese Luftgebilde wie im Spiel erschaffen. Leise, zart und träge bewegen sich die feinen, transparenten Muster in der goldenen Atmosphäre wie Träume der schlummernden Seele; sie fügen sich zu fesselnden Gestalten und lösen sich wieder, um in einem phantastischen Spiel miteinander zu verströmen.

Mögen die Maler nach den Farben suchen und sie benennen, mit denen die verlöschende Sonne den Himmel färbt! Seht: ein violettes Tuch hat den Himmel bedeckt und mischt sich mit Purpur. Gleich danach kommt eine Färbung wie dunkelgrüner Jaspis zum Vorschein. Nunmehr beherrscht sie den Himmel. Und die Schlösser, Türme, Wälder, die rosenfarbenen, gelben, braunen, werden in den letzten Strahlen der schwindenden Sonne blaß und durchsichtig wie ein leuchtender Dom ..

Unbeweglich und stumm verharren Sie vor den farbigen Spuren der Sonne. Ihr warmer, schneidender Glanz erregt die Nerven der Augen, aber Sie sind im Dämmer poetischen Sinnens versunken. Sie wenden nicht den Blick. Sie möchten sich nicht aus dieser Betäubung lösen, aus dieser Lust der Stille. Erwachend sagt man sich seufzend: Ach, wenn doch solche Natur, dieselbe glühende und so majestätische, tiefe Ruhe immer und überall vorhanden wäre! Wenn das ganze Leben so wäre! .. Denn die Stürme, die rasenden Leidenschaften sind nicht die Norm der Natur und des Lebens, sondern nur ein Moment des Übergangs. Unordnung und Leid, der Schöpfungsprozeß, die rauhe Arbeit dienen in der Werkstatt der Natur nur zur Bildung von Stille und Glück.

Noch ist die Sonne nicht ganz verglüht, noch haben Sie Ihre Gedanken nicht zu Ende gedacht, da schauen Sie um sich: im Westen leuchten noch Gold und Purpur, aber im Osten funkeln und flimmern bereits Millionen Augen: Sterne über Sterne. Bescheiden und unbewegt leuchtet mitten unter ihnen das Kreuz des Südens. Wie eine Kappe legt sich die Dunkelheit über Sie. Inseln, Türme, Ungeheuer sind verschwunden. Die Sterne funkeln stark und verwegen, als ob sie sich beeilten, die Zeit zwischen Sonne und Mond zu nützen; es werden ihrer mehr und mehr, sie überziehen den ganzen Himmel. Dieselbe unsichtbare Hand, welche die Luftgebilde zeichnete, zündet eilig an allen Ecken der Himmelsveste die Lichter an, und es beginnt das leuchtende Fest der Nacht! Neue Kräfte, neue Gedanken und neue Wonnen erwachen in der Seele. Wieder sucht sie in den Lichtern den Sinn, begierig liest sie die flammenden Buchstaben und drängt zu ihnen hin ..

Doch da ist der Mond, nicht trübe, bleich, versonnen, nicht nebelhaft wie bei uns, sondern rein und durchsichtig wie Kristall, stolz strahlend in weißem Glanz, unbesungen von Dichtern wie bei uns und deshalb eine jungfräuliche Luna. Keine reife, verwelkende Schönheit, sondern eine kühne Jungfrau voller Kraft, Leben und strenger Keuschheit wie Diana selbst. Ihr durchdringendes Licht überflutet Meer und Himmel, verdrängt das dreiste Funkeln der Sterne und herrscht sanft und majestätisch bis zum Morgen.

Und der Ozean ist eingeschlafen, denken Sie? Nein; er brodelt und glitzert stärker als die Sterne. Unter dem Schiff wirbeln Flammen, brausend brechen sich Ströme von Gold, Silber und glutroten Bränden Bahn. Geblendet, umfangen von süßen Schaffensträumen richten Sie den unbewegten Blick zum Himmel. Dort strahlt bald golden, bald blutrot, bald smaragden der Konopus, das helle Gestirn des Schiffs Argo, die beiden riesigen Sterne des Zentauren. Und dennoch verharrt Ihr liebender Blick bei dem stillen Glanz der vier Sterne des südlichen Kreuzes. Sie leuchten bescheiden und scheinen Sie unverwandt und klug anzublicken. Kreuz des Südens .. Ist es Ihnen einmal widerfahren (aber wie sollte ein Dichter es nicht erlebt haben!), plötzlich eine Frau zu erblicken, von deren Schönheit und Grazie man ihnen schon seit langem vorgeschwärmt hat und in der Sie nichts Aufregendes finden? »Was ist an ihr Besonderes?« fragen Sie und blicken sie verwundert an. »Sie ist einfach, bescheiden, zeichnet sich durch nichts aus..«

Schauen Sie sie jedoch lange an, fühlen Sie plötzlich, daß Sie sie bereits leidenschaftlich lieben! So geht es einem mit dem Kreuz des Südens. Sehen Sie es zum ersten, zweiten und dritten Male, fragen Sie, was daran Besonderes sei. Schauen Sie es lange Zeit an, dann endet es damit, daß Ihr Blick, wenn es Nacht wird, es als erstes sucht. Nachdem er über alle erschienenen Sterne hingewandert ist, wendet er sich wieder dem Kreuz zu, und an seinem Anblick finden Ihre Augen dauernde Ruhe.

Doch dem glutheißen Tag folgt die schwülsüße, lange Nacht mit funkelndem Firmament, einem Feuerstrom zu Füßen, mit dem Beben der Lust in der Luft. Mein Gott! Ungenützt vergehen hier diese Nächte. Keine Serenade, keine Seufzer, kein Liebesgeflüster, kein Nachtigallengesang! Nur die Fregatte bewegt sich mühsam vorwärts und stöhnt hin und wieder, ein kraftloses Segel flattert, unter dem Heck plätschert eine Welle – und wieder ruht alles in erhabener Schönheit.*

8. BRIEF: AN J.P. UND N.A. MAJKOW

17. März 1853, Kap der Guten Hoffnung,
Capetown, Kapstadt

Haben Sie meinen Brief von der Insel Madeira, vom 18. Januar, erhalten? Ich schrieb Ihnen und Jasykows, glaube ich, einen gemeinsamen Brief von dort. Und sehen Sie, wo wir nunmehr bereits oder noch sind! Es ist die erste Station auf unserer langen Reise. Madeira rechne ich nicht als Station, weil wir uns dort nur einen Tag aufgehalten haben, und auch nicht die Kap-Verde-Inseln, wo wir ebenfalls anlegten, um uns aufzufrischen und etwas zu erholen, namentlich auf der Insel Santiago in Porto Praia. Dort erlebte ich das erste vollkommene Stück afrikanischer Natur und afrikanischen Klimas. Gluthitze, Sandhügel, Granitfelsen und dazwischen in den Tälern die üppigste tropische Flora: Bananen, Kokospalmen, Feigenbäume und andere Gewächse, und dicht daneben abermals Sand, Dürre, Dürftigkeit in der Natur und bei den Menschen.

Die gesamte Fahrt von Kap Lizard bis zum Kap der Guten Hoffnung haben wir in dreiundsechzig Tagen zurückgelegt, das heißt, wir verließen die englische Küste

* Diesem Abschnitt aus der Fregatte »Pallas« liegt ein Brief an Wladimir Grigorjewitsch Benediktow zugrunde.

am 11. Januar und sind hier am 10. März angekommen. Die Fahrt in den Tropen war eine bezaubernde Lustfahrt. Unter großer Hitze hatten wir nicht zu leiden. Stellen Sie sich fünfzig Tage prächtigen Wetters irgendwo auf dem Lande zwischen Gärten und Feldern vor, wo sich der Himmel nicht ein einziges Mal verfinstert. Über das Deck spannten wir Sonnensegel, so daß uns die Strahlen nicht trafen. Übrigens hatten wir weder im nördlichen noch im südlichen Wendekreis mehr als 23 Grad Wärme, im Schatten natürlich. Den Äquator überquerten wir am 3. Februar um fünf Uhr morgens. Alle schliefen. Ich auch. Aber wir hatten uns schon am Abend zuvor beim Kapitän zusammengefunden und einander mit warmem Champagner Glück gewünscht, obwohl wir den Äquator noch nicht passiert hatten. Was tun? Woher in den Tropen Kälte nehmen? Einer von uns, A. A. Chalesow, der Obersteuermann, passierte ihn das elfte Mal. Wir sahen Haie, fliegende Fische und andere tropische Merkwürdigkeiten. Am erstaunlichsten waren die Sonnenuntergänge und das Kolorit des Himmels am Abend. Diesen Himmel und die Wolken kann man weder mit Farben noch mit der Feder schildern. Ich passierte also den Wendekreis, ohne einen Hitzschlag zu bekommen. Was weiter wird, weiß ich nicht. Man verspricht uns fürchterliche Hitze im Chinesischen Meer, das im nördlichen Wendekreis liegt. Wir nehmen an, daß wir dort im Sommer sein werden, das heißt im Juni–Juli. Das ist dort die heißeste und taifunreichste Zeit. Jetzt fahren wir einstweilen in den Herbst hinein. Auf Madeira und den Kap-Verde-Inseln waren wir im Januar, folglich im Winter – damals war es in der südlichen Hemisphäre Sommer. Die Sonne ging zurück, und als wir hier ankamen, war es Anfang Herbst.

Sie, Apollon, sagten vor meiner Abreise, daß sich auf dem Äquator die Magnetnadel plötzlich von Nord nach

Süd drehen werde. Nein, meine Seele, solch ein Zauberkunststück gibt es nicht, das eine Ende zeigt trotzdem nach wie vor nach Norden und das andere nach Süden, denn beide Enden sind magnetisch, und jedes weist auf seinen Pol hin. (Nur je näher man dem Pol kommt, desto mehr neigt sich das Ende der Nadel zu seinem Pol, so daß am Pol selbst die Nadel vertikal stehen muß.) Es gibt zwar eine Veränderung, aber keine solche, wie Sie annehmen. Die Nadel legt sich nur auf dem Äquator horizontal, und auch nicht auf dem allgemeinen, sondern auf dem magnetischen Äquator, der etwa drei Grad südlicher als der richtige liegt. Und Filippow war es, glaube ich, der gesagt hat, daß die windstille Zone sich auf drei Grad zu beiden Seiten des Äquators erstreckt. Falsch! Sie beginnt und endet in der nördlichen Hemisphäre, beginnt zuweilen auf dem sechsten und manchmal auf dem fünften Grad und endet auf dem dritten oder zweiten, je nachdem. Dort in der nördlichen Hemisphäre begegnet man auch dem südlichen Passat.

Dreiundsechzig Tage auf dem Meere! »Gewiß haben Sie sich tödlich gelangweilt«, werden Sie sagen. Nein, die Zeit vergeht mit unglaublicher Geschwindigkeit, besonders wenn man beschäftigt ist. Ich hatte ziemlich viel zu tun. Ich führte und führe das Schiffs-Tagebuch, halte auf Bitten des Admirals den Seekadetten Vorträge über Sprache und Literatur, versuchte auch für mich zu schreiben, brachte jedoch nur wenig zustande. Die Ursache liegt in meiner unglücklichen Schwäche, alles möglichst detailliert auszuarbeiten.

Material, das heißt Eindrücke, gibt es in Unmengen. Ich weiß nicht, wie ich mit ihnen fertig werden soll, es mangelt an Zeit, und wenn man sie auf Lager stapelt, verlieren sie ihr Aroma. Es tut mir leid, daß ich Ihnen lange Briefe aus England geschrieben habe. Ich hätte besser getan, erst von da ab mit meinen Aufzeichnungen zu beginnen und Ihnen dann alles mit einem Male vorzulesen, doch nunmehr ergibt sich weder das eine noch das andere. Die Lust erlahmt, und es fehlt an Zeit. Sodann bin ich verpflichtet, einen großen Teil der Ereignisse im Schiffs-Tagebuch zu verzeichnen. Ich weiß also selbst nicht, ob etwas dabei herauskommt. Im übrigen, ich werde mich bemühen. Ein Kapitel ist geschrieben – es handelt im wesentlichen vom Meer und vom Schaukeln. Las es vor – man amüsierte sich. Bis Madeira, Kap-Verde, zu den Wendekreisen bin ich noch nicht gekommen. Es ist mir irgendwie peinlich, davon zu sprechen. Ich stelle mir an meinem Platz immer eine feine und kluge Feder vor, zum Beispiel die Botkins, Annenkows und anderer – und dann bin ich entsetzlich deprimiert. Warum bin denn gerade ich mitgefahren? Ein anderer hätte es an meiner Stelle bei weitem besser gemacht, aber ich kann nur Skizzen zeichnen und scherzen. Das genügt ganz gut für Europa, aber nicht für eine Fahrt rund um die Erde!

Etwa dreihundert Meilen vor Kapstadt packte uns abermals steifer Wind und Seegang. Wie langweilig! Wir hatten uns in den Wendekreisen dieser Belustigungen bereits entwöhnt, und nun wieder. Es dauerte fünf Tage. Aber in diesen fünf Tagen war es unmöglich, zu lesen, zu schreiben und ordentlich zu schlafen.

Wir ankern nicht in der Tafelbucht, sondern in Simons-Bai, weil dort der Aufenthalt für die Schiffe ungefährlich ist. (Simons-Bai bildet eine kleine Ecke einer großen Bucht, genannt Falsebay.) Diese ist den Winden zu sehr geöffnet. In Simons-Bai gibt es alles in allem drei Dutzend Häuser, eine englische Hafenkommandantur und einen Wachsoldaten – England ist allenthalben und überall, wohin man auch kommt. Auf den Kap-Verde-Inseln, auf Madeira, hier – alles voller Neger, Mulatten, Hottentotten und Malaien (sie sind in großer Menge noch von den Holländern hierhergebracht worden), alle sprechen Englisch, obwohl die Kap-Verde-Inseln den Portugiesen gehören. Lernt Englisch, meine Freunde, wenn Ihr Reisen machen wollt. Bald wird man Englisch lernen müssen, um mit größerem Vergnügen daheim zu bleiben. Ich segne das Schicksal, daß ich es lernte, und jetzt beherrsche ich es infolge der dauernden Praxis bis zur Vollkommenheit. Anders wäre die Reise das halbe Vergnügen.

Unsere Fregatte wird jetzt überholt, sie ist arg mitgenommen und sieht wenig schön aus. Man hat die Rahen herabgelassen, die ganze Takelung entfernt. Es wird noch an die zwei Wochen oder länger dauern, und wir leben hier schon eine Woche. Alle fahren abwechselnd nach Kapstadt für zwei, drei Tage. Kapstadt liegt von Simons-Bai im ganzen achtzehn Meilen (dreißig Werst) entfernt. Der Weg ist herrlich. Zuerst fährt man neben schrecklichen Felswänden am Ufer entlang, dann über eine Allee zwischen Landhäusern und Farmen. Ich betrachte das Gras, den Sand, die Steine, die Bäume, die Vögel – nichts, aber auch gar nichts erinnert mehr an den Norden. Alles ist anders. Fische, Nikolaj Apollonowitsch, kann man in Unmengen fangen. Man läßt einfach einen dicken Haken mit einem Stück Rindfleisch, Speck, was Sie wollen, hinab und zieht riesige und schmackhafte Fische heraus, die ein wenig unseren Karpfen ähneln. Alle Matrosen angeln. Zuweilen bekommen sie einen giftigen Fisch an die Angel; er sieht sehr hübsch aus, aber man darf ihn nicht essen. Nach seinem Genuß stirbt man in fünf Minuten. Es gab Beispiele davon. Wenn ein fremdes Schiff einläuft, schickt der Hafenkommandant ein gedrucktes Merkblatt an Bord, wie man sich im Hafen verhalten soll. In dem Merkblatt wird auch der Fisch erwähnt, damit ihn die Matrosen nicht versehentlich essen. Hin und wieder wird er an das

Ufer geschleudert. Wenn ihn ein Schwein frißt, dreht es sich im Kreis und krepiert sofort.

Na also, lieber Ljchowskij, da wäre ich endlich im Lande der Schlangen. Ufer und Berge an der Simons-Bai sind mit niedrigen Büschen bedeckt. Es wird gebeten, in der Mittagszeit nicht zu nahe an die Büsche heranzugehen, die Schlangen kriechen hervor. Baron Kruedener und ich sind trotzdem herangetreten, haben aber keine Schlangen gesehen. Auf dem Wege nach Kapstadt brennt man Gras und Büsche ab, um Platz für Ansiedlungen zu schaffen und die Schlangen zu vertreiben.

Morgen begeben wir uns sieben Mann hoch zu einer Fahrt ins Innere des Landes, die sieben Tage dauern soll. Der Admiral war so aufmerksam und liebenswürdig, mich zu fragen, was ich zu sehen wünsche. Ich erklärte ihm, daß die Fahrt entlang der Küste nicht sehr unterhaltsam sei. Man müsse sich bemühen, möglichst weit ins Innere des Landes zu gelangen, was jedoch ohne Bekannte schwer zu bewerkstelligen sei. Daraufhin fuhr er gestern nach Kapstadt und organisierte für uns eine sehr beachtliche Reise.

Er ließ sich von hiesigen Bankiers Empfehlungsschreiben an verschiedene Persönlichkeiten der Kolonie geben. Ein Bankier verschaffte uns sogar eine Reisekutsche und einen Wagen und arbeitete einen Plan aus, welche Stationen und Objekte wir in diesen Tagen besichtigen sollten. Unter anderem haben wir ein Schreiben an einen englischen Ingenieur, der eine Straße baut. Er wird uns bemerkenswerte Orte zeigen, unter anderem heiße Quellen und Gefängnisse, in denen Verbrecher aus allen Stämmen Südafrikas inhaftiert sind. Es wird vorgeschlagen, auf einem Wege hin- und auf einem anderen zurückzufahren. Auf dem Rückweg wollen wir den Berg von Konstanza und die berühmten Weinberge anschauen. Für jeden Ort besitzen wir Empfehlungsschreiben. Auf diesem Berg wird einer der Kaffernhäuptlinge samt seiner Frau gefangengehalten, man will ihn uns zeigen. Sie wissen aus den Zeitungen, daß der Krieg mit den Kaffern beendet und Friede geschlossen ist – ob für lange, weiß Gott.

Der Reiseplan ist sehr gut, aber ob wir ihn durchführen werden? Von uns beteiligen sich sieben Mann an der Fahrt. Der Admiral hat jedem eine Tätigkeit während der Reise zugewiesen. Goschkewitsch, ein Beamter des Auswärtigen Amts, soll sich mit geologischen Fragen beschäftigen, der Arzt des Schoners, ein wissenschaftlich gebildeter Deutscher, wird die Botanik studieren. Possjet (Junija Dmitrijewna hat ihn kennengelernt, ein rothaariger Offizier) soll sich der holländischen Sprache widmen. Ein junger Fähnrich zur See fährt als Gehilfe Goschkewitschs mit. Auch fotografisches Gerät für Aufnahmen der verschiedenen Orte und Typen der Einwohner nehmen wir mit. Sie sehen, es ist eine ganze Expedition. Mir obliegt es, alle Einzelheiten im Tagebuch festzuhalten. Abreise morgen, in aller Herrgottsfrühe, um sechs Uhr, in einer riesigen Kutsche, mit sechs bis acht Pferden bespannt, wie man hier im allgemeinen reist.

Schrecklich wird es Ihnen vorkommen, von mir zu hören: »Auf Expedition – in Afrika – ins Innere des Landes – in aller Herrgottsfrühe!«

Bin denn ich das? Ja: ich, Iwan Alexandrowitsch – ohne meinen Diener Filipp, ohne Erholungspause – ganz allein fährt er mit dem sac-de-voyage nach Afrika, als sei es Pargolowo. Ich besitze einen Spazierstock mit Degen. Ich meine, ich werde ihn zurücklassen, weil er mir zu lästig ist. Der Baron steckt ein paar Pistolen in den Gürtel, das ist alles. Was die übrigen haben, weiß ich nicht. Ich nehme an, daß wir alles dalassen und lieber mehr Zigarren mitnehmen.

Gestern machten wir einen langen Spaziergang durch ganz Kapstadt. Wir gelangten bis zum Fuß des Tafelbergs. Links von ihm liegt der Teufelsberg, rechts der Löwenberg.

Der Löwenberg ähnelt in der Tat einem liegenden Löwen. Warum jedoch der Tafelberg Tafelberg heißt, weiß ich nicht. Er ist einfach eine senkrecht abfallende Fläche. Nennen Sie sie, wie Sie wollen: ein Fortepiano, einen Tisch, eine Festungsmauer oder einen Platz. Gestern war er mit einem Tischtuch bedeckt, das heißt mit Wolken, die in den Abgrund hinabzogen. Das sah sehr eigenartig aus. Übrigens ist das für uns nichts Neues. Am Tag der Ankunft setzte sich einer der Felsen in Simons-Bai gleichsam eine Perücke auf.

Ich begreife nicht, wie man auf den Tafelberg hinaufkommt. Dem Ansehen nach ist er unbesteigbar. Man zeigte uns jedoch einen Pfad, aber er war mit bloßen Augen schwer zu erkennen. Unsere Leute, das heißt der Admiral, der Kapitän und einige Offiziere, wollten den Berg heute besteigen, aber wegen der unerträglichen Hitze gaben sie den Plan auf. Ich erklärte, daß ich um keinen Preis irgendeinen Berg besteigen würde, der höher als drei Meter sei, genauso wie ich nur in äußerster Not auf ein Pferd steige. Wenn es gar nicht anders geht, kann man sich natürlich nicht dagegen wehren. Die Unsrigen kamen heute zu Pferde hierher, doch jetzt müssen sie auf die Tour verzichten. – (Einen Augenblick, ich komme gleich wieder. Man hat zum Frühstück geläutet, das ist heute schon das dritte Mal, und jetzt ist es erst zwei Uhr. Das Dinner findet um sechseinhalb Uhr statt, und später gibt es noch was.)

Wir waren unser zehn zum Frühstück. Ich mußte dabei den Hausherrn spielen, das heißt einschenken und austeilen. Ich verdarb alles, ließ es sein und übergab das Messer einem Malaien-Diener. Wir essen uns an Weintrauben satt. Geschmack und Aroma sind unvergleichlich. Keiner von uns hat irgendwo solche Trauben gegessen. Dann gibt es noch längliche Melonen von drei Zoll Länge, aber sie sind nicht besonders schmackhaft, sodann Birnen und dergleichen, auch gut, frische Feigen usw. Die Zeit der meisten Früchte ist jedoch schon vorbei. Wenn wir abermals den Äquator passieren und im Sommer in die nördliche Hemisphäre kommen, hoffen wir, belohnt zu werden. Gegen den Wein von Konstanza oder Kapstadt ist nichts zu sagen, der Madeira, der Rotwein sind ausgezeichnet, doch der Süßwein ist fade und erinnert an Malaga.

Ich hatte gehofft, hier Briefe von Ihnen zu erhalten, aber ich täuschte mich, und es tat mir leid. Sicher haben Sie meine Briefe nicht bekommen, in denen ich Sie bat, Ihre Briefe über die Asien-Abteilung zum Kap der Guten Hoffnung zu senden. Oder Sie waren zu faul, rasch zu antworten. Ein zweiter Dampfer muß sie bringen. Wir werden jedoch, meine ich, nicht auf ihn warten, und Gott weiß, wo uns Ihre Briefe erreichen werden. Schreiben Sie trotzdem über die Asien-Abteilung – irgendwo wird uns die Post schon finden.

Auf Wiedersehen, Jewgenija Petrowna und Nikolaj Apollonowitsch. Junija Dmitrijewna, Apollon, Wladimir, Katerina Pawlowna, Burjka und alle und alle. Allen einen Gruß. Lesen Sie den Brief Jasykow vor. Ihm schreibe ich auch, aber kurz. Ljchowskij, der Hauptmann, Alexander Pawlowitsch lesen den Brief sicherlich bei Ihnen.

Ihr I. Gontscharow.

Wenn ich zurückkehre, erzähle ich Ihnen von den Einzelheiten der Expedition. Wenn ich sie hier niederschreibe, werde ich sie den anderen vorlesen.

Grüßen Sie Benediktow. Sagen Sie ihm, daß das Kreuz des Südens ganz hübsch ist. Ich werde ihm aus China schreiben. Ich habe noch an Jasykow und Korenjew geschrieben.

FADDEJEW IN AFRIKA

»Wo sind wir?« fragte ich Faddejew eines Tages aus reiner Langeweile. Er schaute mich schief und argwöhnisch an, denn er sah voraus, daß die Frage nicht umsonst gestellt war.

»Woher soll ich das wissen«, sagte er und betrachtete gleichmütig die Wände.

»Es ist dumm, wenn einer nicht weiß, wohin er gekommen ist.«

Er schwieg.

»Nun, sag doch!«

»Woher soll ich das wissen?«

»Warum fragst du nicht?«

»Wozu soll ich fragen?«

»Kommst du nach Hause, wird man wissen wollen, wo du gewesen bist. Was wirst du dann sagen? Hör zu! Ich will es dir sagen. Aber paß gut auf! Erinnere dich, woher sind wir gekommen?«

Er heftete den Blick auf mich mit der Absicht, unter allen Umständen zu begreifen, was ich wolle, und mich nach Möglichkeit zufriedenzustellen. Und ich hatte den Wunsch, ihn zum Nachdenken zu bringen.

»Woher wir gekommen sind?« wiederholte er meine Frage.

»Nun ja.«

»Aus England.«

»Und wo liegt England?«

Er schaute mich noch schiefer an. Ich sah, daß meine Frage zu dunkel für ihn war.

»Wo liegen Frankreich, Italien?«

»Woher soll ich das wissen?«

»Und wo ist Rußland?«

»In Kronstadt«, sagte er beflissen.

»In Europa«, verbesserte ich, »und jetzt sind wir nach Afrika gekommen, in sein südlichstes Gebiet, zum Kap der Guten Hoffnung.«

»Zu Befehl!«

»Erinnere dich daran!«

Vier Tage danach bereitete ich mich vor, an Land zu gehen. Als ich abfahren wollte, erschien Faddejew bei mir.

»Ist's erlaubt, dich zu begleiten, Euer Hochwohlgeboren?« sagte er.

»Wohin?«

»Na, nach dem Afrika da«, antwortete er, meiner Belehrung eingedenk.

»Was willst du dort tun?«

»Auf jenen Berg dort möchte ich gern steigen!«

Ich hatte nie erwartet, daß Faddejew zu einer Liebenswürdigkeit fähig wäre. Als ich jedoch auf die Fregatte zurückkehrte, fand ich in meiner Kajüte eine zauberhafte Blume: eine Bergtulpe von der Größe einer Teetasse, mit rosa Blättern und dunkelbraunem Moos im Inneren, auf einem langen Stengel.

»Wo hast du sie gepflückt?« fragte ich.

»In Afrika, auf dem Berg«, antwortete er.

Kapstadt, 17. März 1853, Kap der Guten Hoffnung

Liebste Freunde Michailo Alexandrowitsch und Jekaterina Alexandrowna!

»Wo bin ich?« habe ich jetzt das volle Recht auszurufen. Seit einer Woche liegen wir in Falsebay vor Anker, achtzehn Meilen von Kapstadt entfernt, und nun bin ich schon den zweiten Tag hier. Morgen begeben wir uns, sieben Mann hoch, an die hundert Werst ins Innere. Lesen Sie den Brief an Majkows, ich beschreibe dort alles ausführlich. Ihr Kolja hatte recht, als er mir die Begegnung mit den afrikanischen Menschen voraussagte. Mit ihnen begann denn auch unsere Reise. Wir fuhren von Madeira zu den Kap-Verde-Inseln, das war hinsichtlich Klima, Flora und Menschen bereits ein richtiges Stück Afrika.

Ich mache mir hin und wieder von dem, was ich sehe, Notizen. Wenn die Geduld reicht und Lust vorhanden ist, sie auszuarbeiten, werde ich eines Tages, falls uns Gott ein Wiedersehen schenkt, meine Abenteuer bei Ihnen am Teetisch vorlesen.

In etwa zwei Wochen fahren wir von hier nach Hongkong, einer englischen Kolonie in China. Von dort beabsichtigt man, zu den Bonin-Inseln zu fahren und dann nach Japan. Aber auf See darf man niemals endgültig und bestimmt sagen, wohin man fährt und wohin nicht. Irgend etwas bricht entzwei, geht kaputt oder der Proviant reicht nicht – wider Willen gelangt man an einen Ort, wohin man nicht wollte.

Ich bin gesund und langweile mich nicht allzusehr, obwohl wir dreiundsechzig Tage auf See waren. Die Fahrt in den Tropen war ein Genuß. Stille und immerzu gemäßigter Wind – Passat. Große Hitze hatten wir ebenfalls nicht auszustehen. Hin und wieder überkam es mich, es war nicht Langeweile, sondern Hypochondrie; sie ist es, die ich am meisten fürchte. Sie hindert mich an allem. Manchmal läßt sie mich übrigens in Ruhe, dann bin ich restlos glücklich. Aber weder die Reise noch die Hypochondrie hindern mich, dick zu werden. Ich habe noch zugenommen. Mein Anblick ist mir selbst zuwider. Die Anzüge sind zu eng geworden. Ich faulenze und werde immer schwerer. Was werden die hiesigen Felsen und Dünen sagen, die wir morgen für eine Woche und länger durchstreifen werden?

Leider habe ich keine Zeit zum Schreiben mehr. Bitte, fahren Sie, lieber Michailo Alexandrowitsch, ins Departement, rufen Sie Andrej Petrowitsch Korenjew heraus, sagen Sie, ich lasse ihn grüßen, ebenfalls Bogajew, Koslowskij, Sredin, und daß ich ihm nach der Rückkehr von unserer Exkursion schreiben werde. Doch jetzt geben Sie ihm diese Briefe zu lesen, aus denen er erfährt, daß ich lebe und wo ich bin.

Grüßen Sie Awgusta Andrejewna und Michail Alexandrowitsch samt Eltern, ebenfalls Ihre beiden Brüder, sodann Korsch, Annenkow und alle unsere Freunde.

Zuweilen zieht es mich schrecklich zu Ihnen hin. Am liebsten ließe ich dann alles stehen und liegen, und nichts als zurück, mit den Kindern spielen. Was ist Ihr drittes – ein Sohn oder eine Tochter? Hab's vergessen. Und Sie beide, gesund? Und Ellikonida Alexandrowna? Ich umarme Sie alle ohne Ausnahme. Ihr Gon(tscharow)

Manchmal macht mich der Gedanke ganz verzagt und trübsinnig, daß es noch so weit und lange zu fahren ist. Wir haben ja erst im ganzen 12000 Werst zurückgelegt und brauchen alles in allem mehr als 80000 Werst für Hin- und Rückreise. Ob wir uns einmal wiedersehen? Auf Wiedersehen!

18. März. Wir fahren morgen, nicht heute. Machen Sie sich nicht die Mühe, Korenjew aufzusuchen, ich habe ihm geschrieben.

Leben Sie wohl. Es läutet zum Essen (im Hotel). Das ist heute schon das zweite Mal, und um sechs Uhr wird abermals gespeist. Zum dritten Mal! Grüßen Sie Majkows.

10. BRIEF: AN J. P. UND N. A. MAJKOW

29. März 1853. Kapstadt

Vielleicht heute, vielleicht auch früher, müssen Sie von mir einen Brief von hier bekommen, den ich vor meiner Abreise ins Innere Afrikas geschrieben habe. Vor drei Tagen bin ich nach Kapstadt zurückgekehrt und lebe wieder im Hotel. Auf die Fregatte zieht es mich nicht, aber auch hier ist es nicht sehr heiter. Wenn ich daran denke, wieviel noch zu fahren ist, dann sinkt mir der Mut. Nur der Gedanke, daß es auch in Petersburg nicht viel vergnüglicher wäre, hält mich aufrecht. Besonders wenn ich im Winter zurückkehrte und Sie ein Lied anstimmten!

Grüßen Sie Jasykows. Ich habe ihnen ebenfalls vor der Abfahrt ins Innere geschrieben, befürchte jedoch, daß die Briefe nicht ankommen, es heißt, die Post sei hier nicht ganz zuverlässig. Jewgenija Petrowna, Sie haben in Ihrem nach England geschickten Brief die Wahrheit gesagt, als Sie meinten, ich sei ein unruhiger Mensch, obwohl Sie, indem Sie mir dieses Epitheton gaben, gleichzeitig bewiesen, daß Sie mich nicht begriffen haben.

Was soll ich Ihnen von unseren Erlebnissen erzählen? Abenteuer gab es nicht. Wir fuhren an die hundert Werst und etwas und passierten auf einem neuen, eben erst gehauenen Weg Schluchten zwischen Bergen, die ich auch im Traum nicht gesehen habe. Zu Häupten entsetzliche Felswände und zu Füßen noch schrecklichere Abgründe.

Ein Fehltritt des Pferds, und leb wohl! Du fliegst von der Höhe fast zweihundert Fuß tief hinab auf die Felsblöcke. In diesen Bergen leben Tiger und große Affen, aber wir haben sie nicht gesehen. Wir waren in Gefängnissen, wo schwarze Verbrecher aller hiesigen Stämme gefangengehalten werden. Kaffern, Hottentotten, Buschmänner, Fingu usw. usw. sitzen beieinander oder liegen angeschmiedet da. Man verwendet sie beim Wegebau. Wir besichtigten heiße Quellen, waren bei Farmern zu Gast und sahen überhaupt viel Neues und Interessantes.

Jetzt muß ich das alles beschreiben und im Schiffs-Tagebuch eintragen. Vorher muß ich noch die Geschichte des Kriegs mit den Kaffern lesen. Es ist ziemlich langweilig, aber nichts zu machen, es muß sein.

Ich denke oft an Sie, wenn ich die Natur hier betrachte: die Eichenwälder, die Gärten mit allen möglichen Pflanzen, die man bei uns nur innerhalb der vier Wände hält. Zum Beispiel macht man hier aus Kakteen, Aloe und anderen stachligen und dickhäutigen Gewächsen, die bei Ihnen in kleinen Töpfen an den Fenstern stehen, geflochtene Schnüre und Zäune. Über solchen Zaun klettert keiner.

Gestern machten wir eine Fahrt rund um den Löwenberg. Der Blick war sehr malerisch. Die ganze Bucht wie auf der Handfläche und längs der Küste nackte Felswände. Zwischen den Felsen wimmeln die Fische in solchen Mengen, daß man meint, sie mit Händen greifen zu können. Meine Gedanken weilten lange bei Ihnen, mein lieber Nikolaj Apollonowitsch, und bei Ihnen, Apollon. ›Gewiß‹, dachte ich, ›säßen Sie beide mit weißen Hüten und ebensolchen Jacken hier am Ufer, eingefettet, verbrannt, und fingen den ganzen Tag Fische.‹

Als Zugabe zu Ihrem Vergnügen hätten Sie eine unerträgliche Hitze, und das im Herbst! (Hier ist ja Herbst.) Im Sommer, heißt es, weiß man nicht, wohin man vor der

Hitze flüchten soll. Und ein Arzt, der aus Indien hierher in Urlaub kam, erzählte, daß es dort im Winter so heiß sei wie hier im Sommer.

»Wie ist es denn in Indien im Sommer?« fragte ich.

»Man muß dort gewesen sein«, antwortete er, »erklären kann man es nicht!«

Und da sagen wir, in Petersburg sei es heiß!

Gestern ging ich auf den Platz zum Markt, mußte jedoch nach zehn Minuten umkehren und konnte eine halbe Stunde nicht zu mir kommen. Bei dieser Hitze verwundert es mich, daß man nicht mehr für Schatten sorgt, das heißt, daß man sich so wenig um die Anpflanzung großer, schattenspendender Bäume bekümmert. Rings um die Stadt findet man überall Villen, aber sie sind von demselben niedrigen Gebüsch umstanden, so daß man nirgendwo vor der Hitze Schutz findet. Übrigens sind alle Häuser mit Jalousien und Markisen versehen, und in den Zimmern ist es nicht stickig. Eigentlich gedeihen hier keine Bäume, aber ich sah trotzdem an manchen Stellen ganze Eichenhaine.

Im großen und ganzen bietet dieser Teil Afrikas einen ziemlich trostlosen Anblick: Sand, niedriges Gebüsch und Felsen. Wir durchquerten die Furt vieler kleiner Flüsse, die sich im Winter, zur Regenzeit, in große Ströme verwandeln. Als wir über sandige ebene Flächen fuhren, die mit niedrigem, verschiedenartigem Buschwerk bestanden waren, in dem eine Menge Schlangen, Eidechsen und Schildkröten hausen (zwei kleine Schildkröten fingen wir), sagte der Ingenieur Mr. Benn, der uns in die Schlucht führte, daß wir nach diesen Sandflächen ganz Südafrika, außer den Küstenstreifen, beurteilen könnten. Es ist überall das gleiche: Berge, Sand und niedriges Gebüsch.

Unsere Exkursion dauerte zehn Tage. Wir legten alles in allem etwa 300 Werst zurück. Wir sahen sehr malerische Flecken – Pearl, das heißt Perle, Stellenbosch und andere. Ich bin froh, daß ich sie gesehen und einen Begriff von Afrika bekommen habe, aber ein zweites Mal mache ich die Fahrt nicht. Es wird Zeit, zur Fregatte in der Simons-Bai zurückzukehren, aber dort, heißt es, plant man, einen Ball und ein Essen zu veranstalten, um sich für das uns gegebene Essen zu revanchieren. Ich überlege also, wohin ich mich vor diesen Vergnügungen verziehen soll. Und dabei das Heimweh, das Heimweh! Gottes Wille mit ihm und diesem Afrika! Und ich muß noch nach Asien fahren und danach nach Amerika. Ich denke immer: Warum *mir* das? Ich tauge auch ohne Amerika zu nichts. Ich habe absolut keine Lust, aus dem, was ich erlebe, etwas Verwendbares zu machen. Die Seele nimmt auch schließlich die Eindrücke nicht mehr auf. Wie vorteilhaft wäre das alles für einen anderen gewesen! Ich habe Angst, ob ich durchhalten werde. Die Kräfte lassen nach, obwohl ich immer dicker werde.

Na, und Sie? Warum bekomme ich keine Briefe von Ihnen? Es heißt, es sei ein Dampfer aus England gekommen, doch für mich hat er nichts als einen über England adressierten Brief mitgebracht, und der war nicht von Ihnen. Sind Sie wirklich zu faul oder haben Sie den alten Freund vergessen? Ich glaube es nicht, es kann nicht sein. Ich bin überzeugt, daß der Platz zwischen Ihnen für mich aufbewahrt bleibt, sofern ich nur heil heimkehre. Aber wenn man bedenkt, wie wenig Chancen es gibt, heil zu bleiben, möchte man kaum glauben, daß man zurückkehrt. Das Meer ist schrecklich, und die Abgründe in den Bergen sind tief oder eine Kobra beißt einen in die Ferse oder ein Sonnenstrahl liebkost die nördliche Glatze allzusehr – und alles ist zu Ende.

Wie geht es Ihnen, meine Freundin Juninjka, warum lassen Sie nichts von sich hören, Sie akkurateste aller meiner Freundinnen? Sind Sie alle gesund, was tun Sie, wie geht es Ihrem Alexander Pawlowitsch und dem Töchterchen? Grüßen Sie ihn und sagen Sie ihm, daß ich ihn sowohl an Dicke als auch hinsichtlich des Schnurrbarts überflügelt habe.

Und ihr, junges Volk, seid ihr gesund? Werft ihr manchmal einen Blick auf das Bild des alten Junggesellen, lacht ihr über sein graues Haar? Lacht, nur seht öfters hin!

Wie geht es dem Hauptmann? Ißt er noch immer nicht zu Abend und geht er noch immer zur Krenschina? Und Sie, mein lieber Ljchowskij? Schreiben Sie wirklich kein Wort nach Afrika? Aber Sie haben wohl nie Zeit, sind immer in irgendwen verliebt!

Bübchen, sei gegrüßt! Was lernst du? Hast du mit den Zeitwörtern in der russischen Grammatik angefangen? Wärest du hier, bekämst du jetzt Haue mit der Rute und bei der Gelegenheit auch Marja Fjodorowna, weil der Tee hier so schlecht ist. (In der Tat, der Tee ist abscheulich. Auf der Fregatte hatten wir bis jetzt noch guten russischen Tee. Der englische, den wir kauften, taugt gar nichts: Mixtur. Die Sahne, Jewgenija Petrowna, ist wohl kaum viel besser als die Ihrige, trotz der Menge Farmen und der Viecherei, wie unser deutscher Doktor statt »Viehhaltung« sagt. Der Kaffee ist auch beinahe schlechter als unserer. Nur eins ist gut: dreimal am Tage wird gespeist. Sofort nach dem Aufstehen am Morgen bekommt man Rindfleisch und Koteletts zu essen. Um ein Uhr – man hat kaum aufgeschaut – läutet ein Mohr schon wieder zum Essen, und um sieben Uhr noch einmal. Es macht mir nichts, mein Magen ist in bester Ordnung.)

Grüßen Sie alle und leben Sie einstweilen wohl. Ihr I. G.

Ich umarme Sie, Apollon, und wenn Sie verheiratet sind, auch Ihre Frau – und umarmen Sie noch jemanden.

Sunda-Straße, im Anblick der Insel Java. 30. Mai 1853

Der Überbringer dieses Briefs ist derselbe Butakow (Iwan Iwanowitsch), der uns, entsinnen Sie sich, mein lieber Freund Michailo Alexandrowitsch, auf der Fregatte so unfreundlich behandelte, indem er uns zwei Stunden auf sich warten ließ. Er erwies sich inzwischen als prächtiger, braver Bursche, der immer zu seiner Verpflichtung steht. Empfangen Sie ihn als Boten eines Freundes und als guten Menschen, um so mehr, da er in Petersburg keine Menschenseele kennt. Er hat zeit seines Lebens in der Schwarzmeer-Flotte gedient – und nicht vergeblich. Er ist ein prächtiger Seemann. Wenn er nichts zu tun hat, wird er apathisch, verdrückt sich in irgendeine Ecke und macht ein Schläfchen. Aber bei Sturm und überhaupt in allen kritischen Situationen ist er Feuer und Flamme. Auch jetzt, in diesem Augenblick, brüllt er, daß seine Stimme, meine ich, in Java und in Sumatra zugleich zu hören ist.

Er ist die zweite Person auf dem Schiff. Sind schnelle Entschlußkraft und Eile vonnöten, geht irgend etwas entzwei, reißt sich etwas los, dringt das Wasser in Strömen ins Schiff – dann übertönt seine Stimme alle anderen und erschallt überall; die Schnelligkeit seiner Überlegungen und Anordnungen ist erstaunlich. Der Admiral schickt ihn als Kurier, er soll um eine neue, stärkere Fregatte als Ersatz für die »Pallas« bitten, die wie ein Sieb leckt und sich für eine Dauerfahrt als sehr unzuverlässig erweist. Am zweiten oder dritten Tag nach der Abfahrt vom Kap der Guten Hoffnung wurden wir von einem Sturm hin und her geschüttelt. Dabei trat die mangelnde Seetüchtigkeit des Schiffs klar zutage und veranlaßte den Admiral, um ein anderes zu bitten. Sonst kann es geschehen, daß wir gezwungen sind, an einer fremden Küste oder, noch schlimmer, mitten auf dem Meer von Bord zu klettern. Noch dazu fahren wir in sehr unsichere, wenig bekannte und sturmreiche Meere. Wir wissen nicht, ob man uns eine andere Fregatte geben oder befehlen wird, über Kamtschatka und Sibirien heimzukehren. Das letztere ist kaum wahrscheinlich. Wohin mit den vierhundert Matrosen? In Kamtschatka gibt es in keinem einzigen Hafen genügende Unterkunft und Verpflegung für sie.

Sie haben meine Briefe vom Kap der Guten Hoffnung gewiß bekommen? Zu den Nachrichten, die sie enthalten, ist kaum etwas hinzuzufügen. Am 12. April lichteten wir die Anker und fuhren in den Indischen Ozean. Am 14. ließen wir den oben erwähnten Orkan über uns ergehen. Dann bewegten wir uns mit elf Knoten (achtzehn Werst) in der Stunde vorwärts und gelangten in einem Monat zur Sunda-Straße, das heißt, wir legten 5800 Seemeilen zurück, also rund 10000 Werst. Am Eingang der Straße lagen wir plötzlich fest.

Seit drei Tagen herrscht totale Flaute. Bis Batavia sind es im ganzen dreißig Meilen, die Küste samt Vulkanen, Wäldern, Felsen ist von weitem zu sehen, aber sie läßt sich nicht erreichen. Der Himmel ist wunderbar, besonders nachts. Welch Mond, welche Sterne! Man möchte nicht von Deck gehen. Bald jagt ein funkelnder Meteor über das Firmament, bald flammt ein Blitz auf, der die Augen blendet. Aber eine Hitze ist das, noch dazu im Winter! Wir befinden uns auf dem 6. Grad südlicher Breite. Die Sonne tobt sich auf dieser Seite des Äquators aus, während auf der anderen Regen, Wolken, Gewitter vorherrschen. Hier aber gibt es nur Hitze. Man weiß nicht, wo man bleiben, wohin man gehen soll. Am Tage ist man von der Hitze wie erschossen, nachts bekommt man keine Luft. Über Stirn, Schläfen, Backen rinnt der Schweiß in Strömen. Und was erwartet uns erst auf der anderen Seite des Äquators, wohin wir in einigen Tagen kommen werden. Sprechen Sie nie in Rußland von »heiß«, zumindest nicht in meiner Gegenwart, ich werde Sie auslachen.

Aber Iwan Iwanowitsch wird Ihnen alles erzählen. Wenn es mit der Zeit klappt, behalten Sie ihn als Ersatz für mich zu einem Teller Suppe bei sich, und statt Kuchen lassen Sie ihm ein paar frische Zwiebeln reichen – das liebt er. Als wir in Madeira beim Konsul eingeladen waren, gingen wir beide in den Garten, und plötzlich sahen wir zwischen Ananas, Kaffeesträuchern, Bananenstauden und Oleander – was? Unseren grünen Lauch. Obwohl uns nach dem Essen ein Dessert von tropischen Früchten erwartete, stiebitzten wir uns beide heimlich ein Zwiebelchen und verzehrten es.

Er wird Ihnen alles erzählen: wie ich glaubte, mich nie an das Meer zu gewöhnen, und heimkehren wollte, wie der Lärm der Takelung, das Trampeln der Matrosen und das schrille Pfeifen mich nicht schlafen ließen und ich mir in der Offiziersmesse einen Schlafplatz suchte, wie ich zuerst beim Schlingern nicht den richtigen Schritt finden konnte und tagelang auf einem Fleck saß oder beim geringsten Gehversuch lang hinfiel, wie ich von der Rückkehr träumte und wie ich mich schließlich an alles gewöhnte, jetzt beim Schwanken des Schiffs wie ein Matrose gehe, ausspucke, den Kanonenschuß überhöre, esse, ohne die Suppe zu verschütten, schreibe, wenn der Tisch vor- und zurückgeht, wie ich mich schließlich an dieses seltsame ungewohnte Leben gewöhnt habe und nunmehr nicht wieder zurückkehren möchte. Natürlich wird er Ihnen auch das sagen, was Sie selbst sehr gut wissen, nämlich daß ich faul bin, daß ich nie die Muße zum Schreiben finde, daß mich stets irgend etwas hindert, ans Werk zu gehen, entweder das Schaukeln oder die Hitze oder das unbequeme Sitzen beim Schreiben usw.

Wie geht es Ihnen, meine prächtige, gute Freundin Jekaterina Alexandrowna? Geben Sie mir Ihre Hand, Ihre Hände – ich küsse sie von beiden Seiten. Können Sie glauben, daß ich nicht da bin, daß ich nicht jeden Abend komme, um Ihnen meine breite Physiognomie zu zeigen? Ich sehe Sie alle oft im Traum, auch Ihr Gastzimmer, aber nicht das neue, sondern das frühere; an das neue bin ich nicht gewöhnt. Was macht Kolja? Was Jenja? Und wie führt sich die Neue auf? Müssen Sie oft wegen ihrer Unhöflichkeit gegenüber Gästen erröten? Wie geht es meiner Freundin Awgusta Andrejewna? Ich nehme an, so wie Ihnen.. Sind Sie gesund, Ellikonida Alexandrowna? Schelten oder verteidigen Sie mich? Aber vielleicht brauchen Sie weder das eine noch das andere zu tun, weil mich der größte Teil der Freunde, die zu Ihnen kommen, vergessen hat. Mag es so sein, wenn nur Sie mich nicht vergessen.

Und wo bin ich? Wirklich in Batavia und nicht in der Litejnaja bei Simeon? Zuweilen hat man starke Lust, sich vom Gegenteil zu überzeugen, man möchte zu Ihnen eilen, danach in den Klub. Ich kann noch immer nicht recht an diese Ozeane, an dieses Java, Sumatra glauben, deshalb nicht glauben, weil man gar nicht merkt, welche Entfernungen man auf dem Meer zurücklegt. Man sieht nicht, wie man zehntausend Werst verschluckt. Ich fürchte, die Erde wird mir ungewöhnlich klein vorkommen, wenn wir sie umrundet haben.

Ich schreibe nur Ihnen, ich wollte auch an Majkows schreiben, versteht sich, aber ich nehme an, daß sie irgendwo auf dem Lande sind (bei Ihnen ist doch jetzt Sommer?), und es wäre mir peinlich, wenn Butakow sie in der Stadt vergeblich suchte und den Brief im Flur abgeben müßte. Geben Sie ihm diesen Brief zu lesen und sagen Sie ihm, daß ich die Absicht habe, ihm und auch Korenjew aus Hongkong auf dem Postwege zu schreiben.

Sie haben doch überall Bekannte, mein lieber Michailo Alexandrowitsch. Können Sie Butakow nicht eine Eintrittskarte für die Eremitage besorgen? Er möchte sich die Galerie ansehen. Sie sind so gut zu jedermann, daß Sie gewiß zu einem Menschen noch gütiger sind, der von weither kommt, noch dazu mit Nachrichten von Ihrem Sie sehr liebenden Freund.

Den beigefügten Brief vertraue ich Ihrer Fürsorge an, Jekaterina Alexandrowna. Lassen Sie ihn möglichst zuverlässig auf die Post bringen. Er ist an meine Angehörigen gerichtet, und mir liegt viel daran, daß er sie erreicht. Aus diesem Grunde bitte ich auch nicht Sie, Michailo Alexandrowitsch, um diese Gefälligkeit, denn ich habe mehr als einmal erlebt, daß Sie einen Brief, eine Rechnung und manchmal sogar Geld in Ihre Brieftasche steckten, dann in der Stadt umherfuhren und alles wieder mit nach Hause brachten, statt es abzugeben, wie Sie es tun sollten, und manchmal haben Sie es auch verloren. Ich hoffe also, daß Jekaterina Alexandrowna korrekter handeln wird.

Mit Butakow verlieren wir einen Teilnehmer an unseren nächtlichen Gesprächen. Zu viert versammeln wir uns regelmäßig abends beim Kapitän zu einem kleinen Imbiß und sitzen bis zwei Uhr zusammen. Iwan Iwanowitsch (Freund und Kamerad des Kapitäns Unkowskij) pflegte stets dabei zu sein.

Grüßen Sie bitte alle Bekannten, vergessen Sie nicht Ihre Angehörigen, auch Korsch; Annenkow überbringen Sie den Gruß persönlich, falls P. W. dort ist. Und allen – allen, Nikitenko, Odojewskij, Longinow, den Leuten vom »Zeitgenossen« und von den »Vaterländischen Annalen«.

Schreiben Sie mir bitte unverzüglich nach Hongkong. Erkundigen Sie sich nach allem und allen. Adresse: Via England, Hong-Kong, China, Mr. Gontscharoff on board of the russian frigate »Pallas« to the care of Mess-rs Williams Anthon & Co, und im übrigen fragen Sie Butakow, ob es keine amtlichen Beförderungsmöglichkeiten gibt. Er wird auch schreiben.

31. Mai. Eben nähern wir uns der Küste, der Reede von Anjer. Auf der Fregatte ist es lebendig geworden, alle haben sich umgekleidet und sind in Bewegung geraten. Eine Menge Malaien kommt auf uns zugefahren mit Bananen, Ananas, Apfelsinen usw.; sie sind halbnackt, kauen Betel und sehen aus wie Affen. Und welch Ufer blickt uns an: über und über mit Wald bestanden, nicht so wie am Kap der Guten Hoffnung.

Wenn Butakow nicht von hier mit einem Dampfer nach Indien fahren kann, bleiben wir ebenfalls nicht hier, sondern fahren direkt nach Singapur, um einen Dampfer zu erreichen, der in Richtung Suez fährt. Schade, ich hätte gern Batavia gesehen. Auf Wiedersehen! Ich muß mich beeilen, ich muß noch eine Menge amtlicher Schreiben erledigen. Ganz und immer Ihr J. Gon(tscharow)

Als wir am Kap der Guten Hoffnung lagen, machte dort auch die »Dwina« fest, und wir hatten ein Wiedersehen mit Kolsakow.

12. BRIEF: AN J. P. UND N. A. MAJKOW

7. Juni 1853

Seien Sie gegrüßt, Nikolaj Apollonowitsch, Jewgenija Petrowna und alle ihr lieben, lieben Menschen!

Eigentlich wollte ich Ihnen nicht schreiben, weil ich böse bin, daß Sie nichts von sich hören lassen. Außerdem habe ich Sie in Verdacht, daß Sie irgendwo im Grünen (bei Ihnen ist es ja Sommer) Pilze braten, statt Fische zu fangen. Ich hege deshalb die Befürchtung, daß Sie der

Brief nicht erreicht und ich mich vergeblich plage. Ich schreibe also auf gut Glück.

Erwarten Sie keine Briefe mit Schilderungen, Beschreibungen usw. von mir. Warum schreibe ich Ihnen überhaupt so oft und noch dazu solch törichtes Zeug? So werden Sie fragen, und mit vollem Recht. Aber das Schreiben an Sie ist für mich, wie ich mich endgültig überzeugt habe, oder war schon früher, ohne daß ich es merkte, zu demselben Bedürfnis geworden wie für Petruschka Tschitschikow das Lesen. Wie er zu lesen liebt, so schreibe ich gern, einfach so, zum eigenen Vergnügen, oder wenn Sie wollen: »Ich singe, wie der Vogel singt.« Beim Schreiben ergeben sich Wörter, Zeilen, in denen etwas klingt, die man nicht nur lesen, sondern auch versiegeln und Freunden schicken kann. Warum ich so törichtes Zeug schreibe? fragen Sie weiter. Ich stumpfe mit den Jahren ab, erstens, und dann – kaum erscheint ein flüchtiger Gedanke, eine rasche Bemerkung, so trage ich sie in mein Notizbuch ein und überlege, ob ich sie später nicht einmal zu etwas brauchen kann, obwohl ich mir bei nüchterner Betrachtung selbst sage, daß sie zu nichts taugen werden. Dritte Frage: Warum schreibe ich Ihnen? Soll ich wirklich darauf antworten oder bekommen Sie es fertig, so zu fragen? Ich füge zu der letzten Frage nur hinzu, daß ich von hoher See aus schreibe, denn sobald das Schiff vor Anker liegt, wird man in einen richtigen Wirbel hineingerissen, und man hat keine Zeit zum Schreiben.

Wir hoffen, gegen Abend nach Singapur zu kommen. Dort werden wir für ein Minütchen haltmachen, um unseren Offizier Butakow abzusetzen. Wir schicken ihn über Ostindien nach Europa und nach Petersburg als Kurier. Er soll eine andere Fregatte als Ersatz für die »Pallas« erbitten, die den Dienst verweigert, so alt und klapprig ist sie. Gibt man uns keine, werden wir über Sibirien zurückkehren müssen, und noch gut, wenn es überhaupt zur Rückkehr kommt. In Kamtschatka gibt es jedoch keine Möglichkeit, vierhundert Mann unterzubringen und zu verpflegen, deshalb bleibt nichts anderes übrig als die Fahrt zur See.

Singapur! Dort flimmern seine unzähligen Lichter in der Dunkelheit. Wir sind in diesem Augenblick vor Anker gegangen. Singapur, Johore – welche Namen, welche Orte! Die Luft ist genau wie im Dampfbad, nicht einfach heiß, sondern feuchtwarm. Vierzig Meilen vor der Reede kamen vier Malayen zu uns an Bord. Sie sagten – ich las es gestern auch in einem amerikanischen Reisebericht –, daß es in Singapur Früchte im Überfluß gibt. Sie brachten uns eine vorzügliche Ananas und versprachen für morgen soviel wir haben möchten, hundert Stück für einen Dollar. Von diesen Früchten gedeihen hier bis zu zwölf Sorten. Wir befinden uns jetzt wieder in der nördlichen Hemisphäre, zwei Grad vom Äquator. Mit Ungeduld warte ich auf den Morgen, um diesen Zipfel Indiens kennenzulernen und mir den orientalischen Bazar und den europäischen Markt anzuschauen, auf dem sich neben den Europäern bis zu zwanzig asiatische Völkerschaften zusammenfinden.
Hier auf der Reede liegen Schiffe aller Arten, Formen und Größen. Die Stadt ist eine Mischung aus Europa, China und Indien, der Handel international und frei; sogar die malayischen Piraten wagen es, hierherzukommen und die geraubten Waren abzusetzen.

Welche Nacht! Wenn Sie sie erlebten, meine Freundin Jewgenija Petrowna, würden Sie sich um keinen Preis so früh schlafen legen, wie Sie es gewöhnlich tun. Ich begreife jetzt, warum unter solchem Himmel poetische Traumbilder in der Art der indischen Poeme, der arabischen Märchen entstanden, warum die Phantasie hier nur gigantische oder leidenschaftliche Gestalten schuf, vor denen unsere Schöpfungen blaß wirken und die auf dem nördlichen Leser wie ein Alpdruck lasten. Nur in einer solchen feuchten, den Organismus durchdringenden, die Nerven aufpeitschenden Atmosphäre konnte man eine Sakuntala erfinden. Hier ist der Ort, wo man lieben sollte, in dieser Heimat der beißenden Pfefferfrüchte. Ach, Juninjka, meine Freundin! Warum sind Sie jetzt nicht hier? Wir gäben uns der indischen Liebe hin, und Ihren neunzehnjährigen Widerstand würden die Kraft der knallenden Strahlen der hiesigen Sonne, die warme Feuchtigkeit der Luft, der brennende, starke Pfeffer brechen.

Ja, bin ich es denn, von dem Sie alle diese Namen hören: Java, Singapur, Johore? Wohin das Schicksal den Menschen manchmal verschlägt! Und das Allerschönste – unmerklich verschlägt! Sie sitzen daheim, lesen, schreiben in Ihrem Zimmer, legen sich in Ihr Bett, ein Monat vergeht, ein zweiter, dritter. Plötzlich sagt man Ihnen, daß Sie zehntausend Werst von dem Ort entfernt sind, an dem Sie, wie es Ihnen scheint, gestern waren. Wenn Sie einmal eine weite Reise machen müssen, dann fahren Sie zur See, Sie bemerken keine Entfernung, sage ich Ihnen. Wie lange ist es denn her, daß ich am Kap der Guten Hoffnung war (von wo ich Ihnen zwei Briefe schrieb)? Und jetzt, nach dreiundvierzig Tagen, haben wir sechstausend Meilen (zehntausend Werst) zurückgelegt.

Wir hatten eine glückliche Fahrt. In vierunddreißig Tagen gelangten wir zur Sunda-Straße. Vierundzwanzig Stunden hielten wir bei der Insel Java, waren aber nicht in Batavia, das die Schiffe wegen des ungesunden Klimas meiden, sondern ankerten siebzig Meilen entfernt auf der Reede von Anjer. Zuerst murrte ich, weil wir nicht nach Batavia fuhren, doch dann war ich froh, als ich in Anjer an Land ging.

Es ist ein kleines Dorf mit zwei, drei Gassen – ohne Häuser. Chinesen und Malayen leben dort einfach im Wald.

Als ich das Ufer betrat, war ich fast glücklich. Endlich erlebte ich, was ich mir immer erträumt hatte. Ich befand mich im Urwald, im Dickicht voll ursprünglicher Schönheit. Bis jetzt, auch in Afrika, fuhren wir stets durch gerodetes Land auf gebahnten Wegen zu bequemen Hotels. Aber hier gab es nichts von alledem. Der Mensch schlägt sich einen Weg in den unberührten Wald, und dieser Wald besteht aus Kokospalmen, Feigenbäumen und einer Menge anderer, mir wegen meiner mangelnden Botanikkenntnisse unbekannter Bäume, zwischen denen kein Durchkommen ist.

Wir machten in größerer Schar einen Ausflug und wurden trotz der entsetzlichen Hitze nicht müde, so neu, so großartig war alles. Es war das Gegenteil von allem, was wir bisher gesehen hatten. In Afrika suchte das Auge nach etwas Grünem und fand kaum etwas anderes als Buschwerk, graue und finstere Felswände. Hier konnte man den Fuß nirgendwo auf nacktes Gestein setzen, überall war grüner Boden. Sogar die einzelnen ins Meer geschleuderten Felsen waren über und über mit Bäumen bewachsen und sahen aus, als ob sie einen Bart hätten.

In Anjer war es deshalb so schön, weil es fast unbewohnt war. Hier herrschen noch die wilden Tiere, und die Natur gewährt ihnen in den Palmenwäldern und Bambushainen die prächtigsten Wohnungen. Einige Europäer hausen (zu dritt) in einem niedrigen Steinhaus. Es gibt auch ein kleines holländisches Fort mit einigen Kanonen, in welche die Knaben, genauso wie in der Bjelgorsker Festung (aus Puschkins »Hauptmannstochter«), Steinchen und allerhand Dreck hineingeworfen haben. Die übrigen Leute, das heißt Malayen und Chinesen, wohnen in einer Art Verschlägen aus Bambusstäben mit Dächern aus Kokosblättern. Die Chinesen tragen Zöpfe und Nationaltracht, aber sie sprechen vorzüglich Englisch. Die Malayen sind bis zum Gürtel nackt, haben jedoch um die Hüften ein Baumwolltuch als eine Art Rock geschlungen und tragen ein Tuch auf dem Kopf – das ist alles. Unter dem Rock ist nichts, das heißt an Gewand – meine ich – nichts.

Sie brachten uns Affen, Papageien und Hirsche von der Größe eines Hammels und Früchte: Bananen, Ananas, Kokosnüsse usw. Nun hatten wir wieder die ganze Woche bis Singapur Früchte als Dessert. Bei dieser Hitze hier zollten wir der Süßigkeit der Kokosnüsse unsere Anerkennung und wurden uns bewußt, welch wichtige Rolle sie in den tropischen Ländern spielen. Die Nuß enthält eine dünne, wässerige Milch, die den Durst löscht, aber nicht sehr gut schmeckt. Wir kamen auf die Idee, auch aus dem Kern Milch herauszupressen wie aus Mandeln, und es ergab sich eine vorzügliche, aromatische Speise; sie schmeckte nach Mandeln und hatte die Konsistenz von Sahne und die Kühle von Orangeade. Sowie ich aufwache, bringt mir mein Faddejew eine ganze Tasse solchen Rahms, der aus einer einzigen Nuß mit einer Beimischung von Wasser gewonnen wird. Wir kamen außerdem auf den Gedanken, diesen Kokosrahm mit Bananen zu essen.

Wir verweilten in Anjer. Als wir abends auf der Terrasse eines chinesischen Ladens Tee und Limonade tranken, mußte ich abermals an Sie denken, Jewgenija Petrowna. Was war das für ein Abend! Diese lebenzeugende heiße Luft, der schimmernde tropische Himmel, der auch ohne Mond so hell ist wie bei uns in einer Mondnacht, schließlich die verschiedenen Geräusche, das Raunen, Wispern, Seufzen, das Schwirren von Vögeln und Insekten. Plötzlich schwebte etwas durch die Luft; man wußte nicht, waren es Sterne oder Lichter. Besonders schön war ein gewaltiger Baum beleuchtet, unter dem in Anjer der

Lebensmittelmarkt stattfindet. Die kleinen Lichter waren nichts anderes als Glühwürmchen. Wir fingen ein paar und suchten nach der Quelle des Lichts. Und wo denken Sie, mesdames, befand sie sich? Unter dem Ende des Rükkens! Und was für Licht: ein phantastisches Grün wie bengalisches Feuer..

Wir gingen zu viert langsam den anderen nach durch den Wald und versäumten deswegen ein großartiges Schauspiel. Die anderen sahen plötzlich im trüben Wasser eines Bachs ein Krokodil, das über die Felsen kroch, stürzten sich darauf, aber es verschwand im Dickicht, wohin sich niemand aus Angst vor Schlangen wagte. Sie sahen auch eine Schlange und töteten sie.

Am Abend hockten die Malayen in ganzen Mengen auf der Straße. Die einen bereiteten sich aus irgendwelchem Zeug ein Mahl, die anderen schnitten Gras zum Kauen. Alle stopfen sich dieses Gras hinter die Backen. Daher sieht ihr Mund aus wie die Pfeife, aus der Schukowskij zehn Jahre Tabak geraucht hat.

Wir fuhren durch diese lebendige Dunkelheit, die voller Zeichen und Wunder war, und waren mit unserem Ausflug mehr als zufrieden. Wohin ich auch kommen mag, vielleicht sogar nach Rußland zurück, doch Java werde ich lange nicht vergessen.

Überhaupt sind die ganze Sunda-Straße, Java, Sumatra und die kleinen Inseln gleichsam ein einziger grüner Garten. Man weiß nicht, wohin man zuerst schauen, woran man sich am meisten ergötzen soll. Aber die Menschen sind verschieden. Am Tage nach dem Ausflug nach Anjer fragte ich unseren Bootsmann Jakow Wassiljewitsch, warum man ihn fast nie an Land sehe.

»Was soll ich dort?« antwortete er und zeigte auf Anjer. »Ich verstehe nicht, in ihrer Sprache zu reden, und ich fahre überhaupt nicht gern an Land. Dort herrscht nur

Ausgelassenheit, und man wird sein Geld los. ›An Land!‹ rufen sie immer, dort zieht es sie hin. Aber warum? Da vergißt man nur seine Pflicht!« Und er blickte sehr mißbilligend bald auf Java, bald auf Sumatra.

Heiß ist es, heiß! Sie, mein Freund Nikolaj Apollonowitsch, würden jedoch sagen, es sei nicht heiß, sondern nur angenehm. Angenehm für Ananas und Schildkröten (die wir ebenfalls kauften) und auch noch für Faddejew. Ich hingegen bin völlig am Ende, sitze mit hängendem Kopf da, der Mund ist wie ausgedörrt, Appetit habe ich überhaupt nicht mehr. Doch Faddejew kommt zu mir in die Kajüte und sagt nur: »Schön warm heute!« Gestern leistete er sich wieder ein Stück. Er übergoß mich gerade mit Wasser, als eine Schaluppe mit Malayen anlegte.

»Wer ist da in der Schaluppe gekommen?« fragte ich.

»Es müssen wohl wieder Finnen sein, Euer Hochwohlgeboren«, antwortete er und meinte damit die Malayen.

Singapur, den 8. Juni früh. Welch Morgen voller Leben! Wir liegen mitten zwischen grünen Inseln vor Anker, rings um uns eine ganze Flottille indischer und chinesischer Boote; Geschrei und Lärm in allen Sprachen. An meiner Kajüte (sie liegt oben, neben der des Kapitäns) rennen mir ganze Haufen Inder, Schneider, Wäscher, Makler die Tür ein. Alle kommen auf Empfehlung verschiedener anderer Schiffe. Jetzt pocht auch Iwan Iwanowitsch (Butakow, der als Kurier nach Petersburg reist) an die Tür.

»Was wollen Sie denn?«

»Da«, sagt er, »probieren Sie eine Mango-Frucht!« Und er gibt mir eine Art Apfel. Er enthält einen von rotem Fruchtfleisch umgebenen sauersüßen weißen Kern, der ausgezeichnet schmeckt.

Ich schreibe, doch es zieht mich auf Deck. »Die Inder«, ruft man, »verkaufen Krebse und Früchte!« Ich sehe, die Matrosen tragen Arme voll Ananas fort – und was für welche! – in der Größe von Melonen, nicht nur gelbliche, sondern auch rote, das Stück für anderthalb Kopeken, das Dutzend ein Schilling, hundert Stück für anderthalb Rubel. Goschkewitsch wirft mir im Vorbeigehen vier Ananas in die Kajüte; sie nehmen ein ganzes Wandbrett ein. Jetzt schneide ich eine an, der Saft tropft. »Erlauben Sie mir, Sie zu bewirten! Diese gehört Ihnen, Jewgenija Petrowna; diese Ihnen, Juninjka; für Sie, kleine Alte, reicht es nicht mehr – he, Faddejew, bring noch ein Dutzend ..«

Alle Matrosen sind mit Messern bewaffnet und mit Ananasfrüchten beladen. Und heiß ist es, noch heißer als gestern. Man kann nicht nachprüfen, wieviel Grad es sind, das Thermometer ist soeben während der Kanonade geplatzt, mit der wir wie üblich vor der hiesigen Flagge salutierten. Leider passierte bei uns ein Unglück. Einem Matrosen wurden beim Laden einer Kanone beide Hände abgerissen; er wird eben operiert, man hört ihn stöhnen .. Keine schöne Episode, aber was tun? Dieser tragische Fall ergänzt das lebhafte Bild des Morgens und des für uns neuen Tumults auf seine Weise. Wieviel Krimskrams möchte man kaufen, aber leider hat man keinen Platz, alles zu verstauen. Ich nehme mit, was ich kann. Schlimm, wenn alles auf ein anderes Schiff geschafft werden müßte.

Sie, Apollon, haben mir einmal gesagt, ich solle nicht vergessen, Ihnen von einem heftigen Tropenorkan zu erzählen und wie ich mich dabei verhalten hätte. Wir erlebten, wovon Sie gesprochen haben. Aber was ist zu sagen? Fast nichts. Erstens spricht man hier überhaupt nicht von Orkanen, sondern nur von steifen Winden, Böen, Stürmen und Taifunen. Sobald wir zweihundert Werst vom Kap der Guten Hoffnung entfernt waren, packte uns ein Sturm. Er bewies endgültig, daß unsere Fregatte mehr als schlecht ist. Ich saß in der Offiziersmesse, als der Sturm begann. Als er stärker wurde, reffte man zuerst die Segel, das heißt man verminderte ihre Fläche. Aber der Wind versteifte sich. Man nahm sie ganz weg und beließ es nur bei den unbedingt nötigen. Das Wasser strömte wie durch ein Sieb ins Schiff. Nun wenn schon, in der Gemeinschaftskajüte war es noch trocken. Die Fregatte nahm Wasser über Bord, dazu regnete es in Strömen.

Der Admiral ließ mich einige Male durch die Ordonnanz nach oben rufen, ich sollte das Bild genießen, wie Mondschein und Blitze miteinander wetteiferten. Da das Wasser auf Deck jedoch einen Viertelmeter hoch stand, ging ich nicht hinauf, sondern gedachte, meine trockene Stellung bis zum Ende des Sturms zu halten.

Als sich das Wasser in zehn Kaskaden auch auf uns ergoß, stürzten wir wider Willen allesamt nach oben. Auch über die Treppe strömte das Wasser, und ich war in Schuhen und trug meinen Sommeranzug.

Oben warf ich einen Blick auf Blitze und Mond, hörte mir Donner und Wind an. Nach fünf Minuten war ich jedoch völlig durchnäßt und schlug mich zu meiner Kajüte durch. Dort wechselte ich die Wäsche, legte mich schlafen, und bis heute weiß ich nicht, wie und wann der Sturm endete.

Die Unannehmlichkeiten auf See haben eine gute Seite. Nach einer Stunde ist keine Spur mehr vorhanden von der erlittenen Unruhe, Furcht, Nässe und Seekrankheit, sofern sie jemanden befiel. Ich weiß bis zur Stunde noch immer nicht, was es für eine Krankheit ist. Überhaupt habe ich mich, Gott sei Dank, so an das Meer gewöhnt, daß ich einige meiner Beunruhigungen, Aufregungen, Befürchtungen und Beschwernisse jetzt nicht mal mehr begreife und daß ich mich wundere, wie sehr mich anfangs dies und jenes in Panikstimmung versetzen konnte. Ich meinte, wegen des Lärms der Exerzierübungen, des Stampfens und Schießens nicht einschlafen zu können, doch jetzt weckt mich nichts mehr aus dem Schlafe auf, es sei denn, ich würde aus dem Bett geschleudert. Früher war man dauernd bange, ob dies oder jenes passieren werde, doch jetzt will man gar nicht mehr glauben, daß etwas passieren könne. Mit einem Wort, so sehr es mich früher von hier fortdrängte, so wenig möchte ich nunmehr umkehren, obwohl es mir in mancher Beziehung nicht gut geht. Aber wo man sich auch verstecken mag, der einem bestimmte Teil des Unheils erreicht einen doch. Habe ich die Depression überwunden, komme ich oft zu dem Schluß, daß es mir gut geht. Besonders schlecht ist mir zumute, wenn ich daran denke, daß ich meine Reisenotizen noch immer nicht ordentlich niedergeschrieben habe, und mein Gott, wieviel Interessantes bekommt man zu sehen und welche Fähigkeit fühlt man in sich, es zu schildern. Und dabei vergehen oft Wochen in Untätigkeit. Wegen des Schaukelns ist das Schreiben praktisch unmöglich, alles fliegt einem aus den Händen, und kaum hat man eine freie Minute, muß man sich dem Schiffs-Tagebuch widmen. Und auch in diesem ist vieles im Rückstand. Das ist ärgerlicher als alle Stürme.

Apropos Stürme. Noch einige Worte über sie. Als wir die Sunda-Straße bereits verlassen hatten, weckte mich der Ruf: »Eine Wasserhose – das Geschütz mit Kugeln laden!« Ich lief hinaus und sah: an einer Stelle kochte das Meer und bildete eine Säule, es sah aus, als wenn ein Dampfer nahe. Aus einer Wolke zog sich eine Röhre zum Meeresspiegel und sog wie mit einer Pumpe Wasser. Es war nicht nötig, die Wasserhose zu zerschießen, sie barst von selbst, bevor sie zu uns gelangt war. Hübsch, aber schwach, ich hatte mehr erwartet.

Wenn wir weiterfahren, werden uns im Chinesischen Meer die Taifune ergötzen. Sie knicken mit Vorliebe die Stengen und zuweilen auch die Masten. Überhaupt zeichnete sich der zweite Teil unserer Reise durch dauernde Flauten, tägliche Gewitter und Böen aus. Unsere Freundin Jewgenija Petrowna hätte es dabei mit der Angst gekriegt, aber wir alten Seebären hatten nicht mal Zeit, es zu bemerken. Bei einem der Gewitter beschäftigte ich mich – womit denken Sie? Ich packte ganz heimlich tausend Streichhölzer von einem Holzkasten in einen Blechbehälter um; ganz heimlich deswegen, weil der Besitz von Streichhölzern auf dem Schiff als große Sünde gilt. Sagen Sie es nicht Iwan Iwanowitsch (Butakow), wenn Sie ihn bei Jasykow treffen oder wenn er Ihnen meine Briefe persönlich bringt. Er ist die zweite Person auf dem Schiff, Freund und Kamerad des Kommandanten Unkowskij. Bei der Rückkehr möchte er mir wohl die Streichhölzer wegnehmen, und ich bin ohne sie geliefert. Er ist ein großartiger Seemann und ein braver Bursche.

Aber genug von alledem. Verzeihen Sie, daß ich dauernd von mir spreche. Haben Sie Geduld, ich schreibe wahrscheinlich noch einmal aus Hongkong. Von dort fahren wir in Gegenden, mit denen nicht einmal Postverbindung besteht. Seltsam! Mich hat das Märchenland, dem wir zustreben, niemals sehr interessiert; es ist nicht wild, aber auch nicht zivilisiert, und ich habe mich wenig mit ihm befaßt, doch jetzt brauche ich nur zu denken, daß ich es sehen werde, und mir stockt das Herz.

Sind Sie gesund? Was tun Sie? Kommen Sie zur gewohnten Zeit zusammen und erinnern Sie sich des abwesenden Freunds? Er denkt immer an Sie, seien Sie davon überzeugt, falls Ihnen sein Gedenken etwas bedeutet, und drei Viertel der Freude auf Rückkehr bildet die Hoffnung, Sie alle gesund wiederzusehen, in dem gleichen gemütlichen Winkel vereint, in dem er sein halbes Leben lang so liebevolle Aufnahme gefunden hat. Was tut ihr junges Volk? Nicht schwer zu erraten, denke ich. Und wie geht es Ihnen, Juninjka? Wie gern möchte ich Sie umarmen, trotz Al. Pawl. (Ich spüre sogar hier, von der Halbinsel Malakka aus, daß Sie wieder einen andern haben, Juninjka, und wen wohl?) Wenn Sie wüßten, wie dick ich geworden bin, kaum zu glauben. Das muß wohl von den Nöten auf See kommen, ich weiß es nicht, jedenfalls wächst mir über dem früheren ein zweiter Bauch. Das wäre an sich nicht erheblich, mir ist nun einmal dieses bittere Los zuteil geworden, was jedoch ärgerlich ist, das ist der Umstand, daß jeder meiner Gefährten, wenn er mir morgens begegnet, unbedingt mit dem Finger auf diesen meinen zweiten Bauch tippt, als ob er nicht recht überzeugt sei, ob es in der Tat der Bauch ist oder eine Leibbinde. Was meinst du, Burjka? Und Sie, mein lieber Ljchowskij? .. Wie seltsam, daß ich Sie in jedem Brief mit Burjka zusammenbringe. Los, rücken Sie ein bißchen enger zusammen, im nächsten Brief werden Sie voneinander getrennt.

Was soll ich Ihnen Besonderes von mir oder von der Reise sagen? Vielleicht das: ein Teil meiner Ihnen bekannten tierischen Neigungen begleitet mich ungeachtet aller Humanität auch rund um die Erde. Am Kap der Guten Hoffnung verprügelte ich zum Beispiel auf dem Löwenberg einen Hottentotten, weil er mich betrog. Und vor einigen Tagen ließ ich Faddejew verprügeln. Letzteres ist deshalb bemerkenswert, weil ich seit Beginn der Fahrt humanes Verhalten predigte und einen hitzigen Streit mit dem Kapitän ausfocht, weil er Schuldige mit nicht weniger als einhundertfünfzig Tauhieben bestraft. Er steht auf dem Standpunkt, sich schämen zu müssen, wenn er weniger verabfolgen lasse, weil es nicht seinem Rang entspreche. Und plötzlich ließ ich selbst prügeln! Da ich jedoch nur einen niederen Rang einnehme, bat ich, man möge es bei zwanzig Schlägen belassen. Er versah seinen

Dienst schlecht. Wissen Sie warum? Weil ich ihn nicht schlage, ihn nicht anschreie, sondern bitte und ihm Lohn zahle. Unglaublich, aber wahr! Sie werden sagen: »O menschliches Geschlecht, du bist es wert..«

Auf Wiedersehen. Schreiben Sie entweder über die Asien-Abteilung oder direkt nach Hongkong. Jasykow hat die Anschrift. Wie Sie wollen, nur schreiben Sie.

Ganz und überall Ihr Gon(tscharow).

Wir werden hier, allem Anschein nach, eine Woche bleiben, und dann geht's nach Hongkong. Grüßen Sie alle, aber geben Sie die Briefe keinem anderen zu lesen, sondern bewahren Sie sie bis zu meiner Rückkehr auf, vielleicht benötige ich sie für meinen Reisebericht. Und zeigen Sie sie niemandem. Ich schreibe sie allein für Sie und ohne Sorgfalt. Grüßen Sie Borosdna's, die Fürstin, Podjejewa, Janowskij, Koschkarew, Dudyschkin, Solik, Pawel Stepanowitsch usw. usw. An Wladimir Grigorjewitsch Benediktow kann ich aus Hongkong schreiben.

Marja Fjodorowna, was gibt es heute zum Mittagessen? Etwa kalte Beetensuppe? Ach, wenn es doch so wäre. Bei uns gibt es Krautsuppe und Ananas-Salat.

Wie geht es Ihnen, Hauptmann? Haben Sie gelernt, die Wahrheit zu sagen, oder fehlt es noch immer daran?.. In jedem Fall, seien Sie gegrüßt, liebster Freund!

DER KAUFMANN WAMPOA

In Singapur hat der Name des Kaufmanns Wampoa lauten Klang. In Kanton heißt eine Bucht oder eine Werft Wampoa. Ob der Kaufmann von Singapur dorther stammt, weiß ich nicht. Jedenfalls wird er Wampoa genannt. Er ist bereits vor zwanzig Jahren aus China gekommen und hat sich hier ansässig gemacht. Er kann nicht nach Hause zurückkehren, ohne Buße zu zahlen. Aber er dürfte wohl auch keine Lust zur Heimkehr haben, denn er besitzt große Kaufläden, Häuser und eine prächtige Villa. Alle unsere Leute haben sich bei ihm mit Vorräten eingedeckt. Auch wir begaben uns in seinen Laden.

Am Eingang saß ein fetter Chinese, gekleidet wie alle: kariertes Jäckchen, blaue Hosen, Schuhe mit ungewöhnlich dicken Filzsohlen, auf denen man kaum gehen, geschweige denn schnell laufen kann. Der Kopf war selbstverständlich vorn zur Hälfte rasiert, die Haare waren hinten zum Zopf geflochten. Im Laden bedienten ein englischer Verkäufer und einige Chinesen. Der Dickwanst war der Chef selbst. Der Laden glich den Kaufhäusern in aller Welt, doch gab es zusätzlich chinesische Schnitzarbeiten, lackierte Kästchen, Fächer, verschiedene Nippsachen aus Elfenbein, Palmholz usw...

Der Kaufmann Wampoa lud uns zu sich ein; wer von uns kommen sollte, sagte er nicht, sondern nur einfach, er erwarte uns um vier Uhr in seinem Laden, von wo wir gemeinsam abfahren würden.

Wir begaben uns zu fünft zu ihm und trafen ihn im Laden. Unbeweglich, mit der Würde eines Buddha, saß er auf seinem Platz. Er lud zwei von uns ein, in seinem Wagen Platz zu nehmen. In dem gleichen Jäckchen, das er im Laden getragen hatte, und ohne Hut setzte er sich in die Kutsche. Die übrigen verteilten sich auf Mietwagen. Bis zur Villa betrug die Entfernung drei Meilen. Da hatten die Kutscher, die trotz der Hitze nebenher liefen, ihre Bewegung! Die glatte, von Gräben eingefaßte Straße führte durch Obstplantagen oder niedrig gelegene bewässerte Felder. Wir fuhren ungefähr eine Stunde, als plötzlich unsere Kutscher an einer bestimmten Stelle vom Wege abbogen und Pferde und Wagen in die Büsche lenkten.

»Wohin? Sind wir etwa einem Tiger begegnet?«

»Nein, es ist die Allee, die zu Wampoas Villa führt.«

Ich hatte viel darüber gehört, wie reich Wampoa sei und wie schön er wohne, und war deshalb darauf vorbereitet, etwas Originelles zu finden. Was wir jedoch erblickten, übertraf jede Erwartung.

Er führte uns sofort in den Garten, der die Villa umgab. Von den chinesischen Gärten spricht man viel Gutes und viel Schlechtes, denn sie bestätigen, daß die Chinesen keinen reinen Geschmack haben, daß sie die Natur vergewaltigen, indem sie in ihren Gärten Miniaturberge, Seen, Felsen anlegen, was schon längst als lächerlich und abscheulich angesehen wird.

Einer von unseren Gefährten, der zehn Jahre in Peking gelebt hat, meinte jedoch im Gegenteil, daß sich die Chinesen viel besser als alle anderen auf die Gartenkunst verständen, daß sie Felsen sprengen, Bächen nach ihrem Plan einen anderen Lauf geben und all das, wovon die Rede war, ins Werk setzen, aber nicht in solchen kleinen, sondern in grandiosen Maßstäben, und daß die Kaiserlichen Gärten in Peking das unnachahmliche Muster dieser Art darstellen. Wem soll man glauben? Dem einen wie dem anderen. Es ist begreiflich, daß die Kaiserlichen Gärten großartiger und weiträumiger angelegt sind als alle anderen, aber es ist auch verständlich, daß die Gärten der Privatleute enger und kleiner sind.

Aber schauen wir uns Wampoas Garten an!

Vom Haus aus erstreckten sich schmale Alleen in sämtliche Richtungen, zu beiden Seiten von hohen Bäumen, Sträuchern oder Blumen eingefaßt. Der Hausherr ist nicht nur ein Liebhaber, sondern auch ein Kenner der Gartenkultur. Er erklärte uns ausführlich die Eigenschaften jedes Gewächses; sie sind in systematischer Ordnung angepflanzt. Ich werde nicht alle aufzählen und bin auch nicht dazu imstande, weil ich sie teils vergessen, teils nur die Hälfte der englischen Benennungen verstanden habe, obwohl Wampoa englisch wie ein Engländer sprach.

»Das hier ist ein Nelkengewächs, dies ein Pfefferstrauch«, sagte der Hausherr und führte uns zu jeder Pflanze. »Das dort ist eine Sagopalme, dies sind Stechäpfel, Baumwollsträucher, Brotfruchtbäume« usw., mit einem Wort, da war alles, was in Indien wächst.

Unter den Blumen boten die Wasserpflanzen, riesige Lilien und Lotos, besonderes Interesse; sie wuchsen in einem Wassergraben. Bemerkenswert war auch ein Strauch in einer riesigen, mit Wasser gefüllten Vase; die Pflanze erinnerte ein wenig an den von China hierher importierten Efeu. Um die Wurzeln in der Vase schwammen Goldfische. Wie uns der Hausherr erklärte, wuchert die Pflanze derartig, daß sie innerhalb von zwei Jahren den ganzen Garten bedecken würde, wenn man ihr ihren Willen ließe; und dabei braucht sie keinerlei Erdreich. Ich weiß nicht, ob es wahr ist.

Ebenda sahen wir eine Pflanze, deren Blätter zuerst dunkelrot und eckig sind, während des Wachstums gehen sie in grüne Farbe über und erhalten eine glatte, längliche Form. Bambus und Bananen dienten im Garten als Spalier oder Hecken. Die Namen der Blumen sind nicht zu behalten, es waren ihrer zu viele und die einen prächtiger als die anderen. Im Garten gab es auch einige Beete mit Ananas.

Ich habe nicht den zwanzigsten Teil von dem aufgezählt, was vorhanden war. Als einfachen Liebhaber und Laien beschäftigte mich mehr die Gesamtansicht des Gartens. Ja, das war Indien und China zugleich. Alle diese Gewächse waren Geschöpfe tropischer Strahlen, verzärtelte Lieblinge der Sonne, Aristokraten der Natur. Alle blühten üppig, bunt und aromatisch und boten sich als raffinierte Gaben der Natur dar, die nicht für einfache und grobe Bedürfnisse bestimmt sind. Hier wird kein Holz gefällt, hier wird kein grober Hunger gestillt, hier baut man kein Schiff, kein Haus, sondern man ergötzt sich an diesen zarten Arbeiten der Natur wie an Schöpfungen der Kunst. Jeder Baum, jeder Strauch ist von so eigenartiger, leuchtender Schönheit, daß man gezwungen ist, ihn beim Vorübergehen zu beachten, und keinen mit dem andern verwechselt. Wampoa hat die Gewächse seines Gartens meisterhaft, voller Klugheit und Liebe wie Bilder in einer Galerie verteilt.

Außer den Pflanzen beherbergte der Garten verschiedene Tiere. Einige Türme mit vergitterten Erkern dienten als Schläge für Tauben, die kleiner, aber bunter und schöner als unsere sind. Für Fasanen und andere Vögel war zwischen den Bäumen eine riesige Volière errichtet. Da waren Pfauen, Reiher und seltsame weiße Enten mit roten Höckern an den Schnäbeln und Augen, so daß sie aussahen wie Trunkenbolde. Aufgeregt stob die ganze Schar vor uns auseinander.

Über eine kleine Brücke, die den Kanal mit den Wasserpflanzen überspannte, gelangten wir zu einer eingefaßten Stelle, wo wilde Ziegen und kleinwüchsige Hirsche hausten, die ebenfalls vor uns in die Ecken flüchteten. Hinter einer Gittertür saß abgesondert ein Kasuar – ein großer kräftiger Vogel mit dicken Beinen und Füßen, die Pferdehufen glichen. Der Hausherr sagte, daß der Kasuar fast so stark mit den Beinen ausschlüge wie ein Pferd. Vor uns zeigte er sich jedoch von einer sehr komischen Seite. Als wir an seinen Käfig herantraten, entfernte er sich schleunigst von uns und flatterte in alle vier Ecken, als ob er noch eine fünfte suche, um sich zu verstecken. Als wir jedoch weitergingen, lief er an die Tür, war wütend, machte ein schreckliches Getümmel, stampfte mit den Füßen, schlug mit den Flügeln gegen die Tür und hackte auf sie ein – mit einem Wort, er schien seinem Charakter nach zu bitten, zu einer Fabel Krylows zu werden.

Schließlich zeigte uns Wampoa als letztes ein wunderbares arabisches Pferd mit einem ganz weißen, silbern schimmernden Fell. Man merkte, daß er es hätschelte; es war fast so dick und glatt wie er selbst.

Wir gingen in das Haus. Es war noch bemerkenswerter als der Garten.

Aus einer geräumigen Vorhalle mit geschnitzten Türen stiegen wir über eine hölzerne, mit Matten belegte Treppe hinauf in halbverdunkelte Zimmer mit Jalousien vor den Fenstern. Rundbogige Türen verbanden die Räume, deren Wände und Möbel von feiner Schnitzarbeit waren; überall gab es vergoldete Wandschirme, lange gedeckte Galerien, Erfindungen eines raffinierten Luxus, Bronzen, Porzellane, die Wände waren mit Figuren und Ornamenten geschmückt.

Europäischer Komfort und asiatischer Luxus reichten sich hier die Hand. Es war das Schloß einer unsichtbaren Fee, einer indischen Peri, vielleicht der Sakuntala selbst. Dort schien man die Spuren ihres Füßchens zu sehen, da stand ihr mit hauchdünnem Musselin bedecktes Bett, da waren hängende Lampen, bunte chinesische Laternen, ein üppiger europäischer Diwan und daneben ein langer, breiter Bambussessel. Hier bildeten geschnitzte goldene Säulen den Eingang zu einer Nische, wo die Göttin an den heißen Stunden des Tags ruhte und ein herabhängender Fächer ihr Kühle zuwedelte.

Aber die Göttin war nicht zu sehen. Nur Wampoa war bei uns, gleichsam selbst ein indisches Idol, ein Symbol des Überflusses und der Fruchtbarkeit. Ist wirklich er es, der da unter dem Musselin in der Nische ausruht, wedelt ihm der Fächer Kühlung zu, schützen ihn die eifersüchtigen Jalousien und die goldenen geschnitzten Schirme vor der

Hitze? Könnte es sein? Doch warum sind dann im Hause drei oder vier Schlafzimmer? Wessen zierliche, kleine Pantoffeln verstecken sich unter dem Bett dort? Wem gehören diese Körbchen und kleinen Gerätschaften? Wer sitzt dort am runden Tisch, auf dem Seide, Fäden und andere Spuren einer Handarbeit liegen?

In allen Zimmern scheint jemand geheimnisvoll anwesend zu sein. Es gibt viele Blumen, eine chinesische Bibliothek, Vasen, Schatullen. Wir scheinen bei unserer Ankunft jemanden verscheucht zu haben. Im Hause ist jedoch kein Rascheln, kein Rauschen zu hören. Dort hängen zwei, drei Frauengewänder. Ohne Zweifel hat Wampoa eine Frau, vielleicht zwei, drei. Wo sind sie? Was ist diese Villa mit ihrem Gold, riesigen Spiegeln, geschnitzten Schränken und anderen Wundern der chinesischen Natur und Kunst, dem Hausherrn einschließlich, ohne sie?

Wampoa bat uns in das Gastzimmer. Auf einem großen runden Tisch stand eine Menge Teller und Schüsseln mit frischen Früchten und Süßigkeiten. Diener brachten Karaffen mit Sherry, Portwein und Flaschen mit Bier. Wir probierten es und wußten uns vor Vergnügen nicht zu fassen: das Bier war eiskalt, so daß mein Zahn zu schmerzen begann. Auch das Wasser, das man uns anbot, war sehr kalt. Der Hausherr erklärte, daß er tiefe Keller besitze und Bier wie Wasser zusätzlich mit Salpeter kühlen lasse.

Bevor wir heimkehrten, gingen wir nochmals durch alle Zimmer und traten auf die rings um das Haus führende Galerie. Welche Ausblicke, welch flammender Sonnenuntergang! Welche Glut am Horizont! In welche Farben kleideten sich diese Bäume und Blumen! Wie heiß sie atmeten! Ist das wirklich die gleiche Sonne, die bei uns scheint? Ich entsann mich der schrägen, blassen

Strahlen, die über Birken und Fichten verlöschen, der mit dem letzten Strahl kühl werdenden Wiesen, des feuchten Dunstes der einschlummernden Felder, der bleichen Spuren des Sonnenuntergangs am Himmel, des Streits der Schläfrigkeit mit dem Erschauern in der Dämmerung und des bleiernen Schlafs der müden Menschen in der Nacht – und plötzlich zog es mich dahin, in jenes geliebte Land, wo .. man fror.

13. BRIEF: AN J. A. UND M. A. JASYKOW

10. Juni 1853. Singapur

Sehen Sie, wohin es mich verschlagen hat, liebster Freund Michailo Alexandrowitsch! Aber lesen Sie zuvor den anderen an Sie gerichteten Brief. Ich habe ihn schon seit langem versiegelt und will ihn nicht wieder aufmachen. Ich dachte, ich würde es nicht schaffen, jemandem zu schreiben, aber es blieb genug Zeit, weil wir Butakow in Batavia nicht an Land setzten, sondern eigens seinetwegen hierherfahren mußten. Jetzt warten wir schon seit vier Tagen auf den Ostindien-Dampfer, auf dem Butakow mit Depeschen nach Rußland fährt. Bitte bemühen Sie sich, die beigefügten Briefe möglichst zuverlässig den Adressaten zu übermitteln; es sind zwei: einer an Majkows und einer an Korenjew.

Was soll ich Ihnen von Singapur sagen? Wer sich hier aufhält, braucht weder nach China noch nach der indischen Halbinsel zu reisen. Es ist ein kleines Muster des einen wie des anderen. Singapur zählt etwa 60000 Einwohner. Von ihnen sind nur 400 Europäer (jetzt mit uns 800, sofern wir wirklich Europäer sind). Es gibt etwa 20000 Inder und Malayen, Perser und Armenier inbegriffen, und die restlichen 40000 sind Chinesen. Die Zahl der

Europäer hat sich in der letzten Zeit auf Kosten von Hongkong etwas vermindert, dessen europäische Kolonie gewachsen ist. Zwei große Handelsplätze können in so enger Nachbarschaft nicht gedeihen.

Die Insel Singapur ist 50 Werst lang und rund 20 breit; sie ist mit unpassierbaren Wäldern und Sümpfen bedeckt, in denen es was weiß ich alles gibt, am meisten Tiger, die rund gerechnet pro Tag einen Menschen fressen, von anderem Vieh abgesehen. Früchte gibt es unwahrscheinlich viel, darunter eine Menge solcher, von denen man nicht weiß, was man mit ihnen anfangen soll. Die üppigste ist ohne Zweifel die Mango-Frucht, sie besitzt den Geschmack von Sahne-Eis, vermengt mit einer leichten Säure und mit einem Tropfen irgendeiner narkotischen Essenz gewürzt. Beißen kann man sie nicht, zum Kauen ist nichts vorhanden, man muß sie ausschlürfen. Ananasfrüchte kosten fast nichts. Und was für welche! Ich versuchte, vier Stück auf den Arm zu packen, und schaffte es nicht. Die Matrosen haben sie bündelweise wie Holz angeschleppt, aber nun, nach zwei Tagen mag sie schon niemand mehr essen. Hundert Stück werden für umgerechnet 1,35 Rubel in unserem Geld verkauft.

Seit drei Tagen bin ich jeden Morgen in aller Frühe an Land gefahren und mit einigen Kameraden kreuz und quer durch die Stadt und ihre Umgebung gestreift. Neu, originell, eindrucksvoll! Auf dem kleinen Zipfel drängt sich eine Vielzahl asiatischer Völkerstämme zusammen, die nach Kleidung, Bräuchen und Tätigkeit mit den unsrigen keine Ähnlichkeit haben. Ringsum die herrlichsten Kokos- und Muskatwälder, riesige Bäume, umrankt von Lianen, Blüten über Blüten – man weiß nicht, wohin man zuerst schauen soll, aber, mein Gott, welche Schweinerei dicht neben der üppigsten Pracht!

Durch die chinesischen Viertel kann man unmöglich

gehen oder fahren. Mich überkam eines Tags an Land jene Krankheit, die ich auf See nicht kennengelernt hatte. Ich war auf einer chinesischen Dschunke. Kein Maler hätte sich eine gelungenere Karikatur auf das, was man ein Schiff nennt, ersinnen können. Ich war zuerst in chinesischen Kaufläden, dann in Spelunken, wo Opium geraucht wird – überall das gleiche, zumal in den Läden: Geruch nach Schweiß, der Duft von Ananas, Knoblauch, Muskat und allerlei Dreckzeug, das sie in die Sonne hängen und essen – das ergibt ein mörderisches Aroma. Das ganze Leben der Chinesen spielt sich auf der Straße neben den Läden ab wie überall im Orient. Da werden Köpfe rasiert, Zöpfe gekämmt, man wäscht sich, ißt, schläft usw. All das bringt auch die lebhafteste Neugier zum Schweigen. Das Gemisch dieser Gerüche hat mich auch davon abgehalten, das Chinesische Theater zu besuchen.

Die Inder – das ist eine andere Sache. Obwohl sie nackt gehen, nur eine Art Röckchen um die Hüften geschlungen, sieht man keinen Schmutz an ihnen. Alle etwas wohlhabenderen Inder tragen jedoch weiße Musselingewänder, die einen (die Mohammedaner) Turbane, die anderen eine Art Käppchen. Alle haben Ringe in den Ohren, viele auch in der Nase, auf der Stirn irgendwelche Male, einige färben Stirn und Brust weiß und fast alle die Nägel rot. Ringe tragen sie an den Händen wie an den Füßen. Im Gang und in den Bewegungen der Inder liegt viel Stolz und sinnliche, träge Anmut. Bei uns würde man jemanden, der so daherschritte, auslachen, doch zu ihnen paßt es.

Aber heiß ist es und schwül. Ich erkrankte gestern an Fieber oder dergleichen. Die Luft ist von den verschiedenen narkotischen Düften der Pflanzen so gesättigt, daß sie den nicht daran gewöhnten Körper vergiftet; da helfen auch die durchlaufenden Galerien, das Dämmerlicht in den Häusern und die großen Fächer in den Zimmern nicht.

Kommt man von Land zurück, ist man erschlagen, als ob man schwer gearbeitet hätte.

Geben Sie acht, was ein Inder zu leisten vermag. Man fährt hier in Wagen, in denen man zu zweit sitzt, sie bieten sogar vier Personen Platz. Bespannt sind die Wagen mit kleinen Pferden, noch kleineren als die Wjatkaer. Wenn man im Wagen Platz genommen hat, nimmt der Inder das Pferd am Zügel und läuft neben ihm her. Und wie er rennt! Nicht ein einziger unserer Droschkenkutscher fährt Sie so schnell. Graziös galoppiert er so dahin – für einen Dollar den ganzen Tag. Zuerst war es mir unbehaglich und beschämend, mich so befördern zu lassen, aber nach einer halben Stunde war ich daran gewöhnt, genau wie sie selbst es sind: kein Schimmer von Müdigkeit auf dem Gesicht, gemessen, geschmeidig laufen sie lächelnd dahin und entblößen eine Reihe erstaunlich schöner Zähne.

Ich wäre mit meiner Reise völlig zufrieden, wenn ich nach Belieben über meine Zeit verfügen könnte. Aber bei hohem Seegang kann man nicht arbeiten, bei der Gluthitze auch nicht, man weiß nicht, wohin man vor ihr flüchten soll, unten ist es stickig, oben wird man gebakken, und nachts kühlt es sich kaum ab. Hat man mal eine freie Minute, muß man sich mit dem amtlichen Journal beschäftigen, und auch das befindet sich im Rückstand.

Ich war in den chinesischen Läden und wollte für Sie, meine lieben Damen, irgendwelche Sächelchen kaufen, man riet mir jedoch ab, da ich sie nicht heil heimbringen würde. Alle diese japanischen und chinesischen Handarbeiten, Körbchen, Fächer usw. sind derartig zerbrechlich und zart, daß man sie kaum berühren darf. Auf See verbrennt alles wie im Feuer; und Eisen, Kupfer, Leder, nicht zu reden von Anzügen und Wäsche, verschimmeln.

In drei Tagen ist die Abreise nach Hongkong vorgesehen. Von dort aus fahren wir in chinesische Häfen, nach

Schanghai und so weiter. Dann geht es zu den Bonin-Inseln südlich von Japan und dann ins Märchenreich. Eben hören wir jedoch, daß wegen der Türkei ein Bruch mit England zu erwarten ist und wir auf der Hut sein müssen. Dann dürfen wir nicht mehr so frei herumfahren, und Gott weiß, wohin wir uns dann wenden.

Geben Sie mir Ihre Hand, Ellikonida Alexandrowna! Sind Sie gesund, wo sind Sie? Fühlen Sie, daß ich Ihnen täglich für die massive Karaffe danke, mit der Sie mich ausrüsteten? Sie wird jetzt ständig mit Kokosmilch gefüllt. Mögen die Dinge auf See auch verderben, aber ich muß Ihnen als Dank für die Karaffe, die Kappe und die übrigen Zeichen Ihrer Fürsorglichkeit unbedingt ein Angebinde aus Übersee mitbringen, sofern wir nicht bei den Japanern oder Engländern in Gefangenschaft geraten.

Auf Wiedersehen denn! Wann? Ach, möchte es baldmöglichst sein. Die Reise hat mich ermüdet, besonders die Hitze. Grüßen Sie, Jekaterina Alexandrowna, unsere gemeinsamen Bekannten, sprechen Sie mit den Kindern über mich; ich meine, Nikolenjka hat mich schon vergessen.

Bleiben Sie gesund und vergessen Sie nicht Ihren Sie sehr liebenden I. Go(ntscharow)

Nach dem Essen. Eben komme ich wieder vom Land. Ich sah mir chinesische und indische Götzenbilder an, war vor der Stadt und sah eine chinesische Prozession, eine Art Totengedenkfeier. Wenn Sie indische Pagoden und chinesische Tempel im Theater sehen sollten, dann bedenken Sie, daß die Wirklichkeit alles weit überragt. Bei den Schnitzereien, Vergoldungen, Bauten staunt man über die seltsame Vielfalt der östlichen Phantasie und auch über die Ausführung, die der Geduld der Chinesen alle Ehre macht.

Ich verliere immer mehr Kraft. Wo ich mich nur so erkältet habe! Man denke: anderthalb Grad vom Äquator entfernt, an einem Ort, wo es keinen Herbst, geschweige denn Winter gibt. Hier ist ewiger Sommer, und wie rücksichtsvoll: zumeist ist der Himmel grau und täglich Regen. Aber kein Lüftchen weht, ewige Flaute, keinerlei Bewegung in der Luft. Leben Sie wohl!

14. BRIEF: AN J. A. UND M. A. JASYKOW

20. Juli 1853, Hongkong.

Mein lieber Michailo Alexandrowitsch und Jekaterina Alexandrowna!

Sie haben hoffentlich meine beiden Briefe durch Butakow erhalten. Hier folgt noch einer, vielleicht meine letzte Mitteilung, bevor ich für lange Zeit verstumme.

Wir liegen seit mehr als einer Woche vor dem chinesischen Festland und genießen den Anblick der Dschunken, der halbnackten, geschorenen Chinesen sowie den Duft von Kokosöl und Sandelholz.

Die Unsrigen sind nach Kanton gefahren, nur ich nicht. Mich behindert das verfluchte Fieber, das ich mir in Singapur zugezogen habe. Überhaupt bin ich in diesem heißen Klima ein ganz unglücklicher Mensch. Kaum waren wir in die Sunda-Straße gelangt, verlor ich meinen Appetit, der Magen wurde schwach, die Verdauung war gestört, und am Körper bekam ich einen Ausschlag, so daß ich morgen einen Kräuterabsud einnehmen werde. All das hinderte mich, mit den anderen an der Fahrt in das Reich der Mitte teilzunehmen, obwohl ich nicht nur aus Neugier, sondern auch aus Pflichtgefühl hätte mitfahren sollen. Da wir jedoch in diesem Winter alle fünf für Europäer geöffneten chinesischen Häfen anlaufen werden, bin ich über mein heutiges Mißgeschick nicht traurig. Ich werde nicht einmal klagen, falls ich überhaupt nicht dorthin gelangen sollte. Ich gehöre ohnehin zu denjenigen Reisenden, für die jede Fahrt eine Tortur ist. Man ist gezwungen, seine Gewohnheiten und den üblichen Tageslauf zu ändern, neue Menschen kennenzulernen, sich mit ihnen zu unterhalten usw. Vor allem, man muß selbst in den Koffer kriechen, Wäsche und Anzüge hervorholen, und sieht die Notwendigkeit nicht ein.

Hier in Hongkong bin ich schon seit zwei Tagen nicht mehr an Land gewesen. Viele der hiesigen Einwohner sind zu uns auf die Fregatte gekommen, haben sich mit uns bekannt gemacht und uns zu Gast gebeten. Danach kann man keinen Schritt an Land machen, ohne Bekannte zu treffen – ein Jammer! Zuerst schleppt einen ein deutscher Kaufmann zu sich zum Essen, dann nehmen einen englische Offiziere in ihr Kasino mit (die Offiziersmesse in der Kaserne), doch überwiegend nehmen einen die Popen in Anspruch, Dominikaner, Franziskaner, Franzosen, Portugiesen, alles Missionare.

Hier leben rund 500 bis 600 Europäer und 30000 Chinesen. Das ganze Hongkong ist ein einziger Felsen. Die Stadt liegt am Ufer, dehnt sich jedoch immer weiter aus und zieht sich schon den Berg hinauf. Die Häuser der Engländer sind die reinsten Paläste. Und ihr Klub erst! Die Reede ist sehr belebt. Chinesische Dschunken, eine häßlicher und seltsamer als die andere, und von Frauen gesteuerte Fährboote fahren auf dem Fluß hin und her. Obwohl am Ufer viel Platz ist, leben ganze Familien von Chinesen auf Booten. All das bewegt sich um uns. Abends kreisen die Europäer um die Fregatte, um unsere Musik zu hören.

Aber ich halte mich von den Europäern möglichst fern, besonders von den Engländern, den einzigen, die ich vor unserer Abreise kennengelernt habe. Ich streife gern durch die Chinesenstadt, die reinlicher und besser als in Singapur ist. Mit großer Neugier betrachte ich die pfiffigen, listigen chinesischen Physiognomien, beobachte, was die Menschen tun, was und wie sie essen und trinken, und manchmal trinke auch ich in einem chinesischen Laden ein Täßchen Tee.

Aber alle diese Ausflüge kosten mich nicht wenig. Sooft man an Land geht, gibt man seine zehn Dollar aus. Man kauft irgendwelche Kinkerlitzchen, mal einen geschnitzten Fächer aus Elfenbein oder Sandelholz, mal ein Bildchen auf Reispapier, ein Kästchen usw. Und dabei wird man wahrscheinlich alles bald fortwerfen, denn bei weiteren zwei Jahren Seereise wird alles feucht und geht entzwei.

Michailo Alexandrowitsch, sagen Sie bitte Butakow, daß wir bei der Ausfahrt von Singapur durch eine Flaute aufgehalten wurden. Für 350 Meilen benötigten wir zehn Tage, doch die übrigen 1000 Meilen legten wir in vier Tagen zurück, da der Passat in Fahrtrichtung wehte. Weiter fragen Sie ihn bitte, und schreiben Sie mir nach Hongkong an die Adresse, die ich Ihnen angegeben habe, wieviel ihn die ganze Fahrt von Singapur bis Petersburg gekostet hat. Es ist sehr denkbar, daß man abermals jemanden von uns mit einer Botschaft schickt, wenn wir von Japan hierher zurückkehren, und da sollte man unbedingt wissen, wie teuer die Reise ist. Wenn es sich erweist, daß ich das heiße Klima einfach nicht vertrage, dann bitte ich vielleicht ebenfalls um die Erlaubnis, heimzureisen.

Was es hier für Frauen gibt, Jekaterina Alexandrowna! Frisieren Sie sich bitte niemals à la chinoise – es sieht nicht hübsch aus! Die Frauen tragen breite Pluderhosen und lange weiße Jacken. Und wie sie gehen! Zwei fassen die dritte unter die Arme. Und wenn eine allein geht, dann tritt sie auf, als ob sie an den Füßen nichts als Hühneraugen hätte, so klein und mißgestaltet sind die Füße. Es besteht keine Hoffnung, sich hier zu verlieben. Was werden meine Kameraden sagen, wenn sie aus Kanton zurückkommen?

Diebe gibt es hier, nicht zu zählen, obwohl die Policemen, die in England nur das Recht haben, Ordnungsstörer anzutippen, die Chinesen mit ihren Stöckchen erbarmungslos über die nackten Beine schlagen.

Leben Sie wohl! Küssen Sie für mich die Kinder. Kolja sagen Sie, daß mich bisher weder die afrikanischen noch die asiatischen Menschen gefressen haben. Warten wir ab, was wir bei den japanischen Wilden erleben! Geben Sie mir Ihr Händchen, Ellikonida Alexandrowna, und wünschen Sie mir Gesundheit und rasche Heimkehr, obwohl ich nicht weiß, wo ich mein Heim finden werde. Vielleicht teilweise in der Glasfabrik, falls Sie mich dort nur nicht vergessen haben.

Grüßen Sie alle insgesamt und jeden besonders. An Majkows habe ich aus Singapur geschrieben, jetzt werde ich vorerst nicht schreiben, sagen Sie es ihnen. Wenn ich jedoch heute oder morgen noch jemandem schreibe, dann übermitteln Sie bitte den Brief.

KLEINE SZENEN AUS HONGKONG

Streit mit dem Kuli

Ich hatte allerhand Kleinigkeiten eingekauft und übergab sie einem Kuli; er packte alles in einen Korb und folgte mir. Faddejew, der mich begleitete, ließ es jedoch nicht zu. Er entriß ihm den Korb und trug ihn selbst. Es war mir nicht möglich, ihn zu bewegen, die Rolle eines Ausländers und Herrn zu spielen.

Während unseres Wegs zum Hafen balgte sich Faddejew ständig mit dem Kuli wegen des Korbs. Ich mietete ein Boot und ließ Faddejew darin Platz nehmen. Der Kuli folgte ihm jedoch, und das Handgemenge begann von neuem.

Die Chinesen auf den anderen Booten erhoben ein Geschrei. Der Kuli drang auf Faddejew ein, der wie ein Mandarin im Boot saß und den Korb mit beiden Händen umklammerte. Der Bootsführer wollte nicht fahren und wartete auf das Ende der Affäre. Faddejew wollte mit dem Korb wieder ans Ufer zurück, ich verwehrte es ihm.

»Gestatten, Euer Hochwohlgeboren, ich schlage sie kurz und klein!« sagte er, nahm den Korb in die eine Hand, stieß mit der anderen die Chinesen beiseite und sprang ans Ufer. Ich ging fort und überließ es ihm, nach seiner Weise mit der Sache fertig zu werden. Aus der Ferne sah ich, wie er gleich einem Bären in einer Hundemeute sich von den Chinesen befreite, indem er auf die ihm entgegengestreckten Hände schlug.

Dann sah ich, wie er sich auf unserer Schaluppe stolz entfernte. Er hatte die Einkäufe bei sich, aber keinen Korb. Der Korb gehörte dem Kuli, und er war der Gegenstand des Streits gewesen, worauf wir nicht gekommen waren.

Two shillings!

Bei Einbruch einer Nacht voller Leidenschaft, Sternenflimmer und Verzauberung kehrte ich spätabends zum Hafen zurück. Dort traf ich Possjet, der auf unsere Schaluppe wartete. Wir sahen ein chinesisches Boot vor uns, in dem wir im Mondenschein zwei weibliche Gestalten erblickten.

»Wozu auf die Schaluppe warten?« sagte ich. »Dort sind zwei Ruderinnen. Setzen wir uns!«

Wir nahmen im Boot Platz. Beide Frauen packten das einzige am Boot befestigte Ruder und lenkten mit ihm das Boot geschickt nach links und rechts. Der Mond schien ihnen voll ins Gesicht. Die eine war eine alte Frau, die andere etwa fünzehn Jahre alt. Sie hatte ein blasses Gesicht mit schwarzen, schmalen, aber sehr schönen Augen. Die Haare waren im Nacken mit einer silbernen Nadel festgesteckt.

»Bringt uns zur russischen Fregatte!« sagten wir.

»Two shillings!« nannte die Junge den Preis.

»Hundert Pfund Sterling für so eine Schönheit!« rief mein Kamerad.

»Zu teuer!« bemerkte ich.

»Two shillings!« wiederholte das Mädchen eintönig.

»Du bist wohl nicht von hier? Du bist zu weiß. Woher bist du? Wie heißt du?« erkundigte sich Possjet und rückte näher an sie heran.

»Ich bin aus Macao; man nennt mich Etola«, antwortete sie auf englisch, wobei sie nach der Gewohnheit der Chinesen einige Silben verschwinden ließ. »Two shillings!« fügte sie hinzu und verstummte.

»Du bist ein reizendes Mädel!« sagte mein Kamerad. »Gib mir mal die Hand, sag, wie alt du bist. Wer gefällt dir besser, wir, die Engländer oder die Chinesen?«

»Two shillings«, antwortete sie.

Wir kamen bei der Fregatte an. Mein Kamerad nahm die Chinesin bei der Hand. Ich bestieg bereits das Fallreep.

»Sag mir etwas, Etola!« flüsterte er ihr zu, ihre Hand haltend.

Sie schwieg.

»Sag doch, daß du ..«

»Two shillings«, wiederholte sie.

Wir gaben ihr Geld, ich lachend, er mit einem Seufzer, und gingen in unsere Kajüten.

15. BRIEF: AN JU. D. JEFREMOWA

20. Juli, Hongkong

Seien Sie gegrüßt, meine ewig junge und schöne Freundin Junija Dmitrijewna!

Vor der Abreise in ferne und unbekannte Länder habe ich mich von Majkows und Jasykows mit einem Brief aus Singapur verabschiedet. Ich kann jedoch nicht abfahren, ohne mich auch von Ihnen für lange Zeit zu verabschieden, wer weiß, vielleicht für immer. Aber ich will nicht sentimental werden. Sagen Sie lieber, denken Sie noch zuweilen an mich? Sehen Sie mich in Gedanken, wie ich auf dem schaukelnden Schiff von einer Ecke der Kajüte in die andere geschleudert werde, oder wie mich die Strahlen der hiesigen giftigen Sonne ganz von Kräften bringen, oder wie ich unter Palmen spazierengehe und dann auf der Marmorveranda des Hongkonger Klubs träge ausruhe oder auf der Terrasse eines Hotels in Singapur sitze, wo abends die Eidechsen entlanghuschen und Fledermäuse und sonstiges Getier den Balkon umschwirren? Vielleicht kann sich Ihre nördliche Phantasie alle diese chinesischen, indischen und malayischen Bilder und Szenen gar nicht vorstellen, die ich weder im Traum noch in der Phantasie, sondern in Wirklichkeit vor Augen habe.

Was mich betrifft, so folge ich Ihnen oft in Gedanken und trete unsichtbar bei Ihnen ein, bald apathisch, bald mit einem lauten Scherzwort, bald aufgeregt schimpfend, mit all den Eigenschaften, die Sie alle, meine Freunde, so großzügig ertrugen und mir aus Achtung vor Gott weiß welchen Verdiensten verziehen. Ich befinde mich jetzt in einem seltsamen Zustand. Ich weiß nicht, was ich wünschen soll. Die Reise fortsetzen? Aber mein Drang in die Ferne, mein Traum sind befriedigt. Wissensdurst besitze ich nicht. Ich wollte nie mein Wissen erweitern, sondern nur die Welt anschauen und die Bilder meiner Phantasie überprüfen, hier etwas wegwischen, dort etwas hinzufügen. Und warum soll ich auch wünschen zurückzukehren? Wieder zu den früheren Verhältnissen? Und wenn man sie nicht mehr antrifft, falls man, was Gott gebe, zu ihnen zurückkehrt? Das eine wird vergangen und verschwunden sein, das andere wird sich verändert haben. So weiß man also nicht, was man mit sich anfangen soll. In Erwartung von etwas Besserem trinke ich vorerst Kräuerabsud und zahle dem Fieberklima meinen Tribut.

In drei Tagen fahren wir von hier ab, doch aus den tropischen Breiten entfernen wir uns noch lange nicht. Im August vielleicht erreichen wir das Ziel unserer Reise. Aber all das führt noch nicht zum Rückweg. Früher als in zwei Jahren werden diejenigen von uns, denen es bestimmt ist, Rußland wiederzusehen, die Heimat nicht erblicken. Ich schlendere einstweilen unentwegt durch die Chinesenstadt und beobachte die Chinesen, damit ich etwas von ihnen erzählen kann, wenn ich heimkehre. Unter anderem kaufe ich verschiedene Bijouterien, bald einen Fächer, bald eine geschnitzte Tasche für Visitenkarten und derartigen Kram. Es gibt hübsche Kästchen für Tee und andere handgearbeitete Dinge, aber große Gegenstände kann man nirgendwo unterbringen und vor allem, nicht noch zwei Jahre mitschleppen.

Wie geht es Alexander Pawlowitsch und Fenja? Umarmen Sie beide für mich. Bei Alexander Pawlowitsch, nehme ich an, wird es mißglücken. Die Chinesinnen hier sind nicht schön. Aber auch Sie würden bei ihnen nicht als Schönheit gelten, denn Sie machen zu lange, rasche Schritte, während die Chinesinnen überhaupt nicht gehen. Nun, auf Wiedersehen, meine Freundin. Ganz Ihr I. G.

An Majkows einen Gruß, schreiben werde ich nicht. Unlängst habe ich geschrieben, und trotzdem werden sie über mich schimpfen.

Jeder von Ihnen, meine Freunde, hat gewiß schon einmal erlebt, wie er an einem Herbstabend daheim unter seinem festen Dach saß, am Teetisch oder am Kamin, und plötzlich ein scharfer Wind gegen die Doppelfenster peitschte, die Läden hin und her schlug, sie manchmal sogar aus den Angeln riß und bösartig kreischend wie ein Tier in der Esse heulte und die Ofenklappen zittern ließ; wie der eine oder andere zusammenschrak, bleich wurde, mit dem Nachbarn einen stummen Blick wechselte oder sagte: »Was tut sich da draußen? Gott bewahre uns, es kommt ein Unwetter!«

Stellen Sie sich dieses Heulen des Sturms vor, nur zehn-, zwanzigmal lauter, und nicht auf festem Boden, sondern auf dem Meere – dann erhalten Sie einen schwachen Begriff von dem, was wir in der Nacht vom 21. zum 22. und den ganzen 22. Juli erlebten, als wir aus dem Chinesischen Meer in den Stillen Ozean gelangten..

Stiller! Wie oft hat er den armen Seefahrern das Gegenteil bewiesen, unter anderen auch uns, als ob wir diese Bezeichnung für ihn erdacht hätten!..

Schon während der letzten Tage unseres Aufenthalts in Hongkong hatte sich das Wetter beträchtlich geändert. Besonders abends begann der Wind stoßweise von Norden her zu wehen. Über den Bergen der Umgebung erschienen schwarze Wolken und überschütteten die Reede mit Regengüssen.

Östlicher und nordöstlicher Gegenwind hielt uns fast auf der Stelle fest. Es wehte ungleichmäßig, stark und mit dauernden Böen. Man hörte das Kommando: »Marssegel reffen!« Dann vernahm man, wie das Segel an der Wand hinabrauschte. Das Schiff legte sich stark auf die Seite, so daß man nach einem Halt griff. Der Regen goß in Strömen, und der festlich sonnige Tag verwandelte sich augenblicklich in trüben Alltag. Der Himmel war grau, das Deck naß. Die Offiziere trugen ihre Ölmäntel. Die Matrosen versteckten sich vor dem Regen unter die Kojenverdecke. Und so ging das zehn Tage lang!

Aber nun waren wir im Stillen Ozean angelangt und befanden uns auf 21 Grad nördlicher Breite. Es war heiß und stickig. Am Tage konnte man unmöglich arbeiten. Ermattet von der Hitze schlief ich nach Tisch, um Zeit für die Nacht zu gewinnen. So tat ich es auch am 21. Juli. Ich schlief lange, an die drei Stunden, als ob ich geahnt hätte, daß es eine unruhige Nacht geben werde. Der Kapitän trieb seinen Spaß mit mir, als er sah, daß ich erwachte, mit verschlafenen Augen um mich blickte und mich, Kühlung suchend, auf einen anderen Diwan legte. »Sie legen sich wohl mal rechts, mal links vor den Wind!« sagte er.

Am Abend frischte der Wind auf. Vergeblich versuchte ich zu schreiben. Weder das Tintenfaß noch die Kerze blieben ruhig auf dem Tisch stehen. Das Papier rutschte mir unter den Händen fort. Kaum hatte man einige Worte geschrieben, mußte man die Arme nach hinten strecken und sich gegen die Wand stützen, um nicht umzukippen. Ich gab es auf und ging an Deck. Aber auch dort fand ich zwischen den Schanzen nicht den richtigen Schritt, obwohl ich schon »Seemannsbeine« bekommen habe.

Zuweilen schleuderte es mich derartig von einer Seite zur andern, daß ich mich an einem Geschütz oder am erstbesten Tau, das ich zu fassen bekam, festhalten mußte. Der Wind heulte immer lauter. Die Tür meiner Kajüte stand halb offen. Ich hörte jedes Geräusch, jede Bewegung auf Deck, hörte, wie um zwei Uhr die Wache Segel wegnahm, zuerst zwei, dann drei. Die Bramrahe wurde herabgelassen. Der Wind wurde immer stärker. Um drei

Uhr reffte man zum letzten Mal und ließ die Bramstengen herunter. Das Schiff schlingerte heftig. In meiner kleinen Kajüte, zumal im Bett, war kein Bleiben mehr. Bald schwankte man nach hinten über, so daß das Blut in den Kopf strömte, bald bewegte sich alles nach der anderen Seite, und die Kissen rutschten gegen die Wand. Alles, was auf den Wandbrettern stand, an Haken hing, in den Kommoden lag, kam wie üblich in Bewegung und begann zu verrutschen. Die Bücher wurden auf den Fußboden und auf das Bett geworfen. Bürsten und Mützen stürzten herunter. Gläser und Flakons klirrten und zerbrachen.

Inzwischen war es hell geworden. Ich ging an Deck! Dort waren alle Mann versammelt. Die Wogen ragten über die Reling und blickten wie Lebewesen auf das Deck, als ob sie genau wissen wollten, was dort vor sich gehe. Das Schwanken und Rollen verstärkte sich. ›Wohin wird das noch führen?‹ dachte ich, indem ich die sich ständig steigernde Gewalt des Winds beobachtete.

Auch Vater Awwakum kam an Deck. Bleich und von der Schlaflosigkeit zerquält setzte er sich in einem Winkel auf eine Taurolle. Ein zweiter, dritter stellte sich ein. Alle waren unausgeschlafen und hatten übermüdete Gesichter. Man mußte sich mit beiden Händen festhalten. Das wurde mir zuviel. Ich begab mich in meine Lieblingsunterkunft, die Kapitänskajüte.

Der Sturm tobte. Er riß die Häupter der Wogen ab und trieb sie wie durch ein Sieb über den Ozean. Wolken von Wasserstaub standen über den Wellen. Ich überprüfte abermals meinen früheren Vergleich und fand ihn bestätigt. Ja, die See ist ein Haufe wilder Tiere, die sich wütend in Stücke reißen. Es sieht genauso aus, als wenn sich einige Löwen und Tiger aufeinanderstürzen, sich hochbäumen, um sich zu verbeißen, nach oben geschleudert werden, und von dort stürzt das ganze Knäuel krachend in die

Tiefe, nur der Staub ragt wie eine Säule in die Höhe, und das Schiff fliegt ihnen nach, in den Abgrund. Aber eine neue Gewalt stößt es wieder nach oben, und nun legt es sich auf die Seite..

Die Schaluppe krachte in den Spieren. Zwei, drei, darunter auch mich, fegte es von einer Ecke in die andere. Jetzt prallte eine riesige Woge gegen die Reling, schlug über Bord, ergoß sich über das Deck und umspülte die Beine der Matrosen. Der Horizont verschwamm in grauem Staub. Eine regelmäßige Strömung gab es nicht mehr. Das Wasser brodelte, als ob es kochte, die Wellen verloren ihre Form.

Unablässig ging jemand an das Barometer, um es abzulesen. Fällt es? 30 und 15. Wieder – 29 und 75, dann 29 und 45, jetzt 29 und 30 – 29 und 15 – und schließlich 28/42. Es fällt schnell, aber regelmäßig, innerhalb von 24 Stunden von 30/75 auf 38/42.

Bei diesem Stand erreichte der Sturm die äußerste Grenze seiner Gewalt. Die Geschütze wurden mit dreifachen Zugwinden befestigt, obendrein noch mit einem Kabeltau gesichert, deshalb standen sie einigermaßen fest. Das Schiff schwankte entsetzlich. Gegenstände, die an den Wänden und am Fußboden sicher befestigt waren, rissen sich los und wurden in die entgegengesetzte Richtung geschleudert; von dort kamen sie wieder zurück. In der Kapitänskajüte rissen sich drei schwere Sessel los. Sie rutschten rasch bis zur Mitte des Raums. Aber da legte sich das Schiff so stark auf die Seite, daß sie in der Luft hüpften, das Tischchen vor dem Diwan mitrissen, es zertrümmerten, selbst in Stücke brachen. Krachend fiel alles auf den Diwan. Leute rannten herbei und zerrten den Trümmerhaufen auseinander, aber im gleichen Augenblick wurde der Haufe mitsamt den Leuten zurückgeschleudert, genau auf meine Ecke zu. Ich konnte gerade noch rechtzeitig die

Beine in Sicherheit bringen. Gläser, Teller, Tassen, Flaschen in den Büfetts sprangen klirrend von ihren Plätzen.

Die Bilder an den Wänden schwangen in einem Winkel von fast 45 Grad. Faddejew wollte mir Tee bringen. Ungeachtet seiner Standfestigkeit warf es ihn um; er rutschte rücklings von mir fort und hinterließ eine Spur von Zuckerstücken, Brot und Tassenscherben. Ich konnte keinen Schritt machen und ging nicht essen. Sie können sich vorstellen, wie einem zumute ist, wenn man, ohne gegessen zu haben, dasitzt und sich festklammert, um nicht aus seiner Ecke zu fliegen. Die Fenster der Kajüte standen weit auf. Vor meinen Augen lag das Meer in seiner ganzen wilden Pracht. Nur in diese Fenster oder Bullaugen, wie es seemännisch heißt, drang das Wasser nicht ein, weil sie hoch liegen. Überall, an allen anderen Stellen, waren die Luken dichtgemacht, die hölzernen Läden fest davorgelegt worden, weil sonst bei den unaufhörlich gegen das Schiff prallenden Wogen die Scheiben kurz und klein geschlagen worden wären. In die Offiziersmesse und auf das Geschützdeck ergoß sich das Wasser in Strömen und lief in den Schiffsraum. Überall war es naß und finster, die obere Kajüte bot die einzige Zuflucht. Aber auch hier mußte man schließlich die Fenster schließen. Der Sturm warf Wasserspritzer gegen die Möbel, den Boden, die Wände. Abends tobte der Sturm derart, daß man nicht das Heulen des Windes vom Grollen des Donners unterscheiden konnte.

Plötzlich gab es ein Hin- und Hergejage auf Deck. Man vernahm hastige Kommandorufe. Leutnant Sawitsch überbrüllte mit Hilfe eines Sprachrohrs das Geheul des Sturms.

»Was ist los?« fragte ich jemanden.

»Das Focksegel ist gerissen.«

Eine halbe Stunde danach riß das Bramsegel. Schließlich wurde das Vormarsegel zerfetzt. Die Sache wurde ernst, aber das Schlimmste kam erst. Die Segel wurden irgendwie durch andere ersetzt. Um sieben Uhr abends zeigten sich die Mienen der Offiziere besonders besorgt, und sie hatten Grund dazu. Die Wanten schlappten, die Bindeseile hatten sich verschoben, der Großmast schwankte und drohte umzustürzen.

Wissen Sie, was ein Großmast ist und was sein Fall mit sich bringt? Der Großmast ist an die hundert Fuß lang und wiegt etwa 800 Pud. Er wird von geteerten Tauen oder Wanten gehalten, die von seiner Spitze bis zur Reling reichen. Stellen Sie sich vor, daß der Turm, an dessen Fuß Sie wohnen, einzustürzen droht. Nehmen wir sogar an, daß Sie wissen, nach welcher Seite er fallen wird. Sie werden natürlich eine Werst weit weggehen. Doch hier, auf dem Schiff!..

Das Warten war qualvoll, das Gefühl der Bedrückung unerträglich. Selbstverständlich stellte sich jeder vor, wie der Mast stürzen, die Reling zerschmettern, das Schiff auf die Seite drücken würde, wie die Wellen über das Deck fluten würden. Würde es gelingen, die Wanten schnell zu kappen, um das Schiff von dem einseitigen Druck zu entlasten? Gelänge es nicht, würde es zuviel Wasser schöpfen und sich vielleicht nicht wieder aufrichten..

Gewiß gingen jedem diese Gedanken durch den Kopf, aber keiner sprach sie aus. Es war auch keine Zeit dazu. Man mußte handeln. Und es wurde gehandelt. Wieviel Energie, rasche Überlegung und Geistesgegenwart kamen hier bei vielen zum Vorschein! Für Sawitsch war es gleichsam ein Fest. Zerfetzt, verdreckt flog er überall hin, wo der Sturm eine Spur der Zerstörung hinterließ.

Man durfte unter keinen Umständen zulassen, daß der Mast stürzte. Den erschlafften Wanten kam man zu Hilfe, indem man seitlich Taljen anbrachte. Die Arbeit kochte, obwohl es bereits Nacht wurde. Man beruhigte sich erst, als alles getan war.

Am anderen Tage zog man die Wanten wieder straff an. Zum Glück beruhigte sich das Wetter, und alles konnte so gut wie möglich geschafft werden. Nunmehr steht der Mast wieder fest. Für alle Fälle bringt man einige zusätzliche Wanten an, damit uns ein neuer kräftiger Wind nicht unvorbereitet und überraschend trifft.

Wir atmeten auf, waren uns aber noch nicht ganz sicher. Noch solch ein Sturm, und keiner kann mit Bestimmtheit sagen, was dann geschieht. Aller Augen sind auf den Mast und die Wanten gerichtet. Die Matrosen sitzen wie ein Fliegenschwarm in den Wanten, ziehen, winden Taue, klopfen mit Hämmern. Läge das Schiff vor Anker, wäre all das viel leichter zu bewerkstelligen. Unmöglich. Nach dem Sturm herrscht noch immer eine starke Dünung. Das Schiff schlingert weiter, wenn auch nicht mehr so stark. Bis zur Küste sind es noch gut fünfhundert Meilen. Viele sind vor Schlaflosigkeit und angestrengter Arbeit ganz mager geworden und taumeln umher wie nach einer Orgie. Denkt man jetzt daran, wie sich die Fregatte einmal ganz tief auf die Seite neigte, dann tut es einem weh, als wenn man sich an eine Beleidigung erinnert. Noch lange behält das Herz solche Minuten in böser Erinnerung.

16. BRIEF: AN J. J. LJCHOWSKIJ

Den zwanzigwerweißwievielten Juli 1853
Bonin-Inseln, Port Lloyd 27. Breitengrad, 142. Längengrad

Seien Sie gegrüßt, lieber Freund Ljchowskij!

Soeben sind wir angekommen, würde ich sagen, wenn ich eine Reise zu Lande machte, aber da ich in der Marine diene, muß ich sagen: sind wir in dem oben erwähnten

Hafen vor Anker gegangen. Ich bin schon seit fünf Tagen bettlägerig, ich leide an einem Abszeß und einer Rose am Bein, alles eine Folge der Hitze. Sonst bin ich gesund, nur kann ich mit dem Bein keinen Schritt gehen und muß liegen. Deshalb höre ich ziemlich gleichgültig dem geschäftigen Betrieb zu, der das Einlaufen in einen Hafen und das Ankerwerfen üblicherweise begleitet. Alle Mann sind in dieser Zeit an Deck, nur ich allein kann die zwar unbewohnte und uninteressante, aber trotzdem neue Küste nicht sehen.

Wie sehr wurde ich aber für Krankheit, Langeweile und die qualvolle Fahrt von Hongkong hierher belohnt! Eine Stunde nach unserer Ankunft brachte man mir plötzlich fast ein Dutzend Briefe; von Ihnen allen, von Jasykow, Korenjew und noch den und jenen. Der brave Michail Parfenowitsch Sablotzkij (den Allah dafür bis ins zehnte Glied segnen möge!) hat sie zu einem Paket verschnürt und versiegelt, wodurch sie alle mehr oder weniger zusammengeklebt sind, genau wie die Verfasser dieser Briefe in meinem Herzen.

Die Briefe kamen mit einem der Schiffe, die zu unserem Geschwader gehören (ich diene jetzt in einem Geschwader). Aber was haben Sie damit zu tun? Ich will Ihnen nichts von unserer Fahrt, von den Orten, die ich gesehen habe, von dem Orkan oder Taifun erzählen, den wir bei der Ausfahrt aus dem Chinesischen Meer in den Stillen Ozean erlebten – all das werden Sie zum Teil in dem allgemeinen Brief an Majkows lesen.

Jetzt will ich mich so rasch wie möglich Ihrem Brief zuwenden, der so lieb, so warmherzig ist und mich so lebhaft an Sie erinnert, daß er mich aus meiner Schläfrigkeit, Faulheit, Hypochondrie herausgerissen hat. Ich beeile mich, Ihnen noch heute zu antworten, obwohl Sie den Brief vielleicht erst in vielen Monaten erhalten werden, wenn überhaupt. Ich möchte auch deshalb so rasch wie möglich antworten, weil ich vielleicht nach einiger Zeit einige Ihrer Bemerkungen mit größerer Gelassenheit betrachten werde; im Augenblick bewegen sie mich jedoch heftig.

Ich beginne mit dem Anfang. Es tut mir sehr leid, daß Sie sich so entschieden weigern, von sich zu sprechen und mir das eine oder andere aus jener geheimen Welt mitzuteilen, die Sie fast vor allen und nunmehr auch vor mir so sorgfältig verbergen. Ich spreche von Ihrem Herzen. Bis jetzt hielten Sie die Tür zu ihm fest verschlossen. Plötzlich öffneten Sie sie für einen Augenblick, schienen es aber sofort wieder zu bereuen. Natürlich bin ich selbst daran schuld. Sie erschreckt die sittliche Verdorbenheit oder die Kälte meiner Analyse, aber Sie setzen sie in mir manchmal mehr voraus, als sie wirklich vorhanden ist. Es gibt Dinge, die so zart, rein und aufrichtig sind, daß ich von ihnen gerührt bin wie der Puschkinsche Dämon, als er an der Schwelle des Paradieses den Engel erblickte. Aber vielleicht war ich zu ungeschickt und traf Ihren scheuen poetischen Kummer auf plumpe und beleidigende Art, indem ich vorschnell wünschte, ihn wenigstens etwas zu lindern. Da ich die Genauigkeit Ihrer Analyse kenne, wollte ich diese durch den plötzlichen Schlag aus Ihren Händen geschleuderte Waffe bewahren und Ihnen wieder in die Hand geben. Da Sie vortrefflich mit ihr umzugehen wissen, hoffte ich, Sie würden mit ihrer Hilfe jeden Kummer meistern. Aber indem ich auf Ihre Vernunft hoffte, vergaß ich, daß Sie ein Jüngling sind (ich weiß, das Wort klingt komisch, aber ich bin nicht imstande, es durch ein anderes zu ersetzen). Ich dachte, daß Sie Ihren Kummer ebenso genau analysieren würden wie alles, was Ihnen in die Hände gerät; daß Ihr Verstand und Ihre Erfahrung Sie leiten würden, aber ich vergaß, daß Sie keine Vergangenheit haben und ich Sie und mich verwechselt habe. Ein dummer Fehler!

Sodann, warum klammern Sie sich so an das Wort »Höchste«? Als ich Ihnen das Höchste für die Zukunft voraussagte, wollte ich Sie keineswegs mit einem großen Einkommen oder einem Rang oder auch mit einem nicht so materiellen Gut trösten. Nein, ich wollte Sie nicht von diesem Weg ablenken, das heißt von dem Weg der Liebe und des Genießens. Versprach ich Ihnen, daß Sie dort dieses Höchste (habe ich mich wirklich so töricht ausgedrückt?) oder dieses Beste finden würden? Dieselbe Frucht, nur gereift und schön? Wie fein, klug und umfassend gebildet Sie auch sein mögen, aber in einer so frühen Jugend wie der Ihrigen werden Sie nie imstande sein, Liebe zu geben, oder richtiger, wird die Liebe nicht die Kraft haben, sich Ihnen mit all ihrer Tiefe, mit der ganzen Strenge und Würde ihrer Eigenschaften, mit ihrer Vielfalt, mit einem Wort, mit ihrer alles umfassenden Gewalt zu offenbaren; es fehlen Ihnen noch viele Elemente zu ihrer Aneignung. Um diese Eigenschaften zu besitzen, muß man etwas länger gelebt haben, bedarf es größerer Erfahrung. (Zuweilen hörte ich mit Vergnügen, zuweilen aber auch mit einer gewissen Furcht zu, wie genau und zugleich wie qualvoll Sie sich bemühten, einen Fall zu analysieren, für dessen Erklärung nicht mehr als eine dreitägige Erfahrung genügt hätte, das heißt, man mußte ihn einfach erleben, während Sie eine Unmenge Hypothesen und ganze Theorien, eine scharfsinniger als die andere, auf ihn verschwendeten und – sich manchmal irrten.)

Nehmen wir an – und ich bin sogar davon überzeugt –, daß Ihre Liebe die Liebe war, die ich meine, aber ich bin ebenfalls überzeugt, daß sie, vom poetischen Standpunkt des Liebenden in das alltägliche Leben des Gatten und Hausherrn herabgezogen, bald auf den zweiten Plan rükken würde. Und wem würde sie den Platz räumen? Dem, was ihr hätte vorangehen sollen, der Erfahrung. Manche mögen andere Verlockungen erproben (je nachdem, welcher – welche): der eine den Rausch der Eigenliebe, die Stimmen des Ruhms, der andere einen hohen Rang usw. Nehmen wir an, es kommt ihnen danach zu Bewußtsein, daß all das schlimmer ist, aber oft ist es schwer, zu dem einzigen reinen Quell eines verwelkten und nicht gewürdigten Glücks zurückzukehren. Ist es nicht besser, bei der Begegnung mit dem Höchsten zu wissen, daß Besseres, Tieferes auch in der Zukunft nicht vorhanden sein wird? Das ist das einzig vernünftige und höchste Gut, das ich mich erkühnte, Ihnen zu versprechen, weil ich Ihren scharfen Verstand kenne und seit langem die tiefen Empfindungen Ihres Herzens spüre, die ich vielleicht noch höher werte als Ihren Verstand.

Ihr Herz blutet jetzt, aber es hat keineswegs seine Lebenskraft und die Fähigkeit eingebüßt, die ganze Fülle der Empfindungen in sich zu vereinen, auf denen das Gebäude Ihres verlorenen Glücks errichtet war. Sie fragen mich, ob denn ich dieses Höchste kennengelernt habe? Nein doch, ich nicht.. Wie also kann ich es einem andern voraussagen? Erstens verspreche ich es nicht irgend jemandem, sondern Ihnen; zweitens Ihnen deshalb, weil ich in Ihnen eine Menge Vorzüge erkenne, die ich nicht besitze; und drittens, weil ich dieses Schönste nicht kennengelernt habe, aber die Fähigkeit dazu in mir fühlte, die jetzt bereits verschwendet ist. (Oder wenn ich sie nicht hatte, so verspürte ich diese Fähigkeit doch stark in anderen.)

Ihre Vorzüge bestehen unter anderm darin, daß Sie gemäß Ihrer aristokratischen Natur oder gemäß den Umständen die ursprüngliche Reinheit, dieses Aromat der Seele und des Herzens, bewußt bildeten und in sich bewahrten. Aber wenn Sie wüßten, durch welchen Schmutz, durch welche Unzucht, Kleinlichkeit und Plumpheit der Begriffe, des Verstands, der Herzensregungen ich von Kindheit an gegangen bin und was es meine arme Natur kostete, die Phalanx des ständigen sittlichen und materiellen Drucks und der Verirrungen zu durchbrechen, um nur jene Stufe zu erklimmen, auf der Sie mich erblickt haben, noch immer ungefügt, unrein, plump und immer nach jenem lichten und schönen Menschenbild dürstend, von dem mir oft träumt und dem ich immer, ich fühle es, ebenso vergeblich nachjagen werde wie ein Mensch seinem Schatten. Ich mußte unter unsagbarer Mühe mit eigener Kraft in mir erschaffen, was in anderen die Natur oder die Umgebung gebildet hat. Ich besaß nicht einmal das natürliche Material, aus dem man etwas aufbauen konnte, so verdorben war es durch die Unzulänglichkeit einer frühen, falschen Erziehung. Und noch eins: Sie sagen, ich sei nicht so verlebt, wie es scheint, sonst hätten mich die üppige Natur, die Ozeane, alle Wunder, die ich zu sehen bekomme, nicht neu belebt, sonst wäre ich nicht, man höre, beim Anblick Madeiras ein neuer Mensch geworden.

Indem Sie von diesem Prozeß der Neubelebung sprechen, haben Sie mir mein Todesurteil verkündet. Stellen Sie sich vor: was ich zur Zeit erlebe, interessiert mich nicht und erneuert mich nicht. Madeira hat mich für einen Augenblick aufgeweckt. Wir hielten uns dort im ganzen zwanzig Stunden auf und kamen unmittelbar aus dem öden Portsmouth dorthin, nach dauernder Kälte und einem grausamen, sieben Tage lang ununterbrochen tobenden Sturm. Und plötzlich war es dort warm, still, südlich, alles duftete so gut, und es war der erste Ort, der keine Ähnlichkeit besaß mit dem, was ich je gesehen und gekannt hatte. Gewiß, es stimmt, ich lebte etwas auf, aber von da ab bis heute hat sich dieser Prozeß nicht fortgesetzt. Obwohl ich inzwischen das Kap der Guten Hoffnung, Java, Singapur, Hongkong, einen Winkel Chinas kennengelernt habe, hat mich der Anblick kalt gelassen. (Es kommt unter anderm daher, daß ich krank bin. Ich spüre, daß mich niemals wieder etwas in Bewegung bringen wird. Sind die Hämorrhoiden oder die Leber daran schuld, ich weiß es nicht; ich weiß nur, daß ganze Wochen lang etwas in meinem Innern mich nicht frei denken und atmen, mich – mit einem Wort – nicht leben läßt. Ich zweifle nicht daran, daß ein physisches Leiden in mir nistet, das zu meiner Schläfrigkeit und Faulheit viel beiträgt und mir sogar hin und wieder Schmerzen bereitet.)

Ich will mich keineswegs damit rechtfertigen, daß hin und wieder das Leben in mir rasch aufflackert, im Gegenteil, ich blicke mit Verzweiflung in die Zukunft, denn mir ist klar, daß die Reise noch lange dauern wird, falls ich nicht unterwegs sterbe. Alles ist mir über und steht mir bis zum Halse. Als ich zum Beispiel die steilen, malerischen Felsen auf Madeira, dann in Afrika erblickte, in den Palmenwäldern auf Kap Verde weilte, betrachtete ich alles mit einer gewissen Aufmerksamkeit und Neugier, doch danach ließen mich alle Felsen und Palmwälder an anderen Orten bereits ganz kalt, weil ich mich langweilte und apathisch geworden war. Die äußere Natur kann nur einen gesunden, lebendigen Geist bewegen. Wenn in meinen Briefen lebhafte Eindrücke zum Ausdruck gekommen sein sollten, so deshalb, weil ich in einer gewissen Stimmung infolge der Ihnen wohlbekannten Anschauung mehr um die Zuschauer und Zuhörer bekümmert bin als um mich selbst. Dann übermittele ich ihnen den Ton, auf den meine Seele gestimmt ist. Zudem habe ich alle meine Briefe rasch niedergeschrieben, wünschte natürlich möglichst viel zu sagen, beeilte mich

und schilderte nur die hervorstechenden Züge, und zwar unvollständig und ungenau. Daher kommt es, daß meine Briefe so formlos sind. Dauernd von sich sprechen darf man nicht, aber das andere (das heißt, was ich sehe) interessiert mich nicht so, daß es im Briefe zu einer lebendigen Schilderung wird. Übrigens habe ich schon an Majkows aus Singapur geschrieben, weshalb meine Briefe ebenso töricht wie unvollständig sind. Ich hoffe immer noch, daß es mir gelingen wird, meine Erlebnisse darzustellen, und habe sogar eine Schilderung der Seefahrt von England bis Madeira und Singapur niedergeschrieben; um aber in den Briefen ebenso genaue und ausführliche Darstellungen zu geben, mangelt es mir an Zeit, das eine schadet dem andern. Die amtliche Tätigkeit nimmt mir auch hier fast meine ganze Zeit, und was sie nicht beansprucht, das rauben mir Hitze und Schaukelei.
Ich habe Ihnen aus Hongkong über Jasykow geschrieben. Junija Dmitrijewna erhielt einen eigenen Brief. Auch Majkows habe ich aus Singapur geschrieben. Ob meine Briefe angekommen sind?

Auf Wiedersehen! Ich schließe den Brief nicht; er wird sicherlich einige Monate in meinem Schreibsekretär liegen. Auf den Bonin-Inseln gibt es keine Post. Hier leben nur etwa fünfzig desertierte Matrosen. In Japan, wohin wir in einigen Tagen fahren, ist auch nicht an Postbeförderung zu denken. Sollte im übrigen von dort ein Schiff an Orte abgehen, wo es Post gibt, schicke ich meine Briefe mit. Nun, jetzt nähern wir uns endlich dem Ziel unserer Reise – irgend etwas wird sich schon finden.

Auf Wiedersehen, lieber Freund. (Während ich den Brief noch einmal lese, überlege ich mir, ob ich ihn abschicken soll. Ich möchte etwas ganz anderes sagen, aber ich schicke ihn, wie er ist, weil ich übermorgen abermals ein drittes sagen möchte und dann ein viertes. Nehmen

Sie mit ihm vorlieb. So war es mein ganzes Leben lang. Ach, Ljchowskij! Wenn ich sterbe, erklären Sie bitte den anderen, was ich für ein Mensch war. Nur Sie können es tun. Ihnen vermache ich meinen Plan des »Künstlers«*. Wenn Sie nicht imstande sind, ihn auszuführen, dann erzählen Sie von ihm, es wird genügen.

17. BRIEF: AN J. A. UND M. A. JASYKOW

Insel Bonin im Stillen Ozean
27. Breitengrad, 142. Längengrad 11. August 1853

Michailo Alexandrowitsch und Jekaterina Alexandrowna!

Vor fünf Tagen haben wir nach einer langen, ermüdenden Fahrt von Hongkong bis hierher Anker geworfen. Ich war krank vor Hitze und lag im Bett, aber die Briefe, die ich von Ihnen allen erhielt, haben mich so belebt, daß ich sofort wiederhergestellt war. Alle haben geschrieben: außer Ihnen noch Majkows, Jefremows, Korenjew, Ljchowskij. Es war ein richtiges Geschenk. Ob Sie meine Briefe erhalten? Ich habe von überall, wohin wir gekommen sind, Nachricht von mir gegeben. Ihnen schrieb ich vom Kap der Guten Hoffnung, aus Singapur und Hongkong; einigen Briefen waren Schreiben nach Simbirsk und Moskau beigelegt. Haben Sie sie erhalten und ordnungsgemäß weiterbefördert? Haben Sie auch Jefremows und Ljchowskij die Briefe ausgehändigt, die ich den Ihrigen aus Hongkong beigefügt hatte? Aus Singapur schickte ich mit Butakow einen ganzen Packen Briefe an alle Petersburger Freunde und adressierte alles an Sie; soweit ich mich entsinne, waren auch Briefe nach Simbirsk dabei. Butakow hat mir versprochen, sie persönlich ins Kontor oder in die Fabrik zu bringen.

* Ursprünglicher Titel des Romans »Die Schlucht«.

Mit größter Aufmerksamkeit und Anteilnahme las ich die Neuigkeiten von der glücklichen Veränderung in Ihrem Unternehmen und von der ebenfalls glücklichen Nicht-Veränderung im Dienst. Sie wünschten sich P. W. Sinowjew immer als Gesellschafter! Bringen Sie mich ihm mit einem ergebenen Gruß in Erinnerung. Gott schenke Ihnen Erfolg! Sie wieder in der Fabrik zu finden, ist mein sehnlichster Wunsch, und ich hoffe, daß er in Erfüllung geht, falls ich nicht ertrinke oder falls man mir in Japan nicht den Bauch aufschlitzt, was dort sehr gebräuchlich sein soll.

Iwan Sergejewitsch Turgenjew und dem Fürsten Odojewskij sagen Sie meinen Dank für ihr gutes Gedenken. Ich denke oft und voller Liebe an sie. Sagen Sie dem Fürsten, daß ich, obgleich ich kein Mitglied der Gesellschaft zum Besuche der Armen bin, dennoch wagte, diese mir in vieler Hinsicht sympathische Gesellschaft heftig zu verteidigen, und zwar gegen unseren Admiral, der, ich weiß nicht, durch wen, gegen sie heftig voreingenommen ist. Wieviel schöne Worte und heiße Dispute kostete es mich! Aber obgleich er stumm wurde, schüttelte er dennoch ungläubig den Kopf. Der Streit geht immer um die Frauenschulen, in denen vieles in Unordnung sein und mancher Mißstand herrschen soll.

Grüßen Sie Wassilij Petrowitsch Botkin und sagen Sie ihm, daß einer der mit Depeschen hierhergesandten Kuriere, der junge Bodisco, ein Neffe unseres Botschafters in Amerika, ein großer Bewunderer der »Briefe über Spanien« und besonders ihres Autors ist. Mit diesem Bodisco (der wahrscheinlich unsere Briefe zurückbringen wird) erinnern wir uns oft an Wassilij Petrowitsch.

Sie, liebe Freundin Jekaterina Alexandrowna, haben mit dem Schreiben an mich sehr gegeizt. Warum so ungnädig? Und dazu schlossen Sie noch mit den trostlosen

Worten: »Ich bin schon seit zwei Tagen nicht recht gesund.« Das ist einfach grausam! Und von den Kindern kein Wort. Sie wissen doch, wie sehr ich mit ihnen befreundet bin. Sie selbst aber fordern mich auf, mehr und öfter zu schreiben.

Wissen Sie, ich kann einfach nicht glauben, daß die Zeile am Rand Ihres Briefs von der Hand meiner lieben und eigensinnigen Freundin Awgusta Andrejewna stammen soll. Diese Freundin verspricht, mehr zu schreiben, aber ein anderes Mal. Können Sie nicht veranlassen, daß es geschieht und daß Sie auch selbst schreiben? Warten Sie nicht auf irgendwelche Kuriere, sondern schreiben Sie über die Asien-Abteilung des Außenministeriums. Von dort schickt man oft Depeschen, denen die Briefe beigelegt werden. Die Post geht im ganzen vierzig Tage, über England, Ostindien nach China, woher wir aus Japan sowohl Depeschen als auch Proviant holen lassen werden.

Die Bonin-Inseln, wo wir jetzt vor Anker liegen, sind fast unbewohnt, ›fast‹ deshalb, weil hier etwa dreißig ehemalige Piraten und desertierte Matrosen hausen. Gestern schlenderte ich den ganzen Tag am Ufer umher. Das Land besteht nur aus Bergen und Felsen, die mit einem dichten, stellenweise undurchdringlichen Wald aus Palmen und prächtigen Mahagoni-Bäumen sowie mit verschiedenartigem Strauchwerk bedeckt sind. Die Hitze ist unerträglich, wir leiden alle unter ihr. Der eine hat Ausschlag und Geschwüre, der andere ist magenkrank. Ich habe alles. Wer sich eine Stunde lang unvorsichtigerweise der Sonne aussetzt, bekommt an Hals und Schultern einen Sonnenbrand, und von den verbrannten Stellen fällt die Haut in Fetzen. Mit Ungeduld warten wir darauf, daß wir die Hitzezone verlassen.

Von Hongkong bis hierher benötigten wir statt etwa sieben, acht Tagen einen ganzen Monat. Immerzu hielten uns Gegenwinde oder Flauten auf einem Fleck fest, und am 21. und 22. Juli packte uns ein Taifun, als wir aus dem Chinesischen Meer in den Stillen Ozean fuhren. Zum Glück streifte er uns nur, sonst wären wir mit unserem alten Schiff in arge Not gekommen. Der Sturm zerfetzte drei Segel und brachte den Großmast ins Schwanken, so daß er beinahe umstürzte. Gott weiß, ob wir uns dann hätten retten können. Jetzt setzen wir das Schiff wieder instand, um weiterfahren zu können. Der Herbst, hier die Zeit der Stürme, nähert sich.

Ich war nicht gesund. Außer einem Ausschlag bekam ich eine Rose am Bein, aber jetzt geht es wieder. Zu tun habe ich eine Menge, immer natürlich in Dienstangelegenheiten. An eigene Arbeit ist nicht zu denken. Seegang, Hitze, Krankheiten und Dienst nehmen zuviel Zeit in Anspruch. Von allem, was ich gesehen habe, werde ich nach der Rückkehr mündlich berichten müssen à qui voudre entendre.

Ich schließe den Brief nicht und verabschiede mich nicht; er geht vielleicht erst in zwei Monaten ab, dann füge ich hinzu, was Neues passiert ist.

ANKUNFT IN JAPAN

Von den Bonin-Inseln bis Japan ist es keine Reise, sondern eine Spazierfahrt, zumal im August. Es ist in diesen Breiten die beste Zeit des Jahres. Himmel und Meer wetteifern miteinander, wer schöner, wer stiller, wer blauer ist, mit einem Wort, wer den Reisenden besser gefällt. Wir legten in fünf Tagen 850 Meilen zurück. Unser Schiff, das Flaggschiff, gab den anderen drei Schiffen Signale und führte eins von ihnen im Schlepp. Wir zogen es an zwei Tauen und konnten die dort befindlichen Kameraden sehen und das eine oder andere Wort mit ihnen wechseln, indem wir es auf einer großen Tafel mit riesigen Buchstaben aufschrieben.

Am 20. August sichteten wir bei klarem, aber leider ungewöhnlich heißem Wetter das geheimnisvolle Märchenreich. Es waren erst seine südlichsten Inseln, die äußersten Ränder, Inselchen und Felsen des japanischen Archipels; sie tragen europäische und japanische Namen. Da gab es eine Julia-, eine Klarainsel, ferner Jakunosima, Nomosima, Ivasima, dann kamen die Saki: Tagasaki, Kossaki, Nagasaki. Sima bedeutet Insel, Saki ist soviel wie Kap, oder umgekehrt, ich entsinne mich nicht.

Da sind wir also nach zehn Monaten endlich am Ziel unserer mühevollen Reise. Vor uns liegt dieser verschlossene Schrein mit dem verlorenen Schlüssel, das Land, in das so viele bisher vergeblich hineinblicken wollten und dessen Bekanntschaft sie mit Hilfe von Gold oder mit Waffengewalt oder politischer Schlauheit zu machen trachteten. Vor uns befindet sich eine an Zahl erhebliche Menge der Menschenfamilie, die sich dem Joch der Zivilisation geschickt entzieht und sich erkühnt, nach eigenem Sinne, nach eigenen Gesetzen zu leben, Freundschaft, Religion und den Handel mit anderen Völkern hartnäkkig ablehnt, über unsere Versuche, sie aufzuklären, lacht und dem natürlichen, nationalen und jedem anderen europäischen Recht wie auch Unrecht die eigenen, willkürlichen Ameisenhaufen-Gesetze entgegenstellt.

Wird es noch lange so bleiben? fragten wir und tätschelten unsere Sechzigpfünder. Wenn die Japaner wenigstens zuließen, daß wir sie studierten und ihre natürlichen Reichtümer kennenlernten! Für Geographie und Statistik gibt es unter den besiedelten Stellen des Erdballs fast nur noch eine einzige Lücke, und das ist Japan.

Wir erblickten Kap Nomo, das den Eingang zur Reede

von Nagasaki bildet. Alle standen auf dem Achterdeck zusammen und weideten sich an dem Anblick der im hellen Sonnenlicht liegenden grünen Küste. Aber hier kamen uns nicht meilenweit Boote mit Früchten, Muscheln, Affen und Papageien entgegengefahren wie auf Java oder in Singapur, vor allem bot sich niemand an, uns an Land zu bringen. Im Gegenteil!

Wir fuhren mit etwas beklommenem Herzen ein. Zumindest ich hatte das Gefühl, mit dem man ein Gefängnis betritt, obwohl es mit Bäumen bestanden war.

Doch was treibt dort im Wasser an uns vorüber? Ist es ein kleines, mit verschiedenfarbigen Fähnchen geschmücktes Spielzeugboot?

»Es ist eine ihrer religiösen Zeremonien«, sagt einer von uns.

»Nein«, unterbricht ihn ein anderer, »es ist einfach ein abergläubischer Brauch.«

»Ein Orakel!« bemerkt ein dritter. »Sehen Sie, sehen Sie, dort schwimmt noch genauso eines; sie befragen das Schicksal, sie wollen wissen, ob wir Glück bringen.«

»Nein, erlauben Sie«, ruft jemand, »bei Engelbert Kaempfer steht geschrieben..«

»Nur ein Spielzeug, die Knaben haben es schwimmen lassen«, murmelt der Obersteuermann.

Seine Meinung war nicht weniger richtig als alle gelehrten Bemerkungen. Aber hier schien jede Kleinigkeit von besonderer Bedeutung zu sein.

Plötzlich tauchte ein Boot auf, aber nun war es kein Spielzeug mehr. Drei oder vier Japaner saßen darin, zwei waren bekleidet, zwei nackt, ihre Hautfarbe war gelblich braun, sie trugen weiße, feine Binden um den Kopf, die das Haar festhielten, und ebensolche Binden um die Hüften – das war alles. Übrigens hatten wir bereits am Morgen Japaner gesehen.

Ich war eben aufgewacht, da berichtete mir Faddejew, daß nachts Leute gekommen seien und irgendein Schriftstück an einer Stange an Bord gereicht hätten. »Was waren es denn für Leute?« fragte ich.

»Japaner, wer sonst«, antwortete er.

Die Japaner hielten einige Meter vor der Fregatte und riefen uns etwas zu, konnten sich jedoch nicht entschließen, näher heranzukommen; sie hatten Angst vor den aus den Pforten herausragenden Geschützrohren. Wir winkten ihnen mit Händen und Tüchern zu, sie sollten näher kommen.

Endlich entschlossen sie sich dazu und kamen auf Deck. Dichtgeschart umstanden wir sie, es waren unsere ersten Gäste in Japan. Sie warfen ängstliche Blicke um sich. Die Hände auf die Knie gelegt, gingen sie in die Hocke und verneigten sich fast bis zum Boden. Zwei waren ärmlich gekleidet; sie trugen eine blaue Jacke mit weiten Ärmeln und einen langen Kittel, der an Hüften und Beinen eng anlag. Der Kittel wurde durch einen breiten Gürtel gehalten. Was noch? Nichts. Keine Hosen, nichts..

Die Fußbekleidung bestand aus kurzen blauen Strümpfen, die oben angeknöpft waren. Zwischen der großen und der folgenden Zehe war ein Band gezogen, das eine Strohsohle am Fuß festhielt. Man findet es bei jedermann, gleich, ob arm oder reich.

Schädel und Gesicht waren glattrasiert, nur vom Nakken aus waren die Haare in die Höhe genommen und zu einem schmalen, kurzen, gleichsam gestutzten Zöpfchen geflochten, das auf dem Scheitel fest anlag. Wieviel Mühe mag eine solche verzwickte, unförmige Haartracht bereiten! Im Gürtel des älteren Mannes steckten zwei Säbel, ein längerer und ein kürzerer. Wir baten ihn, sie uns zu zeigen, und fanden die Klingen hervorragend.

Wir führten die Gäste in die Kapitänskajüte und boten

ihnen Likör, Tee und Konfekt an. Schon vom Boot aus hatten sie immerzu auf unsere Vorbramstenge gezeigt. Dort flatterte ein weißes Tuch, auf dem in japanischer Schrift geschrieben stand: »Ein Schiff des russischen Reichs«. Sie baten, es abschreiben zu dürfen. Natürlich handelten sie auf Anweisung der Behörde in der Stadt.

Nach einer halben Stunde erschienen andere, besser gekleidete Männer. Sie überbrachten ein Schriftstück, das die üblichen Warnungen enthielt: nicht an Land zu gehen, die Japaner nicht zu beleidigen usw. Der Likör schmeckte ihnen so gut, daß sie den Rest der Flasche für die Ruderer erbaten. Ich bin jedoch überzeugt, daß sie die Ruderer nicht einmal daran schnuppern ließen..

Die dritte Gruppe von Japanern war noch besser gekleidet; ihre Jacken waren aus feinem, halb durchsichtigem schwarzem Stoff. Bei einigen waren am Rücken und an den Ärmeln weiße Embleme oder Wappen eingewebt. Jeder, sogar der Ackerbauer, besitzt ein Wappen und hat das Recht, es auf seiner Jacke zu tragen. Einige erhalten jedoch von ihren Vorgesetzten und überhaupt von hochstehenden Persönlichkeiten das Recht, deren Wappen zu tragen. Die höchsten Beamten tragen das Wappen des Shogun, gleichsam als einen Orden.

Die Jacken unserer Gäste oder Gastgeber, wie man will, waren durch lange Seidenschnüre zusammengehalten.

Sie erklärten, daß sie Dolmetscher seien, upper-talks und under-talks, das heißt im Rang verschieden. Sie sind für den Verkehr mit der holländischen Faktorei bestimmt. Wir ließen sie in der Kajüte des Kapitäns Platz nehmen, und sie zogen ein Schriftstück heraus, in dem eine Menge Fragen gestellt war.

Wir waren bereits darauf gefaßt und hatten uns vorbereitet, alle Fragen aufrichtig, wie es sich gehört, zu beantworten. Sie fragten, woher wir gekommen seien, ob wir lange gereist seien, an welchem Tage wir die Fahrt angetreten hätten, wieviel Mann an Bord eines jeden Schiffs seien, Matrosen und Offiziere, wieviel Geschütze wir hätten usw.

Nach unserer Erklärung, daß wir einen Brief an den Gouverneur hätten, fragten sie unter anderem, warum wir einen einzigen Brief auf vier Schiffen gebracht hätten. Aus dieser ironischen Frage klang kindliches Mißtrauen und der Verdacht, ob wir nicht mit feindseligen Absichten gekommen seien. Wir beeilten uns, sie zu beruhigen, und gaben auf alles ehrlich und offen Antwort, konnten uns jedoch eines Lächelns nicht erwehren, wenn wir diese weichen, glatten, weißen, verzärtelten Gesichter, die listigen, aufgeweckten Physiognomien, die Zöpfchen und die Knickse betrachteten.

Sie wurden allmählich vertrauter mit uns und lobten unser liebenswürdiges Verhalten zu ihnen. Man ließ ihnen süße Kuchen, Liköre und Wein reichen. Sie besahen sich alles voller Neugier, nichts in der Kajüte entging ihrem Blick, und sie bekamen vor Staunen den Mund nicht zu, als jemand auf eine Taste des Fortepiano drückte. Man bot ihnen Zigarren an, aber sie wußten nicht mit ihnen umzugehen; einer rauchte an, ohne die Spitze abgebissen zu haben, der andere von der verkehrten Seite. Zigarren waren nicht nach ihrem Geschmack: zu schwer. Einem wurde von der stickigen Luft in der Kajüte übel, vielleicht auch vom Schwanken des Schiffs, obwohl bei dem schwachen Seegang kaum eine Bewegung der Fregatte zu spüren war. Sie sind überhaupt sehr zart. Zum Beispiel wurde ihnen der Aufenthalt in der Kajüte beschwerlich; ständig wischten sie sich den Schweiß von Kopf und Gesicht; sie schnauften und wedelten sich mit den Fächern Luft zu. Sie zogen aus der Brusttasche ihren eigenen Tabak, Pfeifchen aus Palmholz mit silbernem Mundstück und einem Köpfchen, halb so groß wie der kleinste Fingerhut. Der Tabak befand sich in einem Wollbeutelchen in der Größe eines Portemonnaies. Der Japaner entnahm ihm eine Prise Tabak, rollte sie zu einem Klümpchen wie ein Stück Watte oder einen Hanfpfropfen, den man sich ins Ohr steckt, stopfte es in die Pfeife, machte drei Züge, schüttete die Asche aus und steckte die Pfeife wieder in die Tasche. Alles vollzog sich mit erstaunlicher Schnelligkeit. Der Tabak war sehr fein, rotgelb und strähnig wie Flachs. Sein Duft erinnerte ein wenig an türkischen, aber nur sehr entfernt; der Tabak sah aus wie dichtes rotblondes Haar.

Wie spitzten sie die Ohren, als Lärm an Deck ertönte. Sie erschraken, wenn die Matrosen plötzlich in die Wanten stiegen oder ein Tau schleiften und trampelten. Die Japaner blieben während der Fahrt auf dem Schiff, während das Boot mit den Ruderern von uns ins Schlepptau genommen wurde.

Schließlich gelangten wir auf die erste Reede und befanden uns zwischen Inseln und Hügeln. Hier trafen wir zuerst auf völlige Windstille, und dann hatten wir Gegenwind. Wir mußten kreuzen. »Wohin fahren Sie?« fragten die Japaner, die das Manöver nicht begriffen. »Sie müssen dorthin, nach links!« Endlich erreichten wir die zweite Reede und befanden uns am angewiesenen Platz.

Was ist das? Bühnenbild oder Wirklichkeit? Welche Gegend! Nahe und ferne Hügel, einer grüner als der andere, bedeckt mit Zedern und vielen anderen Bäumen, deren Arten man nicht erkennen kann, überlagern sich wie in einem Amphitheater. Nichts Erschreckendes. Alles ist lächelnde Natur. Hinter den Hügeln erstrecken sich gewiß lachende Täler und Felder.. Ob dieses Volk gern lacht? Nach den nackt in der Sonnenglut sitzenden Ruderern zu urteilen, von denen drei unter einer bunten Decke Schutz gegen die Sonne suchen, kann man sich nicht vorstellen, daß das Volk zwischen den Hügeln viel zu lachen hat. Alle Berge sind von oben bis unten gepflügt und angebaut.

»Das ist also Nagasaki!« tönte es von allen Seiten, als wir auf der zweiten Reede Anker geworfen hatten. Wir hatten einen vorzüglichen Standplatz. Stellen Sie sich eine riesige Bühne vor, in deren Hintergrund, etwa drei Werst entfernt, hohe Hügel, fast Berge, zu sehen sind. Zu ihren Füßen liegt eine Menge Häuser mit weiß gekalkten Wänden, Ziegel- oder Holzdächern. Es ist ein Teil der Stadt, die sich am Ufer der halbkreisförmigen Bucht hinzieht. Von der Bucht aus erstreckt sich eine Meerstraße, fast so breit wie die Newa, mit grünen, hügeligen Ufern, die mit Hütten, Batterien, Bäumen, Zedernhainen und Wiesen bedeckt sind.

Die Szenerie der Bucht, die Reede mit den vielen Booten, die seltsame Stadt mit den vielen grauweißen Häusern, die Meerenge mit dem hügeligen Ufer, das Grün, leuchtend auf den nahen, verblassend auf den fernen Hügeln – alles das ist so harmonisch, malerisch, der Wirklichkeit so unähnlich, daß man im Zweifel ist, ob das Bild nicht die gemalte Dekoration eines Zauberballetts ist..

Warum aber sind diese schönen Ufer so menschenleer und ohne Leben? Warum wirkt der Anblick so langweilig, daß man nicht aus der Kajüte gehen möchte? Wird es noch lange dauern, bis sich das alles belebt und es besiedelt wird?

Wir fragen die Japaner danach, deshalb sind wir ja hergekommen, aber wir erhalten keine Antwort. Die Beamten sagen, man müsse den Gouverneur fragen, der Gouverneur wird die Frage nach Jeddo zum Shogun weiterleiten. Dieser wird sie nach Miako zum Mikado schikken, dem Sohn des Himmels. Urteilen Sie selbst, wann wir die Antwort erwarten dürfen!

Wir standen alle an Deck, jeder mit etwas beschäftigt.

Fast alle hatten Fernrohre in der Hand. Die einen refften Segel, andere studierten eifrig die Karte, darunter der Obersteuermann, der dauernd zwischen Kartenhaus und Achterdeck hin und her rannte. Wenn er auch über die Unzuverlässigkeit der Karte und den unbekannten Ort brummte, war er doch zufrieden, daß seine Arbeit beendet war. Andere dachten einfach an das, was sie sahen, blickten hierhin und dorthin. Zu ihnen gehörte auch ich. Obwohl auch mich die Neuheit des Objekts interessierte und die uns umgebende Naturschönheit ergriff, so hatte ich trotz dieser Eindrücke das Vorgefühl der Langeweile. Ich hätte gern Japan mit Manila, mit Brasilien oder den Sandwich-Inseln, womit Sie wollen, vertauscht. Ist es nicht langweilig, soviel Unterpfänder von Naturkräften, Reichtum, aller möglichen Schätze in ungeübten oder unfreien, von wirren Vorstellungen gebundenen Händen zu sehen?

Bin ich der einzige, der sich langweilt? Da steht Pjotr Alexandrowitsch und seufzt tief auf. Er weiß nicht, wie er uns verpflegen soll. Werden uns die Japaner Lebensmittel und frisches Wasser liefern? Und wenn, dann zu welchem Preis? »Über die Konserven rümpfen viele die Nase!« sagt er.

Apropos die Konserven. Von ihnen habe ich scheint's noch kein Wort gesagt. Es sind fertig zubereitete, in Büchsen hermetisch verschlossene Lebensmittel jeglicher Art: Suppen, Fleisch, Gemüse usw. Eine nützliche Erfindung, nichts dagegen zu sagen! Aber der Haken dabei ist, daß man diese Lebensmittel sehr oft nicht genießen kann. Die Verkäufer mißbrauchten das Vertrauen der Käufer, und eine Prüfung ist nicht möglich. Man kann nicht jeden fest verschlossenen und mit Blei verlöteten Behälter vorher öffnen. Hinterher auf See erweist sich, daß das Rindfleisch wie Kalbfleisch schmeckt, das Kalbfleisch wie

Fisch, der Fisch wie Hase und alle zusammen überhaupt keine Ähnlichkeit mit irgend etwas haben. Und oft hat alles die gleiche Farbe, den gleichen Geruch. Es heißt, die Franzosen fabrizieren bessere Konserven, ich weiß es nicht. Wir haben sie in England gekauft.

Aber auch andere langweilen sich. Sawitsch weiß nicht, ob es ein Plätzchen geben wird, wo er Holz zerkleinern kann, falls man es erlaubt. Wird man die Mannschaften an Land lassen, um sich aufzufrischen? Der Baron macht ein mürrisches Gesicht, wenn er daran denkt, ob es ihm glükken wird.. eine Frau wenigstens zu sehen. Er hat schon alle japanischen Boote mit seinen Blicken abgesucht, ob nicht unter diesen nackten Körpern ein so schöner und straffer wie bei den Ruderern zu sehen sei. Die Zöpfe und Jacken der Männer haben ihn bereits zu betrüblichen Täuschungen verführt..

Die Japaner fuhren weg. Der Abend brach an. Die Sterne kamen zum Vorschein und zwischen ihnen zu allem Überfluß ein Komet. Wir beobachteten ihn schon den dritten Abend, sobald er am Horizont erscheint, aber er verschwindet immer bald.

Etwa zweihundert Meter von der Fregatte entfernt haben mit einem gewissen Abstand voneinander rings um uns Wachtboote Stellung bezogen. Verschiedenfarbiges Licht aus großen runden, bunten Laternen aus Fischhaut beleuchten sie, auf einigen befinden sich sogar Teerfässer. Mit dem letzten Sonnenstrahl wurden auf den Höhen Leuchtfeuer angezündet; sie umgürten die Gipfel der Hügel wie Bänder und säumen die Uferlinie. Mit einem Wort, man hätte zu Ehren von Gästen kein großartigeres Feuerwerk veranstalten können, als es die Japaner aus Furcht taten, aus Furcht, von den Gästen unvermutet überfallen zu werden. Überall hört man die Rufe der Wachen. Die Boote fahren hin und her. Die Ruderer stehen in den Booten und feuern sich bei der gemeinsamen Arbeit mit dem Ruf an: »Ossilian, ossilian!« Auf den Bergen, in den Wäldern schweben die Lichter wie Sterne, steigen herab und bewegen sich an den Hängen der Hügel aufwärts. Man sieht: überall sind Leute postiert, Tausende von Augen blicken auf uns und bewachen jede Bewegung.

Allmählich trat auf unseren Schiffen Ruhe ein. Es wurde Zapfenstreich geschlagen. Man spielte die Hymne »Ehre sei unserem Gott in Zion«. Die Matrosen legten sich schlafen. Viele von uns tranken weder Tee noch aßen sie zu Abend. Sie konnten sich von dem Anblick der Ufer und ihrer Spiegelung im Wasser nicht losreißen und betrachteten die Illumination und die Boote. Man sprach über den Erfolg oder Mißerfolg unserer Unternehmung, stellte Vermutungen über den Charakter dieses Volks an. Dann verzog sich einer nach dem andern. Ich blieb allein und lauschte dem Zirpen der Grillen, das vom Ufer drang, dem leisen Geplätscher der Wellen; blickte auf das Spiel der phosphoreszierenden Funken im Wasser und auf den fernen Widerschein der Uferlichter im Spiegel der Meeresbucht. Hier gab es keine Brandung wie auf der Bonin-Insel, die das Herz mit Sehnsucht erfüllt. Nur ein letzter Schein der Abendsonne spielte über den Hügeln. Schließlich ging auch ich schlafen, aber noch lange sah ich im Geiste die an Frauen erinnernden knicksenden Japaner an mir vorüberziehen, ihre Zöpfe; und der Ruf: »Ossilian, ossilian!« verfolgte mich bis in den Schlaf.

»Hi, hi, hi!« hörte ich in der Kajüte meines Nachbarn, als ich am Morgen erwachte, dann leises Geflüster und von Zeit zu Zeit ein plötzliches Anheben der Stimme bei irgendeinem Wort. Faddejew stand neben mir mit dem Tee.

»Bist du schon lange hier?«

»Seit Glas sieben, Euer Hochwohlgeboren.«

»Und wie spät ist es jetzt?«

»Da, hörst du?«

In diesem Augenblick erklang Trommelschlag, die Musik spielte, das heißt, es war acht Uhr.

»Was ist dort nebenan in der Kajüte los?« fragte ich.

»Was soll schon los sein, der Japaner!« antwortete er.

»Warum sind sie gekommen?«

»Wer kennt sie!«

»Du hättest fragen sollen.«

»Wie soll ich ihn fragen? Wenn ich mit ihm spreche, ist es dasselbe, als wenn ein Schwein mit einem Huhn redet..«

Wir können uns der Japaner nicht erwehren. Täglich, von früh bis spät, erscheinen sie einige Male.

18. BRIEF: AN M. A. JASYKOW

Nagasaki in Japan, 2. September 1853

Erinnern Sie sich, Michailo Alexandrowitsch, an einen Ihrer gelungensten Kalauer? Jemand sagte einmal, daß die Japaner die Speisen mit Rhizinusöl zubereiten. Sie bemerkten, deswegen würden sie auch »Japse« genannt. Ich habe es nicht vergessen und weiß sogar noch, wie Awgusta Andrejewna dabei lächelte.

Und nun habe ich diese »Japse« also vor Augen. In der Tat: Japse! Ihre Schädel sind geschoren, rückwärts lassen sie ein Zöpfchen stehen; sie tragen Jacken und Röcke, aber keine Hosen und Unterhosen, die Gesichter sind blaß und gelblich, restlos rasiert und glatt wie bei Geldwechslern, immerzu lächeln und knicksen sie. Ganz ungewöhnliche, seltsame Wesen: weder Mann noch Weib. Obwohl jeder zwei Degen trägt, sind sie feige und kriecherisch, höflich und weich. Aber man darf ihnen nicht die Finger in den Mund legen: sie sind listig und hinterhältig.

Sie kamen uns weit vor der Reede entgegen. Seitdem besuchen sie uns täglich, stellen Fragen, trinken Likör, hören Musik, wispern miteinander und verneigen sich ganz, ganz tief. Zuerst ließ ich kein Auge von ihnen und freute mich, daß ich von Amts wegen bei den Zusammenkünften mit den Beamten von Nagasaki zugegen sein mußte, aber dann wurde es mir langweilig. Immer das gleiche, immer das gleiche: alberne, kleinliche Fragen voller Vorsicht und Verdacht, Bitten, nicht an Land zu fahren usw. Übrigens verhalten sie sich uns gegenüber dank unseren sechzig Geschützen (auf vier Schiffen) sehr aufmerksam und zuvorkommend.

Die Masse des Volks geht nackt, kaum mit einem Schurz bekleidet. Japse! Das Interessanteste haben wir noch vor uns. Wahrscheinlich empfängt man uns in Nagasaki, vielleicht auch weiter im Innern des Landes. Kraft meines Amts bin ich eine der notwendigen Personen, folglich muß ich überall dabei sein. Aber dabei gerate ich in Bedrängnis. Ich habe keine Uniform, sondern nur einen Frack, und auch der ist ziemlich abgetragen. Vor allem fehlt mir der Degen! Bei ihnen besitzen jedoch nur die Händler und das Volk keinen Degen, die Soldaten tragen einen und die höheren Stände zwei. Man rät mir, unter den schwarzen Frack einen Säbel zu schnallen, und vielleicht werde ich es auch im Ernst tun müssen.

Oh, warum sind Sie nicht hier, mein lieber Freund. Was wäre das für eine Komödie! Ich denke oft an Sie; wenn sich diese wahrhaftigen Sansculotten bei uns versammeln, sollten Sie zugegen sein. Aber wenn sie sich in Papierblättchen schneuzen, die sie zu diesem Zweck in Menge bei sich tragen, oder wenn sie das dargebotene Gelee, die Kuchenstücke und sogar das Brot (zum Tee) ebenfalls in Papier wickeln und mit heimnehmen, dann bin ich wiederum froh, daß weder Sie noch einer von den Freunden hier ist – ich bin der einzige, der sich das Lachen verbeißt, während mancher seine Not damit hat.

Übrigens haben sie etwas an sich, das mir gefällt. Manche kleinen Beobachtungen ihres Verhaltens und ihrer Manieren zeigten mir, daß sie Gewähr für Klugheit, Logik, Rechtschaffenheit und Takt bieten. Sie sind weich, aber nicht wild und grob und würden sich eher als andere Völker unserer europäischen Entwicklung einfügen. Wenn sie es bisher nicht getan haben, dann nur infolge des politischen Systems ihrer Regierung. Man sieht ihnen den Wunsch an den Augen ab, alles kennenzulernen, sich mit uns anzufreunden, dies und jenes zu lernen und zu begreifen. Mit welcher Neugier betrachten sie alles, wie aufmerksam hören sie zu, wenn ihnen etwas Neues erklärt wird. Aus ihren Augen spricht es: wir sind zu allem bereit, aber wir wagen es nicht. Und in der Tat. Man paßt streng auf sie auf: wohin einer geht, dem folgen zwei, drei andere nach. In dieser gegenseitigen erzwungenen Aufpasserei ist etwas Jesuitisches. Traurig!

Grüßen Sie alle von mir, vergessen Sie nicht die Familie Korsch, Nikitenko, Pawel Wassiljewitsch Annenkow, die Rostowskijs und Ihre Brüder.

Auf Wiedersehen! Immer und überall Ihr

I. Gon(tscharow)

EIN JAHR UNTERWEGS / TAGEBUCHNOTIZEN

Genau vor einem Jahr wurde auf der »Pallas« die Flagge gehißt, und wir fuhren von der Kronstadter Reede aus, damit begann die Expedition. Wir feiern den Tag mit einem Gottesdienst und einem großen Diner. Die Musikkapelle spielt, Lieder werden gesungen. Die Matrosen haben ebenfalls ein festliches Mahl erhalten und vom

Kommandanten eine zusätzliche Ration Wodka bekommen. Es spielten sich einige komische Szenen ab. Der Schreiber kam in die Offiziersmesse und beschwerte sich beim Ersten Offizier über den Matrosen Makarow, er habe ihm den Rücken zerschmettert.

»Tut's weh?« fragte man ihn.

»Zu Befehl, ja«, antwortete der Schreiber mit einem verschmitzten Lächeln, halb vergnügt, halb beleidigt. »Schreiben kann ich überhaupt nicht mehr«, fügte er mit feuchten Augen und demselben Lächeln hinzu und bemühte sich, mit der Hand in der Luft zu schreiben.

»Makarow ist offenbar betrunken.«

»Zu Befehl!«

Makarow wurde gerufen. Er war nüchterner als der Schreiber und machte eine würdige, grimmige Miene.

»Warum hast du ihn geschlagen?« lautete die Frage.

»Ich habe ihn nicht geschlagen, sondern ihm nur einen Stoß gegen die Brust versetzt«, sagte er.

»Stimmt genau, gegen die Brust«, bestätigte der Schreiber.

»Warum hast du ihn gestoßen?«

»Er fuhr mir mit der Faust in die Fresse«, antwortete Makarow.

»Hast du das getan?«

»Zu Befehl, genauso war's«, antwortete der Schreiber.

Alle lachten. Die beiden wurden hinausgejagt, und es wurde ihnen befohlen, sich zu versöhnen.

Am Abend gab es eine andere Komödie beim Zapfenstreich. Der Mann, der das Horn blies, stimmte plötzlich eine ganz andere Melodie an. Der Wachthabende gebot ihm barsch Einhalt. Als alle geendet hatten, trat er zu ihm. Der Matrose war von Natur nicht sehr kampflustig, was sich auch auf seinem Gesicht widerspiegelte.

»Was hast du gespielt?« fragte der Offizier.

Schweigen.

»Was du gespielt hast?«

»Habe mich geirrt«, antwortete jener. »Hatte es vergessen.«

»Aber zu essen vergißt du nicht?«

»Nein, niemals.«

»Wie oft am Tag?«

»Zweimal.«

»Wann?«

»Zu Mittag und zu Abend.«

»Und was ist mit dem Frühstück?«

»Und zum Frühstück.«

»Folglich wievielmal?«

»Zweimal.«

»Wieso zweimal. Zu Mittag?«

»Zu Mittag.«

»Zu Abend?«

»Zu Abend.«

»Und das Frühstück?«

»Zu Befehl. Und zum Frühstück.«

»Wievielmal also?«

»Zweimal..«

»Und das Frühstück?«

»Das ist kein Essen. Da gibt's doch nur ein bißchen Grützbrei..«

Unsere Offiziere von der Fregatte und die Offiziere von der Korvette spielten Gogols »Hochzeit« und »Prozeß«. Die Bühne befand sich auf dem Geschützdeck der Korvette. Gogols »Prozeß« auf der Reede von Nagasaki! Ich wußte von den Vorbereitungen, Proben hatten stattgefunden. Baron Kruedener führte Regie. Ich wollte nicht hinfahren, weil ich meinte, es würde allzu jämmerlich anzusehen sein. Indessen machten sie ihre Sache ganz gut. Mitchman Seljonyj war vortrefflich. Er besitzt einen angeborenen Humor und hatte es den besten Komikern unserer Bühnen abgeguckt. Komisch war Lossew als Brautwerberin. Alles war außerordentlich lustig wegen der Originalität und Unbeholfenheit der Schauspieler.

Als ich von der Korvette zurückfuhr, erlebte ich eines jener Bilder, denen man keinen Glauben schenkt, wenn man sie gemalt sieht. Der Mond über dem spiegelglatten Meer, die Silhouette der leise schaukelnden Fregatte, ringsum die dunklen Hügel mit den Leuchtfeuern und die Lichter auf den Booten und Bergen. Ich dachte an die Bilder Aiwasowskijs.

Mein Tagebuch ähnelt den Aufzeichnungen eines Gefangenen, nicht wahr? Was tun, dies ist auch das reinste Gefängnis. Obwohl die Natur prächtig, die Menschen klug, geschickt und kräftig sind, verstehen sie vorläufig noch nicht, normal und vernünftig zu leben. Es erscheint seltsam, daß wir hier nicht vor Langeweile sterben, da wir die Fregatte nicht verlassen. Aber wir haben gar keine Zeit, uns zu langweilen, jeder hat seine Arbeit. Der Admiral kann keinen müßigen Menschen sehen. Kaum sieht er jemanden untätig, bietet er ihm sofort eine Beschäftigung an. Rasch muß man ein Schriftstück abfassen, während man meinte, es könnte »morgen, morgen, nur nicht heute« sein. Einem andern rät er, irgendein Buch zu lesen, und macht sich selbst die Mühe, es aus seiner Bibliothek zu holen, und er zeigt, was man lesen oder daraus übersetzen soll.

Nichts Bemerkenswertes. Man forderte, die Banjos sollten auf die Fregatte kommen, aber sie erschienen nicht. Offensichtlich sind sie böse auf uns, weil wir gedroht haben, ihre Boote in größere Entfernung von uns zu schleppen, falls sie gedächten, uns zu behindern, und weil wir ganz allgemein energischer mit ihnen verfahren als anfangs. Sie brachten Lebensmittel, unter anderem große runde Krebse, die wie Spinnen aussehen. Aber diese Krebse gefielen mir nicht; sie haben keine Scheren und keinen Hals, es fehlt ihnen also das, was an Krebsen gut ist. Die kräftigen Beine sind nicht übel. Im Innern der Krebse ist viel Mulch, aber es findet sich auch genug weißes Fleisch, so daß es den Boden einer ganzen Schüssel bedeckt.

Am Abend vor Mariä Schutz und Fürbitte fand eine Messe statt. Nach dem Gottesdienst ging ich auf dem Achterdeck auf und ab und wurde plötzlich Zeuge eines Gesprächs des Mitchmans Boltin mit dem Signalgast Feodorow, demselben, der sich beim Blasen geirrt hatte und statt des Zapfenstreichs das »Antreten zum Gebet« spielte. Dieser Feodorow ist wirklich ein großer Einfaltspinsel.

Boltin ging über das Deck auf ihn zu und sagte: »Schau mal durch das Fernrohr zum Mond. Sowie du dort drei, vier Leute siehst, melde es mir.«

»Zu Befehl!« Lange Zeit sah er durch das Fernrohr.

»Warum sagst du nichts?«

»Dort sind nur zwei, Euer Hochwohlgeboren.«

»Was tun sie?«

»Nichts.«

»Na, schau nur, schau! – Was sind es denn für Leute?« fragte Boltin.

Feodorow schwieg.

»Sprich doch!«

»Kain und Abel«, antwortete er.

»Betrachte die beiden Sterne dort und merke dir ihre Namen! Der eine heißt Venus, der andere Jupiter.«

»Zu Befehl!«

»Wenn was mit ihnen passiert, melde es mir.«

»Zu Befehl!«

Er blickte mit ernster Miene auf die beiden Sterne. Nach einer Weile fragte ich ihn, an welchen Orten er seit unserer Abreise aus England gewesen sei. Er schwieg.

»Na, sage es schon!«

»Auf der Hoffnung.«

»Und vor dem Kap der Guten Hoffnung?«

»Hab' es vergessen.«

»Erinnere dich!«

Er schwieg.

»Na, wo?«

Schweigen.

»Was für Weine gibt es?«

»Schaumwein.«

»Nun, und die französischen?«

»Rheinwein.«

»Und Madeira?«

»Stimmt, auch Madeira gibt's. Wir waren ja selbst dort«, fügte er hinzu.

»Und was machen die Sterne?« fragte plötzlich Boltin. Feodorow blickte sich um. Einer war nicht mehr da, er war bereits hinter den Horizont gesunken.

»Wo ist er denn?«

»Es ist bloß noch einer da.«

»Und wo ist der andere?«

»Kann ich nicht wissen.«

»Und wie heißen sie?«

Schweigen.

»Nun, wie?«

»Madeira«, antwortete Feodorow, nachdem er etwas nachgedacht hatte. (Der russische Name für Venus lautet »Venera«.)

»Und der andere?«

»Piter!« sagte er. (»Piter« ist der volkstümliche Ausdruck für »Petersburg«.)

In Ermangelung anderer Kurzweil war uns auch dies eine Ablenkung.

Feiertag. Auch in der Natur ist Feiertag. Man entsinnt sich unserer klaren, kühlen Herbsttage, wenn man irgendwo im Walde oder in der langen Allee eines Parks über die mit welken Blättern bedeckten Wege geht; wenn es im Schatten so frisch ist. Tritt man jedoch in die liebe Sonne, scheint und wärmt sie wie im Sommer, es wird einem sogar heiß. Kaum öffnet man aber den Rock, kommt von Norden her ein scharfes, angenehmes Lüftchen, so daß man ihn wieder zuknöpfen muß. Und dazu ein blauer, lichter, blanker Himmel.

Hier herrscht trotz dem 32. Breitengrad dasselbe Wetter wie bei uns. Nur der Abendhimmel, vor Sonnenuntergang, hat keine Ähnlichkeit mit dem unsrigen. So ist es auch heute: ein blaßgrünes, wunderbares, phantastisches Kolorit, in dem eine gewisse Trauer liegt. In einer Minute geht das Grün in ein Violett über. Hoch oben am Himmel ziehen Fetzen von braunen und gelben Wolken dahin. Am Ende ist der ganze Horizont in Purpur und Gold getaucht – die letzten Spuren der Sonne, ganz ähnlich wie in den Tropen.

Ich habe einige besondere Freunde unter den Matrosen. Einer von ihnen ist der Artillerist Djupin, ein breitschultriger, stämmiger Mann. Er ist nicht nur in den Schultern breit. Man nennt ihn den »Feurigen«, weil er unter anderem auf das Feuer zu achten hat. Kaum ruft irgend jemand »Lunte!«, dann saust er aus Leibeskräften über das Deck und gibt Feuer. Seine Spezialität besteht unter anderem darin, daß er ein Rack mit Kanonenkugeln und Kartätschen hochhebt und wie ein Tablett vor sich hinhält. Nur beim Niederstellen ächzt er ein wenig; das Rack wiegt an die fünf Pud. Schwerlich trifft man einen kräftiger und fester gebauten Menschen. Ich unterhalte mich oft mit ihm.

»Heiß, Djupin«, sage ich zu ihm.

»Stimmt, heiß, aber gut, Euer Hochwohlgeboren«, antwortet er. Und dabei ist es so heiß, daß man vor Verzweiflung nicht weiß, wohin man sich verkriechen soll.

»Nimm dich in acht, trinke nichts Kaltes nach der Arbeit!« sage ich scherzend. »Oder lege dich nachts nicht auf dein nasses Zeug.«

»Zu Befehl, Euer Hochwohlgeboren!« antwortet er ernsthaft.

»Ich schenke dir wollene Strümpfe, ziehe sie an, achte auf deine Gesundheit!«

Ich befehle Faddejew, ihm ein Paar zu geben. Djupin zog sie schon in den Tropen an und bedankte sich bei mir, als er mir begegnete.

»Ergebensten Dank, Euer Hochwohlgeboren. Jetzt ist mir wohl, schön warm«, sagte er.

»Es wird kalt, Djupin«, sagte ich zu ihm, als wir hier plötzlich kaltes Wetter bekamen, so daß man überlegte, ob man nicht eine Flauschjacke anziehen sollte.

»Stimmt, Euer Hochwohlgeboren, es ist ein bißchen frisch, aber gut.«

Er selbst ging barfuß.

»Warum hast du kein Schuhzeug an?« fragte ich.

»Besser so, dann brennen einem die Füße nicht und man zertrampelt das Deck nicht mit den Stiefeln.«

Vor einigen Tagen sagte ich zu ihm, daß ich beobachtet hätte, wie ein einziger Japaner ein Geschütz herumgedreht habe. »Und ihr hier«, fügte ich hinzu, »plagt euch zu zehnt mit einer einzigen Kanone ab und rückt sie nur mit Mühe und Not vom Fleck.«

»Stimmt genau, Euer Hochwohlgeboren«, antwortete er. »Was taugen wir schon! Vor einiger Zeit habe ich gesehen, daß eine Woge über das Ufer spülte, und zwar dort, wo die untere Batterie der Japaner steht. Die Woge ergriff eine Kanone, und sie schwamm dahin. Ein Japaner fuhr neben ihr her und stieß sie ans Ufer zurück. Die haben ja solche Kanonen aus Holz!« Dann überlegte er einen Augenblick und sagte: »Wenn es zum Kampf mit ihnen kommt, Euer Hochwohlgeboren, wird man uns dann wirklich Gewehre geben?«

»Was sonst?«

»Das Ende eines Taus würde genügen.«

19. BRIEF: AN J. P. UND N. A. MAJKOW

Nagasaki, 29. September 1853

Obwohl ich Ihnen erst unlängst geschrieben habe, liebe Freunde, macht mir der Gedanke, daß Sie diese Zeilen lesen werden, so viel Vergnügen, daß ich trotz meines Zeitmangels die Minuten ausrechne, die ich für Sie erübrigen kann. Es ist jetzt zwei Uhr in der Nacht, und ich schreibe Ihnen, obwohl man schon bei Morgengrauen beginnt, das Deck mit Sand und Steinen zu schrubben, was genau über meinem Kopfe vor sich geht. Dann werden die Bramsegel und Bramstengen hochgezogen, danach folgt das Geschützexerzieren, und auf diese Weise kann ich niemals richtig ausschlafen.

Ich bin nicht einmal überzeugt, ob Sie der Brief bei den augenblicklichen Verhältnissen in Europa und in China erreichen wird. Gestern kamen Nachrichten, daß Schanghai (der wichtigste der für Europäer geöffneten Häfen) von den Insurgenten genommen worden ist, daß sich Rußland im Kriege befinde, die Engländer gegen uns seien. Auch das dürfte unsere Verbindungen mit Petersburg erschweren. Gebe Gott, daß sich die Gerüchte vom Krieg nicht bewahrheiten, es würde unsere Pläne in vieler Hinsicht stören. Wir haben wirkungsvolle Verbindungen mit den Japanern angeknüpft, doch in diesem Fall müßte man alles im Stich lassen und abfahren, wenn auch nur für einige Zeit, aber vielleicht auch für immer, ohne daß wir unseren Auftrag ausgeführt hätten.

Übrigens haben wir irgendwie auch Ihre Briefe erhalten. Schreiben Sie nur über das Ministerium für Auswärtige Angelegenheiten, von dort leitet man die Briefe an uns auf dem einen oder anderen Wege weiter, mit Depeschen oder mit Kurieren. Ich schrieb Ihnen Anfang August, und wenn die Engländer die nach Rußland adressierten Depeschen in ihren Kontoren nicht zurückhalten, so müssen Sie gegen Mitte November durch Michail Parfenytsch einen Stapel von genauso wüsten Blättern von mir erhalten. Damals schrieb ich auch an Jasykows, an Korenjew und Ljchowskij.

Diesen Brief hier wird Ihnen der Kurier Mr. Bodisco bringen. (Sein Onkel ist unser Botschafter in Amerika.) Er ist ein sehr netter, liebenswürdiger, kluger und – wie Sie sehen werden, mesdames – schöner junger Mann. (Zittert, ihr jungen Ehemänner, und Sie, Juninjka, hüten Sie sich und verraten Sie mich nicht zum 26. Mal!) Er ist Russe nach Geburt und Staatsangehörigkeit, jedoch in Amerika, in den Vereinigten Staaten erzogen. Les extrémités se touchent, wie Sie sehen werden; ich verstehe hierbei die extrémités du monde – nur diese und keine anderen, weil dieser nette Amerikaner bei Tag und Nacht bestrebt ist, Rußland mit seiner ganzen Kraft zu dienen. Er hat mir hoch und heilig versprochen, meine Briefe persönlich abzugeben. Ich hoffe, daß Sie, meine Freundin Jewgenija Petrowna, ihm den besten Platz in Ihrem Gastzimmer anweisen werden, das heißt zwischen Katerina Pawlowna und Anna Iwanowna. Sie selbst werden sich mit der Ihnen angeborenen Würde, im Häubchen mit den hellgelben Bändern (diese Farbe steht Ihnen so gut zu Gesicht) und bewaffnet mit der Lorgnette, auf das Sofa setzen, neben sich zu Ihrer Rechten Juninjka, zur Linken Burjka. Marja Alexandrowna, M-lle Saint, Natalja Stepanowna und Koschkarew halten Sie an diesem Tage vom Hause fern, falls sie zufällig vorbeikommen sollten.

Dann sagen Sie ihm auf französisch oder englisch (Sie haben ja beide Sprachen erlernt, ich entsinne mich), was Sie für ratsam halten. Er selbst ist im Russischen nicht sehr stark. Er wird Ihnen erzählen, wie ich lebe und wie es mir geht. Und Sie, Nikolaj Apollonowitsch, zeigen ihm Ihre Bilder, besonders die weiblichen Köpfchen, und wenn möglich, nicht nur die Köpfchen. Er wird Ihnen gewiß von den farbigen Frauen erzählen. Wenn Sie ihn zufällig nach den Frauen von den Sandwich-Inseln fragen, wird er bestimmt erröten.

Was ich Ihnen von mir sagen kann? Nichts, als daß ich grauenhaft dick geworden bin. Manchmal habe ich derartige Schmerzen an der Leber, daß ich sogar die Hoffnung auf Rückkehr verliere. Kürzlich wurde der Schmerz an Leber und Herz so heftig und zugleich packte mich solche Sehnsucht, daß ich fürchtete, bettlägerig zu werden. Zum Glück erlebte ich eine Abwechslung, und mir wurde leichter. Die Ablenkung bestand in der Begegnung des Admirals mit dem Gouverneur von Nagasaki. Ich würde Ihnen gern die ganze Zeremonie beschreiben, aber es würde zu lang werden, und ich verstehe es nicht. Ich sage nur, daß diese ganze Szene aus einem Zauberballett oder einer Oper entnommen zu sein schien. Ich glaubte, im Parterre des Großen Theaters zu sitzen und eines jener Bilder zu sehen, an deren Wirklichkeit man nicht glaubt.

Sie dort in Europa entscheiden jetzt die Frage »Sein oder Nichtsein«. Wir streiten über »Sitzen oder Nichtsitzen«, das heißt, ob man unser Schreiben stehend empfängt oder sitzend. Und weiter zerbrechen wir uns den Kopf mit der Frage: »Wie sitzen? Auf dem Boden oder auf Stühlen?« Am Ende kamen wir zu dem Schluß: auf dem einen wie auf dem anderen, wir auf Stühlen, die Japaner auf dem Boden.

Jetzt stellen Sie sich vor: mit einem Schlage setzten sich sieben unserer Kriegs-Schaluppen unter den Klängen der Musik und mit Hurrarufen in Bewegung und ruderten auf die Reede zu, während unsere Schiffe von oben bis unten mit den vielfarbigen Flaggen aller Nationen bedeckt waren und die Matrosen auf den Rahen standen. In strenger Ordnung, immer mit Musik fuhren wir an der prächtigen, bebauten Uferlandschaft vorüber, an Hügeln voller Blumen, an Buchten und Dörfern vorbei. Das Ufer war mit neugierigen, dem Aussehen nach abgemagerten, erbarmenswerten Menschen und noch kläglicheren Soldaten dicht besetzt. An Land weigerten wir uns, die Sänften zu besteigen, in die hineinzuklettern jedem von uns schwergefallen, mir jedoch einfach unmöglich gewesen wäre. Wir gingen zu Fuß.

Voran marschierte im Paradeschritt unsere Wache, dann kamen die Musiker, danach unsere Offiziere. Ihnen folgte der Admiral mit seiner Suite, zu der auch ich gehörte. Alle hatten Paradeuniform angelegt, ich war der einzige, der einen Frack, also wohl oder übel auch einen parademäßigen Frack, trug. Wir durchschritten eine enge Straße und stiegen eine Treppe empor. Die Kolonne zog sich auseinander und ging in Schlangenlinie die Treppe hinauf. Die Musik schallte weithin über das Ufer. Zu beiden Seiten standen irgendwelche Popanze mit Gewehren (in Futteralen) und schauten uns schläfrig an. Ich dachte bei mir: Träume ich? Nein: deutlich höre ich auf russisch: »Im Gleichschritt – marsch!« Dann ein schreckliches Stampfen von Stiefeln, Bajonette blitzen auf, und schon ist die Kolonne durch das Tor verschwunden. Die Musik verhallte dumpf und brach ab. Es wurde still. Wir waren angekommen.

Ich blickte in eine offene Galerie; es war der Eingang in das Haus des Gouverneurs. Wir stiegen die Stufen hinauf und gingen durch eine Reihe von Zimmern zum Empfangssaal. In allen Räumen saßen entlang den Wänden in mehreren Reihen japanische Offiziere und Beamte in Paradegewändern. Stellen Sie sich an die hundert Menschen vor, die miteinander gewettet haben, wer das dümmste Gesicht macht: so saßen sie da. Vielleicht brauchten sich viele von ihnen auch nicht sonderlich dafür anzustrengen. Nach asiatischer Manier warfen sie auf niemanden und nichts einen Blick, sahen jedoch alles. An den Wänden des Empfangssaals hockten ebenfalls an die dreißig Menschen auf den Fersen; sie machten die gleichen schläfrigen, gedankenlosen Gesichter.

Ihr Wunsch und ihre Gewohnheit, in Gegenwart von Vorgesetzten ein möglichst dummes Gesicht zu machen, geht bis zur Selbstverleugnung. Ich sah dort viele Beamte, sogar Freunde. Einige, die sich auf der Fregatte sehr munter gezeigt hatten, waren hier die Demut selbst. Ich wollte einigen von ihnen zunicken. Woher! Kein Blick, kein Lachen. Da war zum Beispiel mein Freund Baba-Gorjadsajmon. Er braucht mich auf der Fregatte nur von ferne zu sehen, da schreit er schon: »Gontscharow!«, drückt mir die Hand, stößt das Gläschen mit mir an. Hier aber verzog er keine Miene, schaute nicht nach rechts, nicht nach links, sah einen nicht an. Wie sie das fertigbringen, weiß ich nicht. Er war sogar ein wenig hager vor Anstrengung, sich so ehrerbietig wie möglich zu zeigen.

Der Gouverneur trat herein. Er hatte einen würdevollen und keineswegs dummen Gesichtsausdruck, ich denke, deshalb, weil er hier der Vorgesetzte war. Vor einem anderen, ihm Übergeordneten hätte er ebenfalls nicht weniger dumm dreingeschaut. Das Gespräch begann mit Hilfe von zwei Dolmetschern. Beide lagen, mit der Stirn den Boden berührend, da und vermittelten uns die Worte des Gouverneurs auf holländisch.

Hier hätte ich beinahe die ganze Feierlichkeit der Szene gestört. Man muß wissen, daß der Fußboden bei den Japanern mit feinen, weichen Bastmatten bedeckt ist. Da es bei ihnen keine Tische und Stühle gibt und sie auf dem Fußboden essen, hatte sich der Admiral, um ihnen eine Aufmerksamkeit zu erweisen, ausgedacht, daß er wie wir alle über unsere Stiefel weiße, eigens dafür genähte Überzüge in der Art der Ball-Überschuhe unserer Damen streiften. Und sehen Sie, diese verdammten Überschuhe hätten fast die ganze feierliche Zeremonie zuschanden gemacht. Kaum hatte ich den Saal betreten, verlor ich den einen Überschuh und nach ein paar Schritten auch den anderen. Ich hob sie jedoch auf und begann, auf meinen Nachbarn gestützt, sie über die Schuhe zu zerren. All das ging bei mir nicht ohne Schnaufen und Stöhnen vor sich, doch auch das half nichts. Nach fünf Minuten guckte ich zufällig auf meine Füße – die Überschuhe waren weg. Nichts zu machen, ich nahm dieses Schuhzeug und legte es in meinen Hut, und dabei blieb es.

Nachdem der Admiral dem Gouverneur das Schriftstück übergeben hatte, wollte er ein Gespräch beginnen, aber der Gouverneur bat uns auszuruhen – Gott weiß, von welcher Anstrengung – und ging zur Seite hinaus, während man uns zur anderen geleitete. Dort standen in einem Ruhezimmer ein Sessel und vier Stühle, die wir selbst mitgebracht hatten. Auf dem Sessel nahm der Admiral Platz, auf den Stühlen die Rangältesten des Gefolges, darunter auch ich. Diener brachten jedem von uns ein Schälchen Tee, das sie vor unsere Füße stellten. Der Tee war nicht übel, es war eine Art hellgelber Tee, selbstverständlich ungesüßt. Dann brachte man ein Gerät mit Tabak, Pfeifen in der Größe eines halben Fingerhuts und eine Schale mit glühenden Kohlen. Mit dem gleichen Ächzen bückte ich mich nach dem Tabak. Schließlich stellte man vor jeden von uns eine hübsche hölzerne Schatulle mit Konfektstücken, von denen viele sehr gut schmeckten. Unter anderem war eine verzuckerte Möhre nicht übel. Diese Schatullen, aus denen wir ein oder zwei Stück Konfekt nahmen, übergab man unseren Dienern, damit sie uns auf die Fregatte nachgebracht würden. Dort auf dem Schreibsekretär steht die meinige. Das Konfekt habe ich restlos aufgegessen, jetzt lege ich Zigarren in den Kasten.

Dann gingen wir abermals zum Gouverneur, redeten miteinander und verabschiedeten uns. Als wir durch das Ruhezimmer gingen, erblickten wir einen großen Tisch, der wahrscheinlich von den Holländern entliehen worden war; er war mit Pasteten, Fischen, Lafitte, Madeira usw. bedeckt. Unsere Mägen begannen bei diesem Anblick zu hüpfen, aber der Admiral antwortete auf die eindringlichen Bitten der Japaner, daß er die Bewirtung nur unter der Bedingung annähme, wenn auch der Gouverneur daran teilnehme. Da er jedoch nicht teilnahm, wurde die Einladung abgelehnt, weil dies mit unseren Bräuchen nicht in Einklang stehe. Daran hat er sehr gut getan. Die Japaner nehmen auch die geringfügigste Kleinigkeit zur Kenntnis und bilden sich danach ihre Meinung von den Leuten. So fuhren wir also zurück. Wollen Sie wissen, wie der Gouverneur hieß? Owosawa Bungono Kami-Sama. Kami ist ein Hinweis auf die göttliche Herkunft, und Sama ist ein irdischer Ehrentitel.

Was soll ich Ihnen noch erzählen? Die Amerikaner drangen von der anderen Seite zu den Japanern vor. Sie stießen gleich bis Jeddo durch, ließen ihr Schreiben da, gingen wieder und sagten, sie würden sich die Antwort in einem halben Jahre holen. Wenn es stimmt, daß in Europa Krieg ist, dann müssen auch wir für eine Zeitlang von hier weggehen, entweder nach Sitka (Alaska) oder nach Kalifornien, sonst nehmen uns die Engländer womöglich gefangen. Bei uns geht die Rede, daß wir uns lebend nicht ergeben werden und daß wir uns, wenn's sein muß, hören Sie sich das bloß an, bis zum letzten Blutstropfen schlagen werden. Ja, und hier bleiben ist auch keine reine Freude. Zuweilen wehen solche Winde, daß sich ein Bewohner auf dem Festland kaum etwas Ähnliches vorstellen kann. Jetzt ist vorderhand prächtiges Wetter, ich bade noch im Freien.

Wenn in Europa Friede herrscht und sich die Verhandlungen mit den Japanern hinziehen, dann erwägt der Admiral, zu Beginn des Winters nach Manila zu fahren. Man sagt, es sei ein irdisches Paradies, genau wie Spanien samt Mantillen und Señoras (mit denen ich nichts zu tun haben werde, so dick bin ich geworden), mit Früchten und Blüten, mit Mönchen und guten Zigarren, und obendrein noch ein tropisches Spanien.

Vielleicht wollen Sie wissen, ob ich vergnügt bin, ob ich mich langweile? Nicht das eine, nicht das andere – antworte ich. An einigen Orten läßt sich das Befinden in dieser Hinsicht nicht voneinander unterscheiden, und daher warte ich geduldig, wann mein Jux, das heißt diese Reise, ein Ende nimmt (siehe meinen ersten Brief aus London).

Aber Sie sind gesund und munter? Was haben Sie im Sommer gemacht? Wie gedenken Sie den Winter zu verbringen? Ihr Glücklichen! Im Sommer gingen Sie unter Birken spazieren, aßen weiße Pilze und Gemüse-Kaltschale und erfreuten sich der nördlichen Nächte, und im Winter – Unglückliche! – werden Sie die Oper hören. Mein Sommer zieht sich schon acht Monate hin; er begann am 18. Januar auf der Insel Madeira und will und will nicht enden. Wie gern gäbe ich die tropischen Nächte, die Ananas, alle Wunder und Abenteuer für eine Stunde bei Ihnen auf dem Sofa oder auf dem Balkon und für eine zweite im Atelier hin! Aber genug. »Tu l'a voulu, George Dandin, tu l'a bien voulu!« tönt es mir unaufhörlich in den Ohren, wenn ich der Depression erliege, und dann vergeht der Trübsinn.

Auf Wiedersehen! Ich umarme Sie alle, vor allem die Freunde weiblichen Geschlechts. Sie, Hauptmann, und Du, Ljchowskij, ihr kommt auch ohne Umarmungen aus. Warum waren Sie nicht beim Gouverneur in Nagasaki dabei! Meine Beschreibung wäre gewiß vollständiger geworden. Sie, Alter, bestellen A. P. Korenjew meine Grüße. Sagen Sie, daß ich ihm geschrieben hätte, aber ich habe amtliche Schriftstücke abzufassen und lasse es deshalb bis zum Oktober. Hat er meinen Brief durch Sablotzkij erhalten? Ihnen, Apollon und Anna Iwanowna meine tiefe Ergebenheit. Ich bitte, allen Grüße zu bestellen – vergessen Sie nicht Katerina Fjodorowna, Janowskij, Dudyschkin, Nikitenko usw.

20. BRIEF: AN J. A. UND M. A. JASYKOW

27. Dezember 1853, Saddle-Islands

Ich erhielt heute Ihren Brief, lieber Freund Michailo Alexandrowitsch, und kann Ihnen nicht sagen, wie sehr ich mich über ihn gefreut habe. Mir war, als hätte ich den ganzen Abend bei Ihnen geweilt und wäre ruhig und zufrieden heimgekehrt – bis zum nächsten Abend. Sie wundern sich, daß ich Ihre Briefe nicht erhalten habe. Als ich meine Briefe durch Butakow an Sie schickte, hatte ich die Ihrigen noch nicht, ich erhielt sie genau zwei Monate nach der Abreise Butakows, sie wurden uns durch Kroun und Bodisco gebracht. Wie ich inzwischen erfahren habe, hat das Ministerium für Auswärtige Angelegenheiten verfügt, alle Briefe zu sammeln und auf die Gelegenheit zu warten, sie mit Kurier zu schicken; es ist zu geizig, sie mit Depeschen auf dem Postweg zu befördern. Aber jetzt ist für lange Zeit kein Kurier in Sicht, und darum hätte ich lange keine Briefe von Ihnen zu erwarten, wenn Sie sie lediglich ins Amt gegeben hätten. Sie haben gut daran getan, daß Sie sie mit der Post über Hongkong geschickt haben. Machen Sie es wieder so. Obwohl wir seit langem niemanden nach Hongkong geschickt haben und Ihr Brief längere Zeit dort gelegen hat, erhielt ich ihn dennoch nach drei Monaten, das ist bei solcher Entfernung eine sehr erträgliche Zeit.

Über das Ableben von Andrej Andrejewitsch Kolsakow haben Sie mir überhaupt nicht geschrieben, oder Ihr Brief ist tatsächlich verlorengegangen. Von den Veränderungen im Kontor erhielt ich Ihre Nachricht in dem mit dem Kurier geschickten Brief, doch stand von Kolsakow nichts darin. In jedem Falle danke ich Ihnen sehr für den Brief und für alles, was Sie mir Neues über Bekannte, über Petersburg usw. mitteilen. Von Majkows habe ich nach den im August von den Kurieren gebrachten Briefen keine mehr erhalten; sie sind entweder faul oder schreiben über das Ministerium, und dieses hält die Briefe zurück. Wenn sie zu faul wären (was eine unverzeihliche Sünde wäre), dann hätte doch Ju. D. Jefremowa oder Ljchowskij schreiben können. Klären Sie sie auf, sie sollen ihre Briefe mit der Post schicken. Ich kann einen Brief in zwei, wenn es hoch kommt, in drei Monaten erhalten. Adresse wie immer, das heißt China, Hong-Kong, M-ss Williams, Anthon & Co. To be forwarded on board of the russian frigate Pallas. Und darunter auf russisch dem und dem.

Auf der Vorderseite des Briefs sehen Sie Saddle-Islands, eine kleine Inselgruppe, bei der unser Geschwader vor Anker liegt. Weiter hinauf können die Schiffe, das heißt die Fregatte, den Jangtsekiang wegen des flachen Wassers nicht befahren. Wir liegen hier schon den zweiten Monat. Vor fünf Tagen bin ich aus Schanghai zurückgekommen. Dorthin fuhren wir zusammen mit dem Admiral und unseren anderen Gefährten sowohl dienstlich als auch privat, um uns China anzuschauen. Schanghai ist einer der fünf für Europäer geöffneten Häfen. Geht man im Europäerviertel durch die Straßen mit den prächtigen Häusern oder sitzt man in dem luxuriösen Salon eines Konsuls, will man kaum glauben, daß hier noch unlängst eine unzugängliche asiatische Küste war. Durch die Gassen strömen Scharen von Menschen mit rasierten Schädeln, mit Zöpfen, aber fast jedermann spricht Englisch. Kaum graut der Morgen, transportiert man Warenballen durch die Straßen, alle zu den Engländern und den Amerikanern. Tee schleppt man in Kisten und hinterläßt einen ganzen kleinen Pfad als Spur dieses Kräutchens, das bei uns nicht nur die Armen aufsammeln würden, genau wie bei uns daheim von den Mehlsäcken manchmal kleine weiße Mehlwege zurückbleiben. Die chinesischen Häuser, die Märkte, Basare, Läden, das Stimmengewirr, das Geschrei, die Garküchen – all das erinnert mich – wissen Sie woran? An unsere einfachen russischen Märkte.

Von allem, was ich beobachte, mache ich mir in Mußestunden Notizen und schreibe sie in ein Heft, ohne zu wissen, ob sie zu etwas taugen werden. Aber Muße habe ich wenig. Ich habe mir nicht vorgestellt, daß ich dienstlich soviel zu tun haben würde. Es nimmt meine Zeit fast ausschließlich in Anspruch, denn bei der Fahrt auf See kommt man nicht viel zum Schreiben, entweder ist es zu kalt, wie z.B. im Augenblick, oder das Schiff schwankt derartig, daß Tische und Stühle vom Fleck gerückt werden.

Dank sei Ihnen, daß Sie sich um die Übersendung von Zeitschriften an uns kümmern. Das nehme ich nicht einmal alles auf mein Konto, weil ich selbst kaum dazu kommen werde, alle zu lesen. Aber es wird eine Wohltat für unser ganzes Geschwader sein. Lesefreunde gibt es viele, und alle werden es Ihnen danken. Mich regt nur die Randbemerkung in Ihrem Briefe auf: daß die Redakteure kleine Aufsätze von mir erwarten. Ist das eine Not! Glauben Sie mir, daß ich alles in allem nur drei, vier Artikelchen in Briefform zu Papier gebracht habe? Einen davon könnte ich vielleicht an Andrej Andrejewitsch Krajewskij für die »Vaterländischen Annalen« schicken, um ein altes Versprechen zu erfüllen, aber ich kann mich nicht mit dem Gedanken befreunden, daß man es in meiner Abwesenheit druckt. Besser wäre, alles auf einmal zu veröffentlichen, wenn erst mehr zusammengekommen ist. Aber alles, was ich geschrieben habe, ist so belanglos, daß es peinlich wäre, es vorzuzeigen. Und dann ist es auch deshalb unangebracht, meine Berichte im voraus zu veröffentlichen, weil von unserer Expedition, soviel ich weiß, in der Presse noch kein einziges Mal gesprochen worden ist.

Zuweilen bin ich einfach zu faul zum Schreiben. Dann nehme ich – was? wie denken Sie? – Iwan Sergejewitsch Turgenjews »Aufzeichnungen eines Jägers« in die Hand. Das Buch erwärmt mich so, daß Trägheit und aller ähnliche Dreck in mir verfliegen und die Lust zum Schreiben erwacht. Aber dabei ergibt sich eine andere Not: ich lese mich so in dem Buche fest, daß der Abend wie im Fluge vergeht. Und gestern, eben gestern passierte folgendes: als die russischen Menschen an mir vorüberzogen, die

Birkenwälder, Wiesen, Felder in bunter Folge auftauchten und – was das Angenehmste war – mitten in dem allen Iwan Sergejewitsch selbst stand, als wenn er mit seinem hellen Stimmchen erzählte – da vergaß ich meine ganze Umgebung. Lebt wohl, Schanghai, Kampfer- und Bambusstämme und Sträucher, Chinesisches Meer! Orjol, Kursk, Schisdra, Bjeschin-Lug umgaben mich. Grüßen Sie Turgenjew und sagen Sie ihm das von mir. Auch Pawel Wassiljewitsch Annenkow grüßen Sie. Er gibt also Puschkin heraus! Das freut mich. Ich bin ein glühender und unwandelbarer Verehrer Alexander Sergejewitsch Puschkins. Er, nur er war von Kindheit an mein Idol. Für das Geschenk eines Exemplars wäre ich Pawel Wassiljewitsch sehr verbunden; er ist ohnehin ein gefälliger Mensch, und in meinem Fall sollte er sich besonders bemühen, mir den Gefallen zu tun. Korsch und seiner Familie meine Ergebenheit. Ich freue mich, wenn er Nadjeschdins Nachfolger wird, aber Nikolaj Iwanowitsch tut mir leid.

VOM TEE

»Ist das Kaffee oder Tee?« fragte ich den Chinesen, der mir die Tasse reichte.

»Tea or coffee?« wiederholte er gedankenlos. »Tea, tea«, murmelte er, nachdem er begriffen hatte.

»Nicht möglich! Warum ist er so schwarz?« Ich versuchte das Getränk. In der Tat, es war die gleiche Mixtur, die ich in London und später in Kapstadt als Tee genossen hatte. Dort war es verzeihlich gewesen, aber in China – solchen Tee, von einem Chinesen zubereitet und gereicht?

Gibt es denn in Schanghai keinen guten Tee? Wieso nicht? Hier gibt es jeden Tee, der in China wächst. Aber die Betonung liegt auf dem Wort »gut«. Gut nennen wir die zarten, duftenden Teeblüten. Nicht jede Nase und Zunge spürt das Aroma und Bouquet dieses Tees: er ist zu fein. Diese Teesorten heißen hier »Pekoe flower«. Guten Tee oder einfach Tee (bei ihnen gibt es nur einen) nennen die Engländer eine besondere Sorte groben, schwarzen Tees oder ein Gemisch von diesem mit grünem, eine sehr narkotische Mischung, die aufdringlich schmeckt und Zunge und Gaumen ätzt wie fast alles, was die Engländer essen und trinken. Wenn es nach ihnen ginge, würden sie den Speisen sogar Borsten zusetzen, nur damit es recht in der Gurgel juckt. Und vom Tee verlangen sie dasselbe wie vom indischen Soya oder Pfeffer, das heißt etwas in der Art von Gift. Dabei reden sie auch noch schlecht von uns, weil wir keinen Tee, sondern einen Aufguß von Jasminblüten tränken.

Das mag zurückweisen, wem's beliebt, ich überlasse es ihm. Die Engländer sind in gastronomischer Hinsicht keine Autorität. Ich bemerke nur, daß einige Gourmets in China sich tatsächlich Blüten oder irgendwelche duftenden Kräuter in den Tee tun. In Japan fügt man dem Tee zuweilen eine Nelke bei. Vater Joakinf spricht auch von einer ähnlichen gesetzwidrigen Beimischung, welche die Chinesen zulassen, indem sie in den schwarzen Tee Jasmin- und in den gelben Rosenblätter legen. Aber da handelt es sich bereits um den überfeinerten Geschmack der Chinesen selbst, um eine Folge von Übersättigung. Es gibt auch bei uns Leute, die Tabak mit Bergamotte oder Reseda schnupfen, Hering mit Dörrpflaumen essen usw. Die Engländer aber trinken ihren schwarzen Tee und wollen nicht wissen, daß der Tee seine weißen Blüten hat.

Bei uns ist der Genuß von Tee ein selbständiges, unumgängliches Bedürfnis. Für die Engländer ist er jedoch eine Nebensache, eine Ergänzung des Frühstücks, fast eine

Art Verdauungshilfe. Darum ist es ihnen gleich, ob der Tee wie Porter oder Schildkrötensuppe schmeckt, wenn er nur schwarz und dick ist, die Zunge zwickt und keinem anderen Tee ähnelt. Die Amerikaner trinken nur grünen Tee ohne jede Zutat. Wir wundern uns über diesen barbarischen Geschmack. Die Engländer hingegen spotten, daß wir unter dem Namen Tee einen faden, süßen Aufguß trinken. Die Chinesen selbst trinken, wie ich gesehen habe, einfachen, groben Tee, das heißt die einfachen Chinesen, das Volk. In Peking bevorzugen die besseren Leute, wie mir Vater Awwakum sagt, nur gelben Tee, natürlich ohne Zucker. Aber ich bin ein Russe und gehöre zu der riesigen Zahl von Verbrauchern, die das Gebiet von Kjachta bis zum Finnischen Meerbusen bevölkern – ich bin für Pekoe flower. Laßt uns nicht Tee mit Blüten, sondern Blütentee trinken, und warten wir ab, bis die Engländer auf das Gespür und den Geschmack kommen und sich die Fähigkeit erarbeiten, sich an Pekoe flower zu delektieren, und außerdem den Tee brühen, aber nicht – wie es bei ihnen der Brauch ist – wie Kohl kochen.

Übrigens muß man allen anderen Nationen verzeihen, die nicht die Fähigkeit besitzen, sich an gutem Tee zu erfreuen. Was eine Tasse Tee bedeutet, weiß man erst, wenn man bei klirrender dreißiggradiger Kälte in ein warmes Zimmer kommt und sich an den Samowar setzt. Dann erst kann man den Wert des Tees würdigen. Mit welchem Genuß haben wir den Tee getrunken, den uns Kapitän Furugeljm nach Nagasaki brachte. Der Kasten kostete 16 spanische Taler. Er enthielt rund 70 russische Pfund. Das war ein Tee! Bei uns würde er für nicht weniger als fünf Silberrubel je Pfund verkauft werden.

Ich hatte oft im Hause von Herrn Cunningham, dem amerikanischen Konsul und gleichzeitigem Vertreter des amerikanischen Handelshauses Russel und Co., zu tun, weil der Admiral dort wohnte. Deshalb machte ich dem Konsul den üblichen Besuch. Der in Nationaltracht gekleidete chinesische Diener sagte, Herr Cunningham sei in seinem Arbeitszimmer. Ich begab mich dorthin. Der kleine, weißhaarige, nach nichts weiter aussehende Herr Cunningham empfing mich sehr liebenswürdig, weit entfernt von der englischen Manier, einem die Hände zusammenzupressen und auf die Schulter zu schlagen. Er verkehrte mit mir, wie alle Menschen miteinander umgehen, ausgenommen die Briten.

In seinem Arbeitszimmer – ich nenne es nur aus Höflichkeit so, eher könnte man es als Kontor bezeichnen – gab es nichts als einen großen Schreibtisch, hinter dem der Chef saß, einige hohe Drehschemel und den unvermeidlichen Kamin. Cunningham bat mich, Platz zu nehmen. Ich erklomm irgendwie eine antihämorrhoidale Sitzgelegenheit. Herr Cunningham tat desgleichen. Von der Höhe hatten wir einen freien Blick aufeinander.

»Auf welchem Schiff sind Sie hergekommen?« fragte mich Herr Cunningham. Ich schickte mich an zu antworten, bewegte aber zufällig das Bein, und der runde Schemel drehte sich auf seiner Schraube wie geschmiert unter mir herum, so daß ich plötzlich mit dem Gesicht zur Wand saß.

»Mit einem Schoner«, antwortete ich zur Wand hin und dachte zugleich ärgerlich: ›Ist das nun eine englische oder eine amerikanische Bequemlichkeit?‹ Dann brachte ich mich mit den Füßen wieder in die alte Stellung.

»Werden Sie lange hier bleiben?«

»Je nach den Umständen«, antwortete ich und hielt mich mit der Hand am Sitz fest, der wieder unter mir wegzurutschen drohte.

»Erweisen Sie mir die Ehre, morgen mit mir zu speisen«, sagte der Konsul höflich. »Und jetzt machen Sie, daß Sie rauskommen!« hätte er hinzugefügt, wenn er offenherzig gewesen wäre, und man hätte ihm keinen größeren Gefallen tun können. Aber der Besuch war ohnehin beendet.

Anschließend ging ich mit Baron Kruedener spazieren.

»Zeigen Sie mir, was es hier Bemerkenswertes gibt?« fragte ich meinen Gefährten. »Sie wohnen doch hier schon eine ganze Weile. Wohin führt diese Straße?«

»Diese?.. Ich weiß nicht!« sagte er und blickte fragend die Straße entlang.

»Wo ist denn die Stadt? Wo sind die Insurgenten, das Lager?« überschüttete ich ihn mit Fragen.

»Dort irgendwo, in jener Richtung«, antwortete er und wies mit dem Finger in die Luft..

Inzwischen waren wir vom Fluß zu einem Kanal abgebogen, schritten über eine kleine Brücke und befanden uns in einer bunten, bewegten Menge, zwischen Stimmengewirr, Rufen, Stößen, Gerüchen, Gewändern, mit einem Wort, auf dem Markt. Hier bot sich mir ein ungeschminktes, natürliches Bild der chinesischen Bevölkerung.

Wissen Sie, was mir beim ersten Blick auffiel, was mein erster Eindruck war? Mir kam es vor, als ob ich plötzlich in Moskau auf dem Trödelmarkt sei oder auf dem Jahrmarkt einer weit von Petersburg entfernten Provinzstadt, wo es noch keine breiten Straßen, keine Kaufläden gibt, wo man am gleichen Ort Handel treibt und Essen zubereitet, wo man in einer Bude zwischen einem riesigen brodelnden Samowar und einem Berg Brezeln Seidenstoffe verkauft, wo Früchte, Bastschuhe und Kummete Stand neben Stand feilgeboten werden. Der Unterschied lag in den Details: bei uns Teer und Bast, hier Seide und Tee; bei uns Haufen von Holz- und Tongeschirr, hier Porzellan. Aber mit der chinesischen Küche können wir es nicht aufnehmen, was Fülle, Aussehen, Gestank und Vielfalt betrifft. Was gab es da nicht alles! Schade, daß man nicht alles ansehen konnte, »die Spucke wäre einem weggeblieben«, wie Faddejew sich ausdrückt. Und es gab hier wirklich was zu sehen! Meer, Flüsse, Erde, Luft stritten miteinander, wer den Menschen mehr geschenkt habe – und all das drängte sich dem Blick auf – nun, das wäre noch gegangen, aber es drang auch in die Nase.

Lange, endlose, gedeckte Gassen oder besser gesagt Gänge erstrecken sich in alle Richtungen und bilden ein regelrechtes Labyrinth. Die Häuser, wenn man sie so nennen will, stehen eng an eng nebeneinander; oben wohnt man, unten in den Läden wird gehandelt. Die beiderseitigen Hausdächer berühren sich fast, so daß in der Gasse ständig Dämmerung herrscht. Die Läden nehmen schon viel Platz in Anspruch, doch dazu kommen noch die Straßenhändler. Es ist kein Durchkommen. Ständig flutet die Menschenmenge auf und ab. Träger mit riesigen Lasten, Teekisten, Seidenballen, Baumwollbündeln, hoch wie Heuschober, zwängen sich mit erstaunlicher Gewandtheit durch die Menge. Dort tragen zwei Mann einen Toten, nicht auf den Schultern wie bei uns, sondern auf den Armen. Hier rennt ein Kuli mit einem Brief, dort bringt man einen Korb mit Hühnern geschleppt. Alle hasten und schreien einen an, man möge beiseite treten. Einer schlägt mit einem Stöckchen gegen ein Brettchen, das heißt, er verkauft Leinwand, ein anderer trägt lebende Wildenten oder tote Fasanen geschultert oder umgekehrt. Die Verkäufer schreien genau wie bei uns. Kaum hat man sich von einem abgewandt, klopft einem ein anderer leicht auf die Schulter; man entzieht sich ihm, aber da schreit schon ein dritter auf einen ein; man springt zurück, denn an seinen beiden Händen hängen Därme oder ein langer, auf der Erde nachschleifender Fisch.

»Wohin? Da kommen Kühe!« ruft Baron Kruedener. Wir springen in einen Laden. Die Kühe trotten vorüber. An den offenen Eingängen der Läden stehen die Eßwaren zur Schau: Fische verschiedener Sorten und Formen, gedörrt, gesalzen, getrocknet, frisch; einer sieht aus wie ein Säbel und heißt auch so, ein anderer hat einen gespaltenen Kopf; der ist rund, jener platt. Dann gibt es Krebse, Krabben, Meeresfrüchte, Wild in unglaublichen Mengen, besonders Fasanen und Enten. Sie hängen an den Türen, liegen gehäuft auf dem Erdboden.

Wir stehen vor einem geräumigen, in die Tiefe führenden Laden; er ist voller Männer, auch Frauen sieht man. Es ist eine Garküche. Na, man möchte am liebsten sagen: »Gott zum Gruß mit Brot und Salz!« Das Volk sitzt in Gruppen an einzelnen Tischen zusammen wie bei uns. Aus kleinen blauen, henkellosen Tassen trinkt man Tee, aber man sieht keinen breitschultrigen Kutscher, der wie bei uns kleine Stücke vom Zucker abbeißt. Zucker gibt es nicht, oder man genießt ihn nicht zum Tee. Statt dessen rauchen alle aus kleinen Pfeifen mit langen, dünnen Rohren. Wieder das Gegenteil von uns: wir rauchen aus Pfeifen mit kurzem Rohr und langen Pfeifenköpfen. Von den kleinen, in den verschiedenen Ecken des Ladens stehenden Öfen steigt der Qualm, ballt sich wie eine Wolke über den Gästen, dringt in Schwaden auf die Straße, hüllt die Vorbeigehenden in einen widerlichen, beißenden Dunst und löst sich auf. Was es da alles gibt! Fladen aus Teig liegen au naturel da, werden auf Verlangen in siedendes Wasser getan und nach einigen Minuten fertig aufgetragen. Nebenan brodelt eine schwarze Suppe, kaum besser als die spartanische, mit kleinen Stücken Schweinefleisch oder Fisch. Ich sah sogar Kohlsuppe, richtige russische, träge wallende Kohlsuppe: im kochenden Wasser sott ein schöner grüner Krautkopf zusammen mit einem Stück Hammelfleisch. Es gab auch Pfannkuchen, Schweinebraten und süßes Gebäck.

Neben vielem Bekannten habe ich da viel Unbekanntes erblickt und besonders gerochen. Mein Gott, was der Mensch nicht alles ißt! Ich will Ihnen nicht sagen, was ich einen Chinesen auf dem Markt vor allem Volk essen sah.. Ich meinte früher immer, daß die Reisenden viel dazuflunkerten, aber jetzt weiß ich aus eigener Erfahrung, daß man nicht mal alles sagen kann, was man gesehen hat. Was es da für Tunken gab! All das kocht, brät, backt, siedet, prasselt, und der warme Dampf verbreitet die Gerüche überallhin. Vergebliche Mühe, ihn mit anderen Düften zu übertäuben. Weder Patschuli noch der Gestank von vier Räubern würden helfen. Zwei widerliche Gerüche verfolgen einen besonders aufdringlich: der Geruch von einem Pflanzenöl, offenkundig Sesamöl, und von Knoblauch.

Bei einem Laden mit Früchten kann man sich erholen, das tut den Augen wie der Nase wohl. Voller Staunen betrachtet man die riesigen Apfelsinen-Zitronen, von den Engländern Pampelmusen genannt. Sie sind so groß wie der Kopf eines siebenjährigen Kindes. Man reicht sie als Dessert, aber ich weiß nicht, warum: essen kann man sie nicht. Wir probierten, aber sie taugten nichts, sie haben weder die Säure einer Zitrone noch die Süße von Apfelsinen. Es heißt, sie seien zur Zeit noch nicht reif. Im reifen Zustand sei ihre Schale dünner und das Fruchtfleisch süß. Mag sein. Mandarinen lagen bergeweise da wie bei uns die Kartoffeln; sie sind eine Art kleiner, aber sehr süßer und duftender Apfelsinen. Sie haben außerdem den Vorzug, daß sich die Schale samt allen Fasern sofort ablöst und man die Frucht abgepellt wie ein Ei erhält, saftig, fast durchsichtig. Dann gab es noch eine ovale, einer Pomeranze ähnliche Frucht, kleiner als eine Walnuß; den Namen habe ich vergessen. Ich versuchte eine, biß hinein und warf sie fort, denn sie schmeckte noch schlechter als die Pampelmuse. Die Chinesen ringsum lachten, und nicht ohne Grund, wie ich später erfuhr. Weiter gab es kleine trockene Feigen mit einem kleinen Kern im Innern; sie sind süß, von ihnen ist nichts zu sagen, es sei denn, daß sie im Geschmack etwas an Datteln erinnern; es war die gleiche fade, charakterlose Süße, und sie hafteten genauso zwischen den Zähnen. Nüsse in Mengen: Walnüsse, Mandeln, Pistazienkerne und anderes. Vortreffliches Gemüse, besonders frischer Salat, länglicher Kohl, lange, rote Mohrrüben, grober Lauch usw.

Wir setzten den Gang durch die Ladenreihen fort und kamen an Werkstätten vorbei, in denen völlig nackte Arbeiter mit lauten Rufen Baumwolle klopften. Dann gingen wir in den amerikanischen Kaufhof. Dort gab es alles: fertige Kleidung, Geschirr, Stoffe, Wein, Käse, Heringe, Zigarren, Porzellan, Silber. Zwischen den Lebensmittelständen stießen wir auf chinesische Galanteriewaren. Dort wurden alle möglichen Nippsachen verkauft. Ich erstand etwa dreißig verschiedene Figuren aus weichem, vielfarbigem Stein (agalmatolite, fragodite, pierre à magots ou à sculpture, Bildstein), einfach Speckstein genannt. Man findet ihn außer in China an einigen Orten in Ungarn und in Sachsen.

Nein, ich sehe, es gibt keinen Ort auf Erden, wo man nicht Wucherpreise verlangt. Der Chinese forderte für die Figuren zweiundzwanzig Dollar und ließ sie für acht. Dieser Schwäche unterliegen die aufgeklärten Völker genauso wie die halb aufgeklärten und die wilden. Wer hat sie von wem: der Osten von uns oder wir vom Osten?.. Apropos das Geld. In Schanghai sind zwei Geldsorten im Kurs: spanische und amerikanische Dollars sowie chinesisches Kupfergeld. Die spanischen, namentlich die von Karl IV., werden allen anderen vorgezogen und heißen, ich weiß nicht weshalb, Schanghai-Dollars. Ihnen wird sogar von der Gesellschaft der Schanghaier Kaufleute ein chinesischer Stempel eingeprägt zum Zeichen, daß sie nicht falsch sind. Infolge des Bürgerkriegs haben die Bankiers den Dollarkurs ungewöhnlich erhöht, so daß der Dollar statt des üblichen Preises von einem Rubel dreiunddreißig Kopeken jetzt rund zwei Rubel kostet. Aber das gilt nur für die Bank. Im Verkehr hat er im wesentlichen den gleichen Wert behalten, das heißt, man bekommt nicht mehr Ware dafür als zuvor. Alles strömte herbei, um zu wechseln, das heißt, man brachte von allen Seiten Dollars hierher und zog darauf Wechsel auf London und andere Plätze, wobei man zwei Schillinge je Dollar gewann. Beim Import von Waren mußte man das Doppelte zahlen, und hier ist ohnehin alles, was aus Europa eingeführt wird, teuer. Wer große Vorräte einkaufen mußte, war schlimm daran und hatte große Verluste. Die nicht von Karl IV., sondern von Ferdinand stammenden spanischen Dollars haben genau wie die amerikanischen einen Kurs von 80 Cent. Außerdem sind Halbkronen und Schillinge im Umlauf, aber in sehr geringen Mengen. Dafür gibt es eine Unmenge Kupfermünzen oder Kaschen. Sie werden aus ungereinigtem Kupfer geprägt, fast aus Naturkupfer, und sehen sehr schmutzig aus; sie sind ein Viertelzoll groß, haben eine grob geprägte chinesische Inschrift und in der Mitte ein Loch, um eine Schnur hindurchzuziehen. Ich begriff anfangs nicht, was diese langen Schnüre bedeuteten, welche die Chinesen in den Händen, über die Schulter und am Halse wie Bänder tragen.

Ich kaufte in einem Laden etwas für 30 Cent, und plötzlich gab man mir auf einen Dollar rund 1000 Münzen heraus. Der Dollar kostet 1500 Kaschen. Ich wußte nicht, was tun, aber die Bettler halfen mir aus der Verlegenheit, ich verteilte fast alles unter sie. Den Rest, etwa fünfzig Stück, werde ich samt anderen interessanten Dingen mitbringen und Ihnen zeigen.

»Inzwischen ist es ein Uhr geworden«, sagte der Baron, »Zeit zur Heimkehr. Ich muß frühstücken« (er wohnt nicht im Hotel), »Sie müssen essen.« Wir gingen nicht den früheren Weg zurück, sondern am Kanal entlang und bogen in die erste lange und ziemlich schmale Straße ein, die auf das Gasthaus zuführte. Auch hier standen Kaufmannshäuser mit hohen Zäunen und Gärtchen, auch hier hasteten Lastenträger durch die Straße. Wir kamen zu früh. Unsere Leute hatten sich noch nicht eingefunden. Die einen waren in Dienstangelegenheiten unterwegs, die anderen bummelten, wieder andere hatten vorgehabt, sich in das chinesische Lager zu begeben.

Nach einer Stunde ertönte der Gong, das Zeichen, zu Tisch zu gehen. Eine halbe Stunde später fanden wir uns an der Tafel ein, um welche die Diener, durchweg Chinesen, sich zu schaffen machten. Besonders lustig waren die jungen Burschen anzusehen. In ihren kleinen Gesichtern mit den etwas gedunsenen Äugelchen, den gebogenen tatarischen Stirnen und Schläfen lag viel Pfiffigkeit und Verschlagenheit. Flink huschten sie umher, wechselten die Teller, reichten Brot oder Wasser und verdrehten die ohnehin verballhornte englische Sprache noch mehr.

Unter den anderen erblickten wir ein dunkelbraunes Gesicht mit einem weißen Turban und mit noch weißeren Zähnen. Das Gesicht kam mir bekannt vor, und auch der Mann sah uns mit höflich entgegenkommendem Lächeln an. Ich fragte ihn, wer und woher er sei.

»Madrasman«, antwortete er. »Ich kenne Sie, ich habe Sie in Singapur gesehen.«

»Wie bist du hierhergeraten?«

»So, bin gekommen, hier zu dienen.«

»Was hast du dort getan, was bist du gewesen?«

»Kaufmann.«

›Oh, du lügst‹, dachte ich, ›du brüstest dich, noch dazu ein halbwilder Sohn der Natur!‹

Ich entsann mich seiner; er war damals mit einem kleinen Wagen durch die Stadt gefahren und einmal eine ganze Straße lang mit der Bitte neben uns hergegangen, sich die Nummer seines Wagens zu merken und keinen anderen zu nehmen. Und hier war er Büfettdiener, teilte den Gästen das Essen und den chinesischen Knaben Ohrfeigen aus.

Das zweite Mahl war üppiger als das erste. Außer Suppe gab es gekochtes und gebratenes Hammelfleisch, gekochtes oder gebratenes Rindfleisch, gekochte oder gebratene Hühner, fowl, dann Gans, Schinken, grünen Salat. Das war nur der erste Gang. Der zweite und letzte bestand aus Wild und Süßspeisen. Beides wurde zugleich gereicht, mir scheint, damit sich die Gäste in zwei Partien teilten, die eine für die Süßspeisen, die andere für den Braten. Die Süßspeisen waren die gleichen wie in London, in Portsmouth und auf dem Kap der Guten Hoffnung: applepie, Omelette und Pudding mit Korinthen.

Nach dem Essen kam Baron Kruedener, und nun übernahm ich die Führung zur Besichtigung der Stadt und ihrer Umgebung. Wir gingen zum Ufer des Wusung, wandten uns nach links und schritten an den prachtvollen Häusern der englischen, portugiesischen, dänischen Konsuln vorbei. Unterwegs begegneten uns mit dem eintönigen Rufe »a-a-a-a!« Lastträger mit Tee, den sie freigebig auf die Straße verschütteten. Französische Matrosen, hübsche, gutgewachsene, adrett gekleidete Burschen, spielten Ball. Wir begaben uns zu dem in den Wusung mündenden Fluß und der Fähre. Eine Menge von der Arbeit kommender einfacher Menschen drängte sich an der Anlegestelle und wartete in einer Reihe, auf die andere Seite übergesetzt zu werden. Dort fiel der Blick als erstes auf einen Misthaufen, ein schmutziges Ufergelände, dreckige Hütten und dürre Bäume. Dahinter dehnten sich gepflügte Felder.

An Zäunen und Gärten entlang kamen wir durch Felder, die mit Baumwollsträuchern bestanden und mit verschiedenen Getreidesorten besät waren, in das der Stadt nächstgelegene Dörfchen. Die Hütten aus Bambus, die keine Fenster, sondern nur Türen hatten, klebten aneinander. Durch die Dorfstraße lief ein schmutziger Abzugsgraben. Zuber mit Mist standen zum Düngen bereit. Man konnte sich vor dem Gestank nicht retten. Es machte uns wenig Spaß, hierhergegangen zu sein. Der feuchte Lehmboden war glitschig. Eine Schar bellender Hunde stürzte sich auf uns. Eine alte Chinesin rannte auf sie zu, um sie zu besänftigen. Einige Chinesen saßen auf der Schwelle ihrer Häuser und verzehrten ihr Abendbrot; sie schoben den Reis mit zwei Stäbchen geschickt aus den Schälchen in den Mund und stopften ihn so voll, daß sie unsern höflichen Gruß »Tschinj-tschinj« nicht zu erwidern vermochten, sondern nur freundlich nickten.

Trotz Gestank, beklagenswerter Armut und Schmutz waren jedoch sogar in Nebensächlichkeiten der Feldwirtschaft Verstand, Ordnung und Sorgfalt unverkennbar. Man sah sofort, daß man sich in einem Ackerbau treibenden Reich befand. Nicht umsonst berührt einmal im Jahr die Hand des Kaisers den Pflug, die Kraft des Landes. Jeder Gegenstand war mit Überlegung angefertigt und zum Gebrauch bestimmt. Alles war bearbeitet, nichts lag halbfertig herum. Man sah keine unachtsam und unnütz fortgeworfenen Strohbündel, keine eingefallenen Zäune, keine zwischen den Saaten weidenden Ziegen und Kühe, keinen sich herumtreibenden, nutzlos faulenden Balken oder andere Gegenstände, die noch zu etwas zu brauchen waren. Hier hatte scheint's jeder Span, jedes Steinchen, jeder Abfall seinen Wert und fand Verwendung.

Seiner Art nach war der Boden sumpfig, aber es gab kein Zeichen von Sumpf oder unbebautem Land. Kein Beet, keine Furche war breiter oder schmaler als die andere. Selbst die Häuschen, so armselig und dürftig sie aussahen, waren mit Verstand gebaut. Alles war berechnet, jedes Eckchen ausgenutzt, alles stand an seinem Platz und hatte seine Ordnung.

Wir verließen das Dörfchen und kamen zur sogenannten Promenade, ein den Europäern für Ausritte und Ausfahrten überlassener Platz. Es ist eine breite Allee, die zwischen Feldern aus der Stadt den Wall entlangführt, der das Lager der Kaiserlichen Truppen vom städtischen Grund und Boden trennt. Der Platz ähnelt einer Zirkusmanege, so aufgelockert und von Hufen zerstampft ist der Boden.

Wir gingen zur Rennbahn. Hier galoppierten europäische Herren und Damen aus Schanghai auf und ab. Manche auf prachtvollen Pferden bester englischer Rasse, die aus England hergebracht worden waren, manche auf kleinen chinesischen Pferden. Nur eine einzige Familie fuhr in einem Char à banc spazieren, und eine Lady – sie soll die Frau eines Pastors sein – wurde von vier Chinesen in einem von zwei Bambusstangen gehaltenen eisernen Sessel umhergetragen. Einige Fußgänger, Offiziere von anderen Schiffen, und wir alle waren die Zuschauer oder, besser gesagt, die mitwirkenden Personen. Das eigentliche Publikum bildeten die Chinesen, friedliche Stadt-

und Dorfbewohner, Kaufleute und Bauern, die ihr Tagewerk beendet hatten. Man sah eine Vielfalt von Gewändern: die seidenen Jacken und weiten Beinkleider der Kaufleute, die blauen Kittel der Bauern, die Wämser und Hosen der Kaiserlichen Soldaten mit dem aufgenähten Kreis oder einem Buchstaben auf dem Rücken.

Mit buchstäblich hängenden Ärmeln stand die Menge da und betrachtete neugierig die Fremden, die mit Gewalt in ihr Gebiet eingedrungen waren. Nicht genug, daß sie sich zwischen den Feldern tummelten, hatten sie auch noch Pfähle mit Inschriften errichtet, die den Besitzern des Landes verboten, hier entlangzufahren. Die Chinesen empfingen oder begleiteten jeden Vorbeireitenden mit einer Bemerkung und lachten. Besondere Aufmerksamkeit erregten die vorbeigaloppierenden Damen: ein bei ihnen nie dagewesenes Ereignis! Ihre eigenen Frauen gehörten vorerst noch zum Hausinventar – bis zu »Löwinnen« hatten sie es noch weit.

Unsere anderen Reisegefährten gesellten sich zu uns. Durch die Phalanx der Neugierigen gingen wir zum Wall, betraten eine im Bogen über den Kanal gespannte Brücke und betrachteten das Lager. Unablässig wurden chinesische Beamte und Kaufleute in Sänften an uns hin- und zurückgetragen. Auf den eng nebeneinander errichteten Zelten wehten Tausende von verschiedenfarbigen Flaggen und Abzeichen, Familienwappen und Hoheitsabzeichen dieses Reichs mit seiner Beamten- und Aristokratenhierarchie. Hin und wieder fielen Schüsse im Lager, aber es wurde zumeist mit Platzpatronen geschossen und wohl nur, um zu zeigen, daß man auf der Hut sei, wie uns englische Offiziere erklärten. In der Tat liegen sie nur auf der Lauer und machen einander Angst. Sie feuern auch in den Nebel hinein, nachts, ohne den Gegner zu sehen. Auch der nächtliche Angriff und die Feuersbrunst, die wir vom

Wusung aus beobachtet hatten, war nur die klägliche Karikatur eines Gefechts.

Die Kaiserlichen Truppen werden hier vom Tautai Samkwa, dem Befehlshaber des Schanghaier Bezirks, kommandiert. Er hat seine Truppen das Lager vor den Mauern der Stadt beziehen lassen. Er selbst leitet die Kampfhandlungen von einer Dschunke aus. Man staunt, daß es ihm nicht möglich ist, eine Schar zerlumpter Landstreicher zu verjagen. Aber bis jetzt waren alle seine Anstrengungen vergeblich. Die Europäer wahren strikte Neutralität, obwohl er jedem Europäer zwanzig Dollar pro Tag anbietet, der in seinen Dienst tritt. Bis jetzt haben sich nur wenige dazu bereit gefunden.

Der nächtliche Angriff ist ihm mißlungen. Er hatte erfolglos versucht, die Stadt in Brand zu setzen. Wegen des herrschenden Gegenwindes breitete sich das Feuer nicht aus, und es brannte nur ein Vorort ab. Aber wieviel kleine, sinnlose Grausamkeiten sind an der Tagesordnung! Doch sie können die Insurgenten nicht schrecken, sie haben sich in der Festung verschanzt, erhalten Lebensmittel über die Mauern aus der Stadt und reagieren auf nichts.

Während ich auf dem Wall stand, griffen einige Kaiserliche einen seinem Aussehen nach ganz friedlichen Mann aus der Menge und schleppten ihn in das Lager. Ich dachte, es handele sich um eine gewöhnliche Straßenszene, irgendeinen Streit. Aber ein hinzukommender Engländer erklärte mir, daß die Kaiserlichen jeden packen, der sich etwas zuschulden kommen läßt, und ihn als Aufrührer in das Lager bringen. Als Zeichen, daß er zu den Rebellen gehört, bindet man ihm ein rotes Tuch um den Kopf. Für jeden aufgebrachten Insurgenten gibt man den Soldaten eine Belohnung. »Oh, that's bad, very bad!« schloß der Engländer, machte eine wegwerfende Bewegung mit der Hand und ging weiter.

Die Insurgenten zahlen mit gleicher Münze heim. Vor einigen Tagen erklärten sie, daß sie bereit seien, die Stadt zu übergeben, und baten um Entsendung von Bevollmächtigten. Der Tautai war erfreut und schickte neun Beamte oder Mandarine samt Gefolge zu ihnen. Kaum hatten sie die Stadt betreten, wurden sie von den Insurgenten jenen raffinierten, grauenvollen Foltern unterzogen, durch die sich alle Bürgerkriege auszeichnen.

Der Engländer, den ich erwähnte, sucht Eindrücke und Abenteuer. Er geht jeden Morgen mit einem geladenen Revolver in der Tasche bald in das Lager, bald in den belagerten Teil der Stadt, um zu beobachten, was sich begibt. Er kümmert sich nicht darum, daß die chinesischen Behörden jede Verantwortung für alle Unanehmlichkeiten ablehnen, die Europäern widerfahren können, wenn sie sich ohne besondere Genehmigung und Vorsichtsmaßnahmen auf den Schauplatz der Kampfhandlungen begeben.

Die Unsrigen hatten die Absicht, ebenfalls das Lager zu besuchen. Ich sah voraus, daß es nicht lange dauern werde, und setzte mich auf einen Balken neben der Straße, um auf sie zu warten. Dort beobachtete ich die reitenden Engländerinnen. Eine üppige, imposante Dame kam angesprengt, einen großen Schal um sich geschlungen. Ihr Pferd hatte einen so majestätischen Gang, daß man unwillkürlich zur Seite wich. Wie ein Monument saß sie auf dem hohen Roß, das gleichsam spürte, wen es im Sattel trug, und gleichmäßig dahingaloppierte. Neben ihr ritt ein spindeldünner Engländer; seine Beine reichten fast bis auf den Boden; er war so dürftig und unscheinbar wie seine Gattin füllig und pompös. Eine andere, kleine und unansehnliche Dame, gleichsam ein Knabe, wurde im Sattel hin und her geworfen und klatschte mit ihrer ganzen Gestalt so stark darauf, daß es hörbar war. Die dritte war eine

Schönheit, wie von einem Maler geschaffen: rotwangig, das herzförmige Mündchen purpurrot und die blauen Augen voller Beschränktheit. Alle diese Damen hatten so dünne, ich sage nicht edle Taillen, waren so als Amazonen hergerichtet, daß das chinesische Publikum sie mehr mitleidig als mit Vergnügen betrachtete.

Ich brauchte nicht lange auf unsere Leute zu warten. Wie ich geahnt hatte, man hatte sie nicht in das Lager hineingelassen. Wir begaben uns auf einem anderen Wege heim, wieder an Feldern und Gärten vorbei. An einigen Stellen goß man aus Eimern Jauche auf die Felder. Wir suchten diesem duftenden Idyll so rasch wie möglich zu entkommen.

Es wurde Abend. Die Sonne senkte sich. Ich schaute zum Himmel empor und dachte an die Tropen: die gleiche blaßgrüne Kuppel mit dem Goldschimmer zu Häupten, aber ohne das malerische Muster der Wolken, die in der tiefen Stille der Luft aufscheinen. Nur hier und da funkelten flimmernde, weiße Sterne. Der Mond teilte Straßen und Wege in zwei Hälften, eine schwarze und eine weiße.

»Ist das ein Winter! Ach, wenn er doch auch bei uns so wäre!« sagte ich, während ich mich durch trockene Baumwollstauden zwängte, an deren Zweigen noch hier und dort weiße Büschel hingen und wie Flaum aus Schnee leuchteten. Im Flauschmantel wurde einem beim Gehen warm. In der Ferne galoppierten Gentlemen und Ladies der Stadt zu und beeilten sich, rechtzeitig zum Dinner zu kommen.

Obwohl wir mit zwei Tagen gerechnet hatten, benötigten wir ganze vier Tage, um von Saddle-Islands »nach Hause« zu kommen, so nannten wir Nagasaki, wo wir während der drei Monate unseres Aufenthalts heimisch geworden waren..

Die interessanteste Phase unseres Aufenthalts in Japan war erreicht. Endlich kam die Sache in Gang, um deretwillen zur gleichen Zeit Expeditionen von zwei Staaten nach Japan geschickt worden waren. Wir erörterten und diskutierten die kommenden Ereignisse, kamen jedoch zu keinem endgültigen Schluß, da wir es mit einem kindlichen, rückständigen, aber schlauen Volke zu tun hatten. Mag man das menschliche Herz noch so gut kennen, mag man noch so erfahren sein – dennoch ist es schwer, dort nach den üblichen Gesetzen der Vernunft und der Logik zu handeln, wo man nicht den Schlüssel zur Weltanschauung, Moral und den Sitten eines Volkes besitzt; es ist genauso schwer, seine Sprache zu sprechen, ohne eine Grammatik und ein Wörterbuch zu besitzen.

Gestern ließen wir den Japaner mitteilen, daß man uns ein gutes Ufergelände zur Verfügung stellen müsse, aber keinen von jenen Plätzen, die sie uns früher angeboten hatten. Sie erklärten sich bereit. Hagiwari zog sofort einen Plan aus der Jacke und zeigte uns den Platz, irgendwo neben der Stadt.

»Dort steht ein Tempel«, fügte er hinzu. »Die Priester werden sich für einige Zeit von dort entfernen.« Außerdem gebe es einige Häuser irgendwelcher Beamter, die man hinausjagen werde. Morgen wird K.N. Possjet auf Befehl des Admirals an Land fahren und den Platz ansehen. Die Gouverneure geben sich größte Mühe, uns gefällig zu sein, oder sie tun zumindest so, als ob sie uns gefällig sein wollten. Es ist das genaue Gegenteil von dem, was wir vor drei Monaten erlebten. Der Eindruck, den unsere Rückkehr in Jeddo gemacht hatte, die Ernennung hoher Würdenträger als Unterhändler und wahrscheinlich die den Gouverneuren erteilten Instruktionen für den Umgang mit uns – all das hatte den Hochmut der hohen Herren gedämpft.

Wir waren diesmal so leise und in der Dunkelheit nach Nagasaki gekommen, daß man uns von Kap Nomo nicht bemerkt hatte. Erst als wir bereits die Anker ausfuhren, meldete die Batterie unsere Ankunft mit Schüssen. Wir fanden die Japaner überrascht. Kein einziges Wachboot lag auf der Reede. Nach drei Stunden erschienen sie und legten sich ziemlich dicht neben uns, aber wir ließen sie durch einen Kutter in eine größere Entfernung bugsieren. Der Schoner und der Transporter gingen weit entfernt in der Meerenge von Nagasaki vor Anker. Wir benahmen uns, als ob wir daheim seien. Die Boote verschwanden und kamen nicht wieder. Die Gouverneure werden unsere Wünsche erfüllen.

Das Weihnachtsfest feierten wir wie in Rußland. In der Christnacht war Mitternachtsmesse, am Ersten Feiertag Hochamt und Andacht. Dann beglückwünschten wir einander, und anschließend wurde beim Admiral gespeist. Nachher spielte die Musikkapelle. Einoske, der uns alle in Paradeuniform erblickte, fragte, was wir für einen Feiertag hätten. Obwohl wir es vermeiden, mit ihnen über die christliche Religion zu sprechen, sagte ich es ihm doch (man muß ihnen doch allmählich einen Begriff von unserer Lebensart und allem Dazugehörigen beibringen): deshalb sind wir ja hergekommen.

Die Zeit scheint noch weit entfernt zu sein, bis das Wort Gottes hierherdringt und das Kreuz errichtet wird, aber so fest, daß es keine Macht wieder herausreißen kann. Wann wird es sein? Ob uns Gott einen ersten, schüchternen Schritt zur Erreichung dieses Ziels tun läßt? Anstrengende Verhandlungen mit der hiesigen Regierung wird es genug geben. Die herrschende Methode, sich von aller Welt zu isolieren, ist kaum zu erschüttern. Alle Maßnahmen der Regierung sind darauf gerichtet, eine Annäherung zu vermeiden. Es ist nicht leicht, das Volk mit unserer Lebensart bekannt zu machen und es auf die Seite der Europäer zu ziehen. Solange es keine Verlockung gibt, gibt es auch keine Versuchung. Das weiß die Regierung. Deshalb verbietet sie streng die Einfuhr aller Luxusgegenstände, vor allem moderner. Unsere Geschenke hat man den Beamten nicht ausgehändigt. Einoske sagte gestern, eine Liste der Gegenstände sei nach Jeddo geschickt worden; erst wenn von dort die Erlaubnis einträfe, würden sie verteilt werden. Alles ist ihnen verboten. Heute überreicht Possjet den Banjos die silbernen Uhren, die man vorgestern vergessen hat, den anderen Geschenken beizulegen. Gibt es etwas Einfacheres, als sie zu nehmen und den anderen Geschenken hinzuzufügen? Nein, das darf nicht sein, man muß den Gouverneur fragen, der bringt es vor den Rat, der Rat vor den Shogun, der vor den Mikado – und so geschah's. Weiter sagte man Possjet heute, daß er bei der Besichtigung des Platzes nicht von zwei Mann, wie früher vereinbart war, sondern von drei Mann begleitet würde. Selbst bei solchen Belanglosigkeiten gab es neue Zweifel. Nach langen Beratungen wollte man sogar unsere Bitte abweisen, aber wir gehorchten ihnen nicht.

Und so ist es mit allem. Das herrschende System ist starr. Es zu zerstören, die Leute zu einem vernünftigen Denken zu bringen, kann nur mit Gewalt geschehen. Es wird noch lange dauern, bis sie gestatten, frei durch ihre Städte zu gehen, ins Innere des Landes zu reisen, private

Beziehungen zu pflegen. Das wird selbst dann noch so sein, wenn man sich entschließt, mit den Ausländern Handel zu treiben. Schon jetzt können die Japaner den Handel nicht mehr denselben Beschränkungen unterwerfen, die sie den Holländern auferlegen. Andererseits sind die Ausländer nicht imstande, sie freiwillig geneigt zu machen, völlig nach europäischer Manier zu handeln. Da helfen weder List noch Überzeugungen. Man kann auf ihre Feigheit hoffen. Drohungen von seiten der Europäer und der Wunsch nach Frieden von seiten der Japaner werden dazu beitragen, eine Änderung gewisser Einschränkungen zu bewirken. Mit einem Wort, nur äußere außerordentliche Umstände können ihr System erschüttern, obwohl das Volk von sich aus für Reformen offen ist.

DAS NEUJAHRSDINER

»Ein gutes neues Jahr! Wie haben Sie das alte Jahr verabschiedet und das neue begrüßt? Wie immer: zusammengesessen, getanzt, gelärmt, Karten gespielt, dann in Erwartung, daß die Uhr zwölf schlagen werde, einige Male gegähnt, schließlich den ersehnten Glockenschlag vernommen und die Gläser ergriffen – alles genauso wie vor fünf, vor zehn Jahren?«

Zum ersten Male im Leben habe ich den letzten Tag des alten Jahrs völlig anders als sonst verbracht. Ich speiste an diesem Tage bei japanischen Würdenträgern! Wenn es Sie nicht langweilt, will ich Ihnen genau erzählen, was ich gestern erlebt habe. Hören Sie zu! Ich nehme es nicht auf mich, alle gestern erlebten Bilder und Szenen in ihrer originalen, leuchtenden Farbigkeit zu schildern. Ich verspreche nur das: eine wahrheitsgetreue Erzählung, wie wir gestern den Tag verbrachten.

Unsere Abfahrt von der Fregatte war auf elf Uhr vormittags festgesetzt. Aber bekanntlich wird die Stunde nur bestimmt, damit man weiß, um wieviel Zeit man sich verspäten darf – so ist es in der guten Gesellschaft Brauch. Da wir zur guten Gesellschaft gehören, legten wir deshalb erst um zwölf Uhr dreißig von der Fregatte ab.

Mit neun Schaluppen, die sich über eine Werst auseinanderzogen, fuhren wir in derselben Ordnung wie das erste Mal zur Stadt. Kapitänleutnant Possjet fuhr auf der Admiralsgig voraus, um an Land die Wachmannschaft zu empfangen und zu formieren. Dann folgten auf einer Barkasse die Mannschaften, fünfzig an der Zahl. Dann kam ein Kutter mit den Musikern und ein zweiter mit Stühlen und Dienern. Die nächsten beiden brachten die Offiziere: fünfzehn Herren von allen Schiffen. Den Beschluß machte der Admiralskutter; in ihm saßen außer dem Admiral die Kommandanten aller vier Schiffe: I.S. Unkowskij, die Kapitänleutnants R.Korsakow, Nasimow und Furugeljm, Leutnant Baron Kruedener, der Übersetzer aus dem Chinesischen O. A. Goschkewitsch und Ihr ergebenster Diener. Dann folgten zwei Brandungsboote und noch eine Gig mit einigen Offizieren.

Die Matrosen standen auf den Rahen und gaben uns wie früher mit einem dreifachen »Hurra« das Geleit. Abermals entfalteten sich plötzlich vielfarbige Wimpel und glitten wie herabgeworfene Blumenbündel an den Tauen hinunter. Die Musikkapelle spielte die Nationalhymne. Der Eindruck war der gleiche wie beim ersten Mal. Ich wartete voller Ungeduld auf die Salutschüsse. Es war etwas Neues. Ich war gespannt, was die Japaner tun würden.

Ja, ich vergaß zu sagen, daß eine halbe Stunde vor der anberaumten Zeit der nach dem Gouverneur ranghöchste Beamte der Stadt auf der Fregatte erschien und mitteilte, daß uns die Bevollmächtigten erwarteten. Ihm folgte nach japanischem Brauch ein ganzer Schwarm Banjos und anderer Untergebener. Der Beamte trank eine Tasse Tee, zwei Gläschen Sherry und verabschiedete sich.

Kaum hatten die Japaner in ihren Booten Platz genommen, als der Admiral K. N. Possjet beauftragte, den Übersetzern zu sagen, die Banjos sollten den japanischen Booten befehlen, sich in einem möglichst weiten Abstand von der Fregatte zu halten, weil man Salut schießen werde.

Früher hatte er darüber keine Mitteilung machen wollen, denn er sah voraus, daß sich die Gouverneure widersetzen und bitten würden, keinen Salut zu schießen. Die Banjos waren von dieser unerwarteten Neuigkeit wie vor den Kopf geschlagen. Einer, der eben den Fuß auf das Fallreep setzte, um hinabzusteigen, blieb mit erhobenem Fuß einige Sekunden in dieser Stellung stehen. Die ganze Schar verharrte hinter ihm, während der rangälteste Beamte bereits in seinem Boot saß und auf die übrigen wartete. Nachdem der Banjo zu sich gekommen war, eilte er zu ihm, um ihm die Neuigkeit zu verkünden. Er kehrte sogleich mit der Bitte zurück, keinen Salut zu schießen und zu warten, bis man es dem Gouverneur gemeldet habe. Eben das wollten wir nicht. »Es ist keine Zeit zu verlieren, es ist keine Zeit zu verlieren!« Wir drängten sie zur Eile. »Fahren Sie schnell zurück, wir legen selbst sofort ab.« Aber sie blieben am Fallreep und verlegten sich aufs Bitten.

Da wir die Verwirrung der Japaner vorausgesehen hatten, konnten wir uns kaum das Lachen verkneifen. Ich vernahm von einem Übersetzer das Wort »misverstand« und ging näher heran, um zu erfahren, was es bedeute. Er sagte, daß die Mannschaften der japanischen Batterien nicht in Kenntnis gesetzt worden seien und daher ein Mißverständnis erfolgen könne. Auch sie würden das Feuer eröffnen. »Keine Not! Laßt sie schießen!« sagte man zu ihm. »So gehört es sich auch, auf einen Salut muß man antworten.« Sie konnten sich trotzdem nicht zur Abfahrt entschließen. »Es wird Zeit, es wird Zeit!« drängte man sie. »Gleich wird geschossen, dort, da gehen sie schon an die Geschütze.« Das hätten wir schon längst sagen sollen. Auf dem Fallreep gab es ein Getrappel von Strohsandalen wie nie. Sie fuhren ab und nahmen alle Boote mit.

Auch wir setzten uns in Bewegung. Kaum waren wir um den Bug der Fregatte herumgekommen, als aus ihrer Flanke eine Rauchwolke hervorquoll. Ein Kanonenschuß erdröhnte. Von dem weithin rollenden Echo fuhren die Berge ringsum plötzlich aus dem Schlaf; es war, als wenn ein Riese vor Lachen platzte. Ein zweiter Schuß, dann einer von der Korvette, wieder einer von uns, abermals von dort: das Gelächter in den Bergen verdoppelte sich. Die Schüsse wiederholten sich. Bald erschollen sie von beiden Schiffen gleichzeitig, bald nacheinander. Die Berge gerieten außer sich und die Gouverneure wahrscheinlich nicht minder.

Wenn es »einem japanischen Auge weh tut«, wie sich der Gouverneur bei der ersten Begegnung ausdrückte, fremde Schiffe in Japans Häfen zu sehen, so schmerzt es das japanische Ohr vermutlich noch mehr, das Gebrüll fremder Geschütze zu hören. Ihre Kanonen sind klein, und die Schüsse erwecken keine Berge. Ich beobachtete die Boote und die japanischen Batteriestellungen. Nirgendwo zeigte sich Bewegung, nur zwei Hunde rannten hin und her und suchten einen Platz, um sich zu verkriechen, fanden ihn jedoch nicht. Bei einem Schuß jagten sie den Hügel hinauf, doch von dort trieb sie das Echo zurück.

Der Salut endete, die Geschütze verstummten, die Berge sanken wieder in Schlaf, die Hunde beruhigten sich, und auf den Höhen zeigten sich einige Japaner in langen Kitteln. Unsere Matrosen legten sich stumm, aber kräftig in die Ruder. Wir waren von der Reede schon weit entfernt, doch der Pulverqualm zog noch immer träge über das Wasser hin und trieb langsam zum offenen Meer. Aus der Ferne, vom ersten Kutter, drangen die schwachen Klänge der Musik zu uns.

Wir bewegten uns an den bereits bekannten hübschen Buchten, Hügeln, Felsen und Hainen rasch vorüber. Ich stellte in Gedanken auf alle diese Hügel und in die Wäldchen Kapellen, Landhäuser, Gartenhäuschen und Statuen und belebte das Wasser der Bucht mit Dampfern und einem Wald von Masten. An den Ufern siedelte ich Europäer an. Ich sah im Geist bereits Parkwege, galoppierende Amazonen und näher an der Stadt russische, amerikanische und englische Handelsniederlassungen.

Die japanischen Boote fuhren dicht geschlossen und strengten sich an, uns zu überholen, je näher wir der Stadt kamen. Ihre Ruderer arbeiteten stumm. Manchmal brachen sie jedoch plötzlich in Geschrei aus und riefen aus Leibeskräften: »Ossilian, ossilian!« Die Unsrigen, unwillkürlich von den Rufen angefeuert, legten sich stärker in die Riemen, setzten aber gleich wieder, als ob sie zur Besinnung gekommen wären, das gleichmäßige Tempo fort, mit dem sie das Wasser durchpflügten.

Die japanischen Boote wollten unbedingt zugleich mit den unseren anlegen. Man kann sich vorstellen, was sich dabei ergab. Ein Boot stellte sich quer vor das andere, und alle bedrängten einander, als ob sie den Befehl gehabt hätten, uns nicht an Land zu lassen, statt es uns zu gewähren.

Dann vollzog sich alles wie vorher. Die Musikkapelle und die Wachmannschaften formierten sich. Auch die japanischen Truppen hatten zu beiden Seiten des Wegs Aufstellung genommen. Es waren die gleichen Soldaten mit den Pappmützen und Gewehren oder Quasi-Gewehren in Futteralen. Mit gespreizten Beinen und vorgedrückten Knien standen sie da. Auch ein Mann zu Pferde war vorhanden, ebenso der Alte mit den verschlafenen Augen; die Schar der Übersetzer und die Banjos hatten sich eingestellt. Die langen Röcke gerafft und alle Würde vergessend, rannten uns die Japaner nach und verloren die Sandalen, um vor uns im Hause zu sein. Im Flur hockten dieselben Personen, aber auf der Freitreppe stand verabredungsgemäß der jüngste der Bevollmächtigten mit einer seltsamen Kopfbedeckung.

Wir hatten keine Zeit, ihn genau zu betrachten. Er ging voraus, wir folgten. In der Galerie saßen weniger Beamte als beim ersten Besuch. Wir betraten geschlossen den Empfangssaal. In diesen friedlichen Hallen war es vielleicht noch nie so geräuschvoll und bewegt zugegangen. Hier waren bisher nur japanische Beamte auf weißen Wollstrümpfen wie Schatten entlanggehuscht, und nunmehr erklangen bereits zum zweiten Male so kräftige Schritte.

In dem Augenblick, als wir den Saal betraten, wurden an der gegenüberliegenden Seite Wandschirme gleichsam wie Kulissen fortgeschoben, und langsam, einer nach dem andern, kamen alle Bevollmächtigten auf uns zu. Zuerst erschien ein etwas gebückter Greis, dessen Mund vor Alter ständig etwas offenstand. Ihm folgte ein Mann von etwa fünfundvierzig Jahren mit großen braunen Augen, klugem und kühnem Gesicht. Der dritte war hochbetagt und hatte ein hageres, tiefbraunes, mumienartiges Gesicht; er hielt den Blick gesenkt, als ob er sein ganzes Leben in einer Einsiedelei verbracht habe. Der vierte war ein Mann in mittleren Jahren mit einem nichtssagenden, alltäglichen Gesicht wie eine Schaufel. An solchen Gesichtern kann man sofort ablesen, daß ihre Träger nur an die üblichen Sorgen denken.

Sie stellten sich alle vier in einer Reihe auf, und wir verbeugten uns voreinander. Rechts von den Bevollmächtigten hatten die beiden Gouverneure von Nagasaki Aufstellung genommen, links standen vier offenbar vornehme Persönlichkeiten aus Jeddo. Hinter den Bevollmächtigten waren ihre Waffenträger postiert; sie hielten kostbare Säbel in den Händen. Links, an den Fenstern, saßen Beamte; sie stammten offenbar auch aus Jeddo, denn wir entdeckten keine bekannten Gesichter unter ihnen.

Die vier Bevollmächtigten trugen weite Umhänge aus kostbarer, schwerer, gemusterter Seide, die kaum Falten schlug. Die Ärmel waren am Handgelenk außerordentlich weit. Vorn, vom Kinn bis zur Hüfte, hing ein Brusttuch aus dem gleichen Stoff. Unter dem Umhang befand sich der übliche lange Rock, natürlich auch aus Seide. Das Gewand des Greises bestand aus grüner, das des zweiten aus weißer Seide, einer Art Moirée, mit wenigen Streifen. Alle vier Bevollmächtigten und ebenso die Gouverneure trugen mitten auf dem Haupt eine kleine, schwarze, umgestülpte Krone, deren Form sehr an die Nähkörbchen unserer Damen oder auch an die kleinen Bastkörbe erinnerte, in die unsere Bauernweiber die Pilze sammeln. Diese Krönchen werden, wie ich später erfuhr, aus Papiermaché angefertigt. Die beiden Beamten links von den Bevollmächtigten hatten Krönchen in der gleichen Form, während sie bei allen anderen teils dreieckig, teils quadratisch und flacher waren. Die Krönchen der Ranghöheren waren mit weißen, die der Jüngeren mit schwarzen Schnüren unter dem Kinn festgebunden. Aber all das war nichts gegen die seidenen Hosen des dritten Bevollmächtigten, der beiden Gouverneure und noch eines Beamten; deren Beinkleider setzten sich noch eine Elle über die Beine hinaus fort. Die Gouverneure vermochten kaum zu gehen; mit Mühe hoben sie die Füße.

Diese Kleidung gehört zu einem bestimmten Rang. Alle trugen Paradegewänder, auch wir hatten volle Uniform angelegt. Bei dem Anblick eines im Festgewand mit etwas gesenktem Kopf dastehenden Japaners samt seinem Umhang, dem Kästchen auf dem Kopf und den endlosen Beinkleidern muß man unwillkürlich denken, ein Spaßvogel habe sich die Aufgabe gestellt, einen Menschen so unbequem wie möglich anzukleiden, so daß er weder gehen und laufen noch sich rühren könne. Solcherart sind die Japaner gekleidet. Es ist eine Kunst, sich in einem solchen Gewand zu bewegen. Es ist nur dazu gedacht, würdevoll dazusitzen. Sieht man die Japaner dahocken, merkt man, daß die Kleidung der sitzenden Stellung vorzüglich angepaßt ist und dann auch nicht einer gewissen Großartigkeit und sogar Schönheit entbehrt. Die Bahnen aus schwerer Seide, die den Körper umfluten, bilden eine schöne Drapierung der trägen Körpermasse und verleihen ihr die Würde und Unbeweglichkeit einer Statue.

Beide Gruppen musterten sich schweigend von Kopf bis Fuß – wir sie, sie uns. Die Bevollmächtigten machten ein Zeichen, daß sie sprechen wollten. Augenblicklich kamen von irgendwoher, aus zwei verschiedenen Ecken, die Dolmetscher Einoske und Kitschibe wie zwei Blindschleichen zu ihren Füßen gekrochen. Sie legten die Stirn auf den Boden und lauschten in dieser Stellung mit angehaltenem Atem. Der Greis begann. Wir verschlangen ihn mit den Blicken. Er hatte uns sofort verzaubert. Solche alten Männer gibt es überall, bei allen Völkern. Wie ein Gitter breiteten sich die Runzeln um Augen und Lippen. Aus dem Blick, der Stimme und den Zügen strahlte die kluge, herzliche Güte des Alters – Frucht eines langen Lebens und einer in der Praxis erworbenen Weisheit. Wer diesen alten Mann sah, hätte ihn zum Großväterchen haben mögen. Zudem zeigten seine Manieren, daß er eine gute Erziehung genossen hatte. Er begann zu sprechen, aber Lippen und Zunge hatten schon die Kraft verloren; er sprach langsam; es klang, als wenn eine Flüssigkeit leise und gleichmäßig von einer Flasche in die andere gegossen würde.

Kitschibe hob den Kopf, schluckte ein wenig und übertrug dann die Begrüßung. Der Greis hieß den Admiral willkommen und wünschte ihm gute Gesundheit. Der Admiral erwiderte die Begrüßung. Kitschibe verneigte sich bis zur Erde und übersetzte. Der Greis richtete die gleichen förmlichen Begrüßungsworte an den Kommandanten der Fregatte. Aber alle diese offiziellen Reden paßten nicht recht zu ihm. Er blickte uns so liebevoll und wohlwollend an, als wolle er anders, aufrichtiger sprechen. Und später tat er es auch. Jetzt aber setzte er seine Begrüßung mit einer Ansprache an K.N. Possjet fort, der es auf sich genommen hatte, der Sprecher für alle Offiziere zu sein.

Kaum hatte der Greis geendet, flüsterte der links von ihm stehende Beamte, der eine Art Zeremonienmeister zu sein schien: »Einoske!« und wies auf den zweiten Bevollmächtigten. Einoske rutschte flink vor dessen Füße und neigte die Stirn auf den Boden. Der zweite wiederholte die gleichen Begrüßungen in derselben Folge. Die Übersetzer krochen rasch zum dritten und vierten Bevollmächtigten und schließlich zu den Gouverneuren. Alle wiederholten der Reihe nach die Begrüßung und sprachen die russischen Namen deutlich und sicher aus. Der Admiral brachte ihnen in seinem und unser aller Namen seinen Dank zum Ausdruck.

All das ging stehend vor sich, Seidengewand neben Seidengewand. Man sah, es war eine hochfeierliche Versammlung. Kitschibe und Einoske trugen ebenfalls seidene Gewänder, einen schwarzen oder blauen Crêpe-

Umhang mit weißem Wappen auf Rücken und Schultern, Seidenkittel und ebensolche Röcke sowie weiße Wollstrümpfe.

Wie bei der ersten Begegnung mit dem Gouverneur überließ ich mich während der Begrüßungsansprachen abermals meinen Gedanken. Es war das zweite Erlebnis dieser Art, aber mit einer noch leuchtenderen Farbigkeit. Auge und Gedanken konnten sich an die Neuartigkeit des Schauspiels nicht so rasch gewöhnen. Ich wollte nicht für wahr halten, was sich da vor mir abspielte. Manchmal kam es mir vor, als ob ich ein Kind sei und die Wärterin erzähle mir ein Zaubermärchen von unbekannten Menschen und ich schliefe auf ihren Armen ein und träumte das alles. Und wo bin ich denn, in der Tat? Was sind das ringsum für Menschen mit diesen rasierten Schädeln, gelbbraunen Gesichtern von Mumien, gesenkten Köpfen und halbgeschlossenen Augen, mit den langen, weiten Gewändern? Mit starren Gesichtern, kaum daß sie die Lippen bewegen, von denen halblaute Seufzer und dumpfe, für unsere Ohren unverständliche Laute dringen? Sind Längstverstorbene aus jahrtausendealten Gräbern gestiegen und haben sich zur Beratung versammelt? Können sie gehen, lächeln, singen, tanzen? Kennen sie unser menschliches Leben, unseren Kummer, unsere Freude oder haben sie in langem Schlaf vergessen, wie Menschen leben? Was ist das für ein Haus, für ein Raum? Die Fenster sind aus Papier, der Raum ist dumpf und feucht wie eine Gruft. Ringsum stehen vergoldete Wandschirme mit der Darstellung von Störchen – den Sinnbildern langen Lebens. Das aus glattgehobelten Brettern bestehende Dach wird von einfachen, viereckigen Holzsäulen gestützt. Einen Plafond gibt es nicht. Ein Haus von primitiver Bauweise, wie es sich die ersten Menschen ersonnen haben. Wo bin ich?

Die Illusion, der ich mich mit Vergnügen hingab, dauerte nicht lange. Einer der alten Herren, der älteste, gebrechlichste, zog hinter dem Brusttuch ein Päckchen dünnen Papiers hervor, trennte ein Blatt ab und schneuzte hinein. Dann steckte er das Blatt in den Abgrund seines unermeßlich weiten Ärmels. »Aha! Es sind lebendige Menschen!«

Man bat uns, »auszuruhen« und ein Täßchen Tee zu trinken, bis das Essen fertig sei. Nun, Gott sei Dank! Wir befinden uns unter Lebenden, hier werden wir ein japanisches Mahl einnehmen! Mit welcher Sucht habe ich einst die Beschreibungen fremder Gastmähler, das heißt fremder Völker gelesen. In alle Einzelheiten vertiefte ich mich und schrieb, wie sehr ich mir wünschte, einmal bei den Chinesen, bei den Japanern zu speisen. Und nun erfüllt sich auch dieser Traum! Ich bin die piqueassiette von London bis Jeddo. Was werden wir erleben, was wird man uns bieten, wie wird man sitzen? All das beschäftigte uns lebhaft.

Der Tee wurde im »Ruheraum« serviert. Man bat uns, dem Tee besondere Beachtung zu schenken. Es ist kleingestoßener Tee der besten Sorte; er gedeiht auf einem Berg, den Kaempfer ausführlich beschrieben hat. Ein Teil dieses Tees ist nur für den Verbrauch am Hofe des Shogun und des Mikado bestimmt und ein Teil von weniger guter Beschaffenheit für die höchsten Standespersonen. Man zerstößt ihn zu Pulver, schüttet ihn in die Tasse, überbrüht ihn mit kochendem Wasser – und fertig ist der Tee. Er schmeckt vorzüglich, ist kräftig und aromatisch, doch mundete er uns nicht recht, weil er ohne Zucker getrunken wird. Wir lobten ihn jedoch in den Himmel hinein.

Nach dem Tee reichte man uns Pfeifen und Tabak, sodann bot man Konfekt an, wieder in denselben glattpolierten Kästchen aus Tannenholz, die aus einem Stück gefertigt sind, nicht einmal die Kanten sind gezargt. Welche saubere, sorgfältige Arbeit! Dabei wird ein solches Kästchen nur für einen Augenblick verwendet, nämlich zum Anbieten des Konfekts, danach schickt man es dem Gast nach Hause, der es natürlich wegwirft. Das Konfekt bestand aus verzuckerten Erbsen, Möhren und noch etwas dieser Art, weiter aus rotem und weißem Reis in verschiedenen Formen, Nachbildungen von Fischen, Äpfeln usw.

Neben uns auf dem Fußboden saßen die Übersetzer. Von den Banjos sah ich nur Hagiwari und Oye-Sabroski. Solange wir es nur mit dem Gouverneur zu tun gehabt hatten, fürchteten sie sich sogar, uns anzuschauen. Vielleicht hatten sie auch keine große Achtung vor uns gehabt, bevor man die Bevollmächtigten aus Jeddo geschickt hatte, die uns diesen feierlichen und ehrenvollen Empfang bereiteten. Jetzt kamen auch die anderen in Bewegung, nun wußten sie nicht, wie sie uns den besten Platz anweisen sollten, nun drückten sie uns die Hand, lächelten und bewirteten uns.

Nach einer halben Stunde kam der Zeremonienmeister und bat uns zum Essen. Er entschuldigte sich, daß die räumliche Beengtheit nicht gestatte, gemeinsam zu speisen und die Gesellschaft in verschiedenen Zimmern Platz nehmen müsse. Den Admiral, I. S. Unkowskij, K. N. Possjet und mich führte man wieder in den Empfangssaal. Mit uns speisten nur die beiden ältesten Bevollmächtigten, die anderen gingen hinaus. Der Saal ist so groß, daß man in ihm ohne weiteres sechzig Menschen zum Essen hätte unterbringen können. Die Japaner hatten für jeden von uns einen Tisch aufgestellt. Die Bevollmächtigten saßen auf ihren erhöhten Plätzen. Dort wurden ihnen auch die Speisen gereicht.

Nunmehr erschienen sechs Diener, für jeden Gast einer. Jeder trug ein Tablett, auf dem etwas in Papier Gewickeltes lag, ein Fisch, wie mir schien. Sie setzten die Tabletts vor uns hin, entfernten sich für einen Augenblick, kamen zurück und trugen sie fort. Wieder saßen wir vor leeren Tischen, die eigens für uns aus Zedernholz angefertigt worden waren. ›Na, keine ganz patriarchalische Sitte‹, dachte ich, ›was mag das bedeuten?‹

»Es ist bei uns Brauch«, sagte der Greis, »eine Schüssel mit ›diesem‹ auf den Tisch zu stellen und sofort wieder abzutragen. ›Dieses‹ ist bei uns ein Symbol des Wohlwollens.«

»Dieses« war kein Fisch, wie ich zuerst gemeint hatte, sondern ein länglicher Streifen in der Art eines Störrükkens. Ich hielt es für Seegras, aber es erwies sich als Haut einer Schnecke, mit der sie sich an Felsen festklammert. Man sieht: solchermaßen ist ihr Symbol der Sympathie, der Verbundenheit oder buchstäblich der »Anklammerung«.

Wieder erschienen wie im Märchen die sechs – Knappen, hätte ich beinahe gesagt, wenn sie auch nur einen Schimmer jugendlicher Schönheit gehabt hätten. Ich hätte mit mir reden lassen und nicht viel verlangt, aber es gab an diesen Menschen nichts, was unseren Schönheitsbegriffen auch nur entfernt entsprochen hätte. Der Greis war wegen seines Alters, der bezaubernden Anmut seines Geistes und seiner Herzensgüte der Schönste von allen; auch der zweite Bevollmächtigte konnte noch wegen seines klugen, kühnen Gesichts gefallen, meinetwegen sah auch Owosawa gut aus, obwohl sein Gesicht gedanken- und gefühllos war. Hätte er ein Gefühl gezeigt, wäre es gewiß kein für uns freundliches gewesen. Aber alle anderen – nicht zum Ansehen! Einoske wirkte nicht übel, weil er Ähnlichkeit mit einem Europäer hatte und sein Gesicht Gedanken und Bildung spüren ließ. Aber mein Gott! In welcher Lage befand er sich und Kitschibe ebenfalls. Sie krochen zwischen uns und den Bevollmächtigten auf dem Fußboden herum wie zwei Jagdhunde, die bereit waren .. zu fressen, denken Sie? Nein, zu übersetzen!

Die Diener hatten inzwischen vor jeden Gast ein rotlackiertes Bänkchen gestellt, etwa von der Größe der Fußbänkchen für unsere Damen. Der Diener trat heran, hob das Bänkchen schnell und gemessen als Zeichen der Ehrerbietung in Kopfhöhe, ließ sich auf die Knie nieder und stellte es mit derselben behenden, gleichmäßigen Bewegung leise vor den Gast. Sechsmal kamen die Diener und stellten sechs dieser Bänkchen vor uns hin. Aber keiner von uns rührte etwas an. Auf allen Bänkchen standen lackierte Holzschalen von der Größe und Form unserer Teetassen, aber ohne Henkel. Jedes Schälchen war mit einem hölzernen Schüsselchen zugedeckt. Es gab auch gewöhnliche blaue Porzellantassen, die Speisen enthielten, und kleinere mit Soja. Zu alledem wurden zwei Stäbchen gereicht.

›Nun, das bedeutet hungrig bleiben‹, dachte ich, während ich die beiden glatten, weißen, völlig stumpfen Stäbchen betrachtete, mit denen man weder feste noch weiche Speisen fassen konnte. Wie und womit sollte man essen? Mein Nachbar Unkowskij dachte offenbar dasselbe. Vielleicht trieb ihn der Hunger, jedenfalls nahm er die beiden Stäbchen in die Hände und schaute sie bekümmert an. Die Bevollmächtigten lachten und entschlossen sich, endlich mit dem Mahl zu beginnen. In diesem Augenblick kamen die Diener und brachten jedem von uns einen silbernen Löffel und eine Gabel auf einem Tablett.

»Als Beweis, daß alles Dargebotene zum Essen bestimmt ist«, sagte der Greis, »beginnen wir als erste. Bitte, decken Sie die Schalen auf und essen Sie, was Ihnen schmeckt.«

»Was mag wohl in diesem Schälchen sein?« flüsterte ich meinem Nachbarn zu und hob das Schüsselchen in die

Höhe. Es war gekochter Reis ohne Salz. Salz war nirgendwo zu sehen. Brot gab es ebenfalls nicht.

Ich hielt die Schale mit Reis eine Weile in der Hand und stellte sie dann auf ihren Platz zurück. ›Versuchen wir es mal mit dieser hier!‹ dachte ich und deckte eine andere Schüssel auf. In ihr befand sich eine dunkle Brühe. Ich nahm den Löffel und versuchte – es schmeckte ähnlich wie unsere roten Beete; auch Wurzelwerk war darin.

»Wir essen zu jedem Gericht Reis«, bemerkte der zweite Bevollmächtigte, »vielleicht möchte jemand frischen, falls der vorhandene bereits kalt geworden ist?«

Der Zeremonienmeister, der ein breites, rundes Gesicht und eine platte, etwas aufgestülpte, ebenfalls breite arabische Nase hatte, stand neben dem Podium, auf dem die beiden Bevollmächtigten saßen, und gab den Dienern mit Blicken und kaum merklichen Gesten Anweisungen.

Hinter Einoske hockten zwei Diener, einer mit einer Teekanne, der andere mit einer lackierten Holzschüssel, in der sich heißer Reis befand.

Wir untersuchten inzwischen eine Schale nach der anderen und wechselten hin und wieder ein paar Worte miteinander. »Probieren Sie, wie gut der Krebssalat in der blauen Schale schmeckt!« sagte Possjet halblaut zu mir. »Die Krebse sind mit Fisch oder Kaviar bestreut; auch Kräuter sind dabei und noch etwas.«

»Ich habe sie schon aufgegessen«, antwortete ich. »Haben Sie schon den rohen Fisch versucht?«

»Nein, wo ist er?«

»Die langen Streifen da ..«

»Ach, ist das wirklich roher Fisch? Und ich habe schon die Hälfte gegessen!« sagte er und verzog das Gesicht.

In einer anderen Schale war eine Brühe mit Fisch, in der Art unserer Krautsuppe. Ich deckte die fünfte – oder war es schon die sechste? – Schale auf: in ihr schwamm ein

Stückchen Fisch in Bouillon, rein und hell wie heißes Wasser. Ich meinte, es sei Fischsuppe, und aß vier Löffel davon, aber sie schmeckte mir nicht. Es war tatsächlich heißes Wasser und weiter nichts.

Mein Nachbar bemühte sich, mit den Stäbchen zu essen, und brachte – wie wir alle – die Japaner mehr als einmal zum Lächeln. Wiederholt bedeckten sie den Mund mit dem Ärmel, als sie merkten, wie mißtrauisch und unschlüssig wir die Speisen betrachteten und wie vorsichtig wir sie kosteten. Aber von der dritten Schüssel ab hörte ich auf zu probieren und aß das übrige ohne jede Analyse auf, alles mit demselben Löffel, wobei ich in Ermangelung von Brot oft dem Reis zusprach. Ich erinnere mich, daß gebratener Fisch, gedünstete Austern oder vielleicht auch irgendwelche Mollusken dabei waren, die ähnlich schmeckten. O. A. Goschkewitsch sagte, es habe auch Trepang gegeben. Ich verzehrte etwas Schwarzes, Knuspriges und Schlüpfriges, aber ich weiß nicht, was es gewesen ist. Ich geriet an etwas Süßes, eine Birne, schien es mir, die mit einer roten, süßen Tunke übergossen war. Dann knirschte etwas Salziges, Feuchtes zwischen den Zähnen. Das Salzige war Rettich, der den Japanern das Salz ersetzt. In einer blauen Porzellanschale lag etwas Teigiges in der Art einer Eierspeise, beigelegt war eine gekochte Möhre. In heißem Wasser schwamm zwischen gekochtem Gemüse ein Entenflügelchen.

Hinter allen Bänkchen stand vor jedem Gast ein besonderer Untersatz. Darauf lag ein gebratener Fisch mit hochgebogenem Schwanz und Kopf. Schon längst hätte ich ihn näher an mich herangezogen und wollte eben die Hand danach ausstrecken, als der zweite Bevollmächtigte meine Bewegung bemerkte.

»Diesen Fisch reicht man bei uns fast zu jeder Mahlzeit«, sagte er, »aber man verzehrt ihn niemals bei Tisch, sondern schickt ihn den Gästen zusammen mit Konfekt nach Hause.«

Da stand nun ein ordentliches Gericht vor einem, und das durfte man nicht essen! Ach, gehen Sie mir mit allen diesen Emblemen und Symbolen!

Die Diener traten herzu und streckten die Hände aus. Ich dachte, sie wollten die leeren Schalen abräumen, und gab einem Diener drei. Er brachte sie mir nach wenigen Augenblicken mit den gleichen Speisen gefüllt wieder zurück. Was sollte ich tun? Ich überlegte und machte mich wieder an die Brühe, wollte auch zum zweiten Male dem gebratenen Fisch zu Leibe rücken, aber meine Kameraden hatten aufgehört zu essen, und also ließ auch ich es. Den Gastgebern hatte es sehr gefallen, daß wir tüchtig zugelangt hatten. Der Greis sah uns alle freundlich an; er hatte von Herzen über die Bemühungen meines Nachbarn gelacht, als er mit den Stäbchen essen wollte.

Zum Schluß des Mahls erschienen die Diener mit dampfenden Teekannen. Wir beobachteten neugierig, was nun kommen werde. »Jetzt wird Saki getrunken«, sagte der Greis, während die Diener das heiße Getränk in rote, fast flache lackierte Schalen füllten. Jeder von uns trank ein Schälchen. Man hatte uns schon früher mit anderen Lebensmitteln mehrere Krüge von diesem Saki geliefert. Damals hatte er uns nicht geschmeckt. Warm mundete er uns mehr; sein Geschmack erinnerte an schwachen, abgestandenen Rum. Saki ist destillierter Reiswein.

Die Diener schenkten ein zweites Mal ein. Wir wollten uns sträuben, aber der Greis erklärte, man müsse dreimal trinken. Wir tranken auch ein drittes Mal, ebenfalls unsere Gastgeber. Während des Mahls hatte man dauernd heißen Reis nachgereicht. Nunmehr brachte man nach dem Saki abermals dampfende Kannen. Ich glaubte, es sei wiederum Saki, aber der Greis schlug uns vor, »heißes Wasser zu trinken«. Was sollte der Scherz? Da hatte er eine Delikatesse entdeckt! »Nein, wir möchten nicht«, antworteten wir ihm. Ich überlegte jedoch, daß man, wenn man schon auf japanisch speiste, alles genießen müsse, und deshalb probierte ich auch das heiße Wasser. Es schmeckte genauso schlecht, als wenn ich es nach einem russischen Mahl getrunken hätte.

»Wollen Sie nicht den Reis mit heißem Wasser begießen und essen?« schlug der Greis vor. Auch das wollten wir nicht. Die beiden Bevollmächtigten hielten jedoch ihre flachen Schalen unter die Kanne; man goß heißes Wasser hinein, und sie tranken es. Sie erklärten, daß sie den Durst mit heißem Wasser löschten.

Die Gastgeber waren freundliche Menschen. Es ist Zeit, ihre Namen zu nennen. Der Greis heißt Tsutsui Hise-no-Kama Sama, der zweite Kawadsi Soiemon-no-Kami.. nein, nicht Kami, sondern Dsio Sama, das ist dasselbe. Dsi und Kami bedeuten den gleichen Titel. Der dritte hieß Alao Tosanno Kami Sama; den Namen des vierten habe ich vergessen, ich nenne ihn später. Übrigens waren die beiden letzten nur beigegeben, um die Zahl zu vergrößern und zur größeren Gewichtigkeit, in Wirklichkeit saßen sie mit gesenkten Köpfen dabei und hörten schweigend den beiden Rangältesten zu. Vielleicht hörten sie auch nicht zu, sondern saßen einfach daneben.

Nach dem Essen wurde Tee gereicht. Er hatte einen ganz besonderen Geruch. Ich schaute genauer hin: auf dem Boden lag eine Nelke. Solch eine Barbarei! Noch dazu im Lande des Tees!

Der Greis blickte uns unablässig liebevoll an und lächelte.

»Wir sind euretwegen viele hundert Meilen weit gereist«, brabbelte er, »und ihr viele tausend. Wir haben uns nie gesehen und waren so weit voneinander entfernt, nunmehr aber haben wir uns kennengelernt, sitzen zusammen, plaudern und speisen. Wie merkwürdig und sympathisch!«

Wir wußten nicht, wie wir ihm für diesen liebenswürdigen Ausdruck unserer gemeinsamen Gefühle danken sollten. Auch wir hatten dieselben Gedanken, den gleichen Eindruck von der Seltsamkeit unserer Annäherung. Wir dankten für den Empfang und lobten das Mahl. Ich machte die Bemerkung, daß mich einige Gerichte an europäische erinnert hätten, und ich sähe, daß die Japaner als ordentliche Leute die Küche nicht gering schätzten. In der Tat war der Fisch in weißer Sauce nicht zu verachten. Wenn es zu alledem Brot gegeben hätte, wäre man sogar satt geworden. Ohne Brot hatte man ein seltsames Gefühl im Magen. Man war nicht richtig satt und mochte doch nicht mehr essen. Nach dem Mahl überkam einen nicht die Lust zu dem üblichen Schläfchen, sondern nur eine gewisse Verdöstheit. Ich mußte jedoch lachen, als ich daran dachte, was man über die japanische Küche geschrieben hat, unter anderm, daß sie ihre Speisen mit Rhizinusöl zubereiten. Indessen ist bei ihnen selbst das gewöhnliche Pflanzenöl selten im Gebrauch, es findet nur bei Salaten Verwendung; alles andere wird in Wasser mit einer Beigabe von Saki und Soja gekocht und gebraten.

Zum Abschluß sagten wir den Gastgebern, daß bei uns, den Reisebeschreibungen nach, die Japaner als das führende Volk des Fernen Ostens gelten, was Lebensart und Feinheit der Sitten betrifft, und daß wir dies jetzt in der Praxis erlebt hätten..

Als alles abgeräumt war, sagte der Admiral, daß er den Bevollmächtigten zwei Fragen in der Angelegenheit stellen möchte, die ihn hierhergeführt habe, und er bäte heute noch um Antwort. Der Greis zog sein Päckchen Papier hervor, riß umständlich ein Blatt ab, schneuzte sich hinein, steckte das Papier in den Ärmel und erwiderte sanft, daß man nach japanischem Brauch bei der ersten Begegnung üblicherweise von geschäftlichen Besprechungen Abstand nehme; so erforderten es der Anstand und die Gesetze der Gastfreundschaft.

Der Admiral bemerkte, dies würde das zwischen uns entstandene freundschaftliche Verhältnis in keiner Weise stören. Die Fragen verlangten keine wohlüberlegte Antwort, sondern nichts als ja oder nein. Wir sahen aber, daß sie zu träge waren, um über sachliche Angelegenheiten zu sprechen. Überhaupt äußerten sich sowohl die höchsten als auch die niedrigsten Würdenträger nach dem Essen mehr in Interjektionen, die man mit Worten unmöglich wiedergeben kann. Von allen Ecken und Enden erschallten Rülpser. Das machte ihnen nichts aus, aber von Geschäften zu reden, erschien ihnen unanständig!

Der Admiral willigte ein, die beiden Fragen am nächsten Tage schriftlich zu übermitteln, allerdings unter der Bedingung, daß sie bis zum Abend beantwortet würden.

»Wie können wir das versprechen«, entgegneten sie, »wenn wir nicht wissen, worin die Fragen bestehen?«

Man sagte ihnen, daß wir die Fragen kennten und wüßten, was man antworten könne. Sie versprachen zu tun, was möglich sei, und wir trennten uns als gute Freunde.

Mit Musik kehrten wir in der gleichen Ordnung bei klarem, warmem Wetter zur Fregatte zurück. Auf dem Weg zur Abfahrtsstelle warfen wir einen Blick hinter die Vorhänge und sahen eine enge Straße, verdorrte Bäume und Frauen, die sich verbargen. »Gut, daß sie sich verstecken, die Schwarzzähnigen«, sagten einige. »Saure Trauben..«, werden Sie sagen. Doch die Frauen haben tatsächlich schwarze Zähne; nur bis zur Ehe wahren sie das natürliche Weiß der Zähne, aber beim Eintritt in die Ehe färbt man sie mit irgendeiner Mixtur schwarz.

Faddejew, der zu unseren Dienern gehört hatte, sagte, daß auch sie bewirtet worden seien und diesmal reichlich.

»Was hat man euch gegeben?« fragte ich.

»Roten und weißen Brei, aber, Euer Hochwohlgeboren, man möchte am liebsten alles wieder auskotzen.«

»Warum?«

»Wegen der Fische. Richtiger Sauerbrei ohne Salz,ohne Brot.«

Sofort nach uns kamen zahlreiche Boote zur Fregatte. Der rangälteste Beamte fragte, ob wir zufrieden seien. Es war nur ein Vorwand. In Wirklichkeit sollte er uns begleiten und berichten, daß er uns vollzählig zur Fregatte gebracht habe.

Eine Stunde später standen unsere Kajüten voller Schachteln. In einer großen befand sich der Fisch, den man bei Tisch vor uns hingestellt hatte, ein alter Bekannter. In einer anderen lag süßes, sehr gut schmeckendes Gebäck, in einer dritten Konfekt.

»Bring den Fisch raus!« sagte ich zu Faddejew. Abends fragte ich ihn, wohin er ihn gebracht habe.

»Gegessen haben wir ihn«, sagte er.

»Hat er geschmeckt?«

»Hat etwas gestunken, aber geschmeckt hat er gut«, antwortete er.

EMPFANG AUF DER FREGATTE

Am Morgen des 4. Januar nahm die Fregatte ein festliches Aussehen an. Das auf Kosten meiner Nachtruhe mit Sand und Steinen gescheuerte Deck glich einem weißen Leintuch. Das Kupfer blitzte in der Sonne. Die Taue lagen schön gebuchtet da. In einem der Stapel hatte sich unser allgemeiner Liebling, der Kater Wasska, häuslich niedergelassen. Alle Offiziere hatten Paradeuniform angelegt. Auf dem Achterdeck war aus Signalflaggen ein Zelt errichtet worden. Aus Teppichen hatte man erhöhte Sitze für die Bevollmächtigten geschaffen; für das Gefolge waren Stühle bereitgestellt worden. In der ohnehin luxuriös eingerichteten Kapitänskajüte waren hinter einem besonderen Tisch dieselben Sitzgelegenheiten geschaffen worden. Ein zweiter Tisch stand für den Admiral und drei Herren seiner Begleitung bereit. Der japanische Zeremonienmeister sollte an einem kleinen Tisch für sich sitzen. Den Dolmetschern standen ebenfalls zwei Stühle zur Verfügung, aber sie wagten weder, sich daraufzusetzen noch am Mahl teilzunehmen, sondern sie zogen es vor, auf dem Fußboden zu kauern.

Um elf Uhr kamen die Banjos und brachten von den Bevollmächtigten Geschenke für den Admiral. Alle Gegenstände befanden sich in einfachen Holzkästen, die auf Holzgestellen in der Art von Tragbahren mit Füßchen standen. Diese Gestelle ersetzen zum Teil unsere Tische. Den Japanern erscheint es unschicklich, Geschenke einfach auf den Boden zu setzen. Auf jeder Kiste lagen, in Papier gerollt, abermals die Symbole der »Anklammerung«. Und was für Dinge sie geschickt hatten – man konnte sich nicht satt sehen! Der eine hatte eine schwarze lackierte Schatulle gesandt, mit goldenen Reliefs von Tempeln, Lauben, Bergen und Bäumen. Der Lack ist ungewöhnlich fest und schwarz. Es heißt, er blättere in Jahrzehnten nicht ab. Er ist so rein wie ein Spiegel. Derartige lackierte Gegenstände gibt es sonst nirgendwo. Ein anderes Kästchen war über und über mit rotgoldenen, in den Lack eingebrannten Funken betupft. Zu der Schatulle gehörten verschiedene reizende Sächelchen: ein Räucherfaß, wie es die Japaner am Gürtel tragen, und noch allerhand Gerät. Ein anderer hatte ein Tintenfaß mit goldenen Verzierungen geschickt, samt allem, was man zum Schreiben benötigt: Tusche, Pinsel, einen Stapel Papier und sogar bunte Wachskerzen.

Aber das bemerkenswerteste und kostbarste Geschenk, seinem Wert und der Bedeutung nach, war ein Säbel. Das Geschenk eines Säbels dient in Japan als unzweifelhafter Ausdruck der Freundschaft. Die japanischen Säbelklingen sind unbestreitbar die besten der Welt. Ihre Ausfuhr ist streng verboten. Die Klingen werden, falls Einoske nicht gelogen hat, vom Scharfrichter an Verbrechern ausprobiert. Der Meister händigt sie nach Fertigstellung zuerst dem Scharfrichter aus, und dieser erprobt, wieviel Köpfe (!?) man mit einem Hieb abschlagen kann. Der Meister graviert die Zahl der Köpfe auf der Klinge ein. Das, so sagt er, diene als Garantie für den Wert der Klinge. Der dem Admiral geschenkte Säbel schlägt, wie Einoske sagte, drei Köpfe ab. Säbel halten die Japaner für eine Kostbarkeit. Die Klinge wird immer spiegelblank gehalten. Man darf sie, wie es heißt, nicht anhauchen. Einoske besitzt einen Säbel, den ihm ein Freund geschenkt hat und der, wie er sagt, fünfhundert Jahre alt ist.

Ich verstehe nichts von Säbeln, aber ich konnte mich am Glanz und an der Ausführung der Klinge, einem Geschenk von Kawadsi, nicht satt sehen. Die Scheide war dem Anschein nach aus der Haut eines Hais angefertigt und in Seide eingenäht, um die Metallteile vor Rost zu schützen. Der Greis Tsutsui hatte die kostbaren Verzierungen und Gravierungen am Säbel gestiftet. Ein sehr bedeutungsvolles Geschenk, zumal am Beginn unserer Verhandlungen! Die Bevollmächtigten gaben uns wiederholt zu verstehen, daß dieses Geschenk ein Ausdruck der Beziehungen Japans zu Rußland sei. Das ist um so bemerkenswerter, als das Geschenk selbstverständlich im Einverständnis und sogar auf Anweisung der Regierung gemacht worden war, ohne deren Willen kein Japaner, wer es auch sei, etwas anzunehmen oder zu geben wagt. Einmal sagte Einoske heimlich zu Possjet, daß einer unserer Matrosen einem Japaner eine leere Flasche geschenkt habe.

»Und was ist dabei?« fragte jener.

»Gestatten Sie, sie zurückzuschicken«, bat Einoske eindringlich, »sonst wird es demjenigen, der das Geschenk angenommen hat, schlecht ergehen.«

»Na, dann werft sie doch ins Wasser.«

»Ausgeschlossen. Wir bringen sie zurück, und dann können Sie sie bitte selbst ins Wasser werfen.«

Welch ein Volk! Welch System der Abwehr jeder Art von Konterbande! Wer könnte da auf Handelsbeziehungen, auf die Einführung des Christentums, auf Aufklärung hoffen, wenn das Gebäude so fest verschlossen und der Schlüssel unauffindbar ist? Wie und wann wird es anders werden? Einmal wird es jedoch kommen, daran ist nicht zu zweifeln, aber so bald nicht.

In China ist es schon anders geworden, und was dort begonnen hat, wird energisch fortgesetzt. Wenn es auch Japan bestimmt ist, den Ausländern die Tore zu öffnen, dann wird dies noch langsamer geschehen, es sei denn, man zwänge es durch einen Krieg. Aber auch in dieser Hinsicht besitzt Japan im Vergleich zu China gewaltige Vorteile. Wenn es von den Europäern die Kriegskunst übernimmt und seine Häfen befestigt, dann ist es vor jeder Invasion geschützt. Nur durch Verrat könnte es eingenommen werden, das heißt, wenn es jemandem gelänge, in Japan einen Bürgerkrieg zu entfesseln und die Teilfürsten gegen die Zentralmacht zu bewaffnen, würde es dem Mikado schlecht ergehen. Solange Japan jedoch an seinem jetzigen System festhält, sich gegen den Einfluß der Ausländer abschirmt, indem es ihnen nur das eine oder andere gewährt, und die eigenen Leute wie eh und je in Furcht hält und ihnen nicht einmal gestattet, ohne Erlaubnis eine leere Flasche anzunehmen, wird es nach seinen alten Grundsätzen, in seiner alten Religion, in seiner Lebensweise einfach, bescheiden und maßvoll weiterleben. Im gegenwärtigen Augenblick könnte man es mit einem Gewaltstreich öffnen, es ist so schwach, daß es keinem Kriege standhält. Aber dazu müßte man auf englische Manier verfahren, das heißt zum Beispiel in die japanischen Häfen eindringen, ohne zu fragen an Land gehen, wenn die Landung verwehrt wird, eine Schlägerei anfangen, sich dann über die Beleidigung beschweren und den Krieg beginnen. Oder auf andere Art: Opium heranschaffen und, wenn die Japaner dagegen strenge Maßnahmen ergreifen, ebenfalls den Krieg erklären.

Die Bevollmächtigten ließen lange auf sich warten. Wir gingen schon seit geraumer Zeit auf dem Deck und bei den Geschützständen auf und ab, hin und wieder lief einer in die Kombüse, um ein heißes Pastetchen oder ein Kotelettchen zu verzehren, und sie waren immer noch nicht da.

Um ein Uhr setzte sich endlich eine ganze Flottille von Booten von der Küste aus auf uns zu in Bewegung. Zwischen fünfzig oder sechzig Booten schaukelten gemächlich zwei große gedeckte Kähne oder Barken; sie glichen Särgen und waren auch wie Särge mit rotem Stoff bespannt und mit goldenen Bogen, Pfeilen, Lanzen und Keulen behangen. Die Barken waren zweistöckig; ringsum führte eine Galerie für die Ruderer. Oben stand das Gefolge, in der unteren Etage befanden sich die Bevollmächtigten. Viele kleine Boote folgten in ihrer Kiellinie. Am Bug des großen Boots stand ein Japaner. Mit einer Art von weißem Besen, den er hin und her schwenkte, sowie mit gleichmäßigen Gongschlägen und lauten Rufen lenkte er den Geleitzug. Der Lärm war erschreckend. Beide Särge legten am Fallreep bei und standen längsseits.

Die Banjos und Dolmetscher wurden wie aus einem Sack geschüttet und überfluteten das Deck. Ihnen folgten etwa sechzig Begleitsoldaten. Die Japaner wollten uns im Zeremoniell nicht nachstehen. Zur Bewirtung des Gefolges und der Mannschaften sowie zur Wahrung der Ordnung waren einige unserer Offiziere bestimmt worden. Endlich kamen auch die Bevollmächtigten. K. N. Possjet und ich begrüßten sie beim Betreten der Fregatte, der Admiral bot ihnen an der Tür seiner Kajüte Willkommen. Die Wache mit der Musikkapelle war auf dem Geschützdeck angetreten.

Man machte den Gästen den Vorschlag, das Schiff zu besichtigen; sie stimmten erfreut zu. Ich hatte gemeint, der Greis werde wegen seiner Gebrechlichkeit nicht mitkommen. Aber er erwies sich als erstaunlich munter, ging über alle Decks, stieg selbst in das Arsenal hinab und zeigte keine Ermüdung. Sie verharrten bei allem, und wenn sie etwas zugedeckt oder verhüllt fanden, hoben sie die Decken hoch und fragten, was es sei und warum man es verhangen habe.

Man geleitete sie in die Kajüte des Admirals. Sie war sehr hell und gut ausgestattet, Wände und Türen aus Mahagoni, der Boden mit einem Teppich belegt, an den Fenstern rote und grüne Vorhänge. Für die vier Bevollmächtigten stand ein breiter, niedriger, mit bunten englischen Teppichen belegter Diwan bereit. Nachdem sie einen Augenblick Platz genommen hatten, begaben sich alle nach oben in das Zelt. Die Bevollmächtigten benahmen sich wie feingebildete, weltgewandte Leute. Alles mußte sie, die nie ein europäisches Schiff samt Mobiliar und Schmuckgegenständen gesehen hatten, in Erstaunen setzen. Auf Schritt und Tritt sahen sie Neues. Das gaben sie am nächsten Tage auch zu, aber auf der Fregatte zeigten sie mit keiner Geste, keinem Blick Erstaunen oder Entzücken. Eine Musikkapelle hörten sie ebenfalls zum ersten Male, aber nur einer von ihnen wiegte den Kopf im Takt, wie es bei uns die Melomanen in der Oper tun.

Man reichte ihnen Tee. Inzwischen hatte die gesamte Besatzung auf dem Deck Aufstellung genommen. Zuerst wurde Gewehrexerzieren vorgeführt, dann zeigte man Marschübungen. Vierhundert Mann marschierten rund um den Mast vom Achterdeck zur Back und zurück. Den größten Eindruck machte jedoch das Alarmschlagen. Aus allen Luken wirbelten die Matrosen heraus und rannten wie die Mäuse in alle Richtungen, jeder an seinen Geschützplatz. Ich war an das Schauspiel bereits gewöhnt, trotzdem erregte es abermals mein Interesse. Wieviel mehr das der Japaner, die nie etwas Ähnliches gesehen hatten! Man zeigte ihnen die Bedienung der Geschütze. Sie dankten dem Admiral und baten, auch den Mannschaften ihren Dank auszusprechen.

»Danke, Jungens!« rief der Admiral.

»Froh bemüht!« erscholl es aus vierhundert Kehlen. Neuer Effekt.

Die Tische waren gedeckt worden. Für die Bevollmächtigten und den Zeremonienmeister im Salon der Admiralskajüte. An einem zweiten Tisch saßen der Admiral und drei von uns. Im Speisezimmer hatte man elf vom Gefolge der Bevollmächtigten Platz nehmen lassen, und für weitere zehn war in der Offiziersmesse gedeckt. Den Begleitmannschaften war ein Platz auf dem Geschützdeck angewiesen worden.

Obwohl die Japaner um ein Essen im europäischen Stil gebeten hatten, ging es dennoch nicht an, sie mit Gabel und Messer speisen zu lassen. Man hatte deshalb Stäbchen für sie angefertigt. Da sie kein Brot aßen, wurde ihnen ständig heißer Reis gereicht. Von Tellern zu essen, waren sie ebenfalls nicht gewöhnt, man servierte ihnen deshalb

Bouillon und Fischsuppe in Teetassen. Im Speisezimmer, wo das Gefolge speiste, hatte man Schalen mit Fruchtpaste und Gebäck auf die Tafel gestellt. Die Gäste langten zu und hatten vor der Suppe bereits alle Süßigkeiten und das Konfekt vertilgt, denn sie nahmen an, sie müßten ohne Zögern zugreifen, wenn man ihnen etwas vorsetzte. »Was ist das?« fragten sie bei jedem Gericht. Sie schienen etwas Besonderes zu erwarten. Man servierte ihnen Fisch, aber ein Dolmetscher sagte, sie warteten auf Fleisch, das sie nur selten genießen. Abscheu vor ihm haben sie nicht, im Gegenteil, sie lieben es. Der Genuß ist ihnen jedoch untersagt, weil das wenige Vieh, über das sie verfügen, zur Arbeit verwendet wird.

Wir hatten ihnen als Fleischgericht Hammelpilaw und Schinken anrichten lassen, mehr war es, glaube ich, nicht. Rindfleisch hatten wir damals auf der Fregatte selbst nicht. Die übrigen Gänge bestanden aus Fisch und Geflügel. Die Japaner verzehrten das Hammelfleisch mit Vergnügen, besonders der vierte Bevollmächtigte. Als er den Teller geleert hatte, reichte er ihn eigenhändig dem Diener, ein Zeichen, daß er eine zweite Portion wollte. Die Tischtücher, Servietten, Salzfässer – alles erregte ihre Aufmerksamkeit. Man mußte ihnen jedoch Gerechtigkeit widerfahren lassen: sie fanden sich so schnell in unsere Ordnung hinein, daß man kaum einen Unterschied zwischen ihnen und den Europäern bemerken konnte. Nur einer von ihnen, Kawadsi, hielt einen Augenblick an dem japanischen Brauch fest. Als man irgendeine weiche Süßspeise, eine Art Creme, mit Biskuits reichte, kostete er sie, und da sie ihm offenbar gut schmeckte, zog er Papier aus der Tasche, wickelte alles, was auf dem Teller geblieben war, hinein und steckte es hinter das Brusttuch. »Denken Sie nicht, daß ich es einer schönen Frau mitbringen will«, bemerkte er, »nein, es ist für meine Untergebenen.«

Bei dieser Gelegenheit kam man unversehens auf die Frauen zu sprechen. Die Japaner gerieten in einen leichten Zynismus. Wie alle asiatischen Völker sind sie sehr sinnlich und verhehlen diese Schwäche so wenig, wie sie sie bestrafen.

Possjet und ich standen dauernd von der Tafel auf. Bald schenkten wir ihnen Champagner ein, bald zeigten wir ihnen, wie man das eine oder andere Gericht essen mußte, oder wir erklärten die Zubereitung. Sie waren ganz betroffen von unserer Höflichkeit und wußten nicht, wie sie uns danken sollten.

Im Trinken waren sie mäßig. Sie kosteten mit großer Neugier den Wein, tranken einige Schlucke, leerten aber den Pokal nicht, abgesehen von dem vierten Bevollmächtigten, einem starkgebauten, fülligen Mann. Der trank vier Pokale aus.

Als man die Rede auf die Verhandlungen und die für morgen anberaumte Zusammenkunft bringen wollte, antworteten die Bevollmächtigten, sie seien von unserem festlichen Empfang und der angenehmen Unterhaltung so hingerissen, daß sie die geschäftlichen Dinge völlig vergessen hätten.

Die Übersetzer krochen auf dem Boden umher. Vergeblich bat ich sie in ein Nebenzimmer. Sie sträubten sich mit Händen und Füßen gegen eine Mahlzeit, eine unmögliche Sache in Anwesenheit von »grootenherren«. Aber ihre Kehlen waren ganz ausgetrocknet. Kitschibe kreiselte auf dem Boden herum, als ob von allen Seiten Hunde an ihm zerrten. »Hi, hi!« das heißt »Ja, ja« antwortete er dauernd, bald zu dem einen, bald zu dem anderen gewandt. Am Ende des Mahls, von dem er keinen Bissen bekommen hatte, war er ganz heiser und wie betäubt. Ich goß ihm und Einoske je ein Glas Champagner ein. Sie wollten auch dies ablehnen, aber Kawadsi nickte mit dem Kopf, und nachdem sie sich vor ihm bis zum Boden verneigt hatten, tranken sie die Gläser gierig aus. Dann sahen sie mich anerkennend an und hoben zum Zeichen der Dankbarkeit die Gläser an die Stirn.

Ich warf einen Blick in das andere Zimmer. Dort war das Gelage in vollem Gange. Einige gerötete Gesichter und ein allgemeines Lächeln des Wohlwollens bewiesen, daß die sich gut unterhaltenden Herren ebenfalls unsere Weine probiert hatten. Unter ihnen fiel mir ein Mann mit völlig glattrasiertem Schädel ohne Zöpfchen auf, es war der Arzt. Ärzte und Priester tragen überhaupt keine Haare. Er hatte sich mit unseren Ärzten bekannt gemacht, war sehr lebhaft und sprach ein wenig Holländisch.

Nach dem Dessert setzte man den Gästen statt Saki Glühwein vor. Die Bevollmächtigten tranken nur einige Schlucke, mehr aus Neugier. Dann stellten wir, abermals in Nachahmung ihrer Bräuche, vor jeden Bevollmächtigten einen Kasten Konfekt. Da konnten sie ihr Vergnügen oder Erstaunen nicht mehr unterdrücken. Sie riefen bewundernd: »Ach!«, so schön waren die Kästen aus Mahagoni mit den Intarsien. Doch auch die bunten Konfektstücke zogen die Blicke auf sich. Danach zeigte und schenkte man ihnen eine Menge farbiger Gravüren mit Darstellungen von Moskau, Petersburg und unserer Armee, ferner Bilder mit Frauenköpfen, Früchten, Blumen usw., die wir in England gekauft hatten. Neue Ausrufe des Entzückens und der Verwunderung.

Als es dämmerte, endete der Besuch. Die Bevollmächtigten samt ihrem Gefolge verabschiedeten sich mit der Bitte, ihren Besuch zu erwidern.

25. März 1854, Insel Kamiguin, Port Pio Quinto

Nicht nur Sie, meine wenig geschichtskundigen Freunde Michailo Alexandrowitsch und Jekaterina Alexandrowna, sondern auch alle unsere Freunde, selbst die Mitglieder der Geographischen Gesellschaft, werden kaum auf Anhieb und ohne nachzuschlagen sagen können, woher ich Ihnen schreibe, was das für eine Insel Kamiguin ist. Wie ich dorthin geraten bin, werden Sie fragen. Zuerst werde ich Ihnen dies sagen, dann etwas anderes.

Die Insel Kamiguin gehört zur Inselgruppe der Philippinen. »Und wo liegen doch gleich diese Philippinen?« werden Sie, Michailo Alexandrowitsch, unverzüglich fragen und mit diesem Selbstopfer wie üblich alle Anwesenden zum Lachen bringen, diejenigen nicht ausgeschlossen, die es noch weniger wissen als Sie. Nehmen Sie eine allgemeine Karte von Asien oder einfach eine der beiden Hemisphären, dann sehen Sie südlich von China und Japan einen kleinen Fleck, wo gleichsam eine Fliege neben der anderen sitzt. Das ist die Inselgruppe der Philippinen. Es sind ihrer an die tausend. An einem dieser tausend Teilchen, das auf der Karte wie ein Punkt aussieht und nördlich von der Hauptinsel Luzon liegt, sind unsere beiden Schiffe im Hafen Pio V. vor Anker gegangen, um sich vor den Engländern zu verstecken. Wenn wir uns mit ihnen im Krieg befinden, werden sie selbstverständlich nicht zögern, mit allen ihren Fregatten und Dampfern aus den chinesischen Häfen auszulaufen, um uns zu suchen und gefangenzunehmen. Die Unsrigen sind nicht willens, sich zu ergeben, und ziehen es vor, sich in die Luft zu sprengen, falls wir nicht die Oberhand behalten.

Die Gefahr eines Zusammenstoßes mit den Engländern war nicht der einzige Grund, der uns veranlaßte, dieses zwar unbewohnte, aber in üppiger tropischer Vegetation prangende Inselchen anzulaufen. Unsere Fregatte erinnert uns immer wieder daran, daß es Zeit für sie ist, zur Ruhe zu kommen. Während des Taifuns, den wir im Juli vergangenen Jahres zu überstehen hatten, kam der Großmast ins Schwanken. In diesem Jahre legte sich auch der Fockmast schief und bekam vor einigen Tagen einen Riß. Wir waren genötigt, rasch irgendwohin zu fahren und ihn ein wenig instand zu setzen, bevor wir uns nach Norden, zu unseren Kolonien, wenden, um dort auf die »Diana« zu warten. Zu anderer Zeit wären wir sofort nach Schanghai oder Hongkong gesegelt, aber nun hat der Krieg mit den Engländern begonnen. Diese Häfen sind in ihrer Hand, und wir würden uns ihnen bei lebendigem Leibe ausliefern. Außer Manila (auf Luzon) und Nagasaki gibt es keine neutralen Häfen. Aber die Engländer achten nicht das Recht der Neutralität. Zudem sind Spanien und Japan schwach und haben keine Kraft, sich ihnen zu widersetzen. Das also ist der Grund, warum Sie mit Vergnügen oder Mißvergnügen einen Brief aus einem Ort erhalten müssen, von dem Sie nie etwas gehört haben.

Was soll ich Ihnen von unserer Reise erzählen? Wo war ich stehengeblieben? Ich weiß es nicht, denn ich weiß nicht, ob Sie meine Briefe erhalten haben. Ich habe öfters geschrieben, aus Nagasaki sogar zweimal. Das erste Mal schickte ich, wie alle meine Reisegefährten, einen ganzen Packen Briefe mit der Post über das Ministerium für Auswärtige Angelegenheiten. Ich bezweifele jedoch, daß sie eingetroffen sind, denn sie waren in einem amtlichen Paket zusammen mit anderen Päckchen an unsern Konsul in Ägypten adressiert worden. Damals waren die Unstimmigkeiten mit der Türkei jedoch schon im Gange, und der Konsul war vielleicht bereits abgereist. In diesem Falle sind die Briefe wahrscheinlich verlorengegangen.

Das zweite Mal schickte ich meine Briefe mit dem Kurier Bodisco, der sich im November auf die Reise begab. Wenn man ihn nicht unterwegs aufgegriffen hat, werden die Briefe gewiß in Ihren Händen sein. Wegen der ersten an den Konsul adressierten Briefe erkundigen Sie sich am besten in der Kanzlei des Ministeriums oder in der Asien-Abteilung bei Sablotzkij. Ich habe sie alle in einem gemeinsamen Paket an ihn adressiert. Mein letztes Schreiben schickte ich mit unserem zweiten Kurier, Leutnant Kroun, im Dezember. Er fuhr in den Brandherd des Kriegs hinein und ist vielleicht gefangen worden, wenn er nicht über Batavia oder Amerika gefahren ist. Kroun trat die Fahrt von Schanghai aus an.

Bald nach seiner Abreise fuhren wir ein zweites Mal nach Japan, wiederum nach Nagasaki. Wir bekamen dieses Japan so satt, daß keiner von uns für noch so viele Teppiche eingewilligt hätte, nach Jeddo zu reisen. Die antiquierte Kindlichkeit und naive Dummheit in wichtigen Fragen des Lebens und der Politik, die Gerissenheit bei Kleinigkeiten, ihre Heuchelei, Heimlichtuerei, Kindereien, Röckchen, Zöpfchen und Knickse – all das ödete uns an. Ich bekomme einen hypochondrischen Anfall, wenn ich nur daran denke, daß wir vielleicht in diesem Sommer noch einmal dorthin reisen müssen.

Der letzte Monat unseres Aufenthalts in Japan war im übrigen ziemlich interessant. Aus Jeddo kamen zwei wichtige Persönlichkeiten mit großem Gefolge nach Nagasaki, um mit dem Admiral zu verhandeln. Wir fuhren eines Tags nach Nagasaki, speisten dort auf japanisch, auch die Bevollmächtigten waren zweimal bei uns und verbrachten einen ganzen Tag auf der Fregatte. Alles, was sie bei uns erlebten, der Empfang, die Bewirtung, die Musik, die Vielfalt und der Wert unserer Geschenke, der Anblick des großen Schiffs, das Artillerie- und Segelexerzieren, nicht zuletzt unser ausgezeichneter Likör und Champagner, machte auf sie, wie sie selbst sagten, großen Eindruck.

Von Nagasaki segelten wir zu den Lu-tschu-Inseln. (Hier haben Sie wieder Gelegenheit, Ihr liebes »Ich weiß nicht, wo« zu sagen.) Ich hatte viel über diese Inseln gelesen, über die Kindlichkeit der Einwohner, über ihre Gastfreundschaft, Friedfertigkeit, ihre Sanftmut, ihre patriarchalischen Sitten und andere Tugenden eines goldenen Zeitalters, und hielt alles für Scherze des Basil Hall, der die Inseln zum ersten Male besucht hat. Zu meinem Erstaunen fand ich jedoch, daß sein Bild von dieser Idylle mitten im Stillen Ozean bei weitem nicht vollständig ist. Zumindest äußerlich ist alles so, wie er es beschreibt. In der Tat gab es dort eine Reihe bezaubernder Täler und Hügel, murmelnde Bäche flossen unter dem dunklen Gewölbe schöner Bäume der verschiedensten Arten. Überall erblickte man bearbeitete Felder, Arbeit und Zufriedenheit. Am Ufer begrüßten uns langbärtige Greise mit Stäben in den Händen; mit tiefen Verneigungen boten sie uns Früchte dar. Weiß der Teufel, was das war; es erinnerte bald an Theokrit, bald an Haller, bald an das russische Märchen vom Land, wo Milch und Honig fließen. Nur gab es hier – besser als Honig – Zuckerrohr, Milch aus Kokosnüssen, Bananen usw. Ich ergänzte das Bild des Basil Hall, so gut ich konnte, beschrieb, was ich sah, fürchte jedoch, daß man mir keinen Glauben schenken wird.

Von diesen gesegneten Inseln fuhren wir nach Manila und befanden uns plötzlich nach einer Woche nicht mehr in einer abgelegenen Welt, sondern an einem Ort, der zum Teil ebenfalls märchenhaft ist, wenn auch in anderer Art.

Was für verwirrende Gegensätze! Da gibt es zum Beispiel lange Straßen. An den Häusern hängen festgefügte

Balkone, hinter Jalousien lugen blasse, schwarzäugige Spanierinnen reinsten Bluts oder das hochmütige Gesicht irgendeines Dottore Bartolo hervor. Man sieht Klöster mit einer Menge Mönche aller möglichen Orden. Mestizen und Inder laufen durch die Straße. Hier herrschen Stille, Schlaf und Trägheit. Blickt man jedoch über die Mauern der spanischen Stadt hinaus, ändert sich das Bild sofort. Hier der schwunghafte, brodelnde Handel unter halbnackten, halbrasierten Chinesen, die nach Einfluß und Zahl eine wichtige Rolle spielen, dort die Dörfer der Tagalen (eines indischen Stamms), die an Verschlafenheit und Faulheit ihren spanischen Herren nicht nachstehen. Alle sind sehr arm und hausen in irgendwelchen Hühnerställen, leiden jedoch keine Not. Ihre Kleidung besteht aus Stoffen – Kattun, der hier gefertigt wird –, die Nahrung befindet sich zu Häupten oder vor den Füßen – Bananen und Reis. Ihr Vergnügen bilden die Hahnenkämpfe. Hinter den Dörfern erstrecken sich Felder und Pflanzungen. Und was für Felder, was für Wälder und Bäume!

Ich fuhr jeden Tag, sobald die Hitze nachgelassen hatte, in die Tiefe dieser endlosen, dunklen Alleen aus Bambus, Palmen, Feigen, Brotbäumen, Sago (ich nenne nur, was ich kenne, und wieviel kenne ich nicht!) und konnte von dem Schauspiel nicht genug bekommen. Ich lebte im Hotel, sah mir morgens die Stadt an und fuhr (außer den einfachen Leuten geht hier niemand zu Fuß) bei den Läden vor. Von Mittag bis vier Uhr schläft die ganze Stadt: der Brauch wurde von mir geheiligt. Aber sobald der Abend nahte – hinein in die Kutsche und in die Felder hinausgefahren. Von dort aus begab man sich zum öffentlichen Vergnügungsplatz, wo wie bei uns Schaukeln aufgestellt waren; man aß Gefrorenes, hörte auf dem Platz die vorzügliche Regimentsmusik an, dann ging man zum Abendessen, trank auf der Veranda Tee und genoß die mondhelle, warme tropische Nacht mit dem wunderbaren Sternenhimmel. Danach begaben sich alle zur Ruhe. Ich entkleidete mich in meinem Zimmer bis zur Unmöglichkeit, und – bis zur Unmöglichkeit von Moskitos zerbissen, schrieb ich beim Schein eines dürftigen Nachtlämpchens, das mit Kokosfett gespeist wurde (couleurs locales), meine Eindrücke nieder. Außer mir waren nur die Eidechsen und mehr als zollgroße fliegende Tarakane munter, camilja, wie sie der französische Hotelier nannte. Die einen wie die anderen laufen an den Wänden entlang, ohne jemandem zu schaden.

Sie werden fragen, was ich schrieb. Nun, ich zeichnete meine Eindrücke von Manila auf und beendete die Schilderung vom Kap der Guten Hoffnung oder schrieb an dem weiter, was ich seinerzeit nicht zu Ende gebracht hatte. Ohne viel zu überlegen, schrieb ich einfach mit der mir eigenen Unordnung drauflos, indem ich dort begann, wo andere aufhören, und umgekehrt. Meine Erklärungen sind schlecht, ich berichte nichts Neues und Unterhaltsames. Interessant wird es für mich erst werden, wenn ich im Alter, in meiner Mußezeit, Lust bekomme, mich zu erinnern. Meine eigene, private Mappe, das stimmt, ist so prall gefüllt mit kleinen Aufzeichnungen, daß nichts mehr hineingeht. Wegen dieses natürlichen Hindernisses mache ich Schluß und lege die Feder des Touristen beiseite, um mich der dienstlichen Arbeit zu widmen, die im Rückstand geblieben ist. Der Admiral war schon einige Male ungnädig zu mir, weil die Arbeit liegengeblieben und das Reisetagebuch nicht weitergeführt worden ist. Wie sollte es auch! Mir hilft keiner. Gelehrte mit Spezialkenntnissen haben wir nicht an Bord, und die Fahrtereignisse zu beschreiben, wie sie verlaufen, lohnt nicht, es kommt nichts dabei heraus. Über das Seemännische kann ich nicht schreiben. Ja, ich hätte auch keine Zeit dazu. In

Japan gab es viele amtliche Schriftstücke abzufassen, viel unmittelbare Tätigkeit, und die übrige Zeit fuhren wir auf dem Meere herum. Und dort kommt man kaum zum Schreiben. Beim geringsten Seegang ist das Schreiben unmöglich, desgleichen bei der Hitze, vor der es kein Verstecken gibt. Übrigens hielten wir uns überall nur so kurze Zeit an Land auf, daß man von mir keinen Bericht verlangen darf.

Sie, meine schöne Freundin Jekaterina Alexandrowna, interessieren sich nicht für Schiffsjournale, das weiß ich. Sie möchten selbstverständlich etwas Interessantes hören. Aber was kann ich Ihnen Fesselndes erzählen? Lieber möchte ich Sie bitten, mir die Neuigkeiten zu berichten, die sich in unserem Bekanntenkreis begeben haben. Noch angenehmer wäre es mir, von Ihnen zu hören, daß Sie mich ebenfalls auf Freundesart lieben und nach meiner Rückkehr wieder zu mir sagen werden: »Kommen Sie heute abend, kommen Sie morgen, übermorgen!« und daß Sie sich von meiner täglichen Anwesenheit so wenig belästigt fühlen, wie es vor meiner Abreise der Fall war. – Wie geht es Ihren Kindern? Wie meiner Freundin Awgusta Andrejewna? Grüßen Sie sie und ihren Mann. Ich hoffe, daß uns die »Diana« Briefe von Ihnen bringt. Aber bis dahin ist es noch weit. Ach, wie mir alles über ist, wie sehne ich mich danach, so schnell wie möglich heimzukehren! Warum? fragen Sie. Ich weiß es selbst nicht. Vielleicht nur, um von den Mühen und der Unruhe der Seefahrt befreit zu sein. Wenn Sie wüßten, wie mich das Meer langweilt, man sieht und hört nichts anderes als Wellen.

Ganz Ihr I. Gontscharow

Sie, Ellikonida Alexandrowna, haben gewiß diesen Brief gelesen und sehen, daß ich mich langweile, daß ich bedrückt bin. Wollen Sie mich trösten, sogar beruhigen?

Dann wiederholen Sie, was Sie in einem Ihrer Briefe schrieben, oder lügen Sie sogar, wenn es zur Wahrheit nicht reicht: sagen Sie, daß Ihnen froh ums Herz sein wird, wenn ich zurückkehre, daß Sie und Jekaterina Alexandrowna mich wie ehedem täglich zu sich kommen lassen und geduldig ertragen, wenn ich stundenlang schweigend dasitze oder alles, was mir unter die Hände gerät, bitterböse beschimpfe? Ja? So? Nun, ich danke Ihnen ergebenst. Auf Wiedersehen. Geben Sie mir die Hand und seien Sie nicht böse, daß ich wenig schreibe, ich bin müde.

Ihr I. G.

Diesen Brief bringt eins unserer Schiffe nach Kamtschatka und übergibt ihn dort der Post. Grüßen Sie alle! Nikitenko, Krajewskij, Panajew und die übrigen. Den beigefügten Brief übergeben Sie Majkows. Ich weiß nicht, ob Sie dort alle leben. Bemühen Sie sich, A. Korenjew zu sagen, daß ich ihm vom Amur schreiben werde. Hat er meinen Brief mit unserem Kurier erhalten?

IN DER ZIGARRENFABRIK VON MANILA

Am Tag nach unserer Ankunft wollte ich eben an Land gehen, als uns die Spanier einen Besuch abstatteten. Auf dem Schiff befanden sich nur der Erste Offizier und einige wenige, die der Dienst festhielt. Ich war mit Faddejew in meiner Kajüte, um meine Sachen zu packen. Plötzlich steckte Kruedener den Kopf durch die Tür.

»Die Spanier kommen!« sagte er.

»Gott mit ihnen!« antwortete ich.

»Empfangen Sie sie, seien Sie so gut!« bat er.

»Was habe ich mit ihnen zu schaffen?«

»Und ich noch weniger als Sie.«

Aber es blieb keine Zeit, um lange Reden zu führen.

Auf Deck erschienen sechs Hidalgos, aber sie glichen nicht denen, die ich auf den Balkonen oder den Gemälden des Velasquez und anderer gesehen hatte. Sie waren ebenso sehr Hidalgos wie Gentlemen. Einige trugen Frack, Mantel oder Gehröcke, andere weiße Jacketts.

»Commandante de bahia«, sagte einer der Hidalgos zu mir und zeigte auf einen hochgewachsenen, schönen Mann mit einem Schnurrbart. Aber der commandante de bahia sprach kein Wort Englisch, Französisch oder Russisch, und ich kannte nur das spanische Wort »fonda« und dann noch »muchacho«, das ich im Hotel gelernt hatte; es heißt »Knabe«. Jetzt hat sich mein Sprachschatz noch um die beiden Wörter »Fuego – Feuer« und »anda – vorwärts« vermehrt.

Zum Glück befanden sich unter den Besuchern zwei junge Männer, die Französisch sprachen; zwar sehr schlecht, aber dafür sehr rasch. Einer war Vincento d'Avello, ein Sohn des Redakteurs der hiesigen Zeitung, gleichzeitig Steuereinnehmers, der andere hieß Carmena. Beide waren in der Redaktion wie beim Steueramt tätig..

Sie erzählten von den Türken, den Engländern, der Affäre von Sinope, über die soeben Berichte eingetroffen waren. Ich sprach von Corregidor, der vor der Stadt liegenden Insel, und dann von Zigarren. Sie sicherten mir volle Unterstützung zu, falls ich die Fabrik besichtigen und Zigarren kaufen wolle.

Ich konnte erst am nächsten Morgen in die Stadt übersiedeln. Nach einigen Tagen machten wir uns in aller Herrgottsfrühe, das heißt um neun Uhr, auf den Weg, um die jungen Herren Avello und Carmena zu besuchen. Mit diesem Höflichkeitsbesuch verbanden wir die heimliche Absicht, die Königliche Zigarrenfabrik zu besichtigen und Zigarren zu kaufen. Der Kutscher brachte uns in die spanische Stadt zur Wohnung des Vaters Avello. In der

Tür stießen wir auf den Sohn und Carmena. Sie hießen uns Platz nehmen, boten uns Zigarren an und schlugen uns vor, zu frühstücken und eine Erfrischung zu uns zu nehmen. Dann zeigten sie uns die gestrige Zeitung, in der ein freundlicher Bericht über unsere Fregatte, den Empfang, den wir den Spaniern bereitet hatten, und anderes zu lesen war. Wir erinnerten sie an die Zusage, uns die Fabrik zu zeigen und beim Kauf von Zigarren behilflich zu sein. Avello ging zu seinem Vater und ließ nach der Rückkehr den Wagen vorfahren. Er nötigte uns, zusammen mit Carmena darin Platz zu nehmen, und befahl unserem Kutscher, uns zu folgen.

Die Fabrik war ein riesiges, quadratisches Gebäude im Vorort Binondo, zwei Stockwerke hoch, mit einigen Seitengebäuden und Anbauten, vielen Toren und Türen und einem großen Hof im Inneren. Am Hauptportal sprach Avello mit den Wachen; sie verwehrten uns den Eintritt. Ein Zolloffizier kam herbeigeritten. Avello wandte sich an ihn, aber auch er ließ uns nicht hinein.

»Das hätten wir auch ohne Protektion haben können«, bemerkte ich zum Baron.

Alle sagten, man müsse eine Erlaubnis von der Fabrikdirektion haben. Wir wandten uns dorthin. Zum Glück war sie nicht weit entfernt. Nachdem wir in verschiedenen Zimmern und Abteilungen gewesen waren, erhielten wir endlich die Besuchserlaubnis und gingen wieder zum Portal. Dort gaben die Wachen den Schein von Hand zu zu Hand, betrachteten ihn von allen Seiten, schickten ihn hinauf, und nach fünf Minuten brachte ihn ein alter Tagale zurück, während wir indessen in der Sonne brieten. Übrigens betraf letzteres mehr den Kutscher und die Pferde, denn wir selbst saßen in der Kutsche. Der Tagale forderte uns auf, einzutreten. Einer von den Wachmannschaften begleitete uns.

Wir gingen durch das Tor, den Hof und eine Treppe hinauf. Je näher wir dem Gebäude kamen, desto stärker drang uns rasches Pochen entgegen. Es klang, als ob viele Hämmer niederschlügen. Wir durchschritten mehrere mit Tabakballen, leeren Kisten, Abfällen von Tabakblättern vollgestellte Hallen. Dann stiegen wir hinauf und gelangten in einen langen Saal mit der hier üblichen wackligen, von einer Reihe hölzerner Säulen gestützten Decke.

Im Saal saßen sechs- bis siebenhundert Frauen von fünfzehn bis zu reiferen Jahren reihenweise vor niedrigen langen Holzbänken auf dem Fußboden. Jede hatte einen runden, glatten Stein in der Hand; neben ihr lag ein Stapel Tabakblätter auf dem Boden. Die Damen zogen ein Blatt heraus, legten es vor sich auf die Bank, glätteten es und hämmerten mit dem Stein so gewaltig drauflos, daß man sein eigenes Wort nicht mehr verstand und sich nicht einmal zublinzeln konnte. Wieviel Köpfe sich da zu uns hinwandten, wieviel schwarze, verschmitzte Augen uns da ansahen! Alle Frauen schwiegen, niemand sagte etwas, aber mit den Augen und noch mehr mit den Händen betätigten sie sich kräftig. Offenbar merkten sie an unseren Grimassen, daß das Pochen unseren ungewöhnten Ohren weh tat, und sie schlugen drauflos, was das Zeug hielt. Die meisten konnten kaum ein Lachen unterdrücken, als sie sahen, daß sich mit dem verstärkten Klopfen unsere Mienen immer qualvoller verzogen. Das war für sie eine unerwartete Abwechslung, eine Art Koketterie.

Meine jungen Begleiter ließen sich durch den Lärm nicht sonderlich beirren; sie blieben vor einigen Arbeiterinnen stehen und brachten es fertig, nicht nur miteinander zu sprechen, sondern auch einander zu hören. Ich wollte Carmena etwas fragen, aber ich vernahm nicht, was er sagte. Zu alledem war der Saal von dem recht unangenehmen Geruch eines Öls, wohl einer Tabakessenz, durchdrungen. Aber schon hatten wir den Saal durchquert. »Gleich wird es ein Ende haben«, tröstete ich mich. Tatsächlich verließen wir ihn, kamen jedoch in einen zweiten, genau solchen Saal, hinter dem in der Verlängerung ein dritter sichtbar wurde. Mit jedem Schritt eröffneten sich dem Blick neue Hallen.

»Wieviel Frauen arbeiten denn hier?« fragte ich, als wir in einem kleinen leeren Zwischenraum stehengeblieben.

»Acht- bis neuntausend«, antwortete Avello.

»Was Sie sagen!«

»Ja. Der augenblickliche Gouverneur will die Fabrik vergrößern und verbessern; es wird sich bezahlt machen.«

»Acht- bis neuntausend!« wiederholte ich staunend mit einem Blick auf die zumeist recht hübschen Köpfchen und braunen Gesichter, die da in langen Reihen wie zur Besichtigung saßen.

In allen Sälen wiederholte sich bei unserem Erscheinen das gleiche Manöver, das heißt von seiten der Tagalinnen zuerst neugierige Blicke, dann verstärktes Gehämmer und unterdrücktes Lächeln, von unserer Seite zerstreute Blicke, leidende Mienen und Ungeduld, hinauszukommen. Übrigens wird in der Fabrik streng auf Anstand geachtet. Die Tagalinnen lachen nicht und schwätzen nicht, sie haben nur das Recht zu klopfen. Es heißt, sie benähmen sich hier sehr züchtig. Dafür sind alle Maßnahmen getroffen. Außer einigen alten Tagalen und einigen beamteten Aufsehern gibt es hier keine Männer.

In einigen Zimmern waren nur alte Frauen beschäftigt. Sie wickelten und beschnitten die Zigarren, wogen, zählten sie usw. Wir besuchten nicht alle Abteilungen. Was wir gesehen hatten, genügte uns.

Vor dem Ausgang des letzten Zimmers saß ein Abteilungsleiter, Alforador genannt, hinter seinem Schreibtisch. Er sprach Englisch. Als er erfuhr, daß wir Russen seien, sagte er, daß viele Bestellungen aus Petersburg vorlägen. Dann erzählte er uns, daß man ihn vor einigen Monaten aus Havanna engagiert habe, um die dort übliche Methode des Zigarrenwickelns statt der in Manila gebräuchlichen einzuführen, die sich in vieler Hinsicht als unvorteilhaft erwiesen habe. Er war der Ansicht, daß der Manilatabak keineswegs schlechter sei als der aus Havanna. Es mangele hier nur an vielen Vorbereitungsverfahren, und unter anderem sei die Art des Wickelns schlecht. Er maß dem Wickeln große Wichtigkeit bei und sagte sogar, daß es bis zu einem gewissen Grad den Geschmack des Tabaks selbst verändere.

»Da haben Sie zwei Zigarren von der gleichen Tabaksorte, aber verschieden gewickelt. Probieren Sie!« sagte er und drückte uns zwei Tabakstumpen in die Hand. »Es handelt sich um beste Sorte, aber der eine ist nach der Methode von Havanna gewickelt, fester und schräger, der andere auf hiesige Art, gerade. Die eine Zigarre ist gestern, die andere heute angefertigt worden«, schloß er, gleichsam zum höheren Lob der Zigarren.

Ich drehte die beiden Zigarren mit äußerstem Mißtrauen hin und her. ›Gestern, heute angefertigt‹, dachte ich, ›da hat er ein feines Geschenk für uns gefunden!‹ und war bereit, sie zum Fenster hinauszuwerfen. Aus Höflichkeit steckte ich sie jedoch in die Tasche mit der Absicht, sie fortzuwerfen, sobald ich im Wagen saß.

»Nein, nein, rauchen Sie!« beharrte der Abteilungsleiter. Nichts zu machen. Ich rauchte an. Plötzlich verbreitete sich ein feiner, wohlriechender Rauch um mich. Zu meiner Verwunderung hatte die Zigarre einen leichten Zug. Der Tabak war vorzüglich, obwohl die Asche nicht ganz weiß war.

»Ja, es ist eine sehr gute Zigarre«, sagte ich. »Kann man keine von dieser Sorte kaufen?«

»Nein, von dieser Havanna-Wicklung sind noch keine fertig. In etwa zwei Wochen wäre es möglich«, fügte er leiser hinzu und stellte sich mit dem Rücken gegen einige alte Frauen, die auf dem Fußboden des Zimmers Zigarren wickelten. »Ich kann Ihnen einige Tausend reservieren.«

»Wir werden kaum so lange hier bleiben. Warum haben Sie keine vorrätig?« fragte ich.

»Diese Frauen hier sind an ihre Wickelmethode gewöhnt. Das Havanna-Verfahren geht ihnen noch zu langsam von der Hand. Und nun rauchen Sie einmal eine andere, nach der hiesigen Methode gewickelte Zigarre.«

Ich zündete mir die Zigarre an. Auch sie war gut, wenn auch tatsächlich nicht so vorzüglich wie die erste. Oder es kam mir so vor, weil mich der Abteilungsleiter beeinflußt hatte.

»Kann man wenigstens von dieser Sorte welche bekommen?« fragte ich.

»Diese und kleinere zweiter Sorte finden Sie in den Läden.«

»Kann man dort auch Zigarren bekommen, die an beiden Seiten abgeschnitten sind?«

»Chirutas? Plenty, o plenty!« antwortete er. »Das sind Zigarren dritter und vierter Sorte, die üblichen, die alle rauchen, von Indien bis nach Amerika, im ganzen Indischen und Stillen Ozean.«

In der Tat hatten wir in Singapur, in China keine anderen Zigarren als Chirutas gesehen. Der Abteilungsleiter versprach, sich zu bemühen, die Zigarren früher als in zwei Wochen anfertigen zu lassen, und gab uns einen Ausweis, den wir am Eingang vorzeigen sollten, wenn wir ihn zu sprechen wünschten. Wir dankten ihm und den Herren Avello und Carmena, verabschiedeten uns und fuhren heim, sehr befriedigt von der Fabrikbesichtigung und den liebenswürdigen Spaniern, aber ohne Zigarren.

Philippinen, Insel Kamiguin, Port Pio Quinto. März 1854

Wenn es auch von hier bis zu Ihnen mehr als 25 000 Werst sind, so sind Sie dennoch in meiner Vorstellung immer gegenwärtig; ich sehe Sie alle vor mir, und meine Blicke folgen jedem. Sie, Jewgenija Petrowna und Nikolaj Apollonowitsch, nehmen die Mitte des Bildes ein. Auf ihren beiden Sofas und rundum sitzen in malerischer Unordnung alle übrigen, die ich nicht nenne, die aber selbstverständlich wie beim Appell alle mit »hier!« antworten. »Sind Sie gesund, wie geht es Ihnen?« Sehen Sie, das sind die Fragen, die ich unablässig in Gedanken, mündlich und brieflich gen Norden schicke, ohne Antwort erhalten zu können. Wenn Sie ebensolche Fragen nach dem Südosten senden wollen, dann wenden Sie sich an Jasykow. Einige kann er sofort beantworten. Ich habe ihm geschrieben, wo ich gewesen bin und was ich bis jetzt getan habe.

Ihnen sage ich nur, daß ich die Reise satt habe wie bitteren Rettich, und zwar derartig, daß mich sogar Manila, wohin es mich zog und wo wir uns ungefähr zwei Wochen aufgehalten haben, kaum aufgeheitert hat, ungeachtet seiner üppigen Vegetation, der vorzüglichen Zigarren, der hübschen Inderinnen und der scheußlichen Mönche. Früher strebte ich immer nach Amerika, nach Brasilien. Jetzt wäre ich heilfroh, wenn es uns möglich sein würde, wenigstens über Kamtschatka und über Sibirien heimzukehren. Da es mir an Bewegung fehlt, werde ich so fett und dick, daß man mich in einem guten Hause jetzt nicht mehr empfangen dürfte. Auf die See verschwende ich keinen Blick mehr. Andere gewöhnen sich an das Meer und lieben es, doch je mehr ich darauf umherfahre, desto fremder wird es mir. Die Schaukelei bringt mich in Wut, Stürme, ein übliches Vorkommnis auf See, ängstigen mich, die Lebensweise auf dem Schiff bereitet mir Qualen. Die Menschen sind mir über und ich ihnen auch.

Jetzt liegen wir schon den dritten Tag vor einem Inselchen, die Ufer sind mit undurchdringlichem grünem Dickicht bedeckt. Sie, Jewgenija Petrowna, würden es für ein Glück halten und jedes Gräschen und Zweiglein in einen Topf in Ihrem Zimmer pflanzen. Ich hingegen bin noch kein einziges Mal an Land gefahren, obwohl dort heute ein rauschendes Festmahl mit Musik und verschiedenen Vergnügungen stattgefunden hat.

In den Wendekreisen ist es unerträglich heiß. Bewegen wir uns jedoch nordwärts, dann friere ich. Ich habe auch wieder Zahnschmerzen, und zwar in den Tropen genauso wie im Norden. Der Rheumatismus hat sich in den Schläfen und Kiefern einfach eingenistet und erinnert unaufhörlich an sich. Nein, ich fühle, daß man gegen die Natur nichts machen kann. Obwohl ich erst vierzig Jahre alt bin, habe ich mein Leben hinter mir. Wohin Sie mich jetzt auch schicken, was Sie mir auch geben, ich komme nicht mehr auf die Beine. Ich versuchte zu arbeiten. Zu meiner Verwunderung kam eine gewisse Lust am Schreiben zum Vorschein, so daß ich eine ganze Mappe mit Reiseschilderungen gefüllt habe. Aufzeichnungen über das Kap der Guten Hoffnung, Singapur, die Bonin-Inseln, Schanghai, Japan (zwei Teile), die Lu-tschu-Inseln, alles liegt niedergeschrieben bei mir, und manches ist so ordentlich, daß es sofort in Druck gehen könnte. Aber diese Arbeiten retteten mich nur für eine Zeit. Plötzlich erschienen sie mir nicht des Druckens wert, weil ich keine Tatsachen mitteile, sondern nur Eindrücke und Beobachtungen, matt und ungenau, blasse und eintönige Bilder. Da hörte ich auf zu schreiben. Was werde ich ein Jahr lang und vielleicht mehr tun? Aber das Klagen hat keinen Sinn. Ich habe es keinen Augenblick bereut, daß ich mitgefahren bin, und bereue es auch heute nicht, denn wenn ich in Petersburg geblieben wäre, hätte ich noch mehr geklagt. Besser erzähle ich Ihnen, was wir zu tun beabsichtigen.

Wir erfuhren in Manila, daß die englische und französische Flotte schon in das Schwarze Meer eingedrungen ist und folglich der Krieg fast unvermeidlich ist. Deshalb zieht es uns auch von hier fort, damit wir nicht von englischen Schiffen, die uns doppelt überlegen sind, geschnappt werden. Jetzt wird unsere Fahrt immer langweiliger werden. Es gibt keinen ordentlichen Hafen, in dem sich nicht Engländer oder Franzosen befänden. Wider Willen müssen wir nach Norden fahren und uns irgendwo bei Kamtschatka verstecken. Wenn es schon so ist, dann lieber zurückkehren. Aber wahrscheinlich müssen wir noch einmal nach Japan.

In der letzten Zeit hatten wir uns mit den Japanern ganz freundschaftlich zusammengelebt. Sie gaben uns Diners und wir ihnen. Was habe ich dort nicht alles gegessen! Erinnern Sie sich, ich hatte mir immer gewünscht, einmal bei den Japanern und Chinesen zu essen. Mein Wunsch wurde über alles Erwarten erfüllt. Wir speisten wohl an die zehnmal bei den japanischen Würdenträgern und waren übrigens einmal zu einem Galadiner im Namen des japanischen Kaisers eingeladen. Da bei den Japanern Tische nicht gebräuchlich sind, so wurden sie eigens für uns angefertigt, und jeder von uns erhielt seinen eigenen Tisch. Auf jedem standen mehr als zwanzig Schüsselchen und Schälchen mit verschiedenen Gerichten. Fleisch essen sie nicht; sie bewirteten uns mit Fisch, Gemüse, Wild, Trepang (Seemuscheln), saurem, mit Soja angerichtetem Fisch usw. Aber von allem wurde so wenig gereicht, daß ich alle zwanzig oder dreißig Schälchen leerte und nach der Rückkehr erst einmal richtig aß. Den anderen ging es genauso. Der Shogun schickte uns Stoffe (sehr schlechte) und Porzellan als Geschenke. Dem Admiral und dreien aus seinem Gefolge, darunter auch mir, schenkte man einige Ballen dieses Stoffs, den Offizieren je ein Dutzend Tassen, so dünn wie Schreibpapier. Die Geschenke, die wir machten, waren luxuriös. Die Würdenträger schickten dem Admiral sehr kostbare Dinge, und zwar in solcher Menge, daß man aus ihnen ein interessantes Museum zusammenstellen könnte. Einige von uns, darunter auch ich, bekamen lackierte Kästchen, Pfeifen, Tintenzeuge, japanischen Tabak geschenkt. Alles dummes Zeug, aber ich bewahre es als Rarität und zur Erinnerung auf. Wenn ich den Krempel heimbringe, teile ich ihn mit Ihnen. Leider habe ich von allem nur wenig. Wir wollten kaufen, aber sie verkaufen nichts.

Seien Sie nicht böse, daß der Brief matt und unvollständig ist. Ich teile Ihnen nur einige der hauptsächlichsten Ereignisse aufs Geratewohl mit. Die Einzelheiten sind in meinen Reiseberichten aufgezeichnet, manchmal etwas literarisch frisiert, aber ohne jede Lüge. Wenn ich zurückkomme und sie mitbringe, werde ich sie selbstverständlich Ihnen zuerst vorlesen. Wenn ich ertrinke, geht jede Spur von ihnen mit mir unter. Schicken will ich sie nicht, weil ein größerer Teil nur aus Skizzen besteht und eine Überarbeitung erfordert. Und wer wird auch meine Schrift entziffern? Ich weiß nicht, ob mich Gott den Festtag erleben läßt, an dem ich mitten unter Ihnen mit einem dicken Heft sitze und Ihnen das bunte Panorama meiner Erlebnisse vorführe. Wie gern möchte ich es!

Sie, Apollon, und Sie, Alter, umarme ich, ebenso Ihre Gattinnen: einem alten Mann ist es erlaubt.

Bei Ihnen, schöne Freundin Junija Dmitrijewna, nehme ich meine immerwährenden, unumstößlichen Rechte in Anspruch, das heißt ich umarme Sie, ohne Alexander Pawlowitsch zu fragen, den ich freundschaftlich grüße.

Ich wollte Ihnen besonders schreiben, aber meine Worte wurden entsprechend meiner Gemütsstimmung überaus finster und kalt. Warum ist mir so zumute? Das ist nicht gut und taugt zu nichts. Dunkel, Kälte und Kummer haben Sie ohnehin genug. Hier ist es so hell, warm und üppig, daß man sich schämt, ein Egoist zu sein und den eigenen Trübsinn auch noch auf andere zu übertragen.

Ihnen, lieber Ljchowskij, nur einen Gruß, nicht mehr. Ich habe Ihnen in einem besonderen Briefe solche Dummheiten geschrieben, daß Sie sich, meine ich, gewundert und sich gefragt haben, ob das wirklich ein Mensch geschrieben hat, der nach Lage der Dinge klüger werden müßte, weil er die Welt oder zumindest eine Hälfte von ihr zu sehen bekommt. Ergibt sich die Gelegenheit, auf dem Wege über Sibirien zu schreiben, werde ich es tun, aber nur, wenn ich fröhlicher gestimmt sein sollte. Sonst ist es immer das gleiche: leben möchte ich nicht, und zu sterben fürchte ich mich.

Ich wollte mir in Manila einen Vorrat Zigarren anlegen, so daß er auch für Sie reichte, aber soviel konnte ich unmöglich unterbringen. Ich kaufte mir dreitausend Stück in zwölf Kisten, und sie füllten meine kleine Kammer so aus, daß zwei Kisten zu Füßen des Betts stehen, während ich eine öffnen und die Zigarren in den Kästen des Schreibsekretärs verteilen mußte. Die besten, großen Zigarren kosten vierzehn Taler und die kleinen acht Taler je tausend Stück. Und bei uns zahlt man, wenn ich mich nicht täusche, sieben und acht Silberrubel für hundert Stück. Welche Prozente sie nehmen!

Sei gegrüßt, mein lieber Burjka. Bist du groß geworden? Hat man dir endlich Kravatte, Spazierstöckchen und eine Uhr gekauft? Und wie geht es Marja Fjodorowna? Ißt sie dauernd Fastenspeisen? Grüßen Sie alle von mir und leben Sie wohl! Ihr Gontscharow

Wir lichteten die Anker und legten bei günstigem Wind ab, aber nach drei Meilen bekamen wir Gegenwind. Wir kreuzten und legten uns bald auf die eine, bald auf die andere Seite. Vor drei Tagen passierten wir Batan, gestern morgen befanden wir uns in der Gruppe der nördlichen Inseln Bashi, Obayat und anderen. Heute haben wir schon den zweiten Tag Flaute; wir machen nur einen oder zwei Knoten. Gott sei Dank ist es bewölkt, sonst wäre die Hitze unerträglich. Ob wir unser Ziel bald erreichen, weiß nur Gott. Einer meint, in zwei Wochen, der andere spricht von sechs.

Am Morgen hatte ich noch beim Spaziergang auf dem Achterdeck zu Possjet gesagt: »Langweilig, wenn doch was passierte, damit wir etwas Abwechslung hätten!« Das Schicksal schien mein Murren gehört zu haben und lieferte uns ein Schauspiel, wie es nur in den Tropen möglich ist. Obwohl es sich um einen ziemlich alltäglichen Vorfall handelt, ist er doch immer wieder interessant. Man hat ihn so oft beschrieben, daß ich ihn gar nicht erwähnt hätte, wenn ich nicht ein so naher Zeuge, fast Teilnehmer des Spektakels gewesen wäre.

Wir hatten eben zu Mittag gegessen. Ich ging wie üblich in die Kapitänskajüte, um eine Zigarre zu rauchen, setzte mich auf den Diwan und wartete darauf, daß man mir Feuer bringe. Der Kapitän saß im Sessel. Es war heiß, Tür und Fenster standen weit offen. Wir saßen noch keine fünf Minuten, als oben, über unseren Köpfen, Bewegung entstand und Getrappel von Schritten hörbar wurde. Matrosen rannten stampfend hin und her. Der Kapitän wollte entsprechend seiner Pflicht aus der Kajüte eilen, warf jedoch zuvor noch einen Blick durch das Fenster, um zu erfahren, was passiert sei. Er blieb wie angewurzelt am Fenster stehen. Ich meinte, ein Tau an der Takelage sei gerissen oder etwas dergleichen und rührte mich nicht vom Fleck. Aber plötzlich hörte ich viele Stimmen auf dem Achterdeck laut rufen: »Ziehen, ziehen!« Andere hingegen schrien: »Nein, stop! Nicht ziehen, er reißt sich los!«

Ich stürzte zum Fenster und sah von unten her das fürchterliche, sture Maul eines Ungeheuers auf mich starren. Einige Ellen vom Fenster entfernt hing an einem anderthalb Finger dicken Haken ein Hai. Der Haken hatte sich tief in den Oberkiefer gebohrt. Vor Schmerz hatte der Hai das Maul weit geöffnet. Von oben konnte ich tief in das Innere des Rachens blicken, der ringsum mit weißen, nicht sehr großen, aber spitzen, scharfen Zähnen besetzt war. Der Hai war gut zwei Meter lang. Während sein Schwanz noch im Wasser hin und her schlug, ragte der übrige Teil des Körpers über die Wasserfläche hinaus. Er schwang still auf und ab und drehte uns, je nach der Bewegung des Stricks, bald den Rücken, bald den Bauch zu. Sein Rücken war dunkelblau mit einem Schimmer von Violett, der Bauch hellweiß, gleichsam mit Kreide angestrichen.

An die fünf Minuten hing er unbeweglich, als ob er uns Gelegenheit geben wollte, ihn genau zu betrachten; nur die großen, schwarzen, runden Augen rollten heftig, gewiß vor Schmerz. Um den Schwanz schwammen unruhig die üblichen Begleitfische des Hais hin und her, zwei gelbe, schwarzgestreifte kleine Fische, sogenannte Lotsen-Fische, von denen manchmal drei oder vier den Hai ständig begleiten. Plötzlich bewegte sich der Hai, schüttelte sich und schlug mit dem Schwanz auf das Wasser und spritzte es weit um sich. Er krümmte sich zusammen, schlug gegen die Bordwand, abermals auf das Wasser und hing wieder unbeweglich da.

Ich betrachtete das Schauspiel, für das man in Petersburg Gott weiß was gegeben hätte, fasziniert und mit erregter Neugier. Ich saß sozusagen in der ersten Zuschauerreihe, und wenn die Hauptperson nicht dieses böse, von einer undurchdringlichen Haut fest umspannte Maul gehabt hätte, das nur mit der Fähigkeit des Verschlingens begabt war, hätte ich aus einer organisch etwas mehr entwickelten Physiognomie die kleinste Regung von Schmerz und Verzweiflung lesen können.

Von der Last des Hais und seiner Anstrengung, sich zu befreien, begann sich der Eisenhaken etwas zu biegen. Der Strick knisterte. Noch ein kräftiges Aufbäumen, und der Strick würde reißen und der Hai verschwände im Meer samt Haken, einem Stück Strick und durchbohrtem Kiefer. »Festhalten! Festhalten! Rascher ziehen!« hörten wir inzwischen über unseren Köpfen rufen. »Nein, hört auf zu ziehen!« schrien andere. »Der Strick reißt, gib das Ende her!« (Ende nennt man ein Tau, das man vom Schiff aus den Kuttern zuwirft, wenn sie anlegen, oder das bei ähnlichen Gelegenheiten verwendet wird.)

Der Hai ruhte inzwischen aus. In seinem Maul, in der Tiefe des Rachens sah man die Kieferknochen, blaßrosa Fleisch und den leeren, finsteren Schlund. Das Tau wurde zu einer breiten Schlinge geknüpft und dem Hai umgelegt. »So ist's richtig, so haut's hin!« schrie man zustimmend von oben. »Ziehe sie unter den Flügeln fest!«. (Unter Flügeln verstanden die Matrosen die Schwimmflossen, die nach Form und Größe in der Tat wie Flügel aussahen.)

Sobald man die Schlinge unterhalb der Flossen zugezogen hatte, war der Hai endgültig gefangen. Man zog ihn in die Höhe. Aber jetzt raffte er alle Kräfte zusammen, bog den Schwanz und peitschte mit ihm die Luft, die Bordwand, die außenbords hängende Schaluppe, alles, was ihm im Wege stand. Ich mußte mich vom Fenster zurückziehen, da der Schwanz auch dorthin traf.

Aber nichts rettete ihn, seine Stunde hatte geschlagen. »Fort! Fort!« schrie es auf dem Achterdeck, wohin der Hai gezogen wurde. Man vernahm das aufgeregte Getrampel der Matrosen, dann den Fall eines schweren Körpers und gleich danach Schläge gegen die Deckplanken.

Kruedener und ich stürzten zur Tür, um auf Deck zu eilen. Als wir sie aufstießen, sahen wir, daß die Matrosen in Haufen vom Achterdeck zurückdrängten, weil sie erwarteten, daß der Hai sofort auf das Geschützdeck fallen würde. Sollten wir herausspringen? Wenn er nun in diesem Augenblick..! Aber die Neugier siegte. Wir stürzten zur Tür hinaus und rannten zum Achterdeck.

Dort hielten an die zwanzig Mann die Enden der Stricke fest, mit denen das Untier gefesselt war. Es warf sich auf dem Deck hin und her, schnellte vorwärts und peitschte mit dem Schwanz die Planken. Alle wichen zurück. A. A. Kolokolzew ergriff ein Beil und versetzte dem Hai einen Hieb unterhalb des Rachens. Blut quoll hervor und ergoß sich auf das Deck. Eine fast handbreite Wunde war entstanden. Jemand erweiterte sie mit einem großen Messer und führte sie rasch bis zum Bauch. Die Eingeweide traten heraus; sie glichen schmutzigen Lappen. Der Hai lag plötzlich ganz still. Da nahm Baron Schlippenbach eine Handspake (das ist eine fast armdicke hölzerne Hebelstange, die zum Drehen der Geschütze dient) und stieß sie dem Hai in den Rachen. Die Handspake verschwand fast im Körper. Im Rachen bleckten vier Reihen Zähne. Der Unterkiefer zuckte wie im Krampf. Man drehte den Hai auf den Rücken und band ihn mit Stricken am Großbaum fest.

Wir standen dicht um ihn geschart, die Matrosen drängten ebenfalls heran, andere waren in die Wanten geklettert, alle beobachteten gespannt, ob der Hai noch Lebenszeichen von sich geben werde. Es war jedoch nicht der Fall. »Nein, er ist schon hin«, sagten einige. »Von den vielen Wunden ist er krepiert.« Andere hingegen zweifelten und führten Beispiele von der Zählebigkeit der Haie an. Es hieß, sie hätten manchmal drei Stunden nach ihrem vermeintlichen Ende noch immer bei krampfhaften Zuckungen Hände und Füße von Unvorsichtigen abgebissen.

Es wurde befohlen, das Deck vom Blut zu säubern. Matrosen rückten mit Eimern und Schrubbern an. Dann nahm einer von uns ein Beil und begann ein Stück der Haifischflosse abzuhacken, ein anderer machte mit dem Messer an verschiedenen Stellen Einschnitte, weil er gern wissen wollte, wie dick die Haut und was darunter sei. Unser Amateur-Naturforscher kam herbei, kauerte sich neben den Hai, betastete die Haut und betrachtete eingehend Kopf und Augen. Die Stange wurde aus dem Rachen gezogen und das blutige Maul mit Wasser abgespült. Viele, die genug gesehen hatten, gingen weiter. Es war Zeit, den Hai wegzuräumen. Die Stricke wurden gelöst und der Hai wieder auf den Bauch gelegt. Eben wollte man ihn forttragen, da kam jemand auf den Gedanken, mit einem Messer am Rücken des Hais zu schaben. Plötzlich schnellte er hoch, und der Schwanz peitschte nach rechts und links. Alle sprangen zur Seite. Ein Matrose war nicht schnell genug; er bekam zwei gehörige Schläge ab, einen gegen die Waden, den zweiten höher .. Er stürzte hin. Alle lachten und machten sich von neuem daran, das Tier zu bändigen.

Aber das war jetzt nicht so leicht zu bewerkstelligen, nachdem man die Stricke entfernt und die Stange aus dem Schlund gezogen hatte. Der gepeinigte, zerstochene Hai mit dem heraushängenden Eingeweide schnellte sich über die Deckplanken, wand sich wie eine Schlange, beschrieb mit dem Schwanz schnelle, starke Kreise und näherte sich immer mehr dem Außenbord. Niemand traute sich an ihn heran. Es war der letzte günstige Augenblick für ihn. Noch eine Wendung, noch ein starker Schlag mit dem Schwanz, indes man Handspake und Beil holte, und er wäre über Bord gesprungen und zumindest in seinem eigenen Element verendet. Aber der Hai wurde für einen Moment still, und unsere Leute griffen wieder zu Stange und Beil. »Hau ihm auf den Kopf!« schrien sie. »Obacht, Füße! Fort, fort!«

Näher als alle anderen traute sich der Matrose an ihn heran, dem er zwei Hiebe versetzt hatte. War er wütend oder war der Schmerz von den Schlägen noch nicht vergangen, jedenfalls jagte er ihm mit der Handspake nach und bemühte sich, dem Hai auf den Kopf zu schlagen. Dabei vergaß der Matrose ganz und gar, daß er barfuß war und seine Füße dem Rachen ganz nahe kamen. Die Bewegungen des Hais waren so heftig, daß es schwer war, den Kopf zu treffen. Alle Schläge fielen auf den Rücken nieder, was dem Hai offenbar nichts ausmachte. Schließlich gelang es dem Matrosen, den Kopf zweimal zu treffen. Der Hai änderte nur die Richtung, krümmte sich aber wie zuvor und glitt schnell und kraftvoll über die Planken. Ein anderer Matrose schlug mit dem Beil zu und traf ihn unterhalb des Kopfes. Das Tier wurde still und kroch langsamer. »Schlag den Kopf ab! Schlag den Kopf ab!« schrie man ihm zu. Der Matrose hieb zum zweiten Mal. Der Hai machte eine kräftige Vorwärtsbewegung. Der Matrose schlug zum dritten Male zu. Noch einmal bäumte sich der Hai auf, aber schwächer. »Nein, jetzt ist Feierabend!« sagte der Matrose und trennte mit dem vierten Schlag den Kopf vom Rumpf. Aber auch das bedeutete noch nicht das Ende. Der Rumpf fuhr fort, sich ungleichmäßig und langsam zu krümmen, doch immer schwächer und schwächer, während der Kopf krampfhaft die Kiefer bewegte. Man steckte die Stange in den Rumpf und trug ihn fort. Alle gingen auseinander.

Dieses Schauspiel bedeutete unsern Abschied von den Tropen, die wir zu jener Zeit verließen und wohin wir nicht mehr zurückkehrten.

TSCHUSIMA

April 1854

Wir passierten die Insel Tschusima. Von dort aus kann man bei gutem Wetter sowohl die koreanische als auch die japanische Küste sehen. Hier und dort schwammen einige Fischerboote, mehr war nicht zu sehen. Kein Leben, alles tot in diesen Gewässern. Die Japaner sagten, die Koreaner kämen nur selten und zufällig zu ihnen, um Waren zu bringen oder zu holen.

Und wie weit und groß ist hier bei der Nähe Japans von Korea und beider Länder von Schanghai das Feld für den europäischen Handel und die Schiffahrt! Korea ist von Japan an einigen Stellen hundert Meilen, an anderen etwas weiter entfernt, und von Japan nach Schanghai sind es siebenhundert und einige Werst. Von England können über Ostindien Briefe in zwei Monaten nach Japan gelangen. Wird es noch lange dauern, bis sich auch Japan der allgemeinen Entwicklung fügt und Briefe, Waren usw. nach Europa schicken wird? Welch Leben würde hier in diesen Gewässern, an den buchtenreichen Küsten von Nippon und Tschusima herrschen, wenn die seefahrenden Nationen nur genügend Willen aufbrächten!*

* Fünfzig Jahre später, am 27. und 28. Mai 1904, wurde bei Tschusima die russische Flotte von der japanischen vernichtend geschlagen. Anm. des Herausgebers.

Am 18. Mai 1854 liefen wir in den Tatarensund ein. Vierundzwanzig Stunden lang hatten wir Rückenwind, dann trat Flaute ein. Danach kam Gegenwind von Norden und Nordosten auf, der Kälte, Regen und Nebel mit sich führte. Welcher Sprung aus den Tropen! Man weiß nicht, wohin man sich vor der Kälte verkriechen soll. Am Abend ist es eine Qual, sich auszuziehen und sich schlafen zu legen. Und beim Aufstehen ist es noch schlimmer.

Hin und wieder sahen wir die Küste, an der entlang wir nach Norden fuhren, dann verbarg sie wieder der Nebel. Nachts hörte man zuweilen ein Winseln. Jemand sagte, es seien Seelöwen, andere sprachen von Seehunden. Glaubhafter war das letztere, sofern Seehunde zu winseln vermögen. Tagsüber umspielten sie in ganzen Rudeln die Fregatte und steckten ihre Köpfe aus dem Wasser, als ob sie sich haschten. In jedem Fall sind es »Meergeister«. Das nimmt auch der Signalgast Feodorow an.

Gestern, am 17., hatten wir eine angenehme Begegnung. Wir saßen eben beim Essen, da sagte jemand, ein Schoner komme in Sicht. Es wurde befohlen, die Flagge zu hissen und einen Kanonenschuß abzufeuern. Der Schoner zeigte unsere Flagge. Bravo! Der Schoner »Wostok« war zu uns gekommen; er brachte Briefe und Nachrichten aus Europa. Alle waren wie neu belebt. Nach einer Stunde lasen wir Zeitungen und wußten, was bis März in Europa geschehen war, Anlaß zu Gesprächen, Erörterungen, Mutmaßungen. Unsere Schiffe bekamen Befehl, die russische Küste anzulaufen. Was wird werden? Wenn wir nur erst da wären. Wir haben noch 250 Meilen bis zu der Stelle zu fahren, wo wir weitere Anweisungen abwarten sollen.

Es ist kalt und öde wie im Herbst, wenn bei uns im

Norden alles einschrumpft, wenn auch der Mensch in sich geht und für lange Zeit auf die Empfänglichkeit für äußere Eindrücke verzichtet und wider Willen trübselig wird. Aber das geschieht vor dem Winter, während es hier auch im Frühling so ist. Nichts in der Natur kündigt das Nahen des Frühlings mit all seiner Pracht an.

Alle möchten an Land, unter anderem auch, weil unser Proviant zur Neige geht. Zu Tisch gibt es immer häufiger Pökelfleisch und Dörrgemüse. Aus dem Tierreich sind auf der Fregatte einige Hammel übriggeblieben, die nicht mehr auf den Beinen stehen können, ein paar Schweine, die nicht auf den Beinen stehen wollen, fünf, sechs Hühner, eine Ente und ein Kater. Es wird Zeit, höchste Zeit..

»Gibt es etwas Neues?« fragte ich Faddejew, als er mich wecken kam.

»Wir gehen sofort vor Anker«, sagte er. »Es ist befohlen, die Kette auszurollen.«

In der Tat hörte ich den für einen erschöpften Reisenden sympathischen Lärm: das Rasseln der aus dem Kielraum hervorgeholten Ankerkette..

Der Morgen war prachtvoll, das Meer blau wie in den Tropen, durchsichtig. Es war zwar nicht so warm wie in den Tropen, aber im Flauschmantel konnte man doch auf dem Deck auf und ab spazieren. Wir fuhren immer angesichts der Küste. Um die Mittagsstunde blieben noch etwa zehn Meilen bis zum Bestimmungsort. Alle, auch ich, begaben sich nach oben, um zu sehen, wie wir in die Bucht einlaufen würden, die für einige Zeit unser Standplatz werden sollte. Hauptsache, wir erkannten die Einfahrt, in der Bucht selbst konnten wir nicht fehllaufen, die Tiefen waren vermessen und gekennzeichnet.

»Dort hinter dieser Landspitze muß die Einfahrt sein«, sagte der Obersteuermann, »man muß nur um sie herumfahren. Rechts, rechts! Wohin nach links?« fuhr er den Rudergänger an. Nach zehn Minuten kam jemand von unten. »Wo ist die Einfahrt?« fragte er.

»Dort bei der Landspitze ..«, wollte der Obersteuermann sagen und zeigte in die Richtung, aber die Landspitze war nicht mehr vorhanden. »Seltsam, seltsam! Wo ist sie denn? In diesem Augenblick war sie noch vorhanden«, sagte er.

»Marssegel setzen!« schrie der Wachthabende. Ein Windstoß jagte Regen, Kälte und Nebel heran. Die Fregatte legte sich stark über. Die Küste war wie weggeblasen. Alles verhüllte weißer Dunst. Man konnte nicht weiter als sechzig Meter sehen. Sogar der Schoner, der die ganze Zeit bald links, bald rechts von uns geschaukelt hatte, war nicht mehr sichtbar. Man mußte so rasch wie möglich von der Küste weglavieren. Wir hofften, daß wir mit der Flut einlaufen konnten. Falsch. Der Wind blieb der gleiche, genau wie der Nebel; er wurde so dicht, daß man die Mastspitzen nicht mehr sah.

So verging der Abend. Statt zehn waren wir sechzehn Meilen von der Küste entfernt. »Nun, morgen, wenn es hell ist, fahren wir ein«, sagten wir und legten uns schlafen.

»Was Neues?« fragte ich Faddejew, als ich am Morgen erwachte.

»Der Kater Wassjka hat eine Lerche gefressen«, sagte er.

»Wie hat er sie bekommen?«

»Er hat sie aus dem Bauer geholt.«

»Warum habt ihr sie ihm nicht abgenommen?«

»Er rannte hinter die Schaluppe, wir konnten ihn nicht fangen.«

»Schade. Noch was?«

»Noch? Nichts.«

»Wieso nichts? Liegen wir vor Anker?«

»Natürlich nicht. Bei dem Wetter! Man kann die Back vom Geschütz nicht sehen.«

Wir kreuzten wieder den ganzen Tag in der Meerenge und hielten die Position. Der Wind wütete. Der Seegang war nicht allzu stark, aber die Wellen trafen das Schiff scharf und unerwartet von der Seite, so daß es unangenehm schlingerte. Abends ging ich hinauf und sah die anderen dichtgedrängt auf dem Achterdeck stehen.

»Was ist los?« fragte ich.

»Wir laufen ein«, sagten sie.

In der Tat fuhren wir durch das breite Tor eines glatten Beckens, das von steilen, gleichsam gekappten Ufern umgeben war, auf denen undurchdringlicher Buschwald wuchs, Tannen, Birken, Fichten, Lärchen. Kräftiger Harzgeruch wehte uns entgegen. Nachdem wir die große Bucht durchquert hatten, sahen wir rechts und links zwei weitere Buchten, die sich wie lange Zungen tief ins Land erstreckten. Die große Bucht zog sich noch etwa zwei Meilen weiter. Das Wasser regte sich nicht. Die Luft war still. Draußen auf dem offenen Meer hinter der Landspitze tobte der Sturm.

In der kleinen Bucht, die wir ansteuerten, lag unser schon vor uns eingetroffenes Schiff »Fürst Menschikow« dicht am Ufer. An Land waren bereits Zelte aufgeschlagen worden. Ein Dutzend Leute von der Besatzung rannte zwischen ihnen hin und her. Hunde liefen auf und ab. Wir gingen vor Anker.

Was ist dies für ein Gebiet? Wo befinden wir uns? Ich weiß es nicht. Niemand weiß, wer je hier gewesen ist und wer in diese Wildnis gelangt. Wer lebt hier? Welches Volk? Völker genug, aber niemand wohnt hier ständig.

Unsere Matrosen, die sich auf ihre Weise mit allen Völkern der Erde verständigen, kamen auch hier, ich weiß nicht in welcher Sprache, mit den Eingeborenen ins Gespräch; sie nennen sich Orotschanen, Mangu, Kekel. Sind das Stammes- oder Familienbezeichnungen? Auch das weiß ich nicht. Wir nennen die meisten von ihnen mit dem Sammelnamen Tungusen. Sie haben hier nicht ihren Wohnsitz, sondern ziehen von Weideplatz zu Weideplatz und kommen an die Küste, um Fische zu fangen. Ihnen folgen die Bären und fangen ebenfalls Fische. Wir tun einstweilen dasselbe. Fische gibt es in Menge: Schollen, Kaulköpfe, Forellen, eine Art Schleie. Bald kommen auch die periodischen Schwärme der Rotbarsche, Heringe usw. Bei uns gibt es jetzt nichts als Fisch und nochmals Fisch zu essen. Pferde gibt es nicht, statt dessen streunen am Ufer einige Dutzend dürre Hunde umher. Schon am Ufer sieht man, daß man wegen der dichten Wildnis weder mit Hunden noch mit Pferden und nicht einmal zu Fuß ins Innere vordringen kann. Ich machte den Versuch, versank im Sumpf und stolperte über Baumstümpfe und Äste.

»An welcher Küste, in welcher Bucht befinden Sie sich?« fragen Sie. Es ist noch immer die mandschurische, folglich den Chinesen gehörende Küste, die sich da lang hinstreckt.

Nein, das Land bekommt meiner Gesundheit nicht. Gehe ich durch den Wald, fühle ich bald Ermüdung und Schwere. Gestern schlief ich im Wald auf einer ausgespannten Plane ein. Sofort bekam ich Fieber. Ich bin das Land nicht mehr gewöhnt. Auf der Fregatte ist es angenehmer. Ich fühle mich in meiner kleinen Kajüte wohl, ich bin an meinen Winkel gewöhnt, in dem man sich kaum umdrehen kann. Man kann sich nur auf das Bett legen, auf den Stuhl setzen, dann einen Schritt bis zur Tür machen – das ist alles. Der Blick auf den Besanmast, das Takelwerk und auf das Meer jenseits der Reling ist mir vertraut geworden.

23. BRIEF: AN J. P. UND N. A. MAJKOW

15. Juli 1854

Daß ich ein großer Egoist bin, wissen Sie, besonders Sie, Jewgenija Petrowna; Sie haben es mir hundertmal zum Vorwurf gemacht. Da ich die Bezeichnung nicht bestreite, gestatten Sie mir, sie auszunützen und mit den ihr eigenen Rechten beispielsweise an mich zu erinnern. »Warum? Wir verlangen es nicht«, werden Sie sagen. Was geht mich das an? Ich benötige es, und das ist ein sehr ausreichender Grund für den Brief.

Erraten Sie, woher ich schreibe? Aus dem Walde. Aus welchem, darf ich nicht sagen. Sie könnten es womöglich den Engländern verraten, besonders wiederum Sie, meine Freundin Jewgenija Petrowna, denn Sie sind eine Frau, folglich von Natur aus eine Verräterin. Wir sind jetzt allein. Die anderen Schiffe sind nicht bei uns. Daher fliehen wir vor den Engländern, wie, nach den Worten des Vaters Awwakum, der Ruchlose rennt, obwohl ihm niemand nachjagt. Wir haben uns in die Verborgenheit einer unserer jüngsten Siedlungen zurückgezogen, wo noch niemand wohnt, sondern Tungusen, Mangu, Orotschanen, Bären, Elentiere, Zobel und Fischottern hausen; wo noch nichts angelegt ist außer einem Friedhof. Im vorigen Winter gelang es bereits etwa dreißig Leuten, die an Skorbut gestorben sind, dort ihren Platz zu finden.

Wir leben ständig auf der Fregatte. Ich bin sogar der Meinung, daß das Land schädlich für mich ist, und fahre deshalb selten an das Ufer. Ich bin so an das Deck gewöhnt, an meine Kajüte, vor deren Fenster der Besanmast mit seinen vielen Tauen sichtbar ist und sich jenseits des Bordes das Meer mit seinen immer wechselnden Anblicken ausbreitet. Als ich in Manila anderthalb Wochen an Land wohnte, wurde es mir schon in den ersten Tagen überdrüssig.

Wir liegen jetzt in einer Bucht vor Anker, deren Ufer mit dichtem Fichten- und Tannenwald bestanden sind, so daß man keinen Landeplatz findet. Man muß auf einem kaum festgetretenen Pfad gehen. Ich machte mich schon mit dem und jenem bekannt, zum Beispiel mit dem Tungusen Afonka. Wir haben ihn angestellt, Hirsche und Elentiere zu erlegen, damit wir Fleisch bekommen; er bittet dauernd um ein »Fläschchen«, natürlich nicht um ein leeres. Die Meerenge heißt Chadshi, die eine Bucht Ma, die andere Ui, und alles zusammen Yrga. Suchen Sie es, wenn's beliebt, auf der Karte!

Es heißt, daß wir hier überwintern werden, und im Winter zählt man bis 36 Grad Kälte. Häuser gibt es noch nicht. Schrecklich, nicht wahr? Ich hätte es auch gesagt, wenn mich noch etwas erschrecken könnte. Aber was tut nicht die Gewohnheit, und außerdem ist nichts daran zu ändern. Rund um Amerika zurückzufahren, das wären mehr als 25 000 Werst, sieben, acht Monate Seefahrt, vorbei an Franzosen und Engländern. Auf dem Landweg haben wir es näher, es sind nur irgendwelche 10 000 Werst. Ich weiß nur nicht, ob meine Kräfte reichen werden, um mich durch die sibirischen Schluchten und Tundren zu schlagen, wobei man bis Irkutsk bald hoch zu Roß reiten muß, während ich jetzt nicht mal rittlings auf einem Balken sitzen kann, bald mit Hunden oder in Booten monatelang über die Flüsse geschleppt wird, Robbenfleisch essen und im Schnee schlafen muß. Nichts zu machen, wir werden hier halt überwintern. Afonka hat mir schon versprochen, mir für ein »Fläschchen« Bärenfelle für den Winter zu besorgen.

Und womit werde ich mich beschäftigen? Wenn mich Kälte, Hunger, Skorbut und besonders der Tod nicht zu sehr stören, dann möchte ich schreiben. Und wissen Sie, was mich am meisten dazu anregt? Daß Sie meiner Arbeit

Ihren freundschaftlichen Segen erteilt haben und ich mich schämen müßte, mit leeren Händen bei Ihnen zu erscheinen. Das Publikum schert mich nicht, aber Sie sind mir wichtig, Ihr kleiner Kreis, der ganz enge, Sie wissen schon, wer ihn bildet. Von den Entfernteren fügen Sie Benediktow und Ljchowskij hinzu, sofern sie überhaupt fernstehen. Zu Ihnen komme ich zuerst, um die Belohnung zu suchen, und dann erst gehe ich in die Öffentlichkeit oder zu Andrej Alexejewitsch Krajewskij. Es ist das einzige Freundschaftszeichen, das ich dafür geben kann, daß ich seit zwanzig Jahren sozusagen zu Ihrer Familie gehöre.

Für überflüssig halte ich es, Sie, meine Freundin Junija, zu erwähnen. In meinen Gedanken sind Sie von Majkows nicht zu trennen. Ich mische Sie ständig mit Apollon, dem Alten, dem Onkelchen und Tantchen zusammen; wenn aus Versehen Koschkarjow ins Spiel gerät, lege ich ihn schnell ab, wie die Wahrsagerinnen den Pikbuben oder eine andere untaugliche Karte beiseite schieben, wenn sie das Spiel auf dem Tisch ausbreiten. Zuweilen erlaube ich mir zu träumen, ich träte mit einem dicken Heft bei Ihnen ein und Nikolaj Apollonowitsch freute sich fast ebenso wie damals, als er den Karpfen fing.

Leider gibt es wenig Anlaß zur Freude. Das Heft ist tatsächlich dick, aber es enthält nicht viel Gelungenes, und das Wenige ist matt, ohne Feuer, ohne Phantasie, ohne Poesie. Denken Sie nicht, daß ich Bescheidenheit heuchele, das ist nicht mein Fall. Ich wollte das eine oder andere an die »Vaterländischen Annalen« schicken und Sie bitten, es umzuschreiben. Aber nein, besser wäre es, Sie wünschten, ich käme selber. Mich schreckt der Gedanke, daß Ihnen der Sinn weder nach dem, was ich geschrieben habe, noch nach mir selbst steht. Vielleicht sind Sie von Ihren Familienpflichten, die sich natürlich mit den Kindern vermehrt haben, völlig in Anspruch genommen.

Nun, wünschen Sie trotzdem meine Rückkehr. Ihre Kinder werden nicht wieder solch einen Freund finden wie mich.

In der Tat, ich habe hier nichts zu tun. Es besteht keine Möglichkeit und kein Grund mehr, nach Japan zu fahren. Wir befestigen uns hier, bauen Batteriestellungen und bereiten uns zum Kampf vor. »Obacht, Jewgenija Petrowna, hüten Sie sich vor Bemerkungen. Entsinnen Sie sich. Einmal haben Sie gesagt, wenn man mir vorschlagen würde, rund um die Erde zu fahren, würde ich böse werden. Und ich fuhr! Wenn Sie nunmehr die Bemerkung machen: »Da lachen ja die Hühner! Sie und mit den Engländern kämpfen!«, dann würde ich sofort als erster an die Kanone flitzen. Laden Sie nicht noch eine Sünde auf Ihr Gewissen. Sagen Sie lieber: »Warum nicht, Iwan Alexandrowitsch steht sicherlich auch im Gefecht seinen Mann!«, und ich kneife. Seltsam? Nun, es ist eine entschiedene Sache, daß Sie mich nie begriffen haben. Das werden auch Nikolaj Apollonowitsch und Apollon und der Alte und besonders Ljchowskij bestätigen.

Eigentlich müßte ich auch deshalb zurückkehren, weil mich die Fahrt aufs äußerste angestrengt hat. Je fais un mauvais rêve, aber das Reisen ist mir längst leid geworden. In Petersburg hielt ich immer für die Ursache meiner Langeweile, daß ich nichts gesehen hatte, nirgendwo gewesen war, die Natur nur aus Büchern kannte. ›Laß mich mal selbst schauen, dann wird's vielleicht besser!‹ dachte ich. Und ich reiste weder nach Deutschland noch nach Italien, sondern wählte das Entfernteste. Jewgenija Petrowna verfrachtete mich in die andere Erdhälfte. Und das Ergebnis? Aus Mangel an Bewegung auf dem Schiff haben sich meine Hämorrhoiden vermehrt, und ich habe einen solchen Bauch gekriegt, daß ich allein deswegen zur bemerkenswerten Persönlichkeit einer Gouvernementsstadt würde. Jetzt kenne ich diese Tropen mit ihrem Himmel und dem Südlichen Kreuz, diese Bananen, Palmen und Ananas an Ort und Stelle, diese ganze Aristokratie der Natur und ihre Plebejer, die Neger, Malayen, Inder und Chinesen. Weiter, zum Beispiel nach Amerika, zieht es mich nicht mehr, denn bei drei Bekannten findet man leicht die vierte Unbekannte. Ob mir in Petersburg heiterer zumute sein wird? Ich glaube nicht. Ich habe Angst, anzukommen und keinen anderen Platz als den eines Tischvorstehers zu finden, den mir der Minister zu reservieren versprach.

Mehr als alles hat mich die Eintönigkeit der Seefahrt müde gemacht. Es gibt keine Möglichkeit, sich den steifen, kräftigen Winden, der Kälte, Hitze und der Schaukelei zu entziehen; an allem muß man aktiv Anteil nehmen, besonders bei Sturm. Dabei erinnere ich mich immer an die Kindheit. Beginnt der Sturm zu toben, zu wüten und zu rasen, dann ist es genau, wie wenn einem als Kind die Strafe drohte, Prügel zu bekommen. Sobald sie vorbeigezogen war, wurde einem sofort verziehen. Ja, es ist Zeit, nach Petersburg zurückzukehren, obwohl ich weiß, daß es mir dort nicht anders als früher ergehen wird. Die geistige Tätigkeit wird sich abermals völlig auf das Departement konzentrieren, die physische auf einen Gang über den Newskij-Prospekt und die sittliche auf strenge Ehrenhaftigkeit, wenn auch eine negative, das heißt, man wird keine Bestechungsgelder annehmen und die Droschkenkutscher und Hausbesitzer nicht anbrüllen. Statt dessen kann man wenigstens bei Ihnen und bei Jasykows ausruhen. Gott gebe, daß bei Ihnen alles wie früher geblieben ist oder sich gar zum Besseren gewendet hat!

Ich vergaß zu sagen, daß wir in Korea gewesen sind. Dorthin ist überhaupt noch kein Europäer gekommen. Ich fuhr im ganzen zweimal an Land, allerdings nur, um ein reines Gewissen zu haben, falls man mir den Vorwurf machen wollte, ich hätte keinen Fuß auf ein noch völlig unbekanntes Ufer gesetzt. Auch das hat mich gelangweilt. An wilden, unzivilisierten Orten spüre ich besonders, daß ich alles andere als ein Entdeckungsreisender bin.

Ich merke jedoch, daß ich die Rechte eines Egoisten allzu maßlos in Anspruch nehme, indem ich dauernd von mir spreche. Und was soll ich von Ihnen sagen? Wissen Sie, seit wann ich keine Briefe von Ihnen erhalten habe? Seit August vorigen Jahres. Es heißt, daß alle Briefe für die »Pallas« in Kamtschatka liegen, aber wir sind nicht dort. Ob wir dorthin kommen, ist noch ungewiß. Niemand weiß, was kommt und was uns der Generalgouverneur Murawjow bringen wird, den wir hier in einigen Tagen erwarten. Ob wir heimreisen oder hierbleiben, weiß ich nicht. Zumindest werde ich Ihre Briefe, wenn überhaupt welche in Kamtschatka oder sonstwo liegen, noch lange nicht erhalten und lange nicht erfahren, was bei Ihnen vorgeht. Ich selbst habe Ihnen fast von überall geschrieben, sogar von dem leeren Tropeninselchen Kamiguin (in der Inselgruppe Babuyan, nördlich von Luzon), Ich weiß nicht, ob dieser Brief über Ostindien angekommen ist. Jetzt fahren wir nicht mehr dorthin. Auf anderen Wegen, auch über Sibirien, kommen Briefe nicht mehr zuverlässig an.

Nunmehr richte ich meine Worte vornehmlich an Sie, Fischfänger. Wie sind Sie alle in meiner Meinung gesunken! Sie, Nikolaj Apollonowitsch, der Sie sich Ihr ganzes Leben mit Ihrem Karpfen großtun, und Sie alle – Apollon, Alter, mit Ihren Barschen. Wissen Sie, was wir in diesem März beim Verlassen der Tropen angelten? Einen Hai! Das war schon kein Fang mehr, sondern ein Kampf, ein gefährliches Gefecht. Wir standen mit Beilen und Knüppeln rings um ihn und sprangen beim geringsten

Schwanzschlag zurück, jeder, wohin er konnte. Ich habe diesen ganzen Kampf beschrieben und Ihnen gewidmet, Nikolaj Apollonowitsch. Am liebsten schickte ich Ihnen gleich diesen Abschnitt aus dem Tagebuch, aber er ist immerhin einen Bogen lang, eine Qual, das abzuschreiben.

Immerhin, werden Sie sagen, ein Hai, das ist kein Fisch. Aha! Kein Fisch! Sie brauchen Fische. Bitte sehr! Vom Fang mit dem Netz werde ich nicht sprechen, das verachten Sie, doch wir fangen auf diese Weise zehn bis fünfzehn Pud in drei, vier Stunden und verachten es nicht. Jetzt ist das unser tägliches Brot. Aber wir fangen auch mit der Angel. Können die Matrosen mit dem Netz nicht ausfahren, wenn wir für die Mahlzeit Fisch benötigen, dann schicken wir unsere Ordonnanzen, das heißt die Offiziersburschen los, damit sie hier, von Bord der Fregatte aus, angeln. Und in einigen Stunden bringt der eine fünf, sechs Schollen, der andere eine Seebutte, wieder einer Kabeljau, eine Art Aalraupe – mit einem Wort, Fische aller Formen und Arten. Dabei müßten Sie ihre Angelhaken sehen! Es sind keine solchen hübschen aus dem englischen Laden mit kunstvollen Schwimmern, keine Haken aus Stahl und mit verschiedenen raffinierten Feinheiten, sondern einfache, plumpe Eisenhaken. Sie brauchen Würmer, müssen sie ausgraben und in Jewgenija Petrownas Blumentöpfen den Winter über halten. Hier bei uns dient ein Stückchen Fett, Fleisch oder der gleiche Fisch als Köder. Ich bin jetzt endgültig davon überzeugt: wer eine Angel im Cosmétique kauft, sich ein Gewehr von unerhörter Präzision und großem Wert aus London oder Paris kommen läßt, der wird nie etwas fangen oder schießen. Unserm Afonka händigte man ein doppelläufiges Gewehr, einen Perkussionsstutzer aus. Er ging in den Wald und kam mit leeren Händen zurück. »Damit verstehe ich nicht zu schießen«, sagte er, »nehmen Sie das Gewehr zurück.« Und womit schießt er? Mit einem Gewehr, das nach jedem Schuß aus dem Leim geht und jedesmal von unseren Schlossern auf der Fregatte wieder zusammengeschlagen und repariert werden muß. Er erlegte mit ihm jedoch vor einigen Tagen zwei Elche. Ach, Ihr Fischfänger!

Nun zu Ihnen, meine jungen Freunde! Ich küsse Sie brüderlich, küsse Ihren Gattinnen die Hände und umarme die Kinder, sofern sie dazugekommen sind. Grüßen Sie die Freunde, Apollon, und Sie, Alter, A.P. Korenjew. Sagen Sie ihm, daß ich ihm vor einem Monat geschrieben habe. Der Brief ist nach Kamtschatka gegangen. Man versprach, ihn von dort mit der Post weiterzubefördern. Wann wird er ankommen? Sie, Junija Dmitrijewna, wollen Alexej Pawlowitsch umarmen, aber bitte vorsichtig.. Und wen möchten Sie umarmen, Hauptmann? Lesen Sie diesen Brief und erinnern Sie sich wenigstens für einen Augenblick eines ihrer ergebensten Freunde, Sie wetterwendischer Mensch!

Mit diesen aufrichtigen Ergüssen und Umarmungen erlauben Sie mir, mich von Ihnen zu verabschieden. Ihnen, Ljchowskij, habe ich einen besonderen Brief geschrieben, aber meine Schrift war so scheußlich, daß ich sie selbst nicht entziffern konnte und den Brief zerrissen habe.

Ihr I. Gon(tscharow)

Grüßen Sie alle von mir. Und wie geht es Burjka?

ULYSSES KEHRT HEIM NACH ITHAKA

Der Schoner ›Wostok‹ mit seinen pfeilgeraden, schlanken Masten wiegte sich, vor Anker liegend, zwischen den steilen, grünbewachsenen Ufern des Amur. Wir gingen am Strand spazieren, zeichneten mit einer Gerte Figuren in den Sand, schauten faul zum Schoner hinüber und warteten untätig auf den Augenblick, daß man uns mitteilen werde, die Fahrt fortzusetzen und den letzten Schritt auf dem riesigen Wege zu machen, den wir zurückgelegt hatten. Bis Ajan, dem ersten kleinen Hafen an der Küste Sibiriens, hatten wir noch etwa 500 Werst zurückzulegen.

Am 12. August 1854 wurde die Schar der Abreisenden, an ihrer Spitze der Generalgouverneur von Ostsibirien, endlich von der Fregatte an Land gebracht. Wir waren mehr als zehn Fahrgäste, dazu kamen unsere Diener und die zum Schoner gehörenden Offiziere und Mannschaften, insgesamt mehr als dreißig Mann. Und das viele Gepäck!

Hätte man alles, was auf den Schoner verladen werden sollte, auf einen freien Platz gelegt, würde ein unvorsichtiger Mensch gewettet haben, es gehe nicht hinein. Er hätte die Wette verloren.

Als wir alle an Bord des Schoners waren, wurden die Gepäckstücke verstaut, und wir richteten uns in allen möglichen Ecken ein. Trotzdem hätte man, zumal nachdem wir uns alle schlafen gelegt hatten, immer noch Platz für Menschen und Gepäck gefunden. Es ist dieselbe Geschichte wie mit einem Koffer. Man will nicht glauben, daß alle zurechtgelegten Sachen hineingehen, doch dann erweist sich, daß man noch dies und jenes und ein drittes hineinstecken und hineinpressen kann.

Dabei wird selbstverständlich die gewöhnliche, Raum voraussetzende Ordnung zerstört, und es tritt eine andere, ungewöhnliche in Kraft. In der Kapitänskajüte zum Beispiel konnte man drei, und wenn man sich etwas einengte, fünf Personen bequem unterbringen, wie ordentliche Leute es gemeinhin gewöhnt sind. Wir jedoch saßen in dieser Kajüte zu elft bei Tisch und in der anderen, der

Offizierskajüte, zu sechst. Nicht bloß Gegenstände sind elastisch!

Als Tisch diente eine lange, breite Tafel, die man irgendwo von der Back herbeigeschafft hatte. Mit dem einen Ende legte man sie auf das Sofa, mit dem anderen auf ein stützendes Gestell – fertig war der Tisch. Auf dem Sofa, auf dem drei sitzen konnten, fanden fünf Platz, aber sie mußten sich eng aneinanderquetschen. Mit der einen Hand bediente man sich, die andere blieb untätig auf dem Rücken. Die anderen sechs fanden auf der anderen Seite der Tafel Platz, und einer stand bescheiden in der Tür. Den Dienern aber blieb nichts anderes übrig, als die Nasenspitze und die Hand mit der Schüssel durch die Tür zu strecken. Geschlafen wurde auf Tischen, Stühlen und Bänken.

Die kaum erforschte und noch nicht kartographisch vermessene Mündung des Amur ist von zahlreichen Untiefen durchsetzt. Wären diese Sandbänke beständig, könnte man sie in kürzester Frist markieren; aber sie sind in Bewegung, werden vom Stromverlauf gebildet und verändern sich deshalb jedes Jahr. Flut und Ebbe stehen in diesen Gewässern einstweilen ebenfalls nicht unter Kontrolle der Seefahrer, und darum saßen wir häufig auf einer Sandbank fest. Es war ein Glück, daß im Mündungsgebiet kein hoher Seegang herrschte, aber auch so schlug es uns einmal hart gegen den Sand, so daß unser improvisierter Tisch und wir selbst, die eben beim Abendessen saßen, in die Höhe sprangen und wir uns fragend ansahen. Einmal geriet der Schoner in eine solche Untiefe, daß er abgestützt werden mußte, damit er nicht umkippte.

Nun, Gott sei Dank, wir manövrierten uns schließlich aus dem Liman heraus. Nachdem wir uns wohlbehalten durch den Sund zwischen dem asiatischen Festland und der Insel gewunden hatten, gelangten wir in das Ochotskijsche Meer und warfen vor unserer kleinen Ansiedlung Petrowsk Anker.

Unsere Fahrt mit dem Schoner ›Wostok‹ durch den Sund zwischen Asien und Sachalin war die dritte, die nach der Entdeckung, daß Sachalin nicht mit dem Festland verbunden ist, überhaupt stattfand. Derselbe Schoner war bereits einmal von der Amurmündung nach Ajan gefahren und wiederholte jetzt die Reise. Aus diesem Anlaß wurde sofort nach der Durchquerung der Meerenge außerhalb der üblichen Zeit die den Tisch ersetzende Tafel an ihren Platz gelegt, und in der Kajüte versammelten sich statt der üblichen elf siebzehn Herren, nahmen ein Frühstück ein und tranken einige Gläser Champagner.

Mich drängte es so sehr, die Reiserei zu beenden, daß ich nicht mit den anderen Herren in der Eigenschaft als Expeditionsteilnehmer an Land fuhr, sondern ich wartete voller Ungeduld auf ihre Rückkehr, um das Ochotskijsche Meer zu durchqueren, endlich festen Schrittes an Land zu gehen und daheim zu sein.

Aber es blies ein grausamer Wind, man konnte keine Verbindung zur Küste herstellen, und unsere Herren mußten ganze vierundzwanzig Stunden dort verweilen. Endlich setzten wir uns wieder in Fahrt. Unterwegs kam uns der Abwechslung halber die Lust an, am Krieg teilzunehmen und ein französisches oder englisches Schiff zu kapern. Eines Tages sichteten wir ein ziemlich großes Schiff und steuerten drauflos. Inzwischen lud man unsere sechs Kanonen, brachte die Enterwerkzeuge in Bereitschaft, und mit Kühnheit gewappnet, die Hände auf dem Rücken, hielten wir Ausschau nach dem fremden Schiff und bemühten uns, an der Takelage zu erkennen, welcher Nationalität es sei. Eine Flagge zeigte es nicht. Baron Kruedener hielt es für nötig, sich zu bewaffnen. Er erschien mit zwei geladenen Pistolen auf Deck, die er aus Zerstreutheit mit dem Lauf nach unten in die Taschen gesteckt hatte. Aus dem gleichen Grunde bemerkte er jedoch nicht, wie ich sie von dort herauszog und Affanasjew, seinem Kammerdiener, gab, damit er sie wieder an ihren Platz lege.

Inzwischen hatte das Schiff die amerikanische Flagge gehißt. Wir schenkten ihm jedoch keinen Glauben, denn wir hatten gehört, daß sich die Engländer damals auf verschiedenen Meeren dadurch auszeichneten, daß sie die falsche Flagge zeigten. Wir riefen den Kapitän mit den Papieren an Bord. Er kam, trank ein Gläschen Wein und erklärte, Walfänger zu sein. Derartige Schiffe finden im Ochotskijschen Meer reiche Beute. Zuweilen kommen zweihundert und mehr Schiffe dorthin.

Hinsichtlich des Siegs über den Feind enttäuscht*, nahmen wir wieder Kurs auf Ajan. Das Wetter war diesig, aber warm, der Seegang gering, genau was wir brauchten. N. N. Murawjows Mahlzeiten waren vorzüglich, die Gesellschaft erlesen und lustig, der Wein ausgezeichnet, die Zigarren kamen aus Manila, aus erster Hand, und die geistige Verfassung war allerseits sehr gut.

Der liebenswürdige Schoner bemühte sich nach Kräften, unsere Ungeduld zu befriedigen. Er verfeuerte nach Herzenslust die nicht gekaufte, sondern eigenhändig von unseren Matrosen auf Sachalin geschürfte Kohle, spannte noch die Segel auf und lief an die vierzehn Werst in der Stunde. Auch der Horizont kam uns nicht mehr so fern und grenzenlos vor wie auf den verschiedenen Ozeanen, obwohl die gebogene Oberfläche der Erde auch hier die Weite verbarg und außer Wasser und Himmel nichts zu sehen war. Aber vor unseren Augen schimmerten schon

* Am selben Tag, nämlich dem 16. August, fand jenseits des Meeres, in Kamtschatka, wie wir später erfuhren, ein heroisches, bewunderungswürdiges Gefecht zwischen einem zahlenmäßig überlegenen Feind und einer Handvoll Russen statt.

die Felder und Häuser der Heimat, wir sogen die feuchte Meeresluft tief in uns ein und vermeinten, die Luft der Heimat zu atmen. Endlich, am vierten Tage, bemerkten wir etwas am Horizont, zwar keine Felder, keine Häuser, sondern eine graue, steile, erschreckende Wand. Es war ein Massiv gewaltiger, jäh abfallender Felsen.

Je näher wir kamen, desto furchtbarer, steiler, unerklimmbarer sahen sie aus. Von Wohnstätten war nichts zu bemerken. Wo sollte da auch jemand hausen? Selbst die Möwen schienen sich zu fürchten, auf diesen Felshängen zu sitzen. Öde, kahl, schwindelnde Höhe, pfeifender Wind – das war der Charakter dieses Orts. Hier hätte man in alter Zeit eine Räuberburg erbauen können, wenn jemand zum Berauben vorhanden gewesen wäre, jetzt aber konnte man dort bestenfalls eine Batterie in Stellung bringen. »Das da dürfte ein Biberbau sein!« bemerkte jemand und zeigte auf eine runde, gleichmäßige Aushöhlung im Felsen dicht über dem Wasserspiegel.

Das Erlebnis einer neuen Küste oder jeder neuen Landschaft, mit der sich die Augen vertraut machen, um die Einzelheiten zu studieren, ist das Privileg der Reisenden, der Lohn für ihre Mühen und ein Genuß, vor dem das Vergnügen verblaßt, das man vor dem Gemälde des größten Meisters empfindet. Sehen Sie sich die Reisenden an, wenn sie sich einem unbekannten Ort nähern! Kaum wird am Horizont die blaue Linie der Küste sichtbar, begeben sich alle an Deck. Niemand ist gleichgültig, müde, träge, verschlafen. Ohne sich zu rühren, stehen sie wie versteinert da und schweigen wie Stumme. Stellt jemand eine Frage, dann scheu und flüsternd. Fast nie erhält er eine Antwort. Die Gesichter sind gespannt vor Aufmerksamkeit, in den Augen spiegeln sich Fragen, lange Gedankenreihen, lebendige Eindrücke, befriedigte oder unbefriedigte Neugier.

Heimlich und ohne daß meine Kameraden es merkten, ergötzte ich mich mit dem Recht des Reisenden an dem Bild der neuen Küste und prüfte meine Eindrücke an den Gesichtern der andern. »Wo ist denn Ajan?« fragten schließlich die Ungeduldigen und wendeten den Blick von den toten Steilfelsen, an denen es nicht viel zu sehen gab. Eine Küste mag noch so schön und interessant sein, aber in den Augen der Reisenden entzündet sich erst dann das Feuer lebendiger Freude, wenn sie Leben am Ufer erblicken. Der Schoner fuhr inzwischen mit verminderter Geschwindigkeit genau auf die Felsen zu. Zwischen ihnen öffnete sich plötzlich eine Durchfahrt, die den Blick auf zwei Kauffahrteischiffe freigab, die auf der Reede lagen, und dann auf ein langes, hölzernes Gebäude mit rotem Dach, das am Ufer stand.

Ein Dach spricht das Herz eines Fahrtteilnehmers mehr als alles andere an, noch dazu ein rotes. Es ist ein ganzes Poem, sein Inhalt: Erholung, Familie, Herd, alle häuslichen Freuden. Wer wäre zu seiner Zeit kein Ulysses gewesen und hätte nicht, aus weiter Ferne heimkehrend, mit den Augen Ithaka gesucht? »Das ist das Lagerhaus«, bemerkte jemand prosaisch und zeigte auf das uns neckende Dach, als ob er die heimlichen Träume der Wanderer vernommen habe.

Die schmale Durchfahrt verbreiterte sich immer mehr, und schließlich lag zwischen zwei Reihen hoher, mit Birken und Kiefern bestandener Berge eine ziemlich enge Bucht vor uns. Hier und da kam nach und nach ein Dutzend mehr als bescheidener Häuschen aus dem Grün zum Vorschein, anspruchslos ragte hinter ihnen die grüne Kuppel einer Kirche mit goldenem Kreuz empor. Am Strand, dicht am Meer, war eine Batterie in Stellung gebracht worden. Rechts von ihr lag eine Werft, die noch im Aufbau begriffen war, aber schon ein neues Schiff auf Kiel liegen hatte. Ferner gab es ein ganzes Zeltlager, einige Jurten und dazwischen Sumpf. Das war das ganze Ajan ..

»Werft Anker!« ertönte es zum letzten Male für uns. Das Herz erstarb schier vor Freude, weil man festes Land betrat, um es nie wieder zu verlassen, aber auch vor Bedauern, vom Meer Abschied zu nehmen und nie mehr zu ihm zurückzukehren.

Ende! Glücklich heimgekehrt.
Freunde, holt die Segel ein!

hätte ich vor lauter Freude gern gerufen, wenn es tatsächlich das Ende der Reise gewesen wäre. Aber noch blieben etwa zehntausend Werst bis zu jenem roten Dach, wo man das Recht hatte zu sagen: »Ich bin zu Hause!«.. Welch riesiges Ithaka, und was hatte jeder Ulysses noch zu leisten, um zu seiner Penelope zu gelangen! Ganze Ozeane von Schnee, Sümpfen, ausgetrockneten Schlünden, jähe Abgründe, die eigenen vierziggradigen »Tropen«, das ewige Grün der Wälder, Wilde aller Arten, Tiere, angefangen von den schwarzen und weißen Bären bis zu Wanzen und Flöhen, Schneestürme statt Seegang, Rütteln, und statt der Langeweile auf dem Meer die trostlose Eintönigkeit der Landreise, alle Klimate und alle Jahreszeiten wie bei einer Erdumsegelung – das alles lag noch vor uns.

Würde man durch alle diese Fährnisse heil und unbeschädigt gelangen? Aus diesem Grund schauten wir nachdenklich und unschlüssig auf die Küste und beeilten uns nicht, den gastfreundlichen Schoner zu verlassen. Weiß Gott, wie lange wir noch auf ihm im Anblick der hübschen Felsen verweilt hätten, wenn man nicht folgende Worte zu uns gesprochen hätte: »Meine Herren! Morgen legt der Schoner nach Kamtschatka ab. Gehen Sie bitte deshalb noch heute von Bord!« Wohin, wurde nicht gesagt. An Land, wohin denn sonst!

Ajan ist jedoch eine zu junge Siedlung, um bereits ein

Gasthaus zu besitzen. Wenn die Reisenden eine Weile am Ufer entlanggegangen sind und das Nötige eingekauft haben, kehren sie gewöhnlich an Bord zurück, um auf dem Schiff zu schlafen. Ich schaute unschlüssig auf Baron Kruedener, er auf Affanasij, Affanasij blickte Timofej an, dann sahen wir den Fürsten Obolenskij an, dieser Tichmenjew und der den Kutscher Iwan Grigorjew, den der Fürst Obolenskij auf der Fregatte »Diana« rund um Amerika mitgeschleppt hatte.

Als unsere Leute den Befehl vernommen hatten, brachten sie sämtliches Gepäck auf Deck und harrten unserer Befehle. Unter den Sachen bemerkte ich einen Schirm, den ich in England gekauft hatte und der sich irgendwo in einem Winkel der Kajüte herumgetrieben hatte.

»Warum hast du ihn mitgenommen?« fragte ich Timofej.

»Schade, ihn stehen zu lassen«, sagte er.

»Wirf ihn über Bord!« befahl ich. »Wir können doch nicht jeden Dreck mitschleppen.«

Aber er versteifte sich auf den Schirm und sagte, er werde ihn unter keinen Umständen ins Meer schmeißen, er sei eine gute Sache, und er werde ihn gern durch ganz Sibirien tragen. So geschah es auch.

Man gab uns Schaluppen; wir wurden samt Leuten und Gepäck an den Strand gerudert und dort an Land gesetzt. Da standen wir: die vollkommenen Robinsons. Was hatte es zu bedeuten, daß Sibirien keine Insel war, daß es dort Städte und Zivilisation gab? Bis dorthin waren es drei- oder fünftausend Werst. Wir schauten bald auf den Schoner, bald auf die Gebäude und wußten nicht, wohin wir den Kopf wenden sollten. Inzwischen kam ein Stabsoffizier auf uns zu, fragte nach unseren Namen, nannte seinen eigenen und lud uns zum Abendessen und für morgen zum Mittagessen ein. Es war der Hafenkommandant.

Baron Kruedener lebte auf; die Wolke schwand von seinem Gesicht. »Il y a une providence pour les voyageurs!« rief er. »Viele Male habe ich in meinem Leben Einladungen zum Abend- oder Mittagessen erhalten, aber immer nacheinander. Und hier, am leeren Strand, mitten zwischen Wilden, kommt die Einladung zum Abend- und Mittagessen zugleich!«

Aber Abend- und Mittagessen sicherten uns noch keine Bleibe für die nahende Nacht. Wir gingen los und beschauten uns die Gebäude. In einem befand sich ein Laden mit Waren, aber er war geschlossen. Hier wurde einstweilen noch nach der Methode gehandelt, daß der Käufer den Kaufmann suchte; der öffnete den Laden, maß oder schnitt die Ware ab, und dann schloß er den Laden wieder. In einem zweiten Gebäude hatte sich bereits jemand häuslich eingerichtet. Es gab ein Bett und Haushaltsgegenstände, sogar Tarakane, aber keinen Ofen. Das dritte, vierte Haus war entweder mit Ortsansässigen oder unseren vorher angekommenen Kameraden voll belegt.

Schließlich kam ich jedoch irgendwo unter. Wo und bei wem ich wohnte, wußte ich selbst nicht. Das Bett wurde mir auf Brettern zurechtgelegt, meine Sachen wurden ausgepackt und die notwendige Kleidung aufgehängt. Jetzt sitze ich am Tisch und schreibe Briefe nach Moskau, an Sie, nach Simbirsk.

Décidément il y a une providence pour les voyageurs, sage ich mit Baron Kruedener. Weil einige Beamte des Generalgouverneurs vorausgeschickt wurden, gab es Platz. Einer von ihnen, der liebenswürdige und sympathische M. S. Wolkonskij, überließ mir und einem Kameraden sein Zimmer. Zwar lag nebenan hinter einer Wand ein Toter, und ich hörte den ganzen Abend das Verlesen der Psalmen, aber dieser Umstand hinderte mich nicht, selbst wie ein Toter zu schlafen.

24. BRIEF: AN M. A. JASYKOW

17. August 1854

Lieber Freund Michail Alexandrowitsch! Ich bin quitt mit dem Meer, wahrscheinlich für immer. Jetzt kehre ich auf dem Landweg zurück, aber wenn Sie wüßten, was mir bevorsteht, mein Gott! Viertausend Werst zu Pferd über Bergrücken, weiter mit Booten auf Flüssen und dann noch sechstausend Werst von Irkutsk ab. Im Augenblick bekümmere ich mich um eine Hängematte statt eines Reitpferds.

Einer von unseren flinksten Seeleuten, Leutnant Sawitsch, hat es übernommen, diesen Brief zu überbringen. Ich lege noch eine schon früher vorbereitete Aufzeichnung bei. Darin bitte ich Sie, der Admiralin Putjatina einen Brief zu übergeben, aber Sawitsch erbot sich, ihn ihr persönlich zuzustellen. Fragen Sie ihn bitte, ob er es getan hat. Sawitsch und Baron Kruedener reisen als Kuriere, folglich schnell, doch wir auf gewöhnliche Art, das heißt sehr langsam. Auf Wiedersehen, auf Wiedersehen, keine Zeit.

Ganz Ihr I. Gon(tscharow)

25. BRIEF: AN J. P. UND N. A. MAJKOW

14. September 1854, Jakutsk

Ich habe alle Ihre Briefe, die Sie mit Butakow geschickt hatten, erhalten. Genau nach einem Jahr beantworte ich sie. Sie trafen uns im Tataren-Sund, als wir die Hoffnung auf die Ankunft der »Diana« bereits aufgegeben hatten. Wir meinten, der Feind habe sie gekapert oder sie habe sich in irgendeinen neutralen Hafen verzogen und halte sich dort versteckt.

Die »Pallas« sollte wegen ihrer Schadhaftigkeit in der Amurmündung bleiben, und alle Expeditionsteilnehmer bereiteten sich schon auf die Rückkehr durch Sibirien vor, als plötzlich an einem regnerischen Abend die »Diana« und Ihre Briefe eintrafen. Ich übertreibe nicht im mindesten, wenn ich sage, daß mich die Briefe glücklich, überglücklich gemacht haben, als ich sie im Verlauf zweier Monate immer wieder las.

Nehmen wir Ihren langen Brief, unschätzbare Jewgenija Petrowna! Sie haben mir darin keine einzige Neuigkeit mitgeteilt, sondern das ganze Material aus sich geschöpft, deshalb war er auch so freundschaftlich fesselnd und also gut. Ich verbrachte gleichsam einen ganzen Abend mit Ihnen auf dem Balkon, ging beruhigt heim und war bis zum nächsten Tag frei von Verbitterung und Hypochondrie. Sie sind, ich weiß es, eine große Lügnerin, zumal was die Liebe betrifft. Ihr Ehemann halte die Ohren steif. Sie haben mich zu verführen verstanden, und ich glaube den Worten Ihres Briefs, daß Sie mich lieben. Nur Ihrem Lied, daß Sie »alt werden«, schenke ich keinen Glauben. Sie haben auch gleich verraten, wie jung Sie sind, wenn Sie schreiben, daß noch viele Träume in Ihnen lebendig sind. Ja, ich gebe die Hoffnung nicht auf, daß wir einmal, nachdem wir beide lange auf dem Balkon gesessen haben, die Szene aus »Romeo und Julia« spielen werden. Schenke uns Gott nur ein Wiedersehen! Sie werden erleben, daß ich vor Erregung in Ohnmacht falle, wenn ich wieder in Ihr Eckchen komme und Sie wie ehedem als Präsidentin des Familienkomitees erblicke.

Und nun zu Ihren Zeilen, lieber Freund Nikolaj Apollonowitsch. Sie sagten, was Sie zu sagen hatten, kurz, gedrängt und klar, dann verschwanden Sie wieder in Ihrer Werkstatt. Mehr war auch nicht nötig, es genügte. Seien Sie bedankt für Ihre Freundschaft und den Wunsch, ich möge zurückkehren. Ich bin schon auf dem Heimweg, aber Gott weiß, ob ich zurückkomme.

Wie schlecht auch Ihre Handschrift ist, Apollon, ich entzifferte trotzdem Ihren Gruß, ebenso den Ihrigen, Alter, und Deinen, mein lieber Burjka (ja, Du, Bruder, verstehst zu schreiben! Sage, wer führte Dir die Hand?), und Ihren, Junija Dmitrijewna, und Ihren, unverbesserlicher Hauptmann. Alles las ich mit solcher Teilnahme und Herzensfreude, wie ich keinen Gogol, keinen Puschkin gelesen habe. Von Benediktow nicht zu sprechen, dessen beide Briefe ich mit derselben Erregung und Freude wie die Ihrigen gelesen habe.

Alle diese Briefe ein Jahr danach zu beantworten, ist unnütz. Sie haben natürlich ihren Inhalt schon selbst vergessen. Ich gratuliere nur Ihnen und mir zu dem Familienzuwachs der Majkows. Jetzt wachsen auch meine Pflichten in Ihrem Haus, ich muß mit den Kindern spielen, die gleichsam meine Enkel sind. Die Länge des Dienstes in Ihrer Familie gibt mir das Recht dazu. So, und nun will ich Sie wieder mit mir langweilen.

Jasykow, Korenjew und Benediktow, an die ich kürzlich mit einem bereits nach Petersburg abgereisten Offizier (Sawitsch) geschrieben habe, haben Ihnen sicherlich schon erzählt, daß seit den letzten Tagen des vorigen Monats meine Rückwanderung in die heimatlichen Gefilde begonnen hat. Als entschieden war, die »Pallas« im Tataren-Sund zu lassen, stieg der Admiral auf die »Diana« über und nahm einige Leute aus seinem Stab mit. Mir stand dasselbe Los bevor. Ich deutete einige Male an, daß es für mich Zeit zur Heimreise sei. Vergeblich, er war taub auf diesem Ohr. Ich kann mit Dankbarkeit sagen, daß er mir ständig besondere Aufmerksamkeit und Achtung erwiesen hat, die sich schließlich zur richtigen Sympathie steigerte, und daß er stets meine Arbeit geschätzt hat, natürlich mehr, als sie es verdiente. Er hatte immer erwartet, daß es nicht zum Krieg mit England kommen oder daß er plötzlich enden und er imstande sein werde, seine Aufträge in Japan und China in vollem Umfang zu Ende zu führen, ohne sich wie am Anfang beeilen zu müssen. Dafür hätte er unbedingt einen Sekretär benötigt.

Aber die Nachrichten vom Bruch mit England waren so unbezweifelbar, daß man an die Verteidigung der Fregatte und die Ehre der russischen Flagge denken mußte. Folglich erfuhr unsere auf ein friedliches und bestimmtes Ziel gerichtete Fahrt eine Änderung. Die Fregatte würde kreuzen, vielleicht kämpfen müssen, und wenn sie auch nach Japan gelangte, dann nur beiläufig und wahrscheinlich nicht für lange. Mit einem Wort, das Ziel der Expedition änderte sich, und damit hörte auch die innere Verpflichtung für mich auf. Vielleicht hätte die Fregatte neutrale Häfen anlaufen oder lange in einem von ihnen vor Anker liegen müssen. Dabei hätte ich nichts zu tun gehabt, und ich hätte mich nur unnütz auf See herumgetrieben. All das gab dem Admiral die Möglichkeit, mir anheimzustellen, über Sibirien in mein Ministerium zurückzukehren, was ich zu tun im Begriffe bin.

Der Generalgouverneur von Sibirien, N.N.Murawjow, kam im August zum Tataren-Sund und kehrte auf dem Schoner »Wostok« durch das Ochotskijsche Meer nach Ajan zurück. Von dort reiste er nach Irkutsk. Ich und einige von der »Pallas« nach Rußland heimkehrende Offiziere schlossen sich ihm an, und die ganze Schar landete Mitte August mit Jubelrufen an der vaterländischen Küste. Kaum betrat ich den heimatlichen Boden, hörte ich auf, Expeditionsteilnehmer zu sein. Plötzlich wurde ich Passagier. In Rußland gibt es keine Entdeckungsreisenden, alle sind Passagiere. Ich fühlte plötzlich, wie sich mein Rang im Wert verminderte, als man mir samt dem bei mir befindlichen Begleiter die Bescheinigung als »Passagier in dienstlicher Obliegenheit« aushändigte.

Indessen nahm die eigentliche Entdeckungsfahrt im alten schwierigen Sinn, mit einem Wort die heroische Aktion, seitdem erst ihren Anfang. Ja, Jewgenija Petrowna, Sie nennen mich in Ihrem Brief einen Helden. Aber was ist es schon für ein Heroismus, wenn man eine schöne Seereise auf einem großen Schiff mit luxuriösen Kajüten, mit Küche, Bibliothek und in Gesellschaft kluger Leute in Gegenden macht, die man auch im Traum nicht sieht? Nein, das hier ist Heldentum: 10 500 Werst an der Küste, an einem ganzen Erdteil entlangzufahren, und zwar durch Gegenden, wo es keine Wege gibt, wo man kaum festen Boden unter den Füßen hat, sondern nichts als Sumpf, wo keine Menschen wohnen, von wo sogar die wilden Tiere fortlaufen, schreckliche Wüsteneien, Wälder, riesige Berge, reißende Ströme, immerzu diese Wälder, Berge und Flüsse ohne Namen, und niemand, der ihnen einen Namen gibt.

Leider erwies ich mich bei diesem heldischen Unternehmen nicht als Held. Ich legte im ganzen 1200 Werst zurück, das ist der zehnte Teil des mir bevorstehenden Wegs, und bin vor Schwermut und Krankheit ganz von Kräften gekommen. In Ajan erklärte man mir, ich dürfe nicht viel Gepäck mitnehmen. Die gesamte Bagage werde nicht auf Wagen, sondern auf Packpferden transportiert und jedem Pferde lade man eine Last von drei bis fünf Pud auf. Ich schenkte alle meine Bücher einer unserer neuen Siedlungen im Tataren-Sund und verteilte meinen ganzen Vorrat an Manila-Zigarren auf der Fregatte.

Man teilte mir mit, daß 200 Werst zu Pferd zurückgelegt werden müßten, danach 600 Werst auf dem Maja-Fluß, dann wieder 180 Werst zu Pferd, dann 200 Werst bis Jakutsk auf Wagen und erst dicht vor Jakutsk werde die Lena überquert, die dort neun Werst breit sei. All das wäre sehr komisch, wenn es nicht so traurig wäre. Ja, Sie sitzen daheim, für Sie ist es komisch, ich weiß, Sie lachen schon, wenn Sie dies lesen. Aber was tue ich? Seit zwanzig Jahren habe ich auf keinem Pferd gesessen, und wenn ich einmal eins bestieg, fühlte ich mich ihm völlig ausgeliefert.

»Gibt es keine anderen Beförderungsmittel?« fragte ich.

»Gewiß, man kann in einer Hängematte reisen, zwischen zwei Pferden, eins vorn, eins hinten«, sagte man mir.

»Also schön, so reise ich.«

Man erwiderte jedoch, daß man nur kranke alte Frauen in der Hängematte transportiere. Auch das brachte mich nicht ins Schwanken, genausowenig wie der Umstand, daß eine solche Frau geritten kam (im Herrensitz, Damensättel gibt es nicht) und eine andere wegritt. Ich bestellte trotzdem eine Hängematte und wäre womöglich so gereist. Aber einer der Freunde, der meinen Charakter kennt, ließ mir, ohne ein Wort zu sagen, am Tage der Abreise ein gesatteltes Pferd vor das Haustor bringen. Ich fragte: »Wo ist die Hängematte?« Man erwiderte, es sei keine vorhanden. Ich setzte mich auf das Pferd, ritt los und entsann mich plötzlich, daß ich einstmals zu Pferd Hasen gejagt hatte. Diese Erinnerung half mir, so daß ich am ersten Tage 30 Werst zurücklegte. Allerdings stieg ich nur mit Mühe vom Pferd. Dann machte ich schon an die 40, ohne aus dem Sattel zu steigen, und bedauerte nur, daß die Nacht den Weiterritt unterbrach.

Wir teilten uns alle in Gruppen zu zwei und drei Mann. Der Generalgouverneur ritt mit seinen Leuten drei Tagereisen vor uns her. Ich ritt mit zwei Offizieren. Wir hatten vier Mann Bedienung. Zu mir gehörte als Diener der Koch des Admirals, der mit mir nach Hause entlassen wurde. Dieser Koch war kein geringer Trost für mich. Wie oft lag ich, vom Vorgefühl der endlosen Reisestrapazen gepeinigt, in einer rauchigen, schmutzigen Jurte oder im Boot auf dem Maja-Fluß und beruhigte mich erst allmählich, wenn ich sah, wie dieser Koch mit der Bratpfanne an einem jakutischen Herd hantierte oder wie er es fertigbrachte, an einem auf dem Bootsende angefachten Feuer ein Kotelett zu braten oder eine von uns auf dem Fluß geschossene Ente und einmal sogar eben erst erlegte Haselhühner, die ich von einem Jakuten gekauft hatte. Dann vergingen die finsteren Gedanken unmerklich, ich versöhnte mich für einen Augenblick mit dem Schicksal und aß.

Aber wie oft kletterte ich in den Sümpfen ganz verzweifelt vom Pferd, setzte oder legte mich auf einen umgestürzten Baumstamm und war fest entschlossen, nicht weiterzureisen, sondern im Walde zu bleiben. Und welchen Berg erklommen wir! Schon in Ajan sprach man von ihm und nannte ihn den jakutischen Montblanc. Als man ihn mir zeigte und sagte, der Weg führe über ihn hinweg, glaubte ich es nicht, aber es war so. Man mußte zu Fuß emporsteigen. Reiten war unmöglich, denn die Pferde hatten selbst ohne Reiter Mühe, nicht kopfüber hinunterzustürzen. Auf dem Gipfel des Bergs, an der steilsten Stelle liegt ewiges Eis. Die Steilwand war im ganzen eine Werst lang, aber sie war tatsächlich eine Wand. Auf Zickzackwegen ging es in die Höhe. Scharfe, ungleichmäßige große Felsbrocken rollten unter den Füßen fort. Das half beim Gehen! Im Winter trägt man hier Stiefel mit Eisen. Schlitten, Rentiere und Passagiere, die an den Schlitten festgebunden werden, läßt man aus der Höhe hinabgleiten, weil man nicht fahren kann. Der Berg heißt auf jakutisch Dschukdschur, das bedeutet soviel wie »Großer Buckel«.

Ich nahm zwei Jakuten in Dienst. Bei dem einen hielt ich mich am Leibgurt fest, und er zog mich, während der andere von hinten schob. Trotzdem mußte ich mich noch siebenmal setzen, um zu verschnaufen. Außerdem gaben die Jakuten jedem Reisenden, Verzeihung, Passagier einen dicken Stock in die Hand. Dem Jakuten, der mich zog, trat vor Anstrengung das Blut aus der Nase.

Trotz meiner Müdigkeit hatte ich meine Freude an dem eigenartigen Bild, wie unsere Pferde, mit den Pack- und Begleitpferden siebzehn an der Zahl, in langgestreckter, gebrochener Reihe unter den anfeuernden Rufen der Jakuten an dem steilen Hang entlangzogen, stolperten, torkelten und fielen. Die Steine hatten sich gleichsam verschworen, unter den Beinen fortzurollen. An einigen Stellen klommen die Menschen nur mit Mühe und im Schweiße ihres Angesichts empor.

Eine Bewegung ließ mich aufblicken. Ich sah Timofej, meinen Diener und Koch, mit vorgestreckten Armen und flatternden Haaren schnurstracks den Berg hinaufeilen und seinem Pferd nachjagen. Machte es einen Schritt, machte er zwei. »Wohin willst du, warum, halt, bist du verrückt geworden?« schrie man ihm zu. Er schwenkte die Hand und rannte weiter. Woher nahm er diese übernatürlichen Kräfte? Keiner konnte begreifen, was dies bedeutete. Es war eine beinahe phantastische Erscheinung. Timofej und sein Pferd waren die ersten, die den Gipfel erreichten. Ich fragte ihn nach dem Grund dieser Hetzjagd.

»Einmal.. in Konstantinopel.. mit meinem Herrn..«. Kurzatmigkeit ließ ihn nicht sprechen. Wir verschoben die Erklärung bis zum Nachtlager und setzten den Weg fort, nachdem wir ein Gläschen von dem heilgebliebenen Portwein getrunken hatten.

Nach diesem Aufstieg erschien mir der Sattel wie ein Sessel aus dem Möbelhaus Gamb. Geruhsam und triumphierend legte ich die restlichen 25 Werst zu Pferd zurück. In der Jurte erklärte mir Timofej, daß er einmal in der Türkei mit seinem Herrn von Büyükdere nach Konstantinopel geritten sei. Als sie an einer Stelle für einige Minuten vom Pferd stiegen (warum, sagte er nicht), ließ er zufällig die Zügel aus der Hand. Das Pferd lief fort, und er mußte 15 Werst zu Fuß gehen.

»Nun, und was?«

»Ich hatte auch jetzt Angst, das Pferd werde allein vorauslaufen und ich müsse hier bleiben.«

Einer meiner Gefährten, Fürst Obolenskij, hatte seinen eigenen Gutskutscher bei sich, der ihn mit der »Diana« rings um Amerika begleitet hatte. Dieser Kutscher war noch komischer als Timofej und belustigte mich mit seinen Ansichten von den Ländern, die er gesehen hatte, den Sandwich-Inseln, Valparaiso usw., mit seinem Abscheu vor Schlangenhäuten und allerhand Raritäten, die der Fürst gesammelt hatte, darunter Steine von verschiedenen Bergen. Der Kutscher bat, ihm die himmlische Gnade zu erweisen, die Steine wegwerfen zu dürfen, denn er wisse nicht, wo er die Wäsche und andere gute Dinge unterbringen solle. Er begreife nicht, warum Steine mitgeschleppt werden müßten, doch wenn es schon nicht anders gehe, dann bitte er wenigstens, einen Stein, der irgendwo in Brasilien gefunden worden war, als Wetzstein gebrauchen zu dürfen. Er selbst hatte jedoch ohne Wissen seines Herrn bereits auf den Sandwich-Inseln einige Kokosnüsse heimlich in den Koffer gesteckt.

»Warum hast du das Zeug mitgenommen?« fragte der Fürst. »Hast du sie dir dort nicht übergegessen? Sie schmecken dir wohl?«

»Nein, fades Zeug!« antwortete Iwan verächtlich, soweit es den Geschmack der Kokosnüsse und überhaupt aller tropischen Früchte betraf. »Aber ich habe in Moskau in einem Laden gesehen, wie ein Herr fünf Rubel für ein Stück gezahlt hat, deshalb lohnt's sich, sie mitzuschleppen.« Als er sich schließlich in den Sattel schwang, lachte er vergnügt. »Reiten ist meine Lust!« rief er. Kummer ist für ihn kein Kummer, Schaukeln kein Schaukeln.

Mich wollten die Sümpfe verschlingen. Das Pferd sank oft bis zum Bauch ein und hatte nicht die Kraft, die Beine herauszuziehen. Bald zerrte es das eine, bald das andere Bein aus dem Morast, und schließlich legte es sich auf die Seite. War der Sumpf zu tief, umgingen wir ihn und ritten durch das Dickicht. Vor umgestürzten Stämmen und Gräben blieben die klugen jakutischen Pferde stehen und gingen nicht weiter. Und durch wie viele Bergflüsse mußten wir reiten! Alle flossen ungewöhnlich schnell, und das Flußbett war mit Geröll bedeckt. Die Strömung war so stark, daß das Pferd weit flußabwärts das gegenüberliegende Ufer erreichte. Das Wasser ging den Reitern oftmals bis zu den Knien. Aber das machte uns nichts. Als wir jedoch des Morgens leichten Frost hatten, froren uns die Füße. Später erwärmten sie sich zwar wieder und alles war gut, doch die meinigen begannen zu brennen und sind jetzt angeschwollen. Ich habe mir offenbar Rheumatismus geholt.

Im Boot froren die Füße noch mehr. Als ich mich am 18. Tag bis Jakutsk geschleppt hatte, war das Jucken und Brennen in den Beinen überaus stark geworden. Nun weiß ich nicht, wie es mit der Fahrt auf der Lena werden wird. Bis Irkutsk ist es über 3000 Werst weit. Man fährt in Postbooten, aber bald kommt das Eis, dann muß man am Ufer entlangreiten, anders kommt man nicht weiter. Verzichtet man auf den Uferweg, muß man hier warten, bis die Lena zugefroren ist. Das tritt Ende Oktober oder in den ersten Novembertagen ein. Diese zwei Monate Verbannung wären entsetzlich.

Meine Kameraden sind abgefahren. Ich bin allein zurückgeblieben. Heute war der Arzt bei mir und verschrieb Spiritus-Einreibungen. Ich weiß nicht, was wird. Der

Gouverneur K. N. Grigorjew, der Hochwürdigste Innokentij, der hiesige Erzbischof, und andere reden mir zu, zu bleiben und den Winter abzuwarten; sie sagen, wenn ich mich jetzt auf die Reise begebe, muß ich trotzdem haltmachen, wenn das Eis kommt, und irgendwo auf halbem Wege in einer scheußlichen Station auf den Winter warten.

Ich weiß es nicht, ich habe mich noch zu nichts entschlossen. Ich lebe in einem Quartier, wo ich auch einen Tisch habe. Hier gibt es nicht einmal ein Gasthaus. Die jakutische Hauptstadt ist so kläglich und armselig, daß einem der Anblick weh tut. Drei-, vierhundert kaum bewohnbare Holzhäuser, nur ein einziges aus Stein, und sechs Kirchen, das ist alles. Die Gesellschaft besteht aus einigen Beamten, zumeist unverheirateten, von Frauen keine Spur. Ich spreche nicht von den Frauen der Jakuten: das sind Kühe auf zwei Beinen. Zwei von ihnen kamen zu mir, angeblich um mir Sachen aus Mammutknochen zu verkaufen, aber das war nur ein Vorwand, eigentlich hatten sie es auf meine Tugend abgesehen, fanden jedoch in mir, wie Sie es natürlich auch erwarten, einen keuschen Josef und noch dazu mit Knute und Stock zu ihren Diensten.

Aber es ist Zeit, schlafen zu gehen. In zwei Tagen werde ich weiterschreiben. Wenn ich bis zum Winter hier bleibe und mich Hypochondrie und Rheuma nicht auffressen, dann hoffe ich, wenigstens einen Teil meiner Reiseberichte als Geschenk mitzubringen. Vorher muß ich mir jedoch klarwerden, ob sie etwas taugen, ob man ihnen wenigstens etwas entnehmen kann.

Als ich den Brief noch einmal las, stieß ich auf den Ausdruck »heilgebliebener Wein«. Hören Sie, was das bedeutet. Unsere vier Diener meldeten uns auf dem zweiten oder dritten Halt nach dem Dschukdschur-Berg, daß unser gesamter Vorrat an Wein und Wodka mit einem auf dem Berg gestürzten Pferd zu Boden gefallen und am Felsen zerbrochen sei; nur zwei Flaschen Portwein seien heil geblieben. Also reisten wir bis Jakutsk sehr patriarchalisch, das heißt nüchtern. In dieser ganzen Gegend war nicht nur kein Wein, sondern nicht einmal Brot zu bekommen. Wüstenei vorn, Wüstenei hinten, und zu beiden Seiten ebenfalls. Auf der einen bis zur chinesischen Grenze, auf der andern bis zum Eismeer. Hin und wieder trafen wir auf Jurten von Jakuten, noch seltener auf weidende Rentierherden von Tungusen. In zwei Dörfern russischer Umsiedler am Maja-Fluß konnte man übrigens Brot und Fleisch und auf einzelnen Stationen auch Gemüse bekommen. Ich habe über den auf dem Berge vergossenen Wein nicht geklagt, denn ich hatte selten einen so gesunden Magen wie damals ohne Wein. Von unseren Leuten ist jeder für sich genommen ein ganz ordentlicher Bursche, aber das Schlimme ist, daß alle zusammen eine Lakaien-Kumpanei bilden mit allen ihren Garstigkeiten einschließlich des Geruchs. Faulheit, Verschlafenheit, Saumseligkeit und Verfressenheit kannten keine Grenzen. Wenn man sie benötigte, hörten sie auf kein Rufen; wenn man sie nicht brauchte, standen sie da und lauschten mit offenen Mäulern auf Gespräche, die sie nichts angingen, vertilgten in kurzer Zeit ganze Zuckerhüte und schütteten den Wein über die Felsen.

Aber nun haben wir uns getrennt. Meine Kameraden fahren zu Boot auf der Lena und genießen die stille Spazierfahrt bei einem Wetter, wie es, so sagt man, in Jakutien nie zu sein pflegt, zumal im September. Jetzt ist es gleichsam Mai. Im Winter herrschen hier gewöhnlich 30 bis 40 Grad Kälte. Der Gouverneur sagte, im vergangenen Winter sei die Kälte auf 48 Grad gestiegen.

Ich zweifle an der Möglichkeit, dieser Reise Herr zu

werden, und fürchte ernstlich, daß mir etwas Unangenehmes zustößt. In diesem riesigen, 3000 Werst langen Raum zwischen Jakutsk und Irkutsk gibt es alles in allem nur die beiden Städtchen Olekminsk und Kirensk, das heißt einen Haufen Hütten, wo man Brot bekommen kann, während man alles andere mit sich nehmen muß. Wenn ich schließlich auch diesen Weg überwinden sollte, dann bedenken Sie, daß es von Irkutsk bis zu Ihnen immer noch 6000 Werst sind. Und nun sagen Sie mir bitte: was bedeuten im Vergleich zu diesen Entfernungen und der Durchquerung solcher Räume die Züge der Alten, sogar der Israeliten oder der Kreuzritter nach Palästina usw.? Und wir wurden vor Schreck und Staunen stumm, als wir von ihnen lasen! Wann werde ich in Kasan, in Simbirsk, in Moskau, in Petersburg sein? Und werde ich es überhaupt einmal sein? Auf See war es näher zu allen diesen Orten.

Jetzt erst einmal auf Wiedersehen! Ich muß Besuche machen und mich unter anderm um eine Kuchljanka, eine Docha, um Torbassy und eine Malachaj bekümmern. Kuchljanka ist eine Überziehjacke aus Rentierfell, eine Docha ist ein Ziegenfell, Ersatz für einen Pelz, Torbassy sind Pelzstiefel – in jedem kann man Sie, Katerina Pawlowna, samt der kleinen Jewgenija verstecken – und eine Malachaj ist eine Mütze. Bärenfelle hat man mir schon gebracht; ohne sie kann man keine Reise antreten. Man breitet sie unter sich aus und deckt sich mit ihnen zu. Als ich die Poesie der heißen Zonen genoß, blieb ich nicht nur wohlbehalten, sondern war sogar glücklich. Wie werde ich die Polar-Poesie überstehen? Ich suche immer gern den Schlüssel zu meinen Erlebnissen. Diesmal kann ich ihn nicht entdecken, das heißt ich kann nicht entscheiden, warum es gerade mir bestimmt ist, diese beiden Schalen, die heiße und die kalte, zu kosten und welchen Sinn diese Erfahrung für mich und die anderen hat. Und all das haben

Sie, meine spröde, zärtliche Freundin Jewgenija Petrowna, angerichtet! Nicht wahr, Nikolaj Apollonowitsch, das stimmt doch? Ohne Jewgenija Petrowna säße ich jetzt ruhig daheim und bemutterte *unsere* Enkelkinder.

Als wir des Wegs ritten, verharrte ich unter den mich übermannenden Erinnerungen mit besonderem Vergnügen bei einer, nämlich wie Wassilij Petrowitsch und Ljubow Iwanowna nach Tschernigow fuhren. Den ganzen Winter sprachen sie davon. Wassilij Petrowitsch bestellte eine große Truhe. Jeden Tag fuhr er in die Werkstatt, um nachzusehen, ob sie auch fest und geräumig genug würde. Dann kaufte er sich ein Necessaire mit Kästchen, Büchsen, Flakons. Zwei Wochen dauerte es, bis sie sich endlich entschlossen wegzufahren, und auch dann brachte man sie nur mit Gewalt auf den Weg. Und all das, um 1000 Werst zurückzulegen. Als ich mich dieser Geschichte entsann, mußte ich mitten im Urwald schallend lachen. Erinnern Sie die beiden daran und grüßen Sie sie herzlich von mir.

Wenn Anna Wassiljewna noch nicht geheiratet hat, so bitten Sie sie, noch etwas zu warten: der Freier eilt herbei. Ich habe nur drei graue Haare, und im übrigen bin ich hübscher, das heißt dicker geworden. Ganz und immer

Ihr I. Gontscharow

Apollon Nikolajewitsch, Sie schreiben, daß Anna Iwanowna gleich Ihnen über Amerika an mich geschrieben hat. Ja, ich habe alle Briefe erhalten, und meine Antworten sind gewiß ebenfalls angekommen. Wenn Ihnen mein heutiger Brief zu wenig enthält, dann verzweifeln Sie nicht, ich füge noch einiges hinzu, denn die Post geht erst in zwei Wochen ab. Ich gebe Ihnen den Auftrag, in meiner Vertretung Anna Iwanowna etwas Nettes zu sagen, ebenso dem Alten und der Alten. Erkundigen Sie sich, ob Jasykows meinen Brief bekommen haben, ebenfalls Korenjew, Benediktow und Nikitenko die kleine Aufzeichnung. Grüßen Sie Andrej Alexandrowitsch und sagen Sie ihm, daß ich oft an ihn denke und mir Sorgen mache. Grüßen Sie auch Stepan Semjonowitsch, Janowskij und alle anderen gleichermaßen.

P.S. Krajewskij brauchen Sie nicht zu grüßen, ich werde ihm selbst schreiben. Was bedeutet es, daß mir niemand etwas über Wagontschin schreibt? Man schweigt über ihn wie über eine aus dem Elternhaus mit ihrem Liebhaber geflohene Tochter, über die man in der erzürnten Familie bemüht ist, nicht zu sprechen. Ist es wirklich so? Und was tut er denn? Spielt er schon so gut Billard wie ich? Oder Karten im Klub? Oder sonst noch was?

Ihnen, lieber Ljchowskij, drücke ich die Hand. Ich rate und weiß nicht, warum Sie mir nicht geschrieben haben, obwohl Sie mir damit viel Vergnügen bereitet hätten. Werden Sie beim Wiedersehen derselbe liebe Ljchowskij zu mir sein, wie Sie es gewesen sind? Sagen Sie mir wenigstens das!

Es hat keinen Zweck mehr, an mich zu schreiben, denn ich weiß selbst nicht, wann ich bei Ihnen sein werde.

Ihnen, lieber Hauptmann, drohe ich mit meiner Ankunft. Wenn Ihnen meine Briefe zu kurz erscheinen, so veranstalten Sie für mich persönlich einen Abend (mit einer Fischpastete aus Stör), und ich werde Sie mit Erzählungen bewirten, die länger sein werden als Ihre eigenen Geschichten.

26. BRIEF: AN JU. D. JEFREMOWA

Jakutsk, September 1854

Meine schöne Freundin Junija Dmitrijewna! Ihren vor einem Jahre geschriebenen Brief, den Sie natürlich längst vergessen haben, erhielt ich mit der »Diana« und freute mich über ihn wie über die Stimme einer Schwester und Freundin. Sie werden gewiß meinen langen Brief an Majkows lesen, aber lesen Sie trotzdem auch diesen eigens für Sie bestimmten. Es ist mir so angenehm, Sie wenigstens in Gedanken aus weiter Ferne hierherzurufen, Sie hier auf dem Bärenfell Platz nehmen zu lassen und mich an Ihnen nicht satt zu sehen. Wenn das keine echte Liebe ist, meine Seele! Ich spüre sogar ein süßes Beben, wenn ich mir vorstelle, mit welcher Kraft ich Sie begrüßen würde, oder es erscheint mir vielleicht nur so, nach dem Bade. Was immer noch hier geschähe – wenn man die Aussicht hat, hier noch gräßliche anderthalb bis zwei Monate zu verbringen, dann kann das auch einen nicht so ungeduldigen Kopf wie meinen verrückt machen. Mich tröstet in meiner Verbannung nur eins: die Hoffnung, meine Freunde wiederzusehen, ihnen in dieser Hoffnung von Zeit zu Zeit zu schreiben, mir sie hier vorzustellen und mit ihnen zu sprechen, wie ich es jetzt mit Ihnen tue und gestern mit Majkows getan habe.

Sogar einige hiesige Einwohner haben mit mir Mitleid, wie sie sagen, und raten mir, möglichst rasch abzureisen. Nur der Erzbischof und der Gouverneur wünschen, ich solle bleiben, und einige andere, aus Egoismus, wie sie sagen. Das ist sehr schmeichelhaft, aber mehr noch langweilig. N. N. Murawjow (der Generalgouverneur von Ostsibirien) war ebenfalls äußerst liebenswürdig zu mir und lud mich ein, in Irkutsk auf den Winter zu warten. Diese Einladung ist verlockender. In Irkutsk gibt es eine große und ordentliche Gesellschaft, alle möglichen Menschen, Lebensbequemlichkeiten und schließlich Frauen, die ich so lange nicht gesehen habe, zumindest russische. Schließlich ist es ja die Hauptstadt Sibiriens, während dies hier, mein Gott, ein Dorf ist, das den Anspruch erhebt, eine Stadt zu sein. Was macht nur das Schicksal mit mir, wohin hat es mich verschlagen! War es ihm noch zu wenig, mich über die Meere, durch die Hitze, an wilden, leeren Küsten entlang zu ungastlichen Ländern wie Japan und China und schließlich durch die sibirische Tundra zu treiben? Offenbar soll ich auch psychisch so erschöpft und entkräftet werden, wie ich physisch matt geworden bin, und schlechter als ein alter Haderlumpen zu Ihnen zurückkehren. Warum das? Um zu sterben? Aber das könnte man einfacher und kürzer bewerkstelligen. Um besser zu leben? Aber nach solcher Räderung macht einem das Leben keine Freude mehr. Ich habe keine Wünsche mehr und träume von keinen Hoffnungen. Ich bin verwelkt, doch wenn man leben will, muß man arbeiten, wenn auch nur um der Nahrung willen.

Aber was tue ich, womit behellige ich Sie! Mit Murren! Fort mit den düsteren Gedanken! Sie stehen jetzt vor mir mit Ihrem klaren Blick und freundlichen Lächeln, und gleich ist der Kummer verflogen. Er stürzt sich zeitweilig wie eine Bö auf mich (verzeihen Sie einem Seemann diesen Ausdruck). Wenn ich mich der Schwermut ganz und gar überließe, wäre ich der Freundschaft einer so lieben Frau, wie Sie es sind, nicht würdig.

In dem Brief an Majkows werden Sie lesen, daß ich eine Schwellung an den Beinen bekommen habe. Ich weiß nicht, was es ist. Der Arzt war da, aber auch der hat nichts Bestimmtes gesagt. Indes muß ich morgen entweder abreisen oder hier den Winter erwarten. Wenn mir etwas Ähnliches unterwegs passiert, dann kann ich sterben, ohne Beistand zu finden. Bis Irkutsk sind es etwa 3000 Werst, und dazwischen liegen nur zwei Städtchen oder was man so nennt.

Leben Sie wohl oder auf Wiedersehen, wie Gott will. Schöne Grüße an Alexander Pawlowitsch, und küssen Sie Fenja. Machen Sie gelegentlich Ljchowskij Vorwürfe, daß er mich vergessen hat. Schreiben Sie nicht mehr an mich, es hat keinen Zweck. Auch wenn ich hier noch zwei Monate zubringen muß, werden Briefe trotzdem nicht hin- und zurückgehen, es sei denn, ich bliebe bis zum Frühling. Oder eine ganze Ewigkeit, was das gleiche wäre und wovor mich Gott bewahren möge.

Ganz Ihr Gontscharow

27. BRIEF: AN A. A. KRAJEWSKIJ

Jakutsk, September 1854

Lieber und sehr verehrter Andrej Alexandrowitsch!

Rechtens müßte ich nicht dorthin schreiben, wohin ich selbst reise, sondern eher dorthin, wo ich war, nach China oder Indien, aber meine Rückkehr in die heimatlichen Gefilde, zu allem Vaterländischen, unter anderm auch den Annalen, vollzieht sich mit einer wahrhaft odysseischen Langsamkeit. Zwischen Anfang und Ende dieser Heimkehr liegen das Drittel eines Jahrs, zwei Drittel der Erdhälfte und die Hälfte eines Reichs. Folglich kann man um so mehr aus Jakutsk schreiben, woher Sie wohl kaum jemals von irgendwem einen Brief erhalten haben.

Der Grund für die Langsamkeit meiner Reise liegt zum Teil in der hier gebräuchlichen und der homerischen Epoche ebenfalls würdigen Beförderungsmethode, mal zu Pferd, mal im Boot und zuweilen auch zu Fuß, obwohl weder Land noch Wasser unter den Füßen ist, sondern eine Art fünftes Element, die Tundra, das heißt Moos, das Moor und Wasser verdeckt, sich verschlingende Wurzeln von Bäumen und noch vieles andere, wovon unsere »Geologen« vielleicht noch nicht einmal geträumt haben. Eine andere Ursache der Verzögerung bildet eine Schwellung an meinen Beinen. Ich habe sie mir entweder im Boot oder auf dem Pferde zugezogen, während ich bei leichten

Morgenfrösten durch die Sümpfe ritt. Die Fröste sind für die Vogelbeere und andere Früchte des hiesigen Klimas recht nützlich, für die Beine jedoch absolut unangebracht.

Alle diese Umstände veranlaßten mich, in der Hauptstadt des jakutischen Reichs länger zu verweilen, als im allgemeinen nötig wäre und als ich im besonderen wünschte. Wenn die Geschwulst nicht bald vergeht, dann bleibt mir, mit Verlaub, nichts anderes übrig, als am Ufer zu sitzen und buchstäblich auf den Winter zu warten, bis die Lena zum Stehen kommt. Das kann jedoch erst in anderthalb Monaten geschehen. Man könnte den Weg am Ufer entlang oder wie man hier sagt »auf der Höhe« benützen, aber dazu müßte man reiten, eine andere Art der Fortbewegung gibt es nicht, und das nicht mehr bei Morgenfrösten allein!

Da ich nichts zu tun habe, schaute ich mir die hiesige Hauptstadt an. Sie besitzt viel Bemerkenswertes, sogar Altertümer, zum Beispiel die Überreste einer hölzernen Festungsmauer mit Türmen und einen Handelshof. Die Festung ist vor zweihundert Jahren von Kosaken gebaut worden, um sich vor Überfällen der Jakuten zu schützen, die von den Kosaken selbst unterdrückt wurden. Die Balkenwand ist von ungewöhnlicher Härte. Das Beil prallt am Holz ab. Daher ziehen es die hiesigen Einwohner beim Bau von Häusern jedem neuen Fichten- und Tannenholz vor, das man zudem noch aus dem Walde holen muß, während dieses auf dem Platz bereitliegt. Der Gouverneur hat jedoch befohlen, dieses Bauwerk aus alter Zeit mit einem Zaun zu umgeben, und zwar nicht gegen die Überfälle der Einwohner und nicht aus Liebe zu Antiquitäten, sondern weil sich alle Wände und Türme zur Seite neigen. Die Jakutenweiber pflegen sich jedoch im Schatten der Mauer niederzusetzen; ob sie ihr Jericho beweinen oder ob aus einem anderen, mehr praktischen Grund, das konnte ich bei meinen wissenschaftlichen Untersuchungen nicht herausfinden.

Der Handelshof ist ein mächtiges Gebäude, aber kahlgerupft, verblichen, bespuckt, berotzt und beniest. Das alles verleiht ihm ein schimmlig-antikes Aussehen. Die Zeit hat es bespien, es ist zu nichts mehr nütze. Kaufleute halten sich dort nicht auf, sie sitzen alle zu Hause und öffnen ihre Läden nur, wenn Käufer erscheinen.

Dann folgen die vorsintflutlichen Altertümer, Kämme und Kästchen aus Mammutbein mit alten Inschriften in russischer Sprache, wie man sie noch heute auf Porzellantassen sieht, etwa so: »Als Zeichen der Liebe« usw. Ich habe mir keinen Kamm gekauft, weil sie schlecht gearbeitet sind und man sich nicht die Haare mit ihnen kämmen kann.

Weiter gibt es hier sechs Kirchen und drei-, vierhundert Häuser; alle, außer einem einzigen, sind aus Holz und ähneln Hexenhäusern, das des Gouverneurs nicht ausgenommen. Da haben Sie Jakutsk.

Die Lena, heißt es, sei schön und breit. Ich wohne sogar, sagt man, dicht am Ufer. Ich weiß es nicht. Vielleicht. Ich habe sie nicht zu Gesicht bekommen, obwohl ich sie sogar überquert habe. Wenn ich aus den Fensterchen schaue, sehe ich riesige Wiesen, Sandbänke, Sümpfe und Seen vor mir. Das alles soll ich für die Lena halten.

Meine Reise durch das jakutische Gebiet, das heißt vom Ochotskijschen Meer bis zu diesen antiken Wänden, gewährte mir einige bemerkenswerte Erlebnisse. Wenn Sie Majkows bei einem Zusammentreffen fragen, werden Sie Ihnen ausführlicher über alles berichten, unter anderem, wie ich beim Betreten unserer Küste vom Erdumsegler zum Passagier wurde, weiter, wie wir (mit den Gefährten) zu dritt diese Tour mit patriarchalischer Nüchternheit, die eines Pater Mathew würdig wäre, vollendeten. Das verdankten wir unseren Dienern, die den gesamten Vorrat an Wein und Wodka ihrer Herrn auf dem Dschukdschur-Berg, dem jakutischen Montblanc, vergossen. Neuen Vorrat zu bekommen, war unmöglich. Von Ajan bis Jakutsk kann man Betrunkene mit der Lupe suchen und wird keinen einzigen finden. Ferner, wie wir in den Sümpfen versanken, über Schlünde kraxelten, uns in den Wäldern verirrten usw.

Am bemerkenswertesten erschien mir, daß hier die Jakuten nicht Russisch lernen, sondern die Russen bis zu einem unstatthaften Grad Jakutisch sprechen. In einer Jurte sah ich ein hübsches, hellhäutiges Mädelchen von elf Jahren, dessen Backenknochen nicht wie Deichseln aussahen und das kein Bärenfell statt der Haare auf dem Kopf hatte, mit einem Wort: ein russisches Mädel. Ich fragte nach dem Namen.

»Sie spricht nicht russisch«, antwortete Jegor Petrowitsch Buschkow, ein Kleinbürger und Postpferdehalter, ihr Vater.

»Wieso? Ist ihre Mutter eine Jakutin?«

»Keineswegs, eine Russin.«

»Warum spricht sie dann nicht russisch?«

Schweigen.

Jegor Petrowitsch, der mich fuhr, traf in einer Ansiedlung einen Mann, der dem Gesicht nach Russe war, und redete ihn jakutisch an.

»Wer ist das?« fragte ich.

»Mein Bruder.«

»Spricht er russisch?«

»Wie nicht, er ist gebürtiger Russe!«

»Warum sprecht ihr dann jakutisch miteinander?«

Schweigen.

Überall unterwegs erlebte ich ähnliche Fälle. Die Stationsaufseher, sämtlich Russen, sprechen mit den Kutschern jakutisch. Nicht genug damit, auf einer Station traf ich mit zwei Beamten zusammen; sie trugen ebenso Uniform wie wir alle. Wir verbeugten uns voreinander und sahen uns schweigend an. Einer von ihnen wandte sich an den Kutscher und gab ihm in reinster jakutischer Sprache eine Anweisung, nach ihm auch der andere. Ich wartete nur darauf, daß sie mich plötzlich fragen würden: »Parlez-vous jacoute?« und fühlte, daß ich wie als Kind, wenn man mich fragte: »Parlez-vous français?« vor Verwirrung errötend geantwortet hätte: »Non, monsieur, je ne sais pas.«

Hier gibt es eine ganze russische Siedlung am Flusse Amga, wo alle Russen jakutisch sprechen. Warum auch nicht! Erst unlängst haben die Damen in Jakutsk, die Frauen und Töchter der Beamten, aufgehört, bei öffentlichen Zusammenkünften sich dieser Sprache zu bedienen.

Sie denken vielleicht, dies alles seien Anekdoten, eine literarische Manier à la Dumas? Ich schwöre bei Ihren grauen Haaren, alles ist wahr. Den letzten Fall schöpfte ich aus sicherer Quelle. Nicht nur die Sprache, sogar die Bräuche der Jakuten begann man anzunehmen. Man überließ die Kinder Jakutenfrauen zur Erziehung, die ihnen ihre Sitten einimpften, und vieles andere, unter anderm auch die Syphilis. Aber jetzt ist dem Übel Einhalt geboten worden.

Sie fragen gewiß, was ich tue. Jetzt einstweilen folgendes: Gestern und heute zum Beispiel sitze ich wie Manilow auf dem Balkon, das heißt ich liege im Halbschlaf, die Beine sind mit Spiritus eingerieben und jucken mich zu Tode. Ich habe weder den Wunsch, 9800 Werst vorwärts, noch 20000 Meilen wieder zurück über die Meere zu fahren. Schließt man die Augen, leuchtet eine große Überschrift auf:

Entwurf einer Geschichte des Jakutengebiets
Historischer Versuch in zwei Teilen
von Iwan Gontscharow

mit Beilagen, Karten, lithographischen Abbildungen der bemerkenswertesten Handschriften, die im jakutischen Archiv aufbewahrt werden.

SPb. 1855 Druckerei E. Pratz.
Preis 5 Silberrubel

Sehr reizvoll! In der Ferne schimmern der akademische Lorbeerkranz, die Demidow-Prämie und eine ausgezeichnete Besprechung Dudyschkins in den »Vaterländischen Annalen«, wo ich zuvor einen großen Abschnitt zum Abdruck gebracht und von Ihnen eine unglaubliche Menge Geld eingenommen habe.

Ich sprach bereits mit dem Hochwürdigsten Innokentij und gedachte, ohne Scherz, etwas von ihm für Sie aufzugabeln. Aber er ist wie der deutsche Bäcker in Karatygins Vaudeville ein Mann von gesundem Menschenverstand; man entlockt ihm nichts. Er arbeitet, wie ersichtlich, sowohl über die Geschichte als auch über die Sprache der Jakuten, aber falls er etwas veröffentlicht, dann mit aller Vorsicht. »Weil ich in diesem Falle die einzige Autorität sein werde«, sagt Seine Eminenz, »der man selbstverständlich Vertrauen schenkt, folglich muß man das Wahre sagen, aber Wahres gibt es wenig.«

Wir haben hier noch einen Liebhaber des Altertums. Es ist der Kaufmann Moskwin. Mit ihm habe ich mich verabredet. Wenn man mir zu meiner Not Quellenurkunden und anderes Material überläßt, was soll ich damit anfangen? Ich werde schlimmer daran sein als Manilow mit seiner Brücke. Ich werde das Ganze an Sie schicken, und Sie können damit machen, was Sie wollen.

Zuweilen schaue ich meine Aufzeichnungen von der Reise durch: nackt und leer. Nichts Wissenschaftliches, nicht einmal statistische Angaben, Ziffern, gar nichts. Wie und was soll ich Ihnen schicken? Auf gut Glück zog ich die Notizen über Schanghai heraus; nein, geht nicht, es sind zu viele gewagte und kühne Hypothesen darin. Ich müßte sie anhand der Quellen überprüfen, aber ich bin nicht einmal mit dem Buch von P. Joakinf fertig geworden. Singapur. Da gibt es viel Hübsches, aber es entspricht nicht meinen Jahren. Ich kramte weiter und geriet auf Madeira, entsann mich aber, daß die Schilderung noch Projekt ist, genau wie die Skizze über die Geschichte des Jakutengebiets. Kap der Guten Hoffnung, das ist ein ganzes Buch, das Anspruch auf historische Darstellung erhebt, ich muß jedoch aus anderen Reisebeschreibungen noch ein paar Tatsachen entwenden. Anjer auf Java, das taugt etwas, aber die Schilderung umfaßt nur drei Seiten, Manila – ja, Manila wäre gut, die Arbeit ist fast beendet, aber nicht ins reine geschrieben. Hier gibt es jedoch weit und breit keinen Abschreiber. Wer soll auch als Schreiber hierher kommen, wo es so wenig Wein gibt und er einfach über die Berge geschüttet wird, wenn er vorhanden ist.

Falls ich nicht zu faul bin, werde ich an Majkows ein paar Seiten über den Fang eines Hais schreiben, einfach deswegen, weil sie Fischfänger sind. Taugen diese Seiten zur Veröffentlichung, dann drucken Sie sie, aber bitte möglichst weit hinten, unter Vermischtes, wo verschiedene kleine Geschichten ähnlicher Art aus ausländischen Zeitschriften veröffentlicht werden, und auch dies nur ohne Nennung meines Namens, das ist meine conditio sine qua non.

Die kleine Schilderung ist allzu nichtssagend, außerdem wird ja kein Artikel im Vermischten mit dem Verfassernamen gekennzeichnet. Wenn wir uns wiedersehen, wollen wir darüber reden, ob sich ein größerer Beitrag aus meinen Aufzeichnungen in den »Vaterländischen Annalen« unterbringen läßt, sofern Sie es wünschen. Ich danke Ihnen für die Übersendung des Ihnen von Jasykows abgebettelten Exemplars der »Vaterländischen Annalen«. Ich habe es zusammen mit meinen Büchern einer unserer neuen Siedlungen im Tataren-Sund geschenkt, wo noch keinerlei Literatur vorhanden war. Das Geschenk wurde mit Dankbarkeit entgegengenommen.

Bleiben Sie gesund und vergessen Sie nicht Ihren aufrichtig ergebenen

Gontscharow

Eine Empfehlung an S. S. Dudyschkin. Ich schreibe ihm nicht besonders, denn ich nehme an, daß Sie ihm diesen Brief zu lesen geben, wenn er bei Ihnen ist, und aus dem ersieht, daß, wie und wo ich lebe. Ihren Angehörigen, das heißt Jelisaweta Jakowlewna und auch den Kindern, meine Verehrung. Ich rate, sie wie Wäsche mit Merkzeichen zu versehen, damit die Gäste, darunter auch ich, erkennen können, wer Jewgenij und wer Alexander ist. Falls Sablotzkij, Miljutin, Arapetow, Nikitenko sich wie früher bei Ihnen treffen, bitte ich, sie alle bei dieser Gelegenheit an mich zu erinnern und sie zu grüßen. Falls Sie mit dem Fürsten Odojewskij zusammenkommen, bestellen Sie auch ihm meine Grüße, ebenfalls Sologub, wenn er zurückkehrt, und schließlich sogar auch Alexej Gr. Tepljakow. Und wenn Sie schon Tepljakow grüßen, warum dann nicht auch Elkan.

ZWISCHEN JAKUTSK UND IRKUTSK

Am 25. November fuhr ich bei 36 Grad Kälte aus Jakutsk ab. Die Luft war klar und trocken; scharf schnitt sie in die Lungen. Keine Freude für Brustleidende! Aber dafür bekommt man keine Erkältung oder Schnupfen wie z.B. in Petersburg, wo man zu diesem Zweck nur den Pelz aufzuknöpfen braucht. Erfrieren kann man, aber sich erkälten ist schwer.

Und wie schön hier der Himmel ist, unbeschadet, daß er ein jakutischer ist: rein mit allen Schattierungen des Regenbogens! Die Docha, das heißt das weiche Fell (einer Bergziege), schützt vollkommen vor der Kälte; man braucht keinen Halbpelz darunter zu tragen, er würde nur beschwerlich werden. Das Fell ist leicht, flaumig und wärmt auch noch bei vierzig Grad Kälte. Nur vor dem Wind schützt es nicht. Vor ihm schützt nichts. Was man dann macht? Man läßt das Lederverdeck des Wagens herab oder man versteckt sich, so gut man kann. Die Pferde wenden die Mäuler vom Wind weg, die Kutscher auch, und die Passagiere stecken das Gesicht in die Kissen. Vergeblich. Der Wind pfeift in den Hals, in den Rücken, die Brust und unvermeidlich gegen die Nase. Mich fror sogar an der Ferse, dieser unempfindlichsten Stelle eines jeden, der nicht zum Geschlecht des Achilles gehört.

Nun also, ich befinde mich auf der Fahrt. Sie werden fragen, wie mir die Kälte nach der Hitze in den Tropen vorkommt? Sie macht mir nichts. Ich sitze in meinem offenen Wagen wie in einem Zimmer. Vorher hatte ich Angst und meinte, daß man bei dreißig Grad Kälte keine dreißig Werst zurücklegt. Nunmehr erlebe ich, daß man bei dreißig Grad besser und schneller vorankommt, denn die Kutscher fahren, was das Zeug hält. Ihnen frieren die Hände und Füße, und wenn sie nicht eine Boa um den Hals wickelten, würde ihnen auch die Nase gefrieren.

Ich fahre noch immer durch einsames, leeres Land und werde es noch lange tun: Tage, Wochen, fast Monate. Das ist keine Fahrt, keine Reise, es ist ein besonderes Leben: so lang ist dieser Weg, einförmig reiht sich Tag an

Tag, zieht Station an Station vorbei, ziehen sich die endlosen Schneefelder, die hohen mit schönem Lärchenwald bestandenen Berge zu beiden Seiten der Lena hin.

Noch einförmiger als alles dies ist die tiefe Nacht, die sechzehn Stunden am Tage über dieser Ödnis liegt. Die Sonne steigt nicht sehr hoch, schaut kaum über die Berge, zieht drei Stunden ihre Bahn, ohne sich weit über die Gipfel zu erheben, und verschwindet, eine lang dauernde Röte zurücklassend. Die Sterne funkeln in diesem durchsichtigen Himmel ebenso hell und strahlend wie an anderen, nicht so rauhen Firmamenten.

An der Lena wohnen durchweg russische Siedler; außerdem viele Jakuten. Deshalb sprechen auch hier alle Russen jakutisch, sogar unter sich. Ihr ganzer Verkehr beschränkt sich auf die Jakuten und die seltenen Durchreisenden. Im Sommer beschäftigen sie sich mit Ackerbau, säen Roggen und Gerste, aber mehr für den eigenen Gebrauch, denn sie können das Getreide nirgendwohin verkaufen. Die am Oberlauf der Lena Wohnenden können ihre Überschüsse auf dem Strom zu den Goldbergwerken bringen, die zwischen den Städten Kirensk und Olekminsk liegen.

Im Winter arbeiten die Bauern als Kutscher und Pferdehalter auf den Stationen. Die Pferde sind zwar feurig, aber nicht ausdauernd; ihr Futter besteht nur aus Heu. Bei starkem Andrang von Reisenden verlieren sie deshalb die Kraft und halten bei den weiten Entfernungen zwischen den Stationen das scharfe Tempo nicht durch. Alle Stationen liegen auf dem hohen Flußufer. Bei der Auf- wie Abfahrt muß man ständig Vorsicht üben. Die Wagen werden nur von einem einzigen Pferd oder Gaul, wie hier alle sagen, hinabgefahren, und erst unten spannt man die anderen an. Fünf Kutscher halten sie fest, während sich der zuständige Kutscher auf den Bock setzt. Sobald er die Zügel in die Hand nimmt, springen alle zurück, und das

Drei- oder Fünfgespann prescht los, was die Kraft hergibt. Bald erlahmt sie jedoch, denn der Schnee ist zu tief und behindert den Lauf.

Es erschien mir seltsam, daß die Bauern an der Lena auf solche Geringfügigkeit achtgeben und nur mit einem Pferd den Steilhang hinabfahren. So etwas liegt nicht in unserem Charakter. Eher würden wir mit dem Dreigespann hinuntersausen. Offenbar verhindert es die Behörde und ordnet die Vorsichtsmaßnahmen an. Übrigens freue ich mich darüber aus Sorge um den Hals des Nächsten, wozu ich auch meinen eigenen zähle.

Vielen gefällt die Fahrt, und zwar nicht als Reise, das heißt als Beobachtung der Sitten, der wechselnden Landschaft usw., sondern einfach als Fahrt. Es gibt Liebhaber, die gern von Unterkunft zu Unterkunft fahren, durch den herbstlichen Schlamm spazieren usw. Herrlich, sagen sie, wenn sie ganz durchfroren und bereift in eine warme Stube treten und so viel Kälte mitbringen, daß sich Stube, Kammer und Schlafboden mit Kälte füllen und sie sogar unter die Bank dringt, so daß die dort sitzenden Kinderchen die nackten Füße hochziehen und der Kater unter der Bank hervorkriecht und auf den Ofen springt..

»Wirtin, den Samowar!« Und nun beginnt ein geschäftiges Hin und Her. Auf dem Schauplatz erscheint der bekannte Kasten mit Reiseproviant. Tassen klirren, Dampf steigt auf, aus einer kleinen Karaffe dringt eine Duftfahne, im Ofen knistert das Feuer, in der Pfanne zischt und brutzelt das hineingegossene Öl, auf dem Tisch stehen Wodka, Kaviar, Teller usw. usw. Wenn der Reisende nicht allein ist, füllt sich der Raum mit lärmenden Gesprächen, reist er jedoch allein, dann nimmt er sich irgendeinen Alten vor, und los geht's mit der Fragerei: »Wieviel Getreide, was für welches, wohin verkauft ihr es? Und du, Hübsche, warum versteckst du dich?« Gleich danach sagt er zu einem kleinen Mädel nebenbei: »Na, komm doch mal her!« Oder er gibt einem nicht ganz sauber gewaschenen Jungen, der das Maul aufsperrt, ein Stückchen Zucker. All das nennt sich Unterhaltung. Bitte, warum nicht auch so? Aber wenn sich diese Unterhaltung so lange hinzieht wie bei mir, dann kann man ihr auch eine andere Bezeichnung geben. Auf diesem Trakt fährt zwar regelmäßig und pünktlich die Post, aber trotzdem ist der Weg nicht gebahnt, weil er so selten befahren wird. Kaum ist die Post oder irgendein Beamter durchgefahren, liegt der Weg lange Zeit wieder unbenutzt da und wird vom erstbesten Wind zugeweht. Der nächste Reisende muß ihn zwischen den Schneehaufen von neuem bahnen. Deshalb ist das Fahren eine ständige Qual für die Pferde. Wo es möglich ist, führt der Weg über den Fluß, sonst über Wiesen, Inseln und am Ufer entlang. Von einer Station muß man zuerst am Ufer fahren, dann geht es zu einem Seitenfluß der Lena hinunter, danach über eine Insel und auf die Lena selbst, von dort wieder an das Ufer, durch den Wald. Manchmal fährt man jedoch von Station zu Station nur auf der Lena und genießt den Anblick der Berge oder der Eisbarrieren, wo der Fluß ungleichmäßig zu stehen gekommen ist. Zuweilen sieht man an einer Stelle Dampf aus dem Strom steigen. »Was ist das?« fragt man.

»Quellen im Fluß«, heißt es. Es bedeutet, daß dort das Wasser durch das Eis tritt oder daß es sich um Quellen handelt, die das Eis der Lena überfluten, wahrscheinlich Mineralquellen, die manchmal überhaupt nicht gefrieren, vielleicht wegen der in ihnen enthaltenen Gase. Im Frühling, im Februar, März, heißt es, sei der Weg über die Lena sehr gut und festgefahren.

Was es auf einer solchen Fahrt für Abwechslungen gibt? Kommt man zu einer Station, heißt es: »Rasch, rasch, gib ein Stückchen Wein und einen Klumpen Krautsuppe!« Alles ist gefroren und wird in festem Zustand mitgeführt: kleine, mit Fleisch gefüllte Teigstücke, Haselhühner, von denen es hier Unmengen gibt, und anderes Wild. Schwarz- und Weißbrot, das man bei sich hat, ist gefroren. Auf den Stationen bekommt man Milch, hin und wieder Eier, an manchen Orten Gemüse, aber rechnen kann man nicht damit. Die Einwohner haben wegen der geringen Zahl Durchreisender nur das vorrätig, was sie für sich benötigen, oder bringen ihre Produkte, falls sie in der Nähe wohnen, in die Bergwerke, die vielen hiesigen Bewohnern Arbeitsplätze bieten. Dort strömt viel Volk zusammen, und der Bedarf an allem Lebensnotwendigen steigt ständig. Transporte gehen immer häufiger von Irkutsk zu den Schürfstellen und zurück. Es bildet sich ein Zentrum wachsender Bevölkerung und Produktion. Genau die gleiche Geschichte wie in Kalifornien und in Australien. Sie erinnert an die Fabel von dem Schatz, den der Alte seinen Kindern hinterläßt. Die Pointe: Gold macht nicht glücklich.

In den ersten Tagen war die Kälte fast unerträglich. Streckte man die Hand für einen Augenblick hinaus, um etwas in Ordnung zu bringen, froren einem die Finger bis auf die Knochen. Selbst wenn man Holz anfaßte, brannte es wie Eisen. Auf einer Station fragte ich, auf wieviel Grad man die Kälte schätze.

»Es mögen an die fünfzig Grad sein«, sagte eine alte Frau zu mir. Mein Diener lachte.

»Fünfzig Grad, das gibt's nicht«, sagte er.

»Na, mein Lieber, wir haben schon siebzig Grad erlebt«, antwortete sie.

»Wann hört denn die Kälte auf?«

»Im April, mein Guter. Im Mai taut es, und erst Mitte Juni ist alles trocken.« »Wie lebt ihr hier?« fragte ich.

»Wir haben uns schon akklimatisiert«, sagte sie.

»Und im Sommer lebt es sich hier gut?« fragte ich.

»Es geht, er ist nur zu kurz. Wir säen Sommergetreide, aber manchmal bekommt die Saat Frost, sie gedeiht nicht jedes Jahr. Aber wenn sie gedeiht, haben wir eine gute Ernte.«

An einer anderen Stelle erheiterte mich der Stationsaufseher in einer anderen Tonart. Er bot mir an, bei ihm zu speisen.

»Was gibt es bei Ihnen?«

»Schleie.«

»Auch Fleisch?«

»Hammelfleisch steht zu Ihrer Verfügung.«

»Dauert die Zubereitung lange?«

»Alles wird rasch angerichtet.«

Woher diese Sprache? Ja, und ›akklimatisiert‹! Wer hat das hierhergebracht?

Eine Wohltat sind die Kamine und die Feuerstellen auf den Stationen und überhaupt in den Jurten. Sowie man aus der Kälte eintritt, umfängt wohlig die Wärme, die von einem ganzen Stapel lodernd brennender Lärchenscheite entgegenschlägt und augenblicklich erwärmt. Lärche ist sogar besser als Birke, sie brennt prachtvoll und hält lange die Glut. Eine Schar Bauern, Frauen und Kinder nimmt Ihnen augenblicklich Schal, Mütze, Handschuhe ab und trocknet sie sofort am Kamin. Der schiebt Ihnen eine Bank, jener einen Stuhl hin. Auf den Stationen ist es zumeist sauber, trocken und geräumig. Tische, Bänke und Betten sind aus glattem, hellem Holz gefertigt. Die alten Hütten sollen im Frühjahr nach einem neuen, besseren Muster umgebaut werden. Es wird nicht mehr erlaubt, sich in stickiger Luft zusammenzudrängen. Eine Zeitlang fuhr ein Offizier aus Jakutsk mit mir, der die alten Baulichkeiten inspizieren sollte.

Die Einsamkeit hat den Vorteil, daß hier nicht gestohlen wird. Der Reiseschlitten steht mitten auf der Straße, ringsherum eine Menge Fuhrleute, aber nichts kommt abhanden. Unterwegs ist ebenfalls alles ruhig. Es gibt nicht einmal Wölfe, oder man trifft sie nur selten, einmal hier oder dort. Die Bären halten ihren Winterschlaf.

Infolge des beschwerlichen Wegs spannte man fünf oder sechs Pferde vor meinen Reiseschlitten, obwohl er ziemlich leicht ist. Aber seine Kufen sind mit Eisenschienen beschlagen, während man hier üblicherweise nur Holzkufen hat. Bei lockerem Schnee verstärken die schweren Kufen die Last. Noch zweihundert, dreihundert Werst, dann wird man die Pferde hintereinander spannen, sieben, acht, ja sogar zehn Pferde, je nach dem Gefährt. Dort liegt hoher Schnee, und die Fahrbahn ist schmal, so daß ein Dreigespann keinen Platz hat, nebeneinander zu laufen.

Station Poledujewskaja

Immer noch Einöde, immerzu die Lena! Ich verlasse sofort den Wald. Wie schön er ist, über und über mit Schnee bedeckt. Hundertjährige Kiefern und Lärchen drängen sich zu Gruppen zusammen oder stehen einzeln weit voneinander entfernt. Der junge Mond geht auf und beleuchtet den Wald. Was gibt es da alles zu sehen! Wie kann die Phantasie schweifen! Hier scheint eine Frau, von Kindern umringt, zu knien und zu beten: es sind schneebedeckte Bäume und Büsche. Dort tanzen scheinbar Gestalten, steht ein Bär auf den Hintertatzen, und Tote gibt es in Mengen. Ganz arg wird es, wenn man einschlummert. Dann bilden sich Eisfäden an der Mütze und reichen bis zu den Brauen, andere ziehen sich von den Brauen zu den Wimpern, von dort zum Bart und zum Schal hinunter. Durch dieses Eisgitter bekommt der Wald ein völlig phantastisches Aussehen und wird zur natürlichen Dekoration für »Norma«.

Während mich meine Gedanken so weit forttrugen, saß mein Gefährt plötzlich in einer Grube fest, in einem zugefrorenen Flüßchen: es war eine Grube in der Grube. Ich stieg aus und ging eine Anhöhe hinauf und stand zwischen hohen Bäumen, in einem richtigen Druidendom. Eben wollte ich Casta diva singen, als man mich rief und um meinen Rat bat, was man tun solle. Die Pferde vermochten das Gefährt nicht herauszuziehen. Timofej riet, auf die Leitpferde einzuschlagen (wir fuhren langgespannt). Ich gab den Rat, drei Pferde nebeneinander vorzuspannen, und ging wieder auf den Hügel singen. Schließlich schlug der Fuhrmann ein paar Stangen zurecht. Wir hoben den Reiseschlitten hinten hoch, und er schrie auf die Pferde ein:

»Hej, nu, Freundchen, daß ihr krepiert, ihr Verfluchten!«

Aber die Freundchen rührten sich nicht von der Stelle.

Zum Glück hatten wir nur etwa 31, wenn's hoch kam, 32 Grad Kälte und nicht 44 wie am Nikolaustag.

Aber die Romantik und der Wald liegen schon weit hinter mir. Falls Sie einmal denselben Weg reisen, bemerke ich, daß sich dieser Wald zwischen den Stationen Krestowskaja und Poledujewskaja befindet. Die richtige Straße führt jedoch nicht durch den Wald. Man fährt sie nur, wenn es keinen Weg auf der Lena gibt, das heißt, wenn dort der Schnee anderthalb Ellen hoch liegt und wegen der schweren Schneelast das Wasser von unten durch das Eis dringt. Man nennt es hier »schwarzes Wasser«.

Mit der Station Scherbinskaja beginnen das Gouvernement Irkutsk und der Bezirk Kirensk. Hier hat es in riesigen Mengen geschneit, darum fährt man etwa 600 Werst langgespannt, das heißt von Olekminsk bis Kirensk und weiter.

Auf der Station Scherbinskaja ging alles drunter und drüber. Der Gemeindeälteste war gestorben. Alle Fuhrleute verweigerten die Fahrt und gaben an, sie seien nicht an der Reihe.

»Wenn ich verspätet in der Stadt ankomme, wird man mich nach der Ursache fragen ..«, wollte ich meine Drohung vorbringen, die in Jakutsk so gut geholfen hatte. Aber hier half sie nicht. Die Fuhrleute liefen in ihre Häuser und versteckten sich. Ich machte mich selbst auf, sie zu suchen. Trat ich in ein Haus, saß der Fuhrmann mit verbundenen Füßen auf dem Ofen und stöhnte. »O Gott, o Gott«, wimmerte er, »der Tod ist gekommen, die Füßchen, o die Füßchen, es geht nicht mehr!« Und so einer wie der andere.

»Woran leidet ihr?« fragte ich.

»Am hitzigen Fieber«, sagten sie.

Schließlich stieß ich auf einen Gesunden und verlangte, er solle mich fahren. Er redete sich damit heraus, daß er eben erst heimgekommen sei, daß er die Pferde füttern und selbst essen müsse.

»Wieviel Zeit benötigst du?« fragte ich.

»Drei Stunden.«

»Ich gebe dir vier, aber dann spann an!« sagte ich und ging Tee trinken, ich weiß nicht, zum wievielten Male.

Der Fuhrmann aß, gab den Pferden Futter, legte sich schlafen, und als er erwachte, erklärte er, er sei nicht an der Reihe. Fahren müsse der Bauer Schejn; er wohne in einem Einzelhaus am Kreuzweg; seine Söhne seien an der Reihe, aber er sei reich und drücke sich ständig. Ich schickte jemanden zu Schejn, aber er ließ sagen, er sei krank. Was tun? Sich mit Geduld wappnen, resignieren? Das tat ich denn auch. Ich blieb anderthalb Tage dort. Dann rief ich die Fuhrleute samt Schejn zu mir und begann, ihre Namen in ein Büchlein zu schreiben. Sie waren derartig erschrokken – wovor, wußten sie selbst nicht –, daß sofort Pferde gebracht wurden.

Ich fuhr an den Gruben vorbei, das heißt der Minenresidenz, einer ganzen Kolonie von Häuserchen am andern Ufer der Lena.

»Wie ist die Straße vor uns?« erkundigte ich mich.

»Entweder holprig wegen der Eisschollen oder schneeverweht«, antwortete der Kutscher.

An der Lena wütet zur Zeit, wie auch oft zuvor, ein epidemisches Fieber, die einzige Krankheit in dieser Gegend. Ihr fallen viele Menschen zum Opfer, und ich treffe auf jeder Station blasse, kranke Gesichter. Noch öfter begegne ich Leuten mit bestimmten Merkmalen auf Stirn, Wangen und besonders an der Nase. Aber honni soit qui mal y pense! Es sind Blatternarben.

Ich betrachtete alles voller Neugier und spitzte meine Ohren. Auf der Station Scherbinskaja gefiel mir eine Frau, halb Russin, halb Jekutin der Geburt nach, vor allem wegen ihrer Liebe zu ihrem Mann. Als ich auch seinen Namen wegen der Vernachlässigung seiner Dienstpflichten in mein Büchlein schrieb, war seine Frau die eifrigste; sie bekümmerte sich darum, daß man mir Pferde stellte, zäumte sie selbst auf, legte das Geschirr an und half anspannen, nur damit ich mich beruhige und mich nicht über ihren Mann beschwere. Und sie tat das alles mit eigenartiger Grazie, sie war nicht dumm.

Dann traf ich auf einen Unglücklichen.

»Ich bin nicht alt«, sagte der Fuhrmann Dormidon, weil er nicht imstande war, neben den geschwind rennenden Pferden herzulaufen und mit ihnen Schritt zu halten, wie es alle anderen tun, »aber der Kummer hat mir die Kraft geraubt.«

›Na, nun beginnt das alte Lied‹, dachte ich. ›Alle sind unglücklich, wenn man sie hört.‹

»Was ist dir denn widerfahren?« fragte ich teilnahmslos.

»Was? Zuerst, vor fünfundzwanzig Jahren, hat man meinen Vater erschlagen ..« Ich schrak zusammen. »Damals war es anders als heute, die Mörder wurden nicht entdeckt ..« Ich schwieg verlegen, denn ich wußte nicht, was ich dazu sagen sollte. »Dann starb meine Frau. Nun, Gott mit ihr! Gottes Wille, aber bitter war es doch!«

›Ja, er ist in der Tat unglücklich‹, dachte ich. ›Was soll man nach alledem sonst noch Unglück nennen?‹

»Dann brannte das Haus ab«, fuhr er fort. »Meine achtjährige Tochter kam in den Flammen um. Ich heiratete zum zweiten Mal, zeugte zwei Söhne. Die Frau starb ebenfalls. Beim Brand des Hauses verlor ich auch alles Eigentum. Und dann stahl man mir einmal 1000 Rubel und ein andermal 1600. Und wie hatte ich gespart, Rubel um Rubel zusammengetragen! Schwer habe ich es gehabt!«

Die düstere Erzählung griff mir ans Herz. ›Hiobs Leiden!‹ dachte ich und blickte ihn voller Achtung an. Dormidon hatte jeden menschlichen Kummer erlitten, doch er ist nicht entmutigt, er fährt die Passagiere, verkauft Heu in die Gruben, er steht seinen Mann. Doch wir! Schneiden wir uns mal in den Finger, vertreten wir uns das Bein ..

»Hören Sie das Glöckchen?« fragte er mich. »Das ist mein Wassjutka, er fährt den Assessor. He, Junge, bleibe auf der alten Bahn!« rief er ihm fröhlich (hören Sie: fröhlich!) zu. »Wir fahren eine neue Bahn fest.«

Heute stießen wir auf nomadisierende Tungusen. Zwei Rentiere trennten sich von der Herde und rannten vor unseren Pferden her, blieben ständig auf dem Weg und entfernten sich an die sieben Werst von der Herde, während unsere Pferde vor ihnen zurückwichen.

In dieser Gegend sät man Roggen, Hafer und Gerste,

doch ersterer erfriert, der zweite wird wegen der Kürze des Sommers auch nicht immer reif, nur die Gerste gedeiht gut. Die Ufer der Lena sind felsig und malerisch. Inseln gibt es hier kaum. Der Fluß wird immer schmaler. Jakutisch spricht fast niemand mehr, alle Stationen haben russische Namen. Man findet altertümliche Bezeichnungen, die noch von der Landnahme Sibiriens durch die Kosaken stammen.

Station Tschujsk, 13. Dezember, Witim

Lena, Lena und Lena! Und immer noch eine öde Lena. Ab und zu sieht man auf den Uferwiesen große Schneehaufen, es sind Heuschober; hier und dort drei, vier Höfe. man trifft auf Häuschen, die buchstäblich im Schnee vergraben sind, in ihre Öffnungen, das heißt Fensterchen sind Eisklötze statt der Scheiben eingesetzt. Es geht auch so. Warm ist es, nur kann man nicht hinaussehen. In anderen Bauernhäusern, und das ist zumeist der Fall, sind die Fenster mit Stierblasen bespannt. Auf jeder Station drängen sich Scharen von Fuhrleuten um den Schlitten. Die Dörfchen unterhalten einen Gemeinde-Fuhrdienst, das heißt, jeder Bauer muß ein Paar Pferde stellen. Alle Kutscher gehen schonend mit den Pferden um. Bei einer Fahrt bergab kommt eine ganze Schar zu Hilfe. Zwei Mann führen das Pferd.

Witim ist ein Ort mit einer Kirche, Hunderten von Einwohnern und einer Pfarrschule. Die Fuhrleute können fast alle lesen und schreiben. Neben dem Fuhrgeschäft beschäftigen sie sich mit dem Fang von Hasen und treiben Handel mit Fellen. Ihre Halbpelze sind nicht wie bei uns aus Schaf-, sondern aus Hasenfellen gefertigt. Man baut Getreide an.

Von Witim sind es noch rund 400 Werst bis Kirensk, der Bezirksstadt, und von dort 960 Werst bis Irkutsk. Jetzt ist Fastenzeit. In Witim entwendete mir die Menge der Fastenden, die mein Gefährt umstand, drei Fische, zwei Lachse und einen Sterlet, doch Haselhühner und andere in der Fastenzeit unerlaubte Nahrungsmittel rührten sie nicht an: Sünde!

Ich scheine die schlechteste Wegstrecke und die nur mit Heu gefütterten Pferde hinter mir zu haben. »Jetzt bekommen Sie akklimatisierte Pferde, und der Schnee ist festgefahren, besonders von Kirensk bis Irkutsk«, sagt man mir. ›Akklimatisiert‹, das bedeutet, nicht mehr Gemeindepferde, sondern Pferde, die an Klima und Weg gewöhnt und erzogen sind. »Wo ist der Ortsvorsteher?« fragt man, wenn man zu einer Station kommt. »Im Pferdestall, Herr. Hallo, Jungens, ruft ihn her!« bekommt man zur Antwort.

Aufseher gibt es hier nicht überall, manche beaufsichtigen fünf Stationen. Einer von ihnen, auf der Station Muchtuj, ist ein Stutzer. Er nimmt den Reiseschein graziös mit zwei Fingern entgegen, den kleinen Finger abgespreizt und gebogen. Sein Uniformrock ist auf Taille geschneidert, das Haar gescheitelt. Muchtuj wird das hiesige Paris genannt, weil die Bauern (es sind Verbannte) Paletots tragen und Quadrille tanzen.

Ich hielt mich dort jedoch nur eine Viertelstunde auf und habe nichts dergleichen gesehen. Ein Passagier erzählte mir folgendes. Als er nach einer in Muchtuj verbrachten Nacht frühmorgens abfuhr, kam ihm das Gesicht des Kutschers bekannt vor, aber er konnte sich nicht entsinnen, wo er es gesehen hatte. »Habe ich dich schon mal gesehen?«, fragte er schließlich den Kutscher.

»Ich war doch gestern bei der Quadrille Ihr Visavis«, antwortete der Mann.

Das ist schon mehr als ein ›akklimatisierter‹ Fuhrmann, um den hiesigen Ausdruck zu gebrauchen.

Gestern abend fuhr ich an den sogenannten »Backen« vorbei, einer der bemerkenswertesten Stellen der Lena. Es sind riesige, steil abfallende Felsen, wie ich sie auch an den Meeresküsten nur selten gesehen habe. Fährt man an ihrem Fuß entlang, gleichen Pferde und Wagen kriechenden Insekten. Die Felswände sind voller schrecklicher Schründe, wild und furchterregend, so daß man den Wunsch hat, sie möglichst rasch hinter sich zu haben. Diese »Backen« befinden sich zwischen den Stationen Pjanobykowsk und Tschastinsk, etwa 1200 Werst von Irkutsk. Welche Stationsnamen! Sie haben ihre lokale Begründung. Infolge der jungen Geschichte des Gaus können sie von den Historikern leicht bestimmt werden. Pjanobykowsk, das bedeutet »Trunkener Stier«, heißt der Ort zum Beispiel, weil dort an einem Felsen einmal eine Barke mit Wein zerschellt ist. Ich will Ihnen diese archäologisch wichtige Tatsache rasch mitteilen, weil ich fürchte, daß die Bedeutung des Worts mit der Zeit verlorengeht.

Dörfer sieht man noch immer selten. Sie werden mit der kürzeren Entfernung von Irkutsk häufiger, sagt man. Oft begegnen wir Bergwerksbesitzern, ihren Verwaltern und Transporten. Der Weg ist bereits besser, fester gebahnt, aber die Kälte hat wieder zugenommen. Außerdem weht ein scharfer Wind. Es ist unerträglich, man kann sich nicht vor ihm schützen.

Kirensk ist erreicht. Gott sei Dank! Alles wird immer russischer. Dörfer und Weiler werden häufiger. Die Lena verläuft in großen Windungen. Die Kutscher schneiden die Bogen ab und fahren über Landzungen und durch kleine Siedlungen. In den Dörfern tummeln sich Pferde auf der Straße. Entweder spielen sie mit unseren Pferden, oder der Klang unseres Glöckchens erschreckt sie, und sie preschen samt einem blonden Ferkelchen aus Leibeskräften zur Seite. Sperlinge und Krähen fliegen umher, Hähne krähen, die Buben stoßen gellende Pfiffe aus und winken dem durchfahrenden Dreigespann zu, der Rauch steigt kerzengerade aus vielen Schornsteinen. Rauch der Heimat! Jeder kennt die Bilder Rußlands. Es fehlen nur noch das Gutshaus, der Lakai, der die Läden aufmacht, und der verschlafene Gutsherr im Fenster .. Aber so etwas hat es in Sibirien nie gegeben. Hier fehlt jede Spur von Leibeigenschaft, es ist der sichtbarste Zug seiner Physiognomie.

Kirensk ist eine kleine Stadt. »Wo soll ich halten?«, fragt mich der Kutscher. »Haben Sie hier Bekannte?«

»Nein.«

»Dann weist Ihnen die Behörde ein Quartier an.«

»Und wer wohnt hier an der Straße?«

»Es sind die Häuser von Sinitzyn, Markow und Lawruschin.«

»Fahre zu Sinitzyn.«

Der Wagen hielt vor einem schmucken Gehöft. Ich ließ fragen, ob ich eine Weile bleiben und mich aufwärmen könne. Man empfing mich, bewirtete mich sogleich mit Tee und Frühstück – und wollte nichts dafür nehmen.

Nachdem ich mich mit Brot versorgt hatte, fuhr ich weiter. Wir kamen rasch vorwärts. Je mehr sich Irkutsk näherte, desto ›akklimatisierter‹ wurden Kutscher und Pferde. Kaum gelangten wir zu einer Station, führten die Kutscher gesunde, kräftige und robuste Pferde herbei. Die wohlhabenderen Fuhrleute trugen Halbpelze aus Hundefell und stutzerhafte Mützen. Auf einer Station traf zugleich mit mir ein Bergwerksbesitzer samt seiner Familie in zwei Kutschen ein, aber die Pferde reichten für alle. Auf den Stationen fragte man nicht mehr ängstlich, sondern interessiert: »Kommen nach Ihnen noch andere Fahrgäste?«

Wir kamen durch Dörfer mit reichen Vorräten an Getreide, Heu, Pferden, Hornvieh und Geflügel. Der Weg führte immer an der Lena entlang, die Straße war prachtvoll und durch die häufigen Fuhren zwischen Irkutsk, den Dörfern und den Gruben fest gebahnt.

»Sind eure Pferde fromm?« fragte ich auf einer Station.

»Wieso nicht, wie die Lämmer! Sehen Sie hin, wenn sie angespannt sind, hält sie keiner, doch sie stehen.«

»Ich brauche aber wildere Gäule«, sagte ich, um sie zu necken.

»Wildere Pferde brauchst du?«

»Nun ja.«

»Nimm diese dort, es sind die wahren Teufel. Niemand und nichts bringt sie zum Stehen.«

Und so war es tatsächlich. Von der Station Schegalow ab, etwa 400 Werst vor Irkutsk, hatten die Pferde ein hageres Aussehen, sie waren hochbeinig und breitschulterig, und sie sahen nicht aus, als ob sie viel leisteten. Sie standen müde im Geschirr und waren vor leere Schlitten oder Wasserfässer gespannt, wodurch sie gehindert werden sollten, das Gehöft von selbst zu verlassen. Kaum aber hatten die Passagiere Platz genommen, spitzten sie die Ohren. Die Fuhrleute umstellten sie und hielten zu zweit je ein Pferd. Inzwischen bestieg der Kutscher den Bock.

»Bursche«, rief man ihm zu, »zieh die Zügel straff, das Deichselpferd will lospreschen.«

In der Tat, das Deichselpferd warf den Kopf nach rechts, nach links und strebte nach vorn. Die Beipferde traten auf der Stelle und schüttelten die Mähnen. Jetzt hat der Kutscher Platz genommen, die Lenkseile ergriffen und um die Hände geschlungen. »Hopp!« ruft er. Alle Fuhrleute springen augenblicklich beiseite, und das Dreigespann schnellt wie ein Vogel durch das Tor, rast zwei Werst, drei im Galopp durch, die Köpfe lang vorausgestreckt, die Mähnen schüttelnd, dann fällt es hundert Meter lang in scharfen Trab, und dann galoppiert es wieder – und so geht es bis zur nächsten Station. Der Fahrgast hat es nicht nötig, den Kutscher anzufeuern, und der Kutscher braucht die Pferde nicht zu schlagen. Kaum kommen die Gäule ein wenig zur Besinnung, hebt der Kutscher nur die Hand oder schnalzt, und abermals preschen sie los. Ehe man es sich versieht, sind 25 Werst zurückgelegt.

Je näher wir Irkutsk kamen, desto lebhafter wurde der Verkehr. Viele Fuhren begegneten uns. Wir passierten große, volkreiche Dörfer mit schönen, vielerorts funkelnagelneuen Bauernhäusern. Die Stationen wurden sauberer.

Auf den letzten 50 Werst schwoll mir das Gesicht von der Kälte an. Es hatte seinen Grund. Der vereiste Schal rieb ständig an der Nase. Es war, als ob mir jemand eine Eiszange an die Nase hielt. Unerträglicher Schmerz! Ich drängte, schnell die Stadt zu erreichen, und fürchtete, die letzten Kräfte zu verlieren. Deswegen jagte ich Tag und Nacht mehr als 250 Werst hindurch, rastete nirgendwo und aß nicht.

Von der Siedlung Katschuga ab führte der Weg durch die Steppe. Ich nahm Abschied von der Lena. Schnee lag so wenig, daß er kaum das Gras bedeckte. Die Pferde weideten und zupften es ab wie im Frühling. Auf der letzten Station war alles bergig. Aber ich fuhr nachts und sah Irkutsk nicht vom »Heiteren Berg«. Ich hatte die Absicht, munter zu bleiben, aber unterwegs übermannte mich der Schlaf. Man kann eine noch so unbequeme Lage einnehmen, sich setzen, wie man will, sich befehlen, nicht einzuschlafen, sich mit allen möglichen Gefahren schrekken – trotzdem schlummert man ein und erwacht erst, wenn das Gefährt bei der nächsten Station hält.

Ich erwachte jedoch auf keiner Station.

»Was ist das?« fragte ich, als ich Gebäude bemerkte. »Ein Dorf, ja?«

»Nein, es ist Irkutsk.«

»Und der ›Heitere Berg‹?«

»Den haben wir längst passiert.«

Am frühen Morgen des Weihnachtstages fuhr ich in die Stadt ein. Die Schwellung im Gesicht schmerzte unerträglich.

Nun bin ich schon den dritten Tag hier und habe von Irkutsk noch nichts gesehen. Damit vorerst auf Wiedersehen!

28. BRIEF: AN J. P. UND N. A. MAJKOW

19. Januar 1855. Irkutsk

Wie konnte es geschehen, daß ich heute zwei Briefe von Ihnen erhielt, von denen einer vom Januar 1853, der andere vom September 1854 stammt, und der eine nach Japan, der andere nach Irkutsk adressiert ist? So angenehm es ist, solche Briefe zu bekommen, seltsam ist es trotzdem.

Ich fühle so lebhaft mit, was Sie und ganz Rußland in der gegenwärtigen Zeit bewegt, daß ich Ihnen, liebe Freundin Jewgenija Petrowna, Ihren Brief verzeihe, der mit politischen Neuigkeiten angefüllt ist. Ich hoffe, Sie bei meiner Ankunft in Petersburg nicht anders zu erblikken als mit einem Spieß in den Händen, das Häubchen etwas schief aufgesetzt, und zu erleben, wie Sie auf einer klapprigen Droschke am Handelshof vorbei – ohne die holländischen Läden auch nur eines Blicks zu würdigen – schnurstracks zum Englischen Kai galoppieren, um den Einfall der Alliierten abzuschlagen.

Ihrer Arbeit, mein lieber Apollon, gilt meine Sympathie. In Jakutsk las ich Ihr Feuilleton, das Sie in den

»Sankt Petersburger Nachrichten Nr.176 vom 11. August 1854« veröffentlicht haben. Ich legte sofort die Reiseschilderungen, mit denen ich mich damals befaßte, beiseite und schrieb einen Aufsatz »Jakutsk«. Darin bekräftigte ich Ihren Gedanken, daß Rußland den ihm untertänigen Völkern eine breite Entfaltung ihrer Tätigkeit und eine vernünftige Anwendung ihrer Kräfte gewährt, mit Tatsachen.

Bei unserem Wiedersehen werden wir das alles – gebe es Gott – durchlesen und besprechen. Beim Wiedersehen – leicht gesagt! Ich habe 4000 Werst zurückgelegt, 6000 bleiben mir noch. Das ist keine Fahrt, denn sie zieht sich zu lange hin, und keine Reise, denn sie ist nicht interessant, sondern ein Leben eigener Art oder besser gesagt eine Parodie auf das Leben, weil es den Hauptbedingungen des Lebens – selbstverständlich, was wir darunter verstehen – nicht entspricht.

Das bezieht sich übrigens nicht auf die Städte, sondern nur auf die langen öden Gebiete zwischen ihnen. In den Städten, zum Beispiel hier, lebt es sich sehr gut, das gilt sogar von Jakutsk. Wie immer in leeren Räumen hallt in den weiten, öden Landstrichen das Echo der patriotischen Rufe unserer nationalen Volksmasse sehr stark wider. Hier gibt es mächtige, kolossale Patrioten.

In Jakutsk zum Beispiel ist ein solcher Mann der Hochwürdigste Innokentij. Wie gern möchte ich Sie mit ihm bekannt machen. Da würden Sie russische Gesichtszüge erblicken, russisches Denken und eine urwüchsige, lebendige russische Redeweise erleben. Er ist sehr klug, hat ein großes Wissen und ist nicht in der Scholastik erstickt wie viele unserer Geistlichen. Das kommt daher, daß er das Studium nicht mit dem Besuch der Akademie für abgeschlossen hielt, sondern es in Irkutsk fortsetzte, indem er zu den Aleuten fuhr, um sie Leben und Religion zu lehren, und so lehrt er es jetzt die Jakuten. Er ist ein wahrer Patriot. Als wir zusammen die Zeitungen lasen, bebte er bei jeder glücklichen Siegesnachricht wie ein Jüngling.

Ein anderer Patriot, ein kühner, energischer, kluger, taktvoller Mann und der liebenswürdigste aller Russen, ist Nikolaj Nikolajewitsch Murawjow, der Generalgouverneur von Ostsibirien. Sein Name ist ziemlich populär bei uns, alle wissen, wie stark und klug er in Sibirien schaltet und waltet. Es ist auch kein Geheimnis mehr, daß er den riesigen und fruchtbaren Teil Sibiriens längs des Amur an Rußland gebracht hat, und zwar im Widerspruch zum Ministerium für Auswärtige Angelegenheiten. Er handelte jedoch nach dem unmittelbaren Willen und mit der Vollmacht des Zaren und schaffte es trotz einer Menge von Feinden, Denunziationen usw. Tüchtiger Bursche!

Auch als Hausherr ist er rühmenswert. Er empfängt seine Gäste herzlich und freundlich wie ein Russe und höflich wie ein Europäer. Ich gehöre zu seinen Gästen, das heißt, in Ermangelung von Einladungen in andere Häuser speise ich jetzt täglich bei ihm. Wissen Sie, daß der Sieg von Kamtschatka das Ergebnis seiner Anordnungen war? Als wir im Tataren-Sund auf einem Schoner nach Ajan fuhren, fragte ich ihn: »Wenn nun die Engländer nach Kamtschatka kommen?«

»Mögen sie«, antwortete er. »Ich habe 300 Kosaken mit 70 Geschützen hingeschickt. Mögen sie kommen!«

›Welch Kauz!‹ dachte ich. ›Was macht er mit 70 Geschützen, wenn jedes englische Schiff 50 Kanonen und 400 Mann Besatzung hat!‹

Aber er sagte den Erfolg voraus, weil er von ihm überzeugt war.

Daß er ein Patriot ist, will noch nichts besagen, anders kann und darf es nicht sein. Aber er hat eine Frau, die ist

Französin, Pariserin. Wenn sie von den Russen spricht, sagt sie »Wir« und von den Franzosen »eux, ils«. Sie verkündet mit Freuden, daß »wir« überall und immer »eux« verdreschen werden. Sie liebt nicht nur Rußland und die Russen, sondern auch Sibirien und Kamtschatka, wohin sie mit ihrem Mann über Berge und durch Sümpfe geritten und über das Meer gefahren ist. Im Mai wird sie an die gleichen Orte ein zweites Mal mit einer Barke auf dem Amur reisen.

Gestern sagte sie, daß sie angeordnet habe, mir für die Reise Tschi, das heißt Schtschi, zu kochen und in Stücke gefrieren zu lassen sowie Brezeln zu backen. Wenn die Franzosen in den Zeitungen lügen, nennt sie sie lâches.

Ich kann in zwei Tagen, am 15., fahren. Nikolaj Nikolajewitsch will mich bis zum 19. hierbehalten, weil er an diesem Tage einen großen Ball veranstaltet. Als ich die Zeit zusammenrechnete, ersah ich, daß ich am 25. Februar in Petersburg ankommen müsse. Ich kann jedoch nicht Hals über Kopf reisen. Wenn ich drei Tage ununterbrochen gefahren bin, muß ich für vierundzwanzig Stunden Rast machen, sonst steigt mir das Blut in den Kopf, ich bekomme hämorrhoidale Anfälle, und der Magen verdaut nicht mehr, was sich als Erbrechen äußert.

Wenn Benediktow meinen Brief schon bekommen hat, dann müssen Sie zwei lange Briefe von mir über Jasykows Kontor erhalten, denn sie sind an ihn adressiert mit der Bitte um Weitergabe an Sie. Der eine Brief enthält eine See-Idylle, den Fang eines Hais; es ist ein Abschnitt aus meinen Aufzeichnungen, der zum Abdruck in den »Vaterländischen Annalen« (nur dort) in der Rubrik »Vermischtes« bestimmt ist, aber ohne meinen Namen, das ist Bedingung. Der andere Brief ist nichts als Brief. Beide sind in Jakutsk geschrieben.

Verzeihen Sie, Apollon, daß ich Ihnen nicht eigens auf

Ihren wundervollen Brief mit den wundervollen Versen antworte (philosophische Freiheit hatten Sie wenig, Herrschaften usw). Ich habe keine Zeit, und dann wiederhole ich Ihre Worte: »Ich hoffe, bald zurückzukehren.« Und ich habe keine Lust mehr zu schreiben, ich habe Ihnen und meinen Angehörigen schon in Jakutsk fast verboten, mir zu schreiben, aber man hört nicht auf.

Wann ich selbst einmal zur Ruhe kommen werde, weiß ich nicht. Offenbar ist den Menschen ihre Rolle schon bei der Geburt bestimmt: ich brauche kein Brot, ich muß schreiben, nichts als schreiben, was es auch sei, ob Erzählungen oder Briefe; erst wenn ich in meinem Zimmer an der Feder sitze, ist mir richtig wohl. Das bezieht sich übrigens weder auf amtliche Schriftstücke noch auf Verse. Die ersteren mag ich nicht, die zweiten verstehe ich nicht zu machen.

Küssen Sie für mich und von mir die liebe Anna Pawlowna und meine unbekannten künftigen Freunde, die kleinen Majkows. Sie laden mich ein, vorerst bei Ihnen Aufenthalt zu nehmen, das werde ich unter keinen Umständen tun, das ist gegen meine Gewohnheit, die ich, wie Sie wissen, nicht ändern werde. Eine Wohnung in Ihrer Nähe wäre jedoch gut, wenn es in der Litejnaja nicht möglich ist. Ich kann mir aber nicht vorstellen, daß ich in Petersburg nicht in der Litejnaja wohnen sollte!

Sie schreiben, Chinoiserie sei groß in Mode und es würden verschiedene Figürchen bis zum Preis von 50 Rubeln verkauft. Wenn ich mit dem Koffer irgendwie bis Petersburg gelange, dann habe ich einen Gewinn von 1000 Rubeln gemacht. Ich besitze wohl an die dreißig Stück kleiner Götzen und Vasen, außerdem Zeichnungen, geschnitzte Schnüre aus Bambus- und Nußkugeln, alles habe ich selbst in Schanghai gekauft. Wenn sich eine günstige Spekulationsmöglichkeit ergibt, dann werden Jewgenija Petrowna, Katerina Alexandrowna, Juninjka (die ich zärtlich küsse) nichts als blauen Dunst zu sehen bekommen. Könnte ich doch nur erst abfahren. Gebe Gott, daß es möglichst rasch geschieht!

Sie, mein Freund Nikolaj Apollonowitsch, haben mir nur zwei Zeilen am Rand geschrieben, und auch die sind noch verklext. Wie haben Sie es bloß fertiggebracht, daß Ihre Tinte selbst auf dem guten Papier durchgedrungen ist? Und du, Burjka, warum hast du so liederlich geschrieben? Nicht nur schlechter als Apollon, sondern sogar schlechter als der Vater? Wenn das Marja Fjodorowna sieht, wird sie dir auf die Finger hauen. Schau bloß einer diese Krakelei an! Ich konnte nur entziffern: »Ich warte auf Ihre Rückkehr.« Warte nur, wenn ich zurückkomme, dann bekommst du was mit dem Stöckchen. Du denkst wohl, du seist schon Student? Dauernd gebrauchst du Wörter wie »Persönlichkeit« und »Typ«. Trinkst wohl auch gar schon Wodka? Ich werde dir! Was heißt da Alter. Alter von eigenen Gnaden, falsches Alter. Sieh mich an, ich bin ein richtiger Alter, die Merkmale sind deutlich: bin geschwätzig und will nicht sterben. Was macht Ihre Alte? Sie wird mich wohl vergessen haben, sie war ja noch ein Kind, als ich wegfuhr. Pawel St. erinnert sich gewiß noch. Und Juninjka, und Ljchowskij? Ich grüße Sie und Jasykows ebenfalls. Wo ist der Hauptmann? Kämpft er? Die Post geht zwei Tage nach mir ab, kommt jedoch zwei Monate früher an als ich. Darum schicke ich den Brief mit ihr. Auf Wiedersehen! Ihr I. Gontscharow

Ich reise nicht ganz glücklich ab, wenn ich daran denke, daß es für mich nun wieder heißen wird, Tag für Tag in den Dienst zu gehen. Dessen hatte ich mich auf dem Schiff entwöhnt.

I

Am 11. Dezember 1873 und am 6. Januar 1874 fand sich eine kleine Gruppe von Marineoffizieren zu einem Festmahl zusammen, um des zwanzigsten Jahrestags ihrer Rettung beim Untergang der Fregatte »Diana« zu gedenken, die 1854 in Japan untergegangen war.

Dank der liebenswürdigen Einladung der Hauptperson dieser Gruppe, zu der auch einige Offiziere gehörten, die von der Fregatte »Pallas« auf die Fregatte »Diana« übergestiegen waren, nahm ich am zweiten dieser beiden Kameradschaftstreffen teil.

Bei dieser Zusammenkunft wurde im Gedächtnis der Seeleute vieles wieder lebendig, und man gedachte vieler Einzelheiten der Expedition, vor allem des Untergangs der »Diana«. Abgesehen von dem ehemaligen Kommandanten der »Pallas«, dem jetzigen Vizeadmiral und Senator I. S. Unkowskij, waren fast alle wichtigen Teilnehmer der Expedition nach Japan versammelt. Ich fühlte mich in diesem mir vertrauten Kreise gleichsam wieder als Seefahrer und Sekretär des Admirals. Also greife ich abermals zur Feder und versetze mich in die Zeit vor zwanzig Jahren, um zu berichten, was aus der »Pallas« geworden ist und wie die Weiterfahrt meiner Gefährten endete, nachdem ich mich von ihnen getrennt hatte.

Geendet hat sie mit einer ungeheuren Katastrophe, nämlich einem Erd- und Seebeben in Japan, das den Untergang der Fregatte »Diana« zur Folge hatte. Die Zeitungen haben seinerzeit darüber berichtet. Einen ausführlichen Bericht erstattete der Expeditionsleiter, Generaladjutant (heute Graf) E. W. Putjatin, dem Großfürsten General-Admiral.

Furchterregende, gefährliche Augenblicke sind auf See

nicht selten. Auch bei unserer Fahrt nach Japan gab es einige solcher Augenblicke. Aber so fürchterliche Situationen, wie sie die Besatzung der Fregatte »Diana« erlebte, sind in den Annalen der Havarien fast ohne Beispiel.

Hätte ich an der Reise bis zum Ende teilgenommen, wäre es als Sekretär des Admirals meine Pflicht gewesen, über das Ereignis einen amtlichen Bericht abzufassen. Aber es tut mir nicht leid, daß ich ihn nicht zu schreiben brauchte. Einen so kapitalen Bericht, wie ihn der Admiral selbst im »Morskoj Sbornik« (Juli 1855) veröffentlichte, hätte ich nicht zustande gebracht.

Ich kann nur bedauern, daß ich bei dem sensationellen Abschluß der Seereise nicht dabei war und das Ereignis nicht unter dem Eindruck persönlichen Erlebens ebenso farbig schildern konnte wie alles andere, was ich auf der Fahrt gesehen und beschrieben habe.

In der Zeit, als meine früheren Kameraden dem Tode nahe waren, befand ich mich in Sibirien und reiste vier Monate hindurch an die zehntausend Werst von Ajan am Ochotskijschen Meer bis Petersburg und erlebte meinerseits wenn auch nicht furchtbare, so doch beschwerliche, zuweilen auch in ihrer Art gefährliche Augenblicke.

Ich entging dem Los, das meine Gefährten traf, durch einen reinen Zufall. Der Ausbruch des Krimkrieges änderte das ursprüngliche Ziel der Expedition und die Absicht, die dem Aufenthalt der Fregatte in den Gewässern des Pazifischen Ozeans zugrunde lag. Die Verhandlungen mit Japan über den Abschluß eines Handelsvertrages und die Bestimmung der beiderseitigen Grenze auf der Insel Sachalin mußten abgebrochen werden. Während unseres letzten Aufenthalts in Nagasaki faßte der Admiral den Entschluß, vorerst die russische Küste Ostsibiriens anzulaufen, wo die aus Kronstadt ausgelaufene Fregatte »Diana« als Ersatz für die »Pallas« bereitliegen sollte. Danach wollte er nach Japan zurückfahren und erreichen, daß die begonnenen Verhandlungen nach dem Kriege wieder aufgenommen würden. Was weiter unternommen werden konnte, war nicht vorauszubestimmen. Es hing von der Kriegslage ab, ob man an den eigenen Küsten bleiben und sie gegen den Feind verteidigen oder ob man eine Begegnung mit ihm auf dem offenen Meer suchen sollte. Vielleicht würde man auch infolge mangelnder Unterrichtung über den Feind einen neutralen Hafen, z.B. San Francisco, anlaufen und dort tatenlos den Ausgang des Kriegs abwarten müssen.

Ich war entsetzt über diese ungewissen Aussichten und das Warten auf unbestimmte Zeit, wo es auch sei, an unserer einsamen asiatischen Küste oder auch an einem für mich so neuen und interessanten Platz wie San Francisco. Was sollte man Monate oder sogar Jahre hindurch tun? Wer konnte das Ende des Kriegs voraussehen? Damals gab es noch keine Pacific-Rail-Road, um durch den amerikanischen Kontinent heimzufahren. Ich wäre den zufälligen Umständen ausgeliefert gewesen, das heißt, ich hätte dort als müßige, überflüssige Person zwecklos herumgesessen.

Zudem hatten mich zwei Jahre Seefahrt nicht nur müde gemacht, sondern auch meine Reiselust völlig gestillt. Es zog mich heim zu dem vertrauten Kreis meiner Freunde, zu meiner gewohnten Lebensweise und Tätigkeit.

Ich deutete dem Admiral meinen Wunsch nach Heimkehr an. Besorgt um die zwar erfolgreich begonnenen, aber nicht zu Ende geführten Verhandlungen und wegen des Beginns des Kriegs, der ihn in die unerwartete Lage brachte, an ihm teilzunehmen, glaubte er, ich hielte die Angelegenheit, die uns nach Japan geführt hatte, für beendet. Er bemerkte mir gegenüber, daß er die Hoffnung auf eine Fortführung der Verhandlungen mit Japan trotz des Krieges nicht ganz aufgegeben habe und folglich auch meine Pflicht als Sekretär nicht als beendet betrachtet werden dürfe.

Daß auch meine Reiselust aufgehört hatte, bemerkte er nicht, ungeachtet des tiefen Seufzers, mit dem ich seine Worte erwiderte.

Aber ich reiste ja auch nicht zu meinem Vergnügen, sondern »im amtlichen Auftrag«. Ich war »abkommandiert zur Erfüllung der Obliegenheiten eines Sekretärs beim Admiral während einer Expedition zu unseren amerikanischen Besitzungen«, wie es in meinem Bestallungsschreiben formuliert war. Folglich hatte ich auch keinerlei Recht auf ein »ich will« oder »ich will nicht bleiben oder heimkehren«. Nach etlichen Unterredungen mit dem Admiral hatte er dann jedoch selber mit mir Mitleid. Ich litt sichtlich unter Depressionen, und vielleicht zweifelte er auch selbst, ob es ihm gelingen werde, nach Japan zurückzukehren, da er nunmehr in erster Linie statt der diplomatischen eine militärische Aufgabe zu erfüllen hatte. Und da entschied er, für mich unerwartet, mit der ihm eigenen Güte eines Tags: »Gott mit Ihnen! Fahren Sie. Ich weiß, daß es für Sie jetzt hier langweilig werden wird.«

Ich ließ mir das nicht zweimal sagen und habe in meiner Eigenschaft als Sekretär kein Schriftstück so begeistert abgefaßt wie die im Namen des Admirals für mich selbst ausgestellte Verfügung, daß ich mich nach St. Petersburg zu begeben habe, mir überall freie Fahrt zu gewähren sei und mir unterwegs seitens der Behörden jegliche Unterstützung gewährt werden solle usw.

All das begab sich im Mündungsgebiet des Amur. Die Fregatte »Diana« stand dort bereits, um die »Pallas« abzulösen. Diese hatte ihre Zeit abgedient, war alt geworden und hatte bei den von uns erlebten Stürmen am Kap der

Guten Hoffnung und dem Taifun im Chinesischen Meer den Rest bekommen. Zuerst wollte man sie in die Mündung des Amur bringen, aber es erwies sich wegen des niedrigen Wassers als unmöglich. Man ließ sie im Tataren-Sund in der »Imperatorbucht«, rüstete sie ab, das heißt, man schaffte die Geschütze, Munition, Takelage, alles, was man abbauen konnte, an Land und ließ ihren alten Rumpf unter der Aufsicht der in dieser Bucht postierten Matrosen und Kosaken zurück; sie erhielten Befehl, ihn zu versenken, falls Franzosen oder Engländer dorthin vordringen sollten. Man wollte dem Feind keinen Anlaß geben, sich mit der Eroberung eines russischen Schiffs zu brüsten.

So hat denn die »Pallas« in dieser Bucht ihr Dasein beendet. Nur ein Wrack blieb von ihr übrig, das den dort postierten Leuten noch zu dem und jenem dienen konnte.

Während der Demontage, der Übersiedlung von der »Pallas« auf die »Diana«, der Ablösung der einen Besatzung durch die andere, des Abtransports der überzähligen Offiziere und Mannschaften auf dem Landweg nach Rußland erwirkte auch ich die Erlaubnis zur Heimreise. Das war Anfang August 1854.

Damals kam auf dem Amur der Generalgouverneur von Ostsibirien N.N. Murawjow zu uns und blieb zwei Tage bei uns auf der Fregatte. Dann fuhr er nach Nikolajewsk, wohin auch der Schoner »Wostok« ging, der ihn samt seinem Gefolge nach Ajan am Ochotskijschen Meer bringen sollte. Auf diesem Schoner trat auch ich die Rückreise an und schied teils aus Freude, daß es heimwärts ging, teils mit Betrübnis von der Fregatte, weil ich von diesem Kreis hervorragender Männer und Kameraden Abschied nehmen mußte.

Ich entsinne mich noch jetzt der komischen Schrecksekunde, die ich verspürte – übrigens unnötigerweise –, als der Schoner, etwa eine Werst von der Fregatte entfernt, im Mündungsgebiet des Amur auf eine Untiefe lief. Dort befindet sich eine Sandbank neben der anderen, so daß selbst unser leichter Schoner auf der Fahrt bis Nikolajewsk und von dort bis zum Ochotskijschen Meer dauernd auf Sandbänken festsaß. Aber das machte ihm wie jedem kleineren Fahrzeug nicht viel aus, er kam genauso schnell wieder flott, wie er aufgelaufen war.

Ich befand mich unten in der Kajüte und beschäftigte mich mit meinem Gepäck, als mir plötzlich der an Deck weilende Kommandant, der inzwischen verstorbene W. A. Rimskij-Korsakow, zuschrie: »Der Admiral kommt uns nachgefahren! Ob er Sie holen will?«

Ich erstarrte für einen Augenblick. Dann lief ich an Deck, weil ich meinte, Korsakow scherze und wolle mich absichtlich erschrecken. Aber nein, es war kein Scherz. Da kam die blaue Gig, und in ihr saß der Admiral. ›Bestimmt hat er es sich überlegt!‹ dachte ich erschrocken, während ich die Gig beobachtete.

Aber der Admiral kam in irgendeiner anderen Angelegenheit, wahrscheinlich um zu sehen, wie wir auf die Sandbank gelaufen waren, oder er wollte einfach spazierenfahren und uns noch einmal Gute Reise wünschen – ich habe es jetzt vergessen.

Dort trennten wir uns endgültig. Wir sahen uns erst in Petersburg wieder.

II

Ich wende mich zu den oben erwähnten furchterregenden und gefährlichen Situationen, die wir auf der Seefahrt erlebt haben.

»Furchterregende« und »gefährliche« Situationen sind ebensowenig Synonyme wie die Wörter »Furcht« und »Gefahr« überhaupt und auf See insonderheit. Schrecksekunden existieren für manche überhaupt nicht, für andere in Mengen. Es hängt davon ab, ob man mit dem Meer vertraut ist oder nicht, ob man seinen Charakter, die Einrichtung und Führung des Schiffs kennt, ob man selbst nervös oder an die Seefahrt gewöhnt ist. Dem Neuling erscheint auf dem Schiff alles furchterregend und zweifelhaft. Da kommandiert zum Beispiel der Erste Offizier: »Alle Mann auf Deck!« Vierhundert Mann stürzen wie die Irrsinnigen nach oben, als ob sie jemanden oder sich selbst vor dem Untergang retten wollte, trampeln über Deck und klettern in die Wanten. Wer die Dinge nicht kennt oder wer nervös ist, erschrickt und meint, es sei ein Unglück geschehen. Aber es ist gar nichts passiert. Die Segel müssen gerefft oder gespannt werden oder etwas in der Art. Dann wieder poltert ein über die Rollen laufendes Tau. In der Kajüte sperrt ein Schränkchen – weniger wegen des Schaukelns, eher aus Verzweiflung – seine Türen auf, und der ganze Inhalt, das heißt das Geschirr, fliegt klirrend heraus und zersplittert in tausend Stücke. Dem ungeübten Seefahrer wird es bei diesem Krach angst und bange. Eine Schreckenssekunde! Aber nur für den Büfettdiener, der die Türen nicht fest verschlossen hat und deswegen eins auf den Hut bekommt.

Vor Antritt meiner Reise war ich nicht weiter als bis Kronstadt oder Peterhof zur See gefahren. Deshalb geriet ich, solange ich mich mit den Regeln und Bräuchen des Lebens auf dem Schiff nicht vertraut gemacht hatte, bei diesem furchterregenden, aber keineswegs gefährlichen Lärm, bei dem Gepolter und Getrampel aus Ungewohnheit in Zweifel.

Etwas anderes sind die »gefährlichen« Situationen; sie ereignen sich nicht oft und sind manchmal überhaupt nicht zu bemerken, solange die Gefahr nicht zur Katastrophe wird. Auch mir passierte es, daß ich vergaß oder aus Unkenntnis versäumte, mich dann zu erschrecken, wenn ich mehr Grund dazu gehabt hätte als beim Fall des Geschirrs aus dem Schrank und manchmal des Schranks oder Sofas selbst.

In meinem Reisebericht schrieb ich von vielen furchterregenden Augenblicken ausführlich, aber die gefährlichen habe ich kaum erwähnt: sie machten keinen Eindruck auf mich, sie erregten die Nerven nicht – und ich vergaß sie oder, wie eben gesagt, ich versäumte, mich zu erschrecken, weshalb ich auch versäumte, sie zu beschreiben. Einige solche Fälle möchte ich nachträglich erwähnen.

Auf der Fahrt von Kronstadt nach England passierte die Fregatte »Pallas« den Sund.

Ich schrieb damals, daß wir eine schlechte Fahrt durch die Ostsee hatten. Es herrschte kaltes Oktoberwetter bei Gegenwind und Nebel. Außerdem starben, wie ich ebenfalls berichtete, drei Mann an der Cholera. Auch den seegewohnten Männern schien diese Fahrt beschwerlich zu sein, aber für mich als Neuling war sie unerträglich, noch dazu, weil sich infolge der herbstlichen Kälte meine neuralgischen Anfälle, an denen ich schon seit langem litt, wieder einstellten und ich heftige Kopf- und Zahnschmerzen bekam. In der Kajüte schützte mich nur die Scheibe eines kleinen Fensters vor der Außenluft, dem Regen und zuweilen dem Frost.

Manchmal war ich ganz verzweifelt. Wie sollte ich bei diesen Schmerzen eine Seereise von zwei oder drei Jahren Dauer überstehen? Ich legte mich nieder und tröstete mich mit dem Gedanken, daß ich nach Hause zurückkehren würde, sobald wir England erreicht hätten. Und dazu noch Nebel, hoher Seegang und Kälte!

Je mehr wir uns Dänemark näherten, desto weicher und wärmer wurde die Luft, aber der Nebel hielt an. Bei der

Einfahrt in den Sund riefen wir, wie es stets in schmalen Durchfahrten geschieht, den Lotsen, damit er uns durch die Meerenge geleite. Die Lotsen werden gewöhnlich mit der Flagge gerufen. Ist sie nicht zu sehen, feuert man einen Kanonenschuß ab. Aber wahrscheinlich war die Flagge wegen des Nebels an der Küste nicht gesehen worden (ich habe jetzt die Einzelheiten vergessen) und die Kanone konnte auch aus einer anderen Ursache geschossen haben, jedenfalls, der Lotse erschien nicht. Wir fuhren sozusagen tastend weiter, bewegten uns langsam, vorsichtig vorwärts, behielten aber trotzdem Fahrt bei. Auf offener See darf man nicht an einer Stelle stehenbleiben. Als sich der Nebel etwas lichtete, befanden wir uns schon im Sund.

Es war warm, mir wurde leichter, ich begab mich auf Deck. Noch jetzt erinnere ich mich, wie mich das herrliche, damals für mich neue Bild der beiden Küsten, der dänischen und der schwedischen, entzückte.

Der zauberhafte Anblick der malerischen Großartigkeit von Meer und Küsten ergriff mich. Ich überließ mich wider Willen der Verzauberung, kehrte aber dann wieder zu meinen Zweifeln zurück, ob ich mich an das Leben auf See gewöhnen und ob mir die Neuralgie Ruhe geben würde. Solange man das Meer nicht gewöhnt ist, zieht es einen an und schreckt einen zugleich ab. Über einen solchen Gemütszustand äußerte sich eine Französin, mit der ich während eines sehr starken Gewitters an der französischen Küste stand, naiv, aber richtig. Auf meine Frage, ob sie das Gewitter liebe, antwortete sie begeistert: »Oh, monsieur, c'est ma passion«, und fügte hinzu: »Mais .. pendant l'orage je suis toujours mal à mon aise!«

Der Kapitän und der Obersteuermann standen an Deck und sprachen aufgeregt und besorgt miteinander. Der Obersteuermann lief dauernd in die Kajüte an die Karte und kehrte gleich wieder zurück. Dann spähten beide scharf nach beiden Ufern und über das Meer in vergeblicher Erwartung des Lotsen. Ich ergötzte mich die ganze Zeit an dem schönen Bild, besonders an einem ganzen Schwarm von Kauffahrteischiffen, die wie die Enten dicht beieinander schwammen und sich an der schwedischen Küste drängten, während wir fast in der Mitte des Sunds, etwas näher am dänischen Ufer, fuhren.

Für Augenblicke befanden sich Kapitän und Obersteuermann in höchster Erregung, und sie nannten den Lotsen wegen seines Fernbleibens mehr als einmal einen »Verbrecher«. Der Obersteuermann rannte zum zwanzigstenmal nach unten. Plötzlich ließ ihn der Kapitän eiligst kommen.

Sie schienen beide von irgend etwas erschüttert zu sein.

»Wir sind auf Grund gelaufen!« drangen leise Worte an mein Gehör.

Ich tastete mit dem Fuß das Deck ab. Es hatte aufgehört zu schwanken; die Beine standen gleichsam auf festem Boden.

Ich betrachtete all das zerstreut und hörte mit großer Gleichgültigkeit, was rings um mich gesprochen wurde. Das stille Geplätscher der Wellen und die laue Luft lullten mich ein. Das Bild der neuen Küsten nahm mich völlig gefangen, und noch mehr freute ich mich, daß sich die Kopf- und Zahnschmerzen gelegt hatten.

»Welche Wohltat!« sagte ich mir und befühlte mit dem Fuß die unbewegten Planken des Decks.

Aber welch aufgeregtes Durcheinander entstand auf der Fregatte! ›Wegen einer solchen Geringfügigkeit!‹ dachte ich.

Alle Mann wurden an Deck gepfiffen. Getrappel und Lärm. »Die Schaluppen herunterlassen! Wurfanker ausfahren!« hörte ich rufen. Alle Offiziere, auch die, welche geschlafen, gelesen oder geschrieben hatten, waren auf ihren Posten.

Die Wurfanker sind kleine Anker, die in einiger Entfernung von der Fregatte ausgeworfen werden. Ein Tau führt von ihnen zur Ankerwinde. Indem man diese dreht, bewegt man das Schiff von der Stelle. Es ist eine Art Hausmittel zum Löschen eines Brands, bevor die Feuerwehr anrückt.

Aber unsere schwere Fregatte mit ihrer Last von fast hunderttausend Pud freute sich gleichsam über die Gelegenheit und lag fest auf dem Sand. Sie glich einem tüchtigen Trunkenbold, der ebenfalls »schwer geladen« hat und lange mit unsicheren Füßen durch den Schmutz stampft. Plötzlich packt es ihn, und er legt sich mitten auf der Straße lang hin. Vergebens tritt ihn ein nüchterner Kumpan in die Seite, zieht ihn am Arm, am Bein, manchmal auch am Kopf in die Höhe. Arm, Bein und Kopf fallen wieder zurück, wie bei einem Toten. Der Bummler liegt da, schwer, unbeweglich und hoffnungslos, bis zwei Polizisten zu Hilfe kommen.

So war es auch mit der Fregatte. Mit Hilfe der schwachen Anker ein wenig vorwärtsbewegt, schien sie sich zu fügen, rutschte ein Stückchen weiter, knarrte in allen Fugen. Freudige Rufe erschallten – aber schon saß sie wieder fest. Nein, man mußte die »Polizisten« zu Hilfe rufen. Und es geschah.

Während ich mir diese ganze Aufregung betrachtete, wunderte ich mich. ›Schau mal an, lauter seegewohnte Männer, die keine Furcht kennen, und jetzt scheinen sie Angst zu haben! Auf Grund gelaufen! Große Wichtigkeit! Wir liegen halt fest. Wenn der Wind auffrischt und das Meer in Bewegung kommt, wird es schon wieder gehen!‹ dachte ich und ging sicheren Schritts über das feste Deck. Unerfahrener Blinder!

›Sollte man einfach zu ihnen hingehen und fragen, warum sie sich so aufregen?‹

Aber man kam nicht an sie heran. Keiner schaute auf.

Ich entsinne mich nur, daß einer der Offiziere, Baron Schlippenbach, in voller Uniform eiligst nach Kopenhagen geschickt wurde, um einen Dampfer zu holen, der uns wieder flottmachen sollte.

Während die Seeleute ihre »Schreckensminute« erlebten, nicht in Angst um sich, sondern um die Fregatte natürlich, tranken ich und andere, welche die Sache nichts anging, Tee, aßen zu Abend und legten uns schlafen wie zu Hause. Es war das erste Mal nach soviel Aufregungen, Kälte und Schaukelei.

»Welche Wohltat!« bekräftigte ich, als ich mich wie daheim an Land in das feststehende Bett legte. »Plagt euch nur mit euren Ankern, aber ich werde schlafen, wie ich lange nicht mehr geschlafen habe!«

Damals träumte mir, daß wir nicht weiterfahren, sondern so auf Grund sitzen bleiben würden, daß es dem Marineministerium in Petersburg zu lange dauern werde, darauf zu warten, bis wir wieder flott seien, daß die Expedition abgesagt werde und wir alle heimkehrten, um ruhig in unseren festen Betten zu schlafen.

Aber gegen Morgen hörte ich im Schlaf die schrillen Pfiffe des Bootsmanns und fühlte, wie meine Kajüte unter mir zu schwanken begann. Wir befanden uns im Schlepp des mächtigen »Polizisten«: der Dampfer aus Kopenhagen war gekommen, und auch der Lotse schien da zu sein.

Als wir am nächsten Tag den Sund verlassen hatten, fragte ich, warum alle so aufgeregt gewesen seien, zumal die Hilfsmittel, nämlich Kopenhagen und der Dampfer, zur Hand gewesen seien. Da erst erklärte man mir die technische Seite der Angelegenheit, und ich erfuhr, was es bedeutet, wenn ein Schiff auf Grund läuft. Vor allem:

auch eine leichte Grundberührung beschädigt stets etwas am Kiel oder an der Verkleidung (an unserer Fregatte waren tatsächlich, wie sich im Dock von Portsmouth zeigte, einige Kupferplatten der Verkleidung abgerissen worden, und ohne Verkleidung kann man nicht fahren, denn an das Holz setzen sich eine Menge Meeres-Infusorien an und durchbohren es), und die Hauptsache: wenn der Wind aufgefrischt und hohen Seegang bewirkt hätte, dann wäre die Fregatte nicht von der Untiefe freigekommen, wie ich bei meiner seemännischen Unerfahrenheit gewähnt hatte, sondern in Stücke zerschlagen worden.

»Na, wenn schon, trotzdem wären wir alle nach Hause zurückgekehrt!« spann ich meinen Traum weiter. »Die Küste war nahe, man konnte mit der Hand hinlangen. Wir wären schon nicht ertrunken, und schließlich verstehe ich ja auch ein bißchen zu schwimmen.« Abermals ein Beweis meiner Unerfahrenheit. In ruhigem Wasser, in Flüßchen, in Badeanstalten oder in hochgehenden Meereswogen schwimmen – das ist ein gewaltiger Unterschied, wie ich mich später überzeugte. In letzterem Fall rettet sich auch ein geübter Schwimmer nur selten an Land. Solcherart wurde die »gefährliche Situation«, die sich über die ganze Nacht hinzog, von mir überhaupt nicht bemerkt.

Aber nicht nur auf dem Meere, sondern allemal, auf Schritt und Tritt im Leben drohen uns Gefahren, die wir zu unserer Beruhigung oftmals nicht erkennen. Damit sich Gut und Böse die Waage halten, gibt es statt dessen gleichsam allenthalben viele furchterregende Augenblicke, wo die Einbildung Gefahren sieht, die gar nicht vorhanden sind. Dank der nach Meinung der Unerfahrenen »schrecklichen« Situation steht man auf See viel vergebliche Angst aus. Auch mir ging es so, solange ich mit dem Meer noch nicht vertraut war.

Übrigens darf man nicht sagen, daß die Seeleute selbst gegenüber allen Zufälligkeiten unempfindlich wären. Auch sie sind nicht aus Stein. Die Menschen sind überall Menschen. Ein aufrichtiger Seemann – und die Seeleute sind fast alle so – wird stets ehrlich bekennen, daß ihn schwierige und gefährliche Situationen auf See nicht gleichgültig lassen. Manchmal ist es auch einem Seemann schwer und schrecklich zumute, und es kommt nicht selten vor, daß er unter dem Eindruck solcher Erlebnisse bei sich beschließt, nie wieder zur See zu fahren, wenn er nur wieder an Land kommt. Hat er jedoch eine Woche, eine zweite, einen Monat an Land verbracht, dann zieht es ihn unaufhaltsam wieder zu dem geliebten Element, zu den ihm bekannten Erlebnissen zurück.

Aber ein Seemann gerät selbstverständlich nie durch eingebildete Ängste in Aufregung und läßt sich nicht bei jedem Schritt von kleinlichen Befürchtungen ängstlich machen, denn er ist von Jugend auf an das Meer gewöhnt.

III

Bei der Ankunft in England waren sowohl die furchterregenden als auch die gefährlichen Situationen vergessen und dank dem für das englische Klima schönen Wetter auch die Kopf- und Zahnschmerzen. Nachdem wir dort zwei Monate verbracht hatten, fuhren wir weiter. Ich vergaß meine Absicht, heimzukehren, und dachte überhaupt nicht mehr daran, obwohl der Admiral, als er von meiner Krankheit erfuhr, einverstanden gewesen war, mich zu entlassen. In der Zukunft lag verlockend das Neue, und dort, in der lockenden Ferne, war es warm und gab es keine Neuralgien.

Bei dieser Gelegenheit möchte ich eine von mir in England erlebte Schreckensminute moralischer Art erwähnen; sie gehört zwar nicht zu den aufregenden Begebenheiten der Seereise, bezieht sich jedoch trotzdem darauf und hat mich mehr erregt als jedes Schlingern.

Auf der Fahrt nach England hatte uns der Admiral nicht begleitet. Er war schon vorher allein nach England gereist. Dort hatte er mannigfache Vorbereitungen für eine langdauernde Seereise zu treffen. Unter anderem kaufte er den Schoner »Wostok«, der die Fregatte »Pallas« begleiten sollte, und kümmerte sich um seine Bestückung und verschiedene andere Dinge. In Petersburg hatte ich den Admiral nur flüchtig kennengelernt. Erst auf der Reede von Portsmouth meldete ich mich bei ihm als sein Sekretär und folgte ihm nach London. Er gab mir sofort den Auftrag, einige Schriftstücke abzufassen und nach Petersburg zu schicken. Unter anderem sollte ich einen kurzen Bericht über unsere Fahrt nach England anfertigen und schildern, wie wir auf Grund liefen. Damit war zu begründen, warum die Fregatte in Portsmouth ins Dock gebracht werden mußte, und zwar wegen einer Begutachtung der Beschädigungen und wegen der Montage eines damals neuen Hydrier-Apparats auf der Fregatte.

Der Admiral zeigte mir seine eigenen Schreiben, die er vor meiner Ankunft abgesandt hatte. Ich las sie durch und ersah, daß ich nicht imstande war, sie so zu schreiben, wie er sie abgefaßt hatte, nämlich in einem knappen, genauen und konzentrierten Stil. Das würde ich nie schaffen!

›Wozu braucht er einen Sekretär?‹ dachte ich erschrokken. ›Er schreibt besser als alle Sekretäre. Warum bin ich hier? Ich bin überflüssig!‹ Mir wurde angst und bange. Aber das war nur der Anfang des Schreckens. Diese Befürchtung überwand ich irgendwie, indem ich dachte: wenn der Admiral auch besser schrieb als ich, so würde es ihm doch an Zeit mangeln, Schriftstücke abzufassen, die ganze Korrespondenz zu führen und die Verhandlungen mit den Japanern schriftlich festzuhalten.

Das Schlimmste kam aber erst, als ich von London nach Portsmouth zurückkehrte und den Bericht über den Verlauf unserer Fahrt nach England schreiben und begründen mußte, warum die Fregatte ins Dock gebracht worden war. Ich dachte, daß die Abfassung keine besonderen Schwierigkeiten bereiten werde, denn ich entsann mich jeden Schritts und jeder Minute. Sobald ich jedoch zur Feder griff und in der gewohnten Art losschrieb: »Es war kalt, der Wind blies, das Schiff schaukelte« oder »Es war warm, als wir nach Dänemark gelangten..« (Gott bewahre Sie, jemals in Gegenwart eines Seemanns zu sagen, daß Sie auf einem Schiff irgendwohin »gelangten«. Es wäre beschämend. Man hat Dänemark »angelaufen« heißt es und nicht: man ist dorthin gelangt!) Nein – ich sehe, es klappt nicht, ich kriege es nicht zusammen.

»Nehmen Sie doch das Logbuch«, sagte man zu mir, »darin steht der Verlauf unserer Fahrt genau verzeichnet.«

Außerdem holte ich mir noch Bücher und Schriftstücke ähnlichen Inhalts zur Hilfe. Ich warf einen Blick in das eine, in das zweite Aktenstück oder in ein Buch, dann in das Logbuch und las:

»Wir setzten Segel« – »Die Segel wurden angeholt und aufgegeit« – »Wir lenzten vor dem Wind« – »Wir legten die Fregatte in den Wind« – »Die Rahen brassen« – »Wind von NNO oder SW«. Dann folgten Ausdrücke wie »Klüverbaum« – »Achtersteven« – »Schoten«, »Brassen«, »Fall« usw. usw.

Mit solchen Ausdrücken und Wörtern war das gesamte Logbuch gleichsam gespickt. ›Mein Gott, ich verstehe nicht das geringste!‹ dachte ich entsetzt, während ich mit der trockenen Feder über das Papier kratzte. ›Warum bin ich mitgefahren?‹

Ich mußte an die Schulbank denken, auf der ich einmal saß und mich im Schweiße meines Angesichts mit einer schwierigen Übersetzung aus dem Lateinischen oder Deutschen abquälte, während der Lehrer – wie jetzt der Admiral – zur Eile drängte und fragte: »Dauert es noch lange? Bald fertig? Zeigen Sie mir, was Sie übersetzt haben, bevor Sie es ins reine schreiben..«

»Was werde ich vorzeigen?« brummte ich verzweifelt und starrte auf das weiße Papier. Von allen diesen Fachausdrücken blieben nur einige Zeitwörter aus der Umgangssprache übrig, und darunter war noch ein Hilfszeitwort: viel Hilfe brachte es mir aber nicht!

Während der dreiwöchigen Fahrt bis England hatte ich natürlich einen Teil dieser Ausdrücke gehört, aber sie waren zum einen Ohr herein- und zum anderen hinausgegangen. Ich ahnte nicht, daß sie im Laufe von zwei, drei Jahren meine fast einzige Literatur bilden würden.

›Warum bin ich hier? Und wenn es mich schon hierher verschlug, warum hatte ich nicht die kurze Geneigtheit des Admirals, mich heimkehren zu lassen, genützt und war zurückgefahren? Ach, wenn mir doch wieder Zähne und Kopf weh täten!‹ klagte ich in Gedanken und wandte den Blick vom Logbuch.

Außer diesen Ausdrücken, die zur Zeit Peters des Großen aus der holländischen Sprache von uns übernommen worden waren und sich in unserer Flotte eingebürgert hatten, hatte sich in der Praxis auch unsere eigene Seemannssprache herausgebildet.. Einige dieser Ausdrücke wie zum Beispiel »ein Tau ablaufen lassen« sind aus dem Seemannsjargon in die allgemeine Sprache übergegangen.. Ich entsinne mich nicht, wie ich mit dem ersten Bericht zurande gekommen bin. Wahrscheinlich schrieb ich ihn nach der Art einer Landratte und der Admiral brachte den seemännischen Stil hinein. Jedenfalls ging das Schriftstück ab. Danach machte auch ich mich mit dieser Sprache vertraut, und vieles habe ich bis heute nicht vergessen.

IV

Jetzt begeben wir uns in den Pazifischen Ozean, auf den 20. nördlichen Breitengrad, zu einer anderen »gefährlichen« Situation, die wir bei den Riu-Kiu-Inseln erlebten und von der ich seinerzeit nichts gesagt habe. Ich erwähne nicht den Taifun, den wir im Chinesischen Meer bei der Gruppe der Baschi-Inseln erlebten, als unser Großmast ins Schwanken geriet und zu stürzen und die Fregatte auf die Seite zu drücken drohte. Darüber habe ich ausführlich geschrieben.

In meinem Reisebericht habe ich in dem Kapitel über die Riu-Kiu flüchtig erwähnt, daß zwei Tage vor unserem Einlaufen in die Reede von Napa-Kijan ein kräftiger Wind wehte, der uns hinderte, die Reede zu erreichen. Mehr nicht. Aber dieser Wind war schuld daran, daß wir beinahe in große Not gerieten.

Wir näherten uns den Inseln gegen Abend. Der Schätzung nach blieben noch drei Werst bis zum Korallenriff, hinter das wir gelangen mußten. Es zog sich als gebogene Linie um den ganzen sichtbaren Raum der großen Hauptinsel. Von weitem war kaum zu sehen, wie die Brandung mit weißschäumendem Gischt über die steinerne Barriere rollte. In dieser Barriere gab es zwei Zugänge zur Reede, einen schmalen von Norden und einen noch engeren von Süden. Die Fregatte mußte wie ein Wagen, der in ein schmales Tor einfährt, ganz genauen Kurs halten, um nicht auf das Riff zu stoßen.

Der Admiral entschloß sich nicht, die Einfahrt in der Dämmerung zu wagen, und zog es vor, den Anbruch des Tages zu erwarten. Man warf Anker. In der warmen, südlichen Nacht wehte ein sanfter, lauer Wind. Wir freuten uns im voraus, morgen an einer neuen reizvollen Stätte spazierengehen zu können. Unsere Schiffe »Fürst Menschikow« und der Schoner »Wostok« waren wohl beide schon vor uns eingelaufen (ich habe es jetzt vergessen) und leicht durch die enge Einfahrt geschlüpft. Kleinere Schiffe mit geringem Tiefgang schaffen es leicht. Die Offiziere kamen von dort zu uns, um uns zu begrüßen, und fuhren wieder zurück.

Gegen Mitternacht schlug der Wind plötzlich um und wehte vom Ozean in Richtung Küste – und wir lagen in diesem Ozean vor Anker! Der zweite Anker wurde geworfen, man machte sich zum Kampf gegen den unerwartet, überraschend gekommenen Feind bereit. Wir Nicht-Seeleute schliefen abermals wie die Kinder und ich am ruhigsten von allen. Nach meinen Landratten-Begriffen, die in Seefahrtsdingen noch immer nicht ganz fest waren, dachte ich, daß es trotz alledem besser sei, auf dem Meere stillzuliegen als auf dem Meere zu fahren. Das trifft auch zu, falls man bei Sturm im geschützten Hafen liegt, aber wir befanden uns im offenen Meer! Unsere Seeleute verbrachten also eine unruhige Nacht, indem sie den sich steigernden Wind beobachteten.

Am anderen Mittag legte sich der Wind. Man lichtete die Anker. Kaum hatte sich der zweite Anker vom Grund gelöst und die Marssegel waren gesetzt worden, ertönte der Ruf des Wachthabenden: »Wir treiben vom Kurs ab!«

»Anker werfen!« erschallte gleich darauf das Kommando.

All dies, das heißt das Kommando, das Werfen der Anker, das Reffen der Segel vollzog sich in einigen Minuten. Trotzdem war die Fregatte infolge der Kraft des Windes und der Strömung bereits auf anderthalb Werst an die Riffe herangetrieben worden. Und der Wind blies immer stärker. Der zweite Anker wurde geworfen (auf großen Kriegsschiffen gibt es vier). Wir standen dicht vor der Riffbarriere. Der Lärm der sich überrollenden Brandungswogen drang bis zu uns.

Ich stand seelenruhig an der Reling und betrachtete die jetzt in allen Einzelheiten überschaubare neue Küste und beobachtete nicht ohne Vergnügen, wie die gischtenden Brandungswellen gleichsam wie scheu gewordene weiße Rösser über die Riffe sprangen. Man merkte jedoch, daß sich der Kapitän und die Offiziere beunruhigten. Zuweilen erschien der Admiral und warf einen nachdenklichen Blick auf die Riffe. Alle waren verstummt, kaum rief einer dem andern ein Wort zu. Es war auch nichts zu reden, man hätte nur fragen können: »Werden die Ankerketten und Taue dem Druck des Windes standhalten oder nicht?« Eine Frage, die der Gogolschen Frage ähnelt: »Wird es das Rad bis Kasan schaffen oder nicht?« Aber für uns galt auch Hamlets Frage: »Sein oder Nichtsein?« Kaum flaute der Wind etwas ab, hatten wir Hoffnung: sie halten; fing er an zu heulen und die Taue spannten sich, waren wir voller Zweifel, und es sah bös aus. Soweit es die Ketten der beiden Anker gestatteten, zog es die Fregatte nur so hin und her.. jetzt, noch ein wenig.. es kracht.. und..

»Und was?« forschte ich, als wir am nächsten Tag auf der Reede lagen, denn dort vor den Riffen hatte ich mich abermals an niemanden wenden können, so voller Besorgnis waren sie alle. Und aus irgendeinem Grund wäre es auch peinlich gewesen, genauso peinlich, als wenn man in einem Hause, in dem ein Schwerkranker liegt, darüber sprechen wollte, ob er gesund wird oder stirbt.

»Wieso ›was‹? Reißen die Taue, dann treibt die Fregatte in wenigen Minuten auf das Riff auf und zerschellt.«

»Sofort und zerschellt! Gut, nehmen wir an: zerschellt. Gewiß, es wäre eine Katastrophe, aber trotzdem, die Menschen würden gerettet werden..!«

»Hier? An diesen Riffen, bei diesem Seegang? Gehen Sie!«

Ich war nicht im mindesten verzagt gewesen, teilweise weil es mir unglaublich erschienen war, daß die Ketten und Taue von zwei, schließlich drei und sogar vier Ankern nicht standhalten sollten, hauptsächlich aber wegen des nahen Ufers. Die Küste und nicht die Riffe war für mich die Steinmauer, zu der ich unendliches Vertrauen hatte. Es vertrieb jede Angst und sogar die Mutmaßung einer Gefahr, die offenkundig war. Ich betrachtete diese ganze, zwei Tage währende gefährliche Situation wie eine Sache, die mich gar nichts anging.

Erst am Tage danach, an Land, wurde mir die Gefährlichkeit der Lage bewußt, als es sich in den Gesprächen klar herausstellte, daß bei diesen riesigen, berghohen Wellen eine Verbindung zwischen Ufer und Fregatte mit Hilfe der Schaluppen nicht möglich gewesen wäre. Wäre die Fregatte am Riff zerschellt, hätten weder unsere eigenen Schaluppen – wir besaßen sechs, sieben und eine große Barkasse – noch die Boote unserer anderen Schiffe auch nur den fünften Teil unserer Besatzung retten können. Bei dem hohen Seegang hätten die Schaluppen die volle Zahl von Ruderern haben müssen, und für andere wäre kaum mehr Platz gewesen als für ein Dutzend Leute je Schaluppe, und wir waren mehr als vierhundert Mann. Und auch dies Dutzend Leute hätte die freie Tätigkeit der Ruderer behindert, selbst bei weniger hohem Seegang. »Bei solchen Wellen schafft man es einfach mit den Rudern nicht mehr«, sagte man mir.

An Land befindliche Offiziere eines amerikanischen Schiffs erzählten, daß sie schon erwartet hätten, nachts Kanonenschüsse von unserer Fregatte zu hören, welche die kritische Lage des Schiffs verkündeten, und ein englischer Missionar sagte, er habe für unsere Rettung gebetet.

Leutnant Sawitsch indessen erlaubte sich, allen Wellen

zum Trotz auf einem kleinen Boot mit zwei Ruderern von dort zu uns zu kommen, »um zu sehen, was ihr da macht«, sagte er. Nachdem er eine Weile bei uns gesessen hatte, fuhr er wieder zurück. Noch jetzt steht mir das Bild vor Augen, wie diese Nußschale von Boot plötzlich verschwand, als ob sie zwischen zwei Wasserbergen in die Tiefe gerissen worden sei. Lange kam sie nicht zum Vorschein, doch dann glitt sie wieder seitlich über einen Wogenkamm. Ich ließ keinen Blick von Sawitsch, bis er hinter dem Riff verschwunden war, und natürlich zog sich nicht ihm, sondern mir das Herz vor Angst zusammen. »Da, jetzt überschlägt er sich und kommt nicht wieder zum Vorschein!«

Noch einmal erlebten wir eine sogenannte mauvais quart d'heure, als wir uns im Tataren-Sund langsam auf die Amurmündung zubewegten. Offiziere fuhren auf Schaluppen voraus, um die Tiefe zu loten. Langsam folgte ihnen die Fregatte und machte immer wieder halt, zuweilen in Erwartung der Flut.

Eines Abends waren wir in genügender Tiefe vor Anker gegangen. Am Morgen lichteten wir ihn, setzten Segel, und zugleich trieb es die Fregatte einige Dutzend Meter vorwärts. Abermals wurde Anker geworfen. Es war noch genügend Tiefe unter dem Kiel. Trotzdem entschloß man sich, nicht weiter vorzurücken, sondern auf das mit der Flut steigende Wasser zu warten. Es erwies sich jedoch, daß wir schon Flut hatten. Bald begann der Wasserspiegel zu sinken, und als Ebbe eingetreten war, hatten wir unter dem Kiel nur noch einige Fuß Wasser.

Da begann die gefährliche Situation. Der Wind frischte auf, und ich höre noch wie heute, wie die Fregatte gegen den Grund stieß. Zuerst gab es zwei, drei ziemlich leichte Stöße. Dann erhielten wir einen so heftigen Schlag, daß die Schaluppen in den Spieren und die Marsstengen krachten. Alle sprangen aufgeregt aus den Kajüten. Jetzt noch ein Krach und noch einer und noch einer. Ertrinken konnte man kaum, beide Ufer waren kaum eine Werst entfernt; stellenweise, an den Anschwemmungen, ging einem das Wasser nur bis zum Gürtel.

Würden die Stöße jedoch noch häufiger und heftiger, konnte der Rumpf der schwer beladenen und bewaffneten Fregatte von Grund auf erschüttert werden und die oberen Teile der Masten und die Rahen würden herabfallen. Und da diese Balken, die von unten wie Späne aussehen, zehn bis zwanzig Pud schwer sind, so standen wir mit Hangen und Bangen da und warteten, auf wen sie fielen.

Hinterher mußten wir lachen, wenn wir daran dachten, wie wir alle bei jedem Stoß und Krach eiligst miteinander die Plätze auf Deck wechselten. »War ein bißchen erschreckend!«, wie ich in ähnlichen Fällen zu meinen Kameraden zu sagen pflegte. Übrigens dauerte das alles vielleicht zwei Stunden, dann begann wieder die Flut, das Wasser stieg, wir kamen flott und fuhren weiter.

V

Wir hatten auch Gefahren anderer Art zu bestehen, an denen zwar das Meer keine Schuld trug, die jedoch für ein Kriegsschiff damals wahrscheinlich waren und denen man sich stellen mußte: man durfte ihnen nicht ausweichen, sondern mußte sie sogar suchen. Ich spreche von der Begegnung und vom Kampf mit feindlichen Schiffen.

Soweit ich mich entsinne, faßten der Admiral und der Kapitän einige Male den Entschluß zu einem tollkühnen Vorstoß an die Küste Australiens, um englische Schiffe zu kapern. Wenn ich mich nicht irre, hat sie nur die Ungewißheit, ob unsere alte, brave »Pallas« die weite Fahrt von Japan bis Australien aushalten werde, von der Durchführung des Plans abgehalten. Dazu kam natürlich, daß es zweifelhaft war, ob wir wegen der mangelnden Nachrichten fremde Schiffe dort treffen würden. Während unseres letzten Aufenthalts in Schanghai, im Dezember 1853, und in Nagasaki, im Januar 1854, waren wir über den endgültigen Bruch mit der Türkei und England noch nicht unterrichtet; wir wußten nur aus verspäteten Zeitungen und Briefen, daß er nahe bevorstand, mehr vorerst nicht. Ich erinnere mich, daß mich in Schanghai ein englischer Marineleutnant veranlassen wollte, mit ihm zu wetten, ob es Krieg geben werde oder nicht. Er behauptete, es werde nicht zum Krieg kommen, ich war gegenteiliger Meinung. Die Wette kam nicht zustande, und wir fuhren ab, zuerst nach Nagasaki, dann nach Manila, immer noch in Ungewißheit, ob wir uns bereits im Kriege befänden oder nicht. Wir warteten jeden Tag auf Nachrichten und hielten jedes entgegenkommende Schiff für ein feindliches.

In dieser Ungewißheit kamen wir auch in Manila an und trafen dort auf der Reede einen französischen Kreuzer. Weder wir noch die Franzosen wußten, wie wir uns zueinander verhalten sollten, und machten uns nicht die üblichen Besuche. Nach drei Wochen liefen wir aus, erfuhren jedoch vor der Abfahrt, daß man dort ein englisches Geschwader erwarte.

Da wir ihm oder französischen Schiffen auf hoher See begegnen konnten – und vielleicht waren sie schon über die Eröffnung der Kriegshandlungen unterrichtet –, so bereiteten wir uns auf ein Treffen vor und brachten die Fregatte in Kampfzustand. Der Kapitän sprach davon, daß er im Falle einer Überwindung durch überlegene feindliche Kräfte unbedingt die Pulverkammer anzünden und das Schiff in die Luft sprengen werde.

Alle waren mehr oder weniger in Erwartung, redeten

viel, bereiteten sich auf den Kampf vor und blickten durch die Fernrohre in alle Richtungen.

Nur einer, Vater Awwakum, unser gütiger, verehrter Archimandrit, verhielt sich gegenüber allen diesen Erwartungen wie fast gegenüber allen Dingen unerschütterlich ruhig und sogar skeptisch. Wie er persönlich keine Feinde hatte, von allen geliebt wurde und selbst alle liebte, so setzte er auch nirgendwo und bei niemandem Feindschaft voraus, weder auf dem Meere noch zu Lande, weder bei Menschen noch bei Schiffen. Sein einziger Feind war ein großer Mörser, der in seiner Kajüte stand und ihm Raum und Licht nahm: in seinen Augen war er ein völlig unnötiger Gegenstand.

Er lebte in seiner eigenen Welt der Ideen, des Wissens, der guten Gefühle, und er war im Verkehr mit uns allen gleichermaßen freundlich und höflich. Die schwere und weise Kunst, mit allen in Frieden zu leben, war bei ihm keine Kunst, sondern es war seine Natur, die durch die Grundsätze einer tiefen, aufgeklärten Religiosität ihre Weihe erhalten hatte. Das gelang ihm leicht, er brauchte dazu kein Können, anders konnte er nicht sein. Er mischte sich niemals in fremde Angelegenheiten, drängte sich niemandem in irgendeiner Sache auf, war bescheiden und bestrebt, sich nicht herauszustellen; er pochte nicht auf das Recht der eigenen, unbezweifelbaren Verdienste, sondern erwarb sie schweigend und oft, und zwar durch seine Kenntnisse und seinen moralischen Einfluß auf die gesamte Besatzung, nicht aber durch Belehrungen und Predigten, mit denen er geizte, sondern einfach durch das Vorbild eines gleichmäßigen, ruhigen Wesens und einer sanften, fast kindlichen Seele.

Seine Gespräche waren oft durch das Salz eines leichten und immer gutmütigen Humors gewürzt.

Ich glaube, ich kann mich kühnlich für alle meine Kameraden, die an dieser Reise teilgenommen haben, verbürgen, daß keiner von ihnen mit dieser wunderbaren Persönlichkeit auch nur ein einziges unangenehmes oder gar ärgerliches Erlebnis gehabt hat. Und wenn es vorkam, dann hatte es komischen Charakter. Zum Beispiel erinnere ich mich, daß Vater Awwakum einmal mit mir über das Geschützdeck ging und plötzlich – auf das Deck spuckte. Entsetzlich!

Das Geschützdeck war der Paradeplatz des Schiffs, sein Allerheiligstes. Die Planken wurden geschabt, mit Ziegelsteinen abgerieben, täglich gescheuert und glänzten wie Glas.

Doch Vater Awwakum räusperte sich, krächzte und – spuckte aus. Ich entsinne mich des erstaunten Blicks, den der Wachthabende Offizier zuerst ihm, dann mir zuwarf. Er strengte sich ebensosehr an, eine Bemerkung zurückzuhalten, wie ich – das Lachen. »Wie schade, daß er kein Matrose ist!« flüsterte mir der Wachthabende dann zu, als sich Vater Awwakum abwandte. Noch lange erinnerte sich der Offizier an diesen Augenblick, und ich amüsierte mich noch ebenso lange darüber.

Ein andermal, irgendwo in der heißen Zone bei völliger Windstille, ging ich abermals mit Vater Awwakum über dasselbe Geschützdeck. Plötzlich kam ihm der Gedanke, die drei Stufen bis zu einem erhöhten Platz hinaufzusteigen, auf dem gewöhnlich der Offizier der Wache stand und seine Befehle erteilte. Vater Awwakum sah über das Meer in die Ferne, drehte sich um und setzte sich auf dieses selbige Podest, um »etwas auszuruhen«, wie er sagte.

Wiederum ein Skandal! Der Kapitän war nicht an Deck. Der Wachthabende Offizier blickte den Archimandriten an, als wollte er ihn fressen, wagte aber nicht zu bemerken, daß das Sitzen auf dem Geschützdeck verboten sei. Das wußte natürlich auch Vater Awwakum, er hatte es jedoch aus Zerstreutheit vergessen oder schrieb dem Verbot keinerlei Bedeutung zu. Die anderen, die zugegen waren, lächelten und sagten ebenfalls nichts. Er selbst erriet nichts von der Aufregung und setzte seinen Spaziergang fort, nachdem er ein wenig gerastet hatte.

Bei der Sanftmut seines Wesens und seinem unerschütterlich ruhigen, kontemplativen Geist ließ er sich von alarmierenden Gerüchten nicht leicht in Erregung bringen. Unsere Verfolgung der Feinde auf hoher See oder die Jagd der Feinde auf uns erschienen ihm mehr als Phantasiegebilde des Admirals, des Kapitäns und der Offiziere. Gleichgültig schaute er auf alle kriegerischen Vorbereitungen, saß in seiner Kajüte oder lag auf dem Bett und las. Wenn er zu seiner gewohnten Zeit auf Deck ging, um sich etwas Bewegung zu machen und frische Luft zu schöpfen, hielt er nach dem Feind, an den er nicht glaubte, keine Ausschau. Plötzlich ertönte eines Tags der Ruf: »Ein Dampfer kommt. Rauch in Sicht!«

Alarm wurde geschlagen. »An die Geschütze!« kommandierte ein Offizier. Alle Mann stürzten an Deck. Jemand rief auch Vater Awwakum. Ohne Hast, wie immer, kam er aus der Kajüte und blickte gleichgültig in die Richtung, wohin alle Fernrohre gerichtet waren. Alle warteten mit angehaltenem Atem, was sich zeigen werde.

Schnell beruhigten sie sich. Was sichtbar wurde, war kein Kreuzer, sondern ein Walfänger, der einen Wal erlegt hatte und Tran kochte. Daher kam auch der Qualm. Ein feindliches Schiff war jedoch weit und breit nicht zu sehen. »Es rennt der Ruchlose, obwohl ihn niemand jagt«, hörte ich jemanden hinter mir sagen. Es war Vater Awwakum, der auf diese Weise seine Skepsis gegenüber der erwarteten Begegnung mit dem Feind zum Ausdruck brachte. Ich lachte und er auch. »Ja, es ist wirklich so«, bemerkte er und begab sich ohne Hast wieder in seine Kajüte.

Aber wie blaß und nichtssagend erscheint alles Schreckliche und Gefährliche, das viele Seefahrer erlebten und das auch wir auf der Reise nach Japan erfuhren, im Vergleich zu dem, was meine Gefährten in Japan durchmachen mußten! Alles, was dort geschah, stellt eine Reihe von schrecklichen, gefährlichen und katastrophalen – nicht Minuten und Stunden, sondern Tagen und Nächten dar.

Viele entsetzliche Dramen sind zu allen Zeiten mit und auf Schiffen vor sich gegangen. Wer starke Gefühlserregungen in Büchern sucht, weil er sie im Leben selbst nicht findet, dessen Phantasie wird in der »Geschichte der Schiffskatastrophen« reichliche Nahrung finden. Dort sind in mehreren Bänden viele Fälle von denkwürdigen Havarien bei verschiedenen Völkern gesammelt und beschrieben worden.

Aber nie hat der Untergang eines Schiffs einen so grandiosen Rahmen gehabt wie das Ende der »Diana«, bei dem das großartige Schauspiel von der Natur selbst inszeniert wurde. Mehr als einmal wurden auf Schiffen Schwankungen des Meers gespürt, die von Erdbeben herrührten, aber soviel ich mich erinnere, sind große Schiffe aus dieser Ursache nicht untergegangen.

Nachdem der Admiral aus der Besatzung der »Pallas« die zuverlässigen und erfahrenen Männer herausgesucht und auf die »Diana« überführt hatte, entschloß er sich trotz allem, den Versuch zu wagen, Japan anzulaufen und die Verhandlungen mit der japanischen Regierung wenn auch nicht endgültig, so doch für einen gewissen Zeitraum abzuschließen und ein Übereinkommen über die Wiederaufnahme nach Beendigung des Kriegs zu treffen, der bereits begonnen hatte, worüber wir endlich unterrichtet worden waren.

Vor der Ausreise aus dem Tataren-Sund verging die

Zeit von August bis Ende November 1854 mit Vorbereitungen für die riskante Fahrt. Da man mit einer Begegnung mit dem Feind rechnen mußte, waren Vorräte für eine unbestimmte Frist zu beschaffen.

Nach Beendigung aller Vorbereitungen entschloß sich der Admiral Ende November zu dem gewagten Unternehmen. Er wollte zum Zentrum Japans vorstoßen und seinen empfindlichsten Nerv berühren, nämlich die Stadt Osaka anlaufen, in deren Nähe Miakko liegt, wo der Mikado lebte, das Oberhaupt Japans, der Sohn des Himmels oder, wie man ihn früher in Europa unrichtig nannte, der »Geister-Kaiser«. Der Admiral dachte nicht ohne Grund, daß die Japaner bei dem unerwarteten Erscheinen der Ausländer an diesem verschlossenen und heiligen Ort Angst bekommen und den ihnen vorgeschlagenen Bedingungen eher zustimmen würden.

So tat er es auch. Die »Diana« erschien, und die Japaner bekamen es tatsächlich mit der Angst zu tun. Leider führte das nicht zu dem erwünschten Ergebnis. Die Japaner baten den Admiral, sich zu entfernen, und riegelten die gesamte Küste durch lange Reihen von Booten ab, so daß man nur mit Gewalt die Kette hätte durchbrechen können. Diese Maßnahme zu ergreifen, war der Admiral jedoch nicht bevollmächtigt.

Die Japaner wollten von Verhandlungen in Osaka nichts hören, sondern forderten den Admiral auf, unverzüglich die Stadt Schimoda anzulaufen, die an der Bucht gleichen Namens in dem großen Sund von Jeddo am Ausgang zum Meer liegt. Dorthin würden sich, wie sie sagten, auch die japanischen Beamten begeben, die zu Verhandlungen bevollmächtigt seien. Nach einigen Tagen fuhr die »Diana« dorthin. In dieser Bucht sollte sie die fürchterliche Katastrophe ereilen.

Hier lege ich die Feder als Reisender und Verfasser nieder. Bei dieser Fahrt war ich nicht zugegen, und ich bin nur der Redakteur von Erinnerungen der Teilnehmer, von Erzählungen und Berichten über den Untergang der »Diana« und über die Rückkehr der Besatzung nach Rußland.

Ich bemühe mich, die Schilderung möglichst kurz und in allgemeinen Zügen zu halten, um das Interesse derjenigen Leser nicht zu schmälern, die das Geschehnis aus dem Bericht des Admirals kennenlernen wollen, in dem alles vollständig, detailliert und trotz der Vielzahl seemännischer Ausdrücke sehr einfach und gut verständlich dargestellt ist.

Dieses Ereignis und seine Folgen gehören zur Geschichte unserer Seeschiffahrt und stehen einstweilen noch ziemlich verloren auf den Seiten einer dem großen Publikum kaum zugänglichen Spezialzeitschrift der Marine.

»Eine furchtbare, seltene Naturerscheinung, die sich jedoch in Japan häufiger ereignet als in anderen Ländern, hat den Untergang der Fregatte ›Diana‹ herbeigeführt.« So beginnt der Bericht des Admirals an den Großfürsten General-Admiral. Dann folgt Zug um Zug, Minute nach Minute die Schilderung des grandiosen Ereignisses und seine katastrophale Auswirkung auf die Küste und auf die Fregatte.

Hat man diesen Bericht gelesen und die mündlichen Mitteilungen vieler Zeugen gehört, kann man sich eine sinnfällige Vorstellung von dem Ereignis machen, indem man es im Miniaturmaßstab folgendermaßen wiederholt: Man nimmt eine große runde Schüssel, füllt sie halb mit Wasser und bringt es in eine rasche Kreiselbewegung. Auf das Wasser setzt man eine Eierschale oder ein kleines Schiff mit voller Last und Bemannung. Da hat man die Situation der Fregatte und ihrer Besatzung. Aber in der Schüssel gibt es weder Felsen, die als Inseln aus der Mitte der Wasserfläche ragen, noch winklige Ufer – und all das war in der Bucht von Schimoda vorhanden.

Man muß bemerken, daß die Bucht von Schimoda zum Meer hin offen ist und folglich nicht als sicherer Ankerplatz für Schiffe dienen kann.

Am 11. Dezember 1854 um 10 Uhr morgens (erzählte der Admiral) bemerkten er und andere, die sich in der Kajüte befanden, daß Tische, Stühle und die übrigen Gegenstände ins Schwanken gerieten; Geschirr und andere Dinge sprangen in die Höhe. Schleunigst ging man an Deck. Alles schien noch ruhig zu sein. In der Bucht war kein Seegang bemerkbar, aber das Wasser schien gleichsam zu brodeln und zu wallen.

Neben dem Städtchen Schimoda fließt ein ziemlich schneller Bergfluß, auf dem sich einige Dschunken befanden. Plötzlich kamen die Dschunken in rasche Fahrt, und zwar trieb es sie nicht mit der Strömung, sondern gegen sie, stromaufwärts. Eine seltsame Erscheinung! Von der Fregatte wurde eine Schaluppe mit einem Offizier losgeschickt, um den Vorgang zu erkunden. Kaum hatte die Schaluppe jedoch das Ufer erreicht, wurde sie vom Wasser emporgehoben und an Land geschleudert. Der Offizier und die Matrosen sprangen schnell heraus und zogen die Schaluppe vom Wasser weiter fort. Von diesem Augenblick an nahm das Schauspiel seinen erschreckenden und grandiosen Verlauf.

Ich zeichne das Bild mit wenigen Strichen.

Infolge eines Seebebens an der japanischen Küste ergoß sich ein gewaltiger Wasserschwall in die Bucht von Schimoda, der gegen die Ufer wogte und dann zurückflutete. Bevor er jedoch aus der Bucht abfließen konnte, kam ihm vom Meer eine zweite, noch größere Woge entgegen. Beide prallten zusammen, und das Wasser, das in der Bucht keinen Platz fand, geriet in eine kreisende Bewegung, überschwemmte die ganze Bucht und das Ufergelände bis zu den Höhen, auf die sich die Einwohner von Schimoda in Sicherheit gebracht hatten. Die zweite Welle überflutete ganz Schimoda und schwemmte alles bis auf den Grund fort. Dann folgte Welle auf Welle. Die Kreiselbewegung dauerte mit wachsender Stärke an und zertrümmerte, überspülte, ertränkte und riß alles, was an Land heilgeblieben war, hinweg. Von tausend Häusern blieben sechzehn heil. Rund hundert Menschen fanden den Tod. Die Bucht war mit Trümmern von Häusern, Dschunken, von Leichnamen und einer ungezählten Menge verschiedenster Gegenstände, Hausrat usw. bedeckt.

All das wurde in solcher Menge an ein Stück des Ufers getrieben, daß es nach den Worten des Admirals »gleichsam eine Fortsetzung des Ufers bildete«.

Und was geschah in dieser Zeit mit der Fregatte?

Nach den mündlichen Berichten der Augenzeugen war das wechselnde Heben und Senken der Küste am eindrucksvollsten; sie befand sich bald auf gleicher Höhe mit der Fregatte, bald ragte sie an die zehn Meter über sie empor. An Deck war nicht zu entscheiden, ob sich das Wasser hob oder der Meeresboden senkte. Das wirbelnde Wasser schleuderte die Fregatte von einer Seite zur anderen, drückte sie fast an die Felswand einer Insel, neben der sie stand, drohte sie wie eine Nuß zu zerbrechen und riß sie wieder zur Mitte der Bucht zurück.

Danach wurde sie im Kreise umhergewirbelt, und zwar mit solcher Schnelligkeit, daß sie sich in dreißig Minuten, nach den Worten des Berichts, zweiundvierzigmal um sich selbst drehte! Schließlich stieß die Fregatte infolge des wechselnden An- und Abflutens des Wassers auf den Grund, an die eigenen Anker und legte bald auf die eine, bald auf die andere Seite über. Beim zweiten Mal blieb sie fast eine Minute in dieser Lage. In dieser Minute war alles enthalten: Schreck, Angst und Untergang. Jeder klammerte sich an das, was zur Hand war, alle erstarrten in Schweigen. Dann hörte man die Worte eines Gebets. Alle beteten, die einen laut, die anderen für sich, aber jeder mit solcher Inbrunst, wie, dem Sprichwort nach, nur auf dem Meer gebetet wird.

Gott erhörte die Gebete der Seeleute, und »dank der Vorsehung«, heißt es im Bericht des Admirals, »wurden wir vor dem Untergang bewahrt«.

Das Wasser stieg. Die Fregatte richtete sich wieder auf. Aber in welchem Zustand befand sie sich!

Nicht alle entgingen dem Verderben. Ein Matrose büßte das Leben ein und zwei wurden zu Krüppeln. Zwei unbefestigte Kanonen kamen beim Überborden der Fregatte ins Rutschen und zerquetschten den einen Matrosen. Den beiden anderen, unter ihnen dem Bootsmann Terentjew, wurden die Beine zerschmettert.

Ich entsinne mich dieses Bootsmannes Terentjew als eines pockennarbigen, bösen Mannes, der ständig seine Trillerpfeife vor der Brust hängen und ein Tau-Ende in den Händen hatte. Es ist derselbe, den ich am Anfang der Reise erwähnte. Er bearbeitete den Rücken meines Faddejew mit dem Tau, als er um meinetwillen (nicht aufgrund meiner Bitte, sondern als Überraschung) Süßwasser zum Waschen über das bewilligte Quantum heimlich aus der Zisterne schöpfte. Das war in der Nordsee.

Der Aufruhr der Wassermassen dauerte einige Stunden bei völliger Windstille und beruhigte sich schließlich. Eine Besichtigung der Fregatte ergab, daß sie schwer angeschlagen war. Der Schiffsraum stand voll Wasser. Proviant, Munition und die gesamte persönliche Habe von Offizieren und Mannschaften waren völlig durchnäßt. Das Schlimmste war, daß es kein Steuerruder mehr gab; es war zugleich mit einem Teil der Schanzverkleidung weggerissen worden und schwamm unter anderen Trümmern neben der Fregatte her »als Verlängerung des Ufers«, um den Ausdruck des Admirals zu gebrauchen.

Die Fregatte wurde abgerüstet. Alle sechzig Geschütze wurden an Land gebracht und den Japanern zur Bewahrung gegeben. Man erklärte ihnen, wie wichtig es sei, daß die Geschütze nicht in die Hand des Feindes fielen. Und die Japaner verbargen und verwahrten sie sorgsam, indem sie besondere Schuppen für sie bauten.

Überhaupt erwiesen die Japaner trotz ihrer eigenen Verluste durch das Erdbeben unseren Leuten jede mögliche Hilfe und Dienste. Die japanischen Behörden schickten Proviant und versorgten die Besatzung mit allem, was sie benötigte. Unser Herrscher schenkte der japanischen Regierung in Würdigung der Hilfe für die russischen Seeleute und zum Dank für die Teilnahme an ihrem Geschick alle sechzig Geschütze.

Aber auch unsere Leute blieben nicht in der Schuld. In derselben Zeit, wo die Fregatte im Kreis umhergewirbelt wurde und auf Grund lief, wurden durch den Wasserschwall zwei Dschunken gegen unser Schiff gedrückt. Von der einen wurden mit großer Mühe zwei Japaner an Bord genommen. Sie ließen sich nur widerwillig retten, weil sie unter dem Einfluß des damals noch strengen Verbots des Verkehrs mit Ausländern standen. Ihr dritter Kamerad fürchtete aus diesem Grunde, dem Beispiel der beiden zu folgen, und entschied sich, mit der Dschunke unterzugehen. Vom vorbeischwimmenden Dach eines Hauses holte man eine alte Frau an Bord.

Als alles still geworden war, schickte der Admiral unsern Arzt und K. N. Possjet zu den Ruinen von Schimoda. Aus der gleichen Furcht versteckten die Japaner ihre Verwundeten und erklärten, es seien keine vorhanden. Aber die Unsrigen konnten sie im Vorbeigehen sehen.

So endete der erste Akt dieser Tragödie zur See – der erste Akt deshalb, weil die schrecklichen, gefährlichen und tödlichen Situationen mit dem Erdbeben bei weitem nicht beendet waren. Der zweite Akt dauerte vom 11. Dezember 1854 bis 6. Januar 1855, als die Seefahrer die Fregatte verließen oder richtiger von ihr Abschied nahmen und sie buchstäblich an eine fremde Küste, fern vom Vaterland, »geworfen« wurden.

Nachdem man ein Ersatzruder angebracht hatte, überführte man die Fregatte behutsam wie einen Verwundeten, der ins Lazarett gebracht wird, in die sechzig Werst von Schimoda in einem andern Teil des Sunds liegende geschützte Bucht Heda, um sie dort auf Grund zu setzen, auszubessern und dann von dort – weiterfahren zu können. Aber alle Hoffnungen erwiesen sich als eitel. Zwei Tage lang wurde die Fregatte bei heftigem Sturm im Sund hin und her getrieben. Schließlich mußte die gesamte Besatzung mit unermeßlichen Anstrengungen auf Schaluppen und an Tauen durch die Brandung an Land gebracht werden (bei vier Grad Kälte). Sie befanden sich nunmehr an der entgegengesetzten Seite der Bucht, am Fuße des Fudschijama, des japanischen Montblanc.

Man hatte die Absicht, den leeren Schiffsrumpf bei Eintritt ruhigen Wetters mit Hilfe japanischer Boote zur Bucht zu schleppen und ihn trotz alledem auszubessern. Daß sich die Fregatte in ihrem damaligen Zustand immer noch auf dem Wasser hielt, hatte nach den Worten des Admirals seinen Grund darin, daß die gewöhnlich mit Süßwasser gefüllten Zisternen im Laderaum damals leer waren. Die hohlen Behälter verhinderten ein völliges Absacken des Schiffs.

Hunderte von japanischen Booten schleppten es zur Bucht. Es blieben noch fünf, sechs Werst bis an Ort und Stelle, als ein plötzlicher stürmischer Wind hohen Seegang brachte. Alle Boote scherten aus dem Schlepp und hatten Mühe und Not – genau wie unsere Offiziere, welche die Fregatte begleiteten –, sich in kleinen Buchten in Sicherheit zu bringen. Die leere, verlassene Fregatte wurde von den Wellen von einer Seite auf die andere geworfen..

Nachts konnte man ihr nicht folgen, und am nächsten Morgen war nichts mehr von ihr zu sehen..

Liest man die Berichte vom Untergang der »Diana« und hört man die Erzählungen der Augenzeugen, kommen einem die Tränen wie bei einer Schilderung vom langsamen Sterben eines Menschen.

Diese beiden Daten – der 11. Dezember, der Tag des Erdbebens, und der 6. Januar, der Tag der Landung, zwei denkwürdige Tage im Leben der Seefahrer – bildeten den Anlaß zu den beiden erwähnten Kameradschaftstreffen.

Schließlich folgte der dritte Akt: die Rückkehr der Expeditionsteilnehmer. Sie vollzog sich unter Schrecken und Gefahren eigener Art, bis sie auf verschiedenen Wegen nach Rußland zurückgelangten.

So endete die Havarie der »Diana«, die einen besonders wichtigen Platz in der Chronik der Schiffsuntergänge einnimmt.

VII

Es bleibt noch das wenige hinzuzufügen, was mir meine ehemaligen Gefährten von ihren weiteren Abenteuern und vom Abschluß dieser in jeder Hinsicht bemerkenswerten Expedition erzählt haben.

Vom Fuß des Fudschijama marschierten unsere Helden »wie die Infanteristen« über die Berge zu derselben Bucht Heda, wohin die Fregatte hätte gebracht werden sollen. Dort bezogen sie Biwak (bei vier Grad Kälte, vergessen Sie es nicht!), bis Baracken für ihren zeitweiligen und nicht lange dauernden Aufenthalt errichtet worden waren. Fünfhundert Mann konnte man nicht auf lange Dauer in der Lage eines Robinson Crusoe lassen. Es mußte auf Mittel und Wege gesonnen werden, auf irgendeine Weise weiterzukommen. Antwort auf den Bericht zu erhalten, war nicht zu erwarten. Bis sie aus Rußland eintraf, bis man von dort ein anderes Schiff schickte, was während des Kriegs gar nicht zu bewerkstelligen war – das hätte bedeutet, alle Beschwernisse einer Gefangenschaft auf sich zu nehmen. ›Wir sind nicht durch alle Katastrophen gegangen, um an einem halbwilden Ufer die Hände in den Schoß zu legen und zu verschimmeln, während unsere Kameraden in der Heimat kämpfen!‹ dachten die Seefahrer.

Man beschloß, sich selbst zu helfen. Deshalb verfügte der Admiral – nicht mehr und nicht weniger! –, den mit eigenen Händen ein Schiff zu bauen, selbstverständlich unter Zuhilfenahme japanischer Dienste, vor allem was die Versorgung mit dem nötigen Material, mit Holz, Eisen usw. betraf. Zimmerleute, Tischler, Schmiede besaß man selbst. Zu einer Schiffsbesatzung gehören immer Männer, die alle für den Schiffbau nötigen Handfertigkeiten kennen. So ging man denn ans Werk. Schon nach vier Monaten lag ein Schoner fahrbereit. Man taufte ihn »Heda« nach der Bucht, in der die Schiffbrüchigen Unterkunft gefunden hatten.

Aus den Berichten ist bekannt, daß sich unsere Seefahrer in drei Gruppen teilten. Eine fuhr auf einem angeheuerten amerikanischen Schiff zur Amurmündung. Die zweite wurde auf einem Schiff, das in Bremen beheimatet war, von einem englischen Kriegsschiff aufgebracht. Aber die Engländer betrachteten unsere Leute nicht als Kriegsgefangene, sondern als Schiffbrüchige, verteilten sie auf ihre eigenen Schiffe und brachten sie um das Kap der Guten Hoffnung nach Europa.

Der Admiral selbst gelangte auf dem selbstgezimmerten Schoner »Heda« mit der restlichen Gruppe von etwa vierzig Mann ebenfalls in die Amurmündung, nachdem er der Verfolgung durch ein englisches Kriegsschiff mit Mühe und Not entkommen war. Er fuhr den Amur aufwärts bis zum russischen Posten Ust-Strelka am Zusammenfluß von Schilka und Argun und gelangte wohlbehalten nach Petersburg.

Welches Wagnis bedeutete diese Fahrt auf dem einsamen Amur, unserem damals noch unerforschten Mississippi!

Der Admiral selbst, Kapitän (jetzt Admiral) Possjet, Kapitän Lossew, Leutnant Pestschurow und andere sowie achtzehn Matrosen waren die Teilnehmer der Expedition, die sich entschloß, den Amur zum ersten Male seit seiner Zugehörigkeit zu unseren Besitzungen stromaufwärts zu fahren. Stromab war er zum erstenmal von N.N. Murawjow, dem Generalgouverneur von Ostsibirien, befahren worden.

Letzterer kehrte sodann auf dem Landweg nach Irkutsk zurück (und ich schloß mich seinem Gefolge an). Sein Dampfer und eine dazugehörige Barke, ein großes offenes Boot für die Mannschaften und den Proviant, die auf dem Dampfer keinen Platz gefunden hatten, standen dem Admiral zur Verfügung. Er nahm an, daß er für die Fahrt bis Ust-Strelka am Zusammenfluß von Schilka und Argun etwa anderthalb Monate benötigen werde, und versorgte sich mit Verpflegung für zwei Monate. Aber die Fahrt dauerte drei Monate.

Es wurde eine Fahrt voller aufregender Erlebnisse. Bald führte der Strom so wenig Wasser, daß sie nicht weiterfahren konnten, bald war die Strömung zu gewaltig. Bald hatten sie Holz im Überfluß, bald war nur Unterholz am Ufer vorhanden, das nicht einmal zu Spänen taugte und womit sich weder das Essen kochen noch der Dampfer heizen ließ. An manchen Stellen konnten sie bei den Eingeborenen – Mangu, Orotschanen, Goljden, Giljaken und anderen –, von denen die europäischen Ethnologen vielleicht noch keine Ahnung haben, gedörrtes Rentierfleisch und Hirse gegen Glasperlen, Nägel usw. tauschen. An anderen Orten war das Ufer völlig menschenleer oder die Bewohner waren – besonders nachts – beim Anblick des vom Dampfer ausgestoßenen Qualms und der Myriaden Funken so erschrocken, daß sie davonliefen und sich versteckten, so daß die hungrigen Männer selbst in die Behausungen eindringen und dort wirtschaften mußten. Für die entnommenen Lebensmittel ließen sie Glasperlen, kleine Spiegel und andere Gegenstände als Entgelt zurück. Sie fingen auch selbst Fische, und zumal auf der ersten Hälfte der Fahrt schwelgten sie zuweilen im Genuß einer Sterletsuppe.

Gab es kein Holz am Ufer, drangen die Männer ins Innere vor, um Holz zu schlagen. Die Matrosen fällten Bäume, die Offiziere schleppten sie zum Dampfer. Der Admiral wollte an ihren Arbeiten teilnehmen, doch dem widersetzten sich alle energisch, und man wies ihm eine leichtere, ehrenvollere Arbeit zu, wie das Decken des Tisches, das Abwaschen der Teller und Tassen.

In den letzten Wochen der Fahrt waren alle Vorräte erschöpft. Man trank dreimal am Tage Tee und aß eine Handvoll Hirse, das war alles. Einmal konnte man sich ein Stück gedörrtes Rentierfleisch verschaffen, aber es war nicht mehr frisch und voller Würmer. Zuerst hatte man Bedenken, es zu genießen, aber dann überlegte man es sich, reinigte und wusch es und – begann zu essen. »Unter anderem, um den Matrosen ein Beispiel zu geben«, fügte K.N. Possjet hinzu, als er mir von dieser Fahrt berichtete. ›Wirklich um des Beispiels willen?‹ dachte ich, als ich es hörte. ›Sollte nicht doch das Sprichwort gegolten haben: »Hunger ist der beste Koch«?‹

Zwei Tage vor der Ankunft in Ust-Strelka war der Kommandant des Postens durch einen vorausgeschickten Orotschanen von der Notlage der Seefahrer unterrichtet worden. Er schickte ihnen alles, was sie benötigten, in ausreichender Menge, unter anderem auch ein Kalb. Also erst dort, nachdem sie dreitausend Werst zurückgelegt hatten, war für die verirrten, aber nicht verlorenen Söhne das gemästete Kalb bereit!

So endete diese Expedition, die für unsere Männer Odyssee und Aeneis zugleich bedeutete. Aber weder Aeneas mit dem Vater auf den Schultern noch Odysseus haben auch nur den zehnten Teil der Abenteuer erlebt, die unsere Argonauten zu bestehen hatten, von denen »die einen schon nicht mehr leben, die anderen in weite Ferne entrückt sind«.

Zu denen, die bereits im Grabe ruhen, gehört der Archimandrit Awwakum. Dieser bescheidene Gelehrte und verehrungswürdige Mann reiste später mit Graf Putjatin nach China, um den Vertrag von Tjansin abzuschließen. Nach seiner Rückkehr leistete er für unsere Beziehungen zu China auch weiterhin nützliche Dienste. Er hatte schon früher fünfzehn Jahre bei unserer Botschaft in Peking verbracht und war ein guter Kenner Chinas und der chinesischen Sprache. Er lebte zuletzt im Alexander-Newskij-Kloster und ist dort gestorben.

Von den noch Lebenden nehmen die Älteren hohe Stellungen im Dienst der Marine und anderer Behörden ein und haben hohe Auszeichnungen erhalten; die Jüngeren sind auf dem Wege, sie sich zu verdienen.

Nicht mehr unter den Lebenden weilen Kapitän (nachmals General) Lossew, W.A. Rimskij-Korsakow, der lange Zeit Direktor des Marine-Korps war, die beiden

Ärzte Arefjew und Weyrich, der tapfere Seemann Sawitsch, der Obersteuermann Popow.

Mit den reinsten Gefühlen der Sympathie und des guten Gedenkens erinnere ich mich ständig dieser Zeit der Reise, des Kreises dieser hervorragend tüchtigen Männer, und wenn ich sie wiedertreffe, ist es, als ob wir nie getrennt gewesen wären.

Für mich ist es zu spät, zu wünschen und zu hoffen, jemals wieder in ferne Länder zu reisen. Ich erhoffe und erwünsche mir nichts mehr. Mit den Jahren erkalten alle Wünsche und Hoffnungen. Aber ich möchte sie in die Herzen meiner Leser tragen und ihnen, falls sie Gelegenheit zu einer Reise in ferne Länder haben, den Rat geben, die Gelegenheit zu nützen und vorzeitigen Ängsten und Zweifeln kein Gehör zu schenken. Der Leser wird vielleicht erwidern, daß ihm das in diesem Kapitel Geschilderte genüge, um ihm für immer die Lust an einer Schiffsreise zu nehmen. Im Gegenteil, gerade diese Erzählung bekräftigt meinen Rat. Wieso auch nicht? In derselben Zeit, als vom Erdbeben Städte und Dörfer dem Erdboden gleichgemacht wurden und die Felsen niederstürzten, Häuser und Menschen an Land vernichtet wurden, hielt sich die Fregatte in schwimmendem Zustand, und von fünfhundert Menschen büßte nur einer das Leben ein! Und nachdem das Schiff untergegangen war, gelangte die Mannschaft heil an Land, kehrte heim, und der größte Teil lebt heute noch und erfreut sich guter Gesundheit.

Bevor wir in Portsmouth ablegten, besuchte uns der russische Geistliche aus London und hielt nach der Messe eine Ansprache, in der er uns vor Angst warnte. Er zählte die Gefahren auf, die uns auf See begegnen könnten, und nachdem er uns zuerst einen gehörigen Schrecken eingejagt hatte, schloß er mit den Worten, daß auch das Leben an Land voller Schrecknisse, Gefahren, Trübsal und

Not sei und wir folglich nur die einen Nöte und Fährnisse mit den anderen vertauschten.

Und das ist wahr. Gewöhnlich weist man darauf hin, wieviel Schiffe untergehen. Zählt man jedoch zusammen, wieviel Eisenbahnzüge zusammenstoßen oder entgleisen, wieviel Menschen bei Feuersbrünsten usw. umkommen, welche Seite hat dann das Übergewicht? Und wieviel arme Menschen gehen an Nichtigkeiten, einsam und verlassen zugrunde, und zwar nicht im Dickicht der Wildnis und Wälder, sondern in dichtbesiedelten Städten!

»Und trotzdem ist es einem auf See immer etwas ängstlich zumute. Zweifel, Ungewißheit, das Warten auf Gefahren, darüber kommt man nicht hinweg«, wird man darauf sagen.

Ja, daran ist etwas Wahres. Aber den Menschen ist auch Mannhaftigkeit angeboren. Man muß sie in sich wecken und zu Hilfe rufen, um die Angst zu überwinden und die Nerven durch Gewöhnung zu stählen. Selbst ängstliche Gemüter machen sich schließlich mit dem Leben auf See vertraut. Man kann sogar Frauen als Beispiel anführen. Wieviel Engländerinnen und Amerikanerinnen ertragen, ja lieben sogar weite Reisen zu Schiff.

Und wie reich werden sie belohnt! Eine Seereise in ferne Länder bereichert Gedächtnis und Phantasie mit herrlichen Bildern und interessanten Episoden, schafft neues Wissen, indem man das, wovon man nur gehört hat, sieht und erlebt, und zudem bringt es den Reisenden in ein enges, fast familiäres Verhältnis zu dem ganzen Kreis der Seeleute, hervorragenden, eigenartigen Männern und guten Kameraden.

Es ist ein Erlebnis, das man sein Leben lang im Herzen bewahrt und das man so wenig vergißt wie seltene und teure Gäste.

Am 25. Februar 1855 langte Gontscharow von seiner Reise um Europa, Afrika und Asien wieder in Petersburg an, nachdem er kurze Zeit in Simbirsk und Moskau verweilt hatte. Einige Tage zuvor war der Zar Nikolaus gestorben, der Krimkrieg war in vollem Gange, um Sewastopol wurde heiß gekämpft.

Im Leben Gontscharows hatte sich scheinbar nichts geändert. An der Tür der Wohnung auf dem Newskij-Prospekt, die ihm seine Freunde besorgt und eingerichtet hatten, begrüßte ihn derselbe Diener, der ihn in Kronstadt auf das Schiff gebracht hatte. (Eine anschauliche Schilderung von seiner Ankunft gab Gontscharow in seiner Erzählung »Diener von dazumal«.*) Er nahm seinen Platz im Amt und im Wohnzimmer der Familie Majkow wieder ein.

Trotzdem hatte ihn die Reise erfrischt und aktiviert. Schon bald nach seiner Ankunft erschienen in den »Vaterländischen Annalen« und anderen Organen jene Reiseskizzen, die während der Fahrt entstanden waren. Die Veröffentlichungen wurden 1856 und 1857 fortgesetzt. Im gleichen Jahre 1857 schrieb er in Marienbad, wohin er sich zur Kur begeben hatte, den letzten Teil des »Oblomow«, den er so lange in sich herumgetragen und um die halbe Erde geschleppt hatte, »wie nach dem Diktat« nieder. Der Stoff war ausgereift. Die Gestalt stand. Für immer.

Die »Fregatte Pallas«, wie Gontscharow die Sammlung seiner Reiseskizzen nannte, erschien als Buch 1858. 1859 wurde »Oblomow« in den »Vaterländischen Annalen«

* I. A. Gontscharow: »Ein Monat Mai in Petersburg«, S. 286 ff. Kleine russische Bibliothek, 1961 Hamburg und München, Verlag Heinrich Ellermann.

vorabgedruckt und gleichzeitig als Buch veröffentlicht. Der Plan des Romans »Die Schlucht« erhielt schärfere Konturen.

Über den drei großen Romanen ist Gontscharows »Fregatte Pallas« zu Unrecht vergessen worden. (Eine gekürzte und überarbeitete deutsche Übersetzung veröffentlichte Arthur Luther, Neue Verlagsanstalt, Berlin, 1925. Eine ungekürzte, von Horst Wolf übersetzte Ausgabe erschien 1953 in Berlin).

Gontscharows »Fregatte Pallas« enthält in der Tat viel Überholtes und aus zweiter Hand Übernommenes. Er hat die Reiseliteratur seiner Zeit und der vorangegangenen Jahrzehnte gekannt, aber im wesentlichen unabhängig und nach eigenem Ermessen seine Eindrücke und Fahrterlebnisse geschildert.

Aus anderen Zeugnissen ist bekannt, daß die Reise mit dem kaum noch seetüchtigen Schiff viel gefahrvoller war, als es aus Gontscharows Schilderungen hervorgeht. Auch war sich Gontscharow wohl kaum bewußt, daß er eine Rolle im Dienst des russischen Imperialismus spielte, dessen Interessen in Alaska mit den Interessen der USA zusammenprallten. (Alaska wurde erst 1867 von Rußland an die USA verkauft.) Aus der gleichen Rivalität der Interessen im Fernen Osten wie in Europa geriet Rußland in Konflikt mit England und Frankreich. Er fand seinen Ausdruck in dem sogenannten Krimkrieg, der im März 1854 begann und mit einer innen- wie außenpolitischen Niederlage russischen reaktionären Machtdenkens endete. Die militärische und politische Auseinandersetzung, vor die sich jeder einzelne gestellt sah, wirkte sich auch auf die Stimmung an Bord der Fregatte »Pallas« aus. Man war nervös, es kam zu Zerwürfnissen zwischen dem reaktionären, bigotten und starrsinnigen Putjatin und dem liberal denkenden Kapitän Unkowskij, die fast zum Duell führten.

Von all dem berichtet Gontscharow, sei es aus Takt, sei es aus Klugheit, sei es aus Uninteressiertheit, nichts. Er hielt es wohl eher mit dem Vater Awwakum, der sich durch die Ereignisse nicht aus seiner Ruhe bringen und sich nicht seinen Gleichmut nehmen ließ. Deshalb kleidete Gontscharow seine Schilderungen in Briefform, um den privaten Charakter seiner Impressionen zu betonen, und legte ihnen die Briefe zugrunde, die er während der Fahrt an seine Freunde gerichtet hatte. Er sagte in der »Fregatte Pallas« selbst: »Meine bescheidenen Briefe wollen nur wie in einem Panorama die Außenseite unserer Fahrt zeigen und setzen sich keine höheren Ziele.«

Ganz ähnlich hatte es Adalbert von Chamisso formuliert, als er nach der Rückkehr von einer Weltreise, die er mit dem russischen Schiff »Rurik« 1815–1818 unternommen hatte, seine »Reise um die Welt« schrieb. In seinem Vorwort heißt es: »Ich würde .. wenn ich von einer wissenschaftlichen Reise zurückkehrte, über die ich berichten müßte, in der Erzählung .. nur das fremde Land und die fremden Menschen oder vielmehr nur mich selbst in der fremden Umgebung dem teilnehmenden Leser zu vergegenwärtigen trachten; und entspräche der Erfolg dem Willen, so müßte sich jeder mit mir hinträumen, wo eben uns die Reise hinführte. Dieser Teil wäre vielleicht am besten während der Reise selbst geschrieben worden.«

Von Chamisso unterschied sich Gontscharow nur dadurch, daß er nicht zum »Hinträumen« verführen, sondern den russischen Lesern die Augen öffnen und sie aufklären wollte. Aber das Prinzip der Darstellung war bei beiden Dichtern das gleiche: sie schilderten »sich in der Fremde«, stutzten jedoch das persönliche Erlebnis in einer die Allgemeinheit ansprechenden Form zurecht.

Das unfrisierte, unmittelbare Erlebnis der Fahrt und des wechselnden psychischen Zustands erführe man wohl am besten durch das Tagebuch, das Gontscharow während der Reise geführt hat. Aber das Tagebuch wie sein auf Veranlassung von Putjatin hergestellter Abschlußbericht sind verlorengegangen.

Um so begrüßenswerter ist es deshalb, daß 1935 in der Sowjetunion die Briefe veröffentlicht wurden, die Gontscharow während der Reise an seine Freunde gesandt hat und die dann teilweise in bearbeiteter Form in die »Fregatte Pallas« übernommen worden sind.*

Diese bis dahin mit wenigen Ausnahmen unveröffentlichten Briefe werden in dieser Ausgabe dem deutschen Leser zum ersten Male vermittelt und durch charakteristische Episoden aus der »Fregatte Pallas« ergänzt. Auf diese Weise konnte nicht nur ein zeithistorisch interessanter Dokumentarbericht gegeben, sondern auch ein unverfälschtes Bild vom Leben und Leiden Gontscharows auf dieser Reise vermittelt werden, das biographisch und literarhistorisch wichtig ist und – abgesehen von seinem eigenen literarischen Wert – eine Ergänzung des Romanwerks oder auch den Zugang zu ihm bildet.

* Putewye pisjma I. A. Gontscharowa is krugosvetnogo plavanija (»Reisebriefe I. A. Gontscharows von einer Erdumsegelung«. Herausgegeben und kommentiert von B. Engelhardt. »Literaturnoje nasledstwo« Nr. 22–24, Moskva 1935).

AJWASOWSKIJ, Iwan Konstantinowitsch (1817–1900), bekannter russischer Marinemaler.

ANNENKOW, Pawel Wassiljewitsch (1812–1887).
Literaturkritiker und Publizist, Mitarbeiter an den »Vaterländischen Annalen«, lebte mit Gogol in Rom, stand Bjelinskij, Herzen, Turgenjew nahe, schrieb wertvolle Erinnerungen und gab die erste wissenschaftlich edierte Ausgabe der Werke Puschkins (1855–57) heraus.

ARAPETOW, Iwan Pawlowitsch (1811–1887).
Staatsmann, Mitglied des Redaktionskomitees zur Vorbereitung der Bauernbefreiung, Mitarbeiter an den »Vaterländischen Annalen.

AWWAKUM, Vater, Archimandrit des Alexander-Newskij-Klosters in Petersburg, weilte 1830–40 in China als Missionar, beherrschte die chinesische Sprache, war auch in der Folgezeit in China und gab den »Katalog der Bibliothek des Asien-Departements« heraus, der die dort befindlichen »Bücher, Handschriften und Karten in chinesischer, mandschurischer, mongolischer, tibetanischer Sprache und in Sanskrit« verzeichnet (1843).

BARTOLO, Dottore. Figur aus Rossinis Oper »Der Barbier von Sevilla«.

BENEDIKTOW, Wladimir Grigorjewitsch (1807–1873).
Beamter im Finanzministerium und spätromantischer Lyriker. Seine 1835 erschienenen Gedichte hatten großen Erfolg. Er widmete Gontscharow vor der Abreise ein längeres Gedicht mit einem Hymnus auf die Schönheit des Südlichen Kreuzes. Seine Gesammelten Gedichte erschienen 1884.

BJELAWINA, Ellikonida Alexandrowna.
Schwester von Jekaterina Alexandrowna Jasykowa (s. d.).

BJELINSKIJ, Wissarion Grigorjewitsch (1811–1848).
der »russische Lessing«; seiner maßgebenden und gefürchteten Kritik lag eine rationalistische und liberale Weltbetrachtung zugrunde, aus der seine Forderung nach einer sozialen Funktion von Kunst und Literatur resultierte.

BODISCO, Fjodor Nikolajewitsch.
Beamter der russischen Botschaft in Washington, der als Kurier mit diplomatischer Post zu Putjatin geschickt wurde, als das Ministerium für Auswärtige Angelegenheiten wegen des drohenden Kriegs die Verbindung mit Putjatin über Amerika aufrechterhielt.

BULGARIN, Faddej Wenediktowitsch (1789–1859).
Journalist und Schriftsteller, zuerst Mitarbeiter des »Polarstern«, später reaktionärer und gefürchteter Kritiker. Seine Romane und Erzählungen gehörten zu der vielgelesenen Unterhaltungsliteratur seiner Zeit. Er war Herausgeber der Zeitung »Nördliche Biene«. B. verurteilte Gontscharows Roman »Eine alltägliche Geschichte« als Produkt der »naturalen Schule«. Gontscharow sagte von ihm in einem Briefe aus dem Jahre 1849: »Bulgarin hat eine seltene Eigenschaft – er ähnelt äußerlich sowohl einem Menschen als auch zugleich einem Schwein.«

BOGAJEW, W. J. Kollege Gontscharows in der Abteilung für Außenhandel im Finanzministerium.

BOROSDNA, Iwan Petrowitsch (1803–1858).
Lyriker und Freund der Familie Majkow.

BOTKIN, Wassilij Petrowitsch (1811–1869).
Liberaler Schriftsteller, Kritiker, Übersetzer. B. stand Bjelinskij nahe, ebenso Victor Hugo und Herzen. 1847–48 erschienen im »Zeitgenossen« Botkins »Briefe aus Spanien«, seine wichtigste Veröffentlichung, zugleich ein Bekenntnis zur »engagierten Literatur«. Später verteidigte er in einem Aufsatz über den Dichter Feth die Grundsätze der »reinen Kunst«.

BUTAKOW, Iwan Iwanowitsch.
Leutnant, Erster Offizier der »Pallas«, wurde von Putjatin aus Singapur nach Petersburg geschickt, um Ersatz für die »Pallas« zu holen, kehrte auf der »Diana« in den Fernen Osten zurück, wurde im Juli 1855 zum Kommandanten der »Pallas« ernannt und demontierte sie. Er starb 1882 als Vize-Admiral.

CHALESOW, Alexander A.
Stabskapitän des Korps der Navigationsoffiziere, auf der »Pallas« Erster Navigationsoffizier, allgemein beliebt in der Marine, auf der »Pallas« von den Offizieren »Großvater« genannt.

DOSTOJEWSKIJ, Michail Michailowitsch (1820–1864).
Bruder von Fjodor Michajlowitsch Dostojewskij. Schriftsteller und Übersetzer, Herausgeber der Zeitschriften »Wremja« und »Epocha«. Seine Frau Emilia Fjodorowna. Die beiden sind bei der Erwähnung im Brief vom 8./20. Dezember 1852 aus Portsmouth gemeint.

DUDYSCHKIN, Stepan Semjonowitsch (1820–1866).
Journalist und Kritiker. Mitarbeiter an den »Vaterländischen Annalen«, deren kritischen Teil er nach dem Tode Valerian Majkows leitete. Seit 1861 der faktische Redakteur. Ein gemäßigter Mann, der

neben der sozialen auch die ästhetische Bedeutung des Kunstwerks würdigte. Freund Gontscharows.

ELKAN, Alexej Ljwowitsch.
Unbedeutender Journalist, der sich in die literarischen Zirkel drängte, »eine dunkle und verdächtige Persönlichkeit«.

FILIPPOW, Tertij Iwanowitsch (1825–1899).
Konservativer Publizist, seit 1883 Senator, seit 1889 Staatskontrolleur. Nahm an der Beisetzung Gontscharows teil.

FURUGELJM, Iwan Wassiljewitsch.
Seit 1850 im Dienst der »Russisch-Amerikanischen Company«, später ihr Direktor und Konter-Admiral. Lief im Mai 1853 als Kapitänleutnant und Kommandant des der Company gehörenden Dreimasters »Fürst Menschikow« aus Sitka aus und kam im Juni in Port Lloyd an, wo er die Fregatte »Pallas«, den Schoner »Wostok« und die Korvette »Olivutza« traf.

GOSCHKEWITSCH, Ossip Antonowitsch.
Beamter der Asien-Abteilung des Ministeriums für Auswärtige Angelegenheiten, Kenner des Fernen Ostens, Putjatins Expedition als Übersetzer zugeteilt. Später erster russischer Konsul in Japan und Verfasser eines russisch-japanischen Wörterbuchs. G. war leidenschaftlich an Naturwissenschaften interessiert. Seine großen Sammlungen werden im Zoologischen Museum der Akademie der Wissenschaften bewahrt.

GRIGOROWITSCH, Dmitrij Wassiljewitsch (1822–1899).
Erfolgreicher Verfasser sozialkritischer Dorf- und Bauerngeschichten (»Anton Pechvogel« 1847 im »Zeitgenossen« erschienen) und Romane (»Die Fischer«, »Die Auswanderer«). Seine »Literarischen Erinnerungen« sind nicht immer zuverlässig.

HALL, Basil (1788–1842).
Englischer Reisender, der 1816/17 die Küsten Koreas erforschte und als einer der ersten die Riu-Kiu-Inseln besuchte und sie in seinem Buche »Account of a voyage of discovery to the Western coat of Coua and the great Louchov Island« (London 1818) beschrieb. Dieses Buch meint Gontscharow bei seiner Erwähnung Basil Halls.

JANKOWSKIJ, Stepan Dmitrijewitsch (1817–1897).
Arzt, naher Freund Valerian Majkows. Stand dem Kreis der Petraschewzen nahe, als dessen Mitglied Fjodor M. Dostojewskij zum Tode verurteilt wurde. J. war mit Dostojewskij befreundet und schrieb »Erinnerungen« an ihn.

JASYKOW, Michail Alexandrowitsch (1811–1885).
Freund Bjelinskijs und der meisten Schriftsteller, die der Zeitschrift

»Vaterländische Annalen« und später des »Zeitgenossen« nahestanden. Gontscharow zählte J. zu seinen Freunden und war vertraut mit seiner Familie, zu der auch die Schwester von Frau Jasykowa, Ellikonida Alexandrowna Bjelawina, gehörte.
Jasykows Kinder Kolja und Jenja.
J. war Angestellter der Staatlichen Glasmanufaktur, gründete Ende der vierziger Jahre ein »Kommissionskontor für Provinzbewohner«, das zum Bezug von Zeitschriften und Büchern verhelfen sollte. Das Unternehmen kostete ihn einen großen Teil seines Vermögens. J. lebte von 1862 bis 1869 in Tula, von 1869 bis 1875 in Kaluga, ab 1876 in Nischnij-Nowgorod.

JASYKOWA, Jekaterina Alexandrowna, geborene Bjelawina (gestorben 1896). Frau von Jasykow, M. A. (s. d.).

JEFREMOW, Alexander Pawlowitsch (1810–1879).
Buchhalter bei der Nikolaj-Eisenbahn-Direktion, Gatte von

JEFREMOWA, Junija Dmitrijewna, geb. Gussjatnikowa.
Enge Freundin Gontscharows seit seiner Moskauer Studienzeit. Auch nach ihrer Heirat blieb er mit ihr befreundet und zeitlebens in Briefwechsel. Frau Jefremowa war die Nichte von Jewgenija Petrowna Majkowa (s. d.).

INNOKENTIJ (Wenjaminow, Iwan Jewsejewitsch) (1797–1879).
Missionar, Erforscher der Aleuten, 1840–1867 Bischof von Kamtschatka, den Kurilen und Aleuten, später Metropolit von Moskau und Kolomna, veröffentlichte über die Aleuten eine bis heute bedeutsame Beschreibung.

JOAKINF, Vater, Bitschurin (1777–1853).
Bekannter russischer Sinologe, 1807 Chef der Geistlichen Mission in Peking, 1826 Übersetzer aus dem Chinesischen im Ministerium für Auswärtige Angelegenheiten, Verfasser einiger bedeutsamer China-Bücher.

KAEMPFER, Engelbert (1651–1716).
Geboren in Lemgo, reiste als Sekretär einer schwedischen Gesandtschaft nach Persien, fuhr als Arzt auf einem holländischen Schiff, besuchte Arabien, Indien, Sumatra, Java, Siam und Japan, wo er zwei Jahre verbrachte. Über seine Erlebnisse berichtete er in seinem Buche »History of Japan« (London 1727, vervollständigte deutsche Ausgabe »Geschichte und Beschreibung von Japan« Lemgo 1777–79). Gontscharow benützte die deutsche Ausgabe.

KARAMSIN, Nikolaj Michailowitsch (1766–1826).
Russischer Schriftsteller und Historiker.

KARATYGIN, Pjotr Andrejewitsch (1805–1879).
Schauspieler und Verfasser von Vaudevilles und Schwänken, von denen sich »Bekannte Unbekannte«, »Loge im ersten Rang« u. a. großer Beliebtheit erfreuten.

KOLSAKOW, Andrej Andrejewitsch.
Leutnant auf dem Transportschiff »Dwina« der »Russisch-Amerikanischen Company«, das die Route nach Kamtschatka fuhr. Später Kapitän 1. Ranges. Sohn des Generalmajors A. A. Kolsakow, der mit einer Schwester M. A. Jasykows (s. d.) verheiratet war.

KOLSAKOWA, Augusta Andrejewna.
Schwester des Generalmajors A. A. Kolsakow, Schwägerin von M. A. Jasykow.

KORENJEW, Andrej Petrowitsch (1821–1891).
Älterer Kollege Gontscharows in der Abteilung für Außenhandel im Finanzministerium. Die Briefe, die Gontscharow an ihn gerichtet hat, sind nicht erhalten. K. war von 1877 bis 1884 Staatssekretär der Kommission für Eingaben an den Zaren.

KORSCH, Valentin Fjodorowitsch (1828–1883).
Journalist und Literaturhistoriker. Liberaler Redakteur des »Nördlichen Boten«, der wegen seiner »schädlichen Tendenz« verboten wurde. Später hatte K. die Schriftleitung einer »Allgemeinen Geschichte der Literatur«, für die er die Geschichte der griechischen Literatur verfaßte.

KOSLOWSKIJ, N. F.
Kollege Gontscharows in der Abteilung für Außenhandel im Finanzministerium.

KRAJEWSKIJ, Andrej Alexandrowitsch (1810–1889).
Journalist. Redakteur der Zeitschrift »Vaterländische Annalen« (1839 bis 1867) und der liberalen Zeitung »Goloss« (1863–84). Ein gemäßigt liberaler Mann. Seine Frau Jelisaweta Jakowlewna Krajewskaja.

KROUN, Alexander Jegorowitsch.
Diente seit 1839 auf der »Pallas« und anderen Schiffen der Ostseeflotte, 1852/53 Leutnant auf der Korvette »Olivutza«. Wurde von Putjatin aus Schanghai als Kurier nach Petersburg geschickt. Später Vize-Admiral.

KRYLOW, Iwan Andrejewitsch (1768–1844).
Der klassische russische Fabeldichter.

KRUEDENER, Nikolaj, Baron.
Leutnant auf der »Pallas«, ehemaliger Adjutant des Großfürsten Konstantin Nikolajewitsch. Seemann wider Willen. Putjatin schickte ihn bei erstbester Gelegenheit zur Berichterstattung nach Petersburg.

Lasarew, Michail Petrowitsch (1788–1851).
Admiral, in Krieg und Frieden erfahrener, gebildeter Offizier, der sich um die Entwicklung der russischen Flotte und um die Schulung der Marineoffiziere große Verdienste erwarb.

Lasarew, M. M. (Mischa).
Sohn des Admirals M. P. Lasarew, des Lehrmeisters und Vorgesetzten aller führenden Seeleute der Expedition, Putjatins, Unkowskijs u. a. Auf Bitten der Witwe Lasarews nahm Putjatin den Sohn Mischa als Fähnrich zur See mit auf die Reise, Mischa hatte indessen wenig Neigung für den seemännischen Beruf und beschäftigte sich lieber mit Musik und Literatur. Seinetwegen ließ Unkowskij in seiner Kajüte ein Klavier aufstellen, und Mischa erfreute mit seinem Spiel die Offiziere.

Ljchowskij, Iwan Iwanowitsch (1829–1867).
Liberaler Literaturkritiker, Beamter im Finanzministerium, später im Senat. Studierte auf der Petersburger Universität zusammen mit Wladimir Majkow (s. d.) und kam in den literarischen Zirkel der Majkows. Nach Beendigung der Universität diente L. zusammen mit Gontscharow im Finanzministerium und wurde einer seiner nächsten Freunde. Gontscharow teilte ihm ständig seine literarischen Pläne mit. 1859 machte L. eine Reise mit der Korvette »Rynda«, die ihn ebenfalls nach Japan führte, und veröffentlichte nach der Rückkehr Berichte über »San Francisco« und über die »Sandwich-Inseln«. Der Roman »Der Künstler«, dessen Plan ihm Gontscharow auf der Fahrt mit der »Pallas« als Vermächtnis hinterlassen hatte, erschien erst zwei Jahre nach Ljchowskijs Tod.

Longinow, Michail Nikolajewitsch (1823–1875).
Bibliograph und Literaturhistoriker, kämpfte als liberaler Schriftsteller gegen Zensur und für die Freiheit der Presse, wandelte sich aber später zum Reaktionär. Als Literarhistoriker beschäftigte er sich vornehmlich mit der russischen Literatur des 18. Jahrhunderts und hatte Einfluß auf die Entwicklung von Leonid Majkow (s. d). Um 1850 gehörte L. zum Kreis der Mitarbeiter des »Zeitgenossen«.

Lossew, Konstantin, J.
Hauptmann und Kommandant der Artillerie auf der »Pallas«.

Majkow, Nikolaj Apollonowitsch (1796–1873).
Er entstammte einer »Familie von Talenten«. Sein Großvater war ein begabter Schriftsteller des 18. Jahrh. Sein Vater Apollon Alexandrowitsch M. (1761–1838) war Direktor der Kaiserlichen Theater und Verfasser von Komödien und Oden.
Nikolaj Apollonowitsch M. nahm am Feldzug 1813–1815 teil.

Dabei äußerte sich sein Zeichentalent. Nachdem er als Major seinen Abschied genommen hatte, nahm er seinen Wohnsitz in Moskau und bildete sich autodidaktisch als Zeichner und Maler weiter. Er vertrat den Standpunkt einer von gesellschaftlichen Einflüssen »reinen« Kunst und war ein vorbildlicher Familienvater und idealistischer Mensch. 1834 übersiedelte er nach Petersburg. Im Hause der Majkows verkehrten zahlreiche Persönlichkeiten des literarischen Lebens.

Gontscharow gehörte zur Familie und verehrte Nikolaj Apollonowitsch Majkow und seine Frau Jewgenija Petrowna, geb. Gussjatnikowa (1803–1880) wegen ihrer Bildung, Klugheit und Herzensgüte. In Gontscharows Nachruf auf Nikolaj Apollonowitsch M. heißt es: »Es ist schwer, ein volleres, reineres und makelloseres Dasein zu leben, wie Majkow es als Offizier, dann als Maler und schließlich einfach als Mensch getan hat.« (»Goloss« 1873.)

Majkow, Konstantin Apollonowitsch (1811–1891).
Bruder von Nikolaj Apollonowitsch M. Diente damals als Offizier im Generalstab und zeichnete sich durch seine Eigenwilligkeit und Originalität aus. Später Generalmajor. In den Briefen Gontscharows bezeichnet als »Der Hauptmann«.

Majkow, Apollon Nikolajewitsch (1821–1897).
Ältester Sohn von Nikolaj Apollonowitsch M. Schüler und Freund Gontscharows. Zuerst Maler, dann Lyriker. 1842 Reise nach Italien, das seine Kunstanschauungen beeinflußte. Bekannte sich zur »Kunst für die Kunst« und gehörte neben Feth und Polonskij zu den besten Vertretern der »reinen« Kunst in Rußland. Beamter zur besonderen Verwendung im Ministerium für Volksaufklärung, später Zensor der Kommission für ausländische Literatur. Seine Frau Anna Iwanowna M.

Majkow, Valerian Nikolajewitsch (1823–1847).
Bruder des vorigen und Freund Gontscharows. Liberaler Kritiker. Beendete 1842 die juristische Fakultät der Petersburger Universität und übernahm die Leitung des literarkritischen Teils der Zeitschrift »Vaterländische Annalen«. Zugleich Mitarbeit am »Zeitgenossen«. M. ertrank in Peterhof im Sommer 1847.

Majkow, Wladimir Nikolajewitsch (1826–1885).
Bruder des vorigen. Redakteur der Jugendzeitschrift »Schneeglöckchen«, Beamter in der Abteilung für Außenhandel des Finanzministeriums. Verheiratet mit Jekaterina Pawlowna M. Ihre Spitznamen in der Familie »Der Alte« und »Die Alte«, so auch von Gontscharow in den Briefen genannt.

MAJKOW, Leonid Nikolajewitsch (1839–1900).
Bruder des vorigen. Literarhistoriker, Vizepräsident der Akademie der Wissenschaften. Seine Arbeit galt vor allem bio-bibliographischen Untersuchungen über Schriftsteller des 17.–19. Jahrh. Er gab die Werke Batjuschkows und Puschkins heraus, mußte sich jedoch Kritik gefallen lassen.
In den Briefen »Burjka« genannt.

MANILOW. Gestalt aus Gogols »Tote Seelen«. Manilow ist ein Projektemacher, ein sentimentaler Träumer, »weder Fisch noch Fleisch« und in mancher Beziehung ein Vorläufer Oblomows.

MILJUTIN, Dmitrij Alexejewitsch (1816–1912).
Staatsmann in der Epoche der Reformen nach 1861. Kriegsminister und Organisator der russischen Armee nach 1861, 1898 Generalfeldmarschall.

MILJUTIN, Nikolaj Alexejewitsch (1818–1872).
Bruder des vorigen, eine der treibenden Persönlichkeiten bei der Reform und der Aufhebung der Leibeigenschaft 1861, Führer der Nationalpartei.

MUCHORTOW, Sacharij Nikolajewitsch.
Ein Bekannter der Jasykows (s. d.), Kanzleibeamter im Marineministerium.

MURAWJOW, Nikolaj Nikolajewitsch, Graf (1809–1881).
1841–1861 Generalgouverneur von Ostsibirien. Fuhr als erster mit dem Dampfer »Argunj« 1854 die Flüsse Schilka und Amur abwärts bis zur Mündung. M. befahl, daß die Fregatte »Pallas« und der Schoner »Wostok« in die Amurmündung einfahren sollten. Trotz verzweifelter Anstrengung gelang es der Fregatte nicht. M. erwarb sich große Verdienste um das Vordringen Rußlands im Fernen Osten. Es gelang ihm, im Vertrag mit den Chinesen die russisch-chinesische Grenze längs des Amur festzulegen, und erhielt als Belohnung den Titel »Graf Amurskij«.

NADJESCHDIN, Nikolaj Iwanowitsch (1804–1856).
Historiker, Ethnograph, Journalist, 1831–35 Professor für Literatur, Kunst und Archäologie an der Universität Moskau. Wegen der Veröffentlichung der Briefe Tschaadajews in seiner Zeitschrift »Teleskop« wurde N. für einige Jahre verbannt. Seit 1843 redigierte er das »Journal des Ministeriums für Volksaufklärung« in Petersburg. 1853 erlitt er einen Schlaganfall. Es gelang jedoch W. F. Korsch (s. d.) nicht, sein Nachfolger zu werden, wie Gontscharow erhofft hatte.

NASIMOW, Nikolaj Nikolajewitsch.
Kapitänleutnant, Kommandant der Korvette »Olivutza«. Vereinigte

sich mit der Expedition Putjatins in Port Lloyd auf den Bonin-Inseln, wurde aus dem Tatarensund mit der »Olivutza« nach Petropawlowsk geschickt, das von einem englisch-französischen Geschwader angegriffen worden war, und kam im Mai 1855 in die Amurmündung zurück. Später Konter-Admiral.

NEKRASSOW, Nikolaj Alexejewitsch (1821–1877).
Bedeutender linksliberaler Schriftsteller und Dichter, der mit seinen sozialkritischen Romanen, Erzählungen, Gedichten und Verserzählungen die Forderung erfüllt hat, die Bjelinskij an den Schriftsteller stellte. N. entwickelte den »Zeitgenossen« auf einer neuen, fortschrittlichen Linie weiter. Zusammen mit Bjelinskij machte er das von Puschkin gegründete Organ zur führenden Zeitschrift der freiheitlich gesinnten russischen Intelligenz.

NIKITENKO, Alexander Wassiljewitsch (1805–1877).
Literarhistoriker, Zensor, Schriftsteller, 1832–1864 Professor der russischen Literatur an der Petersburger Universität. Sohn eines leibeigenen Bauern, studierte, wurde Beamter im Ministerium für Volksaufklärung. Da er politisch unbescholten war, wurde er von Nekrassow (s. d.) und Panajew (s. d.) zum Redakteur des »Zeitgenossen« gemacht, als sie die Zeitschrift erwarben. Nikitenko war bis zu seinem Lebensende eng mit Gontscharow befreundet. Nikitenkos Tagebücher sind eine wichtige Quelle für die literarischen und gesellschaftlichen Ereignisse seiner Zeit.

NOROW, Awraam Sergejewitsch (1795–1869).
Er war zuerst Staatssekretär, dann Minister für Volksaufklärung, ein kenntnisreicher Philologe, Mitglied der Akademie der Wissenschaften.

OBOLENSKIJ, K. W., Fürst.
Fähnrich auf der »Diana«, der zusammen mit Gontscharow und Tichmenjew (s. d.) die Rückreise durch Sibirien antrat.

ODOJEWSKIJ, Wladimir Fjodorowitsch, Fürst (1803–1869).
Schriftsteller der Spätromantik, vielseitig gebildeter Aristokrat in hoher Staatsstellung und mit weitreichender Wirkung. Mit mystisch-romantischen Erzählungen, teils philosophischen und musikhistorischen Charakters, und seiner Vermittlung westeuropäischer Musik, besonders Beethovens, nach Rußland machte sich O. um die Entwicklung der Literatur, Kunst und Musik in Rußland verdient.

PANAJEW, Iwan Iwanowitsch (1812–1862).
Schriftsteller, Journalist, Satiriker. Zuerst Mitarbeiter an der Zeitschrift »Vaterländische Annalen«. 1847 erwarb er gemeinsam mit Nekrassow die Zeitschrift »Der Zeitgenosse« und leitete sie als Re-

dakteur bis zu seinem Tode. P. hinterließ menschlich und literarhistorisch interessante Erinnerungen.

Passowyjewa, Marija Fjodorowna.
Haushälterin in der Familie Majkow.

Pestschurow, Alexej Alexejewitsch.
Fähnrich zur See auf der »Pallas«, nahm an allen Besprechungen mit den Japanern als Stenograph teil, stieg auf die »Diana« über und kehrte von Schimodo mit der »Heda« heim. 1867 Vize-Admiral.

Polonskij, Jakow Petrowitsch (1820–1898).
Bekannter Lyriker, der sich zu formal-ästhetischen Grundsätzen bekannte. Mitglied der Zensurbehörde.

Possjet, Konstantin Nikolajewitsch (1819–1899).
Kapitänleutnant. Auf der »Pallas« »zur besonderen Verfügung« Putjatins, mit dem er auf die »Diana« überstieg und nach der Rückkehr aus Japan 1855 den Amur aufwärts fuhr. 1856 begab er sich mit der Korvette »Olivutza« abermals nach Japan, um den Handelsvertrag zu ratifizieren, der 1855 mit Japan abgeschlossen worden war. Später wurde P. Admiral und Minister für das Verkehrswesen, Ehrenmitglied der Akademie der Wissenschaften und der Geographischen Gesellschaft, Mitglied des Staatsrats. Er schrieb »Erinnerungen« an die Fahrt mit der »Pallas«: »Briefe einer Erdumsegelung«, die 1855 in den »Vaterländischen Annalen« erschienen und Gontscharows »Fregatte Pallas« ergänzen.
Gontscharow blieb mit P. freundschaftlich verbunden und äußerte sogar im Jahre 1871 den Wunsch, Possjet möge ihn auf eine Erdumsegelung mit der Fregatte »Svetlana« mitnehmen. P. sagte zuerst ab, dann zu, aber Gontscharow verzichtete schließlich dennoch auf die Teilnahme, weil die Fahrt seine Kräfte übersteigen würde.

Putjatin, Jewfimij Wassiljewitsch (1803–1883).
Nahm 1822–25 an einer Erdumsegelung unter dem Kommando des Admirals M.P. Lasarew (s.d.) teil, diente fünf Jahre in der Schwarzmeer-Flotte, begab sich 1842 in diplomatischer Mission nach Persien und erreichte die Aufhebung der Handelsbeschränkungen mit Rußland. 1843 arbeitete er einen Organisationsplan für eine Expedition aus, die Sachalin und die Amurmündung erforschen sollte. Zugleich sollte sie versuchen, Beziehungen mit Japan aufzunehmen. 1852 wurde beschlossen, diesen Versuch zu unternehmen. Putjatin wurde zum Leiter der Expedition ernannt. 1858–61 war er Militärattaché bei der russischen Botschaft in London, dann war er kurze Zeit Minister für Volksaufklärung, sodann Mitglied des Staatsrats. Putjatin war ein eigenwilliger Mann und ein chauvinistischer rus-

sischer Patriot mit starker Sympathie für England. Die Tätigkeit der russisch-orthodoxen Missionare fand sein besonderes Interesse. Sein Versuch, den Chinesen einen Freihafen für Rußland abzuhandeln, hatte trotz seines Besuchs in Kanton keinen Erfolg. Auch in Japan kamen ihm die Amerikaner zuvor. Während der Expedition kam es zwischen ihm und Unkowskij (s.d.), dem Kommandanten der »Pallas«, ständig zu Auseinandersetzungen.

RIMSKIJ-KORSAKOW, Woin Andrejewitsch (1822–1871).
Leutnant, Kommandant des von Putjatin in England gekauften Schoners »Wostok«, Seeoffizier mit gründlicher wissenschaftlicher Bildung. Der Schoner »Wostok« war das erste Schiff, das das Mündungsgebiet des Amur durchfuhr. Rimskij-Korsakow veröffentlichte ein Tagebuch der Reise (»Morskoj sbornik« 1895–96), das mit dem Tag der Ankunft des Geschwaders in Nagasaki (10.8.1853) beginnt und die Fahrt des Schoners »Wostok« an der Küste Sachalins und durch den Tatarensund besonders eingehend schildert. 1856/57 kommandierte er die Korvette »Olivutza«, mit der er aus dem Fernen Osten nach Kronstadt zurückkehrte. In der Folge Admiral und Chef der Marineschule.

ROSTOWSKIJ, M. A.
Kanzleibeamter im Kriegsministerium.

SAINT, M-elle.
Französische Gouvernante im Hause Majkow.

SABLOTZKIJ, Michail Parfenowitsch.
Bekannter von Jasykows und Majkows. Beamter in der Asien-Abteilung des Ministeriums für Auswärtige Angelegenheiten. Über ihn ging während der Fahrt Gontscharows Korrespondenz mit den Freunden.

SAWITSCH, Nikanor Nikanorowitsch.
Leutnant auf der »Pallas«, wurde in Port Lloyd auf den Bonin-Inseln zur Korvette »Olivutza«, danach auf den Schoner »Wostok« kommandiert. Nach Aussagen nicht nur Gontscharows, sondern auch anderer ein besonders tüchtiger, unerschrockener und verwegener Offizier.

SCHESTAKOW, Iwan Alexejewitsch (1820–1888).
Marineoffizier, später Admiral, befand sich 1852 auf Abkommandierung in England, um zwei Korvetten für die Schwarzmeer-Flotte zu erwerben. Freund Putjatins.

SCHLIPPENBACH, Alexander Jegorowitsch, Baron.
Leutnant auf der »Pallas«, war bereits 1850/51 auf der Korvette »Olivutza« im Fernen Osten gewesen. In Portsmouth wurde er auf

den Schoner »Wostok« kommandiert. In Nagasaki kam er wieder auf die »Pallas«. 1856/57 war er Kommandant des Schoners »Wostok« im Tatarensund und in der Amurmündung. 1864 nahm er den Abschied.

SCHUKOWSKIJ, Wassilij Andrejewitsch (1783–1852).
Dichter der Romantik, genialer Übersetzer.

SELJONIJ, Pawel Alexejewitsch (1835–1909).
Fähnrich zur See auf der »Pallas«, dann auf der »Diana«. Nach deren Untergang gelangte er mit einer Bremer Brigg nach Ajan, wo er von den Engländern gefangengenommen wurde. 1857–60 nahm er abermals an einer Erdumsegelung teil. Später war er General und Stadtkommandant von Odessa, über dessen Sturheit und Einfältigkeit viele Anekdoten in Umlauf waren.

SOLOGUB, Wladimir Andrejewitsch, Graf (1813–1882).
Schriftsteller. Bekannt durch seine Künstlererzählung »Zwei Galoschen« und die ironisch-satirische Darstellung der russischen Wirklichkeit der vierziger Jahre »Der Reisewagen«.

SOLONITZYN, Wladimir Andrejewitsch (1804–1844).
Von 1836 bis 1841 Gehilfe des Leiters der Abteilung für Außenhandel im Finanzministerium. Naher Freund der Familie Majkow. Um 1840 zusammen mit Senkowskij Redakteur der Zeitschrift »Lesebibliothek«.

SREDIN, A. A.
Beamter im Ministerium für Auswärtige Angelegenheiten. Bekannter Gontscharows und Jasykows.

STSCHEPKIN, Michail Semjonowitsch (1788–1863).
Berühmter russischer Schauspieler, seit 1823 am Moskauer Kleinen Theater.

TICHMENJEW, Pjotr Alexandrowitsch.
Leutnant auf der »Pallas«, kehrte gemeinsam mit Gontscharow aus Ajan nach Petersburg zurück, trat 1857 in den Dienst der »Russisch-Amerikanischen Company« und schrieb deren Geschichte. Er starb 1888.

TJUTSCHEW, Nikolaj Nikolajewitsch (1815–1878).
Naher Freund Bjelinskijs, Übersetzer für die »Vaterländischen Annalen«, gründete 1846 zusammen mit M. A. Jasykow (s. d.) ein Literarisches Kommissionskontor.

TREDJAKOWSKIJ, Wassilij Kirillowitsch (1703–1769).
Dichter und Literarhistoriker, Vertreter des Klassizismus in Rußland, Mitglied der Akademie der Wissenschaften. Übersetzte u. a. Fénelons Erziehungsroman »Les aventures de Télémaque« in russische Verse (1766). Aus diesem Werk zitiert Gontscharow.

Turgenjew, Iwan Sergejewitsch (1818–1883). Die Beziehungen des großen russischen Schriftstellers zu Gontscharow waren teils freundschaftlich, teils gespannt und getrübt. Die »Aufzeichnungen eines Jägers«, die Gontscharow auf die Reise mitgenommen hatte, entzückten ihn. Zu bitterbösen Auseinandersetzungen kam es, als Gontscharow den Verdacht aussprach, Turgenjew habe das Manuskript des Romans »Die Schlucht« an den deutschen Schriftsteller Berthold Auerbach weitergeleitet und dessen Roman »Das Landhaus am Rhein« sei ein Plagiat des Romans »Die Schlucht«.

Unkowskij, Iwan Semjonowitsch (1822–1886). Kapitänleutnant, später Admiral, Kommandant der »Pallas«, bekannter Offizier der russischen Segelflotte, Zögling des Admirals M.P. Lasarew. Unkowskij veröffentlichte später seine »Erinnerungen« (»Russkij archiv«, 1887).

Wolkonskij, Michail Sergejewitsch, Fürst (1832–1907). Sohn des Dekabristen Sergej Grigorjewitsch W. (1788–1865). Beamter für besondere Aufträge beim Generalgouverneur Murawjow. Er wartete in Ajan auf den amerikanischen Admiral Perry, der zu gleicher Zeit wie Putjatin in Japan gewesen war und dem es gelungen war, einen Vertrag mit den Japanern abzuschließen. Wolkonskij hatte den Auftrag, eines der Schiffe des amerikanischen Geschwaders zu kaufen. Später war W. Staatssekretär des Ministers für Volksaufklärung.

Russische Literatur im Diogenes Verlag

● Michail Bulgakow

Ich habe getötet. Kurzprosa 1921–1926. Erzählungen, Feuilletons, Skizzen. Deutsch von Thomas Reschke. detebe 21009

● Anton Čechov

Das dramatische Werk in 8 Bänden. Neu übersetzt, transkribiert und herausgegeben von Peter Urban. Jeder Band bringt den unzensierten Text mit sämtlichen Varianten und Lesarten, Auszügen aus Čechovs Notizbüchern, Anmerkungen und einen editorischen Bericht.

Die Möwe. Komödie in vier Akten.
detebe 20091

Der Waldschrat. Komödie in vier Akten.
detebe 20084

Der Kirschgarten. Komödie in vier Akten.
detebe 20083

Onkel Vanja. Szenen aus dem Landleben in vier Akten. detebe 20093

Ivanov. Drama in vier Akten. detebe 20102

Drei Schwestern. Drama in vier Akten.
detebe 20103

Platonov. Das ›Stück ohne Titel‹. Erstmals vollständig deutsch. detebe 20104

Sämtliche Einakter. detebe 20801

Das erzählende Werk in 10 Bänden. Verschiedene Übersetzer. Neu transkribiert, mit Anmerkungen und Nachweis der Erstveröffentlichungen von Peter Urban.

Ein unbedeutender Mensch. Erzählungen 1883–1885. detebe 20261

Gespräch eines Betrunkenen mit einem nüchternen Teufel. Erzählungen 1886.
detebe 20262

Die Steppe. Erzählungen 1887–1888.
detebe 20263

Flattergeist. Erzählungen 1888–1892.
detebe 20264

Rothschilds Geige. Erzählungen 1893–1896.
detebe 20265

Die Dame mit dem Hündchen. Erzählungen 1897–1903. detebe 20266

Eine langweilige Geschichte / Das Duell.
Kleine Romane I. detebe 20267

Krankenzimmer Nr. 6 / Erzählung eines Unbekannten. Kleine Romane II.
detebe 20268

Drei Jahre / Mein Leben. Kleine Romane III.
detebe 20269

Die Insel Sachalin. Reisebericht.
detebe 20270

Briefe 1877–1904. Übersetzt und herausgegeben von Peter Urban. 5 Bände in Kassette, zusammen 2350 S.
Alle Bände auch als Einzelausgaben.

Čechov-Chronik. Daten zu Leben und Werk zusammengestellt von Peter Urban. Mit Nachwort, ausführlicher Bibliographie und Register.

Tagebücher. Notizbücher. Herausgegeben und vollständig neu übersetzt von Peter Urban. Mit Vorwort, editorischem Bericht, ausführlichen Anmerkungen und Personenregister.

● Fjodor Dostojewskij

Meistererzählungen. Edition, Übersetzung aus dem Russischen und Nachwort von Johannes von Guenther. detebe 20951

● Nikolai Gogol

Die Nase. Ausgewählte Erzählungen. Vorwort und Übersetzung von Sigismund von Radecki. Zeichnungen von Alfred Kubin.
detebe 20624

Die toten Seelen. Roman. Deutsch von Philipp Löbenstein. detebe 20384

● Iwan Gontscharow

Ein Monat Mai in Petersburg. Ausgewählte Erzählungen. Deutsch von Johannes von Guenther und Erich Müller-Kamp.
detebe 20625

Briefe von einer Weltreise. Briefe von einer Expeditionsfahrt, die den Autor 1852–1855 nach England, Südafrika, China, Japan und Sibirien führte. Deutsch von Erich Müller-Kamp. detebe 21008

● Jewgeni Jewtuschenko

Ausgewählte Gedichte. Nachdichtungen von Rainer Brambach, Beat Brechbühl, Paul Celan, René Drommert, Otto Jägersberg, Günter Kunert und Peter Rühmkorf.
Nachwort von Gerd Haffmans. detebe 20061

● Michail Lermontov

Ein Held unserer Zeit. Roman. Deutsch von Arthur Luther. detebe 21006

● Konstantin Paustowski

Das Sternbild der Jagdhunde. Ausgewählte Erzählungen I. Deutsch von Rebecca Candreia und Hans Luchsinger. detebe 20627

Die Windrose. Ausgewählte Erzählungen II. Deutsch von Rebecca Candreia und Hans Luchsinger. detebe 20647

● **Andrej Sacharow**
Wie ich mir die Zukunft vorstelle. Memorandum über Fortschritt, friedliche Koexistenz und geistige Freiheit. Deutsch von E. Guttenberger. Mit einem Nachwort von Max Frisch und den Antworten an Sacharow von Marion Gräfin Dönhoff, Jean Laloy, Pietro Quaroni, William Hayter, Louis Fischer und Heinrich Böll. detebe 20116

● **Jewgenij Samjatin**
Attila, die Geißel Gottes. Geschichte. Deutsch von Xaver Schaffgotsch. Nachwort von Helen von Ssachno. detebe 20626

● **Alexander Sinowjew**
Gähnende Höhen. Deutsch von G. Halle und Eberhard Storeck
Lichte Zukunft. Deutsch von Franziska Funke und Eberhard Storeck. Mit einer Beilage ›Über Alexander Sinowjew‹ von Jutta Scherrer
Ohne Illusionen. Interviews, Vorträge, Aufsätze. Deutsch von Alexander Rothstein
Kommunismus als Realität. Deutsch von Katharina Häußler. detebe 20963

● **Lydia Tschukowskaja**
Ein leeres Haus. Roman. Deutsch von Eva Mathay. detebe 20008
Untertauchen. Roman. Deutsch von Swetlena Geier. detebe 20393

● **Wladimir Woinowitsch**
Auf gut russisch oder Der ich hätte werden können. Erzählungen und offene Briefe. Deutsch von G. von Halle
Die denkwürdigen Abenteuer des Soldaten Iwan Tschonkin. Roman. Deutsch von Alexander Kaempfe. detebe 20628

Brieffreundschaften. Erzählung. Deutsch von Heddy Pross-Weerth. detebe 20106

● **Liebesgeschichten aus Rußland**
Von Alexander Puschkin bis Anton Tschechow. Herausgegeben von Johannes von Guenther. detebe 21013

● **Russische Kriminalgeschichten**
Von Fjodor Dostojewskij bis Iwan Turgenjew. Auswahl, Übersetzung und Nachwort von Johannes von Guenther. Ein Diogenes Sonderband

Werk- und Studienausgaben in Diogenes Taschenbüchern

● **Alfred Andersch**
Studienausgabe in 15 Einzelbänden
detebe

Einige Zeichnungen
Essay. detebe 20399

Das Alfred Andersch Lesebuch
Herausgegeben von Gerd Haffmans
detebe 20695

Über Alfred Andersch
Herausgegeben von Gerd Haffmans
detebe 20819

● **Sherwood Anderson**
Ich möchte wissen warum
Erzählungen. detebe 20514

● **Angelus Silesius**
Der cherubinische Wandersmann
detebe 20644

● **Honoré de Balzac**
Die großen Romane
in 10 Bänden. detebe 20901–20910

Erzählungen
in 3 Bänden. detebe 20896, 20897, 20899

Über Balzac
Herausgegeben von Claudia Schmölders
detebe 20309

● **Charles Baudelaire**
Die Tänzerin Fanfarlo
Prosadichtungen. detebe 20387

Die Blumen des Bösen
Gedichte. detebe 20999

● **Gottfried Benn**
Ausgewählte Gedichte
Herausgegeben und mit einem Nachwort von Gerd Haffmans. detebe 20099

Das Gottfried Benn Lesebuch
Ein Querschnitt durch das Prosawerk, herausgegeben von Max Niedermayer und Marguerite Schlüter. detebe 20982

● **Ambrose Bierce**
Die Spottdrossel
Erzählungen. detebe 20234

● **James Boswell**
Dr. Samuel Johnson
Biographie. detebe 20786

● **Ulrich Bräker**
Werke in 2 Bänden
Herausgegeben von Samuel Voellmy und Heinz Weder. detebe 20581 und 20582

● **Wilhelm Busch**
Schöne Studienausgabe in 7 Einzelbänden
Herausgegeben von Friedrich Bohne in Zusammenarbeit mit dem Wilhelm-Busch-Museum in Hannover. detebe 20107–20113

● **Calderón**
Das große Welttheater
Neu übersetzt von Hans Gerd Kübel und Wolfgang Franke. detebe 20888

● **Anton Čechov**
Das dramatische Werk in 8 Bänden
in der Neuübersetzung und Neutranskription von Peter Urban. detebe

Das erzählende Werk in 10 Bänden
Herausgegeben von Peter Urban
detebe 20261–20270

● **Joseph Conrad**
Lord Jim
Roman. detebe 20128

Der Geheimagent
Roman. detebe 20212

Herz der Finsternis
Erzählung. detebe 20369

● **Charles Dickens**
Werkausgabe
in der Übersetzung von Gustav Meyrink:

David Copperfield
Roman. Mit einem Nachwort von W. Somerset Maugham. detebe 21034

Oliver Twist
Roman. detebe 21035

Nikolas Nickleby
Roman. detebe 20998

Weitere Werke in Vorbereitung

● **Das Diogenes Lesebuch amerikanischer Erzähler**
Geschichten von Poe bis Brodkey
detebe 20271

● **Das Diogenes Lesebuch englischer Erzähler**
Geschichten von Stevenson bis Sillitoe
detebe 20272

● **Das Diogenes Lesebuch irischer Erzähler**
Geschichten von Wilde bis O'Brien
detebe 20273
Alle herausgegeben von Gerd Haffmans

● **Das Diogenes Lesebuch klassischer deutscher Erzähler**
in 3 Bänden
Band I: von Wieland bis Kleist
Band II: von Grimm bis Hauff
Band III: von Mörike bis Busch
detebe 20727, 20728, 20669

● **Das Diogenes Lesebuch moderner deutscher Erzähler**
in 2 Bänden
Band I: von Schnitzler bis Kästner
Band II: von Andersch bis Widmer
detebe 20782 und 20776
Alle herausgegeben von Christian Strich und Fritz Eicken

● **Das Diogenes Lesebuch französischer Erzähler**
Geschichten von Stendhal bis Simenon. Herausgegeben von Anne Schmucke und Gerda Lheureux. detebe 20304

● **Fjodor Dostojewskij**
Meistererzählungen
Herausgegeben und übersetzt von Johannes von Guenther. detebe 20951

● **Friedrich Dürrenmatt**
Das dramatische Werk in 17 Bänden
detebe 20831–20847

Das erzählende Werk in 12 Bänden
detebe 20848–20860
Herausgegeben in Zusammenarbeit mit dem Autor. Alle Bände wurden revidiert und mit neuen Texten ergänzt

Über Friedrich Dürrenmatt
Herausgegeben von Daniel Keel
detebe 20861

● **Meister Eckehart**
Deutsche Predigten und Traktate
detebe 20642

● **Joseph von Eichendorff**
Aus dem Leben eines Taugenichts
Novelle. detebe 20516

● **William Faulkner**
Werkausgabe in 27 Einzelbänden
detebe

Briefe
Herausgegeben und übersetzt von Elisabeth Schnack und Fritz Senn. detebe 20958

Über William Faulkner
Herausgegeben von Gerd Haffmans
detebe 20098

● **Federico Fellini**
Werkausgabe der Drehbücher und Schriften
Herausgegeben von Christian Strich
detebe

● **F. Scott Fitzgerald**
Studienausgabe in bisher 8 Einzelbänden
detebe

● **Gustave Flaubert**
Werkausgabe in 7 Bänden
detebe 20721–20725 und 20386

Über Gustave Flaubert
Herausgegeben von Gerd Haffmans und Franz Cavigelli. detebe 20726

● **Ford Madox Ford**
Die allertraurigste Geschichte
Roman. detebe 20532

● **Franz von Assisi**
Die Werke
detebe 20641

● **Goethe**
Gedichte I
detebe 20437

Gedichte II
Gedankenlyrik / Westöstlicher Diwan
detebe 20438

Faust
Der Tragödie erster und zweiter Teil
detebe 20439

● **Nikolai Gogol**
Die Nase
Erzählungen. Zeichnungen von Alfred Kubin. detebe 20624

Die toten Seelen
Roman. detebe 20384

● **Iwan Gontscharow**
Ein Monat Mai in Petersburg
Erzählungen. detebe 20625

Briefe von einer Weltreise
Herausgegeben von Erich Müller-Kamp
detebe 21008

● **Jeremias Gotthelf**
Ausgewählte Werke in 12 Bänden
Herausgegeben von Walter Muschg
detebe 20561–20572

Gottfried Keller über Jeremias Gotthelf
detebe 20573

● **Heinrich Heine**
Gedichte
Ausgewählt von Ludwig Marcuse
detebe 20383

● **O. Henry**
Gesammelte Geschichten in 6 Bänden
detebe 20871–20876

Glück, Geld und Gauner
Ausgewählte Geschichten. detebe 20235

● **Hermann Hesse**
Meistererzählungen
Herausgegeben und mit einem Nachwort von Volker Michels. detebe 20984

● **Otto Jägersberg**
Drei Lehrstücke:
Land
detebe 20551

Seniorenschweiz
detebe 20553

Der industrialisierte Romantiker
detebe 20554

● **Jewgeni Jewtuschenko**
Ausgewählte Gedichte
Anthologie der besten Nachdichtungen
detebe 20061

● **Juan Ramón Jiménez**
Herz, stirb oder singe
Gedichte. detebe 20388

● **James Joyce**
Das James Joyce Lesebuch
Auswahl aus ›Dubliner‹, ›Porträt des Künstlers‹ und ›Ulysses‹. Aus dem Englischen von Dieter E. Zimmer, Klaus Reichert und Hans Wollschläger. Mit Aufzeichnungen von Georges Borach und einer Betrachtung von Fritz Senn. detebe 20645

● **Das Erich Kästner Lesebuch**
Herausgegeben von Christian Strich
detebe 20515

● **Gottfried Keller**
Zürcher Ausgabe
In der Edition von Gustav Steiner
detebe 20521–20528

Über Gottfried Keller
Herausgegeben von Paul Rilla. detebe 20535

● **Ring Lardner**
Geschichten aus dem Jazz-Zeitalter
Herausgegeben von Fritz Güttinger
detebe 20135

● **D. H. Lawrence**
Sämtliche Erzählungen und Kurzromane in 8 Einzelbänden
detebe 20184–20191

Liebe, Sex und Emanzipation
Essays. detebe 20955

John Thomas & Lady Jane
Roman. detebe 20299

Briefe
Auswahl von Richard Aldington. Vorwort von Aldous Huxley. Übersetzung und Nachwort von Elisabeth Schnack. detebe 20954

● **Doris Lessing**
Hunger
Erzählungen. detebe 20255

Der Zauber ist nicht verkäuflich
Afrikanische Geschichten. detebe 20886

● **Carson McCullers**
Werkausgabe in 7 Einzelbänden
detebe 20140–20146

Über Carson McCullers
Herausgegeben von Gerd Haffmans
detebe 20147

● **Heinrich Mann**
Meistererzählungen
Herausgegeben von Christian Strich. Mit einem Vorwort von Hugo Loetscher und Zeichnungen von George Grosz
detebe 20981

● **Thomas Mann**
Meistererzählungen
Herausgegeben und mit einem Nachwort von Gerd Haffmans. detebe 20983

● **Ludwig Marcuse**
Werkausgabe in bisher 12 Einzelbänden
detebe

● **W. Somerset Maugham**
Werkausgabe in 21 Einzelbänden
detebe

● **Herman Melville**
Moby-Dick
Roman. detebe 20385

Billy Budd
Erzählung. detebe 20787

● **Conrad Ferdinand Meyer**
Jürg Jenatsch / Der Heilige
Roman/Novelle. detebe 20965

● **Molière**
Komödien in 7 Einzelbänden
In der Neuübersetzung von Hans Weigel
detebe 20199–20205

Über Molière
Herausgegeben von Christian Strich, Rémy Charbon und Gerd Haffmans
detebe 20067

● **Thomas Morus**
Utopia
detebe 20420

● **Sean O'Casey**
Purpurstaub
Komödie. detebe 20002

Dubliner Trilogie: Der Schatten eines Rebellen / Juno und der Pfau / Der Pflug und die Sterne
Komödien. detebe 20034

Autobiographie in 6 Einzelbänden
detebe 20394 und 20761–20765

● **Frank O'Connor**
Gesammelte Erzählungen in 6 Einzelbänden
detebe

Autobiographie in bisher 2 Einzelbänden
detebe

● **Sean O'Faolain**
Ausgewählte Erzählungen in 3 Einzelbänden
detebe

● **Liam O'Flaherty**
Armut und Reichtum
Erzählungen. detebe 20232

Ich ging nach Rußland
Reisebericht. detebe 20016

● **George Orwell**
Studienausgabe in bisher 8 Einzelbänden
detebe

Das George Orwell Lesebuch
Herausgegeben und mit einem Nachwort von Fritz Senn. detebe 20788

● **Konstantin Paustowski**
Das Sternbild der Jagdhunde
Erzählungen I. detebe 20627

Die Windrose
Erzählungen II. detebe 20647

● **Luigi Pirandello**
Novellen für ein Jahr
2 Bände. Auswahl von Lisa Rüdiger
detebe 21032 und 21033

● **Edgar Allan Poe**
Der Untergang des Hauses Usher
Erzählungen. detebe 20233

● **Saki**
Die offene Tür
Erzählungen. Zeichnungen von Edward Gorey. detebe 20115

● **Jewgenij Samjatin**
Attila, die Geißel Gottes
Geschichte. detebe 20626

● **Arthur Schnitzler**
Meistererzählungen
Herausgegeben und mit einem Nachwort von Hans Weigel. detebe 21016

● **Arthur Schopenhauer**
Werkausgabe in 10 Bänden
nach der historisch-kritischen Ausgabe von Arthur Hübscher. detebe 20421–20430

Über Schopenhauer
Herausgegeben von Gerd Haffmans
detebe 20431

● **William Shakespeare**
Sonette
Deutsch von Karl Kraus. detebe 20381

Dramatische Werke in 10 Bänden
Übersetzung von Schlegel/Tieck. Illustrationen von Heinrich Füßli. detebe 20631–20640

Shakespeare's Geschichten
Sämtliche Stücke von William Shakespeare nacherzählt von Walter E. Richartz und Urs Widmer. detebe 20791 und 20792

● **Alan Sillitoe**
Studienausgabe in bisher 9 Einzelbänden
detebe

● **Stendhal**
Werke in 10 Bänden
detebe 20966–20975

Über Stendhal
Herausgegeben von Irene Riesen
detebe 20976

● **Laurence Sterne**
Tristram Shandy
Roman. detebe 20950

● **R. L. Stevenson**
Werke in 12 Bänden
in der Edition und Übersetzung von Curt und Marguerite Thesing
detebe 20701–20712

● **Teresa von Avila**
Die innere Burg
detebe 20643

● **Henry D. Thoreau**
Walden oder Leben in den Wäldern
Vorwort von W. E. Richartz. detebe 20019

Über die Pflicht zum Ungehorsam gegen den Staat
Essay. Nachwort von W. E. Richartz
detebe 20063

● **Lydia Tschukowskaja**
Ein leeres Haus
Roman. detebe 20008

Untertauchen
Roman. detebe 20393

● **Robert Walser**
Der Spaziergang
Erzählungen und Aufsätze. Nachwort von Urs Widmer. detebe 20065

Maler, Poet und Dame
Aufsätze über Kunst und Künstler. Herausgegeben von Daniel Keel. detebe 20794

● H. G. Wells

Studienausgabe in bisher 5 Einzelbänden
detebe

● Nathanael West

Schreiben Sie Miss Lonelyhearts
Roman. detebe 20058

Tag der Heuschrecke
Roman. detebe 20059

Eine glatte Million oder Die Demontage des Mister Lemuel Pitkin
Roman. detebe 20249

● Oscar Wilde

Der Sozialismus und die Seele des Menschen
Essay. detebe 20003

Sämtliche Erzählungen
Mit Zeichnungen von Aubrey Bearsley. Herausgegeben und mit einem Nachwort von Gerd Haffmans. detebe 20985

● Hans Wollschläger

Die bewaffneten Wallfahrten gen Jerusalem
Geschichte der Kreuzzüge. detebe 20082

Die Gegenwart einer Illusion
Essays. detebe 20576

Karl May
Biographie. detebe 20253